浙江文獻集成

浙江文叢

吴萊集

（上册）

〔元〕吴　萊　著
党月瑶　點校

浙江古籍出版社

圖書在版編目(CIP)數據

吴萊集 / (元) 吴萊著; 党月瑶點校. --杭州:
浙江古籍出版社, 2024.6
(浙江文叢)
ISBN 978-7-5540-2978-7

Ⅰ.①吴… Ⅱ.①吴… ②党… Ⅲ.①古典詩歌—詩
集—中國—元代 ②古典散文—散文集—中國—元代 Ⅳ.
①I214.72

中國國家版本館 CIP 數據核字(2024)第 096582 號

浙江文叢

吴萊集

(全二册)

(元)吴　萊 著　党月瑶 點校

出版發行	浙江古籍出版社
	(杭州市環城北路 177 號　郵編 310006)
網　　址	https://zjgj.zjcbcm.com
責任編輯	徐　立
封面設計	吴思璐
責任校對	吴穎胤
責任印務	樓浩凱
照　　排	浙江大千時代文化傳媒有限公司
印　　刷	浙江新華數碼印務有限公司
開　　本	710mm×1000mm　1/16
印　　張	52
字　　數	502 千
版　　次	2024 年 6 月第 1 版
印　　次	2024 年 6 月第 1 次印刷
書　　號	ISBN 978-7-5540-2978-7
定　　價	360.00 圓

ISBN 978-7-5540-2978-7

浙江省文化研究工程指導委員會

浙江文化研究工程成果文庫總序

習近平

有人將文化比作一條來自老祖宗而又流向未來的河，這是説文化的傳統，通過縱向傳承和横向傳遞，生生不息地影響和引領着人們的生存與發展；有人説文化是人類的思想、智慧、信仰、情感和生活的載體、方式和方法，這是將文化作爲人們代代相傳的生活方式的整體。我們説，文化爲群體生活提供規範、方式與環境，文化通過傳承爲社會進步發揮基礎作用，文化會促進或制約經濟乃至整個社會的發展。文化的力量，已經深深熔鑄在民族的生命力、創造力和凝聚力之中。

在人類文化演化的進程中，各種文化都在其内部生成衆多的元素、層次與類型，由此決定了文化的多樣性與複雜性。

中國文化的博大精深，來源於其内部生成的多姿多彩；中國文化的歷久彌新，取決於其變遷過程中各種元素、層次、類型在内容和結構上通過碰撞、解構、融合而産生的革故鼎新的强大動力。

中國土地廣袤、疆域遼闊，不同區域間因自然環境、經濟環境、社會環境等諸多方面的差異，建構了不同的區域文化。區域文化如同百川歸海，共同匯聚成中國文化的大傳統，這種大傳統如同春風化雨，滲透於各種區域文化之中。在這個過程中，區域文化如同清溪山泉潺潺不息，在中國文化的共同價值取向下，以自己的獨特個性支撑着、引領着本地經濟社會的發展。

從區域文化入手，對一地文化的歷史與現狀展開全面、系統、扎實、有序的研究，一方面可以藉此梳理和弘揚當地的歷史傳統和文化資源，繁榮和豐富當代的先進文化建設活動，規劃和指導未來的文化發展藍圖，增强文化軟實力，爲全面建設小康社會、加快推進社會主義現代化提供思想保證、精神動力、智力支持和輿論力量；另一方面，這也是深入瞭解中國文化、研究中國文化、發展中國文化、創新中國文化的重要途徑之一。如今，區域文化研究日益受到各地重視，成爲我國文化研究走向深入的一個重要標誌。我們今天實施浙江文化研究工程，其目的和意義也在於此。

千百年來，浙江人民積澱和傳承了一個底藴深厚的文化傳統。這種文化傳統的獨特性，正在於它令人驚歎的富於創造力的智慧和力量。

浙江文化中富於創造力的基因，早早地出現在其歷史的源頭。在浙江新石器時代最爲著名的跨湖橋、河姆渡、馬家浜和良渚的考古文化中，浙江先民們都以不同凡響的作爲，在中華民族的文明之源留下了創造和進步的印記。

浙江人民在與時俱進的歷史軌跡上一路走來，秉承富於創造力的文化傳統，這深深地融匯在一代代浙江人民的血液中，體現在浙江人民的行爲上，也在浙江歷史上衆多傑出人物身上得到充分展示。從大禹的因勢利導、敬業治水，到勾踐的卧薪嘗膽、勵精圖治；從錢氏的保境安民、納土歸宋，到胡則的爲官一任、造福一方；從岳飛、于謙的精忠報國、清白一生，到方孝孺、張蒼水的剛正不阿、以身殉國；從沈括的博學多識、精研深究，到竺可楨的科學救國、求是一生；無論是陳亮、葉適的經世致用，還是黄宗羲的工商皆本；無論是王充、王陽明的批判、自覺，還是龔自珍、蔡元培的開明、開放，等等，都展示了浙江深厚的文化底藴，凝聚了浙江人民求真務實的創造精神。

代代相傳的文化創造的作爲和精神，從觀念、態度、行爲方式和價值取向上，孕育、形成和發展了淵源有自的浙江地域文化傳統和與時俱進的浙江文化精神，她滋育着浙江的生命力、催生着浙江的凝聚力、激發着浙江的創造力、培植着浙江的競争力，激勵着浙江人民永不自滿、永不停息，在各個不同的歷史時期不斷地超越自我、創業奮進。

悠久深厚、意韻豐富的浙江文化傳統，是歷史賜予我們的寶貴財富，也是我們開拓未來的豐富資源和不竭動力。黨的十六大以來推進浙江新發展的實踐，使我們越來越深刻地認識到，與國家實施改革開放大政方針相伴隨的浙江經濟社會持續快速健康發展的深層原因，就在於浙江深厚的文化底藴和文化傳統與當今時代精神的有機結合，就在於發展先進生産力與發展先進文化的有機結合。今後一個時期浙江能否在全面建設小康社會、加快社會主義現代化建設進程中繼續走在前列，很大程度上取決於我們對文化力量的深刻認識、對發展先進文化的高度自覺和對加快建設文化大省的工作力度。我們應該看到，文化的力量最終可以轉化爲物質的力量，文化的軟實力最終可以轉化爲經濟的硬實力。文化要素是綜合競争力的核心要素，文化資源是經濟社會發展的重要資源，文化素質是領導者和勞動者的首要素質。因此，研究浙江文化的歷史與現狀，增强文化軟實力，爲浙江的現代化建設服務，是浙江人民的共同事業，也是浙江各級黨委、政府的重要使命和責任。

二〇〇五年七月召開的中共浙江省委十一届八次全會，作出《關於加快建設文化大省的决定》，提出要從增强先進文化凝聚力、解放和發展生産力、增强社會公共服務能力入手，大力實施文明素質工程、文化精品工程、文化研究工程、文化保護工程、文化産業促進工程、文化陣地工程、文化傳播工程、文化人才工程等『八項工程』，實施科教興國和人才强國戰略，加快建設教育、科技、衛生、體育等『四個强省』。作爲文化建設『八項工程』之一的文化研究工程，其任務就是系統研究浙江文化的歷史成就和當代發展，深入挖掘浙江文化底藴、研究浙江現象、總結浙江經驗、指導浙江未來的發展。

浙江文化研究工程將重點研究『今、古、人、文』四個方面，即圍繞浙江當代發展問題研究、浙江歷史文化專題研究、浙江名人研究、浙江歷史文獻整理四大板塊，開展系統研究，出版系列叢書。在研究内容上，深入挖掘浙江文化底藴，系統梳理和分析浙江歷史文化的内部結構、變化規律和地域特色，堅持和發展浙江精神；研究浙江文化與其他地域文化的異同，釐清浙江文化在中國文化中的地位和相互影響的關係；圍繞浙江生動的當代實踐，深入解讀浙江現象，總結浙江經驗，指導浙江發展。在研究力量上，通過課題組織、出版資助、重點研究基地建設、加强省内外大院名校合作、整合各地各部門力量等途徑，形成上下聯動、學界互動的整體合力。在成果運用上，注重研究成果的學術價值和應用價值，充分發揮其認識世界、傳承文明、創新理論、諮政育人、服務社會的重要作用。

我們希望通過實施浙江文化研究工程，努力用浙江歷史教育浙江人民、用浙江文化薰陶浙江人民、用浙江精神鼓舞浙江人民、用浙江經驗引領浙江人民，進一步激發浙江人民的無窮智慧和偉大創造能力，推動浙江實現又快又好發展。

今天，我們踏着來自歷史的河流，受着一方百姓的期許，理應負起使命，至誠奉獻，讓我們的文化綿延不絕，讓我們的創造生生不息。

二〇〇六年五月三十日於杭州

浙江文化研究工程成果文庫序言

易煉紅

國風浩蕩、文脈不絕，錢江潮涌、奔騰不息。浙江是中國古代文明的發祥地之一，是中國革命紅船啓航的地方。從萬年上山、五千年良渚到千年宋韻、百年紅船，歷史文化的風骨神韻、革命精神的剛健激越與現代文明的繁榮興盛，在這裏交相輝映、融爲一體，浙江成爲了揭示中華文明起源的『一把鑰匙』，展現偉大民族精神的『一方重鎮』。

習近平總書記在浙江工作期間作出『八八戰略』這一省域發展全面規劃和頂層設計，把加快建設文化大省作爲『八八戰略』的重要内容，親自推動實施文化建設『八項工程』，構築起了浙江文化建設的『四梁八柱』，推動浙江從文化大省向文化强省跨越發展，率先找到了一條放大人文優勢、推進省域現代化先行的科學路徑。習近平總書記還親自倡導設立『文化研究工程』並擔任指導委員會主任，親自定方向、出題目、提要求、作總序，彰顯了深沉的文化情懷和强烈的歷史擔當。這些年來，浙江始終牢記習近平總書記殷殷囑托，以守護『文獻大邦』、賡續文化根脈的高度自覺，持續推進浙江文化研究工程，接續描繪更加雄渾壯闊、精美絕倫的浙江文化畫卷。堅持激發精神動力，圍繞『今、古、人、文』四大板塊，系統梳理浙江歷史的傳承脈絡，挖掘浙江文化的深厚底蘊，研究浙江現象、總結浙江經驗、豐富浙江精神，實施『「八八戰略」理論與實踐研究』等專題，爲浙江幹在實處、走在前列、勇立潮頭提供源源不斷的價值引導力、文化凝聚力、精神推動力。堅持打造精品力作，目前一期、二期工程已經完結，三期工程正在進行中，出版學術著作超過一千七百部，推出了『中國歷代繪畫大系』等一大批有重大影響的成果，持續擦亮陽明文化、和合文化、宋韻文化等金名片，豐富了中華文化寶庫。堅持礪煉精兵强將，鍛造了一支老中青梯次配備、傳承有序、學養深厚的哲學社會科學人才隊伍，培養了一批高水平學科帶頭人，爲擦亮新時代浙江學術品牌提供了堅實智力人才支撑。

文化是民族的靈魂，是維繫國家統一和民族團結的精神紐帶，是民族生命力、創造力和凝聚力的集中體現。在以中國式現代化全面推進强國建設、民族復興偉業的新征程上，習近平文化思想在堅持『兩個結合』中，以『體用貫通、明體達用』的鮮明特質，茹古涵今明大道、博大精深言大義、萃菁取華集大成，鮮明提出我們黨在新時代新的文化使命，推動中華文脈綿延繁盛、中華文明歷久彌新，推動全黨全國各族人民文化自信明顯增强、精神面貌更加奮發昂揚。特别是今年九月，習近平總書記親臨浙江考察，賦予我們『中國式現代化的先行者』的新定位和『奮力譜寫中國式現代化浙江新篇章』的新使命，提出『在建設中華民族現代文明上積極探索』的重要要求，進一步明確了浙江文化建設的時代方位和發展定位。

文明薪火在我們手中傳承，自信力量在我們心中升騰。縱深推進文化研究工程，持續打造一批反映時代特徵、體現浙江特色的精品佳作和扛鼎力作，是浙江學習貫徹習近平文化思想和習近平總書記考察浙江重要講話精神的題中之義，也是浙江一張藍圖繪到底、積極探索闖新路、守正創新强擔當的具體行動。我們將在加快建設高水平文化强省、奮力打造新時代文化高地中，以文化研究工程爲牽引抓手，深耕浙江文化沃土、厚植浙江創新活力，爲創造屬於我們這個時代的新文化貢獻浙江力量。要在循迹溯源中打造鑄魂工程，充分發揮習近平新時代中國特色社會主義思想重要萌發地的資源優勢，深入研究闡釋『八八戰略』的理論意義、實踐意義和時代價值，助力夯實堅定擁護『兩個確立』、堅决做到『兩個維護』的思想根基。要在賡續厚積中打造傳世工程，深入系統梳理浙江文脈的歷史淵源、發展脈絡和基本走向，扎實做好保護傳承利用工作，持續推動優秀傳統文化創造性轉化、創新性發展，讓悠久深厚的文化傳統、源頭活水暢流於當代浙江文化建設實踐。要在開放融通中打造品牌工程，進一步凝煉提升『浙學』品牌，放大杭州亞運會亞殘運會、世界互聯網大會烏鎮峰會、良渚論壇等溢出效應，以更有影響力感染力傳播力的文化標識，展示『詩畫江南、活力浙江』的獨特韻味和萬千氣象。要在引領風尚中打造育德工程，秉持浙江文化精神中藴含的澄懷觀道、現實關切的審美情操，加快培育現代文明素養，讓陽光的、美好的、高尚的思想和行爲在浙江大地化風成俗、蔚然成風。

我們堅信，文化研究工程的縱深推進，必將更好傳承悠久深厚、意藴豐富的浙江文化傳統，進一步弘揚特色鮮明、與時俱進的浙江文化精神，不斷滋育浙江的生命力、催生浙江的凝聚力、激發浙江的創造力、培植浙江的競争力，真正讓文化成爲中國式現代化浙江新篇章中最富魅力、最吸引人、最具辨識度的閃亮標識，在鑄就社會主義文化新輝煌中展現浙江擔當，爲建設中華民族現代文明作出浙江貢獻！

二〇二三年十二月

前言

吴萊（一二九七—一三四〇），字立夫，浦江（今金華市浦江縣）人，元集賢大學士吴直方之子。七歲，善屬文。從學於南宋遺民方鳳，方鳳極爲器重，以孫女妻之。元仁宗延祐七年（一三二〇），吴萊以《春秋》舉上禮部，尋以「論議不合於禮官」（宋濂《淵穎先生碑》），退歸鄉里，隱居深裹山中，人稱「深裹先生」。在遊覽嘯詠之外，深研學問，勤於著述，四方學者多負笈從之遊，宋濂、胡翰、戴良均爲其弟子。元惠宗至元三年（一三三七），監察御史許紹組（字克學，許衡曾孫）行部浙東，薦吴萊爲饒州路長薌書院山長，未行而疾作。元惠宗至元六年（一三四〇）四月九日卒於家，享年四十四。門人私謚曰「淵穎先生」。《元史》卷一八一、《浦陽人物記》有傳。

吴萊在元末頗有影響，除了以文章名世，與黄溍、柳貫並爲「一代之儒宗」（歸有光《浙省策問對二道》）之外，還是金華文派的代表之一，上承方鳳，下啓宋濂，成爲元明文脈中不可忽視的重要人物。《四庫全書總目提要》評價《淵穎集》言：「萊與黄溍、柳貫並受業於方鳳，再傳而爲宋濂，遂開明代文章之派。」據宋濂《淵穎先生碑》，吴萊著述頗豐，有《尚書標説》六卷、《春秋世變圖》二卷、《春秋傳授譜》一卷、《古職方録》八卷、《孟子弟子列傳》二卷、《楚漢正聲》二卷、《樂府類編》若干卷、《唐律删要》若干卷、《文稿》六十卷。另有《詩傳科條》《春秋經説》《胡氏傳考誤》未完稿。可惜大多不傳。元至正間，門人宋濂整理吴萊遺稿，『摘其有關學術論議之大者，以所作先後爲序』（吴萊子士諤語），得十二卷，其中賦一卷、詩歌三卷、文八卷。前有胡翰、劉基、胡助所作之序，後有附録一卷（包括《淵潁先生碑》及《謚議》）。宋濂令其子宋璲謄寫，付梓刊行。吴士諤又言『餘未刻者其多不啻三之二，物力單微，而不能俱也』，可知宋濂所編之集剪除甚多，已非吴萊詩文集之全貌。明王圻《續文獻通考》著録『《淵潁集》十卷，吴萊著。又集六十卷』，清黄虞稷《千頃堂書目》著録『《吴萊文集》六十卷』。然六十卷本現已不可見，流傳最廣的依舊是宋濂所編十二卷本《淵潁吴先生集》。至明代中期，年月既久，刻板弗存。嘉靖元年（一五二二），太常博士李鶴鳴（字九皋）出示元本《淵潁吴先生集》，祝鑾據此重刻。萬曆三十九年（一六一一），吴萊九世孫吴邦彦再付梨棗，題名《存心堂遺集》。清康熙四十八年（一七〇九），存心堂刻板毁於火，次年十四世孫吴文、吴漣等捐豹文堂蓄貲校梓。雍正元年（一七二三），吴漣又校正重刊。豹文堂本按文體編次，篇目順序與以往版本不同。民國年間，胡宗楙編《續金華叢書》收入家藏元至正本《淵潁吴先生集》，校以存心堂、豹文堂本，作《淵潁吴先生集考異》。《四部叢刊初編》初印時收入祝鑾本，重印時因認爲『祝刻文字，每有臆改』（林志烜語），改用蕭山朱氏翼盦藏元至正刊本，並附林志烜《淵潁吴先生文集札記》。此外，吉林文史出版社於二〇一〇年出版了《吴萊集》，該本以《四部叢刊初編》影印元至正刊本爲底本點校而成。

吴萊文集的歷代刊刻情況大略如前所述。與上述版本相比，刻於康熙六十年（一七二一）的《吴淵穎先生集》較爲特别。康熙五十八年（一七一九），王邦采及其侄子王繩曾取吴萊集，相與校勘箋釋，康熙六十年（一七二一）完成並付梓，共十二卷。是書雖題名《吴淵穎先生集》，實則不含文章，而是將十二卷本中的三卷詩歌共二百六十七首按體重新編排，並進行箋注。吴萊的詩歌創作自有其特點，據王注《吴淵穎先生集》，古體詩八卷，共一百九十七首，數量遠超近體。儘管現存作品不能體現吴萊詩歌創作的全貌，但古體爲吴萊所擅，且爲後世詩家所重，當無可異議。宋濂《淵穎先生碑》曾列舉一事，吴萊見故人家几上有剡紙數十番，『戲爲長歌，頃刻而盡。屬對嚴巧，文采縟麗，觀者驚以爲神，謂非人所能及』，足見其憑氣縱横、驅使卷軸之能。這在現存吴萊長篇古詩中亦能感受一二。吴萊詩歌得到後世部分詩家的讚譽，清宋犖論詩歌流别，言『元末，楊維楨、李孝光、吴萊爲之冠』（《西陂類稿》），可以説是推崇備至了。王士禛選古詩，七言部分元代僅選了虞集（二十七首）、劉因（九首）、吴萊（二十八首）三人的作品，《七言凡例》云：『元詩靡弱，自虞伯生而外，唯吴立夫長句瑰偉有奇氣。』《論詩絶句》將吴萊與楊維楨並列而論：『鐵崖樂府氣淋漓，淵穎歌行格盡奇。』宋、王二人之論或有主觀喜好在内，所言未免溢量。吴萊長期浸淫經史，學問賅博，加以縱宕之氣，詩作一往而下，往往少安排，也不免因用字、用典而稍顯生硬。翁方綱言吴萊『詩奇情異彩，都從生硬斫出，又以自己胸中鎔經鑄史之氣，而驅使一時才俊之字句，卓然豪宕，凌厲無前。』所論極精到。黃清培《香石詩話》評吳萊詩『氣骨有餘而變化不足』，朱庭珍《筱園詩話》言其『繁稱博引，堆垜典故』，方東樹對吳萊詩的批評更是毫不留情，指責其用事『全見瘢痕』，稱《題南平王鍾傳醉搏虎圖》《題晉劉琨雞鳴舞劍圖》《觀唐昭陵六駿石像圖》等作有俗氣、傖氣。（見《昭昧詹言》卷十二）這些評論都在一定程度上反映了吳萊詩的特點。

因此，對於這樣一部詩集，詳加箋注自是必要之舉。王邦采、王繩曾所注《吳淵穎先生集》兩閱寒暑而成，用力甚勤。王邦采，字貽六，無錫人，諸生，中歲後棄舉子業。《無錫金匱縣志》言其『覃精六經，淹該史學，好爲詩古文辭，尤工於畫。跌宕超逸，入古人妙境，精別金石、縑素、南北宋雕鎪版本，吳興賈人接踵就辨真贋。又喜箋注前人遺編，如徐節孝、晁具茨、吳淵穎諸集，而《離騷》更別有解會云』。〔二〕王繩曾，字武沂，無錫人。雍正八年（一七三〇）進士，官揚州府教授，著有《春秋經傳類聯》。王氏的箋注重在典故溯源和字詞訓釋，引用文獻豐富，注文詳明，時出己見。王氏注本的詩歌正文與至正刊本存在不少差異，箋注對部分異文作了解釋。此舉在疏通詩意的同時，又證明了至正本的訛誤，間接表達了改字的緣由。如至正本『爰旌目』誤作『爰旌日』（《病起讀列子》），『常樅』誤作『當樅』（《病齒》），王氏注本均予以改正，並通過注文指明出處。再如，『泰山皃繹倚魯鄒』（《送俞觀光學正赴調京師》），『繹』，至正本作『澤』，王注則指出這裏的『繹』指鄒嶧山。『謏儒輕戰勇』

（《新得南海志觀宋季崖山事蹟》），『謏』，至正本作『諛』，王注則以『可以小致聲譽』釋『謏』。可以説起到了校與注的雙重效果。吴萊詩歌用典甚多，注文難免有疏漏之處，如卷六《觀秦丞相斯鄒嶧山刻石墨本碑》『楚金竵匾猶躇蹈』，注文引用陳琳《武庫賦》『楚金越冶』一語釋『楚金』，而未指出『楚金』乃南唐徐鍇的字，於詩意終究隔了一層。然而瑕不掩瑜，對於讀者把握詩歌意脈，體會吴萊詩歌風格，王注具有極大的參考價值。此外值得一提的是，王邦采在卷一《胡仲申至》的箋注中收録了其族父王文安的《説硯詞》十闋、《别硯詩》四章。王文安生平不詳〔二〕，其作品賴此以傳，亦是一幸。

王注《吴淵潁先生集》初刻於康熙六十年（一七二一），同治九年（一八七〇）永康應氏重刻。該書先被收入《金華叢書》，後《叢書集成初編》又據《金華叢書》本排印。爲呈現吴萊詩歌王邦采注本的面貌，以及吴萊詩文的全貌，此次點校整理主要有以下兩項内容。

首先，對王邦采注本的整理。以康熙六十年刻《吴淵潁先生集》爲底本，爲了與詩文合璧本區分開來，將該書書名易爲《吴萊詩集》。其中的詩歌正文，校以《四部叢刊初編》影印蕭山朱氏翼盦藏元至正刊本《淵潁吴先生集》（簡稱四部叢刊本），同時以中華再造善本影印國家圖書館藏元末刻《淵潁吴先生集》（簡稱國圖本）、台灣『國家圖書館』藏明萬曆三十九年吴邦彦刻本《存心堂遺集》（簡稱存心堂本）、哈佛燕京圖書館藏雍正元年刊豹文堂《重刻吴淵潁集》（簡稱豹文堂本）參校，並適當參考胡宗楙《淵潁吴先生集考異》（簡稱《考異》），林志烜

《淵穎吴先生文集札記》（簡稱《札記》）。底本中部分不常見異體字、俗體字改爲通行繁體字，『己』『已』『巳』、『鳥』『烏』、『項』『頊』等明顯筆誤則據文意徑改，不另出校勘記。凡遇異文，統一以校勘記的形式列出。異體字、通假字若不涉及詩句歧義，一般不出校。底本正確而校本誤者不出校。對於王氏注文所引文獻，若有明顯錯誤，或有礙理解的地方，依據通行版本進行校對，並酌情修正，删字用圓括號（），補字用方括號［］，不另出校記。底本有七處於正文之下用小字標出異文，今保留原樣，出校標準同前。

其次，對吴萊文集的整理。以四部叢刊重印本爲底本，校以豹文堂本，同時以國圖本、存心堂本、王邦采注本、四庫本參校，並參考胡宗楙《考異》與林志烜《札記》。異體字、俗體字處理方法同上。凡遇異文，統一以校勘記的形式列出。異體字、通假字若不涉及詩（文）句歧義，一般不出校。底本錯誤之處，據校本改正，並出校記，底本正確而校本誤者一般不出校。

吴萊有部分詩文載於他書，而不見於文集。今從他書輯出，作爲輯佚部分。此外，豹文堂本的附録增加了不少序跋題記，本書的附録將其一同收入，並作適當補充，按傳記文獻、贈答題記、序跋書信的順序進行編排。其中，宋濂所撰吴萊碑文及謚議文已見於王邦采注本，則不再重複收入附録中。

本書在整理過程中得到了諸多幫助，江南大學中文系教師熊湘校對了部分文稿，學生向睿麟、肖雨薇、吴波騰、張雅傑、石浩代爲録入《吴萊詩集》前六卷部分内容。限於個人學識，本書不免存在疏漏、錯誤之處，敬請讀者批評指正。

党月瑶識於江南大學江南文化研究中心

注　釋

〔一〕關於王邦采生平著述，參見伊雯君《王邦采生平著述考》，《唐山學院學報》二〇二〇年第二期。

〔二〕周亮工《印人傳·書王文安圖章前》云：『王文安定，梁溪人。』王邦采所言『文安』或即王定，然文獻不足，僅録以備考。

目録

吴萊詩集卷第二……（五六）

吴萊詩集卷第三……（九二）

吴萊詩集卷第四……（一三〇）

吴萊詩集卷第七

吴萊詩集卷第八 ……（二八八）

吴萊詩集卷第九

吴萊詩集卷第十

吴萊詩集卷第十一……（三六一）

吴萊詩集卷第十二……（三六九）

淵潁吴先生集

淵潁吴先生集卷之一……（三八二）

淵潁吴先生集卷之九……（六四三）

淵潁吴先生集卷之十……（六六六）

淵潁吴先生集卷之十一……（六八七）

輯　佚

附録

序跋書信

吴萊詩集

〔元〕吴　萊　撰
〔清〕王邦采　王繩曾　箋

序

王邦采

文章不朽，自古爲難。其地各殊，其文亦别。有廊廟之文，有山林之文。廊廟之文多頌言，山林之文多逸體。二者工拙互有不同，要如秦越之分途矣。若夫身在山林，心存廊廟者，耳之所感，目之所遇，苟關於治亂興亡、出處進退之大，必予文乎發之。雖一技一物，可規可諷者，亦必借以盡洩其胸中之藴，而一歸於粹正。若是者，則爲持世之文，文至足以持世，乃可垂不朽而無難。顧論者或曰：『其人其文，大抵皆不得志於時者之爲耳。憤而傷激，何如婉而多風？』予竊以爲不然。蓋其人具卓犖之姿，亦既生不逢時，自不屑婉婀雷同，與世俯仰，故其文氣體恣肆，音節悲壯。起衰式靡，厥功偉焉。君子既嘉其志潔而行高，而又未嘗不傷其命之窮也。

元處士浦江吴淵潁先生，負奇才，慨然思有所建白，而不得遂。遂隱居著述以自娱，有文集十二卷行世。後之讀其詞者，見其風華足以被蓁蕪，敷贍足以飫虚枵，宏放足以震聾瞽。以爲文之不朽在是，而不知其上下古今，發揮經傳，取材富而寓意微。要以扶植世風、闡揚聖教爲己任。至於吴妖楚艷，春思秋悲，不令有纖毫犯其筆端。雖光焰萬丈，不知較之古人爲何如？然其命意之正，選詞之粹，求之傳集中，正未易一二覯也。歲己亥，家姪武沂都門旋里，因取先生集，相與校勘箋釋。凡兩閱寒暑而成，竊嘆先生以如是之才，膺如是之遇，又不幸早世，弗克一展其學。才人不遇，今古類然。然以先生高蹈明決若此，宜其簡棄一切，乃猶汲汲爲世道人心計，不徒效夫放曠者所爲，則又今古才人之不必盡然者也。先生之文之所以不朽者，其在是乎？其在是乎？

嗚呼！吾嘗讀漢司馬長卿傳，非不文采爛然，綺奧可喜。然而曲終奏雅，揚子譏之。及讀揚子《法言》，乃盛稱莽功德，何哉？後之譏今，亦猶今之譏昔矣。吾盖因先生之文，益想見先生之爲人也。惜乎家鮮藏書，質加譾陋。搜羅未備，考訂未精。姑闕疑焉，以俟博雅之君子。

康熙歲次辛丑三月，錫山王邦采書于重陽閣。

原序

胡翰

太上有立德，其次有立功，其次有立言。三者不同，苟有一焉，皆足以立乎天地之間而無愧於爲人矣。自世之言者陋文章之習而高德行之士，伸一人於千萬人之上，其意將以懲夫末流之敝云爾，非所以顯道神德行也。古之聖人，德修於身矣，而又欲天下皆如吾身之修也。豈惟天下皆如吾身之修哉，而又欲後世皆如吾身之修也。天下盡乎人矣，吾身可以及之；後世非止乎今也，吾身烏得而及之？是則吾德之所被，而吾功之所樹者亦斬矣。然聖人必欲使天下後世皆有以及焉，則立言其可少哉？六經，聖人之文也。所以爲天地立心，爲生民立命，爲萬世開太平者，非細故矣。由是以降，苟非申、韓之刑名，管、商之功利，儀、秦之捭闔，孫、吴之陰謀，楊朱、墨翟、老、莊、釋氏之淫辭邪説，凡是非不詭於聖人者，其於人心世教豈盡無所裨益哉？翰嘗讀賈誼、董仲舒之文，而恨當世不能盡用。及觀揚雄之《太玄》《法言》，又嘆時人少有知者，以爲豪傑之不遇大率如斯。故不待論其言之傳否，而深爲有國者惜之。

今南北混一以來，朝廷太平之治垂及百年，仁恩福澤，結在人心，而紀綱法度寖不能無弛。先生當延祐、天曆之間，嘗慨然有志當世之務矣。其《擬諭日本書》蓋其十八時所作也，人謂其有終軍、王褒之風。其論守令、鹽筴、楮弊〔一〕事，逮今十有餘年，執政者釐而正之，往往多如其說。先生析辭指事，援筆頃刻數百言，馳騁上下，要不失乎正。雖處山林，未嘗忘情天下。使其在官守言責之列，推明古者所以立極成化之道，爲吾君吾相言之，當不止是也。而先生命不與時偶，器不求人售，素又羸弱多疾，未中歲而早卒。今之著於篇者，殆猶未盡其藴也。

初，浦江有宋儒者曰方韶父先生，師法爲學者所宗，知名之士如侍講黄公、待制柳公皆出其門。晚得先生，尤奇其才，而以斯文望焉。先生貌寢陋，言語若不出諸口，而敏悟過人，得於天性。少嘗從族父幼敏家竊取書觀之，族父知而叩之，靡不成誦。博聞强記，與之游者皆自以爲不及。會有司舉進士，遂以《春秋》中鄉試。北至燕，東浮於海。好爲瓌奇雄偉之觀，見人固守章句，意頗陋之。然則先生之所負抱者爲何如哉！惜其學不見於用，而世之知者鮮也。門人宋濂懼其泯而不傳，廼彙次其詩文，爲集若干卷，俾翰爲之序。烏乎！翰昔受教於先生，竊觀先生之所以用其心者，期以立乎天地之間，無愧於爲人焉耳，烏暇較一世之短長哉？故論而序之，信是集之不可不傳也。

先生諱萊，字立夫。至正十有二年秋八月二十六日，門人胡翰謹序。

校勘記

〔一〕『弊』，存心堂本、豹文堂本同，四部叢刊本、國圖本作『幣』。

序

劉基

人之所以成名者三，曰道德、文章、技藝，皆不可以無師。道德以爲之根榦，文章、技藝以爲之葩華、枝葉。生而知之者，間世或出，人不能皆也。苟無師焉，如矢之無弓，如汲之無綆，如醫之無方，如車之無御，如越人之燕而無爲之導。矢無弓，雖見而不能造。汲無綆，雖欲而不能得。醫無方，雖知病而不能療。車無御，雖有馬而不能用〔一〕。越人之燕而無爲之導，則不阻於江河，必迷於岐路。雖抗其心神，羸其筋骨，終不能以徑達。故器備矣，必諧之以律吕，然後可以成聲音。物有矣，必將之以禮樂，然後可以致鬼神。兵足矣，必律之以曲制，然後可以平邦國。是故摶土爲尊而畫之，與犧象不異，而不可以盛酒，未嘗由乎鈞陶也。削木爲弓而漆之，與彤旅〔二〕不異，而不可以穿革，未嘗由乎檃括也。人之欲成名而無師焉，亦是之類矣。予嘗悲今之爲文章者，皆不如古，及見宋君景濂而心服之。嘗爲叙其文集，以命後進。又每慨嘆輿圖之廣，生養休息非一二世，何太平遺老就盡，漠乎無有繼者，而天獨私於宋君也。及今年，宋君以其師吳先生之遺文若干卷示予。予一讀而駭，再讀而敬，三讀而不知神與之接，融融瀀瀀，不知其旨之、樂之、詠之、歎之也。於是乎乃知宋君之所以過人者，有自來也。

昔者孟子謂離婁之明、公輸子之巧，不以規矩，不能成方圓；師曠之聰，不以六律，不能正五音；堯舜之道，不以仁政，不能平治天下。唐柳子謂今之世，不聞有師。予雖與吴先生同爲浙東人，而各里其里，無事不相來往，不及見吴先生。今得偶宋君於羈旅，且因宋君而得見吴先生之文，乃知浰河之東，以文章鳴於世者，無時而乏。故竊自慶而爲之序，具陳其不可無師之説，庶有裨於後來者哉！

文林郎、江浙等處行樞密院都事、前進士青田劉基序。

校勘記

〔一〕『用』，存心堂本、豹文堂本同，四部叢刊本、國圖本作『同』。

〔二〕『兹』，四部叢刊本、國圖本、存心堂本、豹文堂本作『玆』。

序

胡助

浦陽仙華諸峰蒼翠萬仞，其嶄絶峻拔之形，瑰詭雄峙〔一〕之狀，金華北山不能過也。故其氣之清淑靈秀，蜿蜒〔二〕磅礴，而鍾爲名世文儒者，固宜有之。若存雅先生方公、翰林待制柳公，則其人也，最後深裹先生吴君立夫出焉。立夫氣禀尤異，負絶倫之才。自其少時讀書，日記數千百言，下筆爲文，如雲興水湧。二先生深所畏愛者也。故方公以孫女妻之，而且盡傳其學焉。凡天文地理、井田兵術、禮樂刑政、陰陽律曆，下至氏族方技、釋老異端之書，靡不窮考。含其英，咀其華。於經史之學益研精，究其指歸，故發爲議論文章，滔滔汩汩，一瀉千里，如長川大山之宗夫海嶽也，如千兵萬馬啣枚疾馳而不聞其聲也。嗚呼，壯哉！他人恒苦其淺陋，立夫獨患其宏博者也。庸詎非仙華神秀之所鍾而能若是耶？惜其蚤世，莫得少見於時，僅嘗一用《春秋》薦，不第，遂隱居講學。從遊甚衆，凡經指授，悉有可觀。於是大肆其力於學問文章，而卓乎不可及矣。嗟夫！彼其僥倖一官，乘時射利，而無片言隻字可傳於世者，其視吾立夫雄文偉論，馳騁於司馬子長、劉向、揚雄之間者，是果孰爲失得哉？必有能辨之者。

今門人高弟宋君景濂不忘其師，子雲之侯芭，昌黎之李漢也。收拾遺文若干卷，徵予序引。夫文豈待序而傳者哉？然玉韞石輝，珠藏川媚，異時僊華山下有光燭天者，必遺文所在也，尚何患其不傳哉？

承事郎、太常博士致仕東陽胡助謹序。

校勘記

〔一〕『峙』，存心堂本、豹文堂本同，四部叢刊本作『特』。

〔二〕『蜒』，存心堂本、豹文堂本同，四部叢刊本、國圖本作『蟺』。

謚　議

宋　濂　等

《傳》曰：『物生而後有象，象而後有滋，滋而後有數。』數成而文見矣。是則文者，固囿乎天地之中，而實能衛翼乎天地，品裁六度，叶和三靈，敷陳五彝，開道四德，何莫非文之所爲？而所謂文者，非他，道而已矣。故聖人載之則爲經，學聖人者，必法經以爲文。譬之於木，經，其區幹者歟；文，其柯條者歟。安可以岐而二之也？自史氏失職，以訓詁列之儒林，以辭章書之文苑。雖欲昭後世之弊，而失之古義蓋遠矣。

有如長薌書院山長吴公先生，風裁峻明，才猷允茂，漱六藝之芳潤，爲一代之文英。纂述之勤，汗簡日積。於《詩》《書》則科分脉絡而標其凡，於《春秋》則脱略三《傳》而發其藴，於諸子則研覈真僞而極其言，於三史則析分義例而嚴其斷。藻繢所及，無物不華。汪如長江，峻如喬嶽，激如雷電，和如春陽。其妙用通於造化，其變通莫拘，若應龍之不可羈。觀其所志，直欲等秦漢而上之。凡流俗剽竊無根之學，孱弱不振之章，皆不足闖其藩垣而逐其軌轍者也。嗚呼，盛哉！門生學子僉曰：『經義玄深，非淵而何？文辭貞敏，非潁而何？』於是私謚曰『淵潁先生』云。門人宋濂等謹議。

碑文

宋濂

浦陽江之上有大儒曰淵潁先生吴公，以精深玄懿之學，發沉雄奇絶之文，闔陰闢陽，出神入鬼，縱横變化，其妙難名。生雖弗克顯融以伸其志，既没而言立，浩浩穰穰，其書滿家，信一代之偉人，足以播芳猷於弗朽者也。先生諱萊，字立夫，姓吴氏。其先毗陵人，一遷於番，再遷於睦，三遷婺浦江之新田。唐乾寧初，有諱公養者又遷縣西之吴溪，實德政鄉尊仁里也。高祖諱聞，贈中奉大夫、福建道宣慰使、護軍，追封渤海郡公。妣盛氏，追封渤海郡夫人。曾祖諱蕃，累贈資善大夫、太常禮儀院使、上護軍，追封渤海郡公。妣沈氏，追封渤海郡夫人。祖諱伯紹，累贈翰林學士承旨、榮禄大夫、柱國，追封渤國公。妣金氏，追封渤國夫人。父諱直方，集賢大學士、榮禄大夫致仕。妣盛氏。

初，盛夫人懷娠始七月，翰林公夢西域神人飛空而來，直止夫人之寢，心異之。越翼日，先生遂生，因名曰來。夫人頗知書，年四歲，授以《孝經》《論語》《春秋穀梁傳》，隨口成誦。七歲，善屬文，有奴僕命《騷》之言。巖南先生方公鳳見而奇之，曰：『此邦家材也。』取《南山有臺》詩中語，更今名。族父幼敏家素多書，先生時出與群童敖，私挾一編以歸，晝夜讀竟，又復往易。或以聞於幼敏，迫而觀之，乃班固《漢史》也。幼敏指《谷永杜鄴傳》，謂曰：『爾竊觀吾書，能記是，當不爾責。』先生琅然誦之，至終篇〔一〕，一字不遺。幼敏以爲偶熟此卷，三易他編，其誦皆如初。乃盡出所藏書，畀之讀。巖南益異之，許以孫女妻焉，且授《易》《書》《詩》三經義，暨秦漢而下諸文章大家，先生一覽即悉其指趣。巖南退謂人曰：『明睿如吴某，雖汝南應世叔，政不足多也。』自是以來，先生博極群書，至於制度沿革、陰陽律曆、兵謀術數、山經地志、字學族譜之屬，尤無所不通矣。時朝廷將有事於東夷，即自奮曰：『此小醜耳，何必上勤王師？使人〔二〕持尺書諭之足矣。』因撰疏論其事。會病，不果上。

延祐間，貢舉法行，有司以先生名上。豫章熊公朋來、巴西鄧公文原及吾郡胡公長孺主去留士。此三數公輩行老成，學術淹貫，自非博古該今，明體適用，咸懼不得在兹選，而先生與焉。於是東經齊、魯、梁、楚之郊，北抵燕，每遇中原奇絶處，輒瞪然長視。平岡灌莽，一望千里。昔人歌舞戰争之地，壹皆前迎後却，畢在塵沙霜露中。遂與當塗李巽、餘姚方九思、臨川傅斯正貰酒高歌。天寒風急，毛髮上竪，自謂綽有司馬子長遺風。尋以論議不合於禮官，退歸田里。出游海東洲，歷蛟門峽，過小白華山，登盤陀石，著《觀日賦》以見志。還，寓同縣陳士貞家。士貞之居與龍湫五洩隣，榛篁蒙冪，似不類人世。先生日嘯咏其中，暢然自得，或至暮忘返。游覽之暇，不廢纂述。重取《春秋傳》五十餘家，各隨言而逆其意，一以理折衷之。譬猶法家奏讞傳逮爰書，既得其情，而曲直真僞無所隱。至若《繁露》《釋例》《纂例》《辨疑》《微旨》《折衷》《權衡》《意林》《通旨》之類，皆有論著。復謂孟子乃亞聖之大才，司馬遷不當使與鄒衍、奭、淳于髡、慎到、荀卿、墨翟、尸佼、長盧同傳，因删去諸子，益以萬章、公孫丑之徒，作《孟子弟子列傳》。古今樂府不同，郭茂倩不當但取標題，無時世先後。就其所次，辨其時代，使各成家，名《樂府類編》。古之賦學專尚音，必使宫商相宣，徵羽迭變。自宋玉而下，惟司馬相如、揚雄、柳宗元能調協之。因集四家所著，名《楚漢正聲》。其他著述若此者衆，不能殫舉也。四方學士慕其聲光，多負笈從之游。先生遇之恒若撫子姓，羞服有不給者，周之。監察御史許君克學行部浙東，以茂才薦，署饒州路長薌書院山長。未行而疾作，裒風挾沴血交襲，顔面黧黑，兩脛罷孱，不可越户限。重紀至元六年，先生年四十四，棲遲衽席，愈不自振。忽夢作《童〔三〕汪踦贊》，覺，謂人曰：『汪踦，殤者也。予自嬰疾以來，何藥不嘗，而勢革若此。今歲殆不起邪？』夏四月九日，竟卒於家。遺命，治喪不用浮屠法。諸生胡邦翰、鄭銘等來相治後事。二子士謂、士謐以至正元年十一月二十四日奉柩窆鄉之盉塢，去家南五里而近。及門之士以其經義玄深而文辭貞敏也，私謚曰『淵潁先生』。郡太守、縣大夫復各祠之於學宮〔四〕云。

先生自少有大志，專思澤物，不欲以文士名。每慕張宣公爲人，推明義利，雖一毫不苟取。表裏一致，與人游，驩然有恩，愈久愈固。身雖羸弱，若不勝衣，雙瞳碧色，爛爛如巖下電，見者改容。鑒裁精絶，人以古詩文試之，先生察其辭氣，即知其爲某代某人所作。當其賦咏，捷如雨風。一日於故人家見几上堆剡紙數十番，戲爲長歌，頃刻而盡，屬對嚴巧，文采縟麗，觀者驚以爲神，謂非人所能及。所著書有《尚書標説》六卷、《春秋世變圖》二卷、《春秋傳授譜》一卷、

《古職方録》八卷、《孟子弟子列傳》二卷、《楚漢正聲》二卷、《樂府類編》若干卷、《唐律删要》若干卷、《文稾》六十卷。別如《詩傳科條》《春秋經説》《胡氏傳攷誤》未完。

夫自文氣日卑，士無真識，往往倚人之論以爲低昂。其推古之作者，則曰雄渾贍富，唯有漢之文爲然；淳質雅奥，亦唯有漢之文爲然。今之從事藝文者如之何可及也。嗚呼，豈其然哉？苟以先生諸作寘之司馬遷、相如、劉向、王褒之間，吾知其未必有愧也。第以數與時違，弗沾一命，以至於死，不大顯白於世。所幸雄篇鉅册，彪炳烜著，有如日星，尚當藏諸名山，以俟後世之知揚子雲者。銘曰：

大火焞焞，司於南辰。重明宣昭，神之伸也。有赫厥靈，郁紛輪囷。敷僞〔五〕至文，降於人也。斧藻交横，黼黻斯皇。變化凌厲，動無方也。雲流猋行，品彙咸亨。於爗其光，寂無聲也。胡積之腴〔六〕，不顯其施。返於混茫，朱鳥之區也。騎箕之精，上爲列星。發天之符，合地貞〔七〕也。石室之藏，雄文吐芒。鬼神呵衛，禁不祥也。泰華嶙峋，長河翕沄。永世有耀，與之俱存也。

門人前史官宋濂撰。

校勘記

〔一〕『篇』，存心堂本、豹文堂本同，四部叢刊本、國圖本作『第』，屬下讀。

一六

〔二〕『人』，存心堂本、豹文堂本同，四部叢刊本、國圖本作『某』。

〔三〕『童』，豹文堂本同，四部叢刊本、國圖本、存心堂本作『重』。按《禮記·檀弓下》：『與其隣重汪踦往。』鄭注：『重皆當爲童』。

〔四〕『宮』，存心堂本、豹文堂本同，四部叢刊本、國圖本作『官』。

〔五〕『僞』，存心堂本同，四部叢刊本、國圖本、豹文堂本作『爲』。

〔六〕『腴』，存心堂本同，四部叢刊本、國圖本、豹文堂本作『腴』。

〔七〕『貞』，國圖本、存心堂本、豹文堂本同，四部叢刊本作『坤』。

吴萊詩集卷第一

錫山王邦采貽六 繩曾武沂 箋

觀孫太古周天二十八宿星君像圖

《尚書·堯典》注：南方朱鳥七宿，東方蒼龍七宿，北方玄武七宿，西方白虎七宿。又：二十八宿衆星爲經，金、木、水、火、土五星爲緯。鄭氏曰：二十八宿環列於四方，隨天西轉。東方七宿，自角至箕，是爲蒼龍，以次舍言，則房心爲大火之中；南方七宿，自井至軫，是爲鶉鳥，以形言，則有朱鳥之象；虛者，西方七宿之中星也；昴者，北方七宿之中星也。星本不移，附天而移。天傾西北，極居天之中，二十八宿半隱半見，各以其時，故必於東南而考之。仲春月，星火在東，星鳥在南，星虛在西，星昴在北；至仲夏，則鳥轉而西，火轉而南，虛轉而北，昴轉而西；仲秋，則火轉而西，昴轉而南，虛轉而東，鳥轉而北；仲冬，則虛轉而南，昴轉而西，鳥轉而東，火轉而北；來歲仲春，鳥復轉而南，循環無窮。此《堯典》考中星以正四方，甚簡而明。

大圜杳何極，《易》：乾爲天爲圜。《説文》：天體也。《管子》：能戴大圜者，體乎大方。《呂氏春秋》：大圜在上，大矩在下。注：圜，天也；矩，地也。鼇柱屹不傾。《列子》：女媧氏煉五色石以補其闕，斷鼇足以立四極。其後共工氏與顓頊争爲帝，怒而觸不周之山，折天柱，絶地維。故天傾西北，日月星辰就焉；地不滿東南，故百川水潦歸焉。日月光最耀，衆星莽縱横。周天二十八，錯粲各有名。荒哉審厥象，晃朗一作焩〔二〕奪目睛。東垣青龍崛，西圉白虎獰。翾飛鳥隼狀，偃伏龜蛇精。《史記》：太微宫垣十星，東垣北上相名左掖門，西垣北上將名右掖門。與紫宫垣同。張衡《靈憲》：蒼龍連蜷於左，白虎猛據於右，朱雀奮翼於前，靈龜匿首於後，黄龍軒轅於中。則軒轅一星，與蒼龍、白虎、朱雀、玄武四獸爲五矣。屈原《九歌》：翾飛兮翠曾。翾，音暄。《説文》：小飛也。紫宫自然拱，《後漢天文志》：紫宫，天子宫。《晋天文志》：紫微大帝之坐。銀漢無復聲。《河圖括地象》：河精上爲天漢，亦曰銀潢、銀河、銀漢、絳河、華漢。五行所經緯，《晋·天文志》：歲星東方木，熒惑南方火，填星中央土，太白西方金，辰星北方水。金星一日移一度，一月移一宫，一歲一周天。木星十二日移一度，一歲移一宫，十二歲一周天；火星二日移一度，二月移一宫，二歲一周天；土星二十八日移一度，二十八月移一宫，二十八年一周天。水星同金星。甘石知性情。又：黄帝創受《河圖》，始明休咎，故其《星傳》尚有存焉。降在高陽，乃命南正重司天，北正黎司地。爰洎帝嚳，亦式序三辰。唐虞則羲和繼軌，有夏則昆吾紹德。年代緜邈，文籍靡傳。至於殷之巫咸，周之史佚，格言遺記，於今不朽。其諸侯之史，則魯有梓慎，晋有卜偃，鄭有裨竈，宋有子韋，齊有甘德，楚有唐眛，趙有尹臯，魏有石申。夫皆掌著天文，各論圖驗。其巫咸、甘、石之説，後代所宗。上界足官府，《五源訣》：下界功滿方超上界，上界多官府，不如地仙快活。神人居穆清。韡曍逞幻怪，韡，音委。《詩》：棠棣之華，鄂不韡韡。朱《傳》：光明貌。曍，俗作曄。《説文》：光也。顤顟振鏗轟。顤，音耀。《説文》：高長頭也。又，音堯，義同。顟，音料。《六書統》：頭長也。跳踉鬼脚捷，《莊子》：跳踉乎井幹之上。跳，音糶。《説文》：躍也。踉，音良。跳踉，踊躍貌。《六書故》：高蹈也。甛譮一作談獸面經。甛，音髯。譮，添，去聲，吐舌貌。經，音稱。《説文》：赤色，同赬，俗作頳。《爾雅》：再染謂之赬。裳衣互羸襲，羸，裸本字。《説文》：袒也。角鬣紛披髼。鬣，音獵。《六書故》：頰旁長毛。髼，音争。髼鬡，髮亂貌。豈其太白變，嬉戲類孩一作孲〔二〕孆。《天官星占》：太白者，金之精，白帝之子，大將之象也。《晋天文志》：凡五星盈縮失位，其精降於地爲人。歲星爲貴臣；熒惑爲童兒，歌謡嬉戲；填星爲老人、婦女；太白爲壯夫，處於林麓；辰星爲婦人。吉凶之應，隨其象告。《洞冥記》：東方朔遊濛鴻之澤，忽見王母采桑於白海之濱，俄有黄眉翁指阿母以告朔，曰：『昔爲吾妻，託形爲大白之精，今汝亦此星精也。』《漢武内傳》：上於承華殿前，忽有一青鳥從西方來集。上問東方朔，方朔曰：『西王母欲來也。』有頃，王母至，乘紫雲之輦，駕五色斑龍。上殿，自設精饌，以柈盛桃七枚。上食之，甘美。母曰：『此桃三千年一結實。』又南窗下有人窺看。母曰：『是我隣家小兒東方朔，性多滑稽，曾三來偷桃子，但務游戲，謫在人間。』或者熒惑動，威怒流欃槍。《獨異志》：吴孫休二年，有諸保質子群嬉，中有一異兒，眼光爚爚外射。諸兒問之，曰：『我熒惑也，將示爾三公歸於司馬。』言畢，聳身而躍。後四年，蜀亡。六年，魏廢。二十一年，吴平。是歸司馬也。《漢書音義》：瑞星曰景星；妖星曰彗星、孛星、長星，亦曰欃槍，絶跡而去曰飛星，光跡相連曰流星，亦曰奔星。星光曰芒。《晋天文志》：妖星二十有一。四曰天槍，其出不過三月，必有破國亂君，伏死其辜。殃之不盡，當爲旱飢暴疾。五曰天欃，《石氏》曰：雲如牛狀。《甘氏》：本類星，末鋭。巫咸曰：彗星出西方，長可二三丈，主捕制。欃，讀如參差之參。槍，音崢。照臨多芒角，躔次在縮贏。《説文》：徐鉉曰：『星之躔次，星所履行也。』《前漢天文志》：凡五星早出爲贏，贏爲客；晚出爲縮，縮爲主人。揣摩過人料，綵繪匪世程。伊誰駕一氣，《列子》：天，積氣爾，日月星辰亦氣之光耀者也。潘岳《西征賦》：化一氣而甄三才。得以導九坑。《九歌》：高飛兮安翔，乘清氣兮御陰陽。吾與君兮齊速，導帝之兮九坑。注：坑，與岡通。九坑者，《周禮·職方氏》九州之鎮山：會稽、衡、華、沂、岱、岳、醫無閭、霍、恒也。想像陵倒景，張協《七命》：承倒景而開軒。注：陵陽子《明經》曰：倒景氣去地四千里，其景皆倒下也。觀游撫層城。《淮南子》：掘崑崙墟以下，地中有層城九重。孫綽《賦》：苟台嶺之可攀，亦何羨乎層城。虛空何宮宇，蒼莽孰節旌。毋寧秉筆際，溘此埃風征。《離騷》：駟玉虬以乘鷖兮，溘埃風余上征。凡夫本狹見，四顧惟寰瀛。《史記》：騶衍言中國名曰赤縣神州，自有九州，外國如赤縣神州者九，乃有大瀛海環其外。夜叉冰瀣呀，羅刹炎徼瞠。鮫女賣綃出，《述異記》：南海之外有鮫人，水居，如魚，不廢績織。《瑣言》：建章進水仙鮫綃，夏天展之，一室凛然。又：鮫人泉客，織於冰室，賣於人間。狗夫嚙筋爭。《五代史》：契丹有北狗國，人身狗首，長毛不衣，語若犬嗥，其妻皆人，能笑語。生男爲狗，女爲人，自相婚嫁。穴居，食生，妻女食熟。有中國人至其國，妻使逃歸。與筯十餘隻，教其每走十餘里，遺一筯，狗見其家物，必嚙歸，則不能追矣。祇疑列宿質，却混殊方氓。山神對我博，刻石華山陘。《韓子》：秦昭王令工施鉤梯而上華山，以松柏之心爲博，箭長八尺，棊長八寸，而勒之曰：『昭王嘗與天神博於此。』《爾雅》：華山爲西嶽。《周官》：豫州，其鎮山曰華山。海神靳我畫，浪捲滄海鯨。《三齊略記》：始皇於海中作石橋，非人功所建，海神爲之竪柱。始皇感其惠通，敬其神，求與相見。海神答曰：『我形醜，莫圖我形，當與帝會。』乃從石塘上，入海三十餘里相見。左右莫動手，巧人潛以脚畫其狀。神怒曰：『帝負我約，速去。』始皇轉馬還，前脚猶立，後脚隨崩，僅得登岸。畫者溺於海。天神詎可識，《名畫記》：顧愷之云：『畫人最難，次山水，次狗馬，若臺閣，一定器耳。』韓子曰：『狗馬難，鬼神易，狗馬乃凡俗所見，鬼神則譎怪之狀。』萬古欺聾盲。星占世有職，《周禮·春官》：保章氏，掌天星，以志日月星辰之變動，以觀天下之遷，辨其吉凶。以星土辨九州之地，所封之域，皆有分星，以觀妖祥。畫史吾奚評。《莊子》：宋元君將畫圖，衆史皆至，舐筆和墨。一史後至，君使人視之，方盤礴，解衣袪。君曰：『可矣，此真畫者也。』

校勘記

〔一〕『朗』，豹文堂本同，四部叢刊本、國圖本、存心堂本作『⿰火朗』。

〔二〕『孩』，四部叢刊本、國圖本、豹文堂本、存心堂本作『⿰石亞』。

病起讀列子冲虛至德真經雜題八首

皇甫謐《高士傳》：列禦寇者，鄭人也。隱居不仕，著書八篇，言道家之意。號曰『列子』。

一

太虛無停運，萬化總一區。機鈐妙出入，《天瑞篇》：萬物皆出於機，皆入於機。氣質夐然殊。春鳥春花艷，秋蟲秋草枯。榮華豈我有，變滅僅須臾。彭殤何壽夭，堯跖孰賢愚。生平〔二〕甘肉食，《左傳》：曹劌曰：『肉食者鄙，未能遠謀。』死骨委鳶烏。《莊子》：莊子將死，門人厚葬。莊子曰：『在上爲烏鳶食，在下爲螻蟻食，奪彼與此，何其偏也。』吾知形骸在，坐此力命拘。《力命篇》：力謂命曰：『若之功奚若我哉？』命曰：『汝奚功於物，而欲比朕？』力曰：『壽夭、窮通、貴賤、貧富，我力之所能也。』命曰：『彭祖之智不出堯舜之上，而壽八百；顏淵之才不出衆人之下，而壽十八。』扢扢焉得已，悲哉天地爐。

《白帖》：天地爲爐兮造化爲工，陰陽爲炭兮萬物爲銅。

二

世間豈有極，海外猶齊州。《湯問篇》：湯問夏革曰：『四海之外奚有？』曰：『猶齊州也。』注：齊州猶中國。日月更出没，江河却同流。夸娥追即死，又：夸父不量力，欲追日影。逐之於隅谷之際，渴欲得飲，赴飲河渭。河渭不足，將走北飲大澤，未至，道渴而死。章亥步曷周。《淮南》：禹使大章步自東極至於西極，二億三萬三千五百里，使竪亥步自北極至於南極，二億三萬三千五百里七十五步。注：大章、竪亥，善行之人。蠓蚋生不久，鯤鵬背吾游。《湯問篇》：春夏之月有蠓蚋者，因雨而生，見陽而死。又：終髮北之北，有溟海者，天池也。有魚焉，其廣數千里，其長稱焉，其名爲鯤。有鳥焉，其名爲鵬，翼若垂天之雲，其體稱焉。神瀵湧滋穴，又：禹之治水土也，迷而失途，謬之一國，濱北海之北，不知距齊州幾千萬里。其國名曰終北。當國之中，有山，山名壺嶺，狀若甔甀。頂有口，狀若員環，名曰滋穴。有水湧出，名曰神瀵，臭過蘭椒，味過醪醴。瀵，音奮。巨鰲戴蓬丘。又：渤海之東不知幾億萬里，有大壑焉，實惟無底之谷，名曰歸墟。八紘九野之水，天澤之流，莫不注之。其中有五山，一曰岱輿，二曰員嶠，三曰方壺，四曰瀛洲，五曰蓬萊。五山之根，無所連著，常隨潮波上下往還，不得蹔峙，僊聖毒之，訴之於帝。帝恐流於西極，失群聖之居，乃命禺彊使巨鼇十五，舉首而戴之，迭爲三番，六萬歲一交焉。五山始峙而不動。想像或可到，徘徊獨懷憂。南方祝髮裸，北國鞨巾裘。又：南國之人祝髮而裸，北國之人鞨巾而裘。鞨，與帓同，幧頭也。逍遥特爾分，智者善自謀。

三

黄帝居大庭，華胥嘗默存。《黄帝篇》：黄帝閒居大庭之館，晝寢，夢遊於華胥氏之國。其國無帥長，自然而已。其民無嗜慾，自然而已。既寤，怡然自得，召天老、力牧、太山稽，告之曰：『朕閒居三月，齋心服形，思有以養身治物之道，弗獲其術，今知至道不可以情求矣。』穆王望西極，肆意遊崑崙。《周穆王篇》：王執化人之袪，騰而上者，中天乃止。王實以爲清都、紫微、鈞天、廣樂，帝之所居。王自以居數十年不思其國也。既寤，所坐猶嚮者之處，侍御猶嚮者之人。視其前，則酒未清，肴未昲。問所從來，左右曰：『王默存耳。』由此，穆王自失者三月。肆意遠遊，命駕八駿之乘，至於巨蒐氏之國，遂宿於崑崙之阿、赤水之陽。別日，升崑崙之丘，以觀黄帝之宅而封之，遂賓於西王母，觴於瑶池之上。虛空乃不閡，《黄帝篇》：子夏曰：『以商所聞夫子之言，和者大同於物，物無得傷閡者，遊金石、蹈水火皆可也。』閡，讀同礙。夢覺絶無垠。《周穆王篇》：西極之南隅有國焉，不知境界之所接，名古莽之國。陰陽之氣所不交，故寒暑亡辨；日月之光所不照，故晝夜亡辨。其民不食不衣而多眠，五旬一覺。以夢中所爲者實，覺之所見者妄。感變互起滅，精神遽飛騫。魯儒久迷錯，又：秦人逢氏有子，少而惠，及壯而有迷罔之疾。意之所之，天地、四方、水火、寒暑，無不倒錯。楊氏告其父曰：『魯之君子多術藝，汝奚不訪焉？』其父之魯，過陳，遇老聃，因告之。老聃曰：『汝庸知汝子之迷乎？天下之人皆惑於是非，莫有覺者，吾之言未必非迷。魯之君子，迷之郵者，焉能辨人之迷哉？』周役恒囈昏。又：周之尹氏大治產，有老役夫筋力竭矣，而使之彌勤。晝則呻呼而即事，夜則昏憊而熟寐。精神荒散，昔昔夢爲國君。尹氏心營世事，慮鍾家業，心形俱疲，夜亦昏憊而寐。昔昔夢爲人僕。眠中啽囈呻吟，徹旦息焉。蕉鹿真未辯，又：鄭人有薪於野者，遇駭鹿，斃之。恐人見之也，藏諸隍中，覆之以蕉。俄而遺其所藏之處，遂以爲夢。順途而詠其事。傍人有聞者，用其言而取之。歸，告其室人曰：『向薪者夢得鹿而不知其處，吾今得之，彼直真夢者矣。』室人曰：『若將是夢見薪者之得鹿邪？詎有薪者邪？今真得鹿，是若之夢真邪？』夫曰：『吾據得鹿，何用知彼夢我夢邪？』薪者之歸，不厭失鹿。其夜真夢藏之之處，又夢得之之主。爽旦，案所夢而尋得之。遂訟而争之，歸之士師。士師曰：『若初真得鹿，妄謂之夢；真夢得鹿，妄謂之實。彼真取若鹿，而與若争鹿，室人又謂夢認人鹿，無人得鹿。今據有此鹿，請二分之。』以聞鄭君，鄭君曰：『嘻！士師將復夢分人鹿乎？』燭龍妄相燉。《山海經》：西北海之外，赤水之北，有章尾山，有神，人面蛇身而赤，其瞑乃晦，其視乃明，是燭九陰，是謂燭龍。《楚辭》：日安不到，燭龍何燿。爥同燭。燉，音豚。《爾雅》：作庉，火熾也。古莽多睡眠，解見上。阜落但步犇。《周穆王篇》：東極之北隅有國曰阜落之國，其土氣常燠，日月餘光之照，其土不生嘉苗，其民食草根木實，不知火食。多馳步，少休息，常覺而不眠。幻化自來往，至人寧汝論。又：老成子學幻於尹文先生，三年不告。老成子請其過而求退，尹文先生曰：『昔老聃之徂西也，顧而告予曰：有生之氣，有形之狀，盡幻也。造化之所始，陰陽之所變者，謂之生，謂之死。窮數達變，因形移易者，謂之化，謂之幻。知幻化之不異生死也，始可與學幻矣。吾與汝亦幻也，奚須學哉？』

四

世人有至巧，何者能自然。作衮出技藝，行險弄機權。孔周神劍光，《湯問篇》：孔周曰：『吾有三劍。一曰含光，視之不可見，運之不知有。其所觸也，泯然無際，經物而物不覺。二曰承影，將旦昧爽之交，旦夕昏明之際，北面而察之，淡淡焉若有物存，莫識其狀。其所觸焉，竊竊焉有聲，經物而物不疾也。三曰宵練，方晝則見影而不見光，方夜見光而不見形。其觸物也，騞然而過，隨過隨合，覺疾而不血刃焉。』偃師舞倡妍。又：周穆王西巡狩，道有獻工人名偃師謁見王。王曰：『若與偕來者何人？』對曰：『臣之所造能倡者。』王驚視之。趣步俯仰，信人也。頷其頤，則歌合律；捧其手，則舞應節。千變萬化，唯意所適。王以爲實人也。諦料之，内則肝、膽、心、肺、脾、腎、腸、胃，外則筋骨、支節、皮毛、齒髮，皆假物也。試廢其心，則口不能言；廢其肝，則目不能視；廢其腎，則足不能步。王悦，詔貳車載之以歸。夫班輸之雲梯、墨翟之飛鳶，自謂能之極也。弟子東門賈、禽滑釐聞偃師之巧以告二子，二子終身不敢語藝，而時執規矩。泰豆計木塗，又：造父之師曰泰豆氏。造父之始從習御也，執禮甚卑，三年不告。執禮愈謹，泰豆乃立木爲塗，僅可容足。計步而置，履之而行，趨走往還，無跌失也。造父學之，三日盡其巧。甘蠅覩蝨懸。又：甘蠅，古之善射者，彀弓而獸伏鳥下。弟子名飛衛，學射於甘蠅，而巧過其師。紀昌者，又學射於飛衛。飛衛曰：『爾先學不瞬，而後可言射矣。』昌歸，卧機下，以目承牽挺。二年之後，雖錐末倒眥，而不瞬也。以告飛衛，飛衛曰：『未也，亞學視而後可。視小如大，視微如著，而後告我。』昌以氂懸蝨於牖，南面而望之。旬日之間，浸大也；三年之後，如車輪焉。以覩餘物，皆丘山也。以燕角之弧、朔蓬之簳射之，貫蝨之心，而懸不絶。氣鈞但一範，物化匪吾鐫。洪纖各以正，動植悉根天。公輸制雲梯，墨翟獻飛鳶。微矣執規矩，彼夫惡得賢。

五

神巫善相人，壺子如濕灰。《黄帝篇》：有神巫自齊來處於鄭，命曰季咸，知人禍福壽夭如神。列子見之而心醉，歸以告壺丘子。壺子曰：『試與來，以予視之。』明日，列子與之見壺子。出而謂列子曰：『譆！子之先生死矣，弗活矣，不可以旬數矣！吾見怪焉，見濕灰焉。』列子入以告壺子，壺子曰：『向吾示之以地文，罪乎不誫不止，是殆見吾杜德幾也。』扁鵲巧發藥，《湯問篇》：魯公扈、趙齊嬰二人有疾，同請扁鵲求治，扁鵲治之，既同愈。謂公扈曰：『汝志强而氣弱，故足於謀而寡於斷；齊嬰志弱而氣强，故少於慮而傷於專。若換汝之心，則均於善矣。』扁鵲遂飲二人毒酒，迷死三日，剖胸探心，易而置之。投以神藥。既悟如初。季梁病弗治。《力命篇》：楊朱之友曰季梁，得疾，七日大漸。其子謁三醫。一曰矯氏，季梁曰：『衆醫也，亟屏之。』二曰俞氏，季梁曰：『良醫也，且食之。』三曰盧氏，盧氏曰：『汝疾不由天，亦不由人，亦不由鬼。禀生受形，既有制之者矣，亦有知之者矣。藥石其如汝何？』季梁曰：『神醫也，重貺遣之。』俄而疾自瘳。一形苟脱落，純氣固委蛇。《黄帝篇》：列子問關尹曰：『至人潛行不空，蹈火不熱，行乎萬物之上而不慄，請問何以至於此？』關尹曰：『是純氣之守也。』隨火出石壁，又：趙襄子狩於中山，藉芿燔林，扇赫百里。有一人從石壁中出，隨煙燼上下。衆謂鬼物。察之，形色七竅，人也；氣息音聲，人也。襄子問：『奚道而處石？奚道而入火？』其人曰：『奚物而謂石？奚物而謂火？』襄子曰：『而向之所出者，石也；而向之所涉者，火也。』其人曰：『不知也。』泳珠没淫隈。又：范氏有子曰子華，善養私名，舉國服之。有寵於晋君，遊其庭者侔於朝。商丘開窘於飢寒，因假糧荷畚之子華之門。子華之門徒皆世族也，縞衣乘軒，緩步闊視。見開年老力弱，衣冠不檢，莫不眲之。攩扺挨抌，亡所不爲。開常無愠容，而諸客之技單，憊於戲笑。遂與開俱乘高臺，於衆中漫言曰：『有能自投下者，賞百金。』衆皆競應。開以爲信然，投下。形若飛鳥，揚於地，骪骨無碣。范氏之黨以爲偶然，未詎怪也。因復指河曲之淫隈，曰：『彼中有寳珠，泳可得也。』開復泳而得焉。衆昉同疑。子華昉令豫肉食衣帛之次。俄而范氏之莊大火。子華曰：『若能入火取錦者，從所得多少賞若。』開往無難色，埃不漫，身不焦。范氏之黨以爲有道，乃共謝之，因問其道。開曰：『吾亡道，雖吾之心，亦不知所以。雖然，有一於此，試言之。曩子二客之宿吾舍也，聞譽范氏之勢。吾誠之無二心，故不遠而來。及來，以子黨之言皆實也，唯恐誠之之不至，行之之不及，不知形體之所指，利害之所存也。今昉知子黨之誕我，我內藏猜慮，外矜觀聽，追幸昔日之不焦溺也，怛然內熱，怵然震悸矣。水火豈可復近哉？』**彼或蜩翼得**，又：仲尼適楚，出於林中，見痀僂者承蜩，猶掇之也。仲尼曰：『子巧乎！有道邪？』曰：『我有道也。五六月，纍垸二而不墜，則失者錙銖；纍三而不墜，則失者十一；纍五而不墜，猶掇之也。吾處也，若橛株駒；吾執臂，若槁木之枝。雖天地之大，萬物之多，而唯蜩翼之知。吾不反不側，不以萬物易蜩之翼，何爲而不得？』**此猶漚鳥疑**。又：海上之人有好漚鳥者，每旦之海上，從漚鳥遊，漚鳥之至者百住而不止。其父曰：『吾聞漚鳥皆從汝遊，汝取來，吾玩之。』明日之海上，漚鳥舞而不下也。**中心既怵殆，外物盡坑谿。幹殼即木葉**，又：列子告尹生曰：『自吾之事夫子，三年始得一眄而已，五年始一解顏而笑，七年始一引並席而坐，九年之後，而後眼如耳，耳如鼻，鼻如口。心凝形釋，骨肉都融。不覺形之所倚，足之所履，隨風東西，猶木葉幹殼。竟不知風乘我邪？我乘風乎？』**皮膚類嬰孩。遠矣列姑射**，又：列姑射山在海河洲中。山上有神人焉，吸風飲露，不食五穀，心如淵泉，形如處女。不偎不愛，僊聖爲之臣；不畏不怒，愿慤爲之使。**吾爲榮啓期**。《天瑞篇》：孔子遊於太山，見榮啓期行乎郕之野，鹿裘帶索，鼓琴而歌。孔子曰：『先生所以樂，何也？』曰：『吾樂甚多：萬物唯人爲貴，而吾得爲人，一樂也；男尊女卑，吾既得爲男，二樂也；人生有不見日月，不免襁褓者，吾已行年九十矣，三樂也。貧者，士之常。死者，人之終。處常得終，當何憂哉？』孔子曰：『善乎！能自寬者也。』

六

古人合神物，螭魅悉將迎。蟲蛾亦麇至，《黃帝篇》：太古神聖之人，備知萬物情態，悉解異數音聲。會而聚之，訓而受之，同於人民。故先會鬼神魑魅，次達八方人民，末聚禽獸蟲蛾。言血氣之類心智不殊遠也。《左傳》：羅無勇，麇之。通作麕，别作攈，音稛，束縛也。鷹鶡即旗旐。《黃帝篇》：黃帝與炎帝戰於阪泉之野，帥熊、羆、狼、豹、貙、虎爲前驅，雕、鶡、鷹、鳶爲旗幟，此以力使禽獸者也。介盧通異類，禽獸解音聲。又：東方介氏之國，其國人數數解六畜之語者，蓋偏知之所得。牧正得虎心，又：梁鴦養虎之法，凡順之則喜，逆之則怒，血氣者之性也。夫食虎者，不敢以生物與之，爲其殺之之怒也；不敢以全物與之，爲其決之之怒也。狙公識狙情。又：宋有狙公者，愛狙，養之成群，能解狙之意，狙亦得公之心。損其家口，充狙之欲。俄而匱焉，將限其食。恐衆狙之不馴於己也。先誑之曰：『與若芧，朝三而暮四，可乎？』衆狙皆起而怒。俄而曰：『朝四而暮三，足乎？』衆狙皆伏而喜。物之以能鄙相籠，皆猶此也。羲農狀牛蛇，又：庖羲氏、女媧氏、神農氏、夏后氏，蛇身人面，牛首虎鼻，此有非人之狀而有大聖之德。聖德泊無名。廉來挾犀象，暴行恣狺爭。淳澆日以散，物我兩相驚。後世自魚肉，《史記》：楚鄭袖言懷王曰：『秦使張儀來，王未有禮而殺儀，秦必攻楚。妾請子母俱遷江南，毋爲秦所魚肉也。』傷兹横目氓。《莊子》：苑風曰：『夫子無意於横目之民乎？』注：横目，言人也，人之目横生於面。

七

大道無崛曲，多岐竟亡羊。《説符篇》：楊子之隣人亡羊，既率其黨，又請楊子之豎追之。楊子曰：『嘻！亡一羊何追者之衆？』隣人曰：『多岐路。』既反，問：『獲羊乎？』曰：『亡之矣。』曰：『奚亡之？』曰：『岐路之中又有岐焉，吾不知所之，所以反也。』楊子戚然變容，不言者移時，不笑者竟日。窮通偶然值，倚伏焉可防。《老子》：禍兮福所倚，福兮禍所伏。枯梧元若險，《説符篇》：人有枯梧樹者，其隣父言枯樹不祥。遽而伐之，隣父因請以爲薪。其人乃不説，曰：『隣父徒欲爲薪而教吾伐之也。與我隣，若此其險，豈可哉？』白犢詎非祥。又：宋人有好行仁義者，三世不懈。家無故黑牛生白犢，以問孔子。孔子曰：『此吉祥也，以薦上帝。』居一年，其父無故而盲，其牛又復生白犢，又復令其子問孔子。孔子曰：『吉祥也。』復教以祭。居一年，其子又無故而盲。其後楚攻宋，圍其城，民易子而食之，析骸而炊之。丁壯皆乘城而戰，死者大半。此人以父子有疾皆免，及解圍而疾俱復。棄車儒著盜，又：牛缺者，上地之大儒也。下之邯鄲，遇盜於耦沙之中，盡取其衣裝車，牛步而去。視之歡然無憂𠫤之色。盜追而問其故，曰：『君子不以所養害其所養。』盜曰：『噫！賢矣夫！』既而相謂曰：『以彼之賢，往見趙君，使以我爲，必困我。』乃相與追而殺之。墜鼠俠攻倡。又：虞氏者，梁之富人也。登高樓，臨大路，設樂陳酒，擊博樓上。俠客相隨而行，樓上博者射，明瓊張中，反兩㩉魚而笑。飛鳶適墜其腐鼠而中之。俠客相與言曰：『虞氏富樂之日久矣，而常有輕易人之志。吾不侵犯之，而乃辱我以腐鼠。』遂聚衆積兵以攻虞氏，滅其家。情欲心不滅，宦婚迭相攘。君臣道未息，服食竟〔二〕犇亡。《楊朱篇》：語有之曰：『人不婚宦，情欲失半；人不衣食，君臣道息。』日暄疑狐貉，芹臬勝肉粱〔三〕。又：宋國有田夫，常衣緼黂，僅以過冬。暨春東作，自曝於日，不知天下之有廣厦隩室、綿纊狐貉。顧其妻曰：『負日之暄，人莫知者；以獻吾君，將有重賞。』里之富室告之：『昔人有美戎菽、甘枲莖、芹萍子者，對鄉豪稱之。鄉豪取而嘗之，蜇於口，慘於腹，衆哂而怨之，其人大慙。子此類也。』宜哉爰旌目，喀喀死路傍。《説符篇》：東方有人焉，曰爰旌目，將有適也，而餓於道。狐父之〔盜〕曰丘，見而下壺飧以餔之。爰旌目三餔而後能視，曰：『子何爲者也？』曰：『我狐父之人丘也。』爰旌目曰：『譆！汝非盜邪？胡爲而餐我？吾義不食子之食也！』兩手據地而歐之，不出，喀喀然，遂伏而死。喀，音客。歐，吐聲。

八

此日忽過隙，居人恒鮮歡。毫毛悉爲我，體節欲求完。《楊朱篇》：禽子問楊朱曰：『去子體之一毛以濟一世，汝爲之乎？』楊子曰：『世固非一毛之所濟。』禽子曰：『假濟，爲之乎？』弗應。禽子出語孟孫陽，陽曰：『子不達夫子之心，吾請言之。有侵若肌膚獲萬金者，若爲之乎？』曰：『爲之。』『有斷若一節得一國，子爲之乎？』禽子默然有間。孟孫陽曰：『一毛微於肌膚，肌膚微於一節，省矣。然則積一毛以成肌膚，積肌膚以成一節。一毛固一體萬分中之一物，奈何輕之乎？』禽子曰：『吾不能所以答子，然則以子之言問老聃、關尹，則子言當矣；以吾言問大禹、墨翟，則吾言當矣。』大盜竊名爵，小廉捨豆簞。熊魚徒兩得，利義肯兼安。馬醫自不辱，《説符篇》：齊有貧者，常乞於城市。城市患其亟也，衆莫之與。遂適田氏之廄，從馬醫作役而假食。郭中人戲之曰：『從馬醫而食，不已辱乎？』乞兒曰：『天下之辱，莫過於乞。乞猶不辱，豈辱馬醫哉？』燕技無庸干。又：宋有蘭子者，以技干宋元，宋元召而使見。其技以雙枝，長倍其身，屬其脛，並趨並馳。弄七劍迭而躍之，五劍常在空中。元君大驚，立賜金帛。又有蘭子又能燕戲者，聞之，復以干元君。元君大怒，曰：『昔有異技干寡人者，技無庸。適值寡人有歡〔心〕，故賜金帛。彼必聞此而進，復望吾賞。』拘而擬戮之，經月乃放。時勢苟未至，事功良獨難。蕭條白麻履，慘澹青薜冠。長嘯答鳴鶴，北風江水寒。

校勘記

〔一〕『平』，四部叢刊本、國圖本、存心堂本、豹文堂本作『年』。

〔二〕『竟』，四部叢刊本、國圖本、存心堂本、豹文堂本作『競』。

〔三〕『梁』，原作『粱』，四部叢刊本、國圖本、存心堂本同，據豹文堂本改。

胡仲申至

自予與子別，三載不幾見。白雲日高飛，恍若覿子面。我病久不出，衡門寄幽敻。《詩》：衡門之下，可以棲遲。子來尚予思，嶺路踏蒼蒨。當軒作甫定，笑語起我倦。新文十餘篇，筆墨擅百鍊。口傳發秦壁，《今文尚書序》：孔子觀書周室，得虞、夏、商、周四代之典，删取善者，著爲百篇。及秦焚書，有九世孫孔惠與濟南伏生各藏其本於家。秦楚之亂，伏生遂失所藏，但以口授。文帝詔晁錯往受之。時伏生年已九十餘，不能正言，使其女傳言教晁錯。齊人語多與潁川異，所不知者凡十二三，略以其意屬讀而已。《漢書·魯恭王傳》：恭王好治宫室，壞孔子舊宅以廣其宫。聞鐘磬琴瑟之聲，遂不敢復壞。於其壁中得古文經傳。竹簡鑿晉竃。《晉書・束晳傳》：太康二年，汲郡人盜發魏襄王墓，或言安釐王冢，得竹書數十車，皆簡編科斗文字，雜寫經史。初，發冢者燒策照取寶物。及官收之，多燼簡斷札。文既殘缺，不復詮次。武帝以其書付秘書校綴，以今文寫之。晳在著作，隨疑分釋，皆有義證，是曰《汲冢書》。竃，讀同釧，穿壙也。考論無差爽，風雅有正變。世儒弄俗學，雅曲極熒衒。群羊雖冒虎，草悦豺則戰。揚子《法言》：羊質虎皮，見草而悦，見豺而戰。誰其制横潰，或者瘳瞑眩。牛毛獨不多，麟角時一現。《北史・文苑傳序》：學者如牛毛，成者如麟角。朝廷方太平，炎海忽馳箭。杜甫詩：青海無傳箭。注：胡人起兵，以傳箭爲號，或曰守城者更夜傳箭以警睡。張衡賦：箭馳風疾。人材需更急，巖谷遽乘傳。《前漢高帝紀》：田横乘傳詣雒陽。注：傳者，若今之驛。古者以車，謂之傳車，其後又置單馬，謂之驛騎。終然務涵蓄，可以待推薦。問子古丈夫，何人久貧賤。首峨遠遊冠，《後漢輿服志》：遠遊冠，制如通天，有展筩横之於前，無山述。諸王所服也。雙眼爛如電。《世説》：王戎形狀短小，而目甚清炤，視日不眩。裴楷曰：『王安豐眼，爛爛如巖下電。』西上石頭城，大江流一線。《江寧府志》：府治西據石頭山，爲城一，名上塢城，歷代用以積貯。諸葛亮使建業，曰：『石城虎踞，王業之根基。』勸孫權都之。始因山加甓爲城，因江爲池，最稱險固。李白詩：石頭巉巖稱虎踞，臨江欲渡滄波去。袖中羽獵賦，雲氣擁宫殿。《前漢揚雄傳》：孝成帝羽獵，雄從。以武帝廣開上林，周袤數百里，遊觀侈靡，又恐後世復修前好，不折中以泉臺，因《校獵賦》以風。燕山去子咫，萬里障冰霰。《史記正義》：召公始封，葢在北平無終縣，以燕山爲名。《北盟會編》：宋高宗改燕京爲燕山府。壯哉子此志，我喜手脚旋。杜甫詩：故人情義晚誰似，令我手足輕欲旋。撫劍爲子歌，張燈趣予宴。俄其送子歸，贈子端溪硯。《高氏硯箋》：端山，即斧柯山，在大江南，與靈羊峽對。山峻峙壁立，下除潮水。江之湄山行三四里即硯巖，先至者下巖，巖中水未嘗涸。下巖之上曰中巖，中巖之上曰上巖。自上巖轉，曰龍巖，唐取硯處。下巖得石既勝，此不復取。○余族父文安，博雅士也。喜涉獵諸子百家，嘗走齊、梁、燕、趙間，無所遇，寄情石耕。一硯甫就，人争購之，作《説硯詞》十闋，云：『端溪硯，遠自嶺南來，穴洞取材經險隘，鑿山開道費紆廻，容易到書齋。』『端溪硯，辨識莫朦朧，巖内更須分上下，洞中還要别西東，優劣迥難同。』『端溪硯，上品定何如，膩潤十分同軟玉，酥融一片比凝脂，明浄略無疵。』『端溪硯，佳處識青花，瀲灔晴波浮荇藻，微茫碧落映雲霞，活潑更鮮華。』『端溪硯，色目亦多般，淡紫羊肝鸜鵒眼，暈紅馬尾鷓鴣斑，蕉白淺深間。』『端溪硯，試扣若無聲，渾樸自然成木訥，柔嘉豈合作金鳴，最忌響錚錚。』『端溪硯，瑜處恨多瑕，火焰當心終是累，黄龍滿面亦非佳，夾鐵更包砂。』『端溪硯，真賞幾人傳，認眼易訛三水石，求全多買半邊巖，差勝亦朝天。』『端溪硯，利用得精良，運墨快逢膠漆友，濡毫疑入水雲鄉，樂事在文房。』『端溪硯，倣古莫輕裁，鏤葉雕華嗤俗樣，鐫龍刻鳳敗良材，廣製石之災。』簡括明析，較勝硯譜、硯箋等書。余嘗欲請詳註，卒卒未果，迨老而力倦，不復自引錯，有《别硯詩》四章，托物寓意，情文相生，讀者咸爲嘆息。其詩曰：『片石差堪語，師心偶自攻。倦來從作輟，興至或磨礱。樂此竟成僻，因之能固窮。太平應食力，無忝伐檀風。』『即器可觀道，吾兹索解人。切磋同益友，磨琢比修身。美玉豈終韞，良材寧炫真？但留堅白在，何患得淄磷。』『老大艱生事，吾衰黯自傷。學書曾孔服，投筆未戎行。計拙荒三徑，才踈寄一長。東隣嘆貧女，常作嫁衣裳。』『我亦何爲者，栖栖久此中。壯懷消刻楮，小技耻雕虫。受迫豈能事，强爲唯賤工。舍旃成一笑，側目送歸鴻。』兹備録焉，既可供賞鑒家清玩，而作者之風采亦見一斑矣。行行恐自今，宛轉異鄉縣。天霜被四野，老馬困蒿莜。《韓詩外傳》：田子方出，見老馬於野，喟然有頃。問於御者曰：『此何馬也？』御者曰：『故公家畜也。罷而不爲用，故出放之。』田子方曰：『少盡其力，而老棄其身，仁者不爲也。』束帛贖之。窮士聞之，知歸心焉。《爾雅》：蒿菣。注：今人呼青蒿。菣，音牽，去聲。聖人猶待時，中道匪狂狷。蠹魚不負子，《爾雅》：蟫，白魚。注：衣、書中蟲。常衮詩：墨潤冰文繭，香消蠹字魚。籤架三萬卷。《舊唐書·經籍志》：甲、乙、丙、丁四部書各爲一部，經庫用紅牙籤，史庫用緑牙籤，子庫用碧牙籤，集庫用白牙籤。韓愈詩：鄴侯家多書，插架三萬軸。一一懸牙籤，新若手未觸。爲人强記覽，過眼不再讀。偉哉群聖文，磊落載其腹。我豈犇競徒，東勞復西鶩。梁武帝歌：東飛伯勞西飛鶩，黄姑織女時相見。

早秋偶然作寄宋景濂十首

一

我病三月久，問言此何時。山林日揺落，草木欲變衰。忽來臨青鏡，何故摘白髭。千里復萬里，遠哉鴻雁期。

二

去年憶吾父，羈客在廣州。今屬廣東省。今年憶吾父，官屬大長秋。《前漢百官表》：景帝更將行爲大長秋。注：將行，秦官名。秋，收成之時。長者，恒久之義。漢宫戒服御，周典進膳羞。惜兹不得去，目斷五城樓。《前漢郊祀志》：方士有言黄帝時爲五城十二樓，以候神人於執期，名曰迎年。如方，名曰明年。《十洲記》：正東名曰崑崙宮，其一角有積金，爲天墉城，面方千里，城上安金臺五所，玉樓十二所。

三

西風吹梧桐，一葉兩葉積。故書翻有塵，雄劍掛在壁。《烈士傳》：干將爲晋君作劍，三年而成。劍有雌雄，以雌獻，留其雄者。謂妻曰：『吾藏劍在南山之陰，北山之陽，松生石上，劍在其中。君若覺，殺吾。爾生男以告之。』及君覺，殺干將，妻後生男名赤鼻，具以告之。赤鼻斫南山之松，得劍，欲往刺之。晋君購求甚急。鼻乃逃朱興山中，遇客，欲爲之報，乃刎首以奉晋君。客令鑊煮之，三日三夜不爛。君往視之，客以雄劍倚擬君，君頭墮鑊中，客又自刎，三頭悉爛，不可分別。葬之，名曰三王塚。《益部耆舊傳》：趙珜好遊俠，有亭長辱之，珜乃嘆曰：『吾無大志，故爲人所輕。』乃解劍掛壁，曰：『不乘駟馬車，不復佩劍也。』時非合窮困，事到即輝赫。除却雙鹿行，門前少人跡。

四

故人兩三〔一〕人，江北久羈旅。尋香古徑風，步屧修廊雨。蓴鱸最有味，《晋書》：齊王冏辟張翰爲大司馬東曹掾。因秋風起，思吴中菰菜、蓴羹、鱸魚膾，曰：『人生貴適意，何能羈寄數千里要名爵乎？』遂命駕歸。俄而冏敗，人謂見機。稻蟹紛難數。《酉陽雜俎》：蟹，八月腹内有芒。芒真稻芒也，長寸許，向東輸與海神。未輸，不可食。我欲往從之，蠻潮正掀舞。

五

悠悠秋夜長，夢覺秋月霽。有材寧及人，無學敢求蜕。《荀子》：君子之學如蜕，幡然遷之，無留善，無宿問。注：如蟬蜕也。幡，與翻同。蜕，舒芮切。《十六國春秋》：南海太守袁宏見單道開形骸如生，香火瓦器猶存。宏曰：『法師正當如蟬蜕耳。』揮來河水絃，削作泰山礪。《家語》：伯牙鼓琴，鍾子期聽之。伯牙志在高山，子期曰：『善哉！巍巍乎若高山。』少選之間，志在流水。子期復曰：『善哉！蕩蕩乎若流水。』子期死，伯牙破琴絶絃，終身不復鼓。吁嗟祁孔賓，得失毫髪際。《晉書》：祁嘉清貧好學，夜忽窗中有聲，呼曰：『祁孔賓，祁孔賓。隱去來，隱去來。脩飾人世間，甚苦不可諧。所得未毛銖，所喪如山崖。』旦而逃去。

六

士欲知自重，今人猶古人。馬卿志封禪，《前漢司馬相如傳》：相如既病免，家居茂陵。天子使所忠往取其書，而相如已死，家無遺書。問其妻，對曰：『長卿未嘗有書也。時時著書，人又取去。長卿未死時爲一卷書，曰：「有使來求書，奏之。」』其遺札書言封禪事，所忠奏焉，天子異之。揚子述美新。《綱目》：揚雄仕王莽，所作《法言》卒章盛稱莽功德可比伊尹、周公。後又作《劇秦美新》之文以頌莽，君子病焉。注：劇，甚也。以秦皇無道爲甚而美莽之功德也。莽國號曰新。當時文字間，萬世寵辱伸。董京不可作，愁絶麟乎麟。《晉書》：董京，字威輦。初至洛陽，被髪而行，逍遥吟咏。常宿白社中，時乞於市。後遁去，莫知所之。

於其所寢處，唯有一石竹子及詩二篇。其一曰：『乾道剛簡，坤體敦密。茫茫太素，是則是述。末世流奔，以文代質。悠悠世目，孰知其實？逝將去此至虚，歸我自然之室。』又曰：『孔子不遇，時彼感麟。麟乎麟，胡不遁世以存真？』

七

北山有古寺，修竹炎天凉。蛟龍踞兩澗，鸛鶴鳴層岡。心臺月照白，《傳燈録》：五祖求法嗣，令寺僧各述偈。上座神秀曰：『身是菩提樹，心如明鏡臺。時時勤拂拭，不假有塵埃。』鼻觀烟通香。《楞嚴經》：世尊教我及拘絺羅觀鼻端白，我初諦觀，經三七日，見鼻中氣出入如烟。可思未可到，詠此招隱章。《文選注》：《招隱士》者，淮南小山之所作也。初，淮南王安好士。八公之徒咸慕其德，各竭材智，著述篇章。分其辭賦，以類相從。或稱大山，或稱小山，猶《詩》之有大小《雅》也。

八

陳生愛神仙，百日常病十。手攀琪樹枝，《山海經》：崑崙之墟，北有珠樹及玉樹、琪樹、琅玕樹。口誦蕊珠笈。《黄庭内景經》：上清紫霞虚皇前，太上大道玉宸君，閒居蕊珠作七言。《秘要經》：仙宫中有寥陽之殿、蕊珠之闕、翠纓之房，道君在中説經。山衣縱横披，石廩傴僂入。《御覽歙縣圖經》：昔有人到浮丘公仙壇，忽見樓臺焕然。樓前有蓮花池，左右有鹽積、米積。遂歸，引村人上取，了不知其處所。何如一尊酒，自解憂思集。

九

自來閑作詩，瘦島與窮郊。《詩話》：張文潛云：『唐詩人多窮，賈島爲甚。』孟郊詩曰：『種稻耕白水，負薪斫青山。』島曰：『市中有樵山，客舍寒無烟。井底有甘泉，郊中常苦寒。』孟氏薪米自足，島則俱無也。故云『郊寒島瘦』。瘦將闞粱肉，窮或潛榛茅。水流苔間石，花亞竹外梢。聖愚總灰滅，何苦發笑嘲。

十

往者東入海，按先生集中有《南海山水人物古蹟記》。飄然任所如。大風戕波浪，飛雪洒舳艫。壯志昔尚少，狂遊今併無。誓登盤陀石，按先生《甬東山水古蹟記》：盤陀石山，巃怪益高，壘石如垤，東望窅窅。想像高麗、日（東）［本］界，如在雲霧蒼茫中。日初出，大如米篵，海盡赤。重望扶桑墟。《十洲記》：扶桑在碧海之中，地方萬里。上有太帝宮，太真東王父所治處。地多林木，葉皆如桑。又有椹樹，長者數千丈，大二千餘圍。樹兩兩同根偶生，更相依倚，是以名爲扶桑。注：即日出處。

校勘記

〔一〕『兩三』，四部叢刊本、國圖本、存心堂本、豹文堂本作『三兩』。

古屏上宮人戲嬰圖

我愛古宮掖，岧嶤凌碧空。美人拂旦起，殘月愁簾櫳。小鬟捧香立，飄作烟霧濛。弄嬰偶一笑，舞鶴遽來同。新花正炫晝，側手碎繁紅。亦有雙蛺蝶，踉蹡撲深叢。豈其聖賢書，行墨曾未通。儼然袍笏具，意氣早稱雄。云胡歎汝內，但取華厥躬。塵凝孔鸞扇，《嶺南異物志》：採孔雀金翠毛裝爲扇拂。古詩：綾扇如圓月，出自機中素。畫作秦王女，乘鸞入烟霧。繡蹙鸚鵡籠。《松窗録》：明皇時，以林邑國進白鸚鵡，慧利異常，因暇日以金籠飾之。《鸚鵡賦》：閉以雕籠。紛紜争旗鼓，出入雜冠童。凡諸戲翫物，色色各論功。太平忽已久，天地廻春風。能群禮序雁，《記》：三年視敬業樂群。又：兄之齒雁行。絶妬詩歌螽。《詩序》：《螽斯》，后妃子孫衆多也。常嗟汝齒壯，得不苦乃公。却令十六院，《大業雜記》：煬帝築西苑，周二百里，內造十六院，延光、明彩、合香、承華、凝暉、麗景、飛英、流芳、耀儀、結綺、百福、[資]善、長春、永樂、清暑、明德，屈曲周繞龍鱗渠。置四品夫人十六人，各主一院。弗及少從戎。《通鑑》：隋大業十一年，帝巡北邊，始畢可汗率騎數十萬謀襲乘輿，車駕馳入雁門。詔天下募兵，守令競來赴難。唐公李淵子世民年十六，應募隷屯衛將軍雲定興營。心知一以痼，鼻息徒長虹。蘇軾詩：鼻息如長虹。世故多變易，家居果癡聾。《通鑑》：唐代宗曰：『不癡不聾，做不得家翁。』惜哉歲月老，千里吹蒿蓬。爲撫腰下玦，烏啼洛城東。杜甫詩：長安城頭頭白烏，夜飛延秋門上呼。又云：腰下寶玦青珊瑚，可憐王孫泣路隅。

檢故庋得故洪貴叔所書李鐵槍本末寄洪德器　按《宋史》：李全，濰州北海農家子，能運鐵槍，號『李鐵槍』。寧宗嘉定七年，金主遷汴。全聚衆抄掠山東。時楊安兒敗，其妹四娘子狡悍善騎射，衆尚萬餘，李全以其衆附之。楊氏因與私通，遂以爲夫。襲金青、莒州，取之，率衆來歸。詔以全爲東路總管。又襲泗州，不克；又襲東平，尋還楚州。并將忠義、漣水軍，有輕朝廷心。旋復泗州，又入青州，據之。爲保寧軍節度使，京東路鎮撫副使。攻邳州，不克，復還青州。理宗寶慶元年，全自青州攻東平，不克，又攻恩州。遣劉慶福還楚州爲亂，劫殺淮東制置使許國。蒙古圍全於青州，全降蒙古。檄時青往楚州，盡戮全餘黨。全知之，慟哭告蒙古大將，求南還，不許。全因斷一指，誓南還必叛。蒙古乃授全爲山東、淮南行省，得專制山東。紹定三年，以全爲彰化、保康節度使，京東鎮撫使。全不受命，自還楚州，即募人爲兵，習水戰，時時試舟於射陽湖。復以糧少爲辭，遣海舟自蘇州入平江、嘉興，實欲習海道以覘畿甸。然以山東經理未定，而歲貢蒙古者不可缺，故外恭順朝廷以就錢糧，因以貿貨輸蒙古。全糴麥舟過鹽城，以捕盜爲名，水陸數萬，徑擣鹽城，入城據之。旋遣將守之，而自還楚州，以狀白於朝。朝乃授全節鉞，全不受。後造舟益急，招沿海亡命爲水手。又將朝廷遣餉自輸入鹽城贍衆。時士大夫皆策全必反，帝乃以趙善湘制置江淮。趙范、趙葵兄弟力請進討。全突至揚州，葵等力戰，大敗之。全從數十騎北走，趨新塘，騎皆陷淖中。葵軍追及，奮長槍三十餘刺之，群卒碎其屍而分其鞍馬、器甲。范葵復攻鹽城，大破之。全妻楊氏謂其下曰：『二十年梨花槍，天下無敵手。今事勢已去，汝等未降者，以我在故耳。』遂絶淮而去，其黨盡降，淮南平。

天地昔未一，朔南遂分疆。按《宋史》：高宗紹興十一年，和議成，以淮水爲界。宋僅有兩浙、兩淮、江東西、淮南北、西蜀、福建、廣東西十五路，而京西南路止有襄陽一府，陝西路止有階、成、和、鳳四州。中原久喪亂，白刃皎如霜。李全本崛强，《前漢陸賈傳》：君王宜郊迎，北面稱臣。乃欲以新造未集之越，屈强於此。又《伍被傳》：屈强江淮間。手挾但鐵槍。山東數十城，叱作古戰塲。茫然即斷指，設誓如封〔一〕羊。《易》：士封羊無血。一朝與旌節，《唐書·百官志》：節度使賜雙旌雙節，行則建節，樹六纛。《車服志》：大將出，賜旌以專賞，節以專殺。旌以絳帛五丈，粉畫虎，有銅龍一，首纏緋幡，紫縑爲袋，油囊爲表。節，垂畫木盤，相去數寸，隅垂尺麻，餘與旌同。正面將假王。《史記》：漢四年，韓信擊殺楚將龍且，齊王廣亡走。平齊，使人言於漢王曰：『齊僞詐多變，反覆之國也，南邊楚，不爲假王以鎮之，其勢不定。願爲假王。』漢王大怒。張良、陳平躡足，附耳語曰：『漢方不利，寧能禁信之自王乎？不如因而立之，使自爲守。不然，變生。』漢王悟，復罵曰：『大丈夫定諸侯，即爲真王耳，何以假爲！』遂立信爲齊王。云何引盜賊，遽爾升堂隍。《前漢胡建傳》：諸校列坐堂隍。注：居無壁曰隍。豈其弱能立，當彼驕則亡。日落山海暗，群龍血玄黄。《易》：見群龍無首。又：龍戰于野，其血玄黄。陳安偶從晋，《十六國春秋》：陳安，字虎侯，成紀平庄人也。遇晋室喪亂，遂憑結司馬賓。驍壯果毅。仕晋南陽王模帳下都尉。模之敗也，安歸模世子保於秦州，保命安統騎千餘以討叛羌，寵遇甚厚。保將張春等疾之，輒伏刺客刺安。安被創，馳隴城，遣使詣保，貢獻不絶。自號秦州刺史，稱藩於曜。侯景徒禍梁。《梁書》：武帝太清元年正月，東魏大行臺侯景以河南降魏。二月，景復以河南叛附於梁，梁封景爲河南王。二年，景反壽陽，帝遣邵陵王綸督諸軍討之。臨賀王正德叛，引景兵渡江，帝命宣城王大器、將軍羊侃督軍禦之。正德引景圍臺城，景以正德稱帝。邵陵王綸還軍赴援，侯景擊之，大潰。三年，以侯景爲大丞相，與之盟，敕止援軍。三月，景陷臺城，自稱大都督，録尚書事。佳兵終不祥。《老子》：夫佳兵，不祥之器。注：佳，猶弄也。於人欲使詐，在國須謀長。《書》：汝不謀長，以思乃災。大福豈无妄，《易》：无妄之福。誰令送死處，竟以抱甲僵。漢盤忽已折，《漢武故事》：帝作銅承露盤，上有仙人掌擎玉盤，以承雲表之露。《述異志》：魏明帝詔宫官牽車西取漢孝武捧露盤仙人，欲置前殿。宫官既折盤，臨行淚下。按：唐李賀有《金銅仙人辭漢歌》。周鼎那能常。《左傳》：成王定鼎於郟鄏，卜世三十，卜年七百。《史記》：太丘社亡，而鼎没於泗水彭城下。始皇過彭城，齋戒禱祠，欲出周鼎，使千人入水求之，不得。吁兹撫舊壟，我涕徒爲滂。《詩》：涕泗滂沱。俛仰千古意，悲風嘯枯桑。古詩：枯桑知天風，海水知天寒。

校勘記

〔一〕『封』，四部叢刊本、國圖本、存心堂本、豹文堂本作『剗』。

景陽宫登初陽臺謁抱朴子墓

《名勝志》：大佛寺之西爲錦塢，爲初陽臺，在杭州錢塘縣西北。又：葛嶺在西湖之北，寶雲山西，上有葛仙冢，即稚川也。

人生擾擾間，頗覺天地窄。我憶抱朴子，高臺睨空碧。初陽出山上，照破萬古石。丹光動鼎鐺，霧氣浮冠舄。遺書上下卷，道妙或黄白。《晉書》本傳：葛洪，字稚川，丹陽句容人。所著言黄白之事，名曰《内篇》；其餘駮難通釋，名曰《外篇》。大凡内外一百十六篇。自號『抱朴子』，因以名書。老衰及病瘦，辛苦爲形役。豈伊鳳鸞姿，終以狐兎宅。尸解本無形，又：舉尸入棺，甚輕，如空衣。世以爲尸解得仙云。肉飛寧復跡。《極言篇》：服食旬日，則肉飛骨騰。鄭君曾有傳，本傳：洪從祖玄，吴時學道得仙，號曰葛仙公。以其煉丹秘術，授弟子鄭隱。洪就隱學，悉得其法焉。《遐覽篇》：抱朴子曰：『昔者幸遇名師鄭君，但恨子弟不慧，不足以鑽至聖、極彌高耳。』勾漏恍所歷。本傳：洪以年老，欲煉丹以祈遐壽。聞交趾出丹，求爲勾漏令。桻子倘可問，稚川特未隔。《宣室志》：浮屠氏契虚自孩提好佛氏法律，及玄宗幸蜀，即遁入太白山。有道士喬君謂之曰：『師神骨孤秀，當遨遊仙都。』虚曰：『塵俗之人，安能詣仙都？』喬君曰：『仙都甚近，但備食于商山逆旅中，遇桻子餽焉。或有問師所詣者，第言願遊稚川，桻子當導師而去矣。』及禄山敗，虚即往商山，備甘美以候。遇桻子百餘，俱食畢而去。虚謂喬君見欺，將歸長安。既治裝，是夕，一桻子年甚少，謂虚曰：『吾師安所詣乎？』虚曰：『願遊稚川。』桻子驚曰：『稚川，仙庭，安得至乎？』虚懇之，於是桻子與俱至藍田上治具。其夕，即登玉山，涉危險，逾巖巘，且八十。至一洞，水出洞中，共負巨石寘洞口，以壅其流。三日，洞水方絶。二人俱入洞中，昏晦不可辨，見一門在數十步外，遂望門而去。既出洞外，風日恬煦，山水清麗，真神仙都也。注：桻，音奉，即荷竹橐而販者。幽林來魍魎，缺井守蜥蜴。神仙果何人，海岳長戲劇。世傳老聃死，《史記》：老子，姓李名耳，字伯陽，謚曰聃。修道德，其學以自隱無名爲務。居周久之，見周之衰，廼遂去。至關，關令尹喜曰：『子將隱矣，彊爲我著書。』於是著書上下篇，言道德之意五千餘言而去，莫知其所終。吾謂方朔謫。李白詩：世人不識東方朔，大隱金門是謫仙。虚墳誰所爲，怪樹獨悲激。滿前湖與山，秋色落几席。因兹些爾魂，按：宋玉《招魂》章用些，音梭，挽歌聲。目送雲邊翮。

大佛寺問秦皇繫纜石《輿地紀勝》：繫纜石，在西湖。《武林山記》：自錢塘門至秦皇纜船石，俗呼爲西石頭也。

手撫一片石，昔爲滄海漘。始皇或繫纜，萬里浩無津。世間本妖妄，何處有仙真。〔一〕蓬萊不可到，蓬萊，解見《泰山高》。弱水空飆輪。《山海經》：弱水在西海，不能負一羽。《集仙録》：王母居崑丘，非飆輪不可到。徐生忽以去，方士先避秦。《仙傳拾遺》：徐福，字君房。秦始皇聞東海中祖洲上有不死之草，生瓊田中，一名養神芝。始皇乃遣福及童男女各三千人，乘樓船入海尋祖洲，不返。童男繼童女，五穀雜貨珍。島嶼止不返，蛟龍化其民。非惟長年藥，永隔戰馬塵。人君却未悟，望望轉東巡。山鬼覺將死，《史記》：使者從關東夜過華陰平舒道，有人持璧遮使者曰：『爲吾遺滈池君。』因言曰：『今年祖龍死。』使者問故，忽不見，置其璧去。使者奉璧具以聞。始皇默然良久，曰：『山鬼固不過知一歲事也。』海魚祠作神。解見《泰山高》。侯生奉圖籙，讖諫極所陳。《史記》：始皇之碣石，使燕人盧生求羨門、高誓，使韓終、侯公、石生求仙人不死之藥。盧生入海還，以鬼神事因奏録圖書，曰：『亡秦者，胡也。』又：侯生、盧生相與謀曰：『始皇爲人天性剛戾，專任獄吏。博士雖七十人，特備員弗用。天下畏罪持禄，莫敢盡忠。事無大小皆決於上，至以衡石量書。貪於權勢如此，未可爲求仙藥。』乃亡去。始皇大怒，曰：『盧生等吾尊賜之甚厚，今乃誹謗我，以重吾不德也。』於是使御史案問諸生，皆阬之咸陽。驪山閟鳧雁，金榔竟沉淪。二語解見《盜發亞父塚》。惜玆鑒不遠，遺跡留千春。經營大屋覆，刻斵青蓮身。蘇軾詩：紺宇出青蓮。漢唐幾英主，覆轍猶爾遵。我恐石有語，神仙多誤人。《左傳》：石言于晉魏榆。晉侯問於師曠，對曰：『石不能言，或憑焉。』

校勘記

〔一〕『世間本妖妄，何處有仙真』，底本脱此句，據四部叢刊本、國圖本、存心堂本、豹文堂本補。

湖北岸小寺問參寥泉

《名勝志》：葛嶺在西湖之北，嶺上有智果寺，寺有參寥泉。蘇東坡《記略》云：『僕在黄州，夢參寥子賦詩有「寒食清明都過了，石泉槐火一時新」之句。後七年，守錢塘，而參寥子卜居智果院，有泉出石縫，甘冷宜茶。寒食之明日，僕自孤山來，謁參寥子，汲泉鑽火烹茶，而所夢兆於七年之前，因名參寥泉。』

古寺湖水上，寺門但菰蒲。一泉湛如玉，巖骨旱不枯。粵從參寥鑿，得與葢壤俱。東坡或茗宴，西嶺猶松竿。人誰問詩侶，世頗笑酪奴。《魏録》：琅琊王肅昔仕南朝，好茗飲、鯽魚羹，及過北，又好羊肉、酪漿。嘗云：『羊，陸産之宗；魚，水族之長。羊比魯齊大邦，魚比邾莒小國。惟茗飲不中，與酪漿作奴。』《伽藍記》：彭城王勰嘗戲謂王肅曰：『卿不重齊魯大邦，而愛邾莒小國。』肅對曰：『鄉曲所美，不得不好。』勰復曰：『卿明日顧我，爲卿設邾莒之飱，亦有酪奴。』因號茗飲爲『酪奴』。瓦甃縱然在，《易》：井甃，無咎。木瓢知已無。《逸士傳》：許由手捧水飲，人遺一瓢，飲訖，掛木上，風吹瀝瀝有聲，由以爲煩，去之。汲古宜汲深，塵心非轆轤。杜甫詩：出泉枯柳根，汲引歲月古。昭明太子詩：銀牀繫轆轤。注：轆轤，井上汲水圓轉木，通作鹿盧。別禪勝別味，俗舌空醍醐。《廣語》：有僧辭歸宗云：『往諸方學五味禪。』歸宗云：『我這裏有一味禪，爲甚不學？』僧云：『如何是一味禪？』宗便打。《維摩經》：雖復飲食而以禪悦爲味。《靈泉記》：噴若玉竇，泄爲瑶池，净如醍醐，瑩若琉璃。老僧久不識，香炧冷宿盂。炧，音寫。《説文》：燭耑也。卓哉郡太守，遺像擁眉鬚。閑來試我酌，霧雨變須臾。尚持金芙蓉，李白詩：遥見仙人綵雲裏，手把芙蓉朝玉京。便踏赤鯶魚。《列仙傳》：琴高，趙人也，善鼓琴。浮游冀州、涿郡間二百餘年。後入涿水中，取龍子。與諸弟子期曰：『當潔齋，待我於水傍。』果乘赤鯉（來）出，留月餘，復入水去。《酉陽雜俎》：唐律，捕魚得鯉即放，號『赤鯶公』。輒殺者抵罪，以讖言鯉爲李也。

戒珠寺後登蕺山謁王右軍遺像

《名勝志》：蕺山在卧龍山東北三里許。山少木，多産蕺，越王勾踐嘗採食之。晉王羲之故宅在山南，或曰其别業，前有鵝池。後右軍捨宅爲戒珠寺，今在浙江紹興府會稽縣。

小立天地窄，前登萬山阻。越王採蕺處，秋緑空榛莽。古祠復何人，遺像寄梵宇。柳老題扇橋，荷香弄鵝浦。又：右軍性好鵝，所在穿池滌墨，其傍必有牧鵝之所。蕺山之南，其一也。山下有題扇橋，右軍嘗在此見一老姥持賣六角竹扇，右軍書其扇各五字，姥初有愠色，及持去，人競買之。他日，又持扇求書，右軍笑而不答。典午當衰亂，《晉史論》：典午不競。注：謂司馬氏也。神州渺淮楚。《晉書·桓温傳》：温過淮泗，踐北境，與諸寮屬登平乘樓眺矚中原，慨然曰：『遂使神州陸沈，百年丘墟，王夷甫諸人不得不任其責。』經略欲馳兵，保〔二〕障期按堵。《紀事本末》：永和七年，桓温聞石氏亂，上疏請出師經略中原。姦温多大志，《桓温傳》：温以雄武專朝，窺覦非望，或臥對親寮曰：『爲爾寂寂，將爲文景所笑。』衆莫敢對。既而撫枕起曰：『既不能流芳後世，不足復遺臭萬載耶？』嘗行經王敦墓，望之曰：『可人，可人。』其心迹若是。誕浩却浪許。《殷浩傳》：浩識度清遠，弱冠有美名。尤善玄言，爲風流談論者所宗，於時擬之管、葛。王濛、謝尚猶伺其出處，以卜江左興亡，因相與省之，知浩有確然之志。既反，相謂曰：『深源不起，當如蒼生何？』護軍曾參綜，牋疏極心膂。廟謀不可勝，野戰徒争武。内外未協和，英雄豈豪舉。《王羲之傳》：羲之少有美譽，頻召爲侍中、吏部尚書，皆不就。復授護國將軍，又推遷不拜。揚州刺史殷浩雅重之，勸使應命。羲之既拜護軍，又苦求宣城郡。不許，乃以爲右軍將軍、會稽内史。時殷浩與桓温不協，羲之以國家之安在於内外和同，與浩書以誡之，浩不從。及浩將北伐，羲之以爲必敗，以書止之，言甚切至。浩遂行，果爲姚襄所敗。復圖再舉，又遺浩書，勸以還保長江。又與會稽王牋，陳浩不宜北伐，并論時事：令殷浩還據合肥、廣陵，許昌、譙郡、梁、彭城諸軍皆還保淮，爲不可勝之基。泗口聊進屯，譙城遽犇沮。《殷浩傳》：浩還壽陽，後復進軍，次山桑，而姚襄反。浩懼，棄輜重，退保譙城，器械、軍儲皆爲襄所掠，士卒多亡叛。浩遣劉啓、王彬之擊襄於山桑，並爲襄所殺。事勢日趨異，朝廷孰撑柱。去官寧忤違，誓墓獨酸苦。《王羲之傳》：王述少有名譽，與羲之齊名，而羲之甚輕之，由是情好不協。及述蒙顯授，羲之恥爲之下，遣使詣朝廷，求分會稽爲越州。行人失辭，大爲時賢所笑。既而内懷愧嘆，謂其諸子曰：『吾不減懷祖，而位遇懸邈，當由汝等不及坦之故邪！』述後檢察會稽郡，辯其刑政，主者疲於簡對。羲之深恥之，遂稱病去郡，於父母墓前自誓。父子但法書，功勳總塵土。又：議者以爲羲之草隸，江左中朝莫有及者，獻之骨力遠不及父，而頗有媚趣。桓玄雅愛其父子書，各爲一袠，置左右以翫之。青緗每收拾，綵筆餘圖譜。草隸俱入妙，雲龍競掀舞。又：羲之尤善隸書，爲古今之冠。論者稱其筆勢『飄若浮雲，矯若驚龍』。崔蔡須抗行，王僧虔《答録古來能書人名》：崔瑗，漢濟北相，善草書，王子敬云『極似張伯英』。瑗子實亦能草書。蔡邕，後漢左中郎將，善篆隸。羊殷特奴虜。庾肩吾《書評》：羊欣早隨子敬，最得王體。殷鈞頗耽愛好，終得肩隨。一鶩或有識，蘇軾詩：嗟我久閣筆，不書紙尾鶩。注：法帖中有王氏一帖，最後大書一『鶩』字。相傳此帖之珍，所酧至五十餘萬云。野鶩紛難數。《南史·王僧虔傳》：庾翼與右軍齊名，右軍後進，内外宗尚。翼在荆州，與都下書云：『小兒輩厭家雞，愛野鶩。』平生破布被，謾以指畫肚。《魏書》：鍾繇曰：『吾學書三十年，坐則畫地，臥則畫被致穿。』《墨藪》。起扣故墨池，長鯤戰風雨。

校勘記

〔一〕『⿰阝呆』，四部叢刊本、國圖本、存心堂本、豹文堂本作『保』。

射的山龍瑞宫問陽明洞天洞蓋是禹穴 《名勝志》：射的山，遠望山的，狀若射侯，故名。西有石室，名爲射堂。又：《史記·太史公自叙》云：上會稽，探禹穴。張晏注曰：禹至會稽，因葬焉。上有孔穴，民間云禹入此穴。按：舊經諸書皆以禹穴繫之會稽宛委山，今里人即以陽明洞爲禹穴。楊慎云：在蜀。韓愈詩：常聞禹穴奇，東去穿甌閩。越俗不好古，流傳失其真。則禹穴不可定名久矣。陽明洞傍有石刻《龍瑞（山）［宮］記》，云：黃帝建候神館，宋尚書孔靈産入道奏改懷仙館。唐開元初勅葉天師醮龍，改龍瑞宮。今屬浙江紹興府。

意行得古洞，忽到陽明天。人傳是禹穴，愧我匪史遷。上摩青冥出，湧作芙蓉巔。下開巨石窟，鬱以藤蘿纏。自昔乘四載，於兹理百川。《書》：予乘四載，隨山刊木。注：四載，水乘舟，陸乘車，泥乘輴，山乘樏也。岳瀆通脉絡，蛟螭被拘攣。真長或可待，宛委空風烟。《名勝志》：宛委山上有石簣，壁立干雲，升者累梯而上。衣冠竟一窆，簡札猶遺編。《嘉泰志》：會稽山之東有隴，隱若劍脊，西向而下，下有窆石。相傳此正禹葬處。其窆石高丈許，狀如秤錘。上有古隸，不可讀。世間後百世，龍鬼巧相挻。《晉書》：浮誕相挻。挻，音羶。《廣韻》：和也。《增韻》：又引也。安能洗滌盡，却見鴻荒前。惜哉不可及，恐此復偶然。黃庭或秘景，絳府尚靈仙。《遁甲開山圖》：禹治水，至會稽，宿衡嶺。宛委之神奏玉匱書十二卷，禹開之，得赤珪如日，碧珪如月。精英倚怪木，狡獪戲神泉。無論鳳文舄，肯降狐鳥筵。《漢武内傳》：王母上殿，東向坐，著黃金褡襹，文采鮮明，光儀淑穆，帶靈飛大綬，腰佩分景之劍，頭上太華髻，戴太真晨嬰之冠，履玄璚鳳文之舄。視之可年三十許，修短得中，天姿掩藹，容顔絶世，真靈人也。又：上元夫人曰：『阿母迂天尊之重，下降於蟪蛄之窟，睿虛之靈而詣狐鳥之筵。』長嘯望天末，白雲年復年。

次韻胡仲中雲門紀行《十道志》：紹興府東城門曰雷門，雷門上有大鼓，聲聞百里。晋孫恩之亂軍入，砍破，有雙鶴飛出，遂不鳴。後以王獻之宅五色雲見，因改爲五雲門。

會稽多名山，《山海經》：會稽之山，四方，其上多金玉，其下多鐵石，勺水出焉。《輿地志》：一名衡山。按《志》：在城東南十二里。乘興我欲去。忽攜一日糧，便踏青蘿路。前峰如鴻騫，後嶺類鵠舉。吾知杖藜間，肯負鞋韈句。杜甫詩：青鞋布襪從此始。有湖但一曲，天影餘秋宇。《郡國志》：石帆山北臨太湖，水深不測，傳與海通，其源出會稽之五雲鄉。《名勝志》：鏡湖在會稽城南三里，一名鑑湖。唐玄宗賜秘書監賀知章鑑湖一曲，又名賀監湖。有徑〔一〕曾載樵，石齒亂巉午。又：六朝時，山陰朱百年攜妻孔氏入秦望山，以伐蕘採若爲業，時以蕘若置道傍，輒爲行人所取，人稍怪之。積久，知爲朱隱士所賣，須者隨其多少，留錢取蕘若而去。紺花吹澹香，琪樹動幽慕。何哉廓落洞，得不精靈聚。長吟空人我，曠視渺今古。候神軒轅久，藏簡宛委莫。二語解見《射的山》。老簷雲倚龍，丹甃雪凝乳。詩亭了如初，《名勝志》：雲門山在秦望山南，晋王獻之居此，有山亭。筆塚將化土。《尚書故實》：僧智永有舊筆頭數石，瘞之，號退筆塚。閑挑苔窟泉，静爇栢爐霧。荒凉相劍客，《越絶書》：越王有寶劍五，聞於天下。客有能相劍者，名薛燭，王召而示之。錯寞賣扇姥。解見《戒珠寺》。紛其塵跡改，恍爾烟霏護。起追千載懷，高縱太逷步。私嗟勾踐世，保國深且阻。膽薪苦或嘗，犀練勇如赴。《左傳》：吴王夫差敗越於夫椒，遂入越，越子以甲楯五千，保於會稽。《吴越春秋》：越王卧薪嘗膽，欲報吴。犀練，解見後

《明月行》。復疑始皇時，刻頌岑絶處。鮑臭尚求僊，蛇妖徒泣嫗。《水經注》：秦始皇登會稽山，刻石紀功。《史記》：始皇崩於沙丘，丞相李斯秘不發喪。棺載温涼車中，百官奏事如故。會暑，輼車臭，乃語從官，令車載一石鮑魚，以亂其臭。求僊，詳見《泰山高》。《前漢書》：高祖被酒，夜徑澤中，有大蛇當徑，拔劍斬之，行數里。後人來至蛇所，有老嫗哭。問之，曰：『吾子，白帝子也，化爲蛇，當道，今赤帝子斬之。』沉埋九寶鼎，解見《李鐵槍本末》。笑傲兩芒屩。交予支道林，侣我許玄度。《世説》：孫興公、許玄度共在白樓亭，商略先往名達。林公既非所關，聽訖，云：『二賢故自有才情。』按《志》：亭在紹興府常禧門外，今地名白樓堰。興亡鳥呼風，富貴鬼嘯雨。穢墟幸有遺，盤谷誰争所。按：《韓愈集》有《送李愿歸盤谷序》。行從篔簹徑，宋之問《泛鏡湖南溪》詩：沓嶂開天小，叢篁夾路迷。坐泊菡萏浦。李白詩：鏡湖三百里，菡萏發荷花。白鶴杳未攀，《會稽記》：射的山南有白鶴山，此鶴爲仙人取箭。紫騮驕可伍。李白《採蓮曲》：若耶溪畔採蓮女，笑隔荷花共人語。日照新粧水底明，風飄香袖空中舉。岸上誰家遊冶郎，三三五五映垂楊。紫騮嘶入落花去，見此躊躇空斷腸。搜奇本自兹，濟勝吾已屢。《世説》：許椽好遊山水，而體便登涉。時人云：『非徒有勝情，且有濟勝之具。』秦崦或西枝，按：《杜甫集》有《赤谷西崦人家》及《西枝邨尋置草堂地》詩。《地理志》：秦州有崦嵫山，在赤谷之西。黄鶴注：西枝邨在秦近郭。郢江猶北渚。《水經》：江水又東逕郢城南。《九歌》：鼂騁鶩兮江皋，久弭節兮北渚。鏡虚忘往來，輪轉繫成住。平生幾心期，終夜真夢語。桂樛〔二〕方招隱，《文選》：劉安《招隱士》詩，淮南小山之所作也。桂樹叢生兮山之幽，偃蹇連卷兮枝相樛。芝蔬不藥痼。身尤出處難，地以窮通悟。一目須見羅，《淮南子》：一目之羅，不可以得鳥。四鍭竟如樹。《詩》：四鍭如樹。推材宜鄉里，選德固庠序。修名實之賓，《莊子》：名者，實之賓也。慎動静有主。《老子》：重爲輕根，静爲躁君。人思佛可佞，《晋書》：何充與弟準崇修佛寺，靡費巨億。於時郗愔與弟曇奉天師道。謝萬云：『二郗諂道，二何佞佛。』我謂儒非腐。《史記》：高帝折隨何之功，謂：『何爲腐儒，爲天下安用腐儒？』山岳何屹然，事功急先務。執輿且周流，沮溺却問渡。信兹我孔孟，直不老鄒魯。遠游吾爾俱，滄海極東泝。

校勘記

〔一〕『徑』，國圖本同，四部叢刊本、存心堂本、豹文堂本作『涇』。

〔二〕『樛』，國圖本、存心堂本、豹文堂本同，四部叢刊本作『榛』。

觀隋王度古鏡記〔一〕

《古鏡記》：隋汾陰侯生，天下奇士也，王度常以師禮事之。臨終贈度以古鏡，曰：『持此則百邪遠人。』度受而寶之。

王家有古鏡，軒氏昔鑄成。又：黄帝鑄十五鏡，其第一横徑一尺五寸，法滿月之數也。以其相差各校一寸，此第八鏡也。太一來護冶，《前漢書》：用太牢祠三一：天一、地一、太一。注：太一者，天地未分混沌之元氣。玄冥與儲精。《類苑》：天寶三載，揚州進水心鏡一面，背有盤龍如生。進鏡官李守泰曰：『鑄鏡時，有老人自稱姓龍名護，有小童名玄冥，謂匠吕暉曰：「老人解造真龍鏡。」遂令玄冥入爐所，扃户三日夜，失二人所在，爐前獲一素書。吕暉遂移爐於揚子江心，以五月五日午時鑄之。』後大旱，召葉法善祠鏡龍。忽龍口有白氣，須臾滿殿，其雨如注。日月鍾璀璨，龜蛇助威獰。萬靈吐真水，全體洞泰清。綵奩出未半，冰片弄光晶。寶匣收不動，玉鱗聞响聲。《古鏡記》：大業九年冬，度持節河北道，開倉賑飢。百姓癘疫，有河北人張龍駒，爲度下小吏，其家數十口遇疾。度憫之，齎鏡入其家，使龍駒持鏡夜照。諸病者見鏡，皆驚起，云：『見持一月來相照，光陰所及，如冰着體。』即時熱定，至曉並愈。於是令持此鏡，遍巡百姓。其夜，匣中鏡自鳴，聲甚徹遠，良久乃止。度心獨怪。明早，龍駒謂度曰：『昨夢一人，龍頭蛇身，朱冠紫服，謂某曰：「我鏡精也，名曰紫珍。嘗有德於君家，故來相託。爲我謝王公，百姓有罪，天與之疾，奈何使我反天救物，無爲我苦。」』有身尚變化，無翼欲飛行。恍然百世後，流落汾陰城。高士覯即賞，又：侯生云：二十四氣之象形。承日照之，則背上文畫，墨入影内，纖毫無失。舉而扣之，清音徐引，竟日方絶。非凡鏡所得同也。宜其見賞高賢，是稱靈物。胡僧識還驚。又：大業九年正月朔旦，有胡僧行乞而至。度弟勣出見之，覺其神彩不俗，邀入，具食。坐語良久，胡僧曰：『檀越家似有絶世寶鏡也。』勣曰：『何以知之？』僧曰：『貧道頗識寶氣。宅上有碧光連日，絳氣屬月，此寶鏡氣也。今擇良日，故欲一觀。』勣出之。僧跪捧欣躍，又謂勣曰：『此鏡有數種靈相，皆當未見。但以金膏塗之，珠粉拭之，舉以照日，必影徹墻壁。』僧又嘆息曰：『更作法試，應照見腑臟。所恨卒無藥耳。』金鉛拭膏澤，絳碧穿屋楹。牆垣照可徹，臟腑燭能縈。解俱見上。涕泣念鸚鵡，又：度歸長安，至長樂坡，宿程雄家。雄新受寄一婢，甚端麗，名鸚鵡。度既税駕，將白去，不敢住。度疑其精魅，引鏡逼之。便云：『乞命，即變形。』度即掩鏡，曰：『汝先自叙，然後變形。』婢再拜自陳云：『是華山府君廟前長松下千歲老狸，大行變惑，罪合至死。遂爲府君捕逐，逃於河渭之間。不意遭逢天鏡，隱形無路。但久爲人形，羞復故體。願盡醉而終。』度爲致酒，悉召雄家隣里，與宴謔。婢大醉，奮衣起舞而歌曰：『寶鏡寶鏡，哀哉予命！自我離形，於今幾姓？生雖可樂，死不必傷。何爲眷戀，守此一方！』歌訖，再拜，化爲老狸而死。一座驚嘆。悲酸逢豹生。又：度奉詔撰《周史》，欲爲蘇綽立傳。度有奴曰豹生，年七十矣，本蘇氏部曲。見度傳草，悲不自勝。問其故。曰：『豹生常受蘇公厚遇，今見蘇公言驗，是以悲耳。郎君所有寶鏡，是蘇公友河南苗季子所遺蘇公者。蘇公愛之甚，臨亡召苗生謂曰：「自度死日不久，不知此鏡當入誰手？今欲以蓍筮一斷，先生幸觀之也。」便顧豹生取蓍。蘇公自揲布卦，訖，曰：「我死十餘年，當失此鏡。河洛之間，往往有寶氣，與卦兆相合，鏡其往彼乎？」季子曰：「亦爲人所得乎？」蘇公又詳其卦，云：「先入侯家，復歸王氏。過此以往，莫知所之。」』豹生言訖涕泣。問蘇氏，果如豹生之言。一朝忽屏跡，六幕黯不明。又：大業十三年七月十五日，匣中悲鳴，其聲纖遠，俄而漸大，若龍咆虎吼，良久乃定。開匣視之，即失鏡矣。狐狸遁隱現，魑魅莽縱橫。皮膚峻刮削，骨髓窮敲榜。雷風儻有作，厲虐敢紛更。嗟吾幸居山，猿鹿與我爭。嗟吾願渡海，鮫鱷恐並迎。楊氏雀環在，張公龍劍并。又：昔楊氏納環，累代延慶；張公喪劍，其身亦終。今度遭世擾攘，居常鬱怏，王室如燬，生涯何地，寶鏡復去，哀哉！《續齊諧記》：弘農楊寶嘗見一黃雀甚困，取置巾箱中，養成放之，朝去暮還。後忽與群雀俱來，哀鳴遶室，數日乃去。夜有黃衣童子向寶再拜，曰：『我王母使臣，爲鵄梟所搏，蒙君拯濟，今當使南海，不得復住，極以悲傷。』以白環四枚與寶，曰：『令君子孫潔白，位登三公。』於此遂絶。寶生震，震生秉，秉生賜，賜生彪，四世爲三公。《晉書》：雷煥爲豐城令，到縣，掘獄得雙劍，一曰龍泉，一曰太阿。遣使送一與張華，留一自佩。或謂煥曰：『得兩送一，張公豈可欺乎？』煥曰：『本朝將亂，張公當受其禍。此劍當繫徐君墓樹耳。靈異之物，終當化去，不永爲人服也。』華得劍，愛之，常置座側。報煥書曰：『詳觀劍文，乃干將也，莫邪何復不至？雖然，天生神物，終當合耳。』華誅，失劍所在。焕卒，子華爲州從事，持劍行經延平津，劍忽於腰間躍出墮水，使人没水取之，不見劍，但見兩龍各長數丈，蟠縈有文章，没者懼而反。須臾光彩照水，波浪驚疑，於是失劍。華嘆曰：『先君化去之言，張公終合之論，此其驗乎！』因兹訪洞穴，得不振冠纓。

校勘記

〔一〕四部叢刊本、國圖本、存心堂本、豹文堂本『古鏡記』下有『後題』二字。

吳萊詩集卷第二

錫山王邦采貽六
繩曾武沂 箋

夜聽楊元度説宣和內宴雜事

蔡京《太清樓侍宴記》：政和二年三月八日，皇帝開後苑，宴太清樓。召臣京及執中等於崇政殿賜坐，命宫臣擊鞠。乃自景福殿西序入苑門，詔臣京曰：『此跬步至宣和廊，言者所謂金柱玉户者也，厚誣宫禁。其令子攸夜入觀焉。』東入小華徑，南度碧蘆聚，又東入便門，至宣和殿。日午，謁者引執中已下入。女童樂四百，靴袍玉帶，列排場，下，宫人籠珠翠、金玉束帶，秉扇，拂與巾、劍，鉞，執香毬，擁御床以次立。酒三行，上顧謂群臣曰：『承平無事，君臣同樂，宜略去苛禮，飲食起居當自便無間。』已而群臣盡醉。

北風吹庭柯，秋士慘不悦。《淮南子》：春女思，秋士悲。頗懷炎德衰，謝朓《郊廟歌・赤帝》云：惟此夏德德台恢，兩龍在御炎精來。一旦幅員裂。《詩》：幅員既長。當思付畀重，但孕驕淫蠥。蠥，音業。《説文》：衣服歌謡草木之怪謂之祅，禽獸蟲蝗之怪謂之蠥。中宫日沉湎，《書》：沉湎于酒。內伎增舞列。聖人自鳴箏，丞相齊按節。奇花入綱運，《宋史》：徽宗垂意花石，以朱勔領蘇杭應奉局，取浙中珍異以進。舳艫相銜於淮汴，號花石綱。法酒從流歠。《前漢叔孫通傳》：置法酒，諸侍坐殿上皆伏抑首，以尊卑起次上壽。觴九行，謁者言『罷酒』。御史執法，舉不如儀者輒引去。竟朝置酒，無敢讙譁失禮者。注：法酒猶言禮酌，謂不飲之至醉。畫圖恍有見，帷薄知甚褻。《前漢叙傳》：富平、定陵侯張放、淳于長等愛幸，帝出爲微行，則同輿執轡。入侍禁中，設宴飲之會，及趙李諸侍中皆引滿舉白，談炙大噱。時乘輿幄坐張畫屏風，畫紂醉踞妲己作長夜之樂。又《賈誼傳》：坐男女淫亂污穢無别者，不曰污穢，曰帷薄不修。辭寧迴波奏，《唐書》：李景伯，景龍中爲諫議大夫，中宗嘗與貴戚幸臣内宴，酒酣，遞唱《迴波樂》，甚諠雜失禮。次至景伯，歌曰：『迴波爾時酒巵，微臣職在箴規。禮飲只合三爵，君臣雜亂非宜。』席爲之散，時人稱之。賦豈好色設。按：宋玉有《登徒子好色賦》。君心既已蕩，《左傳》：楚武王伐隨，將齋，入告夫人鄧曼曰：『余心蕩。』鄧曼嘆曰：『王禄盡矣。盈而蕩，天之道也，先君其知之矣。』國步驚欲蹶。《詩》：國步斯頻。又：國步蔑資。妖狐空獻鬉，《淵中記》：狐五十歲態更媚人，百歲爲美女，或爲丈夫，使人迷惑。駱賓王《檄》：狐媚偏能惑主。倖鼠不塞穴。《晏子春秋》：景公問晏子：『治國何患？』對曰：『社鼠者，不可薰，不可灌。君之左右，出賣寒熱，入則比周，此之謂社鼠也。』坐令汴河冰，變作燕塞雪。《一統志》：汴水源出開封府滎陽縣，合京、索、須、鄭四水，東南至中牟縣北，入于黄河。秦爲三川郡，漢爲陳留郡，東魏置梁州，後周改爲汴州，宋爲京師。《續編》：宋太祖元年，以大梁爲東京開封府，洛陽爲西京河南府。《史記》：封召公於北燕。按：燕，今順天府。《通鑑》：宋徽宗宣和四年，金克遼燕京。欽宗靖康元年，金人渡河，陷西京，遂圍京城。京城陷，帝如金營請降。二年，金人以二帝及后妃太子宗戚三千人北去，高宗紹興二十三年，金入都于燕。二十八年，金營汴宫。寧宗嘉定七年，金主珣遷都於汴。玉鉉乃一震，《易》：鼎玉鉉。金甌可無缺。《梁書》：武帝曰：『我國家如金甌，無一傷缺。』由來治亂間，一是興亡轍。豐侯早著戒，《詩》：文王受命，有此武功。既伐于崇，作邑于豐。褒姒竟爲厲。《詩》：今兹之正，胡爲厲矣。燎之方揚，寧或滅之。赫赫宗周，褒姒滅之。厲，叶屑韻，音列。乾坤獨不大，甕盎相起滅。王充《論衡》：桀無道，兩日並照。在東者將起，在西者將滅。費昌問馮夷曰：『何者爲殷？何者爲夏？』馮夷曰：『西，夏也；東，殷也。』於是費昌徙族歸殷。於兹聞十愆，得不仰前哲。《書》：制官刑，儆于有位，曰：『敢有恒舞于宫，酣歌于室，時謂巫風；敢有殉于貨色，恒于遊畋，時謂淫風；敢有侮聖賢，逆忠直，遠耆德，比頑童，時謂亂風。唯兹三風十愆，卿士有一于身，家必喪；邦君有一于身，國必亡。其刑墨，具訓于蒙士。』

讀漢武内傳寄戴仲游

我問學仙子，神仙何所求。翩然王母使，《集仙録》：西王母者，九靈太妙龜山金母也。一號太虛九光龜臺九母元君，乃西華之至妙，洞陰之極尊。位配西方，母養群品。天上天下，三界十方女子之登仙得道者，咸所隸焉。《内傳》：帝閒居承華殿，忽見美女曰：『我墉宫玉女王子登也，向爲王母所使，從崑崙山來。』語帝以七月七日王母將降。又：王母有一青鳥，常從西方飛集帝庭。特降五城樓。五城樓，解見《早秋作》。白雲起復滅，丹掖戒涼秋。黄麟雜赤虎，旌幟鬱蚴蟉。《内傳》：七月七日，帝修除宫掖，盛服立於堦下，以候雲駕。二更後，忽見西南如白雲起，鬱然直來，逕趨宫庭。須臾轉起，聞雲中簫鼓之聲、人馬之響。半食頃，王母至也。或駕龍虎，或乘白麟，或乘白鶴，或乘軒車，或乘天馬，群仙數千，光耀庭宇。既至，從官不復知所在。上元三角髻，聞命亦來游。又：王母欲去，帝下席叩頭請留。王母乃遣侍女郭密香邀上元夫人同宴於漢宫。帝見侍女下殿，俄失所在。須臾，上元夫人遣一侍女問答云：『阿環再拜，聞命之際，即當命駕，先被太君敕詣玄洲，還便束帶，願暫少留。』俄而夫人至，服青箱之袍，頭作三髻，餘髮散垂至腰，戴九雲夜光之冠，曳六出火玉之佩，垂鳳文林華之綬，腰流黄輝精之劍，上殿向王母拜。王母呼同坐，謂帝曰：『此真元之母，尊貴之神。』帝拜之。玉女列左右，容眸盻〔二〕如流。又：西王母乘紫雲之〔輦〕，駕九色斑龍。別有五十天仙，側近鸞輿，皆長丈餘。同執綵旄之節，佩金剛靈璽，戴天真之冠，咸住殿下。王母惟扶二侍女上殿。神光乃上燭，衆樂發空謳。又：王母升帝殿，於坐上，流觴數遍。王母乃命諸侍女王子登彈八琅之璈，董雙成吹雲和之笙，石公子擊昆庭之金，許飛瓊鼓震靈之簧，婉麗華拊五靈之石，范成君擊湘陰之磬，段安香作九天之鈞。於是衆聲徹朗，靈音駭空。又命法嬰歌玄靈之曲。益易尚可化，又：王母曰：『夫欲修身，當營其氣，《太僊真經》所謂行益易之道。益者益精，易者易形。能益能易，名上僊籍；不益不易，不離死厄。』奢淫直難抽。又：上元夫人謂帝曰：『汝好道亦爲勤矣，勤而不獲，實有由也。汝胎性暴，胎性淫，胎性奢，胎性酷，胎性賊。五者恒舍於榮衛之中、五藏之内，雖獲良鍼，固難愈也。此五事者，皆是截身之刀鋸，刳命之釜斤矣。若從今捨爾五性，反諸柔善，當有異耳。』從知扶廣受，或用柏梁收。五嶽形已秘，靈飛籙仍幽。又：王母巾笈中有一卷書，盛以紫錦之囊，出以付帝曰：『此《五嶽真形圖》也。』上元夫人語帝曰：『阿母今以瓊笈妙韞，發紫臺之文，賜汝八會之書，《五嶽真形》，至珍且貴矣。』乃命侍女紀離容到扶廣山，敕青真小童出六甲左右靈飛致神之方十二事，以授帝。王母曰：『此三天太上之所撰，藏於紫陵之臺，隱以靈壇之房，封以華琳之函，韜以蘭繭之帛，約以紫羅之素，印以大帝之璽。子其寶秘焉。』帝奉以黄金之箱，封以白玉之函，以珊瑚爲軸，紫錦爲囊，安著柏梁臺上。毋將刳爾命，但欲返諸柔。一洗狐鳥俎，長辭蟪蛄丘。狐鳥、蟪蛄，解見《射的山》。向時恍有見，方士殊悠悠。按：《漢紀》：元光元年，遣方士李少君入海，求蓬萊安期生之屬。元狩四年，拜方士齊少翁爲文成將軍，又以方士欒大爲五利將軍，尚公主，後俱以誣罔伏誅。帝對群臣嘆曰：『天下豈有神仙？盡妖罔耳。』罷方士候神人者。平準暴海内，《史記》：元封元年，桑弘羊爲治粟都尉，領大農，筦天下鹽鐵。弘羊請置大農部丞數十人，分部主郡國，令遠方各以其物貴時商賈所轉販者爲賦，而相灌輸。置平準於京師，都受天下委輸。召工官治車諸器，皆仰給大農。大農諸官盡籠天下之貨物，貴即賣之，賤則買之。如此，富商大賈無所牟大利，而萬物不得騰踊，名曰『平準』。發兵困遐陬。按：《漢書》：元光五年，通南夷，置犍爲郡，通西夷，置一都尉。元朔二年，匈奴入寇，遣衛青等將兵擊走之，遂取河南地，立朔方郡。元狩元年，以霍去病爲驃騎將軍，擊匈奴，敗之。過焉支，至祁連山而還。元鼎五年，遣將軍路博德將兵擊南越，置南海、蒼梧、鬱林、合浦、交阯、九真、日南、珠厓、儋耳爲九郡。又平西南夷，置牂柯、越嶲、沉黎、文山五都爲五郡。元封二年，遣將軍楊僕伐朝鮮，置樂浪、臨屯、玄菟、真番。太初元年，築受降城，又遣將軍李廣利伐宛。琪花栖倒景，琪花，解見《早秋偶然作》。倒景，解見《星君像圖》。瑶草隔玄洲。《十洲記》：玄洲在北海之中，上有太玄都，仙伯真公所治，饒金芝玉草。終成泄道要，寖使增愆尤。鄙夫忽自笑，頽俗奚其媮。機關出鬼蜮，《詩》：爲鬼爲蜮。利欲生螟蟊。又：去其螟螣，及其蟊賊。崑崙一萬里，得去那能留。《水經》：崑崙山在西北，去嵩高五萬里，地之中也。高萬一千里，河水出其東北陬，屈從其東南，流入渤海。爲爾遺此什，塵簪早須投。《史記》：投簪請老。《南史》：陶弘景與從兄書曰：『昔仕宦，期四十左右作尚書郎，投簪高邊，今三十六方奉朝請，頭顱可知。』遂掛冠神武門，上表辭歸。

校勘記

〔一〕『昐』，四部叢刊本、國圖本、存心堂本、豹文堂本作『眄』。

讀書

我病久不出，滿牀攤我書。困仍枕書卧，醒即味道腴。《荀子》：味道之腴。上下千百載，纍然猶貫珠。《禮》：纍纍如貫珠。夏商既相因，秦漢漸不如。辭華日已勝，理義幾精麤。但要務真實，何心成蠹魚。古人有精力，常欲開廣塗。聖文尚埃滅，鉛槧寧復餘。《西京雜記》：揚子雲常懷鉛提槧，訪殊古絶域語，以爲稗補。誰歟志氣鋭，或者事功趍。數行史家紙，隨作黄土墟。吾誠不及此，矯首嘆以歔。撥書寘牀上，所愧爲世儒。

飲酒

昔我不解飲，病來持一觥。一觥亦已醉，二豎敢相攖。《左傳》：晉侯疾病，求醫於秦。秦伯使醫緩爲之。未至，公夢疾爲二豎子，曰：『彼良醫也，懼傷我，焉逃之？』其一曰：『居肓之上，膏之下，若我何？』忽然秋毫大，况乃泰華輕。豈其陰陽足，安使龍虎争。龍虎，解見《問五臟》。冰蠶冰爲山，《拾遺記》：東海圓嶠山有冰蠶，長七寸，有鱗角，以霜雪覆之，則爲繭，五色絲，織爲文錦，入水不濡，入火不爛。火鼠火烘城。《神異經》：南方有火山，生不燼之木，晝夜火然，暴風不熾，猛雨不滅。火中有鼠，重百斤，毛長二尺餘，細如絲，恒在火中，不出外而色白，以水逐沃之即死。取其毛，織以作布。用之若垢汙，以火燒之，即清潔也。一元本同氣，萬物却異情。機關有大運，禀受通群氓。轉移苟不定，顛倒尚何營。百年定幾時，愁賦空餘聲。跰躚起自鑒，面目吁可驚。《莊子》：子輿有病，子祀往問之。曲僂發背，上有五管，頤隱於臍，肩高於頂，句贅指天。陰陽之氣有沴，其心閒而無事。跰𨇤而鑑於井，曰：『嗟乎！夫造物者又將以予爲此拘拘也。』注：病中勉行，索照其形也。跰，音緶。𨇤，同躚，行步欹危貌。試攀松樹枝，復攬芝草莖。但當盡此酒，不在學長生。

觀齊謝玄卿五洩山遇僊記寄題五洩山寺

宋濂《五洩山水志》：南齊會稽人謝玄卿好呼吸延年之術，年百歲，精力不衰，以採藥入山，值一橫溪，俯臨峻壁，淙湍激溜，上有石梁，纔可並足。乃匍匐而渡，稍聞鐘磬聲，尋之而往，忽遇仙女數人，被服纖麗。玄卿向前禮拜，乃相視笑曰：『子非謝玄卿乎？』徐引之登峻嶺，至一處，豁然平敞，玉堂朱閣。女云：『此東華夫人所居也。』《輿地志》：山峻而有五級，故名五洩山。《水經注》：浙江合浦陽江，東逕諸暨縣，與洩溪合。溪廣數丈，中道有兩高山夾溪，造雲壁立，凡有(三)[五]洩，[下]洩懸三十餘丈，廣十丈，中(二)[三]洩不可至，登山遠望，乃得見之，洩懸百餘丈，水勢高急，聲震水外。上洩懸二百餘丈。此是瀑布也，人曰洩。按《志》：山在浙江紹興府諸暨縣。

曩聞一奇士，深入五洩行。五洩何處所，長溪遶崇岡。微風生天籟，急瀑洒石梁。金磬敻欲響，縞衣爛迴光。綺妓開朱閣，靈仙坐玉堂。傴僂即進謁，褭褭遽鳴璫。幸汝得大藥，杜甫詩：苦乏大藥資。注：丹砂、黃金爲仙藥也。於茲赴玄鄉。玄鄉且留宴，穢臟勿發狂。高座瓊煇施，碧幃琳華張。芝英雜桂腦，《瑞應圖》：芝英者，王者親延耆養老，有道則生。《列仙傳》：桂父，象林人，常服桂皮葉，龜腦和之。 螭髓間鳳漿。《續仙傳》：謝玄卿遇神仙，見素麟脂、斑螭髓，玄洲白柰、空洞靈瓜。又有瓊飴酒。 彈八琅之璈，吹叢霄之笙，擊洞陰之磬，又作回鸞轉鳳之舞，皆非世間之所有。《漢武内傳》：王母謂帝曰：『太上之藥，有風實雲子、玉津金漿、中華紫蜜、雲山朱蜜、冥陵麟膽、炎山夜日、扶桑丹椹、長河文藻、太真紅芝、九色鳳腦。 有得食之，後天而老。 此太上之所服，非衆仙之所寶也。』太容揮四弦，王母彈八琅。 羽旗素蜺騫，傳毅賦：體如游龍，神如素霓。 蜺，同霓。《説文》：屈虹，青赤，或白色，陰氣也。 黼轂螣蛇驤。《埤雅》：螣蛇，龍類也，能興雲霧而遊其中。 慎子曰：螣蛇遊霧，飛龍乘雲，雲罷霧除，與蚯蚓同，失其所乘故也。 眼珠便爽朗，肌骨遂馨香。 日星恍在下，海嶽極渺茫。 嗟予頗探勝，古路但縱横。青童邈不見，《魏夫人傳》：夫人名華存，字賢安，幼而好道，有四真人來降。 太極真人發排空之歌，青童吟太霞之曲，神王諷晨啓之章，清虚詠駕飈之詞。 寶刹屹相望。《諸暨縣志》：洩溪源自富陽山峽，下有東西兩龍潭。 東龍潭即飛瀑處，有響鐵嶺，過嶺即富陽界。 嶺曲一峰轉而面南，峰下有五洩寺。 西龍潭深入谷中五里許，未到潭，一嶺爲浦江界，隨潭流北至寺前，與東潭水合，山勢轉而面北，兩山夾潭流東行，綿延十餘里，奇迹秀絶。 山峰插烟霧，潭級跳冰霜。 螻螘小窟穴，蜉蝣亂飛揚。 終然雲錦笈，雲錦笈，解見《泰山高》。照以虎鞶囊。《神仙傳》：安期先生乘駁驎，着朱衣、遠遊冠，帶玉珮及虎頭鞶囊。 千年或頃刻，萬里忽扶桑。 扶桑，解見《送鄭獻可》。 謝卿自獨往，矯首盍回翔。 笑採金明草，浮顔安可常？《廣異記》：謝玄卿至東嶽夫人所居，有異草，正黄色，光可鑑，曰此金明草。 晉咸和九年，東華青童賜魏夫人石精金光，化形靈異。 白居易詩：願飡金光草，壽與天齊傾。

問五臟

我問昔生我，繫胎果何神。上顱下負趾，《靈樞》：天圓地方，人頭圓足方以應。五臟交錯陳。胎經已不足，乳湩復不勻。《唐元德秀傳》：自乳兄子，數日流湩。湩，音湅。《説文》：乳汁也。黔雷不我職，《前漢司馬相如傳》：左玄冥而右黔雷兮。注：黔雷，天上造化神名。粉飾强爲人。自宜多菑害，無以保命真。元氣日呰敗，呰，讀若紫，古通呰，與疵同。客邪作艱屯。《素問》：夫邪氣之客於身也，以勝相加。彼何瓠而肥，言貌勇若震。《埤雅》：長而瘦上曰匏，大腹短頸曰瓠。此何黴而瘠，肢骨弱不伸。《楚辭》：顏黴黎以摧敗。注：面黑也。《説文》：物中久雨青黑也。嗟夫賦命間，豈不汝由因？我誠不汝慊，嬴嗇胡不均？五精被我惱，《靈樞》：生之來，謂之精，此先天元生之精也。食氣入胃，散精於五臟，此水穀日生之精也。訴我蒼蒼旻。恍然欲我答，天道汝當遵。粵自汝有生，躔次逆星辰。矧從汝生後，戕[一]賊逮汝身。心兮本中居，與汝相主賓。《素問》：心者，君主之官也。汝何不祇敬，狂役類風輪。《書》：日嚴祇敬六德。《楞嚴經》：相待成摇，故有風輪執持世界。從妄見生山河大地，諸有爲相。坎離漸違行，《參同契》：易謂坎離，坎離者，乾坤二用。解：乾坤爲天地之象，坎離爲陰陽之象。天地非陰陽無以成造化之功，乾坤非坎離無以施造化之妙。龍虎起戰嗔。又：偃月法鼎爐，白虎爲熬樞。汞日爲流珠，青龍與之俱。箋：坎形如偃月，水中出火，虎向水生；離性如汞日，火中生水，龍從火出。一元竟不守，散入萬微塵。惟脾制水穀，四體承華津。肴胾噤汝口，《禮》：左殽右胾。酒漿絶沾脣。司禄不上計，《周禮·（地）［春］官·天府》：若祭天之司民、司禄而獻民數、穀數，則受而藏之。注：司禄，文昌宫第六星也。畀汝藜藿貧。《家語》：子路曰：『昔者由也事二親之時，常食藜藿之實，爲親負米百里之外。親死之後，南遊於楚，累茵而坐，列鼎而食，顧欲食藜藿，爲親負米，不可復得也。』饑腸常九回，苦吻添荆榛。何天不汝錫，服用無箱囷。《詩》：乃求千斯倉，乃求萬斯箱。又：不稼不穡，胡取禾三百囷兮。抑汝弗事天，寢食失鼎茵。天本不病汝，汝實使病臻。汝仍不耐病，虚躁復善顰。内虧但外養，衆藥聚毒芬。《帝王世紀》：黄帝使歧伯嘗味草木，典醫療疾，今經方本草之書咸出焉。金石草木蟲，亂投劇斧穫。穫，同矜。《六書略》：矜本矛柄，因音借爲矜憐之矜。五精恒不寧，乖沴積相熏。寒增熱或壯，頃刻異冰薪。當知汝五臟，獨不與汝親。何庸汝反詰，鬬我似越秦。韓愈文：越人視秦人之肥瘠，曾不加欣戚於其心。吁哉一臟損，五臟遽不醇。齒牙漸凋䘌，䘌，音匿。《方書》：凡病人齒無色，舌上白，喜睡或下利，此䘌蟲食下部。以竹筒一頭納餘竅中，一頭燒艾入雄黄，熏之，立愈。膚肉還削皴。皴，音逡。《説文》：皮細起。汝徒職汝職，軀殼有君臣。天曾盡賦汝，造化匪不仁。我聞五精言，鑿鑿總有倫。曰人本之天，辟若泥在鈞。《前漢董仲舒傳》：上之化下，下之從上，猶泥之在鈞，唯甄者之所爲，猶金之在鎔，唯冶者之所鑄。一時巧相值，萬物混無垠。聖愚且同羸，羸，與羸通。毛介與角鱗。我惟有心肝，是號横目民。横目，解見《讀列子》。心肝既屬我，榮衛盍絪緼。《靈樞》：人受氣於穀，穀入於胃，以傳與肺，五藏六府皆以受氣，其清者爲榮，濁者爲衛。徧歷燥濕滑，備嘗酸醎辛。虐汝重役汝，汝得我緇磷。蚯蚓尚無臟，静夜解唱呻。蝴蝶亦復然，翾飛媚陽春。彼寧心肝具，物性各有循。謬納或土化，死生僅昏晨。自今我即安，無往不寵珍。忍令百歲後，銷變爲烟燐。《博物志》：鬭戰死亡處，人馬血積年化爲粦，粦著地及草木，如露不可見，行人觸之者，著體有光，拂拭即分散無數。有細吒聲如熠豆，静坐良久，尋滅，後其人忽忽如失魂，經日乃差。曲肱便莞簞，《詩》：下莞上簞。就口取膮膷。《儀禮·大夫公食禮》：膷，膮，牛炙。注：羊曰膷，豕曰膮，皆香美之名。膮，音鴞。五精速歸臟，大宅集靈氛。《莊子》：生猶旦也，死猶寄也。人生特寄宅於旦，死則夜而歸耳。張毅喜犇走，熱中果如焚。單豹好容顔，饑虎特汝隣。《莊子》：田開之曰：『聞之夫子，善養生者，如牧羊然，視其後者而鞭之。』威公曰：『何謂也？』田開之曰：『魯有單豹者，巖居而水飲，不與人共利，行年七十而有嬰兒之色，不幸遇餓虎食之。有張毅者，高門懸簿，無不走也，行年四十而内熱疾死。豹養於内而虎傷於外，毅養於外而疾攻於内。此二子者，皆不鞭其後者也。』二者乃天道，我將何所云。作詩示同黨，聊以博笑忻。

校勘記

〔一〕『戕』，原作『⿰阝戔』，據四部叢刊本、國圖本、存心堂本、豹文堂本改。

觀梁四公記

唐張説撰《梁四公記》：梁天監中有蜀闖、⿺鬼萬杰、⿰蜀戈⿰黹耑、仉⿱啟月四公謁武帝，帝見之甚悦。蜀，音攜。闖，音琛，去聲。⿺鬼萬，音萬，入聲。杰，音桀。⿰蜀戈，音蜀。⿰黹耑，音湍。仉，音掌。⿱啟月，音起。皆姓名也。

奇士自古有，我聞梁四公。來從何處所，遂到大江東。舉朝無留難，當扆亦動容。胸襟狹海嶽，舌煩翻雷風。發揮衆女國，又：杰公曰：『西北萬里有女國，以蛇爲夫，男則爲蛇，不噬人而穴處。女爲臣妾官長而居宅室。』司徒左長史王筠難之曰：『書傳所載，女國之東，蠶崖之西，狗國之南，羌之別種。一女爲君，無夫蛇之説，何也？』公曰：『以今所知，女國有六。北海之東有女國，天女下降爲君，國中有男女；西南板楯之西有女國，其女悍而男恭，女爲人君，以貴男爲夫，置男爲妾媵；昆明東南絶徼之外有女國，以猿爲夫，生男類父而入山谷，晝伏夜遊，生女則巢居穴處；南海東南有女國，以鬼爲夫，夫致飲食禽獸以養之；勃律山之西有女國，方百里，山出台虺之水，女子浴之而有孕，其女舉國無夫，并蛇六矣。』充拓扶桑宫。又：杰公云：『東至扶桑，蠶長七尺，圍七寸，色如金，四時不死。五月八日，嘔黄絲布於條枝，而不爲繭，脆如綖。燒扶桑木灰汁煮之，其絲堅韌，四絲爲係，足勝一鈞。俄而扶桑使使貢方物，有黄絲三百斤，即扶桑蠶所吐之絲也。』巨鰲産駿逸，靈貂披蒙茸。又：西有酒海，其水味如酒。北有漆海，毛羽染之皆黑色。西有乳海，水白滑如乳。三海間方七百里，水土肥沃，大鴨生駿馬。有兎大如馬，毛潔白，長尺餘。有貂大如狼，色純黑，毛亦長尺餘，服之禦寒。《詩》：狐裘蒙茸。非歟沉淵鼎，解見《李鐵槍本末》。或者射日弓。《淮南子》：堯時十日並出，草木焦枯。堯命羿仰射十日，中其九，烏皆死，墮羽翼。至人倘可遇，天地那能窮。孔姬著禮法，嬴漢流横縱。淫辭一以詖，幻術紛如蠭。齊人頗志怪，《莊子》：《齊諧》者，志怪者也。晉室餘談空。《晉書》：何晏等祖述老莊立論，以爲天地萬物皆以無爲本。王衍等愛重之，由是士大夫皆尚浮誕，廢職業。裴頠著《崇有論》以釋之。豈其羈狂猘，猘，音季，狂犬。猶謂得象龍。《維摩經》：菩薩勢力譬如龍象蹴踏，非驢所堪。《大智度論》：水行龍力大，陸行象力大。故負荷大法者，比之龍象。洞冥久不作，漢郭憲著《洞冥記》。神異將無同。漢東方朔著《神異經》。咄哉衆耳目，千載多盲聾。

小至日觀三山林霆致日經作

《唐會要》：開元八年，中書門下奏開元新格，冬至日祀圜丘，遂用小至日視朝。《名勝志》：越王山、烏石山、九仙山，即郡城中三山也，郡名三山以此，今福建福州府。《書》：敬致。日永，星火。注：敬致，《周禮》所謂冬夏致日也。按《周禮》：馮相氏，掌十有二歲、十有二月、十有二辰、十日、二十有八星之位，辨其序事，以會天位。冬夏致日，春秋致月，以辨四時之叙。

昔在江左國，閩人有林霆。白衣召上殿，口誦致日經。《高士傳》：鄭仲虞不仕漢，章帝自往，終不肯，曰：『陛下何惜不爲上世君，令臣得爲偃息之民。』詔以禄終其身，號爲白衣尚書。卦爻遽可驗，聲樂洞吾冥。燮調久不職，民物將何寧。前朝百喪亂，四鄙長羶腥。辟王真贅旒，《公羊》：君若贅旒然。旒，通作瘤。兵釁劇建瓴。《前漢高帝紀》：譬猶居高屋之上建瓴水也。注：言其向下之勢易也。蓍龜强占決，福極矧兆形。《書》：五福六極。一元不汝體，萬蟄安能醒。自今發孔壁，兹欲論漢廷。《前漢儒林傳》：伏生故爲秦博士。孝文時，聞伏生治《尚書》，欲召，時年九十餘，老不能行，於是詔鼂錯往受之。秦時禁書，伏生壁藏之，兵起流亡，求其書，亡數十篇，得二十九篇，以教於齊魯之間，由此學者頗能言《尚書》。春秋紀菑害，河洛推奥靈。《易》：河出圖，洛出書。日星本照耀，川嶽恒流停。犇騰狗吠野，柳宗元文：僕往聞庸蜀之南，恒雨少日，日出則犬吠。播盪鯨翻溟。《古今注》：鯨大者長千里，小者數丈，鼓浪成雷，噴沫成雨。孫綽賦：長鯨嶽立以截浪。於世或間有，匪天誰所令。天功巧旋斡，聖造務德刑。勾萌草荄甲，《淮南子》：仲春之月，天子命有司省囹圄，去桎梏，毋笞掠，養幼小，存孤獨，以通勾萌。

《禮》：季春之月，生氣方盛，陽氣發泄，勾者畢出，萌者盡達。氄毨鳥羽翎。《書》：仲秋，鳥獸毛毨。仲冬，鳥獸氄毛。注：毛毨，毛落更生，潤澤鮮好也。氄毛，生耎毳細毛，以自温也。氄，音冗。毨，音先，上聲。和風足氣運，化景多年齡。私疑彼磬錯，《書》：錫貢磬錯。否者此鐘莛。《前漢東方朔傳》：以莛撞鐘，豈能發其音聲？徵冬即花綻，羽夏因雪零。《史記》：徵爲事，羽爲物。注：王肅曰：『夏物盛，故事多。冬物聚。』《索隱》曰：『徵屬夏，夏時生長，萬物皆成形體，事下有體，故配事，絃用五十四絲。羽爲水，最清，物之象，故爲物，絃用四十八絲。』陰陽特揮霍，律吕暫聽熒。毋庸緹室琯，《後漢律曆志》：候氣之法，爲室三重，户閉，塗釁周密，布緹縵。室中以木爲案，每律各一，内庳外高，從其方位，加律其上，以葭莩灰抑律内端，按律而候之。其爲氣所動者其灰散，人及風所動者其灰聚，殿中候，用玉律十二。惟二至乃候靈臺，用竹律。便叶茅堦蓂。《帝王世紀》：堯時有草生庭，十五日以前，日生一葉，以後日落一葉。月小盡，則一葉厭而不落，名曰『蓂莢』，觀之以知旬朔。嗟予偶撫卷，默坐但空廳。亞歲肇曆數，《宋書》：魏晉冬至日，受萬國及百寮稱賀，因小會，其儀亞於歲朝，故稱亞歲。祥雲滿郊坰。羲和不可作，《書》：乃命羲和。注：羲氏、和氏，主曆象授時之官。蠹簡猶餘青。《唐書》：韓休語子曰：『楊將軍不數年門列畫戟，爾輩獨守蠹簡，學組繡對偶，比楊將軍遠矣。』按：楊，謂楊素也。董生尚爾溺，霆也吾鐫銘。《前漢書》：董仲舒治國，以《春秋》災異之變推陰陽所以錯行。

時儺

《周禮・夏官》：方相氏，掌蒙熊皮，黄金四目，玄衣朱裳，執戈揚盾，帥百隸而時儺，以索室毆疫。

古人重儺疫，時俗事禬禳。《周禮・天官》：女祝，掌以時招、梗、禬、禳之事，以除疾殃。注：招以召祥，梗以禦癘，禬以會福，禳以攘禍。禬，音膾。禳，音攘，平聲。歲陽欲改律，輿鬼寖耀鋩。《史記》：輿鬼，鬼祠事，中白者爲質。注：中星爲積屍，一名質，主喪死祠祀。厲神乃恣肆，魃蜮併猖狂。《詩》：旱魃爲虐。《神異經》：南方有人，長二三尺，袒身，目在頂上，走行如風，名魃。所見之國大旱，一名旱母，遇者得之，投溷中即死。《詩》：爲鬼爲蜮。《説文》：蜮，短狐也，以氣射害人。侲僮幸成列，《後漢禮儀志》：先臘一日，大儺，謂之逐疫。選中黄門子弟年十歲以上，十二以下，百二十人爲侲子。皆赤幘皂製，執大鼗。方相氏黄金四目，蒙熊皮，玄衣朱裳，執戈揚盾。十二獸有衣毛角，中黄門行之，穴從僕射將之，以逐惡鬼於禁中。《東京賦》：爾乃卒歲大儺，毆除群癘。方相秉鉞，巫覡操茢。侲子萬童，丹首玄製。巫覡陳禁方。《周禮·春官》註疏：男陽有兩稱，曰巫曰覡，女陰不變，直名巫，無覡稱。一説，男曰覡，女曰巫。《前漢郊祀志》：海上燕齊之間，莫不搤掔而自言有禁方能神僊矣。虎頭眩金目，玄製炳赤裳。桃弧毆菑沴，豆礫斃癉剛。八靈悉震慴，六合高褰張。清寧信不害，動静維吾常。世途頗險盭，盭，與戾通，乖戾也。人魅更跳梁。《後漢書》：費長房能療衆病，鞭笞百鬼。汝南歲歲有魃，僞作太守章服，詣府門椎鼓，郡中患之。時魃適來，長房呵云：『便於中庭正汝故形。』即成老鼈。魃，同魅。狐鼠戴介幘，夔魖竊香囊。應璩詩：城狐不可掘，社鼠不可熏。《列異傳》：中山王周南正始中爲襄邑長，有鼠衣冠出廳事，語曰：『爾某日當死。』周南不應，至期復出，冠幘絳衣，語曰：『爾日中當死。』復不應。入復更出，日適中，鼠曰：『周南，汝不應死，我復何道？』遂顛蹷而死，即失衣冠，視如常鼠。《前漢揚雄傳》：捎夔魖而抶獝狂。注：木石之怪曰夔，夔神如龍，有角，人面。［魖，］耗鬼也。《渚宮故事》：習鑿齒從桓温出獵，時大雪，於江陵城西草上有氣出，伺一物射之，應絃死，乃老雄狐，足上帶絳繒香囊。煎熬到膏髓，擊剥成瘡［二］瘍。乘風作國蠹，抵隙爲民殃。自從九鼎没，誰使百怪藏。《左傳》：昔夏之方有德也，遠方圖物，貢金九牧，鑄鼎象物，百物而爲之備，使民知神姦。故民入川澤山林，不逢不若，魑魅罔兩，莫能逢之。瘃寒服褫帛，饑窶食鬥糧。《前漢書》：宣帝讓趙充國曰：『將軍士寒，手足皸瘃，寧有利哉？』注：皸，音軍，坼裂也。瘃，音竹，寒創也。褫，音耻。《説文》：奪衣也。鬥，音卞，擊也。蘆花蔽汝體，橡栗饞吾腸。地膚竟捲去，天孽俱凋傷。神荼欲呀啖，蟠木蔓不長。《東都賦》：守以鬱壘，神荼副焉。注：東海度朔山二神。《括地圖》：桃都山有大桃樹，盤曲三千里。上有金雞，日照則鳴。下有二神，一名鬱，一名壘，並執葦索，以伺不祥之鬼，得則殺。蒙倛强顏貌，枯竹無耿光。《荀子》：仲尼面如蒙倛。注：方相也，其首蒙茸，故云。聖言謂近戲，五祀徒驚惶。《周禮·春官·大宗伯》：以血祭祭社稷、五嶽。注：五祀，五色之帝。惜哉六典廢，《周禮·天官》：太宰之職，掌建邦之六典，以佐王治邦國。曰治典、教典、禮典、政典、刑典、事典。述此時儺章。

校勘記

〔一〕『瘡』，四部叢刊本、國圖本、存心堂本、豹文堂本作『疕』。

和陶淵明詠貧士七首

一

長吟望天地，宛轉無所依。豈不有達者，窮櫚少光輝。此心未能信，何力求奮飛。生雖百夫特，《詩》：惟此奄息，百夫之特。死共一貉歸。《前漢楊惲傳》：秦時但任小臣，竟以滅亡，令親任大臣，即至今耳。古與今，猶一丘之貉。注：言其同類也。行尋靈芝草，不救歲晚饑。《高士傳》：四皓《采芝歌》：曄曄紫芝，可以療饑。去矣甑石竭，《前漢蒯通傳》：守儋石之禄。注：齊人名小甖爲甑，受二斛。又《揚雄傳》：家無儋石之儲。儋，與甑通。焉知溝壑悲。

二

大道忽已喪，翻然念羲軒。今我去之久，十年躬灌園。《高士傳》：楚王聞於陵仲子之賢，欲以爲相。仲子之妻曰：『夫子左琴右書，樂在其中矣。結駟連騎，所安不過容膝，食方丈於前，所甘不過一肉。今以容膝之安，一肉之味，而懷楚國之憂，亂世多害，恐先生不保命也。』於是謝使者，相與逃去，爲人灌園。存者耿日月，餘如飄風烟。身名易汨没，文字勤磨研。磨研何所事，先覺有遺言。楊朱談力命，列子亦稱賢。力命，解見《病起讀列子》。

三

山日凄以夕，起彈緑綺琴。傅玄《琴賦序》：蔡邕有緑綺琴，天下名器也。清哉積雪曲，自昔無知音。宋玉《諷賦》：臣常行，僕饑馬疲。正值主人門開，主人出，獨有主人女在。欲置臣，堂上太高，堂下太卑，乃爲蘭房奥室，止臣其中。中有鳴琴焉，臣援琴而鼓之，爲秋竹積雪之曲。世間紛且擾，貧與僊相尋。春江變作酒，野鳥令人斟。李白詩：此江若變作春酒，壘麴便築糟丘臺。歐陽修《啼鳥詩》：獨有花上提壺盧，勸我沽酒花間傾。敝衣時所棄，華駟衆争欽。不有丈夫氣，徒爲行路心。

四

上天無停曜，日月會降婁。《爾雅》：降婁，奎婁也。注：奎爲溝瀆，故名降。山林少過轍，一鳥鳴相酬。亦有五采鳳，飛來爲岐周。《山海經》：丹穴之山有鳥，五色而文，名曰鳳，首文曰德，翼文曰順，背文曰義，膺文曰仁，腹文曰信。《國語》：周之興也，鸑鷟鳴於岐山。注：鸑鷟，鳳雛也。姬公世不作，白屋多懷憂。《家語》：周公居冢宰之尊，制天下之政，而伏下白屋之士。《前漢蕭望之傳》：今士見者皆先露索挾持，恐非周公躬吐握之禮，致白屋之意。注：白屋，白蓋之屋，以茅覆之，賤人所居。逢時倘一用，華士非吾儔。函谷空逐客，函谷，解見《黑海青歌》。《通鑑》：秦始皇十年，秦宗室大臣議曰：『諸侯人來仕者，皆爲其主遊間耳，請一切逐之。』於是大索逐客。傅巖乃旁求。《書》：恭默思道，夢帝賚予良弼，其代予言。乃審厥象，俾以形旁求於天下。説築傅巖之野，惟肖。

五

人生自沉静，豈得非意干。宜哉揚執戟，三世不徙官。《前漢書》：揚雄當成、哀、平間，王莽、董賢皆爲三公，權傾人主，所薦莫不拔擢，而雄三世不徙官。窮冬無完褐，盡日止一餐。美芹終不獻，晨曝尚餘寒。二語解見《病起讀列子》。手種老松樹，蒼然霜雪顔。政爾有佳思，清風吾掩關。

六

舉世尚馳騖，飄如風中蓬。《埤雅》：蓬蒿，屬草之不理者也，其葉散生，遇風輒拔。《説苑》曰：『秋蓬惡於根本而美於枝葉，秋風一起，根且拔矣。』是以君子務本也。上書争衒鬻，言語自稱工。誰歟持清節，乃見楚兩龔。《前漢書》：兩龔皆楚人也，勝字君賓，舍字君倩。二人相友，並著名節，故世謂之楚兩龔。哀帝時拜舍爲光禄大夫，數賜告，終不肯起，王莽居攝中卒。莽既篡國，拜勝爲講學祭酒，稱疾不應徵。後二年，莽復遣使迎勝，勝稱疾篤，不飲食死。黄塵隨手掃，白月與心同。《傳燈録》：守清禪師，有僧問『末後一句』，師曰：『塵中人自老，天際月常明。』有榮方覺辱，無屈豈求通。誓追遼海鶴，插翅以相從。《續搜神記》：遼東城門華表柱，忽有白鶴來集。人或欲射之，鶴於空中歌曰：『有鳥有鳥丁令威，去家千歲今來歸。城郭如故人民非。何不學仙去？空伴冢纍纍。』遂上冲天。

七

少小負奇志，常思觀九州。垂成捨冠冕，去結巢許儔。《高士傳》：巢父，堯時隱人，年老，以樹爲巢，故號巢父。堯讓位於許由，由以告巢父。巢父責之曰：『汝何不隱汝形，藏汝光？非吾友也。』乃過清泠之水洗其耳。樊仲父牽牛飲之，見洗耳，乃驅牛還，恥令牛飲其下流也。朝餐秋栢實，《楚詞》：山中人兮芳杜若，飲泉石兮飯松柏。《列仙傳》：廣成子食柏實，齒落更生。夕漱醴泉流。《禮》：地出醴泉。《史記》：

崑崙有醴泉。長貧士之常，獨往非我憂。《宋書·隱逸傳》：夫獨往之人，皆禀偏介之性。求馬但得骨，尚能千金酬。《戰國策》：燕昭王使涓人齎千金市千里馬於絶域，至而死，用五百金市其骨而還，天下聞之，以王爲好馬。於是未朞年有獻千里馬者三。日望芳草長，毋煩怨靈修。《楚詞》：余既不難夫離别兮，傷靈修之數化。注：靈修，言其有明智而善修飾，葢婦悦其夫之稱。

方景賢回聞吴中水潦甚戲效方子清儂言

客來自吴土，示我吴儂言。《六書故》：吴人謂人儂，即人聲之轉。儂，音農，俗謂我爲儂。吴儂歲苦水，謂是太湖翻。太湖四萬頃，三江下流洩。《書》：三江既入，震澤底定。注：震澤，太湖也，即具區。三江，婁江、東江、中江也。張勃《吴録》：太湖周行五百里，三萬六千頃。疏瀹久無人，淤汙與海絶。東風一鼓盪，暴雷〔二〕如頹城。屋扉蚌蛤上，畦畎魚龍争。嘉種不得入，《詩》：誕降嘉種，惟秬惟秠，惟穈惟芑。種亦悉爛死。民事何所成，食天俱在水。《前漢酈食其傳》：王者以民爲天，民以食爲天。富豪僅藏蓄，官府更急糧。貧窶徒藉餒，藉，即艱字。妻子易徙鄉。散行向淮壖，《書》：導淮自桐柏，東會于泗、沂，東入于海。壖，音輭，平聲。《史記》：故盡河壖。注：謂緣河邊地也。隨處拾稆粟。《晉書》：夏統採稆求食，星行夜歸。雖然遠鄉土，恐可完骨肉。東吴本富盛，數歲偶凋殘。世非欲繭絲，《（左傳）〔國語〕》：晉趙簡子使尹鐸爲晉陽。請曰：『以爲繭絲乎？抑爲保障乎？』曰：『保障哉。』按：繭絲，賦民以自益也。官曷任虎冠。《前漢高五王傳》：太尉勃等盡誅諸吕，大臣議欲立齊王，皆曰：

『毋家駟鈞惡戾，虎而冠者也。』國家自充實，財賦有淵藪。給復當我及，安寧到雞狗。何人講平準，平準，解見《讀漢武内傳》。何人議河渠。《史記》：天子自臨決河塞瓠子，築宮其上，名曰『宣房宮』。而道河北行二渠，復禹舊迹，而梁、楚之地復寧，無水災。自是之後，用事者争言水利。朔方、西河、河西、酒泉皆引河及川谷以溉田；而關中輔渠、靈軹引堵水；汝南、九江引淮；東海引鉅定；太山下引汶水。皆穿渠爲溉田，各萬餘頃。佗小渠披山通道者，不可勝言。然其著者在宣房。荒政固有典，《周禮》：大司徒，以荒政十有二聚萬民：一曰散利，二曰薄征，三曰緩刑，四曰弛力，五曰舍禁，六曰去幾，七曰眚禮，八曰殺哀，九曰蕃樂，十曰多婚，十一曰索鬼神，十二曰除盜賊。水利復有書。《事物紀原》水利沿革曰：井田廢，溝澮湮。水利所以作也。《通典》曰：魏文侯使李悝作水利。此水利之始也。龍蛇方未敺，鴻雁尚在澤。《左傳》：深山大澤，實生龍蛇。《詩》：鴻雁于飛，集于中澤。縱令可還定，何計免溝壑。何時水幸退，我得刈稻禾。水退泥盡出，草屩更撈蝦。《炙轂子》：夏商以草爲屩。王維詩：不如儂家任挑達，草屩撈蝦富春渚。我思告朝廷，來歲不可待。毋庸水争地，便放江達海。客今聽我言，我欲解儂憂。所争但一水，民氣庶今瘳。自從唐季來，吴越無兵械。蘇軾《表忠觀碑》：三世四王與五代相終始。天下大亂，豪傑蜂起。方是時，以數州之地盜名字者，不可勝數。既覆其族，延及無辜，罔有孑遺。而吴越地方千里，帶甲十萬，鑄山煮海，象犀珠玉之富甲於天下，然終不失臣節，貢獻相望於道。是以其民至於老死不識兵革，四時嬉遊歌舞之聲相聞，至於今不廢。至於宋南徙，淮蜀此都會。大田連阡陌，居第擬侯王。錦衣照車騎，玉食溢酒漿。居然甲東南，遂以侈濟侈。掊克自此多，《詩》：曾是掊克。凋瘵亦以起。天寧不汝恤，有此水潦淫。要令沃土瘠，民得生善心。《國語》：敬姜教子曰：『昔聖王之處民也，擇瘠土而處之，勞其民而用之，故長王天下。夫民勞則思，思則善心生；逸則淫，淫則忘善，忘善則惡心生。沃土之民不材，淫也。瘠土之民莫不向義，勞也。』豈惟生善心，且用戒掊克。采詩觀民風，顧踵太史職。《禮》：命太史陳詩，以觀民風。

校勘記

〔一〕『雷』，四部叢刊本、國圖本、存心堂本、豹文堂本作『雪』。

蜂分

《陰陽變化録》：蜂有將蜂、相蜂、蜂王。王大如小指，王之所在，蜂不敢螫，無王則群死。遇有二王即分，分之時，老王遜位而出，所分之蜂均挈其半。從王而出者，飛止必環衛王，皆有隊伍行列，每日兩衙應潮上下。《化書》言『蜂有君臣之禮』，是也。又：群蜂出採百花鬚上粉，置兩跨歸釀。其黄色細腰，腰僅相屬，不能爲蜜，曰稺蜂。《淮南子》以爲貞虫。陸佃曰：細腰蜂作房在樹及屋簷，房皆倒綴，懸處必以柰。房中各有子如粟，稍長如蛹能動，逐時飼之，久則封之，生翼而出。復孚卵，則增房，房數百層，子多至石。

白日照我牖，群蜂亂飛颺。胡然立國邑，意各擅侯王。細腰崎窟宅，修股負糇糧。搜尋百花叢，吮飲靈露漿。長雄據要劇，孫子孕蕃昌。班茅寧建社，《禹貢》註：諸侯受命于周，乃建大社于國中，將建諸侯，鑿取其方面之土，苞以黄土，苴以白茅，以爲土封。婗隊欲殊彊。《唐書》：康傳圭發土團赴代州，至城北婗隊不發。婗，音錯，謹貌，又，整也。秦年賤親戚，彊壯遽分張。《通鑑》：始皇二十六年，丞相王綰等請立諸子爲王。廷尉李斯曰：『周封子弟同姓甚衆，然後屬疎遠，相攻擊如仇讐，天子弗能禁。今海内一統，皆爲郡縣。諸子功臣以公賦税重賞賜之，甚足易制。天下無異意，則安寧之術也。置諸侯不便。』始皇從之，分天下爲三十六郡。又：博士淳于越曰：『殷周之王千餘歲，封子弟功臣，自爲枝輔。今陛下有四海，而子弟爲匹夫、卒有田常，六卿之臣，何以相救？』始皇下其議，李斯言：『五帝不相復，三代不相襲，越言乃三代之事，何足法也。』又：二世元年，殺諸公子十二人。唐朝富丁口，寛狹或徙鄉。又：高祖武德七年，定均田租庸調法。丁中之民，給田一頃，篤疾減十之六，寡妻減七，皆以什之二爲世業，八爲口分。每丁歲入租粟二石，調隨土地所宜，綾絹絁布。歲役二旬，不役，則收其傭，日三尺。有事而加役者，旬五日免其調，三旬租調俱免。水旱虫霜爲災什損四以上，免租；損六以上，免調；損七以上，課役俱免。嗟茲大寰内，壹是爭閲場。物生豈不微，翾擾迺其常。《荀子》：喜則輕而翾。註：輕薄巧慧也。翾，音暄。龍伯數千丈，巨軀果何藏。《列子》：龍伯之國。《河圖玉版》：崑崙北九萬里龍伯國，人長三十丈，萬八千歲。鵠人僅三尺，么麽具冠裳。《述異記》：西海外有鵠國，人長七寸，自然有禮，好經綸拜跪，日行千里，百獸不犯，惟畏海鵠。鵠見必吞之，在鵠腹中不死，鵠一舉亦千里。肖翹本殊異，性命可比方。《莊子》：上悖日月之明，下爍山川之精，中墮四時之施。惴耎之蟲、肖翹之物，莫不失其性。注：惴耎，微息而動之物，蝸牛之屬也。肖翹，輕飛之物，蛾蝶之屬也。言乖戾之氣感召如此。中心苦見役，外患復難防。當時一割裂，在處幾披猖。栖圈寘酖毒，《左傳》：成季使以君命命僖叔，待于鍼巫氏，使鍼季酖之。酖，音鴆，鴆鳥，羽有毒，以畫酒，飲之則死。突奧發刀槍。突奧，解見《送鄭獻可》。龍號聲殷雷，虎鬬齒嚙霜。紛紜彼楚漢，《通鑑》：項羽自立爲西楚霸王，王梁楚地九郡，都彭城。立沛公爲漢王，王巴蜀漢中，都南鄭。羽又與漢約中分天下，鴻溝已西爲漢，以東爲楚。按：彭城，今徐州。南鄭，今屬漢中府。鴻溝，在開封府河陰縣。彷彿此燕涼。按《十六國春秋》：燕慕容廆傳四世，滅於秦苻堅。苻堅滅於西燕慕容沖，沖傳三世，滅於後燕慕容垂。垂傳二世，滅於魏慕容熙。熙又弑於北燕高雲。南燕慕容德傳二世，滅於宋主劉裕。前涼張軌傳九世，滅於秦。西涼李暠傳三世，滅於北涼沮渠蒙遜。南涼禿髮烏孤傳四世，滅於後涼呂光。光傳四世，滅於後秦。螻螘尚有知，槐檀互相攘。《南柯記》：東平淳于棼所居宅南有大古槐一株，棼醉卧其下，夢入槐穴中，見大城朱門重樓，題曰『大槐安國』。入門升殿見王，王以女金枝公主妻之，出爲南柯郡太守。時有檀蘿國者來伐是郡，王命棼練將訓師以征之，將兵三萬，拒賊於瑶臺城。敗績後，棼寤驚駭，尋槐下穴，宛如夢中所經入處。遂以斤斧斷擁腫，拆查枿，尋穴究源。有大穴，洞然明朗，積土壤爲城郭之狀，有蟻數斛聚其中。中有二大蟻，長可三寸左右，大蟻數十輔之，是其王矣，即槐安國都也。又窮一穴，亦有土城，群蟻處其中，即南柯郡也。因念檀蘿征伐事，再訪跡於外宅，東有大檀樹一枝，旁有小穴，亦有群蟻隱聚其中，即檀蘿國也。蜾蠃祝它蟲，啣泥穴枯桑。《詩》：螟蛉有子，蜾蠃負之。《箋》：螟蛉，桑蟲，蒲盧取桑蟲子負持去，呴嫗養之，以成己子。《爾雅》：蜾蠃，蒲盧。注：細腰蜂也，蜾蠃，音果羅。天機久已洩，世網孰爲綱。委形混衆萬，觀物詎能詳。歲寒野草死，寒菊弄餘芳。群蜂我爾恤，矯首慨以慷。

題天台山張節婦卷

古人重首教，夫婦係民彝。自從初御輪，《禮》：壻奠雁。降出，御婦車，而壻受綏，御輪(之)[三]周，先俟于門外。禮有親結褵。《詩》：親結其褵，九十其儀。百年主家室，中饋務唱隨。《詩》：之子于歸，宜其家室。《易》：無攸遂，在中饋。溘先苟不待，從一幸無虧。《楚詞》：寧溘死以流亡兮。溘，音堪，入聲，奄忽也。《禮》：婦人無專制之義，有三從之德，在家從父，適人從夫，夫死從子。世途日趍下，貞節誰肯持。於焉見菅蒯，《左傳》：雖有絲麻，不遺菅蒯。早歲哭繐帷。《魏略》：太祖臨終遺令施繐帳于臺上。陸機《弔魏帝文》：悼繐帳之冥漠。謝玄暉詩：繐帷飄井幹。按：繐，細布而疎，爲靈帳裙。荼毒守几席，《詩》：寧爲荼毒。惡笄毀容儀。《禮》：女子十五而笄。《檀弓》註疏：吉笄長尺二寸，齊衰笄長尺，惡笄或用櫛。旦夕執酳奠，春秋動悲思。病姑坐堂上，躬養我戹匝。稚孩倚床側，慈訓我書詩。奉老當以終，撫孤敢如遺。白頭誓不爽，黄土詎有知。我生何惻惻，我死廼吾期。惜哉歡娱際，捐我少艾時。鸞鏡塵已蝕，范泰《鸞鳥詩序》：罽賓王欲鸞鳥鳴，夫人曰：『何不懸鏡照之？』鸞鳥睹影而鳴，一奮而絶。楊炯詩：鳳釵金作縷，鸞鏡玉爲臺。錦衾淚還緇。《詩》：角枕粲兮，錦衾爛兮。余美亡此，誰與獨處。史管獨不煒，《詩》：彤管有煒。春裳忍爲私。因之念三季，似此實女師。谷風或棄背，《詩序》：《谷風》，刺夫婦失道也。行露且陵欺。《詩序》：《行露》，召伯聽訟也。詠歌可勸諷，開卷益嗟咨。從來桑濮地，不廢柏舟辭。《詩序》：《桑中》，刺奔也。《禮》：桑間濮上之音，亡國之音也。《詩序》：《柏舟》，共姜自誓也。

小園見園丁縛花

我嗟衆草木，高出陵雲端。叢生或滿地，品彙可不完。山園我栽蒔，作此小屈蟠。龍頭何其蠹，鳳翼乃若干。胡然贊化育，任意騁雕剜。勾萌欲旁達，勾萌，解見《致日經》。節目終液樠。《莊子》：匠石曰：『散木也，以爲器則速毁，以爲門户則液樠。』注：液，津液也。樠，謂脂出樠樠然。縈廻挾烟彩，刻剥獻雨瘢。立身既不直，生理寖[一]凋殘。春陽彼一時，花發黄白丹。歌謳雜舞吹，酒炙飫栝梓。歲晚忽焉至，北風吹汝寒。皮膚早蝎蝕，《爾雅》：蝎，蛣蝠。注：木中蠹，音曷。骨髓愳枯乾。聖人治天下，萬國無不讙。視民本如傷，動植總相安。刑名威雪雹，劍戟血波瀾。廟堂苟失策，閭里轉窮殫。彼哉彼園子，此况儒爾冠。人生但心勦，《孟子題辭》：心勦形瘵。《説文》：勦，勞也，焦，上聲。若處得體胖。我方即移汝，前有蒼蘚壇。世非郭槖駞，何以垂鑒觀。柳宗元《種樹郭槖駞傳》：郭槖駞，不知始何名。病僂，隆然伏行，有類槖駞者，故鄉人號之『槖駞』。業種樹，或移徙，無不活，且碩茂，蚤實以蕃。有問之，對曰：『槖駞非能使木壽且孳也，能順木之天以致其性焉耳。』

校勘記

〔一〕『寖』，豹文堂本同，四部叢刊本、國圖本、存心堂本作『寑』。

送鄭浚常北游京師

原註：浚常，浦江人，其家自（中）〔冲〕素處士綺至今九世同居，人以一家三代稱焉。

治世日少事，朝廷正求賢。信哉男兒志，觀此萬里天。一行本不易，當路即翩翩。親朋送糗糒，傔從戒舟船。《唐封常清傳》：奏傔從三十人。傔，音欠。《説文》：從也。自裁適時服，年貌逞餘妍。起吟俠游傳，賓客務相先。《史記·游俠傳序》：今游俠，其行雖不軌于正義，然其言必信，其行必果，已諾必誠，不愛其軀，赴士之困厄，既已死生存亡矣，而不矜其能，羞伐其德，蓋亦有足多者焉。《前漢游俠傳序》：周室既衰，陵夷至于戰國。列國公子，魏有信陵，趙有平原，齊有孟嘗，楚有春申。皆藉王公之勢，競爲游俠。皆以取重諸侯，顯名天下。搤擥而游談者，以四豪爲稱首。又：郭解之倫，以匹夫之細，操生殺之權，其罪已不容于誅矣。觀其温良泛愛，振窮周急，謙退不伐，亦皆有絶異之資。惜乎不入于道德，苟放縱于末流，殺身亡宗，非不幸也。又：王莽時，諸公之間，陳遵爲雄；閭里之俠，原涉爲魁。功名抗雲表，氣槩貫斗躔。心馳上谷塞，《通鑑》：天下冠帶之國七，而秦、趙、燕邊于夷狄。諸戎亦各分散，自有君長，莫能相一。後秦滅義渠，始于隴西、北地、上郡築長城以拒胡。趙破林胡、樓煩，築長城，自代並陰山下至高闕爲塞，置雲中、雁門、代郡。燕破東胡，自造陽至襄平，置上谷、漁陽、右北平、遼東郡。按《志》：今順天保定、河間等。望極黄河壖。黄河，解見《送宣彦昭》。向來全燕地，碣石遠相連。碣石，解見《觀秦丞相碑》。只今帝王都，閶闔儼在前。嵯峨廣寒殿，《禁扁》：萬歲山下曰仁智，山上曰廣寒，俱元殿名。嶱嶭神獄巔。嶱，音葛。嶭，音孽。金陂水流雪，翠嶼花滿烟。楊柳十二街，十二街，解見《二月六日》篇。人家競鞦韆。解見《鞦韆行》。騏驥八尺龍，《周禮》：馬八尺以上爲龍，七尺以上爲騋，六尺以上爲馬。官曹燿鞍韉。熒煌許霍勢，《前漢外戚傳》：孝宣皇后父許廣[漢]封平恩侯，位特進。廣漢弟舜爲博望侯，延壽爲樂成侯。宣帝復以延壽爲大司馬、車騎將軍，輔政。元帝復封延壽子嘉爲平恩侯，亦爲大司馬、車騎將軍。又《霍光傳》：武帝遺詔封光爲博陸侯，昭帝(子)[時]，光子禹及兄孫雲皆中郎將，雲弟山奉車都尉、侍中，昆弟、諸壻、外孫皆奉朝請，爲諸曹大夫、騎都尉、給侍中。光病篤，宣帝拜光子禹爲右將軍，又封雲爲冠（軍）［陽］侯，禹嗣爲博陸侯。燦爛春嘗權。見上。傾身漸風動，炙手遽電烻。杜甫詩：炙手勢可熱。奏書善衒鬻，希寵巧攀緣。匪文説禮律，伊武學兵鋋。牛毛豈不多，麟角獨爾專。二語解見《胡仲申至》。屠狗或隱市，《史記》：荆軻之燕，愛燕之狗屠及善擊筑者高漸離。荆軻嗜酒，日與狗屠及高漸離飲于燕市，酒酣以往，高漸離擊筑，荆軻和而歌于市中，相樂也。已而相泣，旁若無人者。燕有田光先生，亦善待之，知其非庸人也。探驪盍沉淵。《莊子》：夫千金之珠，必在九重之淵，驪龍頷下，能得之者，遭其睡也。世方重孝義，瓜瓞况綿延。《詩》：綿綿瓜瓞，民之初生。家規既建立，門榜復旌蠲。族居且百口，僮指亦及千。詳見《送鄭彦貞》。跡兹乃政令，得不貴貂蟬。《前漢劉向疏》：王氏一姓乘朱輪華轂者二十三人，青紫貂蟬充盈幄内，魚鱗左右。吾知魯儒生，文物但炳然。美哉萬石君，惇樸最可傳。又《萬石君傳》：石奮無文學，恭謹，無與比。孝文時爲大中大夫。孝景即位，以奮爲九卿。奮長子建，次甲，次乙，次慶，皆以馴行孝謹，官至二千石。景帝曰：『石君及四子皆二千石，人臣尊寵乃舉集其門。』凡號奮爲『萬石君』。又：萬石君以孝謹聞乎郡國，雖齊魯諸儒質行，皆自以爲不及也。須令便繻棄，又《終軍傳》：軍從濟南當詣博士，步入關，關吏予軍繻。軍問：『以此何爲？』吏曰：『爲復傳，還當以合符。』軍曰：『大丈夫西游，終不得復傳還。』棄繻而去。軍爲謁者，使行郡國，建節東出關，關吏識之，曰：『此使者迺前棄繻生也。』勿直待硯穿。《五代史》：晋桑維翰初舉進士，主司以『桑』與『喪』同，有勸不必舉進士者。維翰著《日出扶桑賦》，又（著）［鑄］鐵硯示人，曰：『硯敝則改。』卒舉進士及第。歸乘使者傳，踏却別時筵。嗟予日以倦，一夕三四遷。病餘兩足弱，無異夔憐蚿。《莊子》：夔憐蚿，蚿憐蛇。註：夔一足，蚿多足，蛇無足。治田徒欲疏，《前漢高五王傳》：朱虛侯章忿劉氏不得職，請爲太后言耕田。太后曰：『試爲我言田意。』章曰：『深耕溉種，立苗欲疏；非其種者，鋤而去之。』服賈特肇牽。《書》：肇牽車牛，遠服賈。里閭不過此，磨滅疇能鐫。

同喻國輔題人温日觀蒲萄

《遂昌山樵雜録》：宋僧温日觀居葛嶺瑪瑙寺，人但知其畫蒲萄，不知其善書也。今世蒲萄多贋，其[真者]枝葉鬚梗，皆草書法也。

佛者本西域，《周書異記》：周昭王二十四年四月八日，山川震動，有五色光入貫太微。太史蘇由奏曰：『有大聖人生於西方，一千年外，聲教及此。』此即佛生之時也。《後漢書》：漢明帝夜夢金人，長丈餘，身有日光，飛空而至。以問群臣，有通事舍人傅毅對曰：『臣聞西域有神，其名曰佛，其形長丈六尺，而黄金色，輕舉能飛。陛下之夢，得毋是乎？』蒲萄亦來西。《前漢書》：蒲萄出大宛，張騫使西域，始得其種以歸。奈何此善畫，無或渠所攜。我曾考其故，初與漢使偕。《後凉録》：龜兹國胡人奢侈，家有至千斛蒲萄，漢使取實來，種於離宫別館之傍。上林乃有館，上林，解見《黑海青》。葱嶺何須梯。《前漢書》：西域以孝武時始通，東則接漢，阸以玉門、[陽]關，西則限以葱嶺。其南山，東出金城，與漢南山屬焉。注：葱嶺，其山高大，上悉生葱，故名。天時自不同，地氣忽以迷。結子且磊磊，懸藤更高低。先幾日已露，薄德不及稽。終令白氎像，遠從雙狻猊。《南史》：高昌國有草，其實如繭，繭中絲如細纑，名白氎子，國人取織爲布，甚軟白。《大藏一覽》：後漢明帝遣博士王遵等十八人往西域迎佛法。至月氏國，遇二梵僧帶白氎，畫釋迦像。氎，音牒，或省作疊。按：《楞嚴經》言白疊巾，即此布所爲。杜甫詩：光明白氎巾。《爾雅》：狻猊，食虎豹。蘇軾詩：西方真人誰所見，衣被七寶從雙狻。狻，音酸。猊，音倪。從兹故國木，伴爾禪家栖。幽心恍有得，爛墨研爲泥。宜哉一揮灑，遽若無町畦。依稀可少辨，變作天投蜺。《後漢楊賜傳》：《春秋讖》曰：『天投蜺，天下怨，海内亂。』注：霓者，斗之亂精也，失度故投蜺。萬古空朔色，南山竟朝隮。《詩》：南山朝隮。畫工尚逸品，游戲徒筌蹄。《莊子》：筌者所以在魚，得魚而忘筌；蹄者所以在兎，得兎而忘蹄。注：筌，取魚竹器。蹄，兎罝也。豈伊吾無人，何往非耄倪。豈伊吾無物，桃李總成蹊。《前漢李廣傳贊》：諺曰：『桃李不言，下自成蹊。』此皆外所産，敢與中州齊。爲爾撫此卷，長歌欲驚嘶。

觀莆田劉公掖垣日記後題

炎正昔中潰，王者遂南服。四明有史氏，三世秉國軸。《鄞縣志》：四明山高萬八千丈，周圍八百里，有七十二峰，今屬浙江寧波府。按：《宋史》：孝宗隆興元年，侍御史王十朋論史浩懷奸誤國等八罪，罷知紹興府。寧宗嘉定十七年，史彌遠矯詔立王子貴誠，更名昀，是爲理宗，彌遠獨相凡二十六年，封會稽郡王。理宗嘉熙三年，以史嵩之爲右丞相，兼樞密使，督視兩淮、四川、京湖軍馬。人君恩稠疊，祖父勢熏熇。傾家幾攀附，快意即誅戮。幸兹遭大變，何苦圖起復。《宋史》：理宗淳祐四年，史嵩之以父病謁告，許之。史彌遠卒，詔史嵩之起復右丞相兼樞密使，中外莫敢言。於是太學生黄愷伯等百四十四人，武學生翁日善等六十七人，京學生劉時舉等九十四人，宗學生與寰等三十四人叩閽上書，不報。諸生乃榜於太學齋廊，曰：『丞相朝入，諸生夕出。諸生夕出，丞相朝入。』時議欲逐遊士，諸生聞之，作《捲堂文》，辭先聖以出。將作監徐元杰、司諫劉漢弼俱上言『願聽嵩之終喪』，帝許之。雖然承天寵，《詩》：何天之寵。得不覆公餗。

《易》：鼎折足，覆公餗。諫官奏疏上，冑子伏闕哭。所當終衰絰，《喪服記》：衰長六寸，博四寸。《檀弓》：絰也者，實也。注：麻在首在要皆曰絰，分言之，則首曰絰，要曰帶。絰之言實，明孝子有忠實之心也。弗許覲黄屋。黄屋，解見《觀秦丞相碑》。時惟我劉公，草制方儤宿。掖垣備日記，宸聽煩再瀆。《宋史》：理宗淳祐四年，以劉漢弼爲左司諫，時史嵩之久擅國柄，帝亦患苦之。漢弼首贊帝曰：『拔去陰邪，庶可轉危爲安，否則是非不兩立，邪正不並進，陛下雖欲收召善類，不可得矣。』帝嘉納之。因太學生上書，又上言『願聽嵩之終喪，亟選賢臣以定相位』。《隋書》：薛道衡，中書省有盤石，常據以草制。《事實》：宋翰林爲内制，中書爲外制。《見聞録》：御史舊例，初入臺陪直比五日，衆官皆出，此人獨留，曰『豹直』。《唐志》：儤直，一作豹直，亦曰伏豹，取不出之義，音報。《易》：再三瀆。相門恒出相，耕釣亦可卜。《書》：枚卜功臣。國事非家事，孝忠同一躅。北風吹天地，滄海翻岳瀆。浩也議不戰，長江境彌蹙。《通鑑》：宋孝宗鋭意恢復，張浚入見，乞即日降詔幸建康。帝問史浩，浩曰：『先爲備守，是爲良規；議戰議和，在彼不在此。倘聽浚謀之士，時興不教之師，寇退則論賞以邀功，寇至則斂兵而遁跡。取快一時，含冤萬世。』及退，詰浚曰：『帝王之兵，當出萬全。豈可嘗試，以圖僥倖。』彼嵩乃紘張，名闖將鹿逐。夾攻既通使，恢算豈遺鏃。指麾及燕晉，洗蕩到瀍穀。《宋史》：理宗紹定五年，以史嵩之爲京湖安撫制置使，知襄陽府。蒙古遣王檝來京湖，議夾攻金。嵩之以聞，朝廷皆以爲可遂復仇之策，帝命嵩之報使許之。蒙古都元帥塔察兒使王機至襄陽，約攻蔡州。嵩之先以兵會伐唐州，金將烏古論黑漢戰死，城降。嵩之命孟珙、江海帥師二萬，運米三十萬石，赴蒙古之約。塔察兒大喜，益修攻具。端平元年，孟珙以蒙古兵入蔡州，金主守緒及其尚書右丞完顔忽斜虎死之，金亡。嵩之露布以聞，遣郭春按循故壤，詣奉先縣汎掃祖宗諸陵。《前漢董仲舒傳》：琴瑟不調，甚者必解絃而更張之，乃可鼓也。《前漢書》：古王者之遣將也，跪而推轂曰：『閫以内，寡人制之；閫以外，將軍制之。』又：帝問蒯徹曰：『若教淮陰反乎？』對曰：『然，秦失其鹿，天下共逐之。高材疾足者先得焉。』《過秦論》：秦無亡矢遺鏃之費，而天下諸侯已困矣。按《志》：燕，今直隸順天。晉，今山西。瀍，水名，在河南穀城縣。《禹貢》：伊洛瀍澗。《春秋》：公會齊侯于穀。兵威偶小振，相業竟難續。《宋史》：史嵩之服除，有進用之意。殿中侍御史章琰、正言李昂英、監察御史黄師雍、翰林學士李韶抗疏論之。乃命嵩之致仕，詔不復用。宴安爾江沱，《左傳》：宴安酖毒，不可懷也。顓擅我姑孰。《通鑑》：晉元帝永昌元年，王敦舉兵反，陷長沙。明帝太寧元年，敦謀篡位，諷朝廷徵己，帝手詔徵之。敦移鎮姑孰，自領揚州牧。又：桓玄舉兵反，入建康，出屯姑孰，大政皆就咨焉。人材遽如此，王氣合終籙。庾信《哀江南賦序》：將非江表王氣，終於三百年乎。從來論國是，獨不懼國覆。蓋棺久自定，《晋書》：劉毅云：『丈夫蓋棺事方定。』荆棘忽蔽目。又：索靖知天下將亂，指洛陽宫門銅駝嘆曰：『會見汝在荆棘中。』望斷八公山，又：苻堅大舉入寇，詔謝石、謝玄帥師拒之，去洛澗五十里而軍，堅登壽陽城望之，見晋兵部陳嚴整，又望見八公山草木，皆以爲晋兵，憮然有懼色，曰：『此亦勍敵，何謂弱也。』功高九州督。《通鑑》：桓温子玄補義興太守，嘆曰：『父爲九州牧，兒爲五湖長。』棄官歸國。回首百年間，遠哉遷固録。《史記》：太史公曰：『先人有言：「自周公卒五百歲而有孔子，孔子卒後至於今五百歲，有能紹明世，正《易傳》，繼《春秋》，本《詩》《書》《禮》《樂》之際？」意在斯乎！意在斯乎！小子何敢讓焉？』《前漢書叙傳》：漢紹堯運，以建帝業，至於六世，史臣乃追述功德，私作本紀，編於百王之末，厠於秦、項之列。太初以後，闕而不録，故探篹前紀，綴輯所聞，以述《漢書》。起於高祖，終於孝平、王莽之誅，十有二世，二百三十年，綜其行事，旁貫五經，上下洽通，爲春秋考紀、表、志、傳，凡百篇。

大食餅

《格古論》：大食窑，銅身，用藥料燒成五色，有香爐、花瓶、盒子之類。

西南有大食，國自波斯傳。《唐書》：大食國本在波斯之西，大業中，有波斯胡人牧駝於俱紛摩地那之山。忽有獅子人語謂之曰：『此山西有三穴，穴中有黑石白文，讀之便作王位。』胡人依言，果見穴中有石，及稍刃甚多，上有文，教其反叛。於是糾合亡命，遂割據波斯西境，自立爲王。兹人最解寶，厥土善陶埏。《老子》：埏埴以爲器。埏，音羶，和土也。素餅一二尺，金碧燦相鮮。晶熒龍宫獻，錯落鬼斧鐫。粟紋起點綴，花樧蟠蜿蜒。定州讓巧薄，邛邑鬬清堅。脱指滑欲墮，凝瞳泠將穿。逖哉賈胡力，《後漢馬援傳》：伏波類西域賈胡，到一處輒止，以是失利。直致鮫鰐淵。常嗟古器物，頗爲世所捐。襆衫易冠冕[一]，盤盎改豆籩。禮圖日以變，戎索豈其然。《左傳》：疆以戎索。注：大原近戎而寒，不與中國同，故疆理土地用戎之法。在時苟適用，重譯悉來前。《禮》：東方曰寄，南方曰象，西方曰狄鞮，北方曰譯。注：四者皆通遠人言語之官。譯，釋也，猶言謄也，謂以彼此言語相謄釋也，越裳氏重九譯而朝是也。大寰幸混一，四海際幅員。縣度縛繩絙，《後漢章帝紀》：跋涉縣度。注：《西域傳》曰：縣度者，石山也，溪谷不通，以繩索相引而度。娑夷航革船。《舊唐書》：東女國，西羌之別種，俗以女爲王。其王所居名康延川，中有弱水南流，用牛皮爲舩以渡。鑿空發使節，《史記》：張騫鑿空，其後使往者皆稱博望侯，以爲質於外國，外國由此信之。注：鑿空，開通也，騫開通西域道。隨俗混民編。漢玉堆櫝笥，蕃羅塞鞍韉。城池信不隔，服食奈渠遷。輪困即上據，鼎釜疇能肩。插葩奪艷冶，盛酪添馨羶。當筵特見異，博識無庸詮。藏之或論價，裹此猶吾氈。珊瑚尚可擊，磧路徒飛烟。杜甫詩：今君渡沙磧，絫月斷人烟。注：鹵中沙漠也。彼還彼互市，我且我栝圈。角貒獨不出，記取征西年。《元史》：太祖西討回回國，滅之。至東印度，駐鐵門關，有一角獸，鹿形，馬尾，色綠，作人言，謂侍衛曰：『汝主宜早還。』帝以問耶律楚材。對曰：『此瑞獸，名角端，能言四方語，好生惡殺，此天降符以告陛下，陛下天之元子，願承天心，以全民命。』帝即日班師。貒，一作端，或作䚙。

校勘記

〔一〕『冕』，四部叢刊本、國圖本、存心堂本、豹文堂本作『衮』。

樓光遠家觀宋綬景德鹵簿圖

《玉海》：景德二年，郊祀，王欽若上記三卷，頗疎略。天聖六年十一月癸卯，翰林學士宋綬上《天聖鹵簿記》十卷，付秘閣。初，綬攝太僕卿，侍玉輅，上問儀物典故，占對辨洽，因命撰記。景祐五年，禮儀使宋綬上《景祐南郊鹵簿圖記》十卷。圖記序曰：『皇上再郊之明年，命華光侍臣圖寫大簿。臣充儀仗使，督攝容衛，又以太僕奉車承顧問，乃與侍讀馮元、侍講孫奭議曰：「前二圖書，寫形紀事，不相參會，盍象設而又文陳乎？」由是著爲《圖記》十篇。』《五祀精義》：鹵，大盾也，以大盾領一部之人，故言鹵簿。《漢官制度》：天子出，車駕次第，謂之鹵簿。按：景德，宋真宗年號。天聖、景祐，俱宋仁宗年號。

東朝盛文物，四海極豐富。粉飾郊祀間，馳驅漢唐舊。奉常夙有掌，鹵簿列前後。《唐六典》注：《漢官儀・鹵簿篇》：太常駕四馬，主簿前車八乘。車軨麾飛黄，《西京雜記》：儀衛有騎隊、鼓吹、黄麾、騎、罼罕、節、御馬、華蓋、剛鼓之制。戟盾服錯繡。《晋輿服志》：兵器則有大戟楯。《玉海》：開寶四年，合祭天地於圜丘，始用繡衣鹵簿。按：開寶，宋太祖年號。啓胠龍虎動，《左傳》：齊莊公伐晋，兵有啓有胠。注：左翼曰啓，(左)[右]翼曰胠。胠，音祛。《唐儀衛志》：大駕鹵簿，以旗計者二十七，曰青龍、白虎、辟邪、應龍、玉馬、三角獸、黄龍負圖、黄鹿、飛麟、駃騠、鸞、鳳、飛黄、麟、角端、赤熊、兕、太平、犀牛、鵕鸃、驪騊、騶牙、蒼烏、白狼、龍馬、金牛，衙門旗并黄麾、玄武幢、絳麾、孔雀旄、罕畢。扈衛鴛鷺簉。簉，解見《送鄭獻可》。嵯峨屹丘岳，灼爚羅星宿。《玉海》：千乘岳動，萬騎林迴。星陳而天行，雷震而霧合。陳兵吉利隊，擇馬騊駼厩。《史記》：匈奴居於北蠻，隨畜牧而轉移，其畜之所多則馬、牛、羊，其奇畜則橐駞、驢、驘、駃騠、騊駼、驒騱。嚴須呵八神，揚雄賦：八神奔而警蹕兮，振殷轔而軍裝。注：自招摇至獝狂，凡八神。喜欲抃百獸。《書》：百獸率舞。祖宗所繼承，宇宙徧包覆。上公敬執籩，天子親獻酎。靈光旍旗林，《前漢・郊祀志》：武宣之世，奉此三神，禮敬敕備，神光尤著。《楚辭》：孔蓋兮翠旍。注：旍，一作旌。縟典禮樂囿。威儀一以整，瑣碎無不究。時惟正垂拱，國幸息戰鬬。玉策恐人聞，《風俗通》：岱宗上有金篋玉策，能知人年壽修短，武帝探得十八，倒讀曰八十，後果然。帛書疑鬼授。《紀事本末》：寇準自澶淵還，頗矜其功。王欽若深嫉之，進曰：『澶淵之舉，以萬乘之貴，而爲城下之盟，何耻如之！』因勸帝：惟封禪可以鎮服四海，誇示外國。然自古封禪當得天瑞，天瑞安可必得，前代有以人力爲之者。大中祥符元年正月，皇城司奏有黄帛曳左承天門南鴟尾上，令中使視之，帛長二丈許，緘物如書卷，纏以青縷，封處隱隱有字，蓋神人所謂天降之書也。按：大中祥符，宋真宗年號。紛紜務欺阿，又：欽若之計既行，陳堯叟、陳彭年、丁謂、杜鎬益以經義附和，而天下爭言祥瑞矣。制作窮刻鏤。老幼咸駿犇，穹示揔歆臭。《詩》：其香始升，上帝居歆，胡臭亶時。中誠廼根本，外貌特膚腠。封寧重䃭繩，徐陵賦：惟封云[亭]與禪[父]，肅(遺)玉牒與金繩。《封禪儀注》：持禮凡三十人上，發壇上十石䃭蓋。尚書令北向跪藏玉牒畢，持禮覆石函，尚書令封上，十石檢亦纏以金繩，泥雜用四方土，各依其色。䃭，音感，石篋也。饗或貴型餾。《荀子》：剖刑而莫邪已。按：刑，同型，凡鑄式以土曰型，以木曰模，以金曰範。餾，音溜。《説文》：飯氣蒸也。居安昧危機，致治啓亂實。文華終耗財，武弱益招寇。雖然喧一朝，孰得燕末胄。五輅忽已没，《晉輿服志》：玉、金、象、革、木等路，是爲五路，並天子之法車。玉路最尊，建太常十有二斿，九仞委地，畫日月升龍，以祀天；金路建大旂九旒，以會萬國之賓，亦以賜上公及王子母弟；象路建大赤，通(亦)[赤]無畫，視朝，亦所以賜諸侯；革路建大白，以即戎兵，亦以賜四鎮諸侯；木路建大麾，以田獵，其麾色黑，亦以賜藩國。路，與輅通。三京杳難救。三京，解見《説宣和内宴》。惜其初討論，盍不返朴陋。臨風披此圖，歎息我以綬。

吴萊詩集卷第三

錫山王邦采貽六箋
繩曾武沂

樓光遠出示先賢圖像及漢季石本雜碑

世人不好古，我獨思古先。居然圖像間，得見古聖賢。遠之或千載，近亦數百年。精神果何在，面貌猶爾妍。凡民一其生，覆幬乃同天。紛紜日就滅，委棄隨烏鳶。烏鳶，解見《讀列子》。矧兹丹青筆，巧類造化甄。惟心却不死，匪繪尚能傳〔一〕。豈伊祝畏壘，《莊子》：庚桑楚北居畏壘之山。其臣之畫然智者去之，其妾之挈然仁者遠之。臃腫之與居，鞅掌之爲使。居三年，畏壘大穰，畏壘之民相與言曰：『庚桑子之來，吾洒然異之。今吾日計之而不足，歲計之而有餘。庶幾其聖人乎！子胡不相與尸而祝之，社而稷之乎？』仍似畫凌烟。《唐書》：太宗貞觀十七年，畫功臣長孫無忌等二十四人像于凌烟閣。衣冠從代改，俎豆與周旋。前人後所哀，後者復爲前。展轉哀未盡，蒼茫但長川。我今以後古，古碣空餘鐫。水石久欲泐，蛟蚪起相纏。當風遽墮淚，詎減峴山巔。《晋羊祜傳》：祜守襄陽，與鄒湛等登峴山，慨然嘆息曰：『自有宇宙，便有此山，賢達勝士登此者多矣，皆湮滅無聞，使人悲傷。』湛曰：『公德冠四海，道嗣前哲，必與此山俱傳。若湛輩，乃當如公言耳。』祜卒，百姓爲建碑立廟，望其碑者莫不流涕，名『墮淚碑』。庶以名德在，終爲日星懸。

校勘記

〔一〕『傳』，四部叢刊本、國圖本、存心堂本、豹文堂本作『專』。

夜聽李仲宏説廣州石門貪泉

《晉書》：廣州包山帶海，珍異所出，一篋之寶，可資數世。然多瘴疫，人情憚焉。唯貧窶不能自立者，求補長史，故前後刺史皆多黷貨。及吳隱之爲廣州刺史，既至，語其親人曰：『不見可欲，使心不亂。越崖喪清，吾知之矣。』乃至石門泉，酌而飲之，賦詩曰：『古人云此水，一飲懷千金。試使夷齊飲，終當不易心。』在州，清操愈厲，常食不過菜及乾魚而已。《名勝志》：石門山在番禺縣城西北二十里，兩山對峙如門，據南北往來之衝。上有西華寺，今廢。其西貪泉出焉，一名石門水。俗傳『登大庾嶺則清穢之氣分，飲石門水則潔白之質變』。按《志》：縣屬廣東廣州府。

大粵控南海，茫然天地陬。《前漢高帝紀》：吳芮從百粵之兵以佐諸侯。按《志》：今廣東、廣西俱古百粵地。南海，解見《新得南海志》。石門屹有限，巖瀑蓄爲湫。何哉清潔名，坐與貪濁侔。使軺一杯飲，蠻賄即繭抽。《通鑑》：趙簡子使尹鐸爲晉陽，請曰：『以爲繭絲乎？抑爲保障乎？』簡子曰：『保障哉。』注：繭絲，謂浚民之膏澤，如抽繭之緒，不盡不止。金珠混寶蛤，孔翠爛相繆。《潛夫論》：和氏之璧，出於璞石；隋侯之珠，生於蜃蛤。《楚辭》：孔蓋兮翠旍。注：孔蓋，以孔雀尾爲車蓋。翠旍，以翡翠羽爲旌旗。烏文暎呿陀，器物窮雕鎪。㓟髻蛟龍悚，㓟，同披。髻，音奇，《説文》：馬鬣也。織毳虎豹愁。

《周禮》：司服，［祀］四望、山川，則毳（服）［冕］。毳，音吹，去聲，獸毛褥細者。島嶼刮欲竭，民夷起争仇。聖王不忘遠，奸暴合汝郵。靈若尚嗇貨，潘岳賦：靈若翔於神島。注：海神也。惡風無時休。嚵波半栖杓，渴沫萬戟矛。氣機乃日變，掊克非人謀。《詩》：曾是掊克。私疑勢至極，實爾釁所由。妖巫挾左道，峒獠稱豪酋。支祁妄解鎖，《國史補》：楚州有漁人，忽於淮中釣得巨鐵鎖，挽之不絶，以告官。刺史李陽（水）大集人力引之，鎖窮，有青獮猴躍出水，復没而逝。後有驗《山海經》云：水獸好爲害，禹鎖之軍山之下，其名曰『無支祁』。《岳瀆經》：禹治水獲無支祁，形如獮猴，力踰九象。命庚辰制之，鑽於龜山之足，淮水乃安。蝘蜓怒翻舟，《爾雅翼》：蝘蜓似蜥蜴，在屋壁間，狀雖似龍，人所玩習。故《淮南》云：禹南濟於江，黃龍負舟，禹視龍猶蝘蜓。言不足畏也。蝘，音煙，上聲。蜓，音田，上聲。人鮓或併命，吏商豈良籌。《名勝志》：歸州城西三里，有叱灘。《舊經》云：水石相激如噴叱之聲，一名人鮓甕。其上有黃魔廟。唐右史蕭遘竄黔南，泝三峽，次秭歸，黃神佑助，每涉險難，怳然如在。按《志》：屬湖廣荆州府。黃庭堅詩：人鮓甕中危萬死，鬼門關外更千岑。逝將尋泉源，纖滓忽不留。復思漱泉瀨，麄穢悉以瘳。洗除崑崙窟，疏淪渤澥流。《山海經》：崑崙山，河水出焉。《物理論》：河色黃赤，衆川之流蓋濁之也。百里一小曲，千里一大曲。一直一曲，凡九曲以達於海。一塵了不動，六合嚴如秋。嗟吾此身小，幸獨爲國憂。從兹斥聚斂，剡彼畜羊牛。馬援空薏苡，《後漢書》：馬援在交趾，常餌薏苡實，用能輕身省慾，以勝瘴氣。軍還，載之一車。及卒後，有上書譖之者，以爲前所載皆明珠文犀。王陽但衣裘。《前漢王吉傳》：自吉至孫崇，世名清廉，然材器名稱稍不能及父，而禄位彌隆。皆好車馬衣服，其自奉養極爲鮮明，而亡金銀錦繡之物。

及遷徙去處，所載不過囊衣，不畜積餘財。天下服其廉而怪其奢，故俗傳『王陽能作黃金』。吉，字子陽。百世不易操，嗚呼我賢侯。

秋日雜詩六首和黃明遠

一

京露幾時白，朔風吹雁寒。游俠豈不樂，山林已摧〔一〕殘。晶熒龍尾劍，錯落虎皮冠。李白詩：幽州胡馬客，緑眼虎皮冠。寄謝五陵子，《前漢原涉傳》：郡國諸豪及長安、五陵諸爲氣節者皆歸慕之。注：五陵謂長陵、安陵、陽陵、茂陵、平陵也。班固《西都賦》曰：『南望杜霸，北眺五陵。』是知霸陵、杜陵非此五陵之數也。《西都賦》注：高、惠、景、武、昭帝五陵，士人多宅於此。文帝杜陵、宣帝霸陵在南，餘在北，故曰五陵。何妥詩：五陵多任俠，輕騎自連群。焉知行路難。按：古樂府《行路難》注：備言世路艱難及離別悲傷之意。

二

明月出東山，流光射牕牖。美人曼聲歌，翠袖拂南斗。《列子》：韓娥曼聲長歌，一里老幼喜躍抃舞。別離終不常，歡樂詎能久？笑折青桂枝，凉風吹我手。李白詩：何以折相贈，白花青桂枝。

三

黄塵滿天地，滄海悲鶻没。從來學仙人，不在豪俠窟。杜甫詩：慘淡豪俠窟。注：秦克六國，輒徙其豪俠於蜀，家有鹽銅之利，人擅山川之材，簫鼓歌吹，擊鐘[肆]懸，富侔公室，豪過田文。豹舄既飄颻，《拾遺記》：穆王起(青)[春]霄宫，王母納丹豹文履。蜿旌何翕忽。宋玉賦：蜿爲旌，翠爲蓋。因之把酒杯，坐嘯青山月。

四

西風披白薠〔二〕，薠，一作蘋。楚客自枯槁。《九歌》：登白薠兮騁望。注：薠，音煩，一作蘋，非是。薠草，秋生，似莎而大。扳龍思上天，勲業苦不早。《後漢書》：耿純説光武曰：『士大夫從大王於矢石之間者，其計固望攀龍鱗、附鳳翼，以成其所志耳。』遐心隨落鴻，短髮等衰草。亦有夫容花，《班馬字類》：《漢書·司馬相如傳》外發夫容。與『芙蓉』同。《史記》作『芙蓉』。嫣然爲誰好。

五

寂歷林下扉，莓苔日應積。少年非隱淪，南陌事行役。書劍稍猖狂，衣冠多烜赫。何用擊樹枝，空山歌白石。《琴操》：甯戚飯牛車下，扣角而商歌曰：『南山矸，白石爛，生不逢堯與舜禪。短布單衣裁至旰，長夜漫漫何時旦。』桓公聞之，曰：『異哉，歌者非常人也。』命後車載之。

六

代有遠游子，出門獨徘徊。自託羽林籍，《前漢百官表》：羽林掌送從，次期門，武帝太初元年初置，名曰建章營騎，後更名羽林騎。又取從軍死事之子孫養羽林，官教以五兵，號曰羽林孤兒。誰傾鸚鵡杯。梁簡文書：車渠屢酌，鸚武驟傾。杜甫詩：醉客沾鸚鵡。注：鸚鵡，螺也。塵生走馬埒，庾信《馬射賦》：并試長楸之埒。又：馬似浮雲向埒。埒，音劣。《說文》：庳垣也。草上呼鷹臺。《元史》：至大元年，築呼鷹臺於漷州澤中，發軍千五百人助其役。極目渺滄海，聊紓千里懷。宋玉《招魂》：目極千里兮傷春心。

校勘記

〔一〕『摧』，底本作『推』，據四部叢刊本、國圖本、存心堂本、豹文堂本改。

〔二〕『薠』，四部叢刊本、國圖本、存心堂本、豹文堂本作『蘋』。

貞女引記予所聞於蘭溪錢彥明者

北方有達者，官守託閩壖。壖，解見《效方子清儂言》。一笑侍盥櫛，《左傳》：懷嬴奉匜渥盥。又：懷嬴謂公子圉曰：『寡君使婢子侍執巾櫛，以固子也。』千金得嬋娟。《離騷》：女嬃嬋娟。《說文》：態也。李白詞：美人一笑千黃金。晨歌雲母幌，《拾遺記》：晉惠起居注有雲母幌。夜舞荔枝筵。春桃獨不艷，秋柳遽無年。於焉榛笄毁，《士冠禮》：設笄。注：凡諸侯笄有二，一是紒内安髮之笄，一是皮(笄)[弁]、爵弁及六冕固冠之笄，或用榛。《三禮圖》：笄，士以骨，大夫以象。《説文》：簪也。按：笄，男女皆有之，不專屬女也。遂以櫝櫬遷。《左傳》：初，穆姜使擇美櫝，以自爲櫬。音容詎可睹，涕泣空餘漣。墓埏但未殉，床笫更誰妍。《左傳》：牀笫之言不踰閾。《禮》：設牀襢笫。笫，音子。越鸞悲掩鏡，解見《張節婦卷》。齊雉痛鳴弦。揚雄《琴清英》：《雉朝飛》操者，衛女傅母之所作也。衛女嫁于齊太子，中道聞太子死，問傅母曰：『何如？』傅母曰：『且往，當喪。』喪畢，不肯歸，終之以死。傅母悔之，取女所自操琴，于塚上鼓之。忽二雉俱出墓中，傅母撫雉曰：『女果爲雉耶？』言未畢，俱飛而起，忽然不見。傅母悲痛，援琴作操，故曰《雉朝飛》。人子當盡道，妾生敢移天。手澤尚不忍，《記》：父没而不能讀父之書，手澤存焉耳。家風豈其愆。解見《宣和内宴雜事》。吾何惜吾軀，汝懼辱爾先。郡庭給過所，江驛遄歸船。郵兵即前防，纔卒復後牽。時時數釵珥，處處閲槖氈。心堅務玉白，鼻截愧瓦全。《列女傳》：吴孫奇妻者，廣陵范慎女，名姬，年十八配奇，一年而亡。慎以姬少寡無子，迎還其家，姬不肯歸，父迫之。姬遂操刀，割耳及鼻曰：『父趣我者，不過以我年少而色美，今已殘矣，行將焉如？』迎者乃返。指波著重誓，抗節脱饑涎。世故日已下，民彝孰能然。狹邪情比絮，《蘇軾集》：東坡在徐州，參寥自錢塘訪之。坡席上令一妓求詩，參口占云：『多謝尊前窈窕娘，好將幽夢惱襄王。禪心已作沾泥絮，不逐春風上下狂。』桑濮步安蓮。桑濮，解見《張節婦卷》。《南史》：東昏侯鑿金蓮花貼地，令潘妃行其上，曰：『此步步生蓮花也。』閼氏弄琵琶，青塚俗曷鐫。《西京雜記》：元帝後宮既多，使畫工圖形，按圖召幸。宮人皆賂畫工，獨王嬙不肯，遂不得見。匈奴入朝求美人爲閼氏。於是上案圖以昭君行。及去召見，貌爲後宮第一。帝悔之，而名籍已定。帝重信於外國，不復更人。乃窮案其事，畫工杜陵、毛延壽等並棄市。石崇《昭君詞序》：昔公主嫁烏孫，令琵琶馬上作樂，以慰其道路之思。其送明君，亦必爾也。其造新曲，多哀怨之聲。《歸州圖經》：胡地多白草，昭君塚獨青。《一統志》：昭君墓在古豐州西六十里。《史記索隱》：閼氏，匈奴皇后號也。音烟支。昭儀出感業，椒壁孽多擅。《舊唐書》：則天年十四，太宗立爲才人。及太宗崩，遂爲尼，居感業寺。高宗於寺見之，復召入宫，拜昭儀。《漢官儀》：皇后稱椒房，取其實蔓延盈升，以椒塗室，取温煖除惡。况兹大丈夫，自許古聖賢。百行偶一敗，反經欲稱權。疇知生死間，便見粲與淵。《通鑑》：宋中書監袁粲謀誅蕭道成，不克而死。道成進爵爲王，司徒褚淵奉璽綬，詣齊宫勸進。百姓謡曰：『可憐石頭城，寧爲袁粲死，不作褚淵生。』吁嗟此貞女，儻或繼史編。似刺聚麀而作。

送宣彦昭北赴京師

去年春風來，我已送子兄。今年春風來，我復送子行。大江多波浪，雨雪塞路程。老河貫梁楚，按：《禹貢》導河，歷雍、豫、冀、兖四州之境而入海。《一統志》：東魏梁州，今開封府。《史記注》：江陵爲南楚，吴爲東楚，彭城爲西楚。詳見《嚴陵應仲章》。汴泗割濁清。《一統志》：汴水源出開封府滎陽縣，至中牟，北入河。《禹貢》注：徐之水，有泗、有汶、有汴、有潮。《水經注》：泗水源出魯卞縣故城東南，桃墟西北。梁山匯爲濼，高適詩：雲開汶水孤帆遠，路遶梁山匹馬遲。按《志》：梁山在山東東平州。濼，有鹿、朴、洛三音。陂澤也。山東名濼，幽州名淀，俗作泊。荷藕欲抽莖。漳流直達海，《禹貢》：覃懷底績，至于衡漳。注：水名。《一統志》：漳河其源有二，一出山西潞州長子縣，名濁漳；一出平定州樂平縣，名清漳。二源俱入彰德府境，合流入衛河。葭菼莽縱横。飲饌去鄉異，市逢寒食餳。寒食餳，解見《嚴陵應仲章》。游從到處闊，騎聽上林鶯。帝都示四方，賓客聚百城。白獸耀戟瞂，《三輔黄圖》：未央宫有白虎殿，唐避太祖諱，改爲『獸』。杜甫詩：寂寞白獸闥。注：白獸闥，即白獸門。《西京賦》：植鎩懸瞂。瞂，音伐，盾别名。紅鸞擁旗旌。乍見須璧馬，《前漢書》：武帝遣使者安車蒲輪，束帛加璧，召魯申公。再談遽公卿。又：吴公薦賈誼，帝召以爲博士，時年二十餘。一歲中超遷至大中大夫，帝議以任公卿之位，大臣多短之，以爲長沙王太傅。再召入見，夜半，前席，曰：『吾久不見賈生，自以爲過之，今不及也。』以爲梁王太傅。終然鳳鵷集，恥作鰕蟹并。況子昔我學，自期可俊英。平時撫硯匣，盡夜對燈檠。古今更成敗，舉舌即深評。北南幾水陸，肆意勿遐征。子兄特精幹，胸次有甲兵。《續長編》：陝西經略安撫副使范仲淹兼知延州。先是，詔分邊兵：部署領萬人，鈐轄領五千人，都監三千人，有寇則官卑者先出。仲淹曰：『不量賊衆寡而出戰，以官爲先後，取敗之道也。』爲分州兵爲六將，將三千人，分部教之，量賊衆寡，使更出禦賊，賊不敢犯。既而諸路皆取法焉。賊相戒曰：『無以延州爲意，今小范老子胸中自有數萬甲兵，不比大范老子可欺也。』大范蓋指雍云。被服抗俠窟，解見《秋日雜詩》。躋攀接侯鯖。《西京雜記》：王氏五侯不相能，賓客不得來往。婁護傳食五侯間，盡得其歡心，競致奇膳，護合以爲鯖。《字林》：鯖，雜肴也，煎和五味之名。笑披鷹鶻論，條鏇手所擘。《野客叢書》：雜説謂鷹鶻之鶻，史傳不載其名，起於近世。僕讀唐《張子壽集·鷹鶻圖贊序》，正有是論，曰：『鷹也，名揚於尚父，義見於《詩》；鶻也，迹隱於古人，史闕其載。豈昔之多識，物亦有遺；將今而嘉生，材無不出。爲所呼之變，與所記不同者邪？』僕謂子壽亦未深考。張衡《東京賦》：鶻鵃春鳴。《北史》：文宣謂思好曰：『爾擊賊如鶻入鴉群。』《左傳》：鶻鳩氏，司事也。枚乘賦、揚雄《方言》、《爾雅》、《説文》俱有此字，豈可謂『迹隱於古人，史闕其載』邪？　錯金琵琶槽，絃索發奇聲。二難苟若此，何地不鏗轟。《世説》：陳元方子群與季方子忠各論其父功德，争之不能決，咨於其祖太丘。太丘曰：『元方難爲兄，季方難爲弟。』貢生彈冠待，《前漢書》：王陽與貢禹爲友，陽爲益州刺史，禹聞之，彈冠以待陽薦。陽薦禹於成帝，召爲大夫。　王粲倒屣迎。《魏志》：王粲，字仲宣，蔡邕見而奇之。時邕才學顯著，貴重朝廷，常車騎填巷，賓客盈坐。聞粲在門，倒屣迎之。粲至，幼弱短小，一坐盡驚。曰：『此王公孫，有異才，吾不如也。吾家書籍文章，當盡與之。』上書令自衒〔一〕，趣召使衆驚。尚期施展間，歸作閭巷榮。　嗟吾久抱疢，望子但目瞠。《莊子》：顏淵曰：『夫子步亦步，趨亦趨。夫子奔軼絶塵，而回瞠若乎後矣。』瞠，音撑，張目視貌。　因之念吾兒，遲子謁國黌。　吾兒早失學，所至類孩嬰。　幸令得好友，庶免謚愚氓。　前園川海棠，紫蔓亂垂瓔。　起揮雙玉壺，暢此孤劍情。　當知子願欲，本不慕肥輕。行哉自此遠，谷口吾躬耕。《逸士傳》：鄭朴，字子真，褒中人，隱於谷口。

校勘記

〔一〕『令自衒』，四部叢刊本、國圖本作『合自衒』，存心堂本、豹文堂本作『合自珍』。

諸暨北郭潘節婦卷後題

天地昔立極，聖人本有防。　辟之制洪水，豬蓄以爲常。　不然遽氾溢，隨處恣披猖。　終將大節撓，寢我彝倫傷。南州彼何人，北郭得新孀。盛年喪所天，臨鏡毀舊粧。春秋奉饋祀，暇乃治蠶桑。豈惟育稚幼，抑且禮尊嫜。尊嫜日已老，稚幼儼成行。託孤生當盡，從一死則臧。從一，解見《張節婦卷》。乘時或棄背，促嫁更衣裳。疇悲膏沐容，《詩》：豈無膏沐，誰適爲容。畢命松柏崗。世人如輕塵，風至即飄揚。我身類完玉，火烈愈燿光。自來菅蒯姿，曾不異姬姜。《左傳》：雖有絲麻，不棄菅蒯；雖有姬姜，毋棄憔悴。毋寧窈窕化，《詩》：窈窕淑女，君子好逑。孝敬著一鄉。一鄉尚謂狹，千載顧不長。吾其撫野草，可但感嚴霜。起操滕問瑟，彈作雙鳳凰。鳳凰不再下，寒月照屋梁。《類函》：《琴歷》曰：琴曲有雙凰、離鸞等調。杜甫詩：落月滿屋梁，猶疑照顔色。

同方子清觀管子内業

之人東隣居，爲發架上篋。吁嗟管夷吾，遺我以内業。古書本少見，古道終不跲。遺文久灰燼，瑣語特枝葉。《禮》：天下無道，則辭有枝葉。爲儒每更端，又：君子問更端，則起而對。務學多涉獵。《吴志》：孫權謂吕蒙曰：『卿今當塗掌事，不可不學。』蒙辭以軍中多務。權曰：『孤豈欲卿治經爲博士邪？但當涉獵，見往事耳。』注：涉獵，言泛濫流觀，譬如涉水獵獸，不精專也。遠馳盍求心，近眩將失睫。紛綸諸子間，變亂聖王法。百家各爲主，一理能〔一〕足攝。彼哉所施教，何得不我協。士鄉自宜然，伯政吾甚捷。《國語》：管子制國以爲二十一鄉：工商之鄉六，士鄉十五。公帥五鄉焉，國子帥五鄉焉，高子帥五鄉焉。當其解而囚，豈謂射中脇。《左傳》：師及齊師戰于乾時，我師敗績。鮑叔帥師來言曰：『子糾，親也，請君討之。管、召，仇也，請受而甘心焉。』乃殺子糾于生竇，召忽死之。管仲請囚，鮑叔受之，及堂阜而稅之。《國語》：桓公曰：『管夷吾射寡人中鈎，是以濱于死。』利源魚鹽開，《史記》：設輕重魚鹽之利。《管子》：公問管子：『何以爲國？』曰：『惟山海可爾。』兵武劍戟接。《國語》：管子作内政而寄軍令：五家爲軌，故五人爲伍，軌長帥之；十軌爲里，故五十人爲小戎，里有司帥之；四里爲連，故二百人爲卒，連長帥之；十連爲鄉，故二千人爲旅，鄉良人帥之；五鄉一帥，故萬人爲一軍，五鄉之帥帥之。夜戰聲相聞，足以不乖；晝戰目相視，足以相識。私疑聃莊言，或混孔孟牒。鬼神通幽奥，詩禮借光曄。操存性情常，食飲精氣浹。於焉覈天人，不獨滕齒頰。《内業篇》：凡物之精，此則爲生。下生五穀，上爲列星。流於天地之間，謂之鬼神；藏於胸中，謂之聖人。又：思之思之，鬼神通之。非鬼神之力也，精氣之極也。又：凡人之生也，必以平正，所以失之，必以喜怒憂患。是故止怒莫若詩，去憂莫若樂，節樂莫若禮，守禮莫若敬，守敬莫若靜。内靜外敬，能反其性，性將大定。又：凡食之道，大充傷而形不臧，大攝骨枯而血沍。充攝之間，此謂和成。精之所舍，而智之所生。饑飽之失度，乃爲之圖。又：天主正，地主平，人主安靜。春秋冬夏，天之時也；山陵川谷，地之枝也；喜怒取予，人之謀也。是故聖人與時變而不化，從物而不移。《易·咸》上六《象》曰：咸其輔頰舌，滕口説也。楊朱説力命，列子亦已雜。解見《讀列子》。管氏役權謀，聖門詎容躐。茫茫大江流，可望不可楫。朝來有微雲，却倚青岌嶪。

校勘記

〔一〕『能』，四部叢刊本、國圖本、存心堂本、豹文堂本作『寧』。

書宗忠簡公家傳及部曲記

《宋史》本傳：宗澤，字汝霖，義烏人。

勢極崇必圮，天方獵元元。兵甲暴草野，大河爲塞垣。猗歟我宗公，往作汴北門。汴，解見《説宣和内宴》。《宋史》：欽宗靖康元年，金人渡河，陷西京，遂圍京城，京城陷。帝如金營請降。詔康王構爲天下兵馬大元帥，陳遘爲元帥，汪伯彦、宗澤爲副元帥，使盡起河北兵速入衛。二年，二帝北狩，康王即位於南京，以宗澤爲東京留守。《左傳》：杞子告于秦曰：『鄭人使我掌其北門之管。』蕃戎斜曳戟，盜賊望風犇。本傳：澤留守東京，時賊騎留屯河上，金鼓之聲相聞。而京城樓櫓盡廢，兵民雜居，盜賊縱横，人情恟恟。澤既至，首捕誅舍賊者數人，下令曰：『爲盜者，贓無重輕，悉從軍法。』由是盜賊屏息，民賴以安。老羆尚當道，力攫氣欲吞。四顧萬騎集，中嚴一旗尊。又：真定、懷、衛間，虜兵甚盛，澤以爲憂。乃渡河約諸將議圖收復，而於京城四壁，各置使以領招集之兵。又據形勝立堅壁二十四所於城外，沿河鱗次爲連珠砦，連結河東、河北山水砦忠義民兵，於是陝西、京東西諸路人馬咸願聽澤節制。《北史》：韓軌等襲華州，王羆大呼曰：『老羆當道卧，貉子那敢過！』敵退。吴越僻且遐，梁宋仍亶完。誓迴龍頭幔〔一〕，身屬豹尾韃。《宋史》：靖康二年五月，康王即位於南京，十月帝如揚州。時兩河雖多陷於金，而民懷舊恩，皆用建炎年號。及聞帝南幸，無不解體。澤上疏言：『願陛下從臣措畫，陳師鞠旅，盡掃胡塵，奉迎鑾輿，早還京闕。』《前漢書》：梁孝王城睢陽，北界太山，西至高陽，四十餘城，多大縣。《唐書》：宋州睢陽郡，屬河南道，本梁郡，天寶元年更名。《舊唐書》：宋州治宋城，即漢睢陽縣。按《志》：即今開封府。亶，古文厚。《説文》：幔，幕也。《石林燕語》：宋殿廬幕次。猶近世堂木加互以建帳，行時撤而載之。《漢書注》：服虔曰：『大駕八十一乘，最後一乘懸豹尾。』《説文》：韅，所以戢弓矢。周鼎没未獲，解見《李鐵槍》。魯戈揮轉昏。《淮南子》：魯陽公與韓戰，戰酣，日暮，拔戈而揮之，日爲之反三舍。居巢有死憤，《史記》：居巢人范增事項羽，漢用反間，羽疑增有私。增大怒，乞骸骨歸。未至彭城，疽發背死，年七十。按本傳：澤前後請上還京二十餘奏，每爲黄潛善、汪伯彦所抑，憂憤成疾，疽發於背。諸將入問疾，澤矍然曰：『吾以二帝蒙塵，積憤至此，汝等能殲敵，則我死無憾。』衆皆流涕曰：『敢不盡力。』諸將出，澤嘆曰：『出師未捷身先死，長使英雄淚滿襟。』無一語及家事，但連呼『過河』者三而薨，年七十，謚忠簡。駱谷無留屯。《三國志》：蜀姜維出師駱谷。《元和郡縣志》：儻谷，一名駱谷，在興道縣北三十里。按《志》：今在陝西漢中府洋縣。一二遺部曲，東南却軒騫。《皇朝忠義名氏圖》：澤救滑州，問諸將，張撝慨然請行，與虜大戰，死之。王宣初爲澤戲下統領官，張撝戰滑州，澤令宣援之，撝死，宣大捷，遂權滑州。猶撑半天下，少抹千丈渾。蘇軾詩：皎皎千丈清，不如尺水渾。雞鳴夜舞劍，邈矣逖與琨。解見《題劉琨舞劍圖》。於兹讀公傳，義士古所敦。

校勘記

〔一〕『幔』，四部叢刊本、國圖本作『憁』，存心堂本作『幒』，豹文堂本作『𢡄』。

皂角林觀劉錡戰處

本傳：高宗紹興三十一年，金主亮調軍六十萬，自將南來，彌望數十里不斷如銀壁，中外大震。時宿將無在者，乃以錡爲江、淮、浙制置使，節制逐路軍馬。

又：金萬户高景山攻揚州，錡遣員琦拒於皂角林，陷圍力戰，林中伏發，大敗之，斬景山，俘數百人。

東都何慘澹，南土劇蕭騷。按《宋史》：太祖元年，以大梁爲東京開封府。高宗南渡，即位於建康，紹興八年定都臨安。按《志》：臨安，今浙江杭州府。往往隳戰鬭，於焉出英髦。爲君竟如寄，立國已不高。家供敵人賂，歲奉使客艘。又：紹興十一年和議成，歲幣銀絹各二十五萬。自建炎以來，奉使如金被拘囚者三十餘人，惟行人洪皓、張卲、朱弁三人以和議成，許歸。乾坤忽掀簸，城郭皆動摇。狡兎手可攫，《國策》：馮煖謂孟嘗君曰：『狡兎有三窟，僅得免其死耳。』長蛇心更饕。《左傳》：吴爲封豕、長蛇，以薦食上國。精熒金鎖甲，翕艴橘紅袍。《續通鑑》：金主亮臨江築臺，被金甲登臺，殺黑馬以祭天，以一羊一豕投於江中，召諸將謂之曰：『舟楫已具，可以濟矣。』厲矛終抉腕，投鞭遽填壕。本傳：兀术被白袍，乘甲馬，以牙兵三千督戰，兵皆重鎧甲，號『鐵浮圖』。戴鐵兜牟，周匝綴長簷。三人爲伍，貫以韋索，每進一步，即用拒馬擁之，人進一步，拒馬亦進，退不可却。官軍以槍標去其兜牟，大斧斷其臂，碎其首。《晉書》：苻堅伐晉曰：『以吾之衆，投鞭於江，足以斷其流。』云何大兵壓，尚謂和好牢。《續通鑑》：帝聞金主亮有南侵之意，疑之，使王綸往覘。綸還入對言：『隣國恭順，和好無他。』白波播〔一〕天險，《通鑑》：魏主丕伐吴，臨江觀兵，見波濤洶湧，嘆曰：『固天所以限南北也。』乃還。清野捲地毛。《博物志》：地以草爲毛。將營皂林斫，軍艦采石鏖。《續通鑑》：金主亮臨采石，誓明日濟江。時劉錡將王權軍潰於昭關，退屯采石。帝以李顯忠代將，命虞允文往迎顯忠，交權軍，且犒師。允文至采石，權已去，顯忠未來。允文遂召將，勉以忠義，諸將請死戰。乃命諸將列大陣不動，分戈船爲五，其二並東西岸；其一駐中流，藏精兵待戰；其二藏小港，備不測。部分甫畢，敵已大呼，亮操小紅旗麾數百船絶江而來，瞬息之間抵南岸者七十艘，直薄官軍，軍小却，允文入陣中，撫統制魏俊之背曰：『汝膽略聞四方，立陣後則兒女子耳。』俊即揮雙刀出，士殊死戰。中流官軍以海鰌船衝敵，舟皆平沉，敵半死半戰，日暮未退。會有潰卒自光州至，允文授以金鼓，從山後轉出，敵疑援兵至，始遁。允文又命勁弩尾擊追射，大敗之。允文又知敵當復來，夜半，部分諸將。明旦，敵果至，復大敗之。金主焚其龍鳳舟以遁。按《志》：采石，今江南太平府。大星遽崩殞，滄海争遁逃。本傳：紹興三十二年閏二月，錡發怒，嘔血數升而卒，謚武穆。向非斯人在，久矣凄煙蒿。龍虎空野競，《玄覽賦》：鬬二虎於江干，争兩龍於修坂。狐狸遂寒嘷。《左傳》：狐狸所居，豺狼所號。信史猶未著，奇功果誰褒。因之懷舊跡，一弔楚江皋。

校勘記

〔一〕『播』，四部叢刊本、國圖本、存心堂本、豹文堂本作『横』。

喻東泉學道止酒自書止酒詩座右戲寄

何故欲止酒，自吟止酒詞。酒何負於人，杯杓遽不持。我雖不解飲，見飲輒喜之。何疑酒亂性，屏去無醇醨。乃言執道要，危坐息奔馳。行思駕羽輪，久矣夢肉芝。《抱朴子》：山中有小人乘車馬，長七八寸者，肉芝也，服之即仙。《神仙感遇記》：蕭静之掘得一物，類人手，肥潤，烹食之，逾月，齒髮再生。一道士云：『肉芝也』。鳳鸞守爐鼎，龍虎擅崛奇。解見《讀參同契》。狂酲不我毒，《晉書》：孫季舒嘗與石崇飲，傲慢過度，崇欲奏之。裴楷曰：『飲人狂藥，責人正禮，不亦乖乎！』崇乃止。痛飲非吾師。《世説》：王孝伯言：『使嘗得無事，痛飲，讀《離騷》，便可稱名士。』終然彼先酒，昔者祀狄儀。《世本》：儀狄始作酒醪，變五味。笑揮金叵羅，李白詩：葡萄美酒金叵羅。注：金斝也。倒著白接䍠。《世説》：山季倫爲荆州，時出酣暢。人爲之歌曰：『山公時一醉，逕造（華）［高］陽池。日暮倒醉歸，酩酊無所知。時復乘驄馬，倒著白接䍠。舉手語葛强，何如并州兒。』䍠，或作羅。常人溺妄境，世慮動棼絲。《左傳》：魯衆仲論衛州吁曰：『臣聞以德和民，不聞以亂。以亂，猶治絲而棼之也。』争如醉酩酊，得以混希夷。《老子》：視之不見名曰夷，聽之不聞名曰希。神仙矧多幻，狡獪無不爲。遨遊市舍長，調謔酒家姬。唱歌便爛熳，冠珮任傾欹。吾知麻姑過，《神仙傳》：王方平度括蒼民蔡經，尸解十年，經還家云：『七月七日王君來，可作百斛酒以待。』其日，果至。解與陽都期。《仙媛紀事》：有黑山仙人常乘犢來往陽都，酒家女悦之，遂爲夫婦。惕哉學仙侶，身若槁木枝。云胡千瓢量，《孔叢子》：平原君與子高飲，强子高飲酒，曰：『諺云：堯飲千鍾，孔子飲百瓢，子路嗑嗑尚飲百榼。古之賢聖，無不能飲，子何辭焉？』政類斷乳兒。歡伯却恨訴，《易林》：酒爲歡伯，除憂來樂，適體頤性。麴生亦嗟咨。《開天傳信記》：葉法善有道術，一日與朝士會，忽一人扣門，稱麴生秀才，突入坐内，言語不凡。葉疑其非人，潛以飛劍擊之，應手墮地，乃一酒榼，中有美醖。飲之，同坐曰：『麴生風味不可忘也。』丹室尚恍惚，醉鄉終棄遺。《唐書》：王績作《醉鄉記》以次劉伶《酒德頌》。《舊唐書》：績，字無功。隋大業中，授六合縣丞，棄官還鄉，嘗躬耕於東皋，號東皋子。或經過酒肆，動輒經日，往往題壁作詩，多爲好事者諷詠。萬一君上天，酒星恐君疑。《星經》：酒旗三星，在軒轅右角南，酒官之旗也，主宴享飲食。《摭言》：衛元規酒後忤丁僕射，以書謝曰：『自兹囚酒星於天獄，焚醉石於秦坑。』抑且君得封，酒泉併須移。《三秦記》：酒泉郡城下有金泉，泉味如酒，故名酒泉。杜甫歌：汝陽三斗始朝天，道逢麴車口流涎，恨不移封向酒泉。《拾遺記》：姚馥遷酒泉太守。詳見《紫絲盛露囊歌》。《九州春秋》：曹公禁酒，孔融書嘲之曰：『天有酒旗之星，地列酒泉之郡。』竹溪清風裹〔一〕，《唐書》：李白、孔巢父、韓準、裴政、張叔明、陶沔居徂徠山，日沈飲，號竹溪六逸。栗里落照時。《廬山記》：陶淵明所居栗里，兩山間有大石，仰視懸瀑，可坐十人。嘗醉眠其上，名醉石。二子豈不飲，千秋長若斯。

校勘記

〔一〕『裹』，四部叢刊本、國圖本、存心堂本、豹文堂本作『處』。

樓彦珍北游京師予病不及往餞歲晚有懷并寄彦昭浚常

日晚北風起，少年方遠游。徘徊上谷塞，眺望黄河流。上谷、黄河，解見《送鄭浚常》。峥嶸十月冰，朔色壓九州。熒煌大明殿，《元史》：世祖十八年二月，發侍衛軍四千，完正殿。二十一年正月，帝御大明殿，右丞相和禮霍孫率百官奉玉册、玉寶，上尊號，諸王百官朝賀如朔旦儀。《輟耕録》：帝居分十一門，正南曰麗正，大内南臨麗正門，曰大明殿，乃登極、正旦、壽節、會朝之正衙也。御道接龍樓。《輟耕録》：元翥鳳樓在青陽南，三間，高四十五尺。驂龍樓在明暉南，制度如翥鳳。《前漢成帝紀》：帝爲太子，上嘗急召，出龍樓門，不敢絶馳道，西至直城門，得絶乃度，還入作室門。上遲之，問其故，以狀對。上大悦，乃令太子得絶馳道。時巡向灣水，《元史志》：至治三年，都水監言：河西務菜市灣水勢衝嚙，與倉相近，將來爲患。宜於劉二總管營相對河東岸，截河築隄，改水道與舊河合。《方輿紀要》：張家灣在通州南十五里，元萬户張瑄督海運至此而名。東南運艘由直沽河百十里至河西務，又百三十里至張家灣，入通州倉。蓋蘆溝河與白河會流處也。《長安客話》：張家灣爲潞河下流，南北水陸要會。自潞河南至長店四十里，水勢環繞，船舫並集，最稱繁盛。臘雪擁薊丘。《水經注》：薊州城内西北隅有薊丘，因丘以名邑也，猶魯之曲阜、齊之營丘。前驅鸞鳳旗，後乘貂鼠裘。尚食豐宴飫，《唐書・百官志》：尚食局，尚食二人，掌供膳羞品齊。總司膳、司醖、司藥、司饎。凡進食，先嘗。教坊樂箜篌。《雍録》：開元二年正月，置教坊於蓬萊宫側，上自教法曲，謂之梨園弟子。《教坊記》：西京右教坊在光宅坊，左教坊在延政坊。東京兩教坊多在明義坊，而右在南，左在北也。《文獻通考》：箜篌，唐制，似瑟而小，其絃有七。用木撥彈之，以合二變，故燕樂有大箜篌、小箜篌。音逐手起，曲隨絃成。蓋若鶴鳴之嘹唳，玉聲之清越者也。《續文獻通考》：元箜篌，制以木，闊腹，腹下施横木，而加軫二十四，柱頭及首並加鳳喙。《樂府雜録》：箜篌，乃鄭衛音之權輿也。以其亡國之音，故號空國之侯，亦曰坎侯。古樂府有《公無渡河》之曲，昔有白首翁溺於河，歌以哀之。妻麗玉善箜篌，撰此曲以寄哀情。《風俗通》：箜篌，一名坎侯。謹按：武帝祀太山、太一、后土，令樂人侯調，依琴作坎侯，言其坎坎應節也，侯以姓冠章也。或曰箜篌，取其空中。百官散城邑，駝馬盡歸休。自今帝王都，想爾觀覽周。却疑書傳間，不謂秦漢優。何家非許史，《前漢蓋寛饒傳》：上無許史之屬，下無金張之託。注：許伯，宣帝皇后父。史高，宣帝外家。金，金日磾。張，張安世。言許氏、史氏有外戚之恩，金氏、張氏自託在於近狎也。無客不枚鄒。《前漢書》：

枚乘，字叔，爲吴王濞郎中。王謀爲逆，乘諫不用，去遊梁，從孝王遊。景帝召，拜爲弘農都尉。乘久爲大國上賓，與英俊並遊，得其所好，不樂居郡，以病去官。復游梁，梁客皆善屬詞賦，乘尤高。孝王薨，乘歸淮陰。武帝自爲太子聞乘名，及即位，乘年老，廼以安車蒲輪徵乘，道死。又：鄒陽，齊人也。吴王濞招致四方游士，陽與嚴忌、枚乘等俱仕吴，皆以文辯著名。上書諫吴王，不内，去之梁，從孝王游。羊勝等惡之，孝王下陽吏，陽廼從獄中上書孝王，立出之，卒爲上客。投輪即雨集，又：陳遵，字孟公，爲京兆吏，放縱不拘，每大飲賓客，輒閉門，取客車轄投井中，雖有急，終不能去。揮袂遽雲浮。揮袂，解見《送俞子琦》。東航扶桑陰，西笮崐崙陬。變化指顧異，芻蕘立言收。《詩》：先民有言，詢于芻蕘。文物彼洛禊，《續齊諧記》：晋武帝問摯虞『三日曲水』之義，答曰：『漢章帝時，徐肇以三月初生三女，至三日俱亡。村以爲怪，乃攜酒就水，洗滌去災。』帝曰：『如此，便非佳節。』尚書郎束晳對曰：『虞小生，不足以知之。昔周公卜洛邑，因流水以泛酒，故《逸詩》云：「羽觴隨波流。」又秦昭王置酒河曲，有金人出，捧水心劍，曰：「令君制有西夏。」及秦霸諸侯，乃因此處立爲曲水祠。二漢相緣，皆爲盛集。』帝善之。土音吾越謳。解見《望會稽山》。私將竊禄志，勇赴隨陽謀。隨陽即澤雁，竊禄豈粱鶩。《書》：陽鳥攸居。注：陽鳥，隨陽之鳥，謂雁也。《詩》：有鶖在梁。美玉獻劍璏，《前漢王莽傳》：莽疾，孔休候之。莽緣恩意，進其玉具寶劍，欲以爲好，休不肯受。莽因曰：『誠見君面有瘢，美玉可以滅瘢，欲獻其璏耳。』即解其璏，休復辭讓。莽曰：『君嫌其賈邪？』遂椎碎之，自裹以進休，休乃受。注：服虔曰：璏，音衛。蘇林曰：劍鼻也。師古曰：『璏』字本作『彘』，從玉，彘聲，後轉寫者訛也。瑑，自雕瑑字耳，音篆也。精金鏤桊韝。《史記》：淳于髡曰：『若親有嚴客，髡桊韝鞠䁔，侍酒於前，時賜餘瀝，飲不過二斗徑醉矣。』注：桊，音卷，收衣袖也。韝，臂捍也。鞠，曲也。䁔，同跽。出門亟裝束，行路肯滯留。布韋謾老耋，鄉里惟田疇。功名幸一遇，螻螘尚公侯。二語解見《蜂分〔一〕》。學問敢强飾，黍稷待耡耰。當令竹帛上，直與先達侔。《後漢鄧禹傳》：禹聞光武安集河北，即杖策北渡，追及於鄴。光武見之甚歡，謂曰：『生遠來，寧欲仕乎？』禹曰：『不願也。但願明公威德加於四海，禹得效其尺寸，垂功名於竹帛耳。』注：古無紙，有事或書竹簡，或書縑帛，故曰竹帛。庾亮表：十餘年間，位超先達。毋使螢爝光，肅然寸草秋。杜甫《螢火》詩：幸因腐草出，敢近太陽飛。《莊子》：堯讓天下於許由，曰：『日月出矣，而爝火不息，其於光也，不亦難乎？』《易通卦驗》：立秋，腐草化爲螢。嗟予久抱疢，餞酒弗及蒻。念爾忽萬里，征夢或見求。二語解見《夢巖南老人》。宣生頗俊逸，鄭子復綢繆。趾高有捷步，胸正無昏眸。早看拜家慶，共許動宸旒。傳車定不礙，關鑰便若抽。二語解見《送鄭浚常》。杏花開如錦，楊柳滿陌頭。去時小兒女，來詫真驊騮。驊騮，解見《詠小兒高馬圖》。

校勘記

〔一〕『分』，原作『房』，據卷二詩題改。

陳彥理有漢一字石經云是王魏公家故物予得其六紙蓋石文剝落者大半紙尾猶存蔡邕馬日磾字　《隸釋》：《靈帝紀》云：詔諸儒正五經文字，刻石立於太學。《蔡邕傳》則云：奏求正定六經。紀傳既已不同。陸機《洛陽記》

所載，但有《書》《易》《公羊》《禮記》《論語》《爾雅》。《隋志》云：後漢刻七經於石碑，皆蔡邕所書。其目有一字石經《儀禮》九卷，乃漢史、陸記之踈略也。又：《水經》云：『光和六年，立石於太學，其上悉刻蔡邕名。魏正始中又刻古、篆、隸三字石經。蓋諸儒受詔在熹平，而碑成則光和年也。』《隋志》有一字石經七種，三字石經三種，其論云：『漢鐫七經皆蔡邕書。』又云：『魏立一字石經。』其説自相矛盾。新舊《唐志》有今字石經七種，而注《論語》云蔡邕作。又有三字石經古、篆兩種，蓋《唐史》以隸爲今字也。觀遺經字畫之妙，非蔡中郎輩不能爲。以黄初後來碑刻比之，相去不啻霄壤，豈魏人筆力可到？當以《水經》爲據。三體者，乃魏人所刻，《儒林傳》云爲古文、篆、隸三體者，非也。史稱邕自書丹，使工鐫刻。今所存諸經字體各不同，雖邕能分善隸，兼備衆體，但文字之多，恐非一人可辦。史云邕與堂谿典、楊賜、馬日磾、張訓、韓説、單颺等正定諸經。今《公羊》《論語》之後，惟堂谿、日磾二人姓名尚存，别有趙䂂、劉弘、張文、蘇陵、傅楨、左立、孫表數人。竊意其間必有同時揮毫者。予詳玩遺字，《公羊》《詩》《書》《儀禮》又在《論語》上。劉寛碑陰王曜題名，則《公羊》《詩》《書》之雁行也。黄初《孔廟碑》則《論語》之苗裔也。識者當能别之。

先聖去已久，世傳惟六籍。後儒各專門，穿鑿多變易。蔡邕在季漢，章句攻指擿。八分自爲書，刊定乃勒石。《後漢書》：蔡邕以俗儒穿鑿經籍，疑誤後學。與堂谿典、馬日磾等奏求正定六經文字。時博士試甲乙科，争第高下，至有行賂改蘭臺漆書經字，靈帝乃從諸儒之請，刊石立之太學，天下咸取則焉。碑高一丈，廣四尺。按：八分書者，漢章帝時王次仲所作，蓋割程邈隸書之八分而取其二，割李斯小篆二分而取其八也。太學諸老生，講論頗充斥。遠方競來觀，摹倣無不獲。東京忽喪亂，盜賊恣跳躑。古碑四十六，兵火空餘迹。《書籍考》：董卓遷都，典策剖散。縑帛圖書，大者連爲帷，小者制爲囊。《洛陽記》：碑凡四十六，《書》《易》《公羊》二十八碑，其十二毁。《論語》三碑，其二毁。《禮記》十五碑，皆毁。熹平歷正始，洛土重求索。解見上。衛侯師邯鄲，三體精筆畫。煌然立其西，學者常嘖嘖。《墨池編》：魏初，博士清河張緝著《埤倉》《廣雅》《古今字詁》。陳留邯鄲淳亦與緝同時，博聞古藝，特善《倉》《雅》，有名於緝。以書教諸皇子。又建三字石經於漢碑之西，其文蔚炳，三體復宣。校之《説文》，篆、隸大同，而古字少異。又：漢武時，魯恭王壞孔子宅，得古文《尚書》《春秋》《論語》《孝經》，時人已不復知古文，謂之蝌蚪書，漢世秘藏，希得見。魏初傳古文者，出於邯鄲淳。衛敬侯爲寫《尚書》，後以示淳，而淳不别。至正始中，立三字石經，轉失淳法。史書竟差舛，一字幾不覩。解見題注。北都如遷鼎，遷鼎，解見《李鐵槍本末》。西國類藏壁[一]。藏壁，解見《送鄭獻可》。砥柱或淪亡，《書籍考注》：初，隋嘉則殿書三十七萬卷，至武德初，有書八萬卷。王世充平，得舊書八千餘卷，遣宋遵貴監運東都，浮舟泝河，西至京師，至砥柱舟覆，盡亡其書。隋宫猶作碣。《隸釋》：石經殘碑，北齊徙之鄴都，至河陽，岸頹，半没於水。隋復載入長安，有《易》一卷、《書》六卷、《魯詩》六卷、《儀禮》九卷、《春秋》一卷、《公羊》九卷、《論語》一卷，未及補治而亂作，營繕者至用爲柱礎。碣，音昔。《廣韻》：柱下石。於兹特隸科，早已等瓦礫。寧知一字遺，不與中郎隔。按：蔡邕，初平元年拜左中郎將。唐人試書學，小學發光曠。《通鑑》：唐取士以身言書判。注：體貌豐偉，言詞辨正，楷法遒美，文理優長。四事皆可取，則先德行。魏公蓄紙本，六紙忍捐釋。糢糊千莓苔，糾結萬蜥蜴。聖文空往燼，聖髓尚餘瀝。粤從秦以來，儒術經五厄。按《書籍考》：在秦則厄於始皇之焚燒，在漢則厄於莽、卓之兵燹，三厄於蕭梁，四厄於砥柱，至唐禄山之亂，而寸牘不遺。到今厄者幾，日月愈輝赫。甚哉石爲經，争似經在壁。此石不獨存，吾心竟誰惕。

校勘記

〔一〕『壁』，四部叢刊本、國圖本、存心堂本、豹文堂本作『璧』。

望會稽山 解見《雲門紀行》。

自我行至越，因之成越吟。《史記》：越人莊舄仕楚執珪，有頃而病。楚王曰：『舄，故越之鄙細人也。今仕楚執珪，貴富矣，亦思越否？』中謝，對曰：『凡人之思故，在其病也。彼思越則越聲，不思越則楚聲。』使人聽之，猶尚越聲也。會稽乃巨鎮，雄拔天東南。東南誰開闢，大禹世所欽。外夷島嶼接，《輿地志》：日本國，東海島夷地，在浙江東海中，其朝貢由寧波入。支子祧廟臨。《史記》：夏少康封子無餘於會稽，奉禹祀。磬鞀或聲諫，《通鑑》：禹以五音聽治，爲銘於筍簴，曰：『導以道者擊鼓，諭以義者擊鐘，告以事者振鐸，啓以憂者擊磬，有獄訟者摇鞀。』欙橇惟力任。欙橇，解見《射的山》。按：《書》注：泥乘輴，山乘樏。《史記》輴作橇，《漢書》作毳。以板爲之，其狀如箕，擿行泥上。樏，或作欙。《史記》作橋，《漢書》作梮。以錸爲之，其形似錐，長半寸，施之屐下，以上山不蹉跌也。欙，音雷。橇，音蹻。收功黄熊〔二〕化，《左傳》：

子産曰：『昔堯殛鯀，其神化爲黄熊，以入於羽淵，實爲夏郊，三代祀之。』畫道應龍深。《名勝志》：會稽山之東有禹窆石，窆石之左即禹廟也。梁末修廟得一木，取以爲梁，乃鄞縣大梅山頂梅木。張僧繇畫龍於上，忽夜風雨，飛入鏡湖與龍鬬，後人見梁上水草淋漓，始駭之，乃以鐵索鎖於柱。《廣雅》：有翼曰應龍。衣冠千年窆，解見《射的山》。玉帛萬國沉。《通鑑》：禹會諸侯於塗山，執玉帛者萬國。荒烟專車骨，《國語》：吴伐越，墮會稽，獲骨焉，節專車。吴子使問仲尼，仲尼曰：『昔禹致群臣於會稽之山，防風後至，禹戮之，其骨專車。』落日望狩心。盛德蔑以過，遺祠尚兹歆。渤澥歛餘漲，蒼梧分遠陰。宋之問《禹廟》詩：玉帛空天下，衣冠照海隅。旋聞厭黄屋，便道出蒼梧。林表祠轉茂，山阿井詎枯。按：舜南巡，崩於蒼梧。禹南巡，崩於會稽。故以蒼梧爲言。前迎蓮花渚，後擁竹箭林。解見《雲門紀行》。《爾雅》：東南之美，有會稽竹箭。猶廻剡曲棹，《語林》：王子猷居山陰，大雪夜，開室命酌，四望皎然，因咏《招隱》。忽憶戴安道，時在剡，乘興棹舟，經宿方至，既造門，而返。或問之，曰：『乘興而來，興盡而返，何必見安道邪？』肯鼓王門琴。《晉中興書》：戴逵，字安道，少有文藝，善鼓琴。太宰武陵王晞聞其能琴，使人召焉。逵對使者前破琴，曰：『戴安道不爲王門伶人。』秦皇舊時輦，散亂何可尋。解見《雲門紀行》。欲去不忍去，追遊更來今。

校勘記

〔一〕『熊』，存心堂本、豹文堂本同，四部叢刊本、國圖本作『能』。按《左傳·昭公七年》：『夢黄熊入於寢門。』《釋文》謂『熊』亦作『能』，並云『作「能」者勝』，王引之《經義述聞》駁之。《爾雅·釋魚》：『鼈三足，能。』

次定海候濤山

按《志》：定海縣，屬浙江寧波府，古鄮縣地，金人渡浙，宋高宗乘樓船泊此。候濤山在定海，四向海天無際，與巾子山形勢相拱，朝鮮、日本諸國皆在指顧之中，諸番入貢停舶於此，故又名招寶山。

悲歌忽無奈，天海何渺茫。放舟桃花渡，回首不可量。《名勝志》：江之桃花渡北，天成皋皁九十有九，獨有一阜半入於江，其曰北渡者，即奉化之北界也。按《奉化縣志》：桃花坑山在四明山南，壁立數仞，延袤千尺，石色紅白相間，狀若桃花初發，故名。四山環繞如盤，谷中有平田百畝。南條山斷脉，北界水畫疆。居然清泠淵，枕彼黃茅〔一〕岡。朝滲日星黑，夜凄金碧光。蹲虎巖倚伏，《定海縣志》：虎蹲山，屹立海口，出此則爲大洋，與蛟門山俱爲天設之險。鬭雞石乖張。《慈谿縣志》：大蓬山，一名達蓬山，上有巖高五六丈，左右二山屹立如鬭雞，名鬭雞石。磨礱越湛盧，《吴越春秋》：越王允常聘區冶子作名劍五枚，一曰純鈎，二曰湛盧，三曰豪曹或曰盤郢，四曰魚腸，五曰巨闕。盪泊〔二〕吴餘皇。《左傳》：吴伐楚，戰于長岸。子魚先〔死〕，楚師繼之，大敗吴，獲其乘舟餘皇以歸。注：餘皇，舟名。幽波視若畝，巨壑深扶桑。扶桑，解見《早秋偶然作》。招徠或外域，貿易叢兹鄉。按：先生集中《甬東記》云：自慶元桃花渡覓舟而東，海際山童無草木，或小僅如篘，輒刈以鬻鹽。東偪海有招寶山，東夷以海貨來互市，必舶此山。嘔啞燕國語，《摭遺》：唐王榭居金陵，以航海爲業。遇風舟破，榭附一板抵一洲，見翁媪皆皂服，曰：『此吾主人郎也。』

引至宮室，見王坐大殿，王皂袍烏冠，金花閃閃，以女妻榭。榭問女曰：『此國何名？』曰：『烏衣國也。』王召宴，命作詩，有『恨不此身生羽翼』之句，王不悦，命取飛雲軒遣歸之。令榭入其中，閉目，少息已至其家。梁上雙燕呢喃下視，榭乃悟所止燕子國也。顚倒龍文裳。《書》：島夷卉服，厥篚織貝。注：卉，草也，葛越木棉之屬。織貝，錦名，織爲貝文。《詩》曰：貝錦是也。按：《甬東記》云：昌國本《禹貢》島夷（後）。《謝翱集》：翱嘗乘舟至鄞，望海上島無數，民多卉服。方物抽所寶，《書》：明王慎德，四夷咸賓。無有遠邇，畢獻方物，惟服食器用。水犀警非常。《蜀王本紀》：江水爲害，李冰作石犀五枚：二在府中，一在市橋下，二在水中，以厭水精。《晉書》：温嶠過牛渚磯，深不可測，遂燃犀角而照之，須臾見水族奇形異狀，或乘車馬著赤衣者。嶠至夜夢人謂己曰：『與君自別，何意相照？』意甚惡之，未幾，卒。《北户録》：堪辨毒藥酒，或中毒箭，刺於瘡中，立愈。蓋犀食百毒刺棘故也。驅鰌作旗幟，《爾雅翼》：海鰌長者數千里，穴居海底，入穴則海溢爲潮，出穴則潮退，出入有節，故潮水有期。駕鼇爲橋梁。《集仙録》：穆王駕黿鼉魚鼈爲梁，濟弱水，而升崑崙，會西王母。《山海經》：從山多三足鼇，大如山。似予萬里眼，杜甫詩：乾坤萬里眼。徒倚千尺檣。稍疑性命輕，終覺意氣强。寄言漆國叟，此去真望洋。《莊子》：秋水時至，百川灌河。涇流之大，兩涘渚涯之間，不辨牛馬。於是焉，河伯欣然自喜，以天下之美爲盡在己。順流而東行，至於北海，東面而視，不見水端。於是焉，河伯始旋其面目，望洋向若而嘆曰：『野語有之曰：「問道百，以爲莫己若者。」我之謂也。』按《史記》：莊子，蒙人，名周，嘗为蒙漆園吏。注曰：《地理志》蒙縣屬梁國，故曰漆國叟。漆，古文梁。便攜學仙子，被髮窮大荒。韓愈詩：翩然下大荒，被髮騎騏驎。

校勘記

〔一〕『茅』，豹文堂本同。四部叢刊本、國圖本、存心堂本作『芽』。

〔二〕『泊』，四部叢刊本、國圖本、存心堂本、豹文堂本作『汩』。

登岸泊道隆觀觀有金人闖海時斫柱刀跡因聽客話蓬萊山紫霞洞二首

一

我舟半夜發，舉目流滔滔。倏然風萬里，誰謂水一篙。潘岳詩：楚浪漲三篙。幽島不可辨，亂嶕出如鰲。山巔曰嶕，音焦。侵晨始登岸，身靜心實勞。小徑連沮洳，玄扃閟蓬蒿。彈塗争走穴，傑步擁朱螯。按：先生《甬東記》云：昌國中多大山，四面皆海。人家頗居篁竹蘆葦間，或散在沙墺，非舟不相往來。田種少，類入海中捕魚、蝤蛑、蛇母、彈塗、傑步，腥涎褻味，逆人鼻口。《名勝志》：昌國在海中，隸寧波府定海縣。怪花絡璀璨，陰木森蕭騷。東都昔奔潰，南海紛戰艘。簷楹偶潛伏，部伍争遁逃。將施攻城火，尚見斫柱刀。黄屋祛曉祲，翠華濕秋濤。《宋史》：高宗建炎三年，兀朮渡江，入建康，杜充敗降。吕頤浩進航海之策，帝遂如明州。兀朮渡浙來追，帝乘船次定海縣。四年，金人陷明州，乘勝破定海、昌國，以舟師來襲御舟，弗及，提領海（州）〔舟〕張公裕引大舶擊之，金人引還。按《志》：明州，即寧波府。運往龍蜕久，《史記》：黄帝採首山銅，鑄鼎於荆山下，鼎既成，龍垂胡髯下迎黄帝。帝上騎，群臣、後宮從上者七十餘人。小臣不得上，悉持龍髯，拔墮，墮黄帝之弓。百姓仰望，抱其弓與胡髯號，後世因名其處曰鼎湖，其弓曰烏號。人來鶴飛高。《列仙傳》：蘇仙公，桂陽人，昇雲而去，後有白鶴來，止郡城樓上，人或彈之，鶴以爪攫樓板，似漆書云：『城郭是，人民非，三百甲子一來歸。吾是蘇公，彈我何爲。』曲巒迷丹鼎，《定海縣志》：昌國中多大山，昔葛仙翁煉丹於此，故山以翁名。宋乾道中，耕者得一銅鼎，無足有耳，耳不穿竅，中容一斗。其底媒墨未泯，識者以爲煉丹之器云。清沼燭髩毛。毋須〔一〕踞龜殼，自此辭盧敖。《淮南子》：盧敖遊北海，見一士，方捲龜殼而食蛤蜊。與之語，蓊然笑曰：『吾與汗漫期於九垓之外，吾不可以久駐。』舉臂而聳身，遂入雲中。

二

起行海東洲，按：先生《甬東記》：昌國，古會稽海東洲也。重險忽已渡。由來産神奇，政爲孤絶故。幽芳岝峉搜，修蟄高嶅赴。又：從舟山過赤嶼，轉入外洋。望岝峉山，山出白艾，地多蛇。岝，音宅。峉，音額。嶅，音熬。荒烟淒暗潮，旭日照晴樹。似聞蓬萊山，去此特跬步。又：自東霍轉而北行，盡昌國北界，土人云有蓬萊山。衆山四圍峙立，旋繞小嶼，屹如千尺樓臺而中處。又有紫霞洞與山爲隣，中畔通明，方如大車之輿，潮水一退，人可入。或云人不可到。隱隱有神仙題墨，漫不能辨。蟠根屹中立，發乳森外護。紫氛蒸作霞，玄浪激爲霧。《河圖》：崑崙山有五色水，赤水之氣，上蒸爲霞。《莊子》：騰水上溢，故爲霧。古穴通若輿，靈文讀不句。赤玉舄者誰，黃金闕何處。解見《泰山高》。又《神異經》：西北荒中有二金闕，高百丈，銀盤五十丈。二闕相去百丈，有明月珠，徑三丈，光照千里。常疑方士説，未省仙子遇。芝草空漢廷，《高士傳》：四皓《采芝歌》：莫莫高山，深谷逶迤。曄曄紫芝，可以療飢。鯨魚壓秦路。解見《泰山高》。彼猶莫能得，今我獨何據。馮夷開水宮，《楚辭》：使湘靈鼓瑟兮，令海若舞馮夷。《山海經》：馮夷人面，乘兩龍。禦寇控風馭。《莊子》：列子御風泠然，藴旬有五日而後返。從渠指虚無，此計恐遲莫。

校勘記

〔一〕『須』，四部叢刊本、國圖本、存心堂本、豹文堂本作『煩』。

夕泛海東尋梅岑山觀音大士洞遂登盤陀石望日出處及東霍山回過翁浦問徐偃王舊城八首

按：先生《甬東記》：梅岑山，梅子真煉藥處山，梵書所謂補怛洛迦山也，唐言小白花山。自山東行，西折爲觀音洞。洞瞰海，外巉中裂，大石壁紫黑，旁罅而兩岐。亂石如斷圭，積伏蟠結，怒潮摐擊，晝夜作魚龍嘯吼聲。又西則爲善財洞。峭石嚙足，泉流滲滴，懸纓不斷。前入海數百步有礁。土人云：曾有老僧秉燭行洞穴，且半里，山石合。一竅有光，大如盤盂。側首睨之，寬弘潔白，非水非土，遠不辨涯際。又自山北轉，得盤陀石山，矗怪益高，壘石如垤。東望窅窅，想像高麗、日本界，如在雲霧蒼莽中。日初出，大如米篩，海盡赤，跳踊出天末，六合奫然鮮明。及日光照海，薄雲掩蔽，空水弄影，恍類鋪僧伽黎衣，或現或滅。南望桃花、馬秦諸山，嵌空刻露，屹立巨浸，如世疊太湖靈壁，不著寸土尺樹，天然可愛。東南望東霍山，山多大樹，徐市盖駐舟此。又有沙山，細沙所積，海日照之有芒，手攫則霏屑下漸成窪穴，潮過又補，終不少損。旁有石龍蒼白，角爪鱗鬣具，蜿蜒跨空，亘三十里。舟徑其下，西轉别爲洋山，中多大魚。又北，則爲朐山、岱山、石蘭山，魚鹽者所聚。又自北而南，則爲徐偃王戰洋。世言偃王既敗，不之彭城而之越，棄玉几硯會稽之水。

一

山月出天末，水風生晚寒。扁舟劃然往，萬頃相渺漫。星河白摇撼，島嶼青屈盤。遠應壺嶠接，壺嶠，解見《病起讀列子》。深已雲夢吞。《書》：雲土夢作乂。注：二澤名。按《志》：今隷湖廣岳州府。蟠木繫予纜，《史記》：北至幽陵，南至交趾，西濟流沙，東至蟠木。動静之物，小大之神，日月所照，莫不砥屬。注：《海外經》曰：東海中有山焉，名曰度索。上有大桃樹，屈蟠三千里。扶桑纓我冠。寸心役兩目，少試鯨魚竿。解見第八首。

二

起尋千步沙，解見題注。穹石塞行路。怒濤所摐擊，摐，音瘡。《博雅》：撞也。徒以頑險故。卓哉梅子真，與世良不遇。上書空雪衣，燒藥廼烟樹。《前漢書》：梅福，字子真，九江壽春人。初爲郡文學，因縣道上變言事，輒報罷。時王鳳專政，王氏浸盛，福上書累千言，不納。居家，嘗以讀書養性爲事。

至元始中，王莽顓政，福一朝棄妻子，去九江，至今傳以爲仙。其後，人有見福於會稽者，變姓名，爲吴市門卒云。《列仙傳》：梅福棄妻子，去九江訪道積年，遇空同仙君，授以内外丹法。後至飛鴻山，結庵修煉，功成，神遊體外，丹光燭天，乘青鸞飛昇而去。自後飛鴻山號曰『梅仙山』。玄螭時側行，縞鶴一廻顧。《遠遊》：玄螭蟲象並出進兮，形蟉虯而逶蛇。《世説》：支道林好鶴，時有遺其雙鶴者，翅長欲飛。林意惜之，乃鎩其翮。鶴軒翥不能復起，乃舒翼反顧，視之如似懊惋。道林曰：『既有凌霄之姿，何肯爲人耳目翫乎？』養令翮成，即放飛去。古歌詞：飛來白鶴，從西北方。十十五五，羅列成行。妻卒被病，不能相隨。五里還顧，十里徘徊。吾欲啣汝去，口噤不能開。吾欲負汝去，毛羽日摧頹。從之招羨門，《神仙傳》：紫陽真人周義山入蒙山，遇羨門子，名子高，古仙人也。乘白鹿，執羽蓋，佩青旄之節，侍從十餘玉女。義山再拜，乞長生要訣。羨門曰：『子名在丹臺玉室，何憂不仙？』滄海晝多霧。

三

茫茫瀛海間，海岸此孤絶。飛泉亂垂纓，險峒森削鐵。天香固遥聞，梵相俄一瞥。魚龍互圍繞，仙鬼驚變滅。解見題注。又《定海縣志》：《方廣華嚴》言善財第二十八參，觀自在菩薩與諸大菩薩圍繞説法於此，然世無有知之者。始自大唐中，間有梵僧來潮音洞前燔十指，指盡，親見大士説法，授與七寶石，因結茅以居。至梁貞明二年，有日本僧惠鍔得觀音像於五臺山，將奉歸其國，舟觸新螺礁，蓮花當洋，舟蔽不前，鍔懇禱：『若我國無緣見佛，當從何所建立精藍？』有頃，舟向潮音洞。居民張氏目睹斯異，遂捨所居，築觀音院於梅岑山之陰。自山東行，西折爲潮音洞，乃大士示現處。又有善財洞，以善財參禮得名。舟航來旅游，鐘磬聚禪悦。禪悦，解見《参寥泉》。笑撚小白花，秋潮落如雪。

四

長嘯山石裂，我今在東溟。游目出重徼，搴衣窮絶陘。奇氛抱珥赤，《雜占書》：日冠者如半暈也，法當在日上有冠，又有兩珥者，尤吉。遠影摩空青。想像暘谷水，暘谷，解見《拄杖歌》。徘徊燭龍形。燭龍，解見《讀列子》。晨昏相經絡，稚耋不得寧。《淮南子》：日出於暘谷，浴於咸池，拂於扶桑，是謂晨明。登於扶桑之上，爰始將行，是謂朏明。至於曲阿，是謂朝明。臨於曾泉，是謂蚤食。次於桑野，是謂晏食。臻於衡陽，是謂禺中。對於昆吾，是謂正中。靡於鳥次，是謂小還。至於悲谷，是謂晡時。廻於女紀，是謂大還。經於虞淵，是謂高春。頓於連石，是謂下春。至於悲泉，爰止羲和，爰息六螭，是謂懸車。薄於虞泉，是謂黄昏。淪於蒙谷，是謂定昏。日入崦嵫，經於細柳，入於虞泉之汜，曙於蒙谷之浦。日西垂，景在樹端，謂之桑榆。《論衡》：儒者謂日，旦出扶桑，暮入細柳。豈若柯斧爛，看棊了千齡。《述異記》：信安郡石室山，晋時樵者王質伐木入山，見二童子圍棋，與質一物，如棗核，食之不覺饑，以所持斧置坐而觀棋，局未終，童子指謂之曰：『汝斧柯爛矣。』質歸鄉里，無復當時之人。

五

遥觀杳無極，宛與東霍隣。《定海縣志》：東霍山在昌國海中。悲夫童男女，去作魚鼈民。解見《大佛寺》。紆嶼尚餘聚，蓬山寧爾神。《名勝志》：大蓬山在慈谿縣東北三十里，又名達蓬山。秦始皇欲從此航海達蓬山，故名。古棹苔駐跡，按《甬東記》：東霍山，山多大樹，徐市蓋駐舟此。仙枰竹祛塵。《鄞縣志》：白石山玲瓏峭拔，上有神仙綦枰。短褐徒爲拂，飛槎邈難親。好攜支機石，去躡織女津。解見《海上人槎畫軸》。

六

笑揮百川流，東赴無底壑。解見《讀列子》。青天分極邊，白浪屹爲郭。卉裳或時來，卉裳，解見《次定海候濤山》。椎髻亦不惡。《前漢西南夷傳》：皆椎結，耕田。注：結，讀曰髻，爲髻如椎之形也。《朝鮮傳》同。投珠鮫人泣，《博物志》：鮫人從水出，寓人家，積日賣綃，將去，從主人索一器，泣而成珠滿盤，以與主人。淬劍龍子愕。王褒《聖主得賢臣頌》：工人之用鈍器也，勞筋苦骨，終日矻矻。及巧冶鑄干將之樸，清水淬其鋒，越砥礪其鍔，水斷蛟龍，陸剸犀革。海宫眩鱗纕，商舶豐貝錯。盍不呼巨鵬，因風泝寥廓。《莊子》：北冥有魚，其名爲鯤。鯤之大，不知其幾千里也。化而爲鳥，其名爲鵬。鵬之背，不知其幾千里也。怒而飛，翼若垂天之雲。《遠遊》：上寥廓而無天。注：寥廓，廣遠也。

七

老篙廻我舟，沙墺晚烟起。墺，音坳。蒼茫魚鹽場，解見題注。寂歷鼓吹里。《定海縣志》：鼓吹山，在昌國山之陰，今有偃王祠。山巔平坦如掌，可容數百人。每風雨晦冥，隱隱有鼓吹聲。人民悲舊王，歲月祀遺趾。終捐〔二〕玉几研，不捄朱弓矢。《水經注》：徐偃王之異言，徐君宮人娠而生卵，以爲不祥，棄之水濱。孤獨母有犬，名曰鵠倉，獵於水側，銜卵以歸。獨母以爲異，覆煖之，遂成兒。生時偃，故以爲名。徐君宮中聞之，乃更録取，長而仁智，襲君徐國。後鵠倉臨死，生角而九尾，實黄龍也。偃王葬之徐中，今見有狗壟焉。偃王治國，仁義著聞，欲舟行上國，乃導溝陳蔡之間，得朱弓矢，以得天瑞，遂因名爲號，自稱徐偃王。江淮諸侯服從者三十六國。周王聞之，遣使至楚，令伐之。偃王愛民不鬭，遂北走彭城，百姓隨者萬數，因名其山爲徐山。山上立石室，廟有神靈，民人請禱焉。東西八駿馬，解見《讀穆天子傳》。今古萬螻螘。《莊子》：道在螻蟻。此事如或然，須湔會稽水。

八

我行半天下，始到東海隅。水落嶕石出，中飛兩鵜鶘。《莊子》：魚不畏網罟而畏鵜鶘，以能竭澤也。《爾雅翼》：鵜鶘似鶚，喙長尺餘，頷下胡大如數升囊，若小澤中有魚，便共抒水，滿其胡而弃之，水盡魚見，乃共食之。故一名鴮鸅，猶洿澤也。情知瓌奇産，勢與險阻俱。在夷豈必陋，雖聖猶乘桴。吭風丹穴鳳，《山海經》：丹穴之山有鳥，五色而文，名曰鳳。韓愈詩：引吭吐鏗轟。吭，與頏通。尾雨青丘狐。《山海經》：青丘之國有狐九尾，德至乃來。《幽明録》：董仲舒下帷講誦，有客來訪，云：『欲雨。』董戲之曰：『巢居知風，穴居知雨。君非狐狸，則是鼷鼠。』客遂化老狐而走。幸隨任公子，不愧七尺軀。《莊子》：任公子爲大鈎巨緇，五十犗以爲餌，蹲乎會稽，投竿東海。旦旦而釣，期年不得魚。已而大魚食之，牽巨鈎，陷没而下，騖揚而奮鬐，白波若山，海水震蕩，聲侔鬼神，憚赫千里。離而腊之，自淛河已東，蒼梧已北，莫不厭若魚者。犗，音介。

校勘記

〔一〕『捐』，國圖本、存心堂本、豹文堂本同，四部叢刊本作『損』。

初海食

乍秋冒重險，增我愁恨端。故人喜我來，爲我具杯盤。盤中何所有，海族紛攢攢。盲風吹衣慘，《月令》：仲秋之月，盲風至。注：盲風，疾風也。蜑雨洒席寒。《説文》：蜑，南方夷也。音檀，上聲。《嶺南異物志》：蠻烟蜑雨，無別晨暮。春魚白如刀，小棹凌碧湍。淡菜類山結，巨鑊就石剜。《本草》：淡菜生東南海中，南人好食之。《説文》：鑊，大鉏也，音矍。韓愈詩：有洞若神剜。《説文》：剜，削也。烏歡切，音豌。水母或潮捲，郭璞賦：璅蛣腹蟹，水母目蝦。注：水母，有智識，無耳目，以蝦爲目。潮來，群蝦擁水母，若竹槎然，潮退蝦去，爲人剥食。潮復來，隨去復活。蝤蛑乃泥蟠。蝤，音囚。蛑，音謀，蟹屬。蛟鼉惜不得，況問龜與鼋。其餘亦瑣碎，充此一日歡。洗濯烟瘴氣，磨礱沙淤瘢。非歟嗜土炭，否則殊醎酸。柳宗元書：人之好辭攻書，皆病僻也。嘗見病心腹人嗜土碳，嗜醎酸，不得，則大戚。珍須壓㹠臠，《晉書》：初，元帝公私交困，得㹠，以爲美，項上一臠尤佳，輒以薦帝，呼爲禁臠。㹠，同豚。異且輕馬肝。《史記索隱》：燕太子丹與荆軻共乘千里馬，軻曰：『馬肝美。』即殺馬進肝。《前漢儒林傳》：景帝曰：『食肉毋食馬肝，未爲不知（未）〔味〕也；言學者毋言湯武受命，不爲愚。』褻味分罩網，腥涎雜瓢簞。褻味、腥涎，解見《泊道隆觀》。奈何齊魯邦，徒設郗莒餐。解見《問參寥泉》。對之輒棄置，誰謂吾腹寬。川澤禮當爾，勿云行路難。

望馬秦桃花諸山問安期生隱處

按《甬東記》：盤陀石山，南望桃花、馬秦諸山，嵌空刻露，屹立巨浸，如世疊太湖靈壁，不著寸土尺樹，天然可愛。安期生，解見《泰山高》。《定海縣志》：安期先生祠在昌國馬秦山，舊傳安期生隱此，其鄉亦名安期鄉。桃花山，解見《次定海候濤山》。

此去何可極，中心忽傷悲。亂山插滄海，千疊壯且奇。信哉神仙宅，而養雲霧姿。錭鏤鬼斧觖，刮濯龍湫移。韓愈《龍移》詩：天昏地黑蛟龍移，雷驚電激雄雌隨。清泉百丈化爲土，魚鼈枯死吁可悲。注：湫初在平地，一日風雷，移居山上，其山下湫遂化爲土。按《漢地理志》：鄞有鎮亭山，西界於越，南跨天台，山勢極高，蟠結數十里，山有龍湫。坎窞森立劍，槎牙割靈旗。《易》：習坎，入於坎窞。王安石詩：槎牙死樹啼老烏。《前漢郊祀志》：以牡荆畫幡日月北斗登龍，以象太一三星，爲泰一鋒旗，命曰『靈旗』。微涵赤岸水，郭璞賦：鼓洪濤於赤岸。枚乘《七發》：凌赤岸，篲扶桑。注：赤岸，地名。暗產瓊田芝。《十洲記》：祖洲東海中，地方五百里。上有不死草，生瓊田中，草似菰苗，人已死者，以草覆之皆活。或名爲神芝。老生今安在，方士不我欺。經過燕齊靡，出没楚漢危。挾山作書鎮，分海爲硯池。殘花錦石爛，淡墨珠巖披。《定海縣志》：桃花山，安期生以醉，墨洒石上，遂成桃花，故名。按《地輿志》：珠巖屬寧波府象山縣，自海中望之，嘗有寶氣，故名。東溟地涵蓄，北極天斡維。《天問》：斡維焉繫，天極焉加。注：《説文》曰：斡，轂端沓。則是車轂之内，以金爲筦而受軸者也。極，謂南北極，天之樞紐，常不動處，譬則車之軸也。斡，一作筦，並音管。玉舄投已遠，解見《泰山高》。桑田變難期。《列仙傳》：麻姑謂王方平曰：『吾見東海三爲桑田。』誓追凌波步，曹植《賦》：凌（步）［波］微步，羅襪生塵。行折拂日枝。《淮南子》：扶桑在陽州，日所拂。注：十日所出，九日居下枝，一日居上枝。羽丘杳如夢。解見《藏髮甕子圖》。玄圃深更疑。《十洲記》：崑崙三角，其一角正北，名曰閬風巔；其一角正西，名曰玄圃堂；其一角正東，名曰崑崙宫。《淮南子》：崑崙山去地萬一千里，上有層城九重。或上倍之，是謂閬風。或下倍之，是謂縣圃。玄圃，一作縣圃。豈無抱朴子，解見《景陽宫》。去我迺若遺。空餘煉藥鼎，藥鼎，解見《泊道隆觀》。尚有樵人知。

錫山王邦采貽六　繩曾武沂　箋

吴萊詩集卷第四

次高橋觀張循王戰處

《宋史》本傳：張俊，字伯英，鳳翔府成紀人。好騎射，負才氣。起於諸盜，屢立戰功，封循王。

日落見烟火，江流秋漸清。高橋足舟楫，小浦連茭菁。尚聞父老語，前此盜縱横。又：江浙群盜蠭起，授俊兩浙西路、江南東路制置使，以所部招群盜。命後軍統制陳思恭隸之。悲心北嶽狩，洒淚南海征。按《宋史》：欽宗靖康二年，金人以二帝及后妃、太子、宗戚三千人北去。高宗建炎三年，金人入建康，帝奔明州。金人又陷臨安，遣兵渡浙追帝，帝航於海。四年，金人又陷明州，遂襲帝於海，帝走温州。疲民挈衣避，義士嚼血爭。叫囂無人境，隳突七十城。本傳：高宗紹興元年，金人殘亂之餘，孔彦舟據武陵，張用據襄漢。李成尤悍，彊據江淮湖湘十餘州，連兵數萬，有席卷東南意。范宗尹請遣將致討，俊慨然請行。成黨馬進在筠州，豫章介江、筠之間。俊大敗之，追至奉新樓子莊，直趨山椒，殺伏奪險，乘勝追至江州。成勢迫，絶江而遁。復江州。已而興國軍等處群盜聞俊兵至，皆遁去。俊引兵渡江，至黄梅縣，與成戰。親冒矢石，帥衆攻險，賊衆數萬俱潰，馬進爲追兵所殺。成北走降劉豫，諸郡悉平。《史記》：樂毅下齊七十餘城。按杜詩：『圭竇三千士，雲梯七十城。』古人往往借用。磨楯掃急檄，《梁書》：荀濟負氣，每謂人云：『會楯上磨墨作檄文。』注：楯，兵器，所以蔽身。擊銅持短兵。《前漢書》：李廣行無部曲行陣，就善水草頓舍，人人自便，不擊刁斗自衛。注：刁斗，以銅作鐎，受一斗。晝炊飯食，夜擊持行。《史記》：匈奴人習戰攻以侵伐，其天性也。長兵則弓矢，短兵則刀鋋。病廵魚麗陣，《左傳》：曼伯爲右拒，祭仲足爲左拒，原繁、高渠彌以中軍奉公，爲魚麗之陳。先偏後伍，伍承彌縫。注：《司馬法》車戰，二十五乘爲偏，以車居前，以伍次之，承偏之隙而彌縫闕漏也。五人爲伍，此蓋魚麗陳法。窮涓伏弩營。《史記》：龐涓追孫臏，臏量其暮當至馬陵，道狹可伏兵。乃斫大樹白而書之曰：『龐涓死此樹下。』令萬弩夾道而伏，期日暮見火舉而俱發。龐涓夜至木下，見白書，乃攢火燭之，萬弩俱發。龐涓自知智窮，乃自刎，曰：『遂成豎子之名。』水犀怒且武，水犀，解見《雲門紀行》。風鶴遥傳聲。《晉書》：謝安姪玄以精鋭八千涉渡肥水决戰。苻堅中流矢，衆奔潰，聞風聲鶴唳，皆以爲王師已至。發揮鐃鼓曲，《禮》：始奏以文，後亂以武。注：文謂鼓，武謂金鐃。樂始奏，先擊鼓。亂猶言終也。鼓聲爲陽，故謂文；鐃聲爲陰，故謂武。又，解見《夜觀古樂府》。申畫帶礪盟。《書》：申畫郊圻。《前漢書》：高祖定天下，封功臣百四十五人，誓曰：『黄河如帶，泰山若礪。國以永存，爰及苗裔。』申以丹書之信，重以白馬之盟。文石班不紊，《前漢梅福傳》：願一登文石之陛，涉赤墀之塗。黄金鼎重撑。《禮》：崇鼎、貫鼎、大璜、封父龜，天子之器也。注：崇、貫皆國名。《鼎録》：其飾天子以黄金。漢儀整以暇，《左傳》：欒鍼見子重之旌，請曰：『楚人謂夫旌，子重之麾也，彼其子重也。日臣之使於楚也，子重問晉國之勇。臣對曰：「好以衆整。」曰：「又何如？」臣對曰「好以暇。」』唐室尤光晶。《通鑑》：唐李晟等收復東京，遣掌書記于公異作露布上行在曰：『臣已肅清宫禁，祗謁寢園，鍾簴不移，廟貌如故。』帝覽之泣下曰：『天生李晟以爲社稷，非爲朕也。』搜箭已林薙，泊帆仍陸行。舊廟凋細柳，《前漢書》：文帝時，匈奴入寇，宗正劉禮軍霸上，徐勵軍棘門，周亞夫軍細柳。帝幸霸上、棘門，軍吏皆迎。已而之細柳，壁門不開。前驅曰：『天子且至。』軍吏曰：『軍中但聞將軍令，不聞天子詔。』上使謂亞夫曰：『吾欲勞軍。』亞父乃傳言開壁門。軍吏曰：『將軍約，軍中不得馳驅。』天子乃按轡徐行至軍中，亞夫乃持兵揖曰：『介胄之士不拜，請以軍禮見。』天子［爲］動，［改］容式車。既出，左右皆驚。上嘆曰：『此真將軍也。向者霸上、棘門軍，兒戲耳。』新田滿香秔。豺狼久息鬭，《晉書》：孫綽上表曰：『中宗龍飛，實賴長江。不然，江東爲豺狼之塲矣。』罔兩空餘驚。《孔叢子》：土木之怪夔罔兩，水石之怪龍罔象。注：言有夔龍之形無實體，皆虛無也。奇哉第一戰，永激萬古情。

還舍後人來問海上事詩以答之

去家纔五旬，恍若度一歲。豈不道路艱，周流東海濟。故人喜我返，來問海何如。所經何城邑，相去幾里餘。我言始戒塗，尚在越西鄙。隨波到句章，《名勝志》：《左傳》哀公二十四年，越滅吳，請使吳王居於甬東。杜預注云：『句章縣東海外洲是其處。』又：句章城有二，一在慈谿城山渡之東，即越王句踐所築者；一在府城南六十里，宋武帝改築於小溪鎮，因名之爲句章鄉者。一名官奴城。又：隋合鄞句、章鄮，併爲句章縣，而鄮始廢。唐武德初，復句章爲鄮。大曆六年，以海寇袁鼂之亂，始徙今治。長慶元年，并徙明州，治於此，而鄮爲負郭。五代時，吴越錢氏改今名曰鄞，屬浙江寧波府。滿目但積水。人云古翁洲，又：唐開元間，立明州，有翁山縣，則海中昌國地，今隸定海，即翁州是也，然實先定海而立。而定海乃古鄮縣地，其治爲鄮東北鄙。元和中，省翁山海壖地置望海鎮，不隸於州。乾寧初，置望海軍於甬江之海口，後更爲静海鎮，因立望海縣。五代梁改今名。宋熙寧間，置昌國縣於翁山，國朝併入定海。遥隔水中央。一夜三百里，猛風吹倒檣。初從蛟門入，又：蛟門山在東海中，約有十五里，一名嘉門山。環鎖海口，吐納潮汐。有蛟龍穴處，時興颶風怪浪。極是險與惡。白浪高於山，神龍曶以躍。曶，同曶，神速貌。似雪復非雪，倚檣欲上看。舟子禁不可，使入舟中蟠。尋常重性命，今特類兒戲。信哉昌黎言，有海無天地。韓愈《瀧吏》篇。掀掀終達岸，鹽鹵間黃蘆。解見《泊道隆觀》及《夕泛海東》。人烟寄島嶼，官府猶村墟。水族紛異嗜，魚蟹及蛛蝛。蛛，音廉。《説文》：海蟲，長寸而白，可食。蝛，同蝟，音滑。《爾雅》：蝟蠌，小者蟧。注：螺屬，見《埤蒼》，或曰即蟛蝟，似蟹而小。音滑。我寧不忍餐，捄爾相吐沫。荒塵栖予髮，旭日照我身。似聞六國港，東壓扶桑津。或稱列仙居，去此亦不遠。蟠木秋更花，蓬萊闕真館。我非不願往，此險何可當。天吴布爪牙，《山海經》：朝陽之谷有神曰天吴，是爲水伯。虎身人面，八首八足八尾，背青黄色。出没黑水洋。解見《閱昌國志》。於奇豈易得，似足直一死。方去徒自驚，既歸亦云喜。珍重故人言，勿以險爲奇。兹行已僥倖，慎勿疾平夷。雖然此異鄉，固是難久客。聖出風且恬，時清海如席。《韓詩外傳》：成王時，越裳氏重三譯而朝，曰：『天之不逆風疾雨，海之不揚波三年矣，中國必有聖人乎？』我猶愛其然，恨不少淹留。爾毋爲我懼，遭此千丈虬。《説文》：虬，龍子有角者。試看塵世間，甚彼大瀛海。衣裳日沉溺，篙艫相奔潰。奔潰孰能救，沈溺將奈何。口呿舌不下，《莊子》：公孫龍口呿而不合。呿，音區，張口貌。聊爲故人歌。

夜讀魏伯陽參同契

全陽子：魏公生於東漢，名伯陽，號雲牙子，會稽上虞人也。本高門之子，世襲簪裾。惟公不仕，修真潛默，養志虚無，博贍文辭，通諸緯候，恬然守素，惟道是從，每視軒裳爲糠粃焉。不知師授誰氏，而得大丹之訣，乃約《周易》，撰《參同契》三篇，密示青州徐景休從事。徐乃隱名而註之。至桓帝時，復以授同郡淳于叔通，遂行於世。又：參，三也。同，相也。契，類也。謂此書借《大易》以言黄老之學，而又與爐火之事相類。三者之陰陽造化殆無異也。

大道如大鏄，《周禮·春官》：鏄師掌金奏之鼓。鏄，音博，樂器。人誰撞寸莛。《説苑》：子路對趙襄子曰：『建天下之鳴鐘而以莛撞之，豈能發其聲乎哉？』奇音一以振，俗耳焉能聆。伯陽崛且異，真契垂光熒。文詞信博贍，緯候兼通靈。收功水火鼎，《參同契·水火性情章》解：金水爲情，木火爲性。吾身則性情皆具，情復其性，遂稱還丹。泄秘龍虎經。又《龍虎兩弦章》：偃月法鼎爐，白虎爲熬樞。汞日爲流珠，青龍與之俱。又《流珠金華章》：龍呼於虎，虎吸龍精。兩相飲食，俱相貪便。元象既自育，化機那得停。金砂漸合質，又《同類合體章》：胡粉投火中，色壞還爲鉛。冰雪得温湯，解釋成太虚。金以砂爲主，稟和於水銀。變化由其真，始終自相因。玉液初流形。又《金丹刀圭章》：下有太陽氣，伏蒸須臾間。先液而後凝，號曰黄輿焉。鴻濛鑿巨竅，又《聖人上觀章》：仲尼讚鴻濛。鑿竅，解見《太山高》。太一臨玄扃。又《明辨邪正章》：道成德就，潛伏俟時。太乙乃召，移居中洲。易繫本覆謬，《易本義》：《繫辭》，文王、周公所作之辭繫於卦爻之下者，即今經文。上下傳乃孔子所述繫辭之傳也。《參同契・聖賢伏煉章》：憂憫後生，好道之倫。隨旁風采，指畫古人。著爲圖籍，開示後昆。露見枝條，隱藏本根。託號諸名，覆謬衆文。學者得之，藴匵終身。關雎仍丁寧。又《聖人上觀章》：關雎建始初。又《君子好逑章》解：此章又言還丹之道必資陰陽。孔子或尸假，文王猶夢齡。《禮》：文王謂武王曰：『女何夢矣？』武王對曰：『夢帝與我九齡。』文王曰：『女以爲何也？』武王曰：『西方有九國焉，君王其終撫諸？』文王曰：『非也。古者謂年齡，齒亦齡也。我百，爾九十。吾與爾三焉。』文王九十七乃終，武王九十三而終。庶聖雖不語，《參同契・三聖前識章》：若夫至聖，不過伏羲。始畫八卦，效法天地。文王帝之宗，結體演爻辭。夫子庶聖雄，十翼以輔之。神仙豈徒冥。下學〔一〕等蠕動，又《日月懸象章》：衆夫蹈以出，蝡動莫不由。《正韻》：蝡，蠕通。塵骨多羶腥。彼殊不我即，異學遂蝗螟。又《傍門無功章》：世人好小術，不審道淺深。棄正從邪徑，欲速閼不通。夜寐恍一接，晝思轉拘囹。又《關鍵三寶章》：寢寐神相抱，覺寤候存亡。八石搜燥烈，又《二土全功章》：子午數合三，戊己號稱五。三五既和諧，八石正綱紀。解：子爲水位，其生數一。午爲火位，其生數二。一與二共，合爲三也。戊己中央土，其生數五也。三五既和諧，即水火土調停之意。八石，謂三五爲八石也。八石正綱紀，猶言八卦定方位之意。胡麻擷芳馨。《集仙傳》：魏夫人名華存，學道，服胡麻散。王維詩：御羹和石髓，香飯進胡麻。漢祀窮五畤，《前漢郊祀志》：高祖入關，問：『故秦時上帝祠何帝也？』對曰：『四帝，有白、青、黄、赤帝之祠。』高祖曰：『吾聞天有五帝，而四，何也？廼待我而具五也。』廼立黑帝祠，名曰北畤。秦游俯滄溟。《史記》：始皇東游海上，求仙人羨門之屬，南至湘山，遂登會稽，並海上，冀遇海中三神山之奇藥，不得。非麟尚絆足，《子虛賦》：射麋脚麟。注：脚，謂持其脚也。《漢書》作格。類鳳甘筊翎。屈原賦：鳳凰在笯，雞雉翔舞。笯，音拏，鳥籠。似此期不死，哀哉幾時醒。鄙夫亦素隱，素，讀作索。妙語思黄庭。道書：紫霞篇，即《黄庭内景經》也。《集仙録》：景林真人授以《内景經》，令讀萬遍，乃得洞觀鬼神。勿爲兩高弟，傎倒迷日星。《神仙傳》：魏伯陽入山作神丹，將三弟子，知兩弟子心不誠，乃誠之曰：『金丹雖成，當先試之。』與白犬食之，犬即死。乃謂諸弟子曰：『吾背違世路，委家入山，不得仙道。吾亦耻復歸。死之與生，吾當服之耳。』丹入口，即死。一弟子曰：『師非凡人也，服丹而死，得毋有意邪？』又服之，即死。二弟子遂不服，共出山求棺木殯具。去後，伯陽即起，將服丹弟子及白犬而去。逢入山伐薪人，作手書與鄉里人寄謝二弟子。弟子見書，始大懊惱。徘徊化鶴柱，解見《和陶淵明》。想像屠牛硎。《莊子》：庖丁爲文惠君解牛，砉然嚮然，奏刀騞然。云所解數千牛矣，而刀刃若新發於硎。茯苓儻可煮，笑倚長松青。《淮南子》：千年之松，下有茯苓，上有兎絲。《金陵志》：方山有野人，見使者異服，牽一白犬。野人問居何地，曰：『居偃蓋山。』隨至古松下而没，松形果如蓋。意使者乃松樹，犬乃茯苓耳。

校勘記

〔一〕『學』，四部叢刊本、國圖本、存心堂本、豹文堂本作『愚』。

送宋景濂樓彦珍二生歸里

我生本孤陋，偶到越江頭。如何彼二子，直泝越江流。子來我欲去，子去我仍留。留子子不住，送子使人愁。我且與子酒，西風吹子裘。問子何所學，將通魯春秋。聖心久不白，聖髓空旁搜。聖經但至正，賢傳相戈矛。《晉書·儒林傳》：劉兆以《春秋》一經而三家殊塗，諸儒是非之議紛然，互爲讎敵。乃思三家之異，合而通之。《周禮》有調人之官，作《春秋調人》七萬餘言，皆論其首尾，使大義無乖。時有不合者，舉其長短以通之。晉臣忠如預，《晉書》：杜預爲《春秋左氏經傳集解》，又參攷衆家譜第，謂之釋例。又作《盟會圖》《春秋長歷》，備成一家之學。嘗答武帝曰：『臣有《左傳》癖。』漢士讖有休。《後漢儒林傳》：何休，字邵公，精研六經，世儒無及者。作《春秋公羊解詁》。又以《春秋》駁漢事六百餘條，妙得公羊本意。休善曆筭，與其師博士羊弼追述李育意以難二傳，作《公羊墨守》《左氏膏肓》《穀梁廢疾》。注：言公羊之義不可攻，如墨翟之守城也。發揮一王法，褒絀五等侯。經筌未可棄，墨守或爲讎。我今豈謂能，子幸與經謀。嗟哉我何學，半世成倦游。《前漢司馬相如傳》：長卿故倦游。焚膏政自苦，韓愈《進學解》：焚膏油以繼晷，恒兀兀以窮年。奏牘不見收。解見《送鄭獻可》。我迂世所誚，我病我難瘳。子何不即遠，説我東家丘。《事文類聚》：邴原欲遠游學，詣長安孫崧。崧辭曰：『君鄉里鄭君，君知乎？』原答曰：『然。』崧曰：『學覽古今，博聞强識，鉤深致遠，誠學者之模範也。君乃舍之，躡屣千里，所謂以鄭爲東家丘也。』原曰：『人各有志，所向不同。有登山而採玉者，有入海而探珠者。豈可以登山者不如海之深，入海者不如山之高哉？君謂僕以鄭爲東家丘，則君以僕爲西家之愚夫耶？』崧辭謝焉。《家語》：魯人不識孔子聖人，乃曰：『彼東家丘者，吾知之矣。』我寧不及子，請子更歸求。毋徒挺岧嶤，亦莫變浮漚。山雞伏鵠鷇，《莊子》：越雞不能伏鵠卵，魯雞固能矣。雞之與雞，其德非不同也，有能與不能者，其才固有巨小也。今吾才小，不足以化子。鷇，音却。《廣韻》：鳥卵，一説與㲉通。我尚與此侔。勗哉敢不力，前路無停騶。

山中人四首

一

白日出復没，胡獨勞我生。所務在卒歲，《詩》：無衣無褐，何以卒歲。朝夕强營營。當春治農器，土脈亦癉盈。王彪之賦：步土脈，測水泉。薄言藝黍稷，庶以觀其成。凉風一披拂，埸圃如坻京。《詩》：如坻如京。凍户猶畝首，康衢或歌聲。《通鑑前編》：帝堯遊於康衢，聞兒童謡曰：『立我蒸民，莫非爾極。不識不知，順帝之則。』又有老人擊壤而歌曰：『日出而作，日入而息。鑿井而飲，畊田而食。帝力何有於我哉？』於兹尚不給，野有菜色氓。《禮》：以三十年之通制國用，雖有旱乾水溢，民無菜色。毋寧拾橡栗，起視牀頭缾。《後漢李恂傳》：歲荒，徙居新安關下，拾橡實以自資。

二

貧賤素所有，豈辭辛與勤。清晨腰我斧，往伐西山薪。高巖屹巨壑，蛇虎氣逼人。衣裳既不完，出入在荆榛。日日一接淅，釜甑恒生塵。《後漢循吏傳》：范丹，字史雲。桓帝時爲萊蕪令。清貧，人歌之曰：『甑中生塵范史雲，釜中生魚范萊蕪。』白石幾時爛，解見《秋日雜詩》。青煙空滿隣。家徒四立壁，《前漢書》：司馬相如與文君馳歸成都，家徒四壁立。冬令方行春。《禮》：孟冬行春令，則凍閉不密，地氣上泄，民多流亡。亦有偓佺子，翛然爲世珍。《列仙傳》：偓佺，槐里采藥父也。好食松實，形體生毛，長數寸，能飛行，逐走馬，以松子遺堯，堯不服。時受服者皆三百歲。

三

歲晚筋力倦，長歌守窮廬。塵函散縹帙，且復少囁嚅。文章信小技，《隋書》：李諤上書曰：『魏之二祖，忽人君之大道，好雕虫之小技。連篇累牘，不出月露之形；積案盈箱，盡是風雲之狀。』世故交相驅。撥書置床上，我豈爲蠹魚。蠹魚，解見《胡仲申至》。自從童習之，白首愈紛如。卓彼先聖人，欲開後世愚。文繡豈不佳，輿臺同一軀。《左傳》：士臣皂，皂臣輿，輿臣隸，隸臣僚，僚臣僕，僕臣臺。杜甫詩：照耀輿臺軀。但當樂道義，肯恤吾身癯。《韓非子》：子貢見子夏肥，而問之。子夏曰：『吾入見夫子之義，則榮之。出見富貴之樂，又榮之。［兩者］戰於胸中，未知勝負，故癯。今義勝，故肥。』

四

去經十數里，霜露凄枯田。簑笠既挂壁，《詩》：何簑何笠。桔槔亦倚垣。《莊子》：不見桔槔乎？引之則俯，舍之則仰。故俯仰而不得罪於人。《説文》：桔槔，汲水器。相從盡隣曲，言笑仍喧喧。惟此老瓦盆，酒漿稍羅前。《續韻府》：陳宣好飲。一日貴客過，笑宣用陶器。宣曰：『莫笑此老瓦盆，多見興廢也。』客無語。杜甫詩：莫笑田家老瓦盆。奈何不解飲，而喜鯨吸川。又：飲如長鯨吸百川。有如善泅人，觀者乃在船。《列子》：習於水而勇於泅。《荀子》：民猶水也，濟川者乘舟，其次泅，泅者勞而危。以智能治民者，泅也；以道德治民者，舟也。泅，同汓，音囚。《説文》：浮行水上也。寸心久已醉，雙眼方醒然。世俗正馳騖，悲哉東西阡。《風俗通》：南北曰阡，東西曰陌。河東以東西爲阡，南北爲陌。

脉望

《續酉陽雜俎》：何諷書中得一髮捲規四寸許。如環無端，用力絶之，兩端滴水。方士曰：『此名脉望，蠹魚三食神仙字，則化爲此。夜持向天，從規中望星，星使立降，可求還丹。取此水和而服之，即時换骨上昇。』因取古書尋義讀之，皆神仙字。諷方服。

天地常育物，爾何爲蠹魚。魚形不在澤，蠹我萬卷書。於兹亥豕間，《家語》：有人讀史云：『三豕渡河。』子夏曰：『己亥渡河。』校之，果然。偶值神仙字。咀穿以百餘，變化何容易。多應直如髮，亦或圜中規。天星必降氣，仰望固不移。惟人萬物靈，耳目鼻口具。曾不如彼蟲，政由不學故。童年便有習，白髮一作矣〔一〕尚難精。人書兩無涉，物我每相争。誰其希聖賢，竟自雜奴虜。聖人不汝藥，使作聾與瞽。太虚但一理，元造豈停機。竹蜩因雨蜕，《説文》：蜩，蟬也。橘蠹得風飛。解見《送鄭獻可》。神仙非凡人，物化乃罔測。何哉我瀛蓬，瀛蓬，解見《泰山高》。獨不插羽翼。張郎不解事，强欲學神仙。醉生且不悟，夢死更茫然。起看蠹魚瓶，明月秋滿機。汝毋聽我歌，笑倒抱朴子。抱朴子，解見《景陽宫》。

校勘記

〔一〕『髮』，四部叢刊本、國圖本、存心堂本作『矣』，豹文堂本作『首』。《札記》：『矣』疑『首』之誤。

寄相仲積求觀鄭北山雪竹賦并畫卷

《金華人物志》：鄭剛中，字亨仲，紹興二年進士。調温州判官，賑饑得法，用秦檜薦，爲敕令所删定官，累升尚書右司員外郎。時秦檜主和議，剛中爲陳虜不可信，不聽。擢監察御史，遷殿中侍御史，抗疏條奏和議利害甚詳。及胡銓上書欲斬秦檜，帝怒，禍且不測。剛中率同列論救銓，得編置，移(中)〔宗〕正少卿，遷秘書少監。樓炤出諭京陝，辟充參謀官。還除禮部侍郎，再擢樞密直學士。出爲川陝宣諭使，尋充陝西分畫地界使。金使烏陵贊謀將至，剛中出關迎之。與金使反覆争詰辨難，終全階、成、岷、鳳及秦、商之半，列險據要，蜀賴以安。就除端明殿學士，四川宣撫使宣司。時蜀中勁卒十萬，都統吴璘、楊政、郭浩皆驕悍難制。剛中每折之以威，接之以恩，無不帖服。在蜀凡六年，儲蓄豐積，將士用命，虜不敢犯。當時每與宗忠簡同稱，曰：『宗某如猛虎之在北，鄭某如伏熊之在西。』其見推重如此。秦檜見蜀中富饒，諷使進金三萬兩，又令下錢米荆門。剛中不從，曰：『今時講和，正爲他時恢復計，要當息民儲備爲先。』檜不悦。會虜索北人在南者，檜悉遣之。蜀門有義勝一軍，首領李謹等十四人皆驍勇。剛中以其留蜀久，縱之必生患，悉斬之。檜怒其專，召還，文致其罪，謫桂陽軍居住。再徙封州，卒。檜死後，追復原官，謚曰忠愍，所著有《北山集》等書。

古人不可作，雪竹有奇思。鄭公詠騷詞，或者攻繪事。向來拈筆間，才士巧相值。誰從歲寒窺，便得瑚璉器。東國正擾攘，靖康更元二。按《宋史》：金人以徽欽北去，在靖康二年。《隸釋》：《鄧隲傳》『元二之災』注云：元二即元元也。古書字當再讀者，即於上字之下爲小『二』字，言此字當兩度言之。後人不曉，遂讀爲元二，或同之陽九，或附之百六，良由不悟，致斯乖舛。岐州《石鼓銘》凡重言者皆爲『二』字，驗也。趙氏云：『此《司隸校尉楊孟文石門頌》碑，有曰：「中遭元二，西戎虐殘，橋梁斷絶。」若讀爲「元元」，則爲不成文理，疑當時自有此語，漢注未必然也。』予按漢刻如北海相景君及李翊夫人碑之類，凡重文皆以小『二』字贅其下。此碑有『烝烝』『明明』『蕩蕩』『世世』『勤勤』，亦不再出上一字。然非若『元二』，遂書爲大『二』字也。又《孔耽碑》云：『遭元二轗軻，人民相食。』若作『元元』，則下文不應又言人民，漢注之非明矣。王充《論衡》云：『今上嗣位。元二之間，嘉德布流。三年，零陵生芝草五本。四年，甘露降五縣。五年，芝復生。六年，黄龍見，大小凡八。』《章帝紀》所書建初三年以後龍芝甘露之瑞，皆同。則《論衡》所云元二者，蓋謂即位之元年二年也。上天忽同雲，《詩》：上天同雲，雨雪雰雰。大地惟朔吹。王韶之《咏雪》詩：曲室寒兮朔風厲，川陸涸兮百籟鳴。《初學集》：代馬依朔吹。玄陰知已凝，《元命苞》：陰氣凝而爲雪。積羽忍不墜。《史記》：張儀説魏哀王曰：『積羽沈舟，群輕折軸。衆口鑠金，積毁銷骨。』狂曾鵝炙求，《南史》：劉毅在京口，往東堂共射，庾悦亦出東堂。毅曰：『豈能以此堂見讓？』悦不答。又曰：『今年未得子鵝，豈能以殘炙見惠？』又不答。後悦刺江州，毅表解其官。困及蟻漿饋。《嶺表録異》：交廣溪峒酋長取蟻卵，淘净爲醬。安南國蟻子醬，山人掘蟻卵至斗石，食之。離明乃煌煌，《易》：明兩作，離。大人以繼明照于四方。勁節特一致。秦關收甲兵，蜀闐擁旗幟。解見題注。每疑一寸心，長挺千畝翠。蘇軾文：竹之始生，一寸之萌耳，而節葉具焉。《史記》：渭川千畝竹，與千户侯等。學行尚吾時，窮達等墨戲。

相君本彌甥，《左傳》：季康子曰：『以肥之得備彌甥也。』注：彌，遠也。康子，父之舅氏，故稱彌甥。年耄常拭眥。自應守遺文，重襲在篋笥。滿山蒼竹林，凡木總顛頟。因之寄君詩，爲洒懷古淚。

柳博士出示太原鬱金江陵三脊茅汝寧蓍草

《説文》：(鬱)[鬰]，芳草也。十葉爲貫，百二十貫築以煮之爲(鬱)[鬰]。一曰(鬱)[鬰]鬯，百草之華，遠方鬱人所貢芳草，合釀之以降神。鬱，今鬱林郡也。《南州異物志》：鬱金出罽賓，國人種之，先以供佛，數日萎，然後取之。按《本草》：鬱金香，《金光明經》謂之茶矩摩香，此乃鬱金花香，與今時所用鬱金根名同物異。《前漢郊祀志》：江淮間一茅三脊爲神籍。《書》：包匭菁茅。注：菁茅有刺而三脊，所以供祭祀縮酒之用。既包而又匣之，所以示敬也。《左傳》：爾貢包茅不入，無以縮酒，寡人是徵。《本草》：蓍如蒿叢，生條直，高五六尺，異衆蒿。秋後有花出枝端，紅紫色，如菊。七十年益一莖，生少室山及上蔡縣。實入藥，莖可以筮。按《志》：太原屬山西，江陵屬湖廣，汝寧屬河南。

柳侯往京國，十載却歸沐。《前漢張安世傳》：休沐未嘗出。自言守奉常，《前漢百官表》：奉常，秦官，掌宗廟祀儀。景帝中六年更名太常。注：太常，王者旌旗也，畫日月焉，王有大事則建以行。禮官主奉(侍)[持]之，故曰奉常也。後改爲太常，尊大之義也。朝夕近黄屋。黄屋，解見《觀秦丞相碑》。乾包曁坤涵，上下俱滲漉。《史記》：司馬相如《封禪書》：『滋液滲漉，何生不育。』滲，音森，去聲。漉，音六。從知敬神人，豈止蕃草木。《易》：天地變化，草木蕃。鬱鬯本晋産，始裸已芬馥。《周禮》：大宗伯以肆獻祼享先王。注：祼之言灌也，灌以鬱鬯，謂始獻尸求神時也。菁茅楚所貢，既奠酒以縮。靈蓍上蔡來，五十備一束。《易筮儀》：蓍五十莖。九疇乃稽疑，初筮曾不瀆。《書》洪範九疇：七、稽疑：擇建立卜筮人，乃命卜筮。《易》：初筮告，再三瀆，瀆則不告。恭惟當宁聖，永錫中國福。《書》：斂時五福，用敷錫厥庶民。廟堂有垂紳，邊境無折鏃。《國策》：未絶一弦，不折一矢。賈誼《過秦論》：秦無亡矢遺鏃之禍而天下諸侯已困矣。禮經官並舉，宗祀物皆足。陟降儼如在，《詩》：陟降庭止。馨香薦惟肅。《書》：至治馨香，感于神明。夏后列包匭，音癸，匣也。周家用圭玉。《禮》：以禘禮祀周公於太廟，灌用玉瓚、大圭，薦用玉豆、雕篹，爵用玉琖、仍雕。方修四時祭，定取柔日卜。又：外事以剛日，内事以柔日。注：甲、丙、戊、庚、壬爲剛，乙、丁、己、辛、癸爲柔。八佾陳羽籥，鸞刀割騂犢。《詩》：執其鸞刀，以啓其毛，取其血膋。《書》：蒸祭歲，文王騂牛一，武王騂牛一。郊丘遞云講，《周禮》：祭天於圜丘，祀地於方澤。《禮》：於郊，故謂之郊。柴望隨可復。《書》：歲二月，東廵狩，至于岱宗，柴，望秩于山川。注：柴，燔柴以祀天也。望而祭之，故曰望。幸兹敦孝理，久則變風俗。似渠不世見，焜燿驚我目。猗那特不墜，按：《詩·商頌·那》篇，祀成湯也。綿蕝何煩録。《史記》：叔孫通起朝儀，與弟子百餘人爲綿蕝野外，習之。注：引繩爲綿，立表爲蕝。太平此其符，有暇發汝櫝。《易筮儀》：納蓍櫝中，置於牀北。注：櫝以竹筒或堅木或布漆爲之，員徑三寸，如蓍之長。半爲底，半爲蓋，下别爲臺函之，使不偃仆。

同陳櫪壽登卧龍山望海亭却觀賈相故宅或云越大夫種墓在山上《名勝志》：《輿地志》云：卧龍山舊名種山，又名重山。《水經注》云：文種城於越而伏劍於山陰，越人哀之，葬於重山。元稹《州宅詩序》云：州子城因種山之勢盤繞廻抱，若卧龍形，故取以爲名。又：紹興府署枕卧龍山，東麓有東園，竹木蒼然繞山。北可登望海亭，即今之越望亭也。《宋史》：賈似道，字師憲，台州人。

昨日新雨已，行登卧龍岡。征衣忽我薄，絶頂極寒凉。鑑湖水自涸，鑑湖，解見《雲門紀行》。蓬島屹相望。《奉化縣志》：蓬島山在縣南四十里。神鴉弄落景，海蜃連扶桑。前朝尚未遠，列甸或稱疆。王孫只草緑，劉安《招隱士》：王孫遊兮不歸，春草生兮萋萋。相府空蓮香。《南史》：王儉用庾杲之爲衛將軍，蕭緬與儉書曰：『盛府元僚，實難其選。庾景行泛緑水，依芙蓉，何其麗也。』時以儉府爲蓮花池。《世説》：王儉高自標位，時人呼儉府爲入芙蓉池。高明豈有瞰，《前漢揚雄傳》：高明之家，鬼瞰其室。土木竟爲殃。興衰一以變，貴富何能常。山靈司霸轍，古隧閟兵防。《周禮》：及窆，以度爲丘隧。注：掘地通道以葬，天子有隧，諸侯有羨。毋寧甲楯棲，解見《雲門紀行》。卒使良弓藏。《史記》：范蠡既去，遺文種書曰：『飛鳥盡，良弓藏；狡兔死，走狗烹；敵國破，謀臣亡。越王長頸烏喙，不可共安樂。子何不去？』種稱疾不朝。人或讒種且作亂，越王賜之劍，使自殺。哀哉大夫種，直不脱劍鋩。荒雲但墓穴，烏〔一〕喙却悲傷。功成偶不退，苦膽不思嘗。嘗膽，解見《雲門紀行》。炙手既可熱，《唐書》：元載爲相，有用事四人，熏灼中外，人爲之語曰：『卓李鄭薛，炙手可熱。』重奎果何光。史文幸明白，忠死斯不忘〔二〕。蕭然北風樹，爲攬鐵石腸。《古今合璧》：皮日休曰：『宋廣平爲相，其貞姿勁質，剛態毅狀，疑其鐵心石腸，不解吐婉媚詞。及觀其《梅花賦》，清新宛轉，得南朝徐庾體，殊不類其爲人。』

校勘記

〔一〕『烏』，四部叢刊本、國圖本、存心堂本、豹文堂本作『鳥』。

〔二〕『忘』，四部叢刊本、國圖本、存心堂本、豹文堂本作『亡』。

觀姚文公集記趙江漢舊事《元史》：

趙復，字仁甫，德安人。太宗乙未歲，命太子闊出帥師伐宋，德安以嘗逆戰，其民數十萬，皆俘戮無遺。時楊惟中行中書省軍前，姚樞奉詔即軍中求儒、道、釋、醫、卜士，凡儒生掛俘籍者，輒脱之以歸，復在其中。樞與之言，信奇士，以九族俱殘，不欲北，因與樞訣。樞恐其自裁，留帳中共宿。既覺，月色皓然，惟寢衣在，遽馳馬周號積屍間，無有也。行及水際，則見復已被髮徒跣，仰天而號，欲投水而未入。樞曉以徒死無益：『汝存，則子孫或可以傳緒百世；隨吾而北，必可無他。』復强從之。先是，南北道絶，載籍不相通；至是，復以所記程、朱所著諸經傳註，盡録以付樞。自復至燕，學子從者百餘人。世祖在潛邸，嘗召見，問曰：『我欲取宋，卿可導之乎？』對曰：『宋，吾父母國也，未有引他人以伐父母者。』世祖悦，因不强之仕。惟中聞復論議，始嗜其學，乃與樞謀建太極書院，立周子祠，以二程、張、楊、游、朱六君子配食，選取遺書八千餘卷，請復講授其中。復以周、程而後，其書廣博，學者未能貫通，乃原羲、農、堯、舜所以繼天立極，孔子、顔、孟所以垂世立教，周、程、張、朱所以發明紹續者，作《傳道圖》，而以書目條列於後；別著《伊洛發揮》以標其宗旨。朱子門人散在四方，則以見諸登載與得諸傳聞者，共五十有三人，作《師友圖》，以寓私淑之志。又取伊尹、顔淵言行，作《希賢録》。樞既退隱蘇門，乃即復傳其學，由是許衡、郝經、劉因，皆得其書而尊信之。北方知有程、朱之學，自復始。復家江漢之上，以江漢自號，學者稱之曰『江漢先生』。

江左一丸國，北兵臨鄂城。《水經注》：江之右岸有鄂縣故城，舊樊楚也。《世本》稱熊渠封其中子爲鄂王。《晉太康地記》以爲東鄂矣。《九州記》：鄂，今武昌也。鄂城小不敵，圍塹泣孤嫠。趙公本儒士，皓首困欃槍。欃槍，解見《星君像圖》。老身念未死，勢肯舉降旗。坐隨清野民，虜入驃騎營。淒其盡忠義，憤使釁鼓鉦。長揖上堂階，五弦偶鏗鎗。黄鬚何鮮卑，《晉書》：王敦將舉兵内向，明帝密知之，乃乘巴滇駿馬微行至湖陰，察敦營壘而出。敦正晝寢，夢日繞其城，驚起曰：『此必黄鬚鮮卑奴來也。』指下尚正聲。姚燧撰《姚樞神道碑》：趙仁甫見公戎服而髯，不以華人遇之。至帳中，見陳琴書，駭曰：『西域人知事此乎？』中原真有人，大將世豪英。幕府喜致汝，軍師豈徒驚。終然類脱兎，脱兎，解見《次韻姚思得》。夜即葬修鯨。兩目嗔欲裂，汨羅我同貞。《史記》：上官大夫短屈原於頃襄王。頃襄王怒而遷之。原至江濱，被髮行吟澤畔，顔色憔悴，形容枯槁。作《懷沙賦》，懷石投汨羅以死。和門遽出令，邏卒復縱横。扶持返舊路，慰勞賜冠纓。古今多分潰，光嶽極戰争。干戈自有責，黼冔合祼京。《詩》：殷士膚敏，祼將于京。厥作祼將，常服黼冔。演疇庶不憚，《書》：天乃錫禹洪範九疇。注：武王克殷，訪問箕子以天道，箕子以《洪範》陳之。經瀆孰重輕。從知道在己，詎用死易生。汴土久不守，按：宋都汴，今河南開封府。金源遂交撑。《金史》：上京路即海古之地，金之舊土也。國言『金』曰『按出虎』，以按出虎水源於此，故名金源。建國之號，蓋取諸此。紛紛戎馬間，務以儒術鳴。遺經益南徙，義理却後瞠。繁章僅北往，禮樂要抗衡。平陽賣瓜叟，立教繪國釁。詩書得箋疏，江漢畀律程。當時乃世運，何士非我楨。楚材仍與晋，《左傳》：雖楚有材，晋實用之。漢學特逃嬴。《水經注》：秦坑儒士，伏生隱焉。漢興，教於齊魯之間。藏劍或徵氣，鼓筐〔一〕須播精。熒煌一王事，卓犖千載成。陸機但辨語，《晋書》：陸機，字士衡，吴郡人也。祖遜，吴丞相。父抗，吴大司馬。抗卒，領父兵爲牙門將。年二十而吴滅，退居舊里，閉門勤學，積有十年。以祖父世爲將相，有大勳於江表，深慨孫皓舉而棄之，乃論權所以得，皓所以亡，又欲述其祖父功業，遂作《辨亡論》上下二篇。庾信空哀情。按本傳：信字子山。初仕梁，後入西魏，仕周。雖位望通顯，常有鄉關之思，乃作《哀江南賦》以致意。我且用我法，吁嗟我仁卿。《晋書》：王衍不與庾（覬）〔敳〕交，（覬）〔敳〕卿之不置，衍曰：『君不得爲爾。』（覬）〔敳〕曰：『卿自君我，我自卿卿。我自用我家法，卿自用卿家法。』

校勘記

〔一〕《札記》：『筐』疑『筳』之誤。

王濤南太山石室

我將呼巨鰲，滄海欲掀播。巨鰲，解見《病起讀列子》。於兹玉鼎淪，解見《李鐵槍》。遽使金甌破。解見《宣和内(晏)[宴]》。兵氛塞中原，《左傳》：楚氛甚惡。卦氣協大過。《前漢西域傳》：武帝下詔云：『《易》之，卦得《大過》，爻在九五。』注：其爻曰：『枯楊生華。』《象》曰：『枯楊生華，何可久也。』謂匈奴破不久也。誰封函谷關，《東觀漢紀》：王元曰：『臣請一丸泥，爲大王東封函谷關。』便掃太微座。《星官書》：天有三垣，紫微、太微、天市。《星經》：太微垣十星在翼軫北。張衡云：天子之宫庭，五帝之座，十二諸侯府也。《天官書》：其内五星，五帝坐。《正義》：黄帝坐一星，在太微宫中，(舍)[含]樞紐之神也。四星夾黄帝座，東方蒼帝，南方赤帝，西方白帝，北方黑帝。五帝並設，神靈集謀者也。張衡云：五帝同明而光，則天下歸心。不然，則失位。長矛左右盤，《晋書載記》：陳安左手奮七尺大刀，右手執丈八蛇矛。人歌曰：『丈八蛇矛左右盤，十盪十決無當前。』勁矢五十箇。《詩》：束矢其搜。注：五十矢爲束。歌鳳幾能來，跨騾吾得莝。《宋史》：陳摶騎白騾入華山。《史記》：范睢坐須賈於堂下，置莝豆其前。《詩》：乘馬在廄，摧之抹之。注：摧，莝也。箋：摧即今莝字，音剉。當其一手麾，豈止千夫和。力須拆老拳，《十六國春秋》：石勒與李陽爭漚麻池，共相打撲。及貴，牽陽臂笑曰：『孤往日數厭卿老拳，卿亦飽孤毒手。』杜甫詩：巨顙拆老拳。事且居奇貨。《史記》：秦太子安國君子子楚質於趙，趙不禮焉，居處困不得意。呂不韋賈邯鄲，見而憐之，曰：『此奇貨可居。』真儒雖有材，用武竟無佐。青雲飛遐心，《詩》：毋金玉爾音，而有遐心。白羽洒寶唾。韓愈詩：寶唾拾未盡。黄庭堅詩：寶唾歸青簡，晴虹貫夜牕。撫時乃紛綸，結客仍轗軻。

《楚詞》：搯軻留滯。搯，與轗通，故人失志也。人生足窮通，世故更弔賀。《宋史》：柳玭戒子孫曰：『董生有云：「弔者在門，賀者在閭。」言憂則恐懼，恐懼則致福；賀者在門，弔者在閭，言受福則驕奢，驕奢則禍至。』熒然凍霧中，仰見明星大。宜哉泰階平，《史記》：魁下六星，兩兩相比者，曰三能。三能色齊，君臣和；不齊，爲乖戾。注：《索隱》曰：按《漢書》：東方朔『願陳泰階六符』。孟康曰：『泰階，三台也。台星凡六星。六符，六星之符驗也。』應劭引《黃帝泰階六符經》曰：『泰階者，天子之三階。上階，上星爲男主，下星爲女主。中階，上星爲諸侯三公，下星爲卿大夫。下階，上星爲士，下星爲庶人。三階平，則陰陽和，風雨時；不平，則稼穡不成，冬雷夏霜，天行暴令，好興甲兵。修宮榭，廣苑囿，則上階爲之坼也。』蘇林曰：『能，音台。』返汝雲壑卧。專門尚吾醇，《(前)[後]漢儒林傳》：塗分流別，專門並興。致幣徒爾蓌。《禮》：介者不拜，爲其拜而蓌拜。注：言有所枝拄，不利屈伸也。蓌，音剉。既爲梁鴻逃，《後漢書》：梁鴻，字伯鸞，扶風平陵人也。娶孟光，共入灞陵山中，以耕織爲業，咏詩書，彈琴自娛。又寄居皋伯通廡下，爲人賃舂。復戹龔勝餓。解見《和陶淵明》。從知大耋嗟，《易》：(不)[則]大耋(而)[之]嗟。肯以淫威挫。拉淚且泣岐，《淮南子》：楊子見岐路而泣之，爲其可以南，可以北。聞風猶起懦。滹河自波濤，《河間府志》：滹沱水在任丘縣，自高陽來，東流逕縣南二里至鄚州金口分界，東北流入文安縣。易水亦自高陽關逕鄚縣北，合于滹沱。石室今堀堁。宋玉《風賦》：堀堁揚塵。堀，音坤，入聲，孔穴也。堁，音顆，塵壓也。寥寥紓我哀，苦語不成些。些，音唆，去聲。解見《景陽宮》。

病齒

我生本多病，一瘦恒踽踽。《詩》：獨行踽踽。試問玉隴君，何爲忍吾苦。自其初齔時，《説文》：齔，毀齒也。男八月生齒，八歲而齔；女七月生齒，七歲而齔。齔，音櫬。排次已不伍。每聞編貝如，方朔僅虚語。《前漢書》：東方朔目若懸珠，齒如編貝。信哉骨之餘，所託車與輔。《左傳》：諺所謂輔車相依，唇亡齒寒者，其虞虢之謂也。舌神乃中居，《養生要》：舌爲玉籥。猶賴汝疆圉。有身竟攻殘，元氣徒呰窳。《前漢（食貨志）[地理志]》：江南民呰窳媮生，而亡積聚。注：呰，短。窳，弱也。言短力弱材，不能動作也。呰，讀若紫。窳，音與。毋庸蠹斯蝕，尚謂剛可吐。《詩》：柔亦不茹，剛亦不吐。尋常薄滋味，勢不勞吞咀。麄殽及硬餅，錯列空匕俎。豈伊類門樞，不動固先腐。軟糜幸能飡，梨栗稀復睹。我思天地間，民物摠胞與。《西銘》：民吾同胞，物吾與也。爾自本屬吾，安能遽秦楚。齟齬或更生，齟，音阻。齬，音語。齒不相值也。《詩》：黄髮兒齒。注：齒落更生細者。華池仍發乳。《養生要》：口爲華池。《抱朴子》：或問堅齒之道，曰：『養以華池，漱以濃液。』常樅真我師，爲説養生主。《説苑》：常樅張口示老子曰：『舌存乎？』曰：『存，豈非以軟耶？』『齒亡乎？』曰：『亡，豈非以剛耶？』今年吾壯强，三十逾六五。更後三十年，零落何足數。起呼白驢公，堇酒且酌取。《續仙記》：張果老乘白驢，休則疊之如紙，置巾箱中，以水噀之，則成驢矣。《次柳氏舊聞》：玄宗好神仙。有張果老者，上聞其名，亟召之。上謂力士曰：『吾聞奇士至人，外物不足以敗其中。試飲以堇汁，無苦者，真奇士也。』

使以汁進，果老飲三卮，熏然如醉，曰：『非佳酒也。』乃寢。頃之，取鏡視其齒，色盡燋黑。命取銕如意擊齒，墮而藏之衣帶中。出神藥傅齒穴中，久之，視鏡，齒粲然潔白。上方信其不誣也。誰歟劉師服，高詠聊戲侮。韓愈《贈劉師服》詩：羡君齒牙牢且潔，大肉硬餅如刀截。我今呀豁落者多，所存十餘皆兀𪘏。

浦陽舊有明月泉久而不應今乃疏道其源似頗與弦望晦朔之間相爲消長者遂作是詩 謝翺《月泉遊記》：月泉在浦江縣西北二里，故老云：其消長視月之盈虧。

大區何渾淪，《淮南子》：以馳大區。注：區，宅也。大區，謂天地。元氣乃潛洩。忽然爲山水，無往不融結。遥天偶一照，厚地空餘冽。盈將光共生，涸與魄同滅。《書》：哉生明。又：哉生魄。注：哉，始也。生明，三日也。生魄，望後也。玄機自消長，至理誰圓缺。發揮雖有在，窺測尚未決。枯查曾幾棲，《月泉遊記》：人家日蒸氣濕，墻壁故在，而浮槎游枘，栖泊樹石，隱隱可記。斷洑遽中裂。洑，同澓，音服，水回流也，一曰伏流。半倚嵐翠雲，微通海潮雪。昔人來推求，於此得表蕝。《國語》：致茅蕝，表坐。《説文》：朝會束茅表位曰蕝。音絶。虚亭奚其敞，静甃獨不齧。《月泉遊記》：泉傍舊爲堂，祠朱、吕二先生。環欄楯甃上，環詩亭，四顧烟雲竹樹。《易》：井甃無咎。《説文》：齧，噬也。歲年竟悠遠，沙石漸填咽。寧加疏瀹功，肯使見聞褻。恍疑合圖經，環坐到稚耋。倘非蟹投碕，揚雄《校獵賦》：探巖排碕。碕，音奇，曲岸頭。幾類鮒處轍。《莊子》：貸粟於監河侯，侯曰：『我將得邑金，貸子三百金，可乎？』周曰：『昨見中道而呼者，周顧視車轍中，有鮒魚焉，曰：「東海之波臣也，若豈有升斗之水活我哉？」周曰：「我且南遊説吴楚之王，激西江之水而迎子，可乎？」魚曰：「曾不如早索我於枯魚之肆。」』纖纖浮晶彩，鮑照《玩月》詩：始見東南樓，纖纖如玉鈎。湛湛浸寥泬。《九辯》：泬寥兮天高而氣清。注：泬寥，空貌。《説文》：泬，訓水從孔穴疾出，音血。舊觀方爾還，真源可吾繇。《前漢路温舒傳》：繇者，不可復續。注：繇與絶同。争言彼月行，《書》：日月之行，則有冬有夏。豈爲兹泉設。蕭丘胡長寒，漢井或再熱。《異苑》：臨邛有火井，漢室之隆則赫熾，桓靈際浸微。諸葛孔明一瞰而更盛。誓〔一〕尋白兎公，《典略》：兎者，明月之精。直探神龍穴。狂歌水仙詞，擊碎如意鐵。

校勘記

〔一〕『誓』，四部叢刊本、國圖本、存心堂本、豹文堂本作『逝』。

得杭州書聞虞紹宗新爲文學掾歸建安

《通典》：經學博士。漢郡國皆有文學掾。光武帝問功臣曰：『卿不遭際會，自度爵位何所至？』鄧禹曰：『臣少嘗學問，可郡文學。』《輿地志》：建安屬福建建寧府。

起紓千里懷，雲物轉寥邈。想像閩橋〔二〕間，虞生實超卓。自云後雍公，光彩動南朔。昔曾郎孝廉，《前漢武帝紀》：元光元年，令郡國各舉孝廉一人。今乃掾文學。私悲窘時命，念欲從先覺。詞章竟韜晦，意氣終堅確。栽培信梁柱，剪截徒楹桷。二語解見《題姚文公草書》。準繩縱不頗，斤斧虛加斲。大將比伊周，小或希管樂。李商隱詩：管樂有才終不忝。毋然櫟社散，《莊子》：匠石之齊，至於曲轅，見櫟社樹。其大蔽牛，絜之百圍，其高臨山十仞而後有枝，其可以爲舟者旁十數。匠伯不顧，曰：『已矣，散木也。』亦勿牛山濯。猶思浪奔走，豈料俱屯剥。䷂《易本義》：震，一陽動於二陰之下，故其德爲動，其象爲雷。坎，一陽陷於二陰之間，故其德爲陷、爲險，其象爲雲、爲雨。屯，難也，物始生而未通之意。䷖《易本義》：剥，落也。五陰在下而方生，一陽在上而將盡。陰盛長而陽消落，九月之卦也。陰盛陽衰，小人壯而君子病。又：内坤而外艮，有順時而止之象。搜林拔鳳毛，《韻府》：宋謝鳳子超宗有文辭，謝莊曰：『超宗殊有鳳毛。』杜甫詩：林間踏鳳毛。掠野剫麟角。解見《胡仲申至》。舂撞航大河，韓愈詩：險惡不可狀，船石相舂撞。《詩》：誰謂河廣，一葦航之。犖确〔二〕屐喬嶽。洪邁詩：山行厭犖确，理策扶欹危。《南史》：謝靈運爲永嘉太守，郡有名山水，肆志遨遊，尋山陟嶺，必造幽峻。嘗著木屐，上山則去前齒，下山去其後齒。《詩》：及河喬嶽。麻衣半塵土，《詩》：麻衣如雪。陸機詩：辭家遠行役，悠悠三千里。京國多風塵，素衣化爲緇。綵筆紛電雹。《南史》：江淹夢人授五色筆，由是文藻日新。後夢一丈夫，自稱郭璞，曰：『吾有筆在卿處多年，可以見還。』乃探懷中，得五色筆一以授之。爾後爲詩絶無美句。杜甫詩：綵筆昔曾干氣象。駿馬恒苦饑，韓愈文：馬之千里者，一食或盡粟一石。食馬者不知其能千里而食也。是馬也，雖有千里之能，食不飽，力不足，才美不外見，且欲與常馬等不可得，安求其能千里也？蛾眉復謡諑。《離騷》：衆女嫉余之蛾眉兮，謡諑謂余以善淫。注：徒歌爲謡，楚謂愬爲諑。心迷燕士金，解見《次韻姚思得》。淚盡楚臣璞。《韓子》：楚人卞和得玉璞於楚山，獻厲王。使玉人相之，曰：『石也。』王以和爲謾，刖右足。及武王即位，又獻之，復相曰：『石也。』刖其左足。及文王即位，和乃抱其璞而哭於楚山，三日三夜，泣盡繼之以血。使玉人治之，得寶玉焉，名曰和氏之璧。彼賢猶簞瓢，雖聖且獵較。長疑返舊隱，稍見蒙新渥。泰壇禮尊彝，《禮》：燔柴於泰壇，祭天也。《周禮》：司尊彝，掌六尊、六彝之位。祼用雞彝。清廟歌籥箾。《詩》：於穆清廟。《左傳》：見舞《象箾》《南籥》者，曰：『美哉！猶有憾。』行乘德輝下，賈誼賦：鳳皇翔於千仞兮，覽德輝而下之。遽忍雞鶩啄。《楚詞》：鳳皇在笯兮，雞鶩翔舞。《抱朴子》：鸞鳳競粒於庭，則受辱於雞鶩也。貧居予薜蘿，友道爾蘭葯。《易》：同心之言，其臭如蘭。《淮南子》：秋葯被風。葯，音約，白芷別名，其葉謂之葯。青燈供繆悠，《莊子》：莊周以繆悠之説，荒唐之言。白屋許敦樸。《老子》：古之善爲士者，深不可識。故强爲之容：豫兮若冬涉川，猶兮若畏四隣，儼若客，渙若冰將釋，敦兮其若樸，曠兮其若谷，渾兮其若濁。才踈世不用，達者譏數數。有暇姑治田，相看在帷幄。

校勘記

〔一〕『橋』，四部叢刊本、國圖本、存心堂本同，豹文堂本作『嶠』。《札記》：『橋』疑『嶠』之誤。

〔二〕『确』，豹文堂本同，四部叢刊本、國圖本、存心堂本作『峆』。

夢巖南老人

文章餘耿光，韓愈詩：李杜文章在，光焰萬丈長。耆舊日僵卧。《後漢書》：袁安居貧。大雪丈餘，洛陽令案行，見民家皆除雪，出至袁安門，無有行路，謂安已死。除雪入户，見安僵卧，問：『何不出？』安曰：

『大雪，人皆餓，不宜干人。』晝思見其人，夜夢如識路。《韓非子》：六國時，張敏與高惠爲友。每相思，便於夢中往尋，但行至半途，即迷不知路，遂回，如此者三。沈約詩：夢中不識路，何以慰相思。恍惚疑尚存，蒼茫杳難據。青山真隱淪，桓譚《新論》：天下神人二，一曰神仙，二曰隱淪。縞髮老韋素。修名可千年，狹世空旦莫。何哉白玉埋，《晉書》：庾亮卒，何充嘆曰：『埋玉樹於土中，使人情何能已已。』肯有黄金鑄。《吴越春秋》：范蠡乘扁舟出三江入五湖，人莫知其所適。於是越王乃使良工鑄金，象范蠡之形，置之坐側，朝夕與之論政。從知蕭散姿，已是神仙具。閶闔摩日月，《離騷》：吾令帝閽開關兮，倚閶闔而望予。蓬萊拂雲霧。玄鶴來頡頏，《瑞應圖》：黄帝集崑崙以舞衆神，玄鶴二八翔其右。《詩》：頡之頏之。赤虬下馳舞〔二〕。《列仙傳·陶安公》：時諺曰：『安公安公與天通，七月七日迎女以赤龍。』至時安公騎赤龍而去。車輿清泠風，《莊子》：列子御風泠然，蓋旬有五日而後返。宋玉《風賦》：清清泠泠。糧食沆瀣露。《列仙傳》：陵陽子春餐朝霞，夏食沆瀣。張衡賦：飲青岑之玉醴兮，餐沆瀣以爲糧。沆，音骯。瀣，音械。《正韻》：北方夜半之氣。憐予此流落，愛我終游豫。云胡縈苦心，曷不縱遐步。巖香返梅魂，《十洲記》：反魂樹在西海聚窟洲上，花葉香聞數百里，狀如楓香。煎其汁，爲靈震丸，亦名反生香。屍在地，近香氣乃活。蘇軾詩：暗香先返玉梅魂。嶺物輸桂蠹。《前漢書》：尉陀王上書，獻桂蠹二器。注：桂樹中蝎虫。虫食桂者，味辛，蜜漬食之。漢嘗以獻陵廟。《神仙傳》：離婁公餌桂得仙。鏗其弄琴書，儼若陪杖屨。凄凉枳棘叢，《後漢書》：仇覽，一名香，爲蒲亭長，以德化民，署爲主簿。考城令王涣曰：『主簿聞陳元之過，不罪而化之，得無少鷹鸇之志耶？』覽曰：『以爲鷹鸇，不如鸞鳳。』涣遣謝曰：『枳棘非鸞鳳所棲，百里非大賢所託。他時論道巖廊，非主簿而誰？』寂歷芭蕉樹。《維摩經》：是身如芭蕉，中無有實。我淚無處傾，荒江自東注。《世説》：顧長康哭宣武，聲如震雷破山，淚如傾河注海。

校勘記

〔一〕『舞』，四部叢刊本、國圖本、存心堂本、豹文堂本作『鶩』。

遣兒謁初就學

起攀青桂枝，高蹈素所仰。《楚詞注》：淮南王安好道，感八公，共登山攀桂樹。安作詩曰：攀桂樹兮聊淹留。嘗言天下事，歷歷指諸掌。滄海杳無波，泰階真有象。泰階，詳見《王濬南太山石室》。辛勤餘十年，盍不愧吾黨。童髫尚予曾，稚齒已在襁。儒術云世傳，聖功要蒙養。《易》：蒙以養正，聖功也。豐芑務詒謀，《詩》：豐水有芑，武王豈不仕。詒厥孫謀，以燕翼子。宋苗寧揠長。遠游且今非，多學肯汝强。薜蘿衣相結，沙石劍可磢。音搶，瓦石洗物也。於心苟深造，舉世獨不賞。薰風昨夜至，韶樂鏘遺響。《家語》：舜彈五弦之琴，造南風之詩，其詩曰：『南風之薰兮，可以解吾民之愠兮。南風之時兮，可以阜吾民之財兮。』邈然懷古人，我豈久榛莽。

送俞子琦赴鄱陽却寄董與幾高駿良李仲羽 按《志》：鄱陽縣，江西饒州府附郭。

昔予泊京都，逆旅無所館。柳侯教國子，《周禮》：師氏以三德教國子，居虎門之左。予實同里閈。洎君中外姻，辛苦託螢案。《晉書》：車武子精勤不倦，博覽多通。家貧無油，夏月練囊盛數十螢火以照書。聊希邯鄲步，解見《寄陳生》。共洒臨淄汗。《史記》：臨淄之塗，車轂擊，人肩摩，連衽成帷，舉袂成幕，揮汗成雨。北風吹老榆，青莢落零亂。《齊民要術》：二月榆莢收乾，可作醔𨡕。醔，音茂。𨡕，音豆。《說文》：榆醬也。流來金水河，一派春波渙。《元史》：金水河源出宛平縣玉泉山，流至和義門、南水門，入京門城。至大四年七月，奉旨引金水河水注之光天殿西花園石山前舊池，置牐四以節水。上林始罷獵，萬姓方縱觀。解見《胡仲申至》。畫車挾緹騎，衝突何可算。《前漢書》：武帝作畫雲車。《漢官儀》：執金吾緹騎二百人。故人我董生，曾是秋闈冠。相攜高李徒，往往妙辭翰。當埸許英俊，與國峙楨榦。《書》：峙乃楨榦。雍容講都俞，《尚書注》：都，歎美之辭。俞，應許之辭。潔凈稽象彖。《禮》：潔凈精微，《易》教也。《易本義》：彖即文王所繫之辭，象者，卦之上下兩象及兩象之六爻，周公所繫之辭也。心懷有道徵，跡逐交游散。豈非泛駕材，中路乃羈絆。《前漢武帝詔》：馬或奔踶而致千里，士有負俗之累而立功名。夫泛駕之馬，跅弛之士，亦在御之而已。《宋書》：劉瑀爲右衛將軍，年位本在何偃前。孝武初，偃爲吏部尚書，瑀圖侍中不得，與偃同從郊祀。時偃乘在前，瑀策駟居後，相去數十步。瑀蹋馬及之，謂偃曰：『君轡何疾？』偃曰：『牛駿御精，所以疾耳。』偃曰：『君馬何遲？』瑀曰：『騏驥羅於羈絆，所以居後。』偃曰：『何不着鞭使致千里？』答曰：『一蹴造青雲，何至與駑馬争路。』去矣江上居，蒹葭渺無岸。幸君捧省檄，《漢書注》：檄，木簡爲書，長尺二寸，用徵召也。《後漢書》：毛義家貧養親。張奉慕其名，詣義。會府檄至，以義爲守令，義捧檄入，喜動顏色，奉心賤之。及母死，除服，舉賢良方正，不就。奉嘆曰：『往日之喜，爲親也。』而此蒞侯頖。《詩》：魯侯戾至，在泮飲酒。泮與頖同。尚應念爾祖，文采殊煥爛。

又：無念爾祖，聿修厥德。儒科既褒然，閣職仍宣贊。《前漢董仲舒傳》：今子大夫褒然爲舉首。注：褒，進也，爲舉賢良之首也。直將遠猶告，《詩》：遠猶辰告。慎勿細娱翫。焉能尊瓦缶，《楚辭》：黄鐘毁棄，瓦缶雷鳴。反不用圭瓚。《詩》：釐爾圭瓚。卓彼九皋鶴，長鳴知夜半。又：鶴鳴于九皋，聲聞于天。《風土記》：白鶴性警。至八月露降，流於草葉上，滴滴有聲，則鳴。毰毸吾羽毛，踴躍在雲漢。潘岳賦：敷藻翰之毰毸。毰，音裴。毸，音鰓。《集韻》：張羽貌。

雨晴

久雨雨不絶，長嗟春莫時。梨花一片雪，楊柳但青枝。日出散我步，閒雲結幽姿。山嵐撲小牖，澗水激中坻。《詩》：宛在水中坻。對景且歡樂，逢年須軫饑。《列女傳》：秋胡謂其妻曰：『力田不如逢年。』蕭條併日食，《禮》：儒有併日而食。嘆息東門糜。捄菑幸亟捄，移粟將疇移。吏商自有計，錢虜渠何私。《後漢書》：馬援曰：『凡多財，貴能賑施，否則守錢虜耳。』盡以頒昆弟故舊。物情正懍懍，淫潦乃見欺。空甂本汝舊，揚子《方言》：齊東北海岱之間謂之甂。《五音集韻》：大甖，可受一石。美麥尚今兹。我生頗好古，當務獨不知。毋寧坐復起，得誦書與詩。古人不我待，去矣安能追。我不識古人，陳言果爲誰。韓愈《答李翊書》：惟陳言之務去，戞戞乎其難哉。撥書既自笑，撫席更深思。逖逖千載後，此心誰我期。

夕乘月渡荆門閘

初更渡荆門，觸眼舟楫亂。堤吏時一呼，舉篙類魚貫。《三國志·鄧艾傳》：將士皆攀木緣崖，魚貫而進。野雞悄無聲，行子空扼腕。緑樹烟靄沉，清波月光爛。分凉短衣披，習静單幘岸。《後漢書》：光武岸幘迎笑。畸愁本難祛，美景聊此翫。荒荒東原平，泯泯魯濟斷。《書》：東原底平。注：東原，漢之東平國，今之鄆州也。在濟之東，水退而平，故謂之平。又：導沇水，東流爲濟。注：沇水，濟水也。發源爲沇，既東爲濟。《地志》云：濟水出河東郡垣曲縣王屋山東南，今絳州垣曲縣山也。始發源王屋山頂崖下，曰沇水，東出于今孟州濟源縣。二源合流至温縣，是爲濟水，歷虢公臺西南入河。歲儉菅蒯繁，《左傳》：雖有絲麻，不遺菅蒯。時康萑苻散。《左傳》：太叔爲政，不忍猛而寬，于是鄭國多盜，取人于萑苻之澤。秋槎別星河，秋槎，解見《海上人槎》篇。曉夢窺日觀。日觀，解見《泰山高》。懸知平生奇，歷覽天下半。長衢紅塵腥，《西都賦》：紅塵四合，烟雲相連。古調白石粲。解見《秋日雜詩》。徒聚幾州鐵，《五代史》：羅紹威帥魏博，牙軍驕恣，盡殺之，由此勢弱，曰：『聚六州四十二縣鐵，鑄一個錯不成。』肯餐三斗炭。《唐書》：楊德幹爲刺史威嚴，語曰：『寧食三斗炭，不逢楊德幹。』人生空自憐，歲序忽已換。出門更呼車，春淺冰未泮。《詩》：迨冰未泮。

送方養心歸餘姚

切切復切切，行子慘不悦。嗟此四方志，出門彌激烈。孤蹤眇泗沂，泗水，解見《送宣彦昭》。

《漢志》：沂水出泰山蓋縣臨樂山南。《地志》：沂州屬兖州府。遠眼窮恒碣。《書》：太行、恒山至于碣石。《爾雅》：恒爲北岳。《史記注》：恒山在定州恒衡縣。碣石，解見《觀秦丞相碑》。急吹半天來，曾冰千尺裂。高車少停輪，健馬空嚼雪。雄劍彈無聲，雄劍，解見《早秋偶然作》。敝衣不得結。《家語》：子夏之衣，懸結爲鶉。魯鄒誰學經，齊趙幾奇節。商歌敲樹枝，句解見《秋日雜詩》。漢禮表茅蕝。解見《柳博士出示》。向時曾買舟，一往脱羈紲。汴流入汪洋，汴流，解見《説宣和内宴》。廬阜陵嵽嵲。《水經注》：孫放《廬山賦》曰：『尋陽郡南有廬山，九江之鎮也。臨彭蠡之澤，接平敞之原。』《山圖》曰：『山周四百餘里。』嵽，音垤。嵲，音孽，山突兀貌。棄家洗塵埃，《高士傳》：向長，字子平，爲子嫁娶畢，敕斷家事，與同好禽子夏遊五岳名山，不知所終。求道希老耋。微煙錦囊鮮，《李賀集序》：李賀每旦出，騎款段馬，從小奚奴背古錦囊，得句即書投囊中。暮歸，足成之。宿露瑶草茁。瑶草，解見《讀漢武内傳》篇。故國尚遺雉，《左傳》：都城過百雉，國之害也。前王多覆轍。夷門迷戰區，《史記》：魏公子無忌救趙，往赴秦軍。行過夷門，見侯生。太史公曰：『吾過大梁之墟，求問其所謂夷門。夷門者，城之東門也。』艮嶽守狐孽。《宋史》：蔡京欲以宫室媚帝，作萬歲山。山成，更名曰艮嶽。周十餘里，帝自爲記，山在國之艮位故也。輕鞍小駟殘，《左傳》：韓原之戰，晋惠公乘小駟。慶鄭諫，不聽。及戰還，濘而止。公號慶鄭，鄭曰：『愎諫、違卜，固敗是求，又何逃焉？』遂去之。秦師獲晋侯。勁矢天狼折。《天官書》：東有大星曰狼，狼角變色，多盜賊，下有四星曰狐，直狼。《渾天賦》：天狐直而狼顧。《天皇會通》：狼，主相侵盜賊也。狐，天弓也，常屬矢，擬射于狼。肯動箕子歌，《史記》：箕子朝周，過故殷墟，咸生禾黍。箕子傷之，作《麥秀》之詩以歌咏之，曰：『麥秀漸漸兮禾黍油油，彼狡童兮不我好仇。』狡童，紂也。民爲流涕。虚貽晋人吷。《莊子》：吹筦猶有嗃也，吹劍首者，吷而已矣。堯舜，人之所譽也。道堯舜于戴晋人之前，譬猶一吷也。注：司馬彪曰：『劍環頭小孔，吹之吷然，如風過也。』吷，音血。從來識時務，往往在俊傑。《通鑑》：劉備訪士于襄陽司馬徽，徽曰：『識時務者在於俊傑，此間有伏龍、鳳雛。』備問：『爲誰？』曰：『諸葛孔明、龐士元。』神仙真繆悠，解見《得杭州書》。民物正騷屑。劉向《九嘆》：風騷屑以摇木兮。杜甫（書）〔詩〕：農事都已休，兵戈況騷屑。兹游固云佳，所學終不竭。縞髮寧恕人，寒燈遽明滅。歸尋赤城幽，孫綽《天台賦》：赤城霞起以建標，瀑布飛流而界道。《會稽記》：赤城山名色皆赤，狀似雲霞。《天台山圖》：赤城山，天台之南門也。坐視滄海洩。《博物志》：東海稱渤海，又謂之滄海。遥空飛胥濤，解見《姑蘇臺》。厚地坼禹穴。解見《射的山》。窮冬息山樊，長夏仍擉鱉。《莊子》：冬則擉鱉于江，夏則休乎山樊。擉，音捉。那能事輕舉，《楚辭》：願輕舉而遠遊。但可容疎拙。一笑同越吟，句解見《望會稽山》。毋煩用燕説。《史記》：燕將攻齊聊城，拔之。或譖之燕孝王，燕將保聊城，不敢歸。齊田單攻之，歲餘不下。魯仲連乃爲書，約之矢以射城中。燕將見書，自殺。聊城亂，單克之。歸言仲連于齊王，欲爵之。仲連逃之海上。爲君看白雲，還記此時别。

簷下曝背聽客話吕安撫夏貴雜事

老翁曝日坐，頭髮亂如絲。歷言前朝事，恍似震業時。東南立國久，天子重西陲。長江一户限，鉅敵千熊羆。吕家好兄弟，身擁襄漢危。圍深救不至，望絶但孤師。《［續］通鑑》：度宗咸淳九年二月，吕文焕以襄陽叛降元。時襄陽久困，孤城援絶。文焕每一巡城，南望慟哭而後下。告急於朝，賈似道不督列閫赴援。及城勢危甚，文焕艱難遣使，忍死待援。似道乃請行邊，因諷臺諫上疏，以爲師臣出，顧襄未必能及淮，顧淮未必能及襄，不若居中以運天下。於是帝謂似道曰：『師相豈可一日離左右耶？』樊城既陷，阿术益兵攻襄，文焕力不能支。會元主降詔諭文焕曰：『爾等拒守孤城，於今五年，宣力爾主，固其宜也。然勢窮援絶，其如數萬生靈何？』文焕乃降。襄陽既失，則東南不可守矣。戈兵空鶴厀，左思賦：家有鶴膝，户有犀渠。注：鶴膝，矛也。矛骹如鶴脛，上大下小，謂之鶴膝。部伍尚魚麗。魚麗，解見《觀張循王戰處》。居民併習戰，結束類鮮卑。砲車燒樓櫓，斤斧遽已施。榷場謾互市，軍壘竟登陴。《［續］通鑑》：度宗咸淳四年七月，置榷場於樊城。先是，劉整言於蒙古曰：『南人惟恃吕文德耳，然可以利誘也。請遣使以玉帶與之，求置榷場於襄陽城外。』蒙古從之。至鄂，請於文德。文德許焉，爲請於朝。開榷場於樊城外，築土墻於鹿門山。外通互市，内築堡壁。蒙古又築堡於白鶴，由是敵有所守以遏南北之援，時出兵哨掠襄樊城外，兵威益熾。文德弟文焕知爲蒙古所賣，以書諫止。文德始悟，然事已無及，惟自咎爾。五年十二月，疽發背，卒。夏貴本小校，戎行早驅馳。當街苦醉酒，袒跣受鞭笞。雙瞳夜照路，面刺鬬鋒旗。積功到大閫，綾誥疊若坻。沐熏乃得見，感激有涕洟。英雄頗用術，血死矧敢辭。上流忽以潰，淮楚屹不枝。《［續］通鑑》：度宗咸淳十年十二月，元伯顔侵陽邏堡，夏貴帥師守之。阿术言於伯顔曰：『攻城，下策也。宋人之心謂我非陽邏不可渡，故堅守以拒我。若以鐵騎遡流西上，以擣其虚，則渡江必矣。』薄暮，阿术帥衆遡江而上，泊於青山磯，宋師不之知也。即帥衆徑渡，遂登南岸，乘勢追殺至鄂南門。伯顔復侵陽邏堡，夏貴棄師走還廬州，師大潰。伯顏入堡，遂濟江，會阿术趨鄂州，知漢陽軍王儀以城降。陽邏堡，江鄂之蔽也，既失，則江不可守矣。終同祖約走，《晉書》：蘇峻舉兵剋京都，矯詔以祖約爲侍中、太尉、尚書令。潁川人陳光率其屬攻之。約左右閻禿貌類約，光謂爲約，擒之，約踰垣獲免。約之諸將復陰結石勒，請爲內應。勒遣石聰來攻，約衆潰，奔歷陽。尋以左右數百人奔於勒，勒薄其爲人，不見者久之。後爲勒所殺。恨比劉琨雌。又：桓温自以雄姿風氣，是宣帝、劉琨之儔，有以其比王敦者，意甚不平。及是征還，於北方得一巧作老婢，乃琨妓女也，一見温便潸然而泣。問其故，答曰：『公甚似劉司空。』温大悦，出外整理衣冠，又呼問，婢云：『面甚似，恨薄；眼甚似，恨小；鬚甚似，恨赤；形甚似，恨短；聲甚似，恨雌。』温於是褫冠解帶，昏然而睡，不怡者數日。蕪湖十三萬，鉦鼓且棄之。《［續］通鑑》：恭宗德祐元年正月，賈似道帥師次於蕪湖，抽諸路精兵凡十三萬人以行。二月，夏貴帥師會似道於蕪湖，遂同次於魯港。似道以精鋭七萬餘人盡屬孫虎臣，次於池州下流之丁家洲。夏貴以戰艦二千五百亘江中，雖列陣向敵，殊無鬭志。元阿术遣人掠宋舟，大呼曰：『宋軍敗矣！』虎臣遽遁，夏貴不戰而走。似道錯愕失措，遽鳴鉦收軍。阿术、伯顏水岸夾攻，殺溺死者不可勝數。元師乘勝東下矣。人力不至此，百年知者誰。

至杭聞胡汲仲先生没去秋奉柩葬建昌

按《志》：建昌隸江西省。

我舟東至杭，直下追落鶻。悲風吹白蘋，胡子聞已卒。時秋載柩去，素紼照揚粵。《記》：助葬者必執紼。《地志》：江西，《禹貢》揚州之域，當吴楚閩粵之交。卜兹建昌城，無地可泣骨。上天果何心，耆舊半已没。英豪氣俱凋，荄壤名獨兀。斯文西漢來，大旨六朝歇。其間雖振之，與世每摩窣。紛拏曲學阿，王逸《九思》：散亂兮紛拏。《前漢書》：汲黯謂公孫弘曰：『無曲學以阿世。』磔裂淫辭淈。揚雄《法言》：書惡淫詞之淈法度也。注：淈，濁也，音倔。獰飈劍蒯緱，韓愈詩：霜雪刻以憯，獰飈摺空衢。《史記》：馮驩聞孟嘗君好客，躡屩而見之。孟嘗君置傳舍十日，問傳舍長曰：『客何爲？』答曰：『馮先生甚貧，猶有一劍耳，又蒯緱。』注：蒯，草名。緱，謂把劍之物，言其劍無物可裝，但以蒯繩纏之，故云。幻彩衣繡𩭹。《後漢五行志》：更始諸將軍皆幘而衣婦人衣繡擁𩭹。時智者見之，以爲服之不中，身之災也。《酉陽雜俎》：繡𩭹，半臂羽衣也。聖經黕目〔一〕晶，黕，音意，深黑也。賢傳黝烟焞。黝，音坳。焞，音孛，烟起貌。終無萌蘖生，就此斷菑蹷。《荀子》：周公之狀，身如斷菑。注：《爾雅》云：『木立死，椔。』椔與菑同。嘻公追古先，曠視眇窮髮。《莊子》：窮髮之北有溟海者，天池也。注：不毛之地爲窮髮。陳言去如遺，至理昭若揭。陳言，解見《雨晴》。《莊子》：若揭日月而行。遠唳翀沉寥〔二〕，孤撑植摧杌。舜韶資搏拊，《書》：夔曰：『戛擊鳴球，搏拊琴瑟以詠。』般斧賴剞劂。《前漢叙傳》：般輸榷巧於斧斤。揚雄賦：般倕奇其剞劂。《說文》：剞劂，曲刀也。以茲白谷遺，而有金鑾謁。《唐書》：賀知章言李白於玄宗，召見金鑾殿。唐李陽冰撰《李白詩序》：帝詔曰：『卿是布衣，名爲朕知。非素蓄道義，何以及此？』置于金鑾殿，出入翰林中。《紀纂淵海》：德宗移學士院於金鑾殿上。調琴空緇帷，《莊子》：孔子遊乎緇帷之林，休坐杏壇之上。弟子讀書，孔子絃歌鼓琴。掞賦止鎩瞂。張衡《西京賦》：植鎩懸瞂。鎩，音殺。《說文》：瞂有鐔也。瞂，音伐，盾別名。征塵恒碣濛，恒碣，解見《送方養心》。教雨淮海渟。《書》：淮海惟揚州。守儒終勤剛，韓愈詩：稟生肖勤剛。從仕類熛發。熛，音標，火飛也。漉鹽數泥銼，杜甫詩：土銼冷踈煙。注：銼，音挫，蜀人呼釜爲銼。飛檄沼島筏。幸焉櫛民垢，韓愈撰《王適墓誌》：適攝觀察判官，櫛垢爬癢，民獲蘇醒。殊莫裨主闕。平時負韋素，晚節老佔畢。佔畢，解見《去歲留杭》。佳友將米醪，野僧獻衣襪。耵聹耳鶴泉，耵聹，音丁寧，耳垢也，一曰耳聒。眼𥈉目鯨月。眼，音亮。《説文》：目病也。𥈉，同䀮，音荒。《玉篇》：目不明也。《述異記》：南海有明珠，即鯨魚目瞳，可以鑒，俗謂之夜光珠。生爲列仙臞，《前漢司馬相如傳》：相如以爲列仙之儒居山澤間，形容甚臞，此非帝王之仙意也，乃遂奏《大人賦》。立謝豪俠窟。解見《送宣彥昭》。似予本踈庸，爲士非詭崛。持衡乃藻鑑，《晉書》：太康四年，制曰：藻鑑銓衡。泛駕略銜橜。泛駕，解見《送俞子琦》。司馬相如《諫獵書》：清道而後行，中路而後馳，猶時有銜橛之變。同門溢江漢，共道耀參伐。《星經》：參七星，兩肩雙足三爲心，中央三小星曰伐。《天皇會通》：參中三星爲中軍，正中一星大將，旁二星參謀也，命名爲參。以二肩爲左右將軍，二足爲前後將軍。伐，大將之柄，主大司馬九伐之法以正邦國者也。將令異蚖肆，揚子《法言》：龍蟠於泥，蚖其肆矣。蚖哉蚖哉，惡睹龍之志也歟？注：蚖，蜥蜴也，音源。肯使增獸狘。《禮》：麟以爲畜，故獸不狘。狘，音曰，驚走貌。於今我多慚，固已遭一刖。解見《得杭州書》。悁結餘舊氊，《世説》：王子敬夜卧齋中，有群盜入其室。王徐曰：『偷兒，青氊我家舊物，可特置之。』軒騫豈黔突。《淮南子》：孔子無黔突，墨子無煖席。將來杳微茫，逝者真咄咄。宜哉貞耀謚，稱彼甘棠笏。《通鑑》：唐文宗嘗命魏謩獻其祖文貞公笏。鄭覃曰：『在人不在笏。』帝曰：『亦甘棠之比也。』公往知我誰，翻然採蠊蛾。蠊蛾，解見《還舍後》。怊悵西北雲，從以泛溟渤。

校勘記

〔一〕「目」，四部叢刊本、國圖本、存心堂本、豹文堂本作「日」。

〔二〕「沉窈」，四部叢刊本、國圖本作「沉窲」，存心堂本作「沉窲」，豹文堂本作「沉窈」。

吴萊詩集卷第五

錫山王　邦采貽六
繩曾武沂　箋

送鄭獻可南歸莆田寄周公甫

按：莆田，今屬福建興化府。

自昔道術本一原，後來雜沓乃異轅。粤從西漢始立傳，獨守章句稱專門。《前漢儒林傳》：漢興，言《易》自淄川田生；言《書》自濟南伏生；言《詩》，於魯則申培公，於齊則轅固生，燕則韓太傅；言《禮》，則魯高堂生；言《春秋》，於齊則胡母生，於趙則董仲舒。及竇太后崩，武安君田蚡爲丞相，黜黄老、刑名百家之言，延文學儒者以百數，而公孫弘以治《春秋》爲丞相，封侯，天下學士靡然嚮風矣。《後漢書》：鄭玄，字康成。從馬融受學，後歸鄉里，學徒相隨者數百千人。及黨事起，遂隱修經業，杜門不出。凡玄所註《周易》《尚書》《毛詩》《儀禮》《禮記》《論語》《孝經》《尚書大傳》《中候》《乾象曆》，又著《天文七政論》《禮禘祫義》《六藝論》《毛詩譜》《駁許慎五經異義》《答臨孝存周禮難》，凡百萬餘言。唐人疏義不改舊，《通鑑》：唐太宗以師説多門，章句繁雜，命孔穎達與諸儒定五經疏，謂之《正義》，令學者習之。宋代理學交相敦。吾知衆儒此間出，遂指濂洛爲雄藩。《宋紀》：周茂叔、程灝，時稱濂洛。李白詩：風霜推獨坐，旗節鎮雄藩。當時莆田有先達，庾亮《讓表》：十餘年間，位超先達。信爾夾漈好弟昆。《莆田縣志》：夾漈山，在縣西北八十里，亦名東山，旁有西巖。宋鄭樵築草堂以居。久之，乃遊名山，搜奇訪古。遇藏書家，必借留，讀盡乃歸。以討論著述爲事，凡經史禮樂、天文地理、蟲魚草木、方書之學，皆有論辨。紹興中，以薦召對，授樞密院編修，所著書凡五十八部，有《通志略》行世，學者稱夾漈先生。稍南有薌林山，樵從兄厚讀書其處。發揮聖賢本根殖，《通志·總序》：自書契以來，立言者雖多，惟仲尼以天縱之聖，故總《詩》《書》《禮》《樂》而會於一手，然後能同天下之文，貫二帝三王而通爲一家，然後能極古今之變。是以聖道光明，百世之上，百世之下不能及。評駁遷固枝葉繁。又：司馬氏世司典籍，工於制作。勒成一書，分爲五體。百代而下，史官不能易其法。然大著述者，必深於博雅。當遷之時，挾書之律初除，得書之路未廣，亘三千年之史籍，而跼蹐於七八種書，所可爲遷恨者，博不足也。又，遷書採摭未備，筆削不遑，劉知幾亦譏其多聚舊記。時插雜言，所可爲遷恨者，雅不足也。班固者，浮華之士也。自高祖至武帝凡六世，盡竊遷書；自昭帝至平帝凡六世，資於賈逵、劉歆，況又有曹大家終篇，則固之自爲書也幾希。典禮會通尚可志，又：孔子曰：『殷因于夏禮，所損益，可知也；周因于殷禮，所損益，可知也。』此言相因也。自班固以斷代爲史，無復相因之義。雖有仲尼之聖，亦莫知其損益，會通之道自此失矣。儀章器數疇能言。又：江淹有言：修史之難，無出於志。誠以志者憲章之所繫，非老於典故者不能爲也。臣今總天下之大學術，而條其綱目，名之曰略。凡二十略：曰氏族，曰六書，曰七音，曰天文，曰地理，曰都邑，曰禮，曰謚，曰器服，曰樂，曰職官，曰選舉，曰刑法，曰食貨，曰藝文，曰校讐，曰圖譜，曰金石，曰災祥，曰昆蟲。百代之憲章，學者之能事，盡於此矣。居然韋編塞篋笥，《史記》：孔子晚而喜《易》，韋編三絶。旋用束帛徵丘園。《易》：賁于丘園，束帛戔戔。《湘山野録》：《韓詩外傳》諸儒所解束帛，皆謂卷其帛爲二端，五匹爲十端，乃束帛也。惠施五車却陋隘，《莊子》：惠施多方，其書五車，其道舛駁。方朔千牘一作櫝徒飛騫〔一〕。《史記》：東方朔初入長安，至公車上書，凡用三千奏牘。讀之二月乃盡。曹植書：不能飛騫絶跡，一舉千里也。公車奏上欠大用，《後漢光武紀》：詔公、卿、司隸、州牧，舉賢良、方正各一人，遣詣公車。注：公車，門名，公車所在，因以名焉。《漢官儀》曰：『公車掌殿司馬門，天下上事及徵召，皆總領之。』王維詩：致君光帝典，薦士滿公車。屋壁藏在傳諸孫。孔安國《尚書序》：先人用藏其書於屋壁。《前漢儒林傳》：秦禁書，伏生壁藏之。世家相承幾譜系，宗廟所重真璵璠。《左傳》：季平子卒，陽虎將以璵璠歛，仲梁懷弗與，曰：『改步改玉。』注：璵璠，魯寶玉。昭公之出，季孫行君事，佩璵璠，祭宗廟。今定公立，復臣位，改君步，當去之。馬圖陰陽太極秘，《易》：河出圖，洛出書。《家語》：河出龍圖。注：龍似馬，負圖出。《易》：一陰一陽之謂道。又：易有太極，是生兩儀。麟史衮斧天王尊。《六經奥論》：胡安國以爲文成而麟至。或者又謂《春秋》感麟而作，以問於伊川。伊川以爲『夫子之意，葢亦有素。因此一事而作，故亦因此一事而終。其書《春秋》，不害爲獲麟而作，然麟不出世，《春秋》豈不作？因圖書而畫卦，使圖書不出，八卦亦須作』，惟此言得之。或者又曰：『《春秋》絶筆于獲麟，仲尼傷己之不遇。不知鳳鳥不至，河不出圖。夫子之嘆久矣，豈至是而後知之耶？』孔頴達《序》：夫子因魯史之有得失，據周經以正褒貶。一字所嘉，有同華衮之贈；一言所貶，無異肅斧之誅。《春秋胡傳》：《春秋》以天自處，創制立名，繫王於天，爲萬世法也。文苑儒林各突奥，《荀子》：突奥内。杜甫詩：文章開突奥。注：西南隅謂之奥，東方謂之突。突與突同。父風祖德猶光燉。一朝便簉列宿次，《唐書》：簉羽鵷鷺。注：簉，音芻，去聲，高飛順疾也。《後漢明帝紀》：館陶公主爲子求郎，不許，曰：『郎官上應列宿，出宰百里。』何事負隔勾陳垣。《星經》：勾陳六星爲六宫，亦主六軍。《晋天文志》：勾陳六星，在紫宫中。勾陳，後宫也。王者法勾陳，設環列。歲晚東游幸我接，江城極論餘空樽。海上山川怳可到，閩中耆舊嗟無存。考亭過從即闕里，《言行録》：朱晦菴徙居武陽之考亭，有山溪之勝。《曲阜縣志》：闕里因兩觀臺闕以爲名。背洙面泗，即矍相圃之東北。兩觀臺各高一丈，在魯城内。麗澤講習或艾軒。《易・兑卦》：麗澤，兑。君子以朋友講習。宋吕祖謙《夜宿浦城讀林謙之詩》：便使短牋無姓字，也應知自艾軒來。《莆田縣志》：林光朝，字謙之，號艾軒，專心踐履，不爲訓詁。南渡後，以伊洛之學倡東南。按《志》：金華府有麗澤書院。至正須求汝墨斵，《潛夫論》：造規繩矩墨，以教後人。《書》：既勤樸斵。大和定許吾篪壎。《詩》：伯氏吹壎，仲氏吹篪。微飆翾翻剔橘蠹，飆，音標，《説文》：扶搖風也。翾，音暄，《説文》：小飛也。陸龜蒙《蠹化篇》：橘之蠹，大如小指。一日視之，不食不動；明日復往，則蜕爲蝴蝶。積霰叫嘯招梅魂。霰，音線，《説文》：稷雪也。言雪初作未成華，圓如稷粒也。《楚辭注》：《招魂》者，宋玉之所作也。哀閔屈原無罪放逐，恐其魂魄離散而不復還，遂因國俗，託帝命，假巫語，以招之。謝惠連詩：夢斷笛悲風渚，吹闌月淡烟村。空想暗香靚色，誰招雪魄冰魂。别懷未盡苦竹雨，《越絶書》：苦竹城者，勾踐伐吴還，封范蠡子也。范蠡苦勤功篤，故封其子於是。歸路亟趂扶桑暾。扶桑，解見《早秋偶然作》。杜甫詩：絶壁上朝暾。暾，音吞，日始出昫物貌。周君故人我同病，名郡重席特爾温。《後漢戴憑傳》：憑爲博士。正旦，令群臣説經史，相詰難，有不通輒奪其席以益通者。憑重坐五十餘席。尺劍毋令紫氣隱，《雷焕别傳》：焕，字孔章，善星曆卜占。晉司空張華夜見紫氣起牛斗，問之，焕曰：『此謂寶劍氣。』華曰：『有相吾者云：「君貴達，身佩寶劍。」此言欲效矣。』乃以焕爲豐城令。焕至縣，移獄，掘地三十餘尺，得青石函一枚，中有雙劍，文采未甚明。焕取南昌西山黄白土，用拭劍，光艷照耀。乃送一劍并黄土與華，自留一劍。華得劍并土，曰：『此干將也，莫耶已復不至。然天生神物，終當合耳。』乃更以華陰赤土一斤與焕，焕得土磨劍，鮮光愈亮。寸膠曷救黄流渾。《抱朴子》：寸膠不足以理黄河之濁。子魚舟通牡蠣浦，《遯齋閒覽》：莆陽通應子魚名著天下，蓋其地有通應廟，廟前有港，港中魚最多。今人必求其大可通印者，謂之通印子魚。非也。按《志》：潭去縣東北五十里，迎仙橋下，水流通錦江。《本草》：牡蠣，海旁皆有之，而通泰及南海、閩中尤多，皆附石而生。海人取者，皆鑿房以烈火逼之，挑取其肉。其味美好，更有益。海族爲最貴。丹荔樹暗桄榔村。王十朋《謝林虙奪先紅》詩：莆中荔子勝閩中，烏石山前又不同。正向鈴齋想風味，奪先人送奪先紅。《本草》：桄榔，與椶櫚相類。《蘇軾集》：嘗以桄榔杖寄張文潛，有詩。沈佺期詩：空庭遊翡翠，窮巷倚桄榔。摛箋送客復有憶，卓矣人物撐乾坤。

校勘記

〔一〕『鶱』，四部叢刊本、國圖本、存心堂本、豹文堂本作『騫』。

泰山高寄陳彥正

按《志》：山東濟南府泰安州東嶽廟，在城西北三十里泰山下。

泰山一何高，高哉極青天。《泰安州志》：泰山，即東嶽，一曰天孫，一曰岱宗。高四十餘里，凡十八盤，由南天門，歷南、西二天門至絕頂。世人欲上不可上，層巖峭壁徒攀緣。望中絕頂路已斷。石穴上出，鐵鎖下緪，歷趢相鉤連。李白詩：地崩山摧壯士死，然後天梯石棧相鉤連。緪，音更，大索也。誰歟愛奇者，步步喜若癲。一心不顧死，隻手捩長烟。捩，音戾，拗也。毛群驚廻少虎豹，羽族跕墮多烏鳶。《後漢馬援傳》：援擊交趾，仰視烏鳶跕跕墮水中，追念從弟少游平生語，何可得也？跕與蹀通，落也。浩氣剛風摶結虛空作世界，《抱朴子》：鴟鳶展翅不動，去地四十里，風力猛壯，可驗者有剛風世界。蜚龍捷鬼鑿開混沌巢神仙。《資暇録》：律令之令，平聲，讀〔爲零〕，律令是雷邊捷鬼。《鶡冠子》：兩儀未分，其氣混沌。《莊子》：儵與忽相遇於混沌之地，謀報混沌之德，曰：『人皆有七竅，此獨無有，嘗試鑿之。』日鑿一竅，七日而混沌死。道逢四五叟，含笑使來前。黃冠皓髮傲几〔一〕榻，野菜素粥鋪盤筵。自非爾願力，何計此留連。當知仰扣曖昧雲霄有頂處，得不俯懾嶄巖箐棧無窮淵。嗟茲大凡夫，行尸走肉真腥羶。《拾遺記》：任永曰：『好學者，雖死若存；不學者，雖存，行尸走肉爾。』段碧思家最可惜，李紳戀俗終難鐫。舉頭告神人，苦乏風馬與電鞭。《古今注》：秦始皇有名馬，曰追風。《淮南子》：電以爲鞭策，雷以爲車輪。藤蘿束縛即縋下，但見松柏櫹槮數萬仞，宋玉《九辯》：萷櫹槮而可哀。櫹槮，音宵森，落葉貌。石稜突兀〔二〕橫戈鋋。古來秦漢東封不到此，唯問梁父併肅然。《史記》：始皇之上太山，中阪遇暴風雨，休於大樹下。又：始皇封禪之後十二歲，秦亡。諸儒生疾秦焚《詩》《書》，誅僇文學。百姓怨其法，天下畔之。皆譌曰：『始皇上太山，爲暴風雨所擊，不得封禪。』又：武帝禪太山還，坐明堂，群臣更上壽。於是制詔御史：『朕以眇眇之身承至尊，兢兢焉懼不任。維德菲薄，不明於禮樂。修祠太一，若有象景光，屑如有望，震於怪物，欲止不敢，遂登封太山，至於梁父，而後禪肅然。』《泰安州志》：州南四十里有石閭山。漢武帝所禪，有仙人石閭居其下。又東五十里有亭亭山，東南一百十里有云云山，又其西爲梁父山。古者帝王封泰山、禪梁父，即此。《酉陽雜俎》：長白山，古肅然山也，在長山縣西南三十里。日觀嵯峨恍在下，《尸子》：泰山中有神房阿閣，三十六洞天之一也，舜東巡狩至此。秦始皇避雨處有五大夫松。其山屈曲盤旋至頂，高四十餘里。上有三峰，東曰日觀，雞鳴時見日出，高三丈。西曰秦觀，可望長安，始皇嘗登此西望，故名。又西曰越觀，可望會稽，一名月觀，以與日觀相對云。蓬萊浩渺空樓船。《史記》：蓬萊、方丈、瀛洲，此三神山者，在渤海中。蓋嘗有至者，諸仙人及不死藥生焉，其物禽盡白，而黃金、白銀爲宮闕。未至，望之如雲，及到三神山，反居水下。欲到，則風引船而去，終莫能至。《十洲記》：秦始皇使徐福發童男女五百人，率攝樓船等入海尋祖洲，遂不返。彼云鯨可射，《史記》：方士徐市等入海求神藥，數歲不得，費多恐譴，乃詐曰：『蓬萊藥可得，然常爲大蛟魚所苦，故不得至。願請善射與俱，見則以連弩射之。』始皇夢與海神戰，如人狀。問占夢博士，曰：『水神不可見，以大魚蛟龍爲候。今上禱祠備謹，而有此惡神，當除去，而善神可致。』乃令入海者齎捕巨魚具，而自以連弩候大魚出射之。自瑯琊由至榮成山，弗見。至之罘，見巨魚，射殺一魚。《異物志》：鯨魚長者數千里。此謂狗能牽。《前漢郊祀志》：公孫卿持節常先行候名山，至東萊，言夜見大人，長數丈，就之則不見，見其迹甚大，類禽獸云。群臣有言見一老父牽狗，言『吾欲見鉅公』，已忽不見。上既見大迹，未信，及群臣又言老父，則大以爲仙人也。宿留海上。安期羡門一往不復返，《列仙傳》：安期生，瑯琊阜鄉人，賣藥東海邊，時人皆呼千歲翁。秦始皇東遊，請見，與語二日夜，錫金璧數千。出於阜鄉亭，皆置去，留書，以赤玉舄一量爲報，曰：『後數年求我於蓬萊山。』始皇使徐市、盧生等數百人入海求之。未至蓬萊，輒逢風波而還，立祠阜鄉亭。《神仙傳》：紫陽真人周義山，入蒙山，遇羡門子，乘白鹿，執羽蓋，佩青旄之節，侍從十餘玉女。義山再拜，乞長生要訣，羡門曰：『子名在丹臺玉室，何憂不仙？』文成五利受寵驟貴祈長年。《前漢郊祀志》：齊人少翁以方見上，拜爲文成將軍。又：武帝既誅文成，後悔其方不盡，及見欒大，大説。大爲人長美，言多方略，而敢爲大言，拜爲五利將軍。仙人自有真，至道何由傳。邈焉龍漢延康紀，《隋經籍志》：道經者，云有元始天尊，生於太元之初，稟自然之氣，冲虛凝遠，莫知其極。所説天地淪壞，劫數終盡，略與佛經同。而以天尊之體，常存不滅。每至天地初開，或在玉京之上，或在窮桑之野，授以秘道，謂之開劫度人。然開劫非一度矣，故有延康、赤明、龍漢、開皇，是其年號。其相去經四十一億萬載。去授金璫玉珮篇。

《漢武内傳》：上元夫人宴於茅君之宫，命侍女宋辟非出紫錦之囊，開緑金之笈，以《三元流珠》等經授二茅君。王母復敕侍女李方明出丹瓊之函，披雲珠之笈，出《金璫玉佩經》授之。

校勘記

〔一〕『几』，存心堂本、豹文堂本同，四部叢刊本、國圖本作『凡』。

〔二〕『兀』，四部叢刊本、國圖本、存心堂本、豹文堂本作『屼』。

觀陳彦正觀景拄杖歌

山人拄杖手自擕，滿杖刻畫類土圭。《周禮·地官》：大司徒，以土圭之法測土深，正日景，以求地中。日南則景短，多暑；日北則景長，多寒；日東則景夕，多風；日西則景朝，多陰。日至之景尺有五寸，謂之地中。春秋星辰本不錯，彼啓我閉疇能齊。《左傳》：公既視朔，遂登觀臺以望，而書，禮也。凡分、至、啓、閉，必書雲物，爲備故也。注：分，春秋分；至，冬夏至；啓，立春、立夏；閉，立秋、立冬。日出扶桑照濛汜，南北廣輪定幾里。扶桑，解見《送鄭獻可》。《天問》：出自湯谷，次于濛汜。自明及晦，所行幾里。注：《書》云：宅嵎夷，曰暘谷。即湯谷也。《爾雅》云：西至日所入爲大蒙。即蒙汜也。老羲奉駕何太速，三足神烏爲之使。《淮南子》：日中有踆烏。張衡《靈憲》：日，陽精之宗，積而成烏，象烏而有三趾者。陽之精，其數奇。旦朝舉杖向天移，插表測景少參差。《晋天文志》：鄭衆説：『土圭之長尺有五寸，以夏至之日，立八尺之表，其景與土圭等，謂之地中。今潁川陽城地也。』騏驥過隙不踰晷，《史記》：人生居世間，猶六驥過隙。蟾蜍吐波同報時。王充《論衡》：羿請不死之藥於西王母。羿妻嫦娥竊之奔月，是爲蟾蜍。《吕氏春秋》：審堂下之陰，而知日月之行。世間惜把天機洩，杖底强稱量日月。蛟螭變去甲鱗生，霹靂搜來光彩滅。《後漢費長房傳》：長房辭老翁歸，翁與以竹杖曰：『騎此任所之，則自至矣。既至，可以杖投葛陂中也。』長房乘杖，須臾歸家，即以杖投陂，顧視則龍也。韓愈《赤藤杖歌》：空堂晝眠倚牖户，飛電著壁搜蛟螭。注：以杖倚户牖，飛電誤以爲蛟螭，而搜索之。自從宣夜無法傳，紛然周髀與渾天。《晋天文志》：古言天者有三家，一曰蓋天，二曰宣夜，三曰渾天。漢靈帝時，蔡邕於朔方上書言：『宣夜之學，絶無師法，《周髀》術數具存，考驗天狀，多所違失，惟渾天近得其情。』所謂《周髀》者，即蓋天之説也。嵩高窺候尚一律，《名山記》：嵩山，在河南登封縣東十里，五嶽之中嶽也。其山有三峰，中峰最高，曰峻極。峰東曰太室，西曰少室，嵩其總名耳。其下各有石室洞房，故謂之室。居四方之中而高，故名嵩高。詩曰『嵩高維嶽』是也。《郜城山記》：山，俗名鄧家山，嵩之正脉也。四外岡巒盤向，中發一土形小巔，逶迤下爲夷阜，即古陽城地。傳曰：周公營東都，求土中，具測景臺，立土圭以測日景。表石高八尺，狀若柱臺，後爲周公廟。廟後有臺，曰觀星，甚危敞。臺之背有量天石，其制，劃石像成溜槽。凡三十六方，深青色，每闊三尺六寸。舊有挈壺，走水漏刻，以符日景。二極隱見仍分躔。《晋天文志》：周天三百六十五度五百八十九分度之百四十五。半覆地上，半在地下，其二端謂之極。北極出地三十六度，南極入地三十六度，兩極相去一百八十二度半彊。繞北極徑七十二度，常見不隱，謂之上規；繞南極七十二度，常隱不見，謂之下規。日南交愛通海陸，海中諸星却未矚。《隋天文志》：交、愛之州，表無北影。《舊唐書·天文志》：按《南越志》：『宋元嘉中，南征林邑，以五月立表望之，日在表北，影居表南。交州日影覺北三寸，林邑覺九寸一分。』交州，大略去洛九千餘里，蓋水陸曲折，非論圭表所度，惟直考實，其五千乎！開元十二年，詔太史交州測景。夏至影表南長三寸三分，與元嘉中所測大同。然則距陽城而南，使直路應弦，至於日下，蓋不盈五千里也。使者大相元太云：『交州望極，纔出地二十餘度。以八月海中南望老人星下，環星粲然。明大者甚衆，圖所不載，莫辨其名。大率去南極二十度以上，其星皆見。乃古渾天家以爲常没地中，伏而不見之所也。』《太平御覽》：交州去洛九千餘里，孫悚云立表效景，景在表南。豈古郡以日南爲名者，其斯義乎？雁門寰蔚絶龍沙，《九域志》：代州治雁門縣，有雁門塞，即古關也。《山海經》：雁門山者，雁飛出於其間。按《志》：今屬山西太原府。《後漢班超傳贊》：坦步葱雪，咫尺龍沙。注：葱領、雪山，白龍堆沙漠也。鐵勒須臾羊胛熟。《舊唐書·天文志》：鐵勒北有骨利斡。晝長夕短，日没後，天色正曛，煮一羊胛纔熟，而東方已曙。蓋近日出入之所。胛，音夾，兩膊間背甲與胸脅相會闔處也，疑當作髀。天高地遠渺八紘，《淮南子》：九州之外有八夤，八夤之外有八紘，八紘之外有八極。東北之紘曰和丘、曰荒土；東方之紘曰棘林、曰桑野；東南之紘曰大窮、曰衆安；南方之紘曰都廣、曰反户；西南之紘曰焦僥、曰火土；西方之紘曰金丘、曰沃野；西北之紘曰一目、曰河所；北方之紘曰積冰、曰委羽。揚雄文：日月之經不千里，則不能燭六合，耀八紘。章亥豎亥脚力争。解見《病起讀列子》。出入安穹足議論，《晉天文志》：成帝咸康中，會稽虞喜因宣夜之説作《安天論》，喜族祖河間相聳又立《穹天論》，吴太常姚信造《昕天論》。虞喜、虞聳、姚信皆好奇狥異之説，非極數談天者也。經營鮮洛空璣衡。又：漢太初，洛下閎、鮮于妄人、耿壽昌等造員儀以考歷度。後至和帝時，賈逵繫作，又加黄道。至順帝時，張衡又制渾象，具内外規、南北極、黄赤道，列二十四氣、二十八宿中外星官及日月五緯，以漏水轉之於殿上室内，星中出没與天相應。《書》：在璇璣玉衡，以齊七政。疏：璣爲運轉，衡爲横簫。運璣使動於下，以衡望之。漢世以來，渾天儀是也。我朝華戎早一統，山梯海航萬國共。《文選》：梯山航海，踰沙軼幕之貢。火嶠尾閭侵暑熱，《莊子》：水莫大於海，萬川歸之，尾閭泄之。注：閭者，聚也，水聚族之處。在扶桑東，一名沃焦，一石方圓四萬里，厚四萬里，海水注者無不焦。骨橋魑魅壓冰凍。古今陽城一岳臺，三十六度增減來。《晋天文志》：鄭玄云：『凡日景於地，千里而差一寸，景尺有五寸者，南戴日下萬五千里也。』以此推之，日當去其下地八萬里矣。日邪射陽城，則天徑之半也。體圓如彈丸，地處天之半，而陽城爲中，則日春秋冬夏，昏明晝夜，去陽城皆等，無盈縮矣。故知從日邪射陽城，爲天徑之半也。《玉海》：皇祐初，置岳臺。今京師岳臺坊，地曰浚儀，近古候景之所。按：皇祐，宋仁宗年號。郭公新製十五表，天下日影無纖埃。《元天文志》：郭守敬言：曆之本在於測驗，而測驗之器莫先於儀表。天樞附極而動，昔人嘗展管望之，未得其的，作候極儀。極辰既得，天體斯正，作渾天象。象雖形似，莫適所用，作玲瓏儀。以表之矩方，測天之正圓，莫如以圓求圓，作仰儀。古有經緯，結而不動，改之作立運儀。日有中道，月有九行，合而作證理儀。表高景虛，其象非真，作景符。月雖有明，測景則難，作闚。凡曆法之驗，在於交會，作日食、月食儀。天有赤道，輪以當之，兩極低昂，標以指之，作星晷定時儀。其器凡十有三。又作正方按九表懸正儀，凡四等爲四方，行測者所用。又作《仰規覆矩圖》《異方渾蓋圖》《月出入永短圖》凡五等，與上諸儀互相參攷。吾知渾天爲中國，東南海際殊傾側。周髀本因勾股得，《晋天文志》：鄭玄云：以勾股法言之，旁萬五千里，勾也；立八極萬里，股也；從日邪射陽城，弦也。以勾股求弦法入之，得八萬一千三百九十四里三十步五尺三寸六分，天徑之半而地上去天之數也。倍之，得十六萬二千七百八十八里六十一步四尺七寸二分，天徑之數也。以周率乘之，徑率約之，得五十一萬三千六百八十七里六十八步一尺八寸二分，周天之數也。崑崙當中標四極。《龍魚河圖》：

崑崙山，天中柱也。《爾雅》：東至泰遠，西至邠國，南至濮鉛，北至祝栗，謂之四極。茫茫堪輿一氣浮，《玉海》：後漢許（謹）［慎］云：『堪天道，輿地道。』《列子》：天，積氣耳。鄒衍九州復九州。《史記》：騶衍言儒者所謂中國於天下，乃八十一分之一爾。中國名曰赤縣神州。赤縣神州自有九州，禹之序九州是也。外國如赤縣神州者九，乃所謂九州也。有裨海環之。如此者九，乃有大瀛海環其外。蚍蜉蟻子託大樹，大樹所託終難求。韓愈詩：蚍蜉撼大樹，可笑不自量。《爾雅》：蚍蜉，大螘。注：俗呼馬蚍蜉。嗟哉周渾說未定，《玉海》：太史監南宫説云：『原古人所以步圭景之意，將以節宣和氣，輔相物宜，不在於辰次之周徑。其所以重曆數之意，將以敬授人時，欽若乾象，不在於渾蓋之是非。若乃述無稽之法於視聽之所不及，當缺疑而不議也。六家之説，迭爲矛盾。誠以爲蓋天邪，則南方之度漸狹；果以爲渾天邪，則北方之極寖高。此二者渾、蓋之家盡智畢議，未見能通其説也。』六家謂渾天、蓋天、宣夜、安天、昕天、穹天也。拄杖在手與日競。一行曆術久成書，《舊唐書·天文志》：貞觀中，李淳風撰《法象志》，以唐之州縣配。至開元初，沙門一行又增損其書，更爲詳密。既事包今古，與舊有異同，頗裨後學。康節算學知何如。《宋史》：邵雍，字堯夫，河南人。知慮絶人，遇事能前知。程頤嘗曰：『其心虚明，自能知之。』當時學者因雍之前知，謂雍於凡物聲氣之所感觸，輒以其動而推其變。於是摭世事之已然者，皆以雍言先之，雍蓋未必然也。

題錢舜舉張麗華侍女汲井圖

景陽宫中景陽井，手出銀盤牽素綆。古樂府：後園鑿井銀作床，金瓶素綆汲寒漿。《説文》：綆，汲井索。鉛華不御面生光，《洛神賦》：鉛華弗御。《博物志》：燒鉛作胡粉。寶帳垂綃花姤影。《杜陽雜編》：寶曆二年，浙東國貢舞女二人，一曰飛鸞，一曰輕鳳。歌聲一發，如鸞鳳之音，舞態艷逸，更非人間所有。每歌罷，上令內人藏之金屋寶帳，蓋恐風日所侵故也。宮中語曰：『寶帳香重重，一雙紅芙蓉。』臨春結綺屹層空，《陳書》：後主作臨春、結綺、望春三閣，以沈檀香木爲之，每微風至，香聞數里，其下積石爲山，引水爲池。臨春，後主自居；結綺，張麗華居之；望春，龔、孔二妃居之。璧月瓊枝狎客同。又：後主、貴妃遊宴，諸貴人、女學士與狎客共賦新詩，互相贈答。采其尤艷麗者以爲曲調，被以新聲。選宮女有容色者以千百數，令習而歌之。其曲有《玉樹後庭花》《臨春樂》等，其略云：『璧月夜夜滿，瓊樹朝朝新。』大抵皆美張貴妃、孔貴嬪之容色。鴛鴦戲水池塘雨，蛺蝶尋香殿閣風。日高歡宴驕若訴，牀脚表章昏不寤。《通鑑》：隋賀若弼度京口，被人密啓告急，陳主飲酒不省。及被擒，高熲見在牀下，猶未開封。其後隋主目之，曰：『此敗豈不由酒與作詩之功？』吴兒白袍戰鼓死，《南史》：梁陳慶之麾下悉着白袍，所向披靡。先是洛中謡曰：『名軍大將莫自牢，千兵萬馬避白袍。』《前漢書》：李陵夜半時，擊鼓起士，鼓不鳴。洛士青蓋降船渡。《晋書》：孫皓時，錢塘湖開，或言天下當太平，青蓋入洛。時皓以問陳訓，訓曰：『臣止能望氣，不能達湖之開塞。』退而告其友，曰：『青蓋入洛，將有輿櫬銜璧之事。』尋而吴國亡。井泥無波井欄缺，半點胭脂汙緋雪。《南畿志》：景陽井在臺城內。後主與張麗華、孔貴嬪投其中以避隋兵。舊傳闌有石脈，以帛拭之，作臙脂痕，名臙脂井。一名辱井，在法華寺。蕙心蘭質吹作塵，目斷寒江鎖江鐵。《通鑑》：隋軍臨江，間諜驟至。後主從容謂侍臣曰：『王氣在此，齊兵三來，周師再來，無不摧敗，彼何爲者耶？』孔範曰：『長江天塹，古以爲限隔南北。今日虜軍豈能飛渡耶？』後主笑以爲然，故不爲深備。奏伎、縱酒、賦詩不輟。《晋書·王濬傳》：吴人於江險磧要害之處，並以鐵鏁横截之。又作鐵錐，長丈餘，暗置江中，以逆距船。濬乃作大筏，令善水者以筏先行，筏遇鐵錐，錐輒著筏去。又作火炬，長十餘丈，大數十圍，灌以麻油，在船前遇鏁，然炬燒之。須臾，融液斷絶。

題李伯時寶津騎士校馬射圖

東都天子幸寶津，按《志》：開封府城西鄭門外西北金明池，周廻九里餘，中有寶津樓。樓之南有宴殿，殿西有射殿，殿南有横街、牙道、柳徑。車駕臨幸，觀騎射百戲於此。左右突騎多近臣。《後漢景丹傳》：絶突騎，大破王郎兵。少年據鞍即齊足，陳琳牋：清辭妙句，焱絶焕炳。譬猶飛兎流星，超山越海，龍驤所不敢追。况於駑馬，可得齊足。青柳絳綃不遺鏃。《史記》：楚養由基善射，去柳葉百步，射之，百發百中。《玉海》：宋嘉祐間，上設燕瓊林苑，觀衛士射柳枝。《揮麈後録》：張公諱路斯，唐景龍中爲宣城令。罷歸，常釣於焦氏臺之陰，歸則體常寒而濕。夫人問故，張曰：『我龍也。蓼人鄭祥遠，亦龍也。與我争釣處，明日當戰，夫人可使九子助我。我領絳綃，鄭青綃。』明日，射青綃者，中之，怒而去，投於合肥之西山以死，爲龍穴山。前手引弰如附枝，後手放箭箭不知。《列女傳》：晋平公使工爲弓，三年乃成，射不穿一札，公怒，將殺工。其妻遽入見公曰：『妾之夫造此弓，亦勞矣，而不穿一札，是君不能射也。妾聞射之道，左手如拒，右手如附枝。右手放發，左手不知。』公以其儀而穿七札。羽林劍客塵霧濔，羽林，解見《秋日雜詩》。《前漢書》：李陵召見武臺，叩頭自請曰：『臣所將屯邊者，皆荆楚勇士奇材劍客也。力扼虎，射命中，願得自當一隊。』闌一作蘭〔二〕筋蕙腕雹聲馳。《相馬經》：馬生下墮地無毛，行千里。尿舉一脚，行五百里。闌筋堅者千里，膝如團麴千里，三軍莫逐，但知所發，不知所宿。注：一筋從玄中出，謂之闌筋。玄中，謂目上痕如井字。先朝射技兵恨弱，舊栅毬門馬驚躍。軍書到夏風噴河，按《宋史》：仁宗寶元元年十月，元昊僭稱帝，建國號曰大夏。遣使奉表，望許以西郊之地，册爲南面之君云云。宰相張士遜即議絶和問罪，群臣皆請出師討之。諫官吴育獨請姑許其所求，彼將無詞，然後陰敕邊臣密修戰備。奏入，士遜笑之。二年六月下詔，削奪元昊官爵，絶互市，揭榜于邊。募能擒元昊，若斬首獻者，即授定難節鉞。已而元昊又遣賀永年齎嫚書，納旌節，及所授敕誥，置神明匣，留歸孃族而去。使節通遼雪跑幕。按《宋史》：太祖開寶八年，契丹主賢命其涿州刺史耶律琮貽書知雄州孫全興，請通好。全興以聞，帝命答書許之。契丹乃使克沙骨慎思來結成，復遣人告北漢，以通好於宋，無妄侵伐。秋七月，遣閤門使郝崇信、太常丞吕端使契丹報聘。自是和好，入寇不常，世受其患。至英宗治平三年，契丹復改國號曰遼。南宫試士親見來，筆下駿[二]逸真龍媒。《前漢禮樂志》：天馬徠，從西極，涉流沙，九夷服。天馬徠，出泉水，虎脊兩，化若鬼。天馬徠，歷無草，徑千里，循東道。天馬徠，執徐時，將摇舉，誰與期。天馬徠，開遠門，竦予身，逝昆侖。天馬徠，龍之媒，游閶闔，觀玉臺。澄心一紙依稀在，《詩文發源》：澄心堂紙乃江南李后主所製。《書斷》：李公麟，字伯時，號龍眠居士。工白描，人物遠師陸、吴，牛馬斟酌韓、戴，山水出入王、李。作畫多不設色，獨用澄心堂紙爲之。唯臨摹古畫，用絹素。着色筆法，如雲行水流，當爲宋畫中第一。畫家六法猶神彩。《畫品》：南齊謝赫曰：畫有六法：一曰氣韻生動，二曰骨法用筆，三曰應物象形，四曰隨類傅彩，五曰經營位置，六曰轉移模寫。骨法以下五端，可學而能，氣韻必在生知。誰歟醇駟誰牛車，《史記》：漢興，接秦之弊，丈夫從軍旅，老弱轉糧餉，作業劇而財匱，自天子不能具鈞駟，而將相或乘牛車，齊民無蓋藏。收盡騏驥策蹇驢。按《元史》：文宗天曆元年，遣使分行河間、保定、真定及河南等路，括民馬。先生豈有感於時事，而借題以抒其憤歟？杜甫詩：蹇驢破帽隨金鞍。男兒虛用懸門弧，《禮》：男子生，設桑弧蓬矢於門左，女子設帨於門右。嗚呼壯哉彼武夫。《詩》：赳赳武夫，公侯干城。

校勘記

〔一〕『闌』，四部叢刊本、國圖本、存心堂本、豹文堂本作『蘭』。

〔二〕『駿』，四庫叢刊本、國圖本、存心堂本、豹文堂本作『俊』。

富春新創關將軍廟成吴子中攜卷索題

吴生病起有怪聞，夢中識得髯將軍。《蜀關羽傳》：諸葛亮答羽書曰：『孟起，（黔）〔黥〕、彭之徒，當與翼德並驅爭先，猶未及髯之絶倫逸群也。』羽美鬚髯，故亮謂之髯。孟起，馬超字。翼德，張飛字。香火乞靈自此揭，《左傳》：晉侯將伐齊，使來乞師曰：『願乞靈於臧氏。』廟門釃酒樓榾雲。《詩》：釃酒有萸。杜甫《枯樓》詩：徒布如雲葉。又：海樓一枝高入雲。我曾久讀名將傳，紫金熖眼赬玉面。漢鼎佤離强分割，佤，音誇，佤邪，離絶貌。楚鋒剽狡輕攻戰。《前漢張良傳》：楚人剽疾，願上慎毋與楚争鋒。天荒地老路不通，古樂府：地老天荒，海枯石爛。永劫同心，信誓旦旦。魂升魄降骴秋蓬。《關尹子》：鬼云爲魂，鬼白爲魄，於文則然。鬼者，人死所變。云者風，風者木。白者氣，氣者金。風散故輕清，輕清者上天。金堅故重濁，重濁者入地。輕清者，魄從魂升；重濁者，魂從魄降。神仙負劍乃兵解，《神仙傳》：真人去世，多以劍代形。五百年後，劍亦能靈化。《廣異記》：丁約曰：『道中有尸解、兵解、水解、火解。嵇康、郭璞皆非受戕害。我以此委蜕耳。』巫覡傳芭眞鬼雄。巫覡，解見《時儺》。《九歌》：成禮兮會鼓，傳芭兮代舞。注：芭與葩同，巫所持之香草也。又：魂魄毅兮爲鬼雄。注：毅然爲百鬼之雄杰也。壯夫本合荆州死，《通鑑》：興平二十四年，孫權使吕蒙襲取江陵荆州，將吏悉皆歸附。關羽自知孤窮，乃西保麥城，因遁走。馬忠獲羽及其子平於章鄉，殺之，遂定荆州。嚴祀何哉富春里。牛弘歌：肇禋嚴祀，式奉尊靈。只今江左四祠無狄公，《通鑑》：唐嗣聖五年，河南巡撫大使狄仁傑以吴楚多淫祠，奏焚一千七百餘所，獨留夏禹、吴太伯、季札、伍員四祠。髯乎髯乎獨不恨見孫江東。又：劉備見諸葛亮於隆中，問計，亮曰：『曹操擁百萬之衆，挾天子以令諸侯，誠不可與争鋒。孫權據有江東，已歷三世，國險而民附，賢能爲之用，可與爲援而不可圖也。荆州北據漢沔，利盡南海，東連吴會，西通巴蜀，此用武之國，而其主不能守。此殆天所以資將軍也。』

粤山白鵲陳彦理同賦

粤山，解見《黑海青》。《古今注》：鵲，一名神女。以赤帝女成仙，化爲白鵲，故名。

粤山白鵲何毵毵，音糝，平聲。今所驟見古所談。滿地蓬蒿出復没，凡禽豈或同鳩鵨。音菴，鶉屬。如何天然有此潔，直以日浴無餘黔。《莊子》：鶴不日浴而白，烏不日黔而黑。金精煉成向月窟，《洞冥記》：帝解鴻鳴之刀，賜東方朔，朔曰：『鑄此刀者，首山之金。金出九湯清溪，有鵲啣火於清溪之上。』《長楊賦》：西厭月窟。注：月所生也。縞夜飛過凌霜潭。王安石詩：積李兮縞夜。《滕王閣序》：潦水盡而寒潭清。靈須駕河恍若一，《淮南子》：七夕，烏鵲填河成橋，渡織女。《爾雅翼》：相傳，七日牽牛與織女會於漢東，烏鵲爲梁以渡，故毛皆脱去。靜欲繞樹驚能三。魏武帝歌：月明星稀，烏鵲南飛。繞樹三匝，何枝可依？玉臼藍橋質已蜕。《列仙傳》：裴航遇雲翹夫人，與詩云：『一飲瓊漿百感生，玄霜擣盡見雲英。藍橋本是神仙窟，何必區區上玉京。』後經過藍橋，渴，一舍有老嫗。揖之求漿，嫗令雲英出一甌漿水飲。航欲娶雲英，嫗曰：『但得玉杵臼，當與之。』後，航得杵臼，爲擣藥。遂得娶之，俱仙去。霓裳水殿神猶酣。《異聞録》：明皇與申天師、道士洪都客中秋夜遊月中。過一大門，在玉光中見一大宮府，榜（上）〔曰〕『廣寒清虚之府』。天師引明皇躍身煙霧中，下視皇城嵯峨，若萬頃琉璃田。素娥十餘人，皓衣，乘白鸞，舞桂樹下，樂音清麗。明皇歸，編律製《霓裳羽衣曲》。休徵不使畢弋得，《淮南子注》：乾鵲見人有吉事之徵，則修修然；有凶事之徵，則鳴啼。《詩》：鴛鴦于飛，畢之羅之。又：弋鳧與雁。異羽未許樊籠諳。性耿終隨處士傳，音和盍趂彌陀龕。韋皋《鸚鵡舍利塔記》：有獻鸚鵡者，曰此鳥聲容可觀，音中華夏。河東裴氏以此鳥名載梵經，意佛身所化，常狎而敬之。教以持佛名號，每虚室戒曙，發和雅音，穆如笙竽。今年七月，悴爾不懌，已日而甚。馴養者知將盡，乃鳴磬告曰：『將西歸乎？爲爾擊磬，爾其存念。』每一擊，一稱彌陀，十擊而十念成。歛翼委足，不震不仆，揜然而絶。遂命火，以闍維之法焚之，有舍利十餘粒，炯爾耀目。高僧惠觀用陶甓建塔，旌異也。鴻雁塞〔一〕門但鄉北，《記》：季冬之月，雁北向。《山海經》：雁門山，雁出其間，在高柳北。鷓鴣裸〔二〕壤空思南。《廣志》：言鷓鴣飛，但南不北。張華曰：鷓鴣雖復東西回翔，然命翩之始必先南翥，故一名懷南，鳴自號『杜薄州』，言其志懷南，不向北也。晋人禽經此或載，張華著。蕭氏瑞志吾將參。按：《南齊》有《符瑞志》。又《隋書》：許善心《符瑞記》十卷。情知太古至德世，謂巢可俯鷇可探。《孫卿子》：古之王者，其政好生惡殺。烏鵲之巢可俯而窺。《晋書》：王澄爲荆州，將之鎮，送者傾朝。澄見樹上鵲巢，便脱衣上樹，探鷇而弄之。神氣蕭然，旁若無人。鷇，音苦角切，鳥卵也。投詩與君且一笑，幸勿緇涅令渠慙。

校勘記

〔一〕「塞」，豹文堂本同，四部叢刊本、國圖本、存心堂本作「寒」。

〔二〕「裸」，豹文堂本同，四部叢刊本、國圖本、存心堂本作「祼」。

題姚文公草書杜少陵詩手軸崔仲德所藏

彭蠡東流白泱泱，《荆州記》：宫亭湖，即彭蠡澤也，亦謂之彭澤湖。《寰宇記》：彭蠡湖在德化縣東南，週廻四百五十里，湖心有大孤山，以别都昌之界。四面洪濤，大孤屹然獨聳。按《志》：縣屬江西九江府。匡廬五老青開張。又：匡裕兄弟七人皆有道術，結廬於此仙去，宫廬尚在，故曰廬山。按《志》：廬山在九江府南二十五里，古名南鄣山，高二千三百六十丈，週二百五十里，其山九層，川亦九派。《星子縣志》：五老峰在廬山頂東南，自府治北望，森然如施巒幕者，是也。李白詩：廬山東南五老峰，青天秀出金芙蓉。九江秀色可攬結，吾將此地巢雲松。我公宴坐展詩史，燈下搦管草數行。目瞭手熟快掣電，筆銛紙擣明含霜。鸞鳳盤廻恣舞躍，蛟龍崛强高騰驤。王羲之《草書勢》：婀娜如削弱柳，聳秀如裊長松，婆娑而同舞鳳，宛轉而似蟠龍。當知所貴務道德，況復不朽傳文章。中州故家胄子出，累代耆壽真儒光。搢珽端紳尚色正，《禮》：天子搢珽。注：珽，亦笏也。《釋（海）〔誨〕》：當其無事也，則舒紳緩佩，鳴玉以步，綽有餘裕。《公羊傳》：孔父正色而立於朝，則人莫敢致難於其君者。操觚染牘仍謀長。《詩話》：韓愈、皇甫湜過李賀家，賀欣然操觚染翰，作《高軒歌》。陸機《文賦》：或操觚以率爾。注：觚，木之方者，古人用之以書，猶今之簡也。《前漢昌邑王傳》：持牘趨謁。注：牘，木簡也。藉令鍾王可退讓，《法書苑》：羊欣云：『鍾繇行書，亦二王之亞。』又徐浩《論書》云：『鍾善真書，右軍行法，小令破體，皆一時之妙。』《魏志》：王粲才高，舉筆成文，鍾繇、王朗等閣筆，不敢措手。勢與董賈同翱翔。《前漢書》：劉向稱『董仲舒有王佐之材，雖伊吕無以加』。又：劉向稱『賈誼言三代與秦治亂之意，其論甚美，通達國體，雖古之伊、管，未能遠過也』。大兵昔者潰漢鄂，南士何處潛茅篁。《元史》：皇子闊出伐宋，命楊惟中於軍前行中書省事。克宋棗陽、光化等軍，光、隨、郢、復等州，及襄陽、德安府。又《姚樞傳》：樞從惟中破棗陽，主將將盡坑之，樞力辯非詔書意，乃麾數人逃入篁竹中脱死。北風被髮亟死水，明月跨馬勞追亡。詳見《觀姚文公集記趙江漢舊事》。程朱學術此萌蘖，姚許論次極審詳。《姚樞傳》：太宗詔樞從楊惟中即軍中求儒、釋、道、醫、卜之人。拔德安得趙復，始得程頤、朱熹之書。《許衡傳》：衡幼有異質，遭亂世，貧無書，嘗從日者家得《書》疏義。避亂徂徠山，得《易》王弼説。夜思晝誦，身體而力踐之。既而往來河洛間，從姚樞，得程、朱書，益大有得。立舘過庭竟兩得，蒐經摭傳疇殫量。《姚樞傳》：樞棄官，攜家來輝州。作家廟，别爲室奉孔子及宋儒周惇頤等像，刻諸經，惠學者。聖朝混一闢海嶽，勳武雜遝銘旂常。麟閣鐫詞照百世，《前漢蘇武傳》：上思股肱之美，廼圖畫其人於麒麟閣。雞林定價驚殊方。《白樂天長慶集序》：元和中，雞林賈人購白學士詩。云本國宰相率一篇易一金，其僞者輒能辨。紺宇琳宫鼎負力，豐碑巨碣戈垂鋩。英華熛發永不滅，翰墨游戲聊徜徉。崔君妙年幸侍坐，安陸遺藁曾取將。半披丹繪久舒卷，《詩話》：李益長於詩，每一篇出，樂工争求之。至《征人》《早行》等篇，天下皆施之圖繪。滿幅縈絹苦襲藏。唐太宗《王羲之贊》：子雲近出，擅名江表，僅得成書，無丈夫之氣。行行若縈春蚓，字字如綰秋蛇。吾觀河汾數來往，皮日休《文中子碑》：文中子王氏，諱通，字仲淹。生於陳隋之世，以亂世不仕，退於汾晋，序述六經，以行教。先生之門人薛收、李靖、魏徵、李勣、杜如晦、房玄齡，皆赫赫於盛時。惜乎德與命乖，不及覩吾唐受命而没。《揮麈録》：文中子王通，隋末大儒。歐陽文忠、宋景文修《唐書》，《房杜傳》中略不及其姓名。或云其書阮逸所撰，未必有其人。然唐李習之嘗有《讀文中子》，而劉禹錫作《王華卿墓銘序》，載其家世行事甚詳。云『門多偉人』，則與書所言合矣。何疑之有？又皮日休有《文中子碑》見于《唐文粹》。又按：《宋文鑑》載，司馬光《文中子補傳》采其行事於理可通，而所言切於事情者，著於篇，以補《隋書》之闕。敢愧籍湜或汗僵。蘇軾《韓文公廟碑辭》：汗流籍湜走且僵。注：張籍、皇甫湜皆從韓公遊，而不及遠甚，亦自名於時。汗流者，言其愧汗如流也。走且僵，謂退避其文辭之高，奔走而僵仆也。修杗短桷未收拾，已矣我公今棟梁。韓愈《進學解》：大木爲杗，細木爲桷。《詩話》：安定先生自慶曆中教學於蘇、湖間，歐公詩曰：『吴興先生富道德，詵詵弟子皆賢才。』王荆公詩曰：『先收先生作梁棟，以次收拾桷與榱。』

天台山花蕊石筆架歌

《天台縣志》：天台山在縣北三里，自神迹石延袤國清、赤城、桐栢，至於華頂，皆名天台，實一邑諸山之總名。《本草衍義》：黄石中間有淡白點，以此得花之名。《玉册》：花乳石，生山谷中，有五色。

天台高山屹蒼空，山神染石填青紅。良工琢之手運風，《莊子》：郢人堊墁其鼻端，若蠅翼。使匠石斲之，運斤成風，盡堊而鼻不傷。匠石曰：『臣能斲之，而臣質死久矣。』閣我綵筆虚玲瓏。《齊書》：江淹夢得五色筆，由是文藻日新。後夢有人稱郭璞，取之，爾後爲詩，絶無美句。時人謂之才盡。勾芒香動土膏發，《月令》：孟春之月，其帝太皞，其神勾芒。注：勾芒，少皞氏之裔子，曰重。佐木德之帝，死爲木官之神。隋先農歌：農祥晨晰，土膏初起。蓬萊髓流花作骨。蓬萊，解見《題永嘉唐氏卷》。一雙粉蝶迷宿魂，五色斑龍蜕幽窟。古硯南披黯淡灘，葉少藴《硯譜》：南劍石有二種，其一出鹵水，去黯淡灘四十里，細潤而不甚發墨。黯淡灘石宜墨，而膚理不逮，然世未知此石之可珍也。按《志》：灘在福建延平府，最險。摩挲鴝眼映豬肝。蘇軾《筆録》：黄黑相間，黳睛在内，晶瑩可愛，謂之活眼。四旁浸漬，不甚清明，謂之淚眼。形體略具，而無光彩，謂之死眼。活勝淚，淚勝死，死勝無。蘇易簡《硯譜》：端溪眼，水中石色青，山半石色紫，山頂石尤潤，傍如豬肝色者佳。低窺墨池渤澥碧，王羲之《筆陣圖》：紙者，陣也。筆者，刀稍也。墨者，鍪甲也。水硯者，城池也。心意者，將軍也。本領者，副將也。結構者，謀略也。出入者，號令也。屈折者，殺戮也。仰倚書鎮嵩峰寒。滿案層巒何處所，宛陵老兎論功緒。《史記》：始皇令蒙恬與太子扶蘇築長城。恬取中山兎毛造筆。按《志》：古宛陵地，今江南寧國府，産香貍。錦繡心腸吐有雲，莓苔面貌凝爲雨。翰林學士花生筆，《開元天寶遺事》：李白少時夢筆頭上生花，後天才贍逸，名聞天下。京洛新來花樣出。《盧氏雜記》：盧仝下第出都，投逆旅。有一人附火吟曰：『學織錦綾工未多，亂投機杼錯抛梭。莫教宫錦行家見，把似文章笑殺他。』因問之，曰：『舊隸宫錦坊，近以薄技投本行。云如今花樣不同，且東歸也。』浮花浪蕊一掃間，韓愈詩：浮花浪蘂鎮長有，纔開還落瘴霧中。嘆息揚雄白我玄。《前漢書》：哀帝時，丁傅、董賢用事，諸附離之者，或起家至二千石。時雄方草《太玄》，有以自守，泊如也。或謿雄以玄尚白，而雄解之，號曰《解嘲》。注：玄，黑色也，言雄作之不成，其色猶白，故無禄位也。

送鄭彦貞仲舒叔姪北游京師

鄭君系本自義門，門首植表孝義敦。祖孫九世類一日，聚族千指通晨昏。《浦江縣志》：宋鄭綺家於芙蓉山，一名香巖山，白麟溪之源出焉。綺母嗜溪水，值旱，對溪數仞不得泉。綺慟哭，水爲湧出，因名孝感泉。自綺至洪武初，已十世，同居凡二百四十餘年。元至大間，表其門。金華宋濂慕義門鄭氏之風，徙家于青蘿山。酒食卮匜口共飫，《詩》：儐爾籩豆，飲酒之飫。衣裳椸架身同温。《禮》：男女不同椸架。椸，音移，衣架。家宜富饒積粟布，里或饑窶資饔飧。大宗小宗寖以邈，《白虎通》：宗其爲始祖後者爲大宗，此百世之所宗也。宗其爲高祖後者，五世而遷者也。高祖遷於上，宗則易於下。宗其爲曾祖後者爲曾祖宗，宗其爲祖後者爲祖宗，宗其爲父後者爲父宗。皆爲小宗，以其轉遷，別於大宗也。別子者，自爲其子孫爲祖，繼别也，各自爲宗。小宗有四，大宗有一，凡有五宗，人之親所以備矣。東眷西眷疇尋源。《五代史·裴皞傳》：裴氏世爲名族。居燕者，號東眷；居凉者，號西眷；居河東者，號中眷。復除曷下省府令，《通鑑》：漢高帝五年，詔爵及七大夫以上，皆令食邑，已下，皆復其身及户，勿事。注：七大夫，公大夫也。復者，除免其身役户税也。勿事，不給繇賦也。按《志》：鄭文嗣與從弟太和相繼主家事。嚴而有恩，見者嗟慕，謂有三代遺風。狀聞，復其家。部使者余闕爲書『東浙第一家』。延譽靡間鄉閭言。禮俗興衰顧不重，風聲勸慕猶兹存。袖中懷文扣所部，行矣望闕期軒騫。燕山〔一〕何許水陸隔，燕山，解見《胡仲申至》。越驛踰月舟車犇。鄒嶧邳山岱嶽竦，鄒嶧，解見《觀秦丞相碑》。《括地志》：大邳山，今名青壇山，在衛州黎陽。按《志》：即今大名府之濬縣。《泰安州志》：泰山，即東嶽，詳見《泰山高》。蜀江邗瀆河流渾。《荆州記》：江出岷山，其源若甕口，可以濫觴。《寰宇記》：合瀆渠在揚州江都縣東二里。本吴掘邗溝，通江淮之水路也，由東北達淮安射陽湖，即山陽瀆，今之運河也，在城東南。事見《左傳・哀公九年》。《城邑考》：蕪城，古邗溝城也。漢已後荒圮，鮑明遠作《蕪城賦》以傷之。《抱朴子》：寸膠不足以理黄河之濁。邗，音寒。榆關崇墉峙虎駮，按《志》：關在永平府撫寧縣東。隋開皇中，漢王諒將兵伐高麗，出臨榆關，即此。洪武初，魏國公徐達始移今所，因改名曰『山海關』。北爲山，南爲海，相距不數里許。四塞險固。邊郡之咽喉，京師之門户也。《爾雅》：駮，如馬。按：駮，獸名。黑尾，一角，鋸牙，音如鼓，能食虎豹。與駁通。碣石漲海澆蛟鼉。《書》：夾右碣石，入于河。詳見《觀秦丞相碑》。北州塵沙遽萬里，天邑氣象雄微垣。《書》：天邑商。《史記》：上垣太微十星，中垣紫微十五星，下垣天市二十二星。昇平多年正黼扆，郡國麇至駢肩跟。《左傳》：求諸侯而麇至。五柞長楊劍戟接，《前漢丙吉傳》：武帝疾，往來長楊、五柞宫。注：宫並在盩厔。控弦突騎旌旗翻。鴻雁飛鳴羽未肅，魚龍變化光相燉。世途人事豈可測，儒術政理須攀援。嗟予昔者忝俊造，翹足到今勞夢魂。乘時一去欲迅奮，抱病日劇徒丘園。阮郎竹林夕並秀，《世説》：嵇康所與神交者，阮籍、山濤、向秀、劉伶、王戎及籍兄子咸，爲竹林之遊，日以酣飲爲事，遺落世務。世共推爲竹林七賢。韋氏花樹春仍繁。《唐書》：韋述弟逌、廸，學業亦亞述，與逌對爲學士，與廸並禮官，縉紳高之。時趙冬曦兄弟亦各有名。張説常曰：『韋、趙兄弟，人之杞梓。』榮親顯己在此舉，惜不往餞空罍樽。

校勘記

〔一〕『燕山』，四部叢刊本、國圖本、存心堂本、豹文堂本作『燕然』。

觀淮陰龔翠巖所修古棋經

按先生《桑海遺録序》：淮陰龔開，字聖予，少嘗與陸秀夫同居廣陵幕府。志節既峻，儀觀甚偉，文章議論高古。所作文宋瑞、陸秀夫傳，類遷、固所爲，陳壽以下不及也。此其人殆亦無負於秀夫者。

淮陰老人古棋經，廣陵大幕青油廳。《南史》：宋朱修之居荆州青油幕。韓愈詩：從軍固云樂，談笑青油幕。燈明夜觀碁，月暗秋聞柝。一江對壘静晝日，三楚結陣鏗流星。三楚，解見《嚴陵應仲章書至》。東南賓客少馳檄，白黑紋楸即强敵。《杜陽雜編》：大中中，日本國王子來朝。善圍棋，上敕顧師言爲對手。王子出如楸玉碁局，冷暖玉碁子。云：『本國之東三萬里，有集真島，島上有凝霞臺，臺上有手談池，池中生玉棋子，不由製度，自然黑白分明。冬暖夏冷，故謂冷暖玉。更産如楸玉，類楸木，琢之爲局，光潔可鑑。』師言與之敵手，至三十三下。王子瞪目縮臂，以伏不勝。乃鎮神頭，解兩征勢也。坐隱縈廻建旌旆，手談劈礊藏矛戟。《世説》：王中郎以圍碁是坐隱，支公以圍棋爲手談。世間風雨長百變，身佩安危知幾戰。崑河割破半藩籬，漲海掃空全局面。二語言宋之南渡航海以迄於亡也，妙與棋經闕合。樂矣軍中有此娱，《蜀志》：魏軍次於興平，假費禕節，率衆往禦。光禄大夫來敏至禕許別，求圍碁。於時羽檄交馳，嚴駕已訖。禕與敏留意對戲，色無厭倦。敏曰：『聊試觀君耳！信可人，必能辦賊者。』禕至，賊遂退。攻城掠野類兵書。梁武帝《圍棊賦》：爾乃建將軍，布將士。列兩陣，驅雙軌。徘徊鶴翔，差池燕起。宮殿寢園終草莽，冕旒章服到鮫魚。君不見驪山婦姑三十六，破屋數間昏不燭。夜來教得王積薪，《集異記》：翰林棊者王積薪從明皇西幸，宿深溪之家。但有婦姑，止給水火。纔暝，闔户。聞姑謂婦曰：『良宵無以爲適，與子手談可乎？』堂内無燭，各在東西室對談，積薪一一記其下，止三十六。忽聞姑曰：『子已北矣，吾止勝九秤耳。』遲明，請問於姥，姥顧婦教以常勢。婦乃指示攻守之法，積薪自是其藝絶倫。滿眼長安胡馬塵。

題晉劉琨雞鳴舞劍圖

《晉書》本傳：劉琨，字越石，漢中山静王勝之後也。少得儁朗之目，與范陽祖納俱以雄豪著名。又《祖逖傳》：逖與劉琨俱爲司州主簿，情好綢繆，共被同寢。中夜聞荒雞鳴，蹴琨覺，曰：『此非惡聲也。』因起舞。

我行洛陽大道邊，一雙蒼鵝飛上天。惜哉春水御溝去，化作胡兒飲馬泉。《晉書》：懷帝永嘉元年，洛城東北步廣里地陷，有二鵝出，蒼者飛翔冲天，白者止焉。陳留董養曰：『步廣，周之狄泉，盟會地也。白者，金色，國之行。蒼爲胡象，其可盡吉乎？』是後劉淵、石勒相繼起。《史記》：秦築長城以備胡，其下有泉窟，可以飲馬。張儼《默記》：長駈祈山，慨然有飲馬河洛之志。前山雞鳴夜欲半，古劍隨身舞凌亂。白光虎躍騰雪霜，神氣龍蟠貫星漢。望中沙漠衣正寒，舉手傎倒髪衝冠。鹿盧蹻動即千里，《抱朴子》：凡乘蹻道有三法：一曰龍蹻，二曰虎蹻，三曰鹿盧蹻。或服符精思，若欲行千里，則以一時思之。若十二時思之，則可行萬二千里。蘭子戲成徒七盤。解見《病起讀列子》。人生豈無志？事往僅有淚。疲兵獨困守，劇虜翻强鷙。孔融才疎不足多，《後漢書》：孔融負其高氣，志在靖難，而才疎意廣，迄無成功。袁紹衆盛空黄河。又：袁紹先遣顏良攻曹操别將劉延於白馬，自引兵至黎陽。操擊顏良，斬之。紹乃度河，壁延津南。沮授臨船嘆曰：『上盈其志，下務其功，悠悠黄河，吾其濟乎！』遂以疾退。紹使劉備、文醜挑戰，操又擊斬文醜。再戰，而擒二將，紹軍中大震。代公土地仍同患，本傳：初，單于猗㐌以救東嬴公騰之功，琨表其弟猗盧爲代郡公，與劉希合衆於中山。王浚以琨侵己之地，數來擊琨，琨不能抗，由是聲名稍損。段國風塵謾助戈。又：幽州刺史鮮卑段匹磾數遣信要琨，欲與同奬王室。琨率衆赴之，甚見崇重，與琨結婚，約爲兄弟。建武元年，琨與匹磾期討石勒，哂血載書，檄諸方守，俱築襄國。琨、匹磾進屯固安，以俟衆軍。匹磾從弟末波納勒厚賂，獨不進。乃沮其計。琨、匹磾以勢弱而退。匹磾奔其兄喪，琨遣子群送之。末波要擊匹磾，群爲末波所得，厚禮之。共結盟，密賫群書，請琨爲内應，而爲匹磾邏騎所得。時琨别屯故征北府小城，不之知也。因來見匹磾，匹磾雅重琨，初無害琨志。用其中弟叔軍言，遂留琨，被拘經月，尋縊之，時年四十八。世間壯士但老死，凍鐵沉埋何處使？千秋萬歲青金虬，恨不鑄得劉并州。又：愍帝即位，拜大將軍、都督并州諸軍事，加散騎常侍、假節。

題袁子仁所藏巴船出峽圖

李白《巴水歌》：巴水急如箭，巴船去若飛。十日三千里，郎行幾歲歸。

巴山一帶高崔嵬，《名勝志》：巴州有大巴、小巴，世所稱九十巴山也。大巴之險，逾於棧道，下逼漢中。小巴之南即古巴國。巴江萬里從天來。又：巴江源出大巴山，至當州東南，分爲三流，而中央横貫，勢若巴字。前夫疾挽後夫摧，黄牛白狗遽船開。《水經注》：江水又東逕黄牛山，山下有灘曰黄牛灘。南岸重嶺疊起，最外高崖間有黑色如人負刀牽牛狀，人黑牛黄，成就分明。此嵓既高，加以江湍迂迴，雖途經信宿，猶望見之。謡曰：『朝發黄牛，暮宿黄牛。三朝三暮，黄牛如故。』又：白狗峽在歸州東二十里，石崖龕中隱起有狗形，形狀具足，故名。按《志》：俱屬湖廣荆州府。曉風東回水西上，淫澦堆頭伏如象。《寰宇記》：灔澦堆周圍二十丈，在蜀江中心，瞿塘峽口。《益州記》：灔預堆，夏水漲没數十丈，其狀如馬，舟人不敢進。又曰猶預，言舟子取途，不決水脉，故猶預也。樂府作淫預，其歌曰：『淫豫駛如馬，瞿塘不可下。淫預大如牛，瞿塘不可流。』盤旋鳥道怕張帆，李白詩：西當太白有鳥道。注：道徑微窄，止可容鳥過而已。汨没龍淵驚棹〔一〕槳。世人性命重濤波，吴鹽蜀麻得利多。《蜀志》：桑漆麻紵之饒。《吴都賦》：煮海爲鹽。按：蜀人以麻布易吴鹽。怪石急流須勇退，貪夫險魄謾悲歌。神禹釃江江更惡，五丁鑿路空巖崿。《蜀記》：秦惠王欲伐蜀，刻五石牛，置金其後。蜀人以爲牛便金，使五丁力士拖石牛成道，秦遂伐蜀。舟船可坐尚髮危，棧閣能行終淚落。《前漢張良傳》：説漢王燒絶棧道。注：險絶之處，旁鑿山巖，施版梁爲閣。嗟兹舉目無不然，直愁平地即山川。至喜亭邊聊酹酒，《名勝志》：至喜堂在故夷陵縣廳事之東，朱慶基爲歐陽修築。按：夷陵，漢縣，以有夷山在西北爲名。又云：夷者，平也，言江路至此始平也。今屬湖廣荆州府。長年三老好攤錢。杜甫《夔州歌》：長年三老長歌裏，白晝攤錢高浪中。陸游《入蜀記》：『長』讀如『長幼』之『長』。長年三老，梢工是也。攤錢，博也。

〔一〕『棹』，存心堂本、豹文堂本同，四部叢刊本、國圖本作『掉』。

華山仙子紫絲盛露囊歌

《齊諧記》：弘農鄧紹嘗八月旦入華山採藥，見一童子執五綵囊，承栢葉玉露，皆如珠滿囊。問曰：『用此何爲？』答曰：『赤松先生取以明目。』言終，便失所在。今世人八月旦作眼明袋，此遺象也。

華山西望屹蒼空，甘露曉降栢葉中。紅繡絲囊挹在手，赤松鶴馭翩長風。太平天子千秋節，花蕚樓前百觴撤。《唐史》：玄宗於花蕚樓命諸王分朋角戲。鷖珀含光映涷酒，紫霜結液涵甜雪。問囊經緯何所成，桑洲蠶繭五色明。蠶繭，解見《飲酒》。問囊噓吸何所似，栢觀銅掌抗高莖。銅掌，解見《嶺南宜濛子》。誰歟獻螢弄煇燿，《隋書》：煬帝大業末，天下已盜起。帝於景華宮徵求螢火數斛。夜出遊山，如放火光遍巖谷。或者貢雲合溟漠。《齊東野語》：宣和中，艮嶽初成，令近山多造油絹囊，以水濕之。曉張於危巒絶巘之間，雲盡入，遂括囊以獻。名曰『貢雲』。每車駕所臨，則盡縱之。須臾，滃然充塞，如在千巖萬壑間。神仙可學僅沾濡，壽禄無期還笑樂。古來服食乃若兹，一掃穢濁餘肝脾。啖蛤踞龜何處覓，啖蛤踞龜，解見《泊道隆觀》。伐毛洗髓到今疑。《洞冥記》：東方朔遇黃眉翁，語朔曰：『吾却食吞氣已九千餘年，目中瞳子有青光，能見幽隱之物。三千年一返骨洗髓，二千年一剥皮伐毛。吾生已三洗髓五伐毛矣。』秋月泓泓露泚泚，華山玉漿起人死。彼哉醉胡彼渴羌，朱顔緑髮安得常。《拾遺記》：晉有羌人姚馥，字世芬，充廄圉，每醉中好言王者興亡事。常云：『九河之水不足以漬麴蘖，八藪之木不足以为蒸薪，七泽之麋不足以充庖俎。』但言渴於酒，群童呼为『渴羌』。後武帝授以朝歌守，馥願且爲马圉，時賜美酒，以樂餘年。帝曰：『朝歌，紂之舊都，地有酒池，故使老羌不復呼渴。』固辭，遷酒泉太守，地有清池，其味若酒，馥乘醉拜受焉。

寒夜憶吴伯雍摘阮寄歌

黄庭堅《聽摘阮》詩：手揮阮咸送飛鴻，促弦聒醉驚客起。寒虫催織月籠秋，獨雁叫群天拍水。楚國羈臣放十年，漢宫佳人嫁千里。

錢塘吴肅善四弦，始平太守舊曲傳。始平太守，謂阮咸，見下。晉人風流百世後，鏗我手指抱膝前。《舊唐書·音樂志》：舊琵琶皆以木撥彈之，太宗貞觀始有手彈之法，今所謂搊琵琶者是也。鄒嶧孤桐斲美玉，神螭拔首蟾嵌腹。《書》：嶧陽孤桐。注：嶧山之陽，特生桐，中琴瑟。《西京雜記》：趙后有寶琴曰『鳳凰』，皆以金玉隱起，爲龍鳳螭鸞、古賢列女之象。檿桑繭韌冰色絲，孔翠翎敷錦香褥。一摘再摘秋風微，三摘四摘秋月嶺頭輝。五摘徘徊南國，泣楚女，歎湘妃。《博物志》：堯二女，舜之妃，曰湘夫人。舜崩，二妃啼，以涕揮竹，竹盡斑。六摘揄揚古調，韶咸象箾聽來稀。《西都賦》：雍容揄揚。《書》：簫韶九成。注：《韶》，舜樂名。《莊子》：黄帝有咸池。《左傳》：見舞《象箾》《南樂》者。注：皆文王之樂。七摘八摘復九摘，乾旋坤回，群龍百怪盡屏跡。高如海門潮水飛劈歷，遠似天河瀉出大荒零數滴。驟如昆陽戰鬬，犀象虎豹股栗亂鞍戟〔一〕，《後漢帝紀》：初，王莽徵天下能爲兵法者（三十六）〔六十三〕家數百人，並以爲軍吏。選練武衛，招募猛士，旌旗輜重，千里不絶。時有長人巨無霸，長一丈，大十圍，以爲壘尉；又驅諸猛獸虎豹犀象之屬，以助威武。光武將數千兵，徼之於陽關。諸將見王尋、王邑兵盛，反走，馳入昆陽，皆惶怖。光武爲圖畫成敗。連勝之，莽兵大潰。會大雷風，屋瓦皆飛，雨下如注，滍川盛溢，虎豹皆股戰，士卒溺死萬數。緩似句曲燕飲，雲璈洞簫宛轉降瑶席。《真仙通鑑》：茅君南治句曲之山。哀帝元壽二年，南嶽真人赤君、西城王君、方諸青童君，並從王母降於茅君之室。爲設天廚醉宴，歌玄靈之曲。恍兮清角惚流徵，陸機《七徵》：合清商而絶節，揮流徵而赴曲。奏南荆之高嘆，詠易水之清角。騶虞伐檀鏘以起。《琴操》：古琴有詩歌五曲，曰：《鹿鳴》《伐檀》《騶虞》《鵲巢》《白駒》。悽兮號鐘憀韻泉，陳暘《樂書琴論》：黄帝之清角，齊桓之號鐘，楚莊之繞梁，相如之緑綺，以至玉牀、響泉、韻聲、清英、怡神、龍扆之類，名號之別也。憀，音留。《韻補》：悲恨也。折楊皇荂〔二〕空嗑然。《莊子》：大聲不入於里耳，《折楊》《皇荂》，則嗑然而笑。注：大聲，古樂也。《折楊》《皇荂》，里巷之曲名。荂，音花。嗑，音合。信哉阮咸出入琴琶造此法，《樂府雜録》：阮咸所造月琴，謂之阮咸。豈用蓬萊海上艤棹萬里求成連，《樂府解題》：《水僊操》，伯牙學琴於成連先生，三年不成。成連云：『吾師方子春在東海中，能移人情。』乃與伯牙俱往，至蓬萊山留宿，謂伯牙曰：『子居習之，吾將迎師。』刺船而去，旬時不返。伯牙近望無人，但聞海水洞滑崩折之聲，山林窅寞，群鳥悲號。捨然而嘆曰：『先生將移我情。』乃援琴而歌。曲終，成連回，刺船迎之而還。伯牙遂爲天下妙矣。妙得伶倫律吕玄中玄。粤從東都官大予，《後漢帝紀》：永平三年，改太樂爲大予樂。注：《尚書璇璣鈐》曰：『有帝漢出，德洽作樂，名予。』故據《璇璣鈐》改之。《漢官儀》曰：『大予樂令一人。』又《禮儀志》：大予具樂器，夏赤冬黑，列前殿。《詩》疏：柷敔形狀蓋依漢之大予樂。洛陽焚燒到鐘簴。《後漢書》：董卓壞五銖錢，更鑄小錢，悉取洛陽及長安銅人、鍾虡、飛廉、銅馬之屬，以充鑄焉。杜夔柴玉各有主，《晉書・律曆志》：魏武時，河南杜夔精識音韻，爲雅樂郎中。令鑄銅工柴玉鑄鐘，其聲均清濁多不如法，數毀改作。玉謂夔清濁任意，更相訴白於魏武王。王取玉所鑄鐘雜錯更試，然後知夔爲精，於是罪玉。宋識擊節餘歌舞。又《樂志》：魏晉之世有宋識，善擊節唱和。西朝荀勗親校來，杜夔舊律多不諧。又：泰始九年，荀勗以杜夔所制律呂乖錯，乃制古尺，作新律呂，以調聲韻。阮咸却趨太樂論新律，樂節高厲民風衰。又《律曆志》：荀勗造新鐘律，與古器諧韻，時人稱其精密，惟散騎侍郎陳留阮咸譏其聲高。聲高則悲，非興國之音，亡國之音。亡國之音哀以思，其人困。今聲不合雅，必古今尺有長短所致也。會咸病卒，後始平掘地得古銅尺，不知所出何代，果長勗尺四分。時人服咸之妙，而莫能厝意焉。當時謂咸神解勗暗解，土中玉尺短一米。又《樂志》：荀勗又作新律笛十二枚，以調律呂。自謂宮商克諧，然論者猶謂勗暗解。時阮咸妙達八音，論者謂之神解。咸常心譏勗，勗以爲異己，乃出咸爲始平相。後有田父耕於野，得周時玉尺，勗以校己所治鐘鼓金石絲竹，皆短校一米，於此伏咸之妙，復徵咸。會勗薨，未竟其業。古來成均雅樂竟沉沉，《禮》：大司樂，掌成均之法，以治建國之學政，而合國之子弟焉。注：均，調也。樂師主調其音，大司樂受此成事已調之樂。《通鑑》：元光五年，河間王來朝，獻雅樂。幸爾故塚阮琴傳到今。《通典》：武后時，有人破古冢，得銅器，似琵琶，身甚圓。人莫能辨，元行冲曰：『此阮咸所作器也。』命匠人以木爲之，(其)[樂]家遂謂之阮咸。嗚呼今樂與古樂，辟雍老儒悲絶學。《莊子》：文王有《辟雍》之樂。桑濮巴渝日已繁，《禮》：桑間濮上之音，亡國之音也。《晉書・樂志》：漢高祖將定三秦，閬中范因率賨人以從帝，爲前鋒。及定秦中，封因爲閬中侯，復賨人七姓。其俗喜舞，高祖樂其猛鋭，數觀其舞，使樂人習之。閬中有渝水，因其所居，名曰巴渝舞。翕純皦繹俱縣邈。南風久不生，南風，解見《遺兒謂就學》。鳳鳥〔三〕久不鳴。歛君四絃我耳清，天下耳根無正聲。嵇康《琴賦》：理正聲，奏妙曲。白居易詩：天下無正聲，悅耳即爲娛。天下無正色，悅目即爲姝。

校勘記

〔一〕『鞍戟』，四部叢刊本、國圖本作『投櫼』，存心堂本作『安櫼』，豹文堂本作『安擑』。

〔二〕『荂』，四部叢刊本、國圖本、存心堂本、豹文堂本作『花』。

〔三〕『烏』，四部叢刊本、國圖本、存心堂本、豹文堂本作『皇』。

客夜聞琵琶彈白翎鵲

《釋名》：琵琶，本胡中馬上所鼓也。推手前曰琵，引却曰琶。王褘《白翎雀圖》：白翎雀，雪作翎，群呼旅食啁哳鳴。何人翻作絃上聲，傳與江南士女聽。南人聽聲未識形，畫師更與圖丹青。圖丹青，一何似，知爾之生何處是。秋高口子草如雲，風勁腦兒沙似水。按：雀，一作鵲。

白翎鵲，東海來，十里五里何摧頹。一飛飛上青霄際，再飛飛墮黃沙堆。少年臂名鷹，《南史》：張充方獵，左臂鷹，右牽狗。齊出跨駿馬。放鷹一馳躍，與鵲相上下。身佩木弓，《易》：昔者聖人弦木爲弧，剡木爲矢。射必命中中疊雙。《西都賦》：機不虛掎，弦不再控。矢不單殺，中必疊雙。按：雙，叶所終反。蹀血芟毛天欲雪，解見《黑海青》。摩雲壓草地多風。衝突三邊有意氣，班固曰：武帝廣開三邊。李善曰：三垂，西方、南方、東方。指揮八極無英雄。八極，解見《觀景拄杖歌》。白翎鵲，西海去，千里萬里何軒翥。一飛飛上賀蘭山，《寰宇記》：賀蘭山，在夏州朔方縣東北三十里。《一統志》：在今寧夏衛城西六十里。再飛飛過鐵門關。按《志》：關在撒馬兒國，懸崖絶壁高數十仞，夷人守此，名『鐵門關』。少年領强兵，乘勝即轉戰。戟頭吹火光，旗幟舞秋練。手持生鐵刀，空城鳥雀盡死鏖。《樂府古題要解》：空城雀者，鮑照『雀乳四鷇，空城之阿』，言輕飛遁集，免傷羅網而已。麞鹿瘡痍無處避，角貒躑躅向人號。角貒，解見《大食餅》。收拾廣輪奠郡邑，《周禮》：大司徒，以天下土地之圖，周知九州之域廣輪之數。注：東西曰廣，南北曰輪。肅清星嶽靜波濤。白翎鵲，東海西海都驅霩。太常召見日月山，《元史・禮樂志》：太宗徵金太常遺樂於燕京。及憲宗，始用登歌樂，祀天於日月山。治定禮行，功成樂作。大雅清商久寂寥，鵾雞邏逤多弦索。《樂府雜録》：賀懷智以石爲槽，鵾雞筋作弦，用鐵撥彈之。《楊妃外傳》：中官白秀貞自蜀回，得琵琶以獻。其槽以邏逤檀爲之，温潤如玉，有金縷紅紋，蹙成雙鳳。以龍香板爲撥，弦乃拘彌國所貢緑冰蠶絲也。上林花開早浮艷，上林，解見《黑海青》。榆塞葉落終迴薄。《史記》：秦制匈奴，樹榆爲塞。按《志》：今榆林衛，隸陝西都司。一聲高，一聲低，一聲懾懦百虎豹，一聲束縛千鯨鯢。白頭漢士聞先拍，青眼胡兒聽却啼。君不見康崑崙，羅黑黑，開元絶藝傾一國。若還睹我白翎辭，五一作二〔二〕十四絃彈不得。《樂府雜録》：康崑崙號琵琶第一手，謂街西必無己敵也。登樓彈一曲新翻調《緑腰曲》。西市樓上出一女郎，亦彈此曲，兼移在《楓香調》中，妙絶入神。崑崙驚駭，請出更衣，乃莊嚴寺僧段善本也。師令崑崙更彈一曲，曰：『本領何雜，兼帶邪聲。』乃令十年不近樂器，忘其本領，然後可教。《朝野僉載》：太宗時，西國進一胡人，善彈琵琶，上使羅黑黑隔帷聽之，一遍而得。謂曰：『此曲，吾宮人能之。』遂於帷下令黑黑彈之，不遺一字。胡人謂：『真宮女也。』驚嘆辭去。《唐漢中王瑀傳》：聞康崑崙奏琵琶，曰：『琵聲多，琶聲少。是未可彈五十四絲大絃也。』樂家以自下逆鼓曰琵，自上順鼓曰琶。

校勘記

〔一〕『五』，四部叢刊本、國圖本、存心堂本、豹文堂本作『二』。

黑海青歌

《東都事略·附録》：女真有俊禽，曰海東青，次曰玉爪駿。俊異絶倫，一飛千里。延禧喜此二禽善捕天鵝，命女真國人捜取以獻。國人厭苦，遂叛。《草木子》：海東青出於女真，在遼國已極重，因是起變而契丹以亡。其物善擒天鵝，飛放時，旋風羊角而上，直入雲際。能得頭鵝者，元朝官裏賞五十鈔。《一統志》：北山夷産海青鳥，小而捷，能擒天鵝，然群燕撲之則墜。亦謂之海東青，爪白者尤異，五國城東出。

越山山有黑海青，按《志》：在古肅慎地。長拳快眼健羽翎。三年籠養未得飽，《魏志》：呂布因陳登求徐州牧，不得，布怒。登喻之曰：『登見曹公言：「待將軍譬如養虎，當飽其肉，否則噬人。」公曰：「不如卿言。譬如養鷹，飢則爲用，飽則揚去。」』布乃解。萬里驍俊猶飛星。《蜀都賦》：鷹則流星耀景，奔電飛光，青骹素羽，飄雪繁霜。黄蘆老葦日摧折，白鷺文鵪看磔裂。《埤雅》：鷺色雪白，顶上有絲，毿毿然，長尺餘。《前漢司馬相如傳》：雙鶬下。《爾雅翼》：鶬蓋鶴類。鶬之警霜，猶鶴之警露。腥沾石磧吹遠風，髓擊寒岡散輕雪。《孔氏志怪》：楚文王少時雅好田獵，天下快狗名鷹畢聚。有人獻一鷹，曰：『非王鷹之儔。』俄而，雲際有一物凝翔，飄飄鮮白。鷹見之，便竦翮而升，矗若飛電。須臾，羽墮如雪，血灑如雨，有大鳥墮地而死。度其翅，廣數十里，喙邊有黄，衆莫能知。時有博物君子曰：『此鵬雛也，始飛焉，故爲鷹所制。』文王乃厚賞獻者。伊人脱手本凡禽，歲晚連絛到上林。《後漢百官志》：上林苑令一人，六百石，主苑中禽獸。《漢舊儀》：上林苑方三百里。按其故基，跨今盩厔、鄠、藍田、咸寧、長安五縣之境。按《志》：今屬陝西西安府。鉗奴素賤多侯骨，《前漢季布傳》：布爲項籍將，數窘漢王。及籍滅，高祖購以千金。布亡匿，用濮陽周氏計，髡鉗布，之魯朱家所賣之。注：謂髡鉗爲奴而賣之也。又《衛青傳》：青爲平陽侯家人。有鉗徒相之曰：『貴人也。』官至封侯。騎士虛豪即俠心。晋宫邸廢身欲死，《揮麈前録》：太宗淳化三年，西夏李繼捧遣使獻鶻，號海東青。上賜詔曰：『朕久罷畋遊，盡放鷹犬。卿地控邊塞，時出捕獵，今還以賜卿，可領之也。』按：太宗始封晋王。燕國雲銷草如砥。嗟非鸞鳳高杳冥，望盡狐狸衆披靡。當時奉使探遠巢，兩徼馳兵聞勇鏖。《金史》：金國本號女真，臣屬契丹百有餘年，至楊割太師始稱雄。楊割事契丹，初未有釁。海之東産名鷹曰海東青，小而俊健，能擒鵝鶩。遼人酷愛，歲求之女真，女真苦之。又沿邊諸帥邀求賂遺不已，遂益怨嫉。《前漢霍去病傳》：合短兵，鏖皋蘭下。注：鏖，謂苦擊而多殺也。鏖，意曹反。南土誰知此鷙猛，北州驟見争驚號。《晋書》：崔洪，清厲骨鯁，爲尚書左丞相。時人爲之語曰：『叢生荆棘，來自博陵。在南爲鷂，在北爲鷹。』天鵝薄天垂爾翼，海青雖黑打可得。太平八極無不通，《淮南子》：天地之間，九州八極。注：方隅極處。函谷何問關西東。《前漢地理志》：弘農，故秦函谷關。崔浩

注：東自崤山，西至潼津，通名函谷，號曰天險，所謂秦得百二。按《志》：在河南府靈寶縣。

黄布幬歌 幬，直由切。《説文》：襌帳也。

吴中女兒工治莎，織成黄布輕綺羅。裁爲黄幬四角起，覆我病體清凉多。《楚辭》：翡翠珠被，爛齊光。蒻阿拂壁，羅幬張。注：言房内則以蒻席薄牀，四壁及與曲隅復施羅幬，輕且凉也。平生受用白木枕〔一〕，人參草席團花錦。長吟或似閑攻戰，大隱全勝好官品。王康琚《反招隱》詩：小隱隱陵藪，大隱隱朝市。上天下地我中央，崑崙海水瀉四傍。南通炎丘日色熾，北委寒壑凝冰霜。彼哉寒凍此炎燬，穿透皮膚蒸骨髓。招徠獨鶴風有聲，掃退群蚊月如水。流金爍石况可逃，磨牙吮血尚呶呶。心煩欲待竹奴熨，《黄庭堅集》：以竹夫人憩臂休膝，名曰竹奴，又曰青奴。背痒詎得麻姑抓。《神仙傳》：王遠，字方平。降蔡經家，因遣人召麻姑。姑至，年可十八九，衣服光彩耀目。坐定，各進行廚，皆金盤玉杯，餚饍多是花香，擘麟脯而食之。姑手爪似鳥，經見之，心中念曰：『背大痒時，得此爪以爬背，當佳也。』遠已知經心中所言，即使人鞭其背曰：『麻姑，神人也。汝何忽謂其爪可爬背耶？』我曾無術蔭天下，天如穹廬蓋四野。《史記》：匈奴父子乃同穹廬而卧。《漢書音義》：穹廬，旃帳。《樂府·敕勒歌》：天似穹廬，籠蓋四野。困來一覺少行人，夢過十洲猶走馬。東方朔《十洲記》：祖洲、瀛洲、生洲在東海；炎洲、長洲在南海；玄洲、元洲在北海；流洲、鳳麟洲、聚窟洲在西海。君不見黄布幬，昨日夏去今日秋。珍重少陵詩語在，微軀此外更何求。杜甫《江村》篇。

校勘記

〔一〕『杭』，豹文堂本同，四部叢刊本、國圖本、存心堂本作『椀』。

吳萊詩集卷第六

錫山王　邦采貽六
繩曾武沂　箋

江南曲寄周公甫

《樂府古題要解》：《江南曲》古詞云：『江南可采蓮，蓮葉何田田。』又云：『魚戲蓮葉間，魚戲蓮葉東，魚戲蓮葉西，魚戲蓮葉南，魚戲蓮葉北。』蓋美其芳晨麗景，游戲得時也。郭茂倩《樂府詩集》：梁武帝作《江南弄》以代西曲，曲有《采蓮》《采菱》，蓋出於此。

東風吹人千萬里，青蘋花發前湖水。宋玉賦：風起於青蘋之末。江南女子木蘭舟，却採蘋花泛水流〔一〕。李白詩：木蘭之枻沙棠舟。水流花發春光好，失時不採花應老。年少吳儂歌懊惱，《古今樂録》：《懊儂歌》者，晉石崇、緑珠所作。惟『絲布澁難縫』一曲而已，後皆隆安初民間訛謠之曲。《宋書·五行志》：晉安帝隆安中民忽作《懊惱歌》。《樂録》：《華山畿》者，宋少帝時《懊惱》一曲，亦變曲也。白晢容顔半枯槁。倏然來矣雙彩鳧，化作汝舄穿雲衢。《風俗通》：王喬爲鄴令，有神術。每月朔望日，常自縣詣臺。帝怪其來數，而不見車騎，密令太史伺之。臨至，輒有雙鳧從東南來。於是候鳧至，舉網張之，但得一雙舄。乃詔尚方視之，則曰：『所賜尚官屬履。』汝佩復解江妃珠。《列仙傳》：鄭交甫常遊漢江，見二女麗服美裝，珮兩明珠，大如雞卵。交甫見而悦之，不知其神人也。欲下請其珮，因與之言。二女手解珮，以與交甫。交甫受而懷之，既趨而去，行數十步，視懷，空無珠，二女忽不見。龍宮蛟室本不隔，《法華經》：智積菩薩問文殊師利：『仁往龍宫，所化衆生，其數幾何？』《華嚴》論贊：龍樹菩提發心入龍宫看藏。相期更有瀟湘客。《輿地志》：瀟水出九疑山，至永州會於湘。湘水出零陵始安縣陽海山，入洞庭。洞庭入江，在今長沙府。《名勝志》：湖嶺之間，湘水貫之，無出湘之右者，凡水皆會焉，但以瀟水合，則曰瀟湘。

校勘記

〔一〕『水流』，豹文堂本同，四部叢刊本、國圖本、存心堂本作『流水』。

鞦韆行寄趙季良時趙留京邑

《古今藝術圖》：北方寒食爲鞦韆戲，以習輕趫。後中國女子學之，乃以綵繩懸木立架，士女坐立其上，推引之，謂之鞦韆。《天寶遺事》：宫中至寒食節競築鞦韆，戲笑爲樂，帝常呼爲半仙之戲。

京城寒食來沽酒，《荆楚歲時記》：去冬至一百五日即有疾風甚雨，謂之寒食。據曆，合在清明前二日，亦有去冬至一百六日者。城北城南暎楊柳。人家歡笑踏鞦韆，杏板絲繩相對懸。宫錦翻衣真富貴，俗軀走肉盡神仙。徘徊宛轉當風立，春晚多風吹汝急。鞦韆已墜蹴踘空，劉向《别録》：寒食蹋踘，黄帝所造，本兵勢也，或云起於戰國。《國策》：（奕）〔六〕博、蹋踘。華鏕翠鞁擁青驄。《國語》：兩鞁將絶。鞁，音避，駕車馬具也。軒轅臺前日月近，《黄帝内傳》：帝既殺蚩尤，因立臺榭。《山海經》：西有王母之山，有軒轅之臺。陳子昂詩：北登薊丘望，求古軒轅臺。尚想廣成子，遺跡白雲隈。按《志》：屬順天府，薊州東北五里崆峒山，相傳黃帝問道之所。《史記》：黃帝居軒轅之丘。無終國裏山川同。《名勝志》：玉田縣，本春秋無終國也。漢縣，屬右北平郡。唐萬歲通天二年改玉田縣，今屬順天府薊州。遠方羈旅紛馳逐，燕趙佳人美如玉。《古詩》：燕趙多佳人，美者顏如玉。被服羅襦裳，當户理清曲。燕歌趙舞歡未足，去年芳草今年緑。

荔枝行寄王善父

《群芳譜》：初出嶺南及巴中，今閩之泉、福、漳、興，蜀之嘉、蜀、渝、涪，及二廣州郡皆有之，而閩爲第一，蜀次之，嶺南爲下。白居易《荔枝圖序》：樹形團團如帷蓋，葉如桂，冬青。花如橘，春榮。實如丹，夏熟。朵如蒲萄，核如枇杷，殼如紅繒，膜如紫綃。瓤肉潔白如冰雪，漿液甘如醴酪。大略如彼，其實過之。若離本枝，一日而色變，二日而香變，三日而味變，四五日外色香味盡去矣。

炎雲六月光陸離，韓愈詩：炎雲駢火實，瑞露酌天漿。人在閩南餐荔枝。荔枝日餐三百顆，《書史》：唐摹逸少帖，乃雙鈎蠟紙本，云：『奉橘三百顆，霜未降，未可多得。』蘇軾詩：日啖荔枝三百顆，不妨長作嶺南人。紅緑亞林欺衆果。絳羅繫樹蠟封蔕，又：海山仙人絳羅襦，紅紗單衣白玉膚。尚食擎盤獻青瑣。尚食，解見《樓彦珍北游》。《前漢元后傳》：赤墀青瑣。注：青瑣者，刻爲連瑣文，而以青塗之。涪州歲貢與此同，《地志》：涪在東川。《魏史》：文帝詔：南方有龍眼、荔枝，西國有蒲萄、石蜜。果之珍異者，令歲歲貢焉。意欲移根來漢宫。《前漢帝紀》：武帝破南越，於上林苑中起扶荔宫，自交阯移者無一生焉。

偶一株稍茂，終無花實。天生尤物不用世，《左傳》：尤物足以移人。沾洒蜑雨吹蠻風。韓愈文：林蠻洞蜑。蜑，音但。《説文》：南方夷也。蠻風蜑雨振林藪，西域蒲萄秋壓酒。《唐書》：蒲萄酒，西域有之，前代或有貢獻，及破高昌，收馬乳蒲萄實，於苑中種之，并得其酒法。上自損益，造酒，酒成，凡有八色，芳香酷烈，味兼醍盎。勸君莫近楊太真，傳説驪山塵汙人。《楊妃傳》：妃生於蜀，好荔枝，南海荔枝勝蜀，故每歲飛騎以進，七日七夜至京，色味未變，人馬多斃，百姓苦之。杜牧詩：一騎紅塵妃子笑，無人知是荔枝來。《地志》：驪山在(西)西安府臨潼縣，因驪戎所居，故名。

明月行寄傅嘉父

天上〔一〕有明月，來自滄海東，蠻潮夜捲馮夷宫。馮夷，解見《登岸泊道隆觀》。海門一線驚欲射，江面樓臺聳千尺。冰岸雪崖屹不動，水犀組練皆勍敵。《國語》：夫差衣水犀之甲者三千。《左傳》：楚伐吴，使鄧廖帥組甲三百，被練三千。又：凡今之勍者，皆吾敵也。越人善泅技已癢，泅，音囚，解見《山中人》。《風俗通》：太史公《記》：高漸離變姓名爲人傭保，匿作於宋子。久之，作苦，聞其家堂上有客擊筑，技癢，不能無出言。明月光中吾得賞。飛來白鶴晋清角，《韓子》：師涓鼓新聲，平公問師曠曰：『此何聲也？』曰：『清商。』公曰：『最悲乎？』曰：『不如清角。』援琴一奏，有玄鶴二自南方來，集於郭門之邑扈，再奏而列，三奏，延頸而鳴，舒翼而舞，音中宫商。清角，一作清徵。跳出長魚漢踈網。《前漢酷吏傳》：漢興，號爲罔漏呑舟之魚，而吏治蒸蒸，不至於奸，黎民乂安。北風吹起蘆花秋，笑撫錢王鐵箭頭。舊聞：武肅王錢鏐築捍海塘，潮水衝擊，命以鐵弩數萬射潮頭，遂成堤岸。襆衣枕斧此何處，烏鵲無枝空繞樹。烏鵲繞樹，解見《粵山白鵲》。

校勘記

〔一〕『天上』，四部叢刊本、國圖本、存心堂本、豹文堂本作『上天』。

姑蘇臺歌寄方養心

《越絶書》：吴王起姑蘇臺，五年乃成。高見三百里。《史記》：吴破越，越進西施，請退軍，吴王許之。王得西施，多遊姑蘇，伍子胥諫曰：『臣恐姑蘇不久爲麋鹿所遊。』

姑蘇臺南閶闔開，姑蘇臺北鴻雁來。春花秋月幾時好，步屧尋香去如掃。按《志》：靈巖山在蘇州城西二十里，吴王之别苑在焉。有館娃宫、琴臺、響屧廊、采香徑之屬。寃胥憤血空海潮，《越絶書》：子胥死，捐於大江，發憤馳騰，氣若奔馬，乃歸神大海。《水經注》：錢塘江濤二月八日最高，峨峨二丈有餘。《吴越春秋》以爲子胥、文種之神，謂此也。老濞妖粧又烟草。杜牧之詩：老濞即山鑄，後庭千蛾眉。按《史記》：吴王濞驕溢，即山鑄錢。少年爲客誰我令，千里汝猶談一經。黄龍挾舟夜有雨，白虎司劍天無星。《越絶書》：闔廬冢在吴縣閶門外，葬以盤郢、魚腸之劍，葬三日，白虎居上，號曰虎丘。山中菖蒲十二節，未肯落盡青頭髪。《羅浮山記》：山中菖蒲一寸十二節。古詩：石上生菖蒲，一寸八九節。仙人勸我餐，令我好顔色。姑蘇臺上愁殺人，身在勾吴望勾越。《春秋》：於越入吴。杜預曰：於，發聲也。太伯奔荆蠻，號勾吴。顔師古曰：勾吴猶於越也，蓋土音云耳。

畫馬行

凉秋八月霜皓皓，白雁驚飛散蓬葆。川原蓄牧萬馬來，揚鬣攢蹄齕枯草。漁陽突騎自有真，《後漢吴祐傳》：漁陽、上谷突騎，天下所聞也。按《志》：直隸順天府密雲縣即古漁陽地。奚官剪拭傾城闉。蘇軾《韓幹馬》詩：老髯奚官騎且顧，前身作馬通馬語。按：奚，羌名，分東西奚，東胡種也，與突厥同。《北史》：虞思道曰：『剪拂吹嘘，長其光價。』素絲結轡美無價，繡罽披韉驕向人。《前漢東方朔傳》：狗馬被繢罽。注：罽，織毛也，氍毹之屬，音猘。當塗奮擲森崛壯，一旦紛騰入天仗。《唐儀衛志》：朝會之仗，三衛番上，分爲五仗，皆帶刀捉仗，列於東西廊下，每日以四十六人立内廊閤外，號曰内仗。朝罷放仗，天子出，則有細仗、黄麾仗。《演繁露》：司率進馬六人，舊儀，每日常乘，以廄馬八匹分左右廂，立於正殿側宫門外，候仗下即散。父老東城接鬭雞，《東城老父傳》：賈昌生七歲，趫捷過人，解鳥語音。玄宗在藩邸時，樂民間清明節鬭雞戲，及即位，治雞坊於兩宫間，索長安雄雞、金尾、鐵距、高冠、昂尾千數，養於雞坊。選六軍小兒五百，使馴擾教飼之。上好之，民風尤甚。諸王、外戚、貴主、侯家傾帑破産以償雞直，都中男女以弄雞爲事，貧者弄假雞。帝出遊，見昌弄木雞於雲龍門道傍，召入試殿庭，皆中帝意，即日爲五百小兒長。胡兒内苑隨調象。解見《昭華琯歌》。煌煌京洛鳴和鈴，犇走萬里如流星。陳孔璋牋：飛兎流星。注：流星，疾也。筋力追風烏鵲厲，精神噴霧蛟龍冥。《春秋考異記》：地生月精爲馬，月數十二，故馬十二月而生。雲霧晦冥，龍馬降生時。往年踴躍將一跨，寂寞而今空見畫。黄金鑄式猶峥嶸，《後漢書》：馬援善別名馬，於交阯得駱越銅鼓，鑄爲馬式，上之，表曰：『臣事陽子阿，得西河子輿相馬骨法。昔武帝時，東門京鑄銅馬法獻之，立於魯班門外，更命門曰金馬門。臣謹依數家骨相以爲法。』馬高三尺五寸，詔置宣德殿下，以爲名馬式。多少地上騏驎行。杜甫詩：肯使騏驎地上行。《爾雅翼》：麒麟善走，故良馬亦名爲騏驎。

杜鵑行

《格物論》：杜鵑一名山石榴，一名山躑躅，杜鵑啼時始開，故名焉。羅泌《蜀國考》：按《世本》、《山海經》、揚雄《蜀王本紀》、《華陽國志》諸書皆言蜀之先肇於人皇之際，至黄帝子意娶蜀山氏女生帝嚳，後封其支庶於蜀，歷夏、商、周，始稱王者。縱目名蠶叢，次曰柏濩，次曰魚鳧，其後有王曰杜宇。杜宇稱帝，號望帝。時有荆人鼈靈死，其屍隨水上，荆人求之不得。鼈靈至汶山下。忽復生，見望帝，帝立以爲相。時巫山壅江，蜀地洪水。望帝使鼈靈鑿巫山，蜀得陸處。望帝因禪位於鼈靈，號開明。遂自亡去，化爲鵑鳥，故蜀人謂子鵑爲望帝。《禽經注》：子規夜啼達旦，血漬草木。啼苦則倒懸於樹，自呼曰『謝豹』。《老學庵筆記》：吴人謂杜宇爲『謝豹』。杜宇初啼時，漁人得蝦曰『謝豹蝦』，市中賣筍曰『謝豹筍』。唐顧況《送張衛尉》詩曰：『緑樹村中謝豹啼。』若非吴人，殆不知謝豹爲何物也。

南山北山啼杜鵑，杜鵑花發山欲然。寇準詩：杜鵑啼處血成花。千枝萬朵惜未得，中有一抹巴陵煙。休説銅梁并玉壘，摇蕩春光餘涙水。《合州志》：銅梁山在州南五里，石梁横亘如銅崖，鐫『銅梁山』三字。按《志》：屬四川重慶府。《灌縣志》：玉壘山去縣三百里，衆峰攢擁，遠望無形，惟雲表崔嵬稍露，山石瑩潔。唐貞觀立關於其下，名玉壘關，亦曰七盤關。按《志》：屬四川夔州府。五丁鑿路少人行，《成都府志》：常璩云：『蜀有五丁力士，能移山，舉萬鈞。』石鏡生塵妖骨死。揚雄《蜀王本紀》：武都山丈夫化爲女子，顔色美絶，蓋山精也。蜀王納以爲妃，無幾，物故。乃發卒之武都擔土，葬成都郭中，號武擔山。上有一石，徑二丈，厚五尺，呼爲石鏡，以表其墓。東風青鳥來何處，《左傳》：青鳥氏，司春者也。中官〔一〕移植銷魂樹。蘇軾詩：南漪杜鵑天下無，披香殿上紅氍毹。不如歸去便歸家，陶岳《零陵記》：其音云：『不如歸去。』誰其友者揚州花。《地志》：揚州，古廣陵郡，屬江南省。《名勝志》：《齊東野語》云：『瓊花，惟揚州后土祠一株，絶類聚八仙，但色微黄而香甚。慶曆間常移植禁苑，淳熙中又移之南内，皆逾年而枯，併還故叢，敷榮如故。』歐陽修謂其罕匹，故立無雙亭在殿西。《廣陵遺事》：瓊花樹大而花繁，有三異。凡花皆落地，瓊花則隨風而銷，一異也；煎葉服之，可已癘疾，二異也；一歲花葉東西疎密，而境内豐歉如之，三異也。紹興辛巳，金亮南寇，揭本而去，未幾，故株復生，久乃暢茂。至元十三年枯死，其種遂絶。

校勘記

〔一〕『官』，四部叢刊本、國圖本、存心堂本、豹文堂本作『宫』。

瓊花引重寄方養心

瓊花，解見《杜鵑行》。

揚州瓊花天下無，揚州明月照江都。《幽怪録》：正月望日，帝問葉師：『四方何處極麗？』對曰：『無踰廣陵。』帝曰：『何術觀之？』師曰：『可。』俄而虹橋起殿前，帝步而上，俄頃至廣陵。士女皆仰望，曰仙人現五色雲中。師請敕伶官奏《霓裳羽衣》一曲。徐凝詩：天下三分明月夜，二分無賴是揚州。青鸞縞鳳何翾翾，神仙司花不委地。瓊花隨風而銷，詳見前。元好問詩：如何借得司花手，偏與人間作好春。瑶宮玉色空彩侍，十里珠簾揾春淚。杜牧詩：春風十里揚州路，卷上珠簾總不如。揾，音温，去聲。《六書故》：指按也。東風半夜吹城郭，梁宋山川一盤礴。冰懸雪積不改柯，二十四橋餘水波。按：吴綺《揚州鼓吹詞序》云：出西郭二里許有小橋，朱闌碧甃，題曰『烟花夜月』。相傳爲二十四橋舊址，蓋本一橋，會二十四美人於此，故名。郡志謂在城内有二十四橋，今不可考。杜牧詩：二十四橋明月夜，玉人何處教吹簫。揚州瓊花人不睹，揚州明月來無所。世上繁華我不知，揚州芍藥猶傳譜。王觀《揚州芍藥譜》：維揚芍藥甲於天下，與洛陽牡丹並稱。劉邠《芍藥譜》：三十一種皆使畫工圖寫，以示未嘗見者。又：舊譜只取三十一品，今有三十四品，如緋單葉、白單葉、紅單葉，不入名品之内。

昭華琯歌

《西京雜記》：高祖初入咸陽宫，周行庫藏，見玉管，長二尺三寸，二十六孔，吹之則見車馬山林，隱轔相次，吹息亦不復見，銘曰『昭華之琯』。

咸陽宫，《史記》：始皇十六年，築宫咸陽北阪上，南臨渭，自雍門以東，殿屋複道周閣相屬，所得諸侯美人鐘鼓，以充入之。昭華琯，白玉琢成三尺短。美人南國遥輦來，齊謳趙瑟巧盤廻。《列子》：韓娥東之齊，匱糧，過雝門，鬻歌假食，故雝門人善娥之遺聲。《前漢楊惲傳》：家本秦也，能爲秦聲。婦趙女也，雅善鼓瑟。洞房更衣待月上，音伎逐色穿雲開。天光摇，地勢動。山林冥，海水湧。犇騰萬騎壓城破，錯愕雙矛鏖敵悚。臨洮舉杵送役夫，《史記》：始皇三十二年，巡北邊，遣蒙恬發兵三十萬人伐匈奴，收河南地，爲四十四縣。築長城，起臨洮，至遼東，延衺萬餘里。《易》：斷木爲杵。碣石掖弩射鯨魚。解見《觀秦丞相碑》。泗亭夜行老嫗泣，解見《雲門紀行》。蘄澤秋戍妖狐呼。解見《觀秦丞相碑》。一吹吹向樂中變，再吹吹作寰内戰。天教漢祖見還驚，可惜秦皇驚不見。豈伊伶倫嶰谷法鳳鳴，節節足足久無聲。《前漢律曆志》：黄帝使泠綸，自大夏之西，昆侖之陰，取竹之解谷生，其竅厚均者，斷兩節間而吹之，以爲黄鐘之宫。制十二筩以聽鳳之鳴，其雄鳴爲六，雌鳴亦六，比黄鐘之宫，而皆可以生之，是爲律本。豈伊後庭伴侣戒亡國，璧月瓊枝樂不得。後庭，解見《題侍女汲井圖》。《舊唐書·音樂志》：御史大夫杜淹曰：『陳將亡也，爲《玉樹後庭花》；齊將亡也，而爲《伴侣曲》。行路聞之，莫不悲泣。』自時厥後日淫荒，立部坐部陳絲簧。又：高祖登極之後，享宴因隋舊制，[用]九部之樂，其後分爲立、坐二部。花奴羯鼓打漁陽，解見《觀羯鼓録》。禄山舞馬登舞牀，《通鑑》：初，上皇酺宴，先設太常雅樂，繼以鼓吹、胡樂、散樂、雜戲。又出宫人舞霓裳羽衣，又教舞馬百匹，啣盃上壽，又施三層板牀，乘馬而上，抃轉如飛。或命壯士，舉榻馬舞於榻上，又引犀象入場，或拜或舞。禄山見而悦。既克長安，命搜捕送洛陽，禄山宴群臣於凝碧池，盛奏衆樂，梨園子弟往往欷歔泣下。樂工雷海青不勝悲憤，擲樂器於地，西向痛哭。昭華吹秦不吹唐。嗚呼昭華落何鄉，宋沇尚及萬寶常。《羯鼓録》：宋開府璟善羯鼓，孫沇亦工之，并有音律之學。貞元中，進《樂書》三卷，德宗嘉之，遂召對與論音樂，又令與樂工商確講論其狀條奏上。沇常(謂)[爲]太常丞，每諸懸鐘磬，亡墜至多，補亡者又乖律吕。一日早，於光宅佛寺待漏，聞塔上風鐸聲，傾聽久之。朝回，止寺舍，向僧固求摘取觀之，曰：『此姑洗之編鐘耳。』又於左藏認一鈴，亦編鐘也。何如聽風聽水奏伊涼，悔不去問龜兹王。《傳載》：天寶樂章以邊地爲名，有《涼州》《甘州》《伊州》等曲，其曲(變)[遍]繁聲，[名]入破。後其地盡爲吐蕃所破，其兆如此。《唐地(里)[理]志》：伊州，伊吾郡本西伊州，貞觀六年更名。《吹笛記》：李謩，開元中吹笛第一，請假至越州，讌集鏡湖。謩吹笛微風拂浪，波瀾陡起，內有獨孤生曰：『公試吹涼州。』至曲終，生曰：『公亦甚能妙，然聲調雜夷樂，得毋有龜茲之侣乎？』謩大駭曰：『丈人神絶。』《舊唐書·音樂志》：新聲河西至者，號胡音樂，與龜茲、散樂俱爲時重，諸樂咸爲之少寢。

白髮辭寄答陳時父

昔予頭燥髮未茁，《宋書》：魏主曰：『我生髮未燥，已聞河南是我地。此豈可得？』今我頭枯髮先折。童心尚在顔貌改，《左傳》：昭王十九年矣，猶有童心。滿鬢蒼華點霜雪。朝來抱鏡看未真，鏡裏相逢類兩人。東都貧孟歎孤劍，西邸老康悲故茵。《樂府雜録》：康老子即長安富家子，落魄不事生計，常與國樂游處，一旦家産蕩盡，偶一老嫗持舊錦褥貨鬻，乃以半千獲之。尋有波斯見，大驚，謂康曰：『何處得此？是冰蠶絲所織，若暑月陳於座，可致一室清涼。』即酧千萬。康得之，還與國樂追歡，不經年，復盡，尋卒。後樂人嗟惜之，遂製此曲，亦名《得至寶》。烏髭每怕不得素，素櫛何庸問衰莫。楓林葉底變風煙，藥草莖邊虛雨露。自非神仙劉阮儔，世間容有幾春秋。《神仙傳》：劉晨、阮肇入天台採藥，至一大溪，溪邊有二女子，色甚美，見二人，欣然曰：『來何晚邪？』因邀還家。具饌，有胡麻飯，甚美。食畢，行酒，酒酣作樂，各就一帳宿，留半年。思歸，女遂相送，指示還路，鄉邑零落，已十世矣。情知鸛鶴長朱頂，《禽經》：鸛生三子，一爲鶴。《相鶴經》：體尚潔，故其色白。聲聞天，故頭赤。得見鴛鴦會白頭。《爾雅翼》：鴛鴦其大如鶩，其質杏黃色，頭戴白長毛，垂之至尾，尾翅皆黑。

劉龍子歌

宋濂《遊五洩山水志》：第四潭側有晉劉龍子墓。相傳龍子嘗釣於潭，得驪珠，吞之，化龍飛去，後人爲壘石作塚。或云龍子之母葬焉，世遠不可辨。

劉龍子，龍子出山龍母死。一雙赤鯉媵來多，《酉陽雜俎》：肅宗將至(臨)〔靈〕武一驛，黄昏，有婦人長大，攜雙鯉吒於營門，曰：『皇帝何在？』衆謂風狂，遽白上，潛視舉止。婦人言已，止大樹下。軍人有逼視，見其臂上有鱗。俄天黑，失所在。《九歌》：波滔滔兮來迎，魚鱗鱗兮媵予。注：媵，送也。玄黿獨戰翻天河。《爾雅翼》：天地之初，介潭生先龍，先龍生玄黿，玄黿生靈龜，靈龜生庶龜。山頭種楓高不得，楓葉落波秋正黑。《埤雅》：楓木，厚葉，弱枝，善搖。《楚詞》：湛湛江水兮上有楓，目極千里兮傷春心。按《志》：五洩山第四潭之左右皆楓木。潛游蟹斷島無人，《蟹志》：江東漁者緯蕭承其流而障之，名曰蟹斷。飽啖蝦鬚汊作國。《酉陽雜俎》：大(定)〔足〕初，有士人隨新羅使，風吹至一處，人皆長鬚，號長鬚國。士人歷謁數處，其國皆敬之。一日，有車馬數十，言大王召客。行二日，方至一大城，甲士守門，使者導士人入謁。乃拜士人爲司風長，并駙馬。其主甚美，有鬚數十根。士人威勢烜赫，富有珠玉。忽一日，其君臣憂戚，士人怪，問之。王泣曰：『吾國禍在旦夕，非駙馬不能救。顧一謁龍王，但言東海第三汊第七島長鬚國有難求救。我國絶微，須再三言之。』因涕泣執手而别。士人登(岸)〔舟〕，瞬息至岸，岸沙悉七寶，人皆衣冠長大。乃前求謁龍王，龍王迎升殿，訪其來意。士人具説，王即令速勘。良久曰：『境内竝無此國。』士人復哀祈，言在東海第三汊第七島。王復叱使者尋勘，食頃返曰：『此島鰕合供大王此月食料。』王笑曰：『客爲所魅耳。今爲客減食。』乃令引客視之，見鐵鑊中鰕有五六頭，色赤，大如臂，見客跳躍，似求救狀。引者曰：『此鰕王也。』王命放之，令二使送客歸中國。巢湖龜眼看欲紅，《青瑣高議》：今巢湖，古縣也。一日江漲，港有涸魚可萬斤，三日乃死。漁者以貨於市，合郡食之，有一姥獨不食。遇老叟曰：『此吾子也，汝獨不食，必報汝。若見東門石龜目赤，城當陷。』姥日往視，有稚子戲以硃傅其目，姥見之即走。俄而水至，城崩。一青衣童曰：『吾龍子也。』引姥登山而免。按《志》：今屬江南廬州府無爲州。邛都魚頭闢爲宫。《益州記》：邛都縣有一老姥，家貧孤獨，每食輒有戴角小蛇在牀間，姥憐而飤之，後稍長至丈餘。令有駿馬，爲蛇吸殺，因責姥出蛇。姥云在牀下。令即掘地，深無所見。益遷怒，殺姥。蛇乃感人以靈，言：『令何殺我姥，當爲報仇。』此後每夜輒聞雷風，四十許日，百姓相見，感驚語：『汝頭那忽戴魚？』是夜，方四十里與城一時俱陷爲湖，土人謂之陷河。惟姥宅無恙，迄今猶存。漁人採捕，必依止宿，每有風浪，輒居宅側，恬静無佗，風清水静，猶見城郭樓櫓宛然。按《志》：今寧番衛地，即漢置越嶲郡地也。絶磴懸梁但一勺，雲綃霧縠餘長風。劉龍子，龍子爲龍猶念母，梧江沼海歸何所？硯中墨水吾乞汝，昨夜蚍醫送飛雨。《幕府燕閒録》：有僧講經，一叟來聽，僧知其龍也，求其救旱，曰：『上帝封江湖，有水不得用。』僧曰：『硯水可用乎？』乃吸水去。是夕大雨，悉黑水。《酉陽雜俎》：王彦威在汴州，夏旱，求蛇醫四頭，十石甕二枚，每甕實以水，浮二蛇醫，以木蓋密泥之。甕前後設席燒香，選小兒十歲已下十餘，執小青竹晝夜擊甕。一日兩夜，雨大注。舊説，龍與蛇師爲親家。

東吴行

《三吴圖經》：漢分會稽爲吴郡，與吴興、丹陽爲三吴。《水經》：吴興、吴郡、會稽爲三吴。《指掌圖》：蘇、常、湖爲三吴。

我懷天地開闢初，乾動坤静焉能踰。女媧斷鼇立四極，斷鼇，解見《觀星君像圖》。鼇足峙峙交相扶。窮山絶谷總一水，千里萬里澆歸墟。解見《病起讀列子》。就中積陰不得洩，日劘月盪淫爲豬。《書》注：水蓄而復流者曰豬。似聞東吴薄海際，天欲少畀蛟龍居。驚飈捲浪類鶻没，《海物異名記》：越人水戰，有舟名海鶻，急流浴浪不溺。漲霧磢石疑鯨呿。郭璞《江賦》：奔溜之所磢錯。磢，音搶，瓦石洗物也。杜牧序李賀詩：鯨呿鼇擲。《爾雅翼》：鯨穴處海底，出穴則水溢，鼓浪成雷，噴沫成雨。《莊子》：公孫龍口呿而不合。呿，音區。大田黍稻一以盡，《詩》：大田多稼。寧獨岸葦兼汀蘆。規撫西方失塔廟，《説文》：塔，西域浮屠也。想像北里移笙竽。左思詩：南隣擊鐘磬，北里吹笙竽。甚哉善崩不可築，哀爾民物空號呼。碣石苞淪豈或有，淇園下楗渾如無。《史記》：天子臨決河，沈白馬玉璧於河，令群臣從官自將軍已下皆負薪寘決河。是時東流郡燒草，以故薪柴少，而下淇園之竹以爲楗。注：樹竹塞水決之口，稍稍布插接樹之，水稍弱，補令密，謂之楗。以草塞其裏，乃以土填之；有石，以石爲之。人言白圭過夏禹，歲晚多凍猶儆夫。爰居避風亦已久，《國語》：海鳥曰『爰居』，止於魯東門之外三日，臧文仲使國人祭之，展禽曰：『海其有災乎？夫廣川之鳥獸恒知而避其災也。』是歲也，海多大風。精衛銜木徒區區。《山海經》：發鳩之山有鳥，狀如烏，而文首，白喙赤足，名曰『精衛』。赤帝之女名曰『女娃』，女娃遊於海，溺而不反，〔故爲〕精衛，常取西山之木石以堙東海焉。又聞杭睦二州境，俱隸浙江。前者淫潦忍見屠。祇憐吾嫗視龜眼，孰使汝頭真戴魚。解見《劉龍子歌》。洪範五行竟不講，《書》：鯀陻洪水，汩陳五行，帝乃不畀洪範九疇。春秋災異何其愚。《前漢劉向傳》：向上封事諫曰：『周室卑微，二百四十二年之間，日食三十六，地震五，山陵崩阤二，慧星三見，夜常星不見，夜中星隕如雨一，火災十四。長狄入三國，五石隕墜，六鷁退飛，多麋，有蜮、蜚，鸜鵒來巢者，皆一見。晝冥晦，雨木冰。李梅冬實。七月霜降，草木不死。八月殺菽，大雨雹，雨雪雷霆失序相乘。水、旱、饑、蝝、螽、螟螽午並起。當是時，禍亂輒應，弑君三十六，亡國五十二，諸侯奔走，不得保其社稷者，不可勝數也。今陛下初元以來六年矣，案《春秋》六年之中，災異未有稠如今者也。』從來妖德不相勝，《通鑑前編》：大戊時，亳有祥桑共生於朝，一暮大拱，王懼。伊陟曰：『臣聞妖不勝德，帝其修德。』於是大修先王之政，明養老之禮，早朝宴退。三日而祥桑枯死。幸爲泰階陳六符。解見《王濬南太山石室》。

嶺南六祖禪師菩提樹下藏髮甕子圖歌

《輿地志》：唐置嶺南道，治廣州。

《傳燈録》：六祖慧能大師，姓盧氏，父行瑫，母李氏感異夢，覺而異香滿室，因有娠，六年乃生。三歲父喪，母嫠居，貧甚，樵採養母。一日，負薪過市，聞讀《金剛經》，至『應無所住，而生其心』，有所感悟，問曰：『此何法也？』曰：『黄梅東山五祖忍和尚恒教人誦此經。』祖聞語，思出家求法。乃乞於一客，爲其母備歲儲。辭母直抵韶州，居寶林寺。祖曰：『我求大法，止此何爲？』遂抵黄梅，參禮五祖。五祖問曰：『汝自何來？』祖曰：『嶺南。』五祖曰：『須何事？』祖曰：『求作佛。』五祖令隨衆作務，祖曰：『弟子自心常生智慧，不離自性，即是福田，未審和尚教作何務？』五祖曰：『這獦獠根性太利，著槽廠去。』祖禮足而退，便入碓坊。時會下七百餘僧，上座神秀者，學通内外，衆所宗仰。於廊壁書偈曰：『身是菩提樹，心如明鏡臺。時時勤拂拭，莫使惹塵埃。』祖在碓坊聞知，以偈和之曰：『菩提本無樹，明鏡亦非臺。本來無一物，何處惹塵埃？』五祖遂傳衣法。儀鳳元年，至廣州法性寺。值印宗法師講《涅槃經》。寓止廊廡間，暮夜風颺刹幡，聞二僧對論，一曰：『幡動。』一曰：『風動。』往復不已。祖曰：『不是風動，不是幡動，仁者心動。』一衆竦然。印宗延至上席，徵詰奥義，見祖言簡理當，歡喜合掌。正月十五日，印宗會諸名德爲祖剃髮。二月八日，就法性寺智光律師授滿分戒，其戒壇即宋求那跋陀三藏之所置也。先是梁末真諦三藏於壇側手植二菩提樹，謂衆曰：『後一百二十年，有大開士於此樹下演無上乘，度無量衆。』祖受戒已，於此樹下開東山法門，宛如宿契。

蘄州黄梅峙佛埸，新州獦獠識水香。《名勝志》：蘄州即西漢蘄春縣，今屬湖廣黄州府。又：黄梅縣有東西二山，西山即破額山，爲四祖道信禪師道場。東山即馮茂山，爲五祖弘忍禪師道場。又：新州龍山，唐六祖家居於此，今廣東肇慶府新興縣。《傳燈録》：梁天監元年，有僧智藥泛舶至韶州曹溪水口，聞其香，嘗其味，曰：『此水上流有勝地。』遂開山，立名寶林，乃云：『此去一百七十年，當有無上法寶在此演法。』今六祖南華是也。菩提樹間好宴坐，《維摩詰經》：夫宴坐者，不於三界現身意，是爲宴坐。不起滅定而現諸威儀，是爲宴坐。不捨道法而現凡夫事，是爲宴坐。心不住内，亦不在外，是爲宴坐。於諸見不動，而修行三十七道品，是爲宴坐。不斷煩惱而入涅槃，是爲宴坐。五色頭髮騰毫光。金刀剔落受法戒，瓦甕瘞藏傳不壞。捩廻萬夫矗梁棟，陶冶千聖掀爐鞴。南海標來刹十圍，北宗望斷六銖衣。《指月録》：壽州道樹禪師得法於北宗秀。按：六祖得法往曹溪，號南宗。神秀亦襲五祖法，居荆州，號北宗。《傳燈録》：達摩以袈裟授慧可曰：『如來以正法眼藏付迦葉，展轉至我，今付汝。吾滅後二百年，衣止不傳。』後至六祖，而衣鉢果絶。《長阿含經》：忉利天衣重六銖，炎摩天衣重三銖，兜率天衣重一銖半，化樂天衣重一銖，他化自在天衣重半銖。塵境〔一〕本空空即本，風幡非動動還非。山僧禮拜山鬼護，一花五葉開如故。《高僧傳》：慧能弟子神會序宗脉，從如來下，西域諸祖外，震旦凡六祖。盡圖繪其影，太尉房琯作《六葉圖序》。《傳燈録》：達摩以袈裟授慧可，説偈曰：『我本來兹土，傳法救迷情。一花開五葉，結果自然成。』寶縷青懸雪嶺煙，神珠紺結丹丘露。又：如來頂上肉髻，光明顯照，其（根）〔眼〕長廣，而紺青色，眉間毫相白如珂月，其毫中空，右旋宛轉，如琉璃筒。《遠遊》：仍羽人於丹丘兮，留不死之舊鄉。注：丹丘，海外神山，晝夜長明。世人長物合剃除，《晉書》：王恭少有美譽，與王忱齊名友善，忱嘗訪之。見恭所坐六尺簟，謂其有餘，因求之。恭輒以送焉，遂坐薦上。忱大驚，恭曰：『吾平生無長物。』其簡率如此。謝公枉矣施髭鬚。《隋唐嘉話》：晉謝靈運鬚美，臨刑，施爲南海祇洹寺維摩詰像鬚。寺人保惜，初不虧損。中宗朝安樂公主五日鬬百草，欲廣其物色，令馳驛取之。又恐爲他人所得，因剪棄其餘，遂絶。唐年畫筆石未泐，大鑒壇經誰讀得。《六祖大師傳》：唐憲宗謚『大鑒禪師』，塔曰『元和靈照之塔』。師始終説法三十七年，尋常垂示法語，門人海禪者記録，目爲『壇經』，盛行於世。按：《柳宗元集》有《曹溪第六祖賜謚大鑒禪師碑》，《蘇軾集》有《六祖〈壇經〉論》。

校勘記

〔一〕『境』，四部叢刊本、國圖本、存心堂本、豹文堂本作『鏡』。

揚子江頭遇仙行《揮麈後録》：建炎初，高宗駐驆維揚，虜騎忽至，六飛即日南渡。百僚竄身揚子江津，舟人乘時射利，停橈水中，每渡一人，必須金一兩，然後登船。是時葉宗諤爲將作監，逃難至江滸，而實不攜一錢，彷徨無措。忽覩婦人於其側，美而艷，語葉云：『事有適可者，妾亦欲凌江，有金釵二隻，各重一兩，宜濟二人。而涉水非女子所習，公幸負我以趨。』葉從之，且舉二梭以示，篙師肯首令前，婦人伏於葉之背而行。甫扣船舷，失手，婦人墜水而没。葉獨得逃生，悵然登南岸。葉後以直龍圖閣帥建康。其家影堂中設位，云『揚子江頭無姓名婦人』，豈鬼神托此以全其命乎？

晴沙獵獵吹林莽，日晚南奔命如縷。晁冲之詩：所苦命如縷。延秋門上烏更啼，《舊唐書》：十五載六月九日，潼關不守，十二日凌晨，上自延秋門出，親王妃主王孫以下，多從之不及。《長安志》：苑中宫亭凡二十四所，西面二門，南曰延秋門，北曰玄武門。杜甫詩：長安城頭頭白烏，夜飛延秋門上呼。揚子江頭暗風雨。就中五馬一馬龍，《晉書》：永嘉元年，元帝始渡江，鎮建業。初，惠帝泰安際童謡云：『五馬浮渡江，一馬化爲龍。』帝與西陽、汝南、南頓、（沛陽）〔彭城〕王等獲濟，而帝竟登大位。獨據滄海超河宗。《前漢地理志》：中國川原以百數，莫著於四瀆，而河爲宗。塵侵犀筯不復飫，《酉陽雜俎》：明皇賜安禄山品目，内有金平脱犀頭匙筯。鬼瞰寶玦難爲容。《前漢揚雄傳》：高明之家，鬼瞰其室。杜甫詩：腰下寶玦青珊瑚，可憐王孫泣路隅。蓬萊仙人按城堡，蕭國芎藭何足道。《左傳》：楚申叔展謂蕭人還無社曰：『有山鞠窮乎？』注：叔展，楚大夫。無社素識叔展，懼蕭潰，冀其拯己，叔展以軍中不敢正言，欲使無社匿水中，鞠窮禦濕，故爲隱語以詰之。鞠窮，即芎藭。氏族無憑指素波，《洛神賦》：託微波以通辭。又：指潛淵而爲期。刀圭不用挼靈草。《神仙傳》：沈羲，吳郡人，學道於蜀。與妻賈氏共載，詣子婦卓孔家，道逢白鹿、青龍、白虎車各一乘，從騎數十人。騎曰：『羲受命不長，壽將盡矣。老君命遣仙官下來迎之。』遂載昇天。後四百餘年，求還鄉里，得數十世孫，名懷。羲説初上天時，老君使玉女持金案玉杯，盛藥賜羲曰：『此是神丹，飲者不死。』夫婦各一刀圭。挼，音那，手摩也。《本草序例》：丸散之刀圭，准如梧桐子大，十分方寸匕之一，方寸匕者，作匕正方一寸，抄散不落爲度。萬里蒼茫豈所聞，須臾變滅但荒雲。東南王氣今溟漠，孫盛《晉陽秋》：秦時望氣者曰：『東南有天子氣，五百年有王者興。』至晉元帝，適逢其時。庾信《哀江南賦》：將非江表王氣，終於三百年乎？《隋薛道衡傳》：郭璞云：『江表偏王三百年，還與中國合。』按：江南王者起吳大帝孫權黄武元年，盡歸命侯孫皓天紀四年，共五十九年。又起晉元帝建武元年，盡梁敬帝太平二年，共二百三十一年，凡二百九十年。夢入三山見樓閣。按：三山謂蓬萊、方丈、瀛洲。詳見《泰山高》。

觀秦丞相斯鄒嶧山刻石墨本碑

鄒嶧之山在何處，始皇立石改名號。《寰宇記》：嶧山在鄒縣南二十里，亦名鄒山。《左傳》：魯師入邾，邾人保於繹。注：繹，邾山也，與嶧通。《史記》：秦始皇東行郡縣，上鄒嶧山，李斯立石，與魯諸儒議，頌秦功德，其所刻石嶺名曰『書門』。史籀古文相斯變，蛟龍盤崛獨精到。《前漢藝文志》：《史籀篇》者，周宣王太史作大篆十五篇，教學童書也，與孔子壁中古文異體。《蒼頡》七章者，秦丞相李斯所作文字，多取《史籀篇》，而篆體復頗異，所謂秦篆也。自都咸陽制六合，曰救黔首烹强暴。《史記》：始皇二十九年，登之罘刻石，其辭曰『烹滅彊暴，振救黔首』云云。鼇深擅更秦新法，繁縟盡剗周末造。《前漢膠西王傳》：爲人賊盭。盭與戾通。掃除井田設斗甬〔二〕，《月令》：仲春，角斗甬。《史記》：商君平斗甬。盪滅封建廢圭瑁。《史記》：丞相王綰等言：『諸侯初破，請立諸子以填之。』廷尉李斯議以爲不便，始皇乃分天下爲三十六郡。《白虎通》：合符信者，謂天子執瑁以朝諸侯，諸侯執圭以覲天子。收兵鑄鐻銷凶器，《史記》：始皇收天下兵，聚之咸陽。銷以爲鍾鐻，金人十二，重各千石，置廷宫中。斥塞築城斮梟鷙。《史記》：始皇三十四年，適治獄吏不直者，築長城及南越地。《北邊備對》：古來築長城，以扞北虜者四世，燕、趙、秦、隋也。秦制多承燕、趙，而隋氏不盡因秦也。《史記》：燕城起於造陽，而至襄平、遼陽。造陽者，上谷地也。襄平者，遼東縣也。遼陽者，遼水之北也。趙之城則自代地而西屬于高闕。代者，雁門郡也。高闕者，靈州北流河之西，陰山之上游也。至秦已并六國，天下爲一，西自上郡、北地，而東至遼東西，悉爲秦有。故蒙恬之致役也，西起臨洮，則中國極西之地也。北屬遼東，則中國極東之地也。自東迄西，殆萬餘里，審而求之，則其城不皆秦築也。秦但補築使足耳。《元和志》曰：開皇長城自代之繁峙縣，北經蔚州北十里入飛狐縣。夫其自代而蔚，則極北而與虜邊，中國之地不出此外。秦人爲城以城中夏，勝地固當在此矣。當時大開阿房殿，《史記》：始皇三十五年，營作朝宫渭南上林苑中。先作前殿阿房，東西五百步，南北五十丈，上可坐萬人，下可建五丈旗。周馳爲閣道，自殿下直抵南山。表南山之顛以爲闕。爲複道，自阿房渡渭，屬之咸陽，以象天極閣道絶漢抵營室也。萬世永戴黄屋纛。又：南越王佗乘黄屋左纛，稱制，與中國侔。胡亥矜慢不改轍，趙高指麾豈謂孝。又：始皇帝至沙丘，病甚，令趙高爲書賜公子扶蘇曰：『以兵屬蒙恬，與喪會咸陽而葬〔三〕。』遂崩於沙丘。趙高乃與公子胡亥、丞相斯陰謀，詐爲丞相斯受遺詔，立胡亥爲太子，更爲書賜公子扶蘇、蒙恬，數以罪，其賜死。四極巡游何功德，群臣刻頌直羿冥。又：始皇二十六年，東行郡縣，上鄒嶧山，立石頌秦德。並渤海以東，過黄、腄，窮成山，登之罘，立石頌秦德。又南登琅琊，作琅琊臺，立石頌秦德。又二十九年，東游至博狼沙中，爲盜所驚，大索十日，弗得，登之罘，群臣頌功刻石。又三十二年，之碣石，群臣頌烈，刻石。又三十七年，始皇出游，行至雲夢，望祀虞舜于九疑山，浮江渡海，過丹陽至錢塘，臨浙江，望於南海，立石頌秦德。金虎淪亡竟不守，《西溪藂語》：『金虎』二字所用不同，張平子《東京賦》云：『周姬之末，不能厥政。政用多僻，始於宫隣，卒于金虎。』注云：『幽厲小人與君子爲隣，堅若金，惡若虎，此卒以亡。』何祖敬詩云：『望舘離金虎。』注云：『望舘，月御也。』西方，金也。西方七宿畢昴之屬，俱白虎也。《河圖》云：『亡金虎，喻泰居也。』陸士衡詩云：『大辰匿耀，金虎習質。』《甘石星經》云：『昴，西方白虎之宿，太白，金之精。太白入大昴，金虎相薄，主有兵亂。』白蛇劍死徒驚譟。解見《雲門紀行》。荀卿著書本性惡，弟子承學愈言耄。《荀子》：人性本惡。桀紂，性也；堯舜，僞也。《史記》：李斯從荀卿學帝王之術。古今聖賢使閣束，五三載籍遭煨爆。《史記》：李斯曰：『五帝不相復，三代不相襲。各以治，非其相反，時變異也。今諸生不師今而學古，以惑亂黔首。臣請史官非秦記皆燒之，非博士官所職，敢有藏《詩》《書》、百家語者，悉燒之。有敢偶語《詩》《書》，棄市。以古非今者，族。吏見知不舉者，同罪。令下三十日不燒，黥爲城旦。所不去者，醫藥、卜筮、種樹之書。若欲有學法令，以吏爲師。』《晉書》：杜乂、殷(洪)[浩]並才名冠世，庾翼弗之重，語人曰：『此輩宜束之高閣，俟天下太平，然後議其任耳。』越人鳥駭汝苦兵，蘄卒狐呼汝召盜。《史記》：二世元年，發閭左適戍漁陽，九百人屯大澤鄉。陳勝、吳廣皆次當行，爲屯長。會天大雨，失期。勝、廣謀曰：『亡亦死，舉大計亦死，等死，死國可乎？』乃行卜，卜者知其指意，曰：『事皆成，有功，然足下卜之鬼乎？』乃丹書帛曰『陳勝王』，置人所罾魚腹中。卒買魚亨，得書，固以怪之矣。又間令吴廣之次近所旁叢祠中，夜篝火，狐鳴呼曰：『大楚興，陳勝王。』卒皆夜驚恐。宜哉東市得具刑，又：二世二年，具斯五刑，論腰斬咸陽市，夷三族。矧痛吾儒有名教。太平真君一拽倒，枯篁野莽火就燥。《聞見記》：嶧山始皇刻石，其文李斯小篆。後魏太武登山，使人排倒之。然而歷代摹榻以爲楷則。邑人疲於奔命，聚薪其下，因野火焚之，由是殘闕，然猶求者不已。有縣宰取舊文勒石，凡成數片，置之縣廨，須則榻取。今人間有嶧山碑，皆新刻也。按：太平真君，魏太武年號。篆家法妙尚鈎勒，棗木字肥略顔貌。杜甫詩：嶧山之碑野火焚，棗木傳刻肥失真。《集古録》：今俗傳嶧山碑，《史記》不載，其字特大，不類泰山存者。其本出於徐鉉，又有別本，出於夏竦家。自唐封演《聞見記》已謂嶧山碑非真，而杜甫直謂棗木傳刻耳。又：今嶧山實無此碑，鄭文寶嘗學小篆於徐鉉，以鉉所摹本刻石於長安，世多傳之。陽冰石經欲觳乳，《墨池編》：唐李陽冰《上李大夫書》云：『某志在古篆，於天地山川得方圓流峙之形，於日月星辰得經緯昭回之度，於雲霞草木得霏布滋蔓之容，於文物衣冠得揖遜周旋之體，於鬚眉口鼻得喜怒慘舒之分，於蟲魚禽獸得屈伸飛動之理，於骨角齒牙得擺拉咀嚼之勢。嘗痛孔壁遺文、汲冢舊簡年代浸遠，謬誤滋多。誠願刻石作篆，備書六經，立於明堂，爲不刊之典，號曰「大唐石經」，使百世之後無所損益。』蘇軾《石鼓歌》：下挹冰斯同觳彀。觳，音寇。《爾雅》：生哺之。注：鳥子須母哺之。楚金鐍〔二〕匾猶躇蹈。陳琳《武庫賦》：其刃也，則楚金越冶，棠谿名工。清堅皓鍔，修刺鋭鋒。陸陷蘂犀，水截輕鴻。《史記》：秦昭王曰：『吾聞楚之鐵劍利而倡優拙，鐵劍利則士勇，倡優拙則思慮遠。』文章詼佞合鐫削，筆墨瓌絶强則傚。小齋客至無寒具，明窗净几急洒掃。後代續刊縱膚淺，先秦遺跡信堂奥。鵰鼻峰頭不可上，魑魅晝泣駭熊豹。《水經注》：秦始皇登會稽山，刻石紀功，尚在山側。《叢語》：予上會稽東山，秦望山之側有三石筍，別無他石，石筍並無字。復自小徑別至一山，俗名鵝鼻山。山頂有石，如屋大，中插一碑，其文爲風雨所剥，隱約就碑可見缺畫，如禹廟没字碑之類，不知此石果岑石歟？非始皇之力，不能插於石中。此山險絶，罕有至者，非僞碑也。按《志》：越王棲會稽時，宫娥避於此，名娥避山，後訛爲鵝鼻。會尋碣石探之罘，《書》：夾右碣石，入于河。《山海經》：碣石之山，繩水出焉。《水經注》：濡水又東南至絫縣。碣石山，在右北平驪城縣西南。漢武帝嘗登之以望巨海，勒石於此。今枕海有石如甬道數十里，當山頂有大石如柱形，往往而見。立於巨海之中，潮水大至，及潮波退，不動不没，莫知深淺，世名之爲天橋柱。狀若人造，韋昭亦指此爲碣石矣。之罘，見前注。按《志》：碣石在直隸永平府昌黎縣之北，之罘在山東登州府福山縣，東接文登縣界，周圍五十里，三面瀕海。乘興去浮滄海櫂。

校勘記

〔一〕『甬』，豹文堂本同，四部叢刊本、國圖本、存心堂本作『角』。

〔二〕『竵』，四部叢刊本、國圖本、存心堂本、豹文堂本作『蝸』。按《説文》：『竵，不正也。』《夢溪筆談》言徐鉉自謂『晚年始得竵匾之法』。『竵』一作『蝸』。楊慎《升庵集·蜾匾篆法》云：『崔融禹碑贊云：「神聖夏禹，岣嶁紀德。龍畫傍分，蜾書匾刻。」蓋神禹變伏羲龍畫而爲蜾形也。其後唐徐季海、江南李楚金輩用之於小篆，號「蜾匾法」。「蜾」字依篆作「蝸」，古奥難通，《書譜》訛作「蝸」。不得已以「蜾」字代之。』清徐文靖《管城碩記》、姚範《援鶉堂筆記》均引作『楚金蝸匾猶躇蹈。』楚金，指徐鍇。

徐鍇，徐鉉弟，字楚金。姚範《援鶉堂筆記》云：『孔撝約云：蟠匾，謂平畫兩頭作垂勢，中作蜂腰，嶧山碑始有此體。徐鍇效之。』

題永嘉唐氏清節處士卷

永嘉古郡控海限，按《志》：永嘉今屬浙江温州府。東望萬里連蓬萊。蓬萊，解見《泊道隆觀》。龍湫噴天作雪下，雁蕩拔地穿雲開。沈括《筆談》：雁蕩山天下奇秀，然自古圖牒未之有言。祥符中修造玉清宮，伐山取材，方有人見之。予觀諸峰，當是爲谷中大水衝激，沙土盡去，惟巨石挺立。如大小龍湫之類，皆水穿之穴。自下望之，高若峭壁；從上觀之，適與地平。世間溝壑中水鑿之處皆有植土龕巖，亦此類耳。按《志》：雁蕩山跨樂清、平陽二縣。北雁蕩在樂清之東，南雁蕩在平陽西南。諸峰峭拔險怪，上聳千尺，皆包諸谷中。自嶺外望之，都無所見，至谷中則森然干霄。有龍湫，其石光潤如砥，高五百餘丈，飛瀑之勢如傾萬斛水，從天而下。頂上有湖，方十餘里，水常不涸，雁之春歸者留宿於此。今屬浙江温州府。自宜逸人此遁跡，表以清節無留埃。吾知出處本一軌，肯使物我長相猜。昔人可仕最解隱，圭竇不掃藏崔嵬。《左傳》：篳門圭竇之人。醉閭騎驢或市過，吟逋放鶴終船廻。《宋史》：林逋隱居孤山，嘗蓄兩鶴，縱之則飛入雲霄，盤旋久之，復入籠中。嘗汎小艇遊西湖，有客至，則童子應門延客坐，開籠縱鶴。良久，逋歸，蓋以鶴爲客至之驗。真宗賜號『和靖處士』。今人可隱獨願仕，駑馬並駕駈喧豗。張九齡詩：不知天地氣，何爲此喧豗。蘭臺文章與世變，《職林》：漢氏圖籍所在有(名)[石]渠、石室、延閣、廣内，貯之於外府。又有御史中丞居殿中，掌蘭台秘書及麒麟、天禄二閣，藏之於内禁。梓澤賓客隨塵來。《晉書》：石崇别業名金谷園，崇嘗宴客賦詩，不成者罰酒三斗，一名梓澤園。就中好高欲遠引，否則希進將難媒。路途九折足險惡，《前漢王尊傳》：先是，琅邪王陽爲益州刺史，行部至九折阪，嘆曰：『奉先人遺體，奈何數乘此險。』後以病去。及尊爲刺史，至其阪，問吏曰：『此非王陽所畏道邪？』對曰：『是。』尊叱其馭曰：『驅之！王陽爲孝子，王尊爲忠臣。』巖壑千疊多風雷。直從黄流屹砥柱，《書・禹貢》注：砥柱，山名。河水分流，包山而過，山若柱然。净洗黑月收炲煤。盧仝《月蝕》詩：百鍊鏡，照見膽，平地埋寒灰。火龍珠，飛出腦，却入蚌蛤胎。搥(壞)[環]破璧眼看盡，當天一搭如炲煤。道義榮華果異趣，《家語》：子夏出，見紛華靡麗而悦；入，聞夫子之道而樂。夷齊跖蹻徒驚鎚。《前漢賈誼傳》：謂隨夷溷兮，謂跖蹻廉。注：隨，卞隨，湯時廉士，讓以天下而不受。夷，伯夷。跖，盜跖，秦大盜。蹻，莊蹻，楚大盜。於焉冥心混標鹿，况復曠眼窮紘垓。《淮南子》：八夤之外有八紘。詳見《觀景拄杖歌》。《國語》：天子居九垓之田。春秋栽花色擁砌，伏臘釀黍香浮杯。何山樵蘇採茷蒨，茷，音費，草葉盛貌。又音佩。蒨，與茜通，音倩，蔓草。某水釣泳航灣洄。平居苟求食飲遂，至樂奚問容顏摧。伊予頗讀隱逸傳，恨不徑躡煙霞堆。素行傳家即政令，虚名掩實須根荄。《抱朴子》：根荄不洞地而求柯條干雲，淵源不泓窈而求湯流萬里者，未之有也。晴牕撫卷盡達者，秃筆落紙誰詩材。人生大節要礌礌，慎勿枉築懷清臺。《前漢貨殖傳》：巴寡婦清，其先得丹穴，而擅其利數世。清寡婦能守其業，用財自衛，人不敢犯。始皇以爲貞婦而客之，爲築女懷清臺。

題〔一〕唐明皇羯鼓録後賦歌

唐南卓《羯鼓録》：羯鼓出外夷樂，以戎羯之鼓，故曰羯鼓。

上皇天寶全盛年，天寶，唐明皇年號。花奴抱鼓踏御筵。《羯鼓録》：上性俊邁，酷不好琴，曾聽彈琴，正弄未及畢，叱琴者曰：『待詔出去！』謂内官曰：『速召花奴，將羯鼓來，爲我解穢。』花奴，汝南王璡小字，寧王長子也。頭如青山屹不動，手似白雨敲圓棬。又：宋開府璟雖耿介不群，亦深好色樂，尤善羯鼓。謂上曰：『頭如青山峰，手如白雨點。此即羯鼓之能事也。』山峰，取不動；雨點，取急碎。大聲嘈嘈忽放肆，都曇答臘矧敢前。又：羯鼓，其音主太簇，龜兹部、高昌部、疏勒部、天竺部皆用之。次在都曇鼓、答臘鼓之下，雞婁鼓之上。㮚如漆桶，下有小牙牀承之，擊用兩杖，其聲焦殺嗚烈，尤宜促曲急破，戰杖連碎之聲。小聲籠籠復嘌殺，耶婆色雞最可憐。又：廣德中，蜀客前雙流縣丞李琬者亦能之，調集至長安，僦居務本里。夜聞羯鼓聲，頗妙。於月下步尋，至一小宅，門極卑隘。叩門請謁，謂鼓工曰：『君所擊者豈非《耶婆色雞》乎？雖至精能，而無尾，何也？』工大異之，曰：『君固知音者，某太常工人也。祖父傳此藝，尤能此曲。近家事流散，父没河西，此曲遂絶。今按舊譜數本尋之，竟無結尾聲。故夜夜求之。』琬曰：『曲下意盡乎？』工曰：『盡。』琬曰：『意盡即曲盡，又何索尾焉？』工曰：『奈聲不盡何？』琬曰：『可言矣，夫曲有不盡者，須以他曲解之，可盡其聲也。夫《耶婆色雞》當用《掘拓急遍》解之。』工如所教，果相協，聲意皆盡，工泣而謝之。《耶婆色雞》者，太簇商曲也。風吹宫墻欲罷笛，月照邏沙徒揮絃。《貴妃外傳》：明皇與兄弟同處，妃子竊寧王玉笛吹之。張祜詩云：『小牕静院無人見，閑把寧王玉笛吹。』因此忤旨。又：中官白秀貞自蜀回，得琵琶以獻。其槽以邏沙檀爲之，温潤如玉，有金縷紅紋，蹙成雙鳳。以龍香板爲撥，絃乃拘彌國所貢緑冰蠶絲也。貴妃每抱琵琶奏之，韻飄雲外。諸王郡主及虢國以下皆師貴妃，爲琵琶弟子。纖蘿不起見秋爽，萬杏争發催春妍。《羯鼓録》：宿雨初晴，景物明麗，小殿内庭，柳杏將吐，覩而嘆曰：『對此景物，豈得不與他判斷之乎？』左右相目，將命備酒。獨高力士遣取羯鼓，上旋命之臨軒縱擊一曲，曲名『春光好』，上自製者也。神思自得，及顧柳杏，皆已發拆，上笑而顧謂嬪御曰：『此一事，不唤我作天公，可乎？』雅琴清商却爾叱，蕃部坐伎還相宣。招來燕薊有巨盜，打破河渭無人煙。《舊唐書·安禄山傳》：天寶十四載十一月，反於范陽。古先聖人本淡薄，堂上堂下俱宿縣。《名物蒙求》：堂上之樂：戛擊鳴球，搏拊琴瑟，以歌以謳；堂下之樂：簫管鼗鼓，間以笙鏞，作柷止敔。音和氣順遽感召，鳥獸率舞殊蹁躚。《書》：於！予擊石拊石，百獸率舞。後世辟王寖靡靡，朝歌北里因師延。《史記》：紂爲朝歌北鄙之音，身死國亡。夫朝歌者，不時也；北者，敗也；鄙者，陋也。衛灵公將之晋，至於濮水，夜半聞鼓琴聲，召師涓聽而寫之。師涓因端坐援琴，聽而寫之，請宿習之。即去之晋，見晋平公。酒酣，靈公曰：『今者來，聞新聲，請奏之。』即令師涓援琴鼓之。未終，師曠撫而止之曰：『此亡國之聲，師延所作也。與紂爲靡靡之樂，武王伐紂，師延東走，自投濮水。故聞此聲必於濮水之上，先聞此聲者國削。』迷魂淫思苦宛轉，鐘磬散亂終沉淵。吁嗟西京正宸極，騁望兩海際幅員。金甌一缺遂不補，《南史·朱異傳》：武帝嘗夙興至武德閤口，獨言：『我國家猶若金甌，無一傷缺。』寶鼎大震幾於遷。《左傳》：王孫滿勞楚子，楚子問鼎之大小輕重焉。對曰：『在德不在鼎。昔夏之方有德也，遠方圖物，貢金九牧，鑄鼎象物。桀有昏德，鼎遷於商。商紂暴虐，鼎遷於周。德之休明，雖小，重也；其奸回昏亂，雖大，輕也。』心貪音技日蝕甚，坐剗藩限空茫然。一時戎夷共衽席，滿耳鼓樂皆戈鋋。宋公守正好宰相，魯山花甆聞獻磔[二]。《羯鼓録》：宋璟與上論鼓事，曰：『不是青州石末，即是魯山花甆。摋小碧上，掌下須有朋肯之聲。』據此乃是漢震第二鼓也。且磉用石末、花甆，固是腰鼓，掌下朋肯聲，是以手拍，非羯鼓明矣。百年治亂總由天，羯鼓遺聲傳不傳。

校勘記

〔一〕『題』，四部叢刊本、國圖本、存心堂本、豹文堂本作『觀』。

〔二〕『磉』，四部叢刊本、國圖本作『𨆯』，存心堂本、豹文堂本作『𨆯』。

諸暨張敬仲家有太一真人蓮葉舟及海上人槎二畫軸胡允文題予亦效作二首寄之

一

華山青蓮搖上清，白玉巨藕浸碧泓。《華山記》：山頂有池，生千葉蓮花，服之羽化，因名華山。山有蓮花峰。韓愈詩：太華峰頭玉井蓮，花開十丈藕如船。太一真人來降精，《九歌》：東皇太一。注：太一，天之尊神，祠在楚東，以配東帝，故云東皇。《漢書》云：『天神貴者太一。太一佐曰五帝，中宮天極星，其一明者，太一常居也。』《淮南子》曰：『太微者，太一之庭；紫宮者，太一之居。』黃鬚紺葉浮滄瀛。手披素書悄無聲，《神仙傳》：王烈字長休，入河東抱犢山，得一石室，有素書兩卷。烈讀，不知其字，不敢取，頗諳十數字形體，歸以示嵇叔夜。叔夜盡識之，乃偕往，失石室所在。烈竊語弟子曰：『叔夜不應得道故也。』坐喝明月逆雲行。李賀詩：酒酣喝月使倒行。蓬萊駕羽颿風輕，《集仙傳》：神山之下，弱水九重，洪濤萬丈，非飈車羽輪不可到也。宛渠乘螺島雪縈。《拾遺記》：秦王好仙，有宛渠之民乘螺舟而至，舟形似螺，沉行水底，水不浸入。芰荷裳衣挾仙瓊，《楚辭》：製芰荷以爲衣，集芙蓉以爲裳。魚鼈媵〔一〕御神嫣迎。又：波滔滔兮來迎，魚鱗鱗兮媵予。大游小游按層城，君綦臣綦〔二〕鎮威獰。九宮五福莽縱横，祠官修俎靈爽呈。閟殿留鏁光嶽争，欃槍遁芒天路平。《石林燕語》：太平興國中，司天言太一式有五福、大游、小游、四時、天一、地一、真符、君綦、民綦、臣綦，凡十神，皆天之貴神。而五福所臨無兵疫，凡行五宫，四十五年一易。今自甲申歲，入黄室巽宫，當(吾)[吳]分，請即蘇州建宫祠之。已而復有言今京城東南蘇村，可應姑蘇之兆，乃改築於蘇村。京師建太一宫自此始。蛟龍捧趺溘上征，卯金校讎鬱萬嶸。藜杖吹焌奪目睛，《拾遺記》：劉向校書天禄閣，夜有老人着黄衣，植青藜杖，登閣而進。吹杖端，烟燃，因以見向。向問姓名，云是太一之精，天帝聞卯金之子有博學者，下而觀焉。焌，音俊。《説文》：然火也。扶桑暘谷曉曜頳。龜臺石室暮飛霙，《真仙通鑑》：周昭王二十五年，老君與真人尹喜遊觀八紘之外，西遊龜臺，爲西王母説《清净經》。又：南極王夫人，西王母第四女也。漢平帝時，降於陽洛山石室之中，授清虚王母《太上寶文》等經三十卷。東公西母擁廻旌。又：在昔，道炁凝寂，湛體無爲，將欲啓迪玄功，生化萬物。先以東華至真之氣化而生木公焉，以生陽和之氣，理於東方，亦號王公。又以西華至妙之氣化而生金母焉，以主陰靈之氣，理於西方，亦號王母。望中滅没曶若鶩，海祇稽首西南傾，曷不從之學長生？

二

瑯琊臺上望海門，西厭澒洞尋河源。杜甫詩：澒洞不可掇。澒，呼孔切，音汞。澒洞，相連貌。神濤八月吐復吞，靈槎萬里擁蛟鼉。《荆楚歲時記》：舊説天河與海通，近世有人居海渚者，每歲八月有泛槎去來。人齎粮，乘槎去十餘月。至一處，遥望宫中有織婦，一丈夫牽牛渚次飲之。問是何處。答曰：『君還至蜀都訪嚴君平，則知之。』竟不上岸。因還問君平，君平曰：『某年某日有客星犯牽牛宿。』正此人到天河時也。風號雨蝕硬輪囷，《前漢鄒陽傳》：蟠木根柢，輪囷離奇，而爲萬乘器者，以左右先爲之容也。苔葑枝節蟲蟻根。海人愛奇踏飛掀，瓊纓玉弁秋繽繙。《類篇》：繽繙，風吹旗也。乾糒熟脯歲饔飧，黄龍叱作蝘蜓犇。句解見《石門貪泉》。天吴拔首懼却蹲，《山海經》：朝陽之谷神曰天吴，是爲水伯，虎身人面，八尾八足，皆青黄色。前窺倒景放光燉，窺，音樘。《説文》：正視也。倒景，解見《星君像圖》。高攀鐵鎖拓藩垣。彼牽者牛孰烏犍，彼織有女孰嬋媛。《荆楚歲時記》：七月七日爲牽牛織女聚會之夜。箕斗黿鼈蕩若歕〔三〕，《古詩》：南箕北有斗，牽牛不負軛。良無磐石固，虚名復何益。歕，同噴。《説文》：吹氣也。雷公霹靂慘無魂。老石支機類瑶琨，《荆楚歲時記》：張騫尋河源，得一石。示東方朔，朔曰：『此石是天上織女支機石，何至於此？』客星犯漢極怪惛。周伯蓬芮歷劫存，《晋天文志》：張衡曰：『老子四星及周伯、王蓬絮、芮各一，錯乎五緯之間，其見無期，其行無度。』剛飆浩氣蕩爾痕。上帝馮怒罪厥閽，叱下直瞰扶桑暾。蜀莊大笑手欲捫，及早來歸到崑崙。《河圖括地象》：地南北三億三萬五千五百里，地部之位起形高大者有崑崙山，廣萬里，高萬一千里，神物之所生，仙聖之所集也。出五色雲氣，五色流水，其泉南流入中國，名曰河也。其山中應於天，最居中，八十城布繞之，中國東南隅，居其一分，是姦城也。

校勘記

〔一〕『膢』，四部叢刊本、國圖本作『膢』，存心堂本、豹文堂本作『腰』。

〔二〕『君綦臣綦』，四部叢刊本、國圖本、存心堂本、豹文堂本作『君棊臣棊』。

〔三〕『歕』，豹文堂本同，四部叢刊本、國圖本、存心堂本作『噴』。

仙華巖麓尋釋子若空不遇

仙華巖，解見《浦陽十景》詩。

仙華山高高岌峨，峭壁攢峰飛欲墮。之人辟世此結廬，林末蕭然見煙火。來穿綫路一何危，擁出蓮宮玆亦夥。《史記》：夥頤！涉之爲王沈沈者。楚人謂多爲夥，故天下傳之。注：謂陳涉爲王，宮殿帷帳其物夥多，驚而偉之，故稱夥頤也。頤者，助聲之辭。沈沈，宮室深邃之貌。夥，音禍。青蘚生堦本不芟，《陋室銘》：苔痕上堦緑，草色入簾青。朱晦庵詩：緑滿堦前草不除。白雲著户元無鏁。《真仙通鑑》：陳摶謝表云：『九重仙詔，休教丹鳳啣來；一片野心，已被白雲留住。』麇鹿能游侶豈非，《晉中興書》：陶淡，侃之孫，雅好導養，年十五六，便服食絶穀，得白鹿子馴養之。常與俱往還，後遂不復還家。《關中記》：辛孟年七十與麇鹿同群，世謂鹿仙。鷦鷯易足巢應可。《莊子》：鷦鷯巢於深林，不過一枝；偃鼠飲河，不過滿腹。泉經巨石沼分聲，花亞修篁簷映朵。林逋詩：竹裏一枝斜更好。杜甫詩：白花簷外朵。

屈伏心機入幽險，安排位置歸平妥。私隣海鶴相頡頏，海鶴，解見《和陶詩》。《詩》：頡之頏之。竟類春蠶自纏裹。李商隱詩：春蠶到死絲方盡。鄙夫多病每栖遲，奔走十年增坎坷。徒思一枕學吐納，《修真秘訣》：導引者吐故氣，納生氣。甚似同川譏袒腂。《前漢賈捐之傳》：駱越之人，父子同川而浴，相習以鼻飲。紫芝舊曲歌尚憤，解見《泊道隆觀》。黄獨長鑱種仍惰。杜甫詩：長鑱長鑱白木柄，我生託子以爲命。黄獨無苗山雪盛，短衣數挽不掩脛。《本草》：黄獨遇霜雪，枯無苗，蓋蹲鴟之類。别注：黄獨，歲饑，土人掘以充粮。根惟一顆而色黄，故謂之黄獨。《説文》：鑱，鋭也。吴人云犁鐵。功名欲達擬烹鮮，《老子》：治大國如烹小鮮。注：烹小鮮不可擾，治大國不可煩。煩則民勞，擾則魚潰。道路雖遥寧駟跛。《前漢東方朔傳》：驃騎難諸博士，朔對曰：『騏驎、騄耳、蜚鴻、驊騮，天下良馬也。若捕鼠於深宫之中，曾不如跛猫。』晚彩凝霞谷倚笻，朝光出日潮移柂。信哉神仙最踈曠，悲矣習俗真叢脞。當今大隱招已久，大隱，解見《黄布幬歌》。或者玄居到還頗。云胡虛室却栖塵，《莊子》：虛室生白。矧肯縱談能炙輠。《史記》：淳于髡博聞强學，齊人頌曰『炙輠』。注：謂其言長而有味，如炙輠，器雖久而膏不盡。輠，音夥。《説文》：盛膏器，古者車行，其軸當常滑易，故常脂膏以塗軸，此即其器也。糾結蛇蛟翠走根，熒煌火齊香懸果。《南史》：中天竺國出火齊珠，狀如雲母，色如紫金。列之則蟬翼，積之則如紗縠之重沓也。假饒人境不相關，題破芭蕉知有我。《類聚》：僧懷素貧無紙，嘗於故里種芭蕉萬株，以供揮洒，號其所居曰『禄天』。

題彭雲溪南安軍新建東坡載酒堂《南安府志》：《禹貢》揚州域，秦九江，漢横浦，隋唐虔州，宋南安軍。西至廣東韶州府仁化縣界，南至廣東南雄府保昌縣界。東坡《載酒堂詩序》：儋人黎子雲兄弟居城東南隅，與使君張中同訪之。居臨大池，水木幽茂。坐客欲爲醵錢作屋，余欣然許之，名其屋曰『載酒堂』。又《外傳》：以紹聖元年安置惠州，丁丑復責授瓊州别駕，昌化軍安置。庚辰始命提舉玉局觀，任便居住。辛巳始度嶺北歸，南安郡守曾登等與郡士人争相欵待。

南粤故墟篁竹鄉，《廣州府志》：《禹貢》揚州，南越地，秦南海郡，趙佗竊據，漢武收復，三國吴廣州，隋番州，唐宋清海。東坡舊遊海渺茫。蠻山蜑水環爲疆，韓愈《房公墓碑》：林蠻洞蜑。蜑，音但。《説文》：南方夷也。生黎熟獠共翱翔。《瓊州府志》：黎母山，昔雷攝一卵，在山中生一女。久有交阯蠻過海採香，因與野合。其後子孫衆多，是爲黎人之祖。黎人居山四旁，内爲生黎，外爲熟黎。《廣雅》：獠蠻遺種，嶺表左右及海外諸國皆有之。良辰勝日啣桮觴，踐虵茹蟲醓〔二〕腥鄉。東坡《儋州桄榔庵銘》：海氛瘴霧，吞吐呼吸。蝮蛇魑魅，出悠入娱。習若堂奥，雜處童奴。又寓惠詩：蜑酒蘖衆毒，酸甜如梨楂。何以侑一尊，隣翁饋龜蛇。《詩》：醓醢以薦。《博雅》：醓，醬也。《説文》：血醢也，本作監，今文作醓。前列荔丹與蕉黄，東坡寓惠詩：棲禪晚置酒，蠻果粲蕉荔。峨嵋英氣壓四方。歐陽修撰《蘇洵誌》：眉山在西南數千里外，一日，父子隱然名動京師，而蘇氏文章遂擅天下。自來金馬與玉堂，《漢書》：公孫弘待詔金馬門。《金坡遺事》：蘇易簡乞御飛白書『玉堂之署』四字。東坡《謝宣召入院表》：玉堂賜篆，仰淳化之彌文；寶帶香金，佩元豐之新渥。又寓惠詩：玉堂金馬久流落，寸田尺宅今歸耕。豪邁絶俗觚牘將。《文選》：操觚進牘。雄跨九州若毫芒，唾視一世孰雁行。顔駟蹇剥白首郎，《通鑑》：漢武帝過郎署，顔駟龐眉皓髮，上曰：『叟何時爲郎，何其老？』曰：『臣文帝時爲郎，文帝好文而臣好武，景帝好美而臣貌醜，陛下好少而臣已老，是以三世不遇。』趙壹坎壈抱剛腸。《後漢文苑傳》：趙壹恃才倨傲，不爲鄉里所容，作《窮鳥賦》以自遣，有曰：『文籍徒滿腹，不如一囊錢。』天欲勞爾使望洋，解見《次定海》。一身去國不得藏。山川煙霧與耿光，詩名道價極焜煌。有美一人婉清揚，《詩》：有美一人，婉如清揚。俛仰陳跡闢新堂。歲時桂酒酳椒漿，飆輪羽葢顧蒸嘗。飆輪，解見《大佛寺》。宋玉《高唐賦》：蜺爲旌，翠爲蓋。《詩》：顧予烝嘗。和丘鳳鳥翼方驤，汪野龍魚負鞶囊。李白《大鵬賦》：憇乎沖莽之野，入乎汪湟之池。鞶囊，解見《遇仙記》。嗚呼使君漢循良，《前漢循良傳》：宣帝嘗言曰：『庶民所以安其田里，而無嘆息愁恨之心者，政平訟理也，與我共此者，其惟良二千石乎？』漢世良吏於是爲盛。嗚呼使君唐辭章。高山景行屹相望，《詩》：高山仰止，景行行止。一時短矣千載長，超然被髮下大荒。

校勘記

〔一〕『醘』，四部叢刊本、國圖本、存心堂本作『盬』，豹文堂本作『監』。

嶺南宜濛子解渴水歌

廣州園官進渴水，廣州，今屬廣東。天風夏熟宜濛子。百花醞作甘露漿，《纂異記》：田璆、鄧韶逢二書生，謂曰：『我有瑞露之酒，釀於百花之中，與飲。』其味甘香也。南國烹成赤龍髓。《歸田録》：茶品莫貴於龍鳳團，凡八餅重一斤。慶曆間，蔡君謨爲福建運使，始造小龍團，其品精絶，凡二十餅重一斤，值金二兩。每南郊致齋，中書、樞密各賜一餅。宮人往往縷金其上，其貴重如此。棕櫚亭高内撤餐，梧桐井壓滄江乾。栢觀金莖擎未濕，《前漢郊祀志》：武帝作栢梁、銅柱、承露仙人掌。《漢武故事》：帝作金莖，擎玉杯，承雲表露，和玉屑服之以求仙。班固《西都賦》：抗仙掌以承露，擢雙立之金莖。注：金莖，銅柱也。藍橋玉臼擣空寒。《太平廣記》：裴航遇雲翹夫人，與詩云：『一飲瓊漿百感生，玄霜擣盡見雲英。藍橋便是神仙窟，何必區區上玉京。』後過藍橋，渴，一舍有老嫗，揖之求漿。嫗令雲英以一甌漿水飲之，航憶詩，欲娶雲英，嫗曰：『得玉杵臼，當與。』後航得玉杵臼，遂娶而仙去。小甖封出香覆錦，古鼎貢餘聲撼寢。酒客心情辟酒兵，《南史·陳諠傳》：江諮議有言：『酒猶兵也，兵可千日不用，不可一日不備。酒可千日不飲，不可一飲不醉。』茶僧手段侵茶品。《唐書》：竟陵僧於水濱得一兒，育爲弟子。稍長，因自筮而姓陸，名羽，字鴻漸。有才華，茶術最精。遊於湖海，稱竟陵子，著《茶經》三篇。李季卿至江南，召羽煮茶。羽衣野服挈具而入，公心鄙之，命僕者取錢三十文，酬煎茶博士。羽愧之，更著《毁茶論》。阿瞞口酸那得梅，《世説》：魏武軍士大渴，無水，令曰：『前有梅林，可止渴。』士卒聞之，口中水出。按：阿瞞，曹操小字。茂陵肺消誰賜梧。

《史記》：司馬相如常有消渴疾，既病免，家居茂陵。李商隱詩：侍臣最有相如渴，不賜金莖露一杯。液奪胡酥有氣味，《貴妃外傳》：貴妃裙腰褪，露一乳，明皇曰：『軟温新剥雞頭肉。』禄山曰：『潤滑初來塞上酥。』妃笑曰：『信是胡兒只識酥。』波凝海椹無塵埃。《金樓子》：始皇遣徐福入海，求金菜玉蔬，并一寸椹。椹、椹通。向來暑殿評湯物，沈木紫蘇聞第一。

葉天師松陽卯山石螺子歌

《真仙通鑑》：葉法善，字道元，處州括蒼人，世爲道士。法善生七歲，涉江三年不返。人問其故，云：『青童引我飲雲漿耳。』既長，卜居卯西山。有白石當路，行者迂逕避之，遂投符，石自起。按《志》：卯山在今浙江處州府松陽縣西二十里，有怪石，如松之有枝。西山與卯山相對，各以方向爲名，亦法善往來處也。

松陽卯山屹嵯峨，滿山靈蜂攢蜂窠。化生形模但土石，融結渾沌空江河。天高地老忽古色，海漲桑淪千載黑。蝸兒舍窄雨含漿，蘇軾《蝸牛》詩：腥涎不滿殼，聊足以自濡。升高不知疲，竟作黏壁枯。螺女泉枯風隕翼。《夷堅志》：吴湛居臨荆溪，有一泉極清澈，市人賴之。湛爲竹籬遮護，不令污入。一日，於泉側得一白螺，歸置甕中。後每自外歸，則廚中飲食已辦，心大驚異。一日潛窺，乃一女子自螺中而出。吴急趨之，女子大窘，不容歸殼，乃實告曰：『吾乃泉神，以君敬護泉源，上帝命吾爲君撰饌，君食饌，得道矣。』言訖，不見。岷峨劫灰本島涓，劫灰，解見《哭妙觀上人》。上黨亂殼寧流澌。依稀〔二〕巖妖弄伎倆，想像洞乳堆蛟螭。元造出生還入死，百萬蠃蟲那得似。《詩》：螟蛉有子，蜾蠃負之。教誨爾子，式穀似之。神仙道術徒銷解，螻螘烏鳶盡殘骴。嗚呼靈蟀定終天，葉師法筵尚幾傳。問何不種丹丘不死草，丹丘，解見《藏髮甕子圖》。又《淮南子》：南方有不死之草，北方有不釋之冰。人世食之無死槁。

校勘記

〔一〕『稀』，四部叢刊本、國圖本、存心堂本、豹文堂本作『俙』。

椀珠伎

《舊唐書·音樂志》：有《弄椀珠伎》《丹珠伎》。歌舞戲，有《大面》《撥頭》《踏摇娘》《窟礧子》等戲。玄宗以其非正聲，置教坊於禁中以處之。婆羅門樂與四夷同列。

椀珠聞自宫掖來，長竿寶椀手中廻。日光正高竿影直，風力旋空珠勢側。當時想像鼻生葱，宛轉向額栽芙蓉。筯頭交筯忽神駭，矛葉舞矛憂伎〔二〕窮。昔人因戲存戒懼，後人忘戒但戲豫。漢朝索撞險還愁，晋世柸柈危不痞。又：漢世有《撞木伎》，又有《盤舞》。晋世加之以杯，謂之《杯盤舞》。樂府詩云：『妍袖陵七盤。』言舞用盤七枚也。《晋書·樂志》：《柸柈舞》，按太康中天下爲《晋世寧舞》，務手以按柸柈反覆之。此則漢世惟有柈舞，而晋加之以柸，反覆之也。徘徘徊徊奪目睛，欹欹傾傾獻玉瓔。滑涎器從龍堂出，《韻府》：大食國人候島林上異禽翔集，下有群魚游泳，則有伏龍吐涎，浮水上。煇爞命與鬼骨争。君不見王家大娘材藝絶，勤政樓前戴竿折。《明皇雜録》：明皇御勤政樓，大張聲樂，羅列百伎。時教坊有王大娘，善戴百尺竿，竿上施木山，狀瀛洲、方丈，令小兒持絳節出入其間，而舞不輟。

《舊唐書・音樂志》：玄宗御勤政樓，觀燈作樂，樂畢，即遣宮女於樓前歌舞，若繩戲竿木，詭異巧妙，固無其比。

市人讙笑便喧城，驚動金吾白挺聲。又：玄宗御勤政樓，先一日，金吾引駕仗北衙四軍甲士，未明陳仗，衛尉張設，光禄造食。候明，百寮朝，侍中進中嚴外辨，中官素扇，天子開簾受朝。禮畢，又素扇垂簾，百寮常參供奉官、貴戚、二王後、諸蕃酋〔二〕長，謝食就坐。太常大鼓，藻繪如錦，樂工齊擊節，聲震城闕。太常引雅樂，每色數十人，自南魚貫而進，列於樓下。鼓笛雞婁，充庭考擊。太常樂立部伎、坐部伎依點鼓舞，間以胡夷之伎。日旰，即内閑廐引蹀馬三十匹，〔爲〕《傾杯樂曲》，奮首鼓尾，縱横應節。又施三層校牀，乘馬而上，抃轉如飛。又令宮女數百人自帷出擊雷鼓，爲《破陣樂》《太平樂》《上元樂》。雖太常積習，皆不如其妙也。《西都新記》：京城街衢有金吾，曉暝傳呼，以禁夜行。唯正月十五日夜敕許金吾弛禁，前後各一日。蘇味道上元詩：金吾不禁夜，玉漏莫相催。

校勘記

〔一〕『伎』，四部叢刊本、國圖本、存心堂本、豹文堂本作『技』。

〔二〕『酋』，原作『奠』，據《舊唐書》改。

韓蘄王花園老卒歌

蘄王手種紅錦花，十載不掛鐵錏鍜。錏鍜，音鴉遐。《説文》：頸鎧也。花園老卒守花樹，睡着花磚聞曙鴉。《國史補》：御史故事，大朝會則監察押班，常參則殿中知班，入閣則侍御史監奏。蓋含元殿最遠，用八品。宣政其次，用七品。紫宸最近，用六品。殿中得立五花磚，緑衣用紫案褥之類，號爲七貴。白頭白盡身無事，古塞沙塵戰餘騎。多士如雲足健兒，唐舊制：戍邊者三年而代，以其勞於途路，募能更住三年者，謂之健兒。一奇在腹終憔悴。揚雄文：曾不能畫一奇，出一策。青銅萬緡滿地光，寶函矯節賜夷王。宮糚粉艷去酣酒，海貨珠賝歸壓檣。王家舍兒驚吐舌，御府珊瑚碎飛雪。口猶乳臭却帳前，《前漢（酈食其傳）［高帝紀］》：漢王擊魏豹，問食其曰：『魏大將誰也？』曰：『栢直。』曰：『口尚乳臭，安能當吾韓信？』矍鑠一翁嗟棄捐。解見《小兒高馬圖》。君不見天下英雄本奴虜，左鼻成龍右鼻虎。《鶴林玉露》：韓蘄王之夫人，京口娼也。嘗五更入府伺候賀朔，忽於廟柱下見一虎蹲卧，鼻息齁齁然，驚駭，急走出。已而人至者衆，復往視之，乃一卒也。因蹴之起，問其姓名，爲韓世忠。心異之，告其母，約爲夫婦，後封梁國夫人。頸血淋漓思鼙鼓，史傳沈埋誰比數，花落花開幾風雨。

題南平王鍾傳醉搏虎圖

《事文類聚》：唐鍾傳少，醉遇虎，與鬭，搏其肩，傳亦搏虎。不置，會人斬虎，得免。既貴，悔之，戒諸子曰：『士尚智與謀，勿效吾暴虎也。』

南平酒行山險巇，日暮猛虎相抱持。僕夫辟易不敢近，《史記》：赤泉侯追項王，項王瞋目叱之，赤泉侯人馬俱驚，辟易數里。雙手現出十狻猊。《爾雅翼》：狻猊如虦貓，食虎豹，即獅子也。口乾大喊眼光爍，腰無寸鐵起徒搏。沙飛石走風爪牙，草折林摧雪齦齶。人强獸勇盡力争，形格勢禁過用兵。英雄變化動霹靂，富貴傴僂收欃槍。欃槍，解見《星君像圖》。老羆當路叱貉子，解見《書宗忠簡公家傳》。指揮六州稱刺史。摩挲虎鬚淮甸鬭，啖嚼虎膽閩城靡。少年本是貧少年，狂卒成功等醉癲。盜應有道幸竊柄，《莊子》：跖之徒問於跖曰：『盜亦有道乎？』跖曰：『何適而無有道邪？』王竟不死還橫鋌。一時豪特誰與畫，千古畫圖專足戒。投弓棄箭浪紛紛，馬上愧殺裴將軍。《國史補》：裴旻善射，嘗一日斃虎三十有一。因憩山下，有一老至，曰：『此皆彪也，似虎而非。將軍若遇真虎，無能爲也。自此而北三十里往往有之。』旻躍馬而往，次蘩薄中，果有真虎騰出，狀小而勢猛，踞地而吼，巖震裂。旻馬辟易，弓矢皆墜，殆不得免。自此慚懼，不復射虎。

女殺虎行

山深日落猛虎行，長風振木威鬇鬡。韓愈詩：怒鬣猶鬇鬡。鬇音争，鬡音能，髮亂貌。父樵未歸女在室，心已與虎同死生。揚睛掉尾腥滿地，狹路殘榛苦遭噬。豈非一氣通呼吸，徒以柔軀扼强鷙。君不見馮婦來下車，衆中無人尚負嵎。又不見裴將軍出鳴鏑，一時鞍馬俱辟易。裴將軍，解見《醉搏虎圖》。丈夫英雄却不武，臨事趦趄汗流雨。關東賢女不足數，李白《東海有勇婦》樂府注：代《關中有貞女》，又作賢女。又：樂府正聲《漢鞞舞歌》五曲，有《關中有賢女》。孝女千年傳殺虎。

宋度宗御書福王慶壽宫扇

《宋史》：度宗諱禥，太祖十一世孫，父嗣榮王與芮，理宗母弟也。嘉熙四年四月九日生於紹興府榮邸。又：咸淳三年，嗣榮王與芮進封福王。

漢家諸侯奉大統，《史記》：天下初定，骨肉同姓少，故廣彊庶孽，以鎮撫四海，用承衛天子也。按：此言漢家者，猶白居易《長恨歌》『漢皇重色思傾國』之意。會稽故邸王封重。會稽，屬紹興府。歲周甲子壽筵開，賓客滿堂宮扇來。掖庭嬪御侍圖史，聖筆逡廵鸞鳳似。清風外撲龍阜花，明月中涵鏡湖水。鏡湖，解見《雲門紀行》。南國爲家日已微，禮官考禮是邪非。前殿君臣朝玉笏，後宫父子曳珠衣。《雙槐歲抄》：倫理莫大於君臣父子，此而不明，何以爲國？宋理宗無子，以母弟嗣榮王與芮子禥爲後，即度宗也。既即位，加與芮武康寧江軍節度使，依前大師判宗正事。咸淳三年，上太后尊號，册封后妃，然後與芮進封福王，主榮王祀事。五年，加食邑一千户。此外無殊禮矣。度宗入繼與漢安帝同，然清河王慶薨在安帝即位初，與芮則宋亡後猶在，子爲君，父顧爲臣，無乃舛與！火德盛時尚有扇，《宋史（記）〔紀〕事本末》：太祖定國運以火德王，色尚赤。金商振處無兵戰。兵頭老鐵化降雲，扇底生綃沾淚霰。自從一葬息婦原，恨身不見孝崇園。越州司户眉勝雪，舊篋凄凉那忍説。

夜觀古樂府詞憶故友黄明遠明遠曾作樂府考録漢魏晋宋以來樂歌古詞

憶昔黄君美如玉，老屋青燈雨間宿。起翻案上奇佹詞，前後千年樂家曲。予方弱冠學謳歌，去問詩騷法若何。《滄浪吟卷》：風雅頌既亡，一變而爲《離騷》，再變而爲西漢五言，三變而爲歌行雜體，四變而爲沈宋律詩。偉兹欲繼三百五，按：《詩》共三百十一篇，而《南陔》《白華》《華黍》《由庚》《崇丘》《由儀》六篇皆有聲無辭，其有辭者三百五篇也。佗盡蝦蟹此蛟鼉。蘇軾詩：詩成自一笑，故疾逢鰕蟹。

韓愈詩：年深豈免有缺畫，快劍斫斷生蛟鼉。就中齊代及秦楚，巾拂鞞鐸爭傳譜。《舊唐書·音樂志》：隋牛弘請以鞞、鐸、巾、拂等舞陳之殿庭。帝從之，而去其所持巾拂等。《類函》：《鞞舞》，未詳所起，然漢已施於燕享矣。《鐸舞》，漢曲也。晉《鞞舞歌》亦五篇，及《鐸舞歌》一篇。清商雅部粲然文，《舊唐書·音樂志》：隋氏始有雅樂，因置清商署以掌之。騎吹簫鐃雄者武。《後漢禮儀志》：漢樂四品，三曰黃門鼓吹，天子所以燕樂群臣，《詩》所謂『坎坎鼓我，蹲蹲舞我』者也。其短簫鐃歌，軍樂也。其傳曰：『黃帝岐伯所作，以建威揚德，風勸士也。』心力涵泳到，手力抄撮來。口力有白醭，醭，音卜。《廣韻》：醋生白醭。《集韻》：酒上白。目力無纖埃。時時弄筆便著句，花木禽魚古今趣。北岸垂綸楊柳枝，《樂府雜録》：《楊柳枝》，白傅閒居洛邑時作，後入教坊。東隣著屐櫻桃樹。《樂府集》：石季龍寵惑優童鄭櫻桃而殺郭氏，更納清河崔氏，櫻桃又譖而殺之。櫻桃美麗，擅寵宮掖，樂府由是有《鄭櫻桃歌》。自此相逢二十春，一朝門巷閴生塵。淺殯蓬虆凍螘嘬，荒廬寂寞妖狐嚬。人世本無金石壽，簡編零落安能久。藝文著録數百家，一二僅存誰不朽？一二不朽終峥嶸，歲遠寖恐山淵平。嗟君尚愛古樂府，夜半松風知此聲。

月出東林客牕上疑梅花影

朔風何處寒梅發，江水悠悠路超忽。逢花不語疑見人，對影非真却因月。縱使無花意自同，誰知有影色俱空。回頭不見東林樹，猶勝羅浮是夢中。《龍城録》：隋開皇中，趙師雄遊羅浮，日暮，於林間酒肆旁舍見美人淡粧素服出迎。師雄與語，言極清麗，芬香襲人。與之扣酒家共飲，一緑衣童子歌舞於側。師雄醉臥，久之，東方既白。起視，乃在大梅花樹下。上有翠羽啾嘈，月落參横，惆悵而已。

吳萊詩集卷第七

錫山王邦采貽六
繩曾武沂 箋

寄陳生

落日未落山谽谺，谽，音酣，洞谷空大貌。《上林賦》：谽呀豁開。我所思兮抗嶄巖。豈其徒行固不可，亦有健馬可着銜。胡然獨處不我即，坐以魯史攻詁諵。音占南，語聲。又，多言也。更疑弄筆發古帖，先漢廢碣求鑴劖。於兹孰不我傾倒，但或嗜好殊酸醎。韓愈詩：喜好與俗殊酸醎。柳子厚《答崔黯書》：凡人好辭攻書，皆病癖也。嘗見病心腹人，有啗土炭，嗜酸醎，不得則大戚。結交似子乃有得，肯使繫屬非旂縿。縿，音衫。《周禮》：大常，九旗之畫日月者，正幅爲縿，旂則屬焉。今年一出本浪戰，白居易詩：戰文重掉鞅。滿地插棘疇能監。鹿盧大劍區冶鑄，解見《次定海候濤山》。靈鬼夜泣蛟龍函。靈鬼夜泣，用高祖斬蛇事，詳見《雲門紀行》。《拾遺記》：顓頊有畫影劍、騰空劍，若四方有兵，則飛指其方，故戰則尅。未用時在匣中，常如龍虎吟。早是鉛銛不我辨，賈誼《弔屈原賦》謂：莫邪爲鈍兮，鉛刀爲銛。彎弧底用窺熒攙。班固《幽通賦》：管彎弧欲斃仇兮，(儲)[讎]作后而成己。熒惑，火(心)[星]名。攙，插，平聲。有攙槍二星，解見《星君圖像》。縱爾奇文聚怪鷸，音聿。《左傳》：鄭子臧出奔宋，好聚鷸冠。注：言葺翠羽爲冠也。政如絶力鞭神羬。音巖。《山海經》：鈇來山有獸，狀如羊，高六尺，馬尾，名羬羊。《莊子》：善養生者如牧羊，後者鞭之。詳見《問五臟》。邯鄲道上尚故步，《前漢班固傳》：壽陵餘子學步於邯鄲者，未得髣髴，失其故步，匍匐而走。我要我襋空餘纖。音尖。《詩》：摻摻女手，可以縫裳。要之襋之，好人服之。毋寧容刀與墨水，《莊子》：捉刀而立，爲之四顧，爲之躊躇滿志，善刀而藏之。舊聞：梁試進士，不中程者飲以墨水。又北齊選舉，濫者飲墨水一升。枉使衆口相爲讒。秋風吹江晚正急，薄暮徑去懸蒲帆。自期共作制勝策，酷類田父收盧毚。俗毚字，音讒。《詩》：翟翟毚兔，遇犬獲之。《戰國策》：齊欲伐魏，淳于髡謂齊王曰：『韓盧者，天下之壯犬也。東郭逡環山者三，騰山者五。兔極於前，犬疲於後，犬兔俱罷，各死其處。田父見之，無勞倦之苦，而擅其功。今齊、魏久相持，臣恐彊秦、大楚起承其後，而有田父之功。』齊王懼，謝將休士。杏花一色直不遠，繡線巧蹙行春衫。黄精苗枯不足惜，白木敢負吾長鑱。二語解見《仙華叢麓》。蓋用杜甫《寓居同谷縣作歌七首》之二也。黄獨，或作黄精。嗟哉鹵莽又滅裂，《莊子》：長梧封人問子牢曰：『君爲政焉勿鹵莽，治民焉勿滅裂。昔余爲禾，耕而鹵莽之，則其實亦鹵莽而報予；芸而滅裂之，其實亦滅裂而報予。予來年變齊，深其耕而熟耰之，其禾繁以滋，予終年厭飧。』但有荑稗無人芟。待教將投乃壺哨，《禮》：投壺之禮，主人請曰：『某有枉矢哨壺，請以樂賓。』注：哨，音峭，不正貌。籌，室中五扶，堂上七扶，庭中九扶。實小豆，爲矢之躍出也。壺去席二矢半。矢，以柘若棘。《西京雜記》：武帝時，郭舍人善投壺。能激矢令還，一矢百餘反。猶恐未陳即鼓儳。《左傳》：宋公及楚人戰于泓，宋師敗績。公曰：『寡人雖亡國之餘，不鼓不成列。』子魚曰：『聲盛致志，鼓儳可也。』儳，音讒。《説文》：儳互不齊也。又，越次進也。參乎賜也必貫一，曰啖曰陸俱通凡。按：《春秋》有啖助、趙匡《集傳纂例》十卷，陸淳《集傳辯疑》十卷。尋常可力自不力，不畏天顯兼民嵒。《書》：迪畏天，顯小民。又：用顧畏于民喦。子來不來我亦别，深裹深處多松檆。深裹，解見《浦陽十景》。檆，音山，同杉。

臨篇草草遽報我，愁思滿憶〔一〕何庸緘。

校勘記

〔一〕「憶」，四部叢刊本、國圖本、存心堂本、豹文堂本作「臆」。

盗發亞父塚《史記》：亞父者，范增也。《寰宇記》：范增塚。按《古今葬地記》云：項羽不用其謀，遂疽發背而死，葬於此塚。在巢縣郭東，有亭，亭中有井，猶謂之亞父井。

楚王昔尊楚亞父，楚人今發亞父墓。南山鑿石下懸棺，《癸辛雜識》：孔應得云：「朱晦菴之葬用懸棺法。術家云『斯文不墜』，可謂好奇。」寶氣燭天知劍處。《吴越春秋》：闔閭葬國西，發五都之士十萬人作冢，銅棺三重，水銀爲池，金玉爲鳧雁，扁諸之劍三千，槃郢、魚腸在焉。葬後三日，金精之氣上揚，化爲虎，踞其墳，故號虎丘。當年奉劍重瞳光，《史記》：舜目蓋重瞳子，又聞項羽亦重瞳子。左右膝走諸侯王。又：楚擊秦，諸將皆從壁上觀。楚戰士無不一以當十，於是已破秦軍。項羽召見諸侯將，入轅門，無不膝行而前。劍鋒掃秦柄奪漢，梁楚闞作馳兵塲。起撞玉斗唉豎子，又：沛公謝項王於鴻門，脱身獨騎，間行至軍中。留張良，持白璧一雙獻項王，玉斗一雙與亞父。項王受璧，置之坐上。亞父受玉斗，置之地，拔劍撞而破之，曰：「唉，豎子不足與謀。奪項王天下者必沛公也，吾屬今爲之虜矣。」戰肉烏鳶骨螻蟻。解見《病起讀列子》。烏江得死不得葬，憤膽冤腸終不死。《史記》：項王欲東渡烏江，烏江亭長檥舟待曰：『願大王急渡。』項王笑曰：『天之亡我，何以渡爲？』乃以馬賜亭長，令騎皆下馬步行，持短兵接戰。獨籍所殺漢軍數百人，身亦（彼）〔披〕十餘創，自刎而死。按《史記》：漢以魯公禮葬項王穀城。此云不得葬者，蓋文人筆馳墨驟，類多此種。東陵老盗曾膾肝，《莊子》：盗跖死利于東陵之下，伯夷死名于西山之上。《史記》：盗跖日殺不辜，肝人之肉。丞相摸金仍置官。陳琳檄：操特置發丘中郎將、摸金校尉，所過隳突，無骸不露。大儒揮椎小儒唱，《莊子》：儒以詩禮發冢，大儒臚傳曰：『東方作矣，事之何若？』小儒曰：『未解裙襦，口中有珠。《詩》固有之，曰：「青青之麥，生於陵陂。生不布施，死何含珠？」』爲接其鬢，壓其顪，儒以金椎控其頤，徐別其頰，無傷口中珠。奇寶拔窆蛟龍寒。《西京雜記》：漢帝及侯王送葬者皆珠襦玉匣，形如鎧甲，連以金縷，匣上皆鏤以蛟龍、鸞鳳、龜、麟之象，時謂蛟龍玉匣。君不見秦皇一死驪山改，亞父猶能數千載。我今豈識亞父誰，鳧雁秋風散銀海。《前漢劉向傳》：始皇葬于驪山之阿，下錮三泉，上崇山墳。石槨爲游館，金膏爲燈燭，水銀爲江海，黃金爲鳧雁。

劉仲卿上昇歌

《龍城録》：劉嚴，字仲卿，漢室射聲校尉。當恭顯之際，極諫，被貶於東陬。隱迹於此，莫知所終。

金華山，金華山有古洞天。又：賈宣伯愛金華山，即今雙谿別界。其北有仙洞，俗呼爲劉先生隱身處，其内有三十六室，廣三十六里。遥問射聲何校尉，《前漢百官表》：射聲校尉掌待詔射聲士。服虔曰：

『工射者也。冥冥中聞聲則中之，因以名也。』憶從修煉得神仙。神仙之人本英傑，老弱移家家洞穴。乘軿曉結芝草雲，擊節秋飛鶴翎雪。溪間白石齒齒，《羅浮圖志》：鮑靚爲南海太守，以道術見稱，嘗行部入海，遇風，飢甚，取白石煮食之。嶺畔赤松無枝。赤松，解見《宋景濂鄭仲舒同遊龍湫五洩》。呼鹿不逢玉女，《西域記》：昔有仙人隱居巖谷。仲春之月，鼓櫂清流。麀鹿隨飲，感生女子，姿貌過人，惟脚是鹿。仙人見之，收而養焉，足所履地，迹皆有蓮華。牧羊乃見小兒。《神仙傳》：皇初平，蘭谿人，年十五，家使牧羊。有道士見其良謹，將至金華山石室中。其兄尋索，歷年得見。問羊何在，曰：『近在山東。』往視，但見白石，初平叱石，變羊數萬頭。兄知其得仙道。嵯洞高兮高若崖，嵯洞深兮深若井。中心一念能滅情，夾脊雙關遽朝頂。《真仙通鑑》：華陽真人曰：『子時，肺之精華併在腎中，號曰「金晶」。晶者，金水未分，肺腎之氣合而爲一。當時用法，自尾間穴下關搬至夾脊中關，自中關搬至玉京上關。節次開關以後，一撞三關，直入泥丸。三關者，海波對大骨節爲尾間下關，腰内兩腎對夾脊爲中關，一名雙關，左右兩肩正中於胸頂下會處高骨節爲玉枕上關。此爲上中下三關也。』七月十五神仙來，《龍城録》：仲卿每至中元日，來降洞中。天樂自響石廪開。石廪，解見《早秋偶然作》。風伯吹塵萬萬里，月光幻出瓊瑶臺。玄霜寶露瀉一杯，麒麟鳳凰兩徘徊。上壽等天地，下壽直到耉與台，《詩》：黄耉台背。翩然被髪遊蓬萊。

風雨渡揚子江

大江西來自巴蜀，直下萬里澆吴楚。《書》：岷山導江，東别爲沱；又東至于澧，過九江，至于東陵，東（過）〔迆〕北會爲匯，東爲中江，入于海。我從揚子指蒜山，《寰宇記》：山生澤蒜，因以爲名。《名勝志》：蒜山在江南鎮江府西三里，北臨大江。舊讀水經今始睹。平生壯志此最奇，一葉輕舟傲煙雨。怒風鼓浪屹於城，滄海輸潮開水府。凄迷灩澦恍如見，灩澦，解見《巴船出峽圖》。漭滉扶桑杳何所。扶桑，解見《早秋偶然作》。須臾草樹皆動摇，稍稍黿鼉欲抃舞。黑雲鯨漲頗心掉，鯨漲，解見《東吴行》。明月貝宫終色侮。《九歌》：魚鱗屋兮龍堂，紫貝闕兮朱宫。吟倚金山有暮鐘，《名勝志》：金山在江南鎮江府城西七里江中，初名浮玉山。周洪道《雜記》云：『此山大江環繞，每風四起，勢欲浮動，故謂之浮玉。』望窮采石無朝艣。采石，解見《皂角林》。誰歟敲齒咒能神，《夷堅志》：神咒曰：『婆珊婆演底。』《華嚴經》曰：『善財童子參善知識，至閻浮提摩竭提國迦毘羅城，見主夜神，名曰「婆珊婆演底」。神言：「我得菩薩破一切衆生疾暗法，見諸衆生若入於海，入於陸。諸險難處，爲彼衆生止大風雨，息大波浪。引其道路，示其洲岸，令彼怖畏悉得安穩。」』或有傴身言莫吐。向來天塹如有限，塹，籤，去聲。《廣韻》：遶城水也。日夜軍書費傳羽。《後漢西羌傳論》：羽書日聞。臣賢曰：羽書即檄書。《魏武奏事》：有急則插以雞羽，謂之羽檄。三楚畸民類魚鱉，三楚，解見《嚴陵應仲章書至》。兩淮大將猶熊虎。《通雅》：汲黯卧治之淮陽，在陳州，非淮安也。淮安，淮陰也。《書》：尚桓桓，如虎如貔，如熊如羆。錦帆十里徒映空，鐵鎖千尋竟然炬。句解見《景陽宫》。桑麻夾岸收戰塵，蘆葦成林出漁户。寧知造物總兒戲，且攬長川入樽俎。悲哉險阻惟白波，往矣英雄幾黄土。獨思萬載疏鑿功，吾欲持觴酹神禹。《左傳》：劉子曰：『美哉禹功！明德遠矣。微禹，吾其魚乎！』

次韻姚思得

日予北渡黄河淵，春秋大法孰敢奸。按：先生治《春秋》，以論議不合於禮官，退歸田里，遂隱居深裹山中，以著述自娱，不求用世。此詩首云『大法孰敢奸』，蓋有不敢斥言時事者，何其詞嚴而旨隱也。嗚呼，貢舉之弊久矣。讀書未成復學劍，《史記》：項羽學書不成，去學劍，又不成。《前漢書》：司馬相如少時好讀書，喜擊劍。徑去有若脱兎然。《史記》：夫始如處女，適人開户；後如脱兎，適不及距。其田單之謂邪！少年結束多紈綺，酒酣擊筑忘宫徵。《史記》：荆軻嗜酒，日與狗屠及高漸離飲於燕市。酒酣以往，高漸離擊筑，荆軻和而歌於市中，相樂也，已而相泣，旁若無人者。《釋名》：筑，以竹鼓之也，如箏，細項。《樂書》：筑，形如琴，十三絃，項細肩圓，鼓法以左手扼之，右手以竹尺擊之，隨調應律。浩歌揮淚望諸墳，千載玉龍吟不死。韓愈文：爲我弔望諸君之墓。按：樂毅封望諸君。李賀詩：報君黄金臺上意，提攜玉龍爲君死。注：時雖不利，而誓將提攜龍形之劍，以報燕昭置千斤黄金以延天下之厚意也。《上谷圖經》：燕昭王筑臺，置千金於上以延士，謂之黄金臺，在易水南十八里。《拾遺記》：顓頊高陽氏有雙劍在匣中，常如龍虎吟。中州小立交游絶，夢落蓬萊天海闊。乖螭倚石氣猶雲，《雲仙録》：天罰乖龍，必割其耳。《廣雅》：無角曰螭龍。老蚌凌波光亦月。左思《賦》：蚌蛤珠胎，與月盈虧。《文昌雜録》：孫莘老居高郵湖邊，一夕陰晦，客報湖中珠見。至水際，初見微有光彩。俄，光明如月。忽見蚌蛤如蘆蓆大，一殻浮水上，一殻如張帆狀，其疾如風。逢人浪説文字場，久矣相馬悲驪黄。《列子》：秦穆公謂伯樂曰：『子之年長矣，子姓有可使求馬乎？』伯樂對曰：『臣之子皆下才也，臣有所與九方皋，其於馬，非臣之比也。』穆公見之，使行求馬。

三月而返，報曰：『已得之，在沙丘。』穆公曰：『何馬？』對曰：『牝而黄。』使人往取之，牡而驪。公不悦，召伯樂曰：『敗矣。子之所使求馬者，色物牝牡弗能知，又何馬之能知也？』伯樂曰：『若皋之所觀，天機也。得其精忘其粗，在其内忘其外。』馬至，果天下之良馬也。 薜荔紉衣白谷裹，《九歌》：若有人兮山之阿，被薜荔兮帶女蘿。 蒹葭拂棹滄洲旁。《詩》：蒹葭蒼蒼。《杜陽雜編》：隋大業九年，元藏幾爲過海使判官，風飄至洲島間。洲人云：『此滄洲，去中國已數萬里。』其洲方千里，花木長如二三月，人多不死。所居或金闕銀臺、玉樓紫閣。洲上有久視山、金池，水石泥沙皆如金色。有金莖花，如蝶，人皆帶之，曰：『不帶金莖花，不得到仙家。』藏幾淹留既久，忽念中國。洲人製凌風舸以送之，激水如箭，不旬日即達東萊。 荒塵滿眼誰知己，子獨來看能蹝倚。《史記》：士爲知己者死，女爲悦己者容。《前漢雋不疑傳》：暴勝之躧履起迎雋不疑。注：履不著跟，謂曳履，亟迎之也。躧，同蹝，音徙。 試裁五色絺繪文，《書》：予欲觀古人之象，日月星辰、山龍華虫，作繪，宗彝、藻、火、粉、米、黼、黻、絺、繡，以五采彰施於五色，作服，汝明。《唐藝文志》：絺句繪章。 機杼無聲幾寒女。古樂府：纖纖出素手，札札弄機杼。《侯鯖録》：寒女之絲，銖積寸累。 凉風鵰鶚高復高，力掃培塿增岧嶤。《左傳》：培塿無松栢。《説文》：培塿，小山也。 仙槎一往劃河漢，解見《海上人槎畫軸》。又《拾遺記》：堯時，有巨查浮於西海，查上有光，若星月。查浮繞四海，十二年一周天。名貫月查，又名掛星查。羽仙栖息其上。查，同槎。 肯踏人間金背鼊。

題毘陵承氏家藏古錢

我觀泉志頗識錢，古今錢品不一傳。宋洪遵著《泉志》。《國語注》：錢，古曰泉，後轉曰錢。 歷山鑄金史靡紀，桓寬《論》：禹以歷山之金，湯以莊山之銅，鑄幣以贈其民，而天下稱仁。泉府職幣開其前。《漢書》：太公立九府圜法。注：圜即錢也。九府，《周官》有太府、王府、内府、外府、泉府、天府、職内、職幣、職金，皆掌貨財官也。五銖半兩日以變，榆莢鵝眼争相緣。重輕子母信有制，周郭肉好俱完全。《通典》：漢文帝五年，爲錢益多而輕，乃更鑄四銖錢，其文爲半兩。武帝鑄五銖錢，周郭其質，令不得磨錢取鎔焉。《歷代錢楮考》：漢高祖始鑄榆莢錢。裴子野《宋略》：泰始中，沈慶之啓通私鑄，而錢大壞矣。一貫長三寸，謂之鵝眼錢。《國語》：周景王將鑄大錢，單穆公諫曰：『不可。古者天降災戾，於是乎量資幣，權輕重，以救民。民患輕，則爲之作重幣以行之，於是乎母權子而行，民皆得焉。若不堪重，則多作輕而行之，亦不廢重，於是乎有子權母而行，大小利之。今王廢輕而作重，民失其資，能無匱乎？』王弗聽。《漢紀》：周景大錢，文曰『寶貨』，肉好皆有周郭。注：肉，錢形也。好，孔也。吾知聖人利世用，要在百貨得懋遷。《書》：懋遷有無化居。農夫紅女寔不易，尺布斗粟儲爲淵。《通鑑》：一尺布尚可縫，一斗粟尚可舂。嗟哉後王弊自此，竟使匹庶握利權。剪皮鑿鍱僞莫禁，《錢楮考》：列代銅錢皆行楮幣，前代皆用紙爲之，金元則以桑皮。鍱，音葉，銅鍱椎鍊成片者曰鍱。執籤障簏慳稱賢。《世説》：司徒王戎，字濬冲，區宅僮牧、膏田水碓之屬，雒下無比，每與夫人燭下散籌算計。《晋書》：祖約正料財物，忽客至，屏擋不盡，餘下小簏，著背後，傾身障之。國儲何當調度足，民食匊是虀鹽先。潛交鬼神欲著論，魯褒《錢神論》：内方象地，外圓象天。錢之爲體，有乾有坤。其積如山，其流如川。又曰：無翼而飛，無足而走。解嚴毅之顔，開難發之口。錢多者處前，錢少者居後。杜恕《體論》：可以使鬼者，錢也；可以使神者，誠也。臭衒富貴仍開鄽。《後漢書》：桓帝時，開鴻都門榜賣官。崔烈入錢五百萬爲司徒，謂其子曰：『吾爲三公，外論如何？』其子曰：『人嫌大人銅臭。』治卒銅工各鼓鞴，偏爐盜鑄多煙煤。鞴，音敗，吹火韋囊，冶者所用，以炊炭。一朝變通別改幣，餘盡沉朽徒埋船。《錢楮考》：宋高宗以來，東南有會子之設，而直以紙爲錢矣。金、元承之，爲寶鈔。至元鈔一貫準中統鈔五貫，是方尺之楮，直錢五千文也。至大鈔一貫又準至元鈔五貫，是方尺之楮，直錢五萬文也。《史記》：漢武時，京師錢累百巨萬，貫朽而不可校。承君好古此收拾，寶玩有若編埒然。編埒，解見《憶寄方子清》。大貝南金特嗇厚，元圭博璧同瑛鮮。《書》：大貝、賁鼓，在西房。《詩》：憬彼淮夷，來獻其琛。元龜象齒，大賂南金。《書》：禹錫玄圭。又：赤刀、大訓、弘璧、琬琰，在西序。漢官受一潔簠簋，《後漢書》：劉寵爲會稽太守，被徵，有五叟人齎百錢送寵曰：『自明府來，山民白首不入市井，狗不夜吠，人不識吏。』寵爲選一大錢受之而去。賈誼《治安策》：古者大臣有坐不廉而廢者，不謂不廉，而曰『簠簋不飾』。晋士掛百酣栝棬。《晋書》：阮孚日常杖頭掛百錢，造市店，酣飲而歸。白水真人笑有讖，《漢官儀》：王莽簒位，罷五銖，更作小錢，文曰『貨泉』，其文乃『白水真人』，此則世祖中興之瑞也。上清童子猜非僊。《洞冥記》：漢武升望月臺，有三青鴨化爲三小童，皆着青綺文襦，各握鱗文大錢五(牧)[枚]，以置帝几前，身止而影動，因名曰『影錢』。古錢勿用幸久聚，古貨難賣空精甄。時能撫摩却穢夢，《世説》：人有問殷中軍：『何以將得位而夢棺器，將得財而夢矢穢？』殷曰：『官本是臭腐，所以將得而夢棺屍；財本是糞土，所以將得而夢汙穢。』坐與饕濁收饞涎。世間萬物裏可盡，床脚一甕踏欲癲。蘇軾詩：中夜起舞踏破甕。注：俗説有貧人止能辦販隻甕之資，夜宿甕傍，中心計曰：『此甕賣之若干，買之若干，其息已倍矣。我得倍息，遂可販二甕，自二甕化而爲四，自四甕化而爲八，轉賣轉買，所得倍利無窮。』遂喜而舞，不覺甕破。試看營室鏁星處，《天官書》：營室爲清廟，曰離宮、閣道。《星經》：天錢十星在北，落西北，主財貨所聚。

《天皇會通》：天錢主錢帛，十星規員主九府，循環流通，以權百貨之象。坤北，陰方，故主利也。何似揚州騎鶴年。《志林》：有客言志：一願爲揚州刺史，一願多貲財，一願騎鶴上昇。其一人曰：『腰纏十萬貫，騎鶴上揚州。』

白鼻騧

按：李白有《白鼻騧》詩。注：《毛詩》『有馬白顛』，注『的顙也』。《爾雅》：馬黑喙曰騧。

白鼻騧，白鼻騧，當軒迥立噴風沙。《穆天子傳》：天子東遊于黄澤，宿于西洛，歌曰：『黄之池，其馬噴沙，皇人威。黄之澤，其馬噴玉，皇人壽。』名驥留良定北土，韓愈文：伯樂一過冀北之野，而馬群遂空，冀北馬多於天下，伯樂雖善知馬，安能空其群耶？解之者曰：『吾所謂空，非無馬也，無良馬也。伯樂知馬，遇其良輒取之，群無留良焉。苟無良，雖謂無馬，不爲虚語矣。』蹇驤索價猶東家。《酉陽雜俎》：開成初，東市百姓喪父，騎驢市凶具。行百步，驢忽曰：『我姓白，名元通，負君家力已足，勿復騎我。南市賣麩家欠我五千四百，我負君錢數亦如之，今可賣我。』其人驚異，即牽行。旋訪主賣之，驢甚壯，報價只及五千。詣麩行，乃還五千四百，因賣之。兩宿而死。驤，音蒙。《説文》：驢子也。青松縛柳曉安皁，紅錦裁韉春暎草。《西京雜記》：武帝時，得貳師天馬，以玫瑰石爲鞍韉，緑地五色錦爲蔽泥。杜甫詩：雪没錦鞍韉。李白詩：銀鞍白鼻騧，緑地障泥錦。支遁心機愛神駿，《世説》：支遁好養馬，或謂：『道人養馬不韻。』曰：『貧道愛其神駿。』伏波骨力輕衰老。《後漢書》：武陵蠻寇臨沅，馬援請行。帝愍其年老，未許。援曰：『臣尚能披甲上馬。』帝令試之，援據鞍顧眄，以示可用。帝笑曰：『矍鑠哉是翁！』按：馬援爲伏波將軍。去年禁馬無馬騎，天下括馬數馬皮。解見《校馬射圖》。浮湛鄉閭萬里足，王褒《聖主得賢臣頌》：追奔電，逐遺風，周流八極，萬里一息，何其遼哉！ 笑傲品秩千金羈。《唐書》：李林甫謂杜暹曰：『君等獨不見立仗馬乎？終日無聲，飫三品豆。一鳴，則黜之矣。』古詩：黃金絡馬頭。 幸哉漢武重修政，《史記·平準書》：上即位數歲，衆庶街巷有馬，阡陌之間成群，而乘字牝者儐而不得聚會。自後軍興，中外騷擾，軍馬死者前後百餘萬。天子爲伐胡，盛養馬，馬之來食長安者數萬匹。又：上北出蕭關，從數萬騎，獵新秦中。新秦中或千里無亭徼，於是誅北地太守以下，而令民得畜牧邊縣。官假馬母，三歲而歸，及息什一，以除告緡，用充(牣)[仞]新秦中。又：其明年擊南越、西羌。車騎馬乏絶，縣官錢少，買馬難得。乃令封君以下至三百石以上吏，以差出牝馬天下亭，亭有畜(牸)[牸]馬，歲課息。 往矣劉聰真覆鏡。《十六國春秋》：麟嘉二年，趙固與河内太守郭默攻聰河東，至于絳邑，右司隸部民盜牧馬，負妻子奔之者三萬餘人。 立防戰備要馬稀，藏富民寰須馬盛。向來河隴色爲群，目極川原亂若雲。《唐六典》：沙苑監掌牧隴右諸牧牛馬。《通鑑》：唐玄宗初即位，牧馬有二十四萬匹，王毛仲爲閑廄使。有馬四十三萬匹。帝之東封，以牧馬數萬匹從，色別爲群，望之如雲錦。庶人徒行未足恤，世間醇駟何由得。解見《校馬射圖》。

西域種羊皮書褥歌寄李仲羽

波斯谷中神夜語，解見《大食餅》。 波斯牧羊俱[一]雜虜。 當道剚刀羊可食，剚，側吏切，音胾，插刀也。 土城留種羊脛骨。 四圍築垣聞杵聲，羊子還從脛骨生。 青草叢抽臍未斷，馬蹄踣鐵繞垣行。 按：元劉郁《使西域記》云：壠種羊出西海，以羊臍種土中，溉以水，聞雷而生，臍系地內。及長，驚以木聲，臍斷便行，齧草，至秋可食，臍內復有種。 又按：段公路《北户録》云：大秦國有地生羊，其羔生土中，國人築墻圍之。臍與地連，割之則死。但走馬擊鼓以駭之，驚鳴臍絶，便逐水草。二説與詩小異。羊子跳踉却在草，鼠王如拳不同老。《神異經》：北方有層冰萬里，厚百丈。有鼷鼠在冰下，出焉，食草木根，毛長八尺，可爲蓐，卧之却寒。《異苑》：西域有鼠王國，鼠大如狗，中者如兎，小者如常鼠。頭悉白，帶以金枷。商賈經其國，不先祈祀，則齧其衣裳。諺云：『鼠得死人目精則爲王。』飫肉筵開塞饌肥，裁皮褥作書林寶。前漢揚雄賦：并包書林，聖風雲靡。南州俠客遇西人，昔得手褥今無倫。君不見冰蠶之錦欲盈尺，康洽年來貧不貧。冰蠶，解見《飲酒》。康洽，解見《白髮辭》。

校勘記

〔一〕『俱』，四部叢刊本、國圖本、存心堂本、豹文堂本作『供』。

送俞觀光學正赴調京師

崑崙東南禹九州，崑崙，解見《觀景拄杖歌》。《周禮釋疑》：《禹貢》九州之名舊矣。《爾雅》九州，商之制也。《職方》九州，周之制也。山高海闊峙以流。齊秦相襲一分丘，梁魏何有真浮漚。天邑當中控四陬，先生去矣不可留。二十起家今白頭，獨騎麒麟誦春秋。我無糧食無車舟，出門笑看雙吴鉤。《吴越春秋》：闔閭命於國中作金鉤，令曰：『能爲善鉤者，賞百金。』有人殺其二子，以血釁金，成二鉤，獻之。王曰：『何以異於衆鉤乎？』鉤師呼二子名：『吴鴻、扈稽，我在此，王不知汝之神也。』聲絶於口，兩鈎俱飛，着父之胸。吴王大驚，賞之百金。《吴都賦》：吴鈎越棘，純鈞湛盧。神氣化作青金虬，大江有路通淮洲。《詩》：淮有三洲。汴河急下蛟鼉愁，吕梁犇硔壓黄樓。《名勝志》：吕梁洪在江南徐州城東南五十里，有上下二洪。巨石齒列，波流洶湧。洪之上有山，即吕梁山。又：黄樓者，城東門樓也。宋熙寧十年，河決，蘇軾爲守，每先事隄防，卒全徐城。朝廷下詔獎諭，乃即城東門起大樓。樓成，堊以黄土，取尅水之義。硔，音洪。故墟荒草項與劉，澤蛇臺馬一戰收。澤蛇，解見《雲門紀行》。《南齊書》：宋武帝爲宋公時，在彭城，九日至項羽戲馬臺。按《志》：在江南徐州城南。東連鉅野荷花稠，《名勝志》：《書》：『恒衛既從，大陸既作。』鄭康成注云：『在鉅鹿縣北。』《吕氏春秋》：『晉之大陸，趙之鉅鹿也。』今其地即廣阿澤矣。按鉅鹿縣，隋開皇六年所置。唐宋題詠皆得收之。若《史記》項羽之戰鉅鹿，大破秦軍。又，張耳與趙王歇走入鉅鹿城，王離圍之，則爲秦漢之鉅鹿矣。今入平鄉縣界，鉅鹿、平鄉俱隸直隸順德府。泰山梟繹〔一〕倚魯鄒。泰山，解見《泰山高》。梟繹，解見《新開河》。北沂〔二〕衡漳冰凌浮，北沂，解見《送方養心》。衡漳，解見《送宣彥昭》。滹沱碣石帶白溝。滹沱，解見《王滹南》。碣石，解見《觀秦丞相碑》。《東安縣志》：白溝河在縣治西八十里，其源自栲栳園流入縣境東南，抵武清直沽港。按《志》：東安屬順天府。田光荆軻尚夷猶，擲鼃屠狗何煩求。《燕丹外傳》：太子丹自喜得荆軻，日與之東宮，臨池而觀，軻拾瓦投鼃，太子捧金丸進之。田光、荆軻、屠狗，解俱見《送鄭浚常》。天門蕩蕩開長楸，《前漢郊祀歌》：天門開，軼蕩蕩。庾信賦：并試長楸之埒。日暮道遠吾驊騮，誰歟遇者多公侯。眼中勞苦問所由，南土有客非常儔。百年文獻尚汝優，公車奏牘幸早投。公車奏牘，解見《送鄭獻可》。孔姬禮樂正傍搜，齊楚辨智虛前籌。祖朝肉藿豈異謀，《説苑》：晉獻帝之時，東郭民有祖朝者，上書獻公曰：『草茅臣東郭民祖朝，願請聞國家之計。』獻公使使告之曰：『食肉者已慮之矣，藿食者尚何與焉？』朝對曰：『設使食肉者一旦失計於廟堂之上，若臣等之藿食者，寧無肝膽塗地於中原之野與？其禍亦及臣之身，臣與有憂深，臣安得無與國家之計乎？』獻公乃召見，立以爲師。庾信詩〔三〕賦俱雕鎪。解見《記趙江漢舊事》。杜甫詩：庾信生平最蕭瑟，暮年詩賦動江關。朔風吹塵織卉裘，炕床煤炭手足柔。《薊丘雜鈔》：燕地苦寒，寢者不以床，以炕，室無東西南北，炕必近前榮。韭韲豆粥却滿甌，《五雜俎》：京師隆冬有黃芽菜、韭黃，蓋富家地窖火坑中所成，貧民不能辨也。《燕都遊覽雜識》：十二月八日賜百官粥。民間亦作臘八粥，以米果雜成之，品多者爲勝。此蓋循宋時故事，然宋時臘八乃十月八日也。真珠滴槽酒或篘。李白歌：琉璃鍾，琥珀濃，小槽滴酒真珠紅。伐狐燖兎進庶羞，《北京歲華記》：十一月，人家墐户，藏花木於窨，食兎羹。《燕史》：九月十，食迎霜兎。妖歌慢舞陳箜篌。解見《樓彦珍北游》。老當益壯在此游，選曹已似執券酬，皂鵰一飛即掣韝。《漢紀》：桓虞謂趙勤曰：『良吏如良鷹，下韝即中。』鮑照詩：昔如韝上鷹。先生去矣聽我謳，悠然獨酌更馬周，《通鑑》：唐太宗貞觀三年，茌平人馬周客游長安，舍於中郎將常何家。會以旱求言，何武人，不學，周代之陳便宜二十餘條。帝怪問之，何對曰：『此臣家客馬周爲臣具草耳。』帝即召見，與語甚悦，除監察御史。長安索米毋庸憂。《前漢東方朔傳》：朔曰：『朱儒長三尺餘，奉一囊粟，錢二百四十。臣朔長九尺餘，亦奉一囊粟，錢二百四十。朱儒飽欲死，臣朔飢欲死。臣言可用，幸異其禮；不可用，罷之，無令但索長安米。』上大笑，因使待詔金馬門。

校勘記

〔一〕『繹』，豹文堂本同，四部叢刊本、國圖本、存心堂本作『澤』。
〔二〕『沂』，四部叢刊本、國圖本、存心堂本、豹文堂本作『泝』。
〔三〕『詩』，底本作『時』，據四部叢刊本、國圖本、存心堂本、豹文堂本改。

歲晚懷戴子壽就寄翁君授

東南大海吹長波，亂山幾疊堆嵯峨。我所思兮欲如何，戴子謂我不我過。《詩》：不我過，其嘯也歌。四明學官列象犧，《左傳》：犧象不出門。疏：象尊以象鳳凰，或曰以象骨飾尊。《三禮圖》云：『當尊腹上畫象之形。』《禮》：犧象，周尊也。書則稽古詩猗那。《書》：曰若稽古，帝堯。曰若稽古，帝舜。曰若稽古，大禹。曰若稽古，皋陶。《漢書·藝文志》：説五字之文，至於二三萬言。注：師古曰：『言其煩妄也。』桓譚《新論》云：『秦近君能説《堯典》篇目，兩字之説至十餘萬言，但説「曰若稽古」三萬言。』按：《那》詩，《商頌》篇名。六經聖髓工漸摩，倉頡字林考隸科。《通鑑》：黄帝以倉頡爲史官。《説文》：倉頡之初作書，蓋依類象形，謂之文；其後形聲相益，謂之字。文者，物象之本；字者，孳乳而生。陸子淵《書輯》：自程邈以降，謂之秦隸。賈魴《三倉》、蔡邕《石經》諸作，謂之漢隸。鍾王變體，謂之今隸。合秦漢，謂之三隸。庾元威造爲散隸，謂以散筆作隸書也。科，謂科斗書。互見《漢一字石經》及《陳彦理以漢石經見遺》。青燈掛壁豈有他，韓愈詩：曙燈青睒睒。睒，音閃。黄虀苦澁餘鹹鹺。《東軒筆録》：范文正公少與劉某同上長白山僧舍修學，惟煮粟米二升，作粥一器，經宿遂凝。乃畫爲四塊，早晚取二塊。斷虀十數莖，酨汁半盂，入少鹽，煖而啗之，如此者三年。《禮》：鹽曰鹹鹺。注：大鹹若鹺，鹽味之厚也。平湖沆瀣足芰荷，目力可及發詠歌。慈溪先生雙鬢皤，慈溪，今浙江。小出乃爲禮所羅。曲臺淹中却不頗，《漢書·藝文志》：漢興，魯高堂生傳《士禮》十七篇。迄孝宣世，后蒼最明。戴德、戴勝、慶普皆其弟子，三家立於學官。有《曲臺后蒼》九篇。注：如淳曰：『行射禮於曲臺，后蒼爲記，故曰《曲臺記》。《漢官》曰：『大射於曲臺。』晋灼曰：『天子射宫也，西京無太學，於此行禮也。』《漢書·儒林傳》：倉説《禮》數萬言，號曰《后氏曲臺記》。注：服虔曰：『在曲臺援書著説，因以爲名。』師古曰：『曲臺殿在未央宫。』《漢書·藝文志》：《禮古經》者，出於魯淹中及孔氏，(學七十)[與十七]篇文相似，多三十九篇，及《明堂陰陽》《王史氏記》所見，多天子諸侯卿大夫之制，雖不能備，猶愈倉等推《士禮》而致於天子之説。注：淹中，里名也。擩嚌道真得者多。《唐書·藝文志》：擩嚌道真。擩，音乳，當作嚅，俗本譌作擩。先生昔曾舉漢科，《通鑑》：漢武帝置五經博士，開弟子員，設科射策。我亦同往超江河。仰窺天門光可劘，《神異經》：西北大荒中金闕高千丈，上有明月珠，徑三丈，光照千里。中有金階，兩闕名天門。杜甫詩：天門日射黄金榜。豁然叱落千丈坡。蘇軾詩：駿馬下注千丈坡。就中乖龍卧爲梭，《異苑》：陶侃家貧，少漁雷澤，網得織梭，歸掛壁間。有頃雷雨，梭變成赤龍，從屋騰躍而去。掀雲噴雹輸蛟鼉。李翺《祭韓愈文》：建武以還，文卑質喪。儷花鬭葉，顛倒相尚。及兄之爲，思動鬼神。開合怪駭，駈濤雲湧。《石鼓歌》：快劍斫斷生蛟鼉。吕梁懸水無盤渦，《莊子》：孔子觀於吕梁，縣水三千仞，流沫四十里，黿鼉魚鼈之所不能游也。又，解見《送俞觀光》。郭璞《江賦》：盤渦谷轉，凌濤山頽。況肯遽數蟹與贏。彼哉貧女凝秋蛾，《詩》：螓首蛾眉。蘇軾詩：貧低舉案蛾。地窄袖短空傞傞。《前漢書注》：景帝時，諸王來朝。有詔更前稱壽歌舞，長沙定王發但張袖小舉手，左右笑其拙。

上怪問之，對曰：『臣國小地狹，不足回旋。』帝乃以武陵、零陵、桂陽益焉。《詩》：屢舞傞傞。郄鐘毀釜不必和，屈原《卜居》：黄鐘毁棄，瓦釜雷鳴。靈談鬼嘯衆所呵。《通雅》曰：《嘯旨》有十五章，權輿章第一，流靈二，深溪虎三，高柳蟬四，空林夜鬼五，巫峽猿六，下鴻鵠七，古木鳶八，龍吟九，地動十，蘇門十一，劉公命鬼十二，阮氏逸韻十三，正章十四，畢命十五。北行何有塵没靴，南歸詎可夢駱駞。一朝竟撤碼碯珂，按：石次玉即碼碯。珂，馬飾也。獨立吾今衣薜蘿。《南史》：宗測，字敬微，隱居廬山，嘗量腹而進松朮，度形而衣薜蘿，淡然已足。芝湌竹飲皆沉痾，《高士傳》：四皓入商山，作歌曰：『莫莫高山，深谷逶迤。曄曄紫芝，可以療饑。』《神仙傳》：離婁公服竹汁餌桂，得仙。十載未復仍委蛇。《詩》：退食自公，委蛇委蛇。先生一再來揮戈，《石鼓歌》：宣王憤起揮天戈。坐將挾箸嘗其膰。《北齊書》：崔贍爲侍御史，宅中送食，每別室獨餐。有一御史自攜箸匙造之，恣情飲啖，贍曰：『君定奇士。』每與同食。《周禮疏》：膰，宗廟之肉也。大松偃蹇徒高歌，《世説》：孫興公齋前種松一株，隣居謂之曰：『松樹非不森森可憐，但無棟梁用耳。』小草樂育尚菁莪。《詩序》：《菁莪》，樂育才也。清廟梁柱可堊磨，《穀梁傳》：禮：天子、諸侯之楹黝堊。又《周禮》：祧則黝堊之。《晉書》：（裴頠）[庾敳]云：『和嶠森森如千丈松，雖磊砢多節，然施之大厦，有棟梁之用。』萬世學術從丘軻。文風自振祛煩苛，《漢書·循吏傳》：掃除煩苛。《説文》：苛，小草也。《楊慎集》：苛，小草，今但知爲『苛刻』之『苛』。藐，紫草，今但知爲『藐然』之『藐』。藎，染草，今但知爲『忠藎』之『藎』。士論况辨仡與番。《書·秦誓篇》：番番良士，旅力既愆，我尚有之。仡仡勇夫，射御不違，我尚不欲。分正句讀嗟吾訛，丘園歲暮猶婆娑。明當沐髮陽之阿，屈原《九歌》：與女沐兮咸池，晞女髮兮陽之阿。從公共飽天山禾，蘇軾詩：無心更秣天山禾。更不去理墻頭莎。《雞跖集》：河中府有緑莎廳，唐治平時，好事者常加澆灌。

東夷倭人小摺疊畫扇子歌

《舊唐書》：倭國者，古倭奴國也，去京師一萬四千里，在新羅東南大海中。貞觀五年，遣使獻方物。二十二年，又附新羅奉表，以通起居。《圖畫見聞誌》：高麗國使人每至中國，或用摺疊扇爲私覿物。其扇用鵶青紙爲之，上畫本國豪貴，雜以婦人、鞍馬，或臨水爲金砂灘，暨蓮荷、花木、水禽之類，點綴精巧，又以銀泥爲雲氣月色之狀，極可愛。謂之倭扇，本出於倭國也。

東夷小扇來東溟，粉箋摺疊類鳳翎。微飈出入揮不停，素繪巧艶含光熒。銀泥蚌淚移杳冥，《詩話》：南海有蚌淚，和色着物，晝見夜隱。錦屏罨畫散紅青。《倦遊録》：罨畫乃今之生色也。皓月半割蟾蜍靈，蟾蜍，解見《觀景拄杖歌》。紫雲暗惹鮫魚腥。徐市子孫附飛舲，《史記·始皇紀》：齊人徐市等上書言海中有三神山，名曰蓬萊、方丈、瀛洲，仙人居之。請得齋戒，與童男女求之。於是遣徐市發童男女數千人入海求仙人。《後漢東夷傳》：有夷洲及澶洲。傳言秦始皇遣方士徐福將童男女數千人入海，求蓬萊神仙不得，福畏誅不敢還，遂止此洲，世世相承，有數萬家。人民時至會稽市。會稽東冶縣人有入海行遭風，流移至澶洲者。所在絶遠，不可往來。奝然家世雜梵經。《象胥録》：宋雍熙初，日本國僧奝然與其徒五六輩浮海至，獻銅器。奝然衣緑，自云姓藤原氏，善隸書，不通華言。問土風，以書對。其國有五經書、佛經。奝，音刁。文身戴弁舊儀形，又：倭性輕生，好抄掠，男子魁頭斷髮，黥面文身。對馬絶景兩浮萍。按先生《論倭》書：對馬、絶景皆島名。殊方異物須陳廷，富賈巨舶窺天星。祝融噓火時所丁，《一統志》：祝融在衡山，位直離宫，以配火德，乃祝融君游息之所。島濱賣箑送清泠。白龍浸皮暑欲醒，《開元天寶遺事》：王元寶家有一皮扇子，製作甚質。每暑月宴客，即以扇置坐前，使新水灑之，則颯然風生。廵酒之間，客有寒色。此龍皮扇子也。玉階涵水夜撲螢。蓬萊仙人降輜軿，蓬萊，解見《泰山高》。《説文》：重曰輜，輕曰軿。扶桑繭絲結綵綎。解見《梁四公記》。祖洲芝草釀緑醽，《十洲記》：東海祖洲有不死之草，生瓊田中，或名爲養神芝，一株可活一人。穹龜巨黿動遭刑。海神惜寶轟雷霆，鄙夫卧病臨虚扃。蒲葵百柄稱使令，《晋書》：謝安鄉人有罷中宿縣者，還詣安。問其歸資，答：『嶺南彫弊，唯有蒲葵扇五萬，又以非時爲滯貨。』安乃取一中者執之，於是京都士庶競慕，價增數倍。冰漿蔗液但滿缾，石榻被髮氣自寧。新羅一念終飄零，《舊唐書》：新羅國本弁韓苗裔，其國在漢時樂浪之地，東及南方俱限大海。塗修雉尾吾何銘。《拾遺記》：周昭王時，塗修國獻丹鵲。夏至，取鵲翅爲扇，一名遊飄，二名條翮，三名虧光，四名仄影。《古今注》：障扇，長柄扇也。漢世多豪俠，象雉尾而製長扇。

北方巫者降神歌

天深洞房月漆黑，巫女擊鼓唱歌發。《吕氏春秋》：楚之衰也，作爲巫音。高梁鐵鐙懸半空，塞向墐〔一〕户跡不通。《詩》：塞向(瑾)[墐]户。酒肉滂沱静几席，箏琶朋揹凄霜風。《羯鼓録》：宋璟與上論鼓事，曰：『掌下須有朋肯之聲。』詳見《觀羯鼓録》。暗中鏗然那敢觸，塞外祆神喚來速。《夷堅志》：林靈素於神霄宫夜醮，垂簾殿上，設神霄玉清東華帝君及九華安妃、韓君丈人位。至三鼓，命幕士撤燭立簾外。初聞風雷繞簾，若有巡索，繼見火光中數輪離地丈許，翔走空中，仙靈跨躡龍鸞，環珮之聲鏗然可聽。俄聞雲間傳呼内侍姓名者，全類至尊玉音。擲下所書符篆，墨色猶溼。已而寂然如初。隴坻水草肥馬群，《前漢西域傳》：鄯善國民隨畜牧逐水草。門巷光輝燿狼纛。《唐史》：突厥姓阿史那氏，其先爲隣國所滅，男女無少長盡殺之。有一兒，年且十歲，以其小，不忍殺之，乃刖足斷臂，棄大澤中。有牝狼每銜肉至其所，兒食之，得不死。後遂與狼交，生十男，阿史那其一也。最賢，爲君長，牙門建狼頭纛，示不忘本。舉家側耳聽語言，出無入有凌崑崙。《史記》：置酒壽宫神君。（壽宫）神君最貴者太一，其佐曰大禁、司命之屬，皆從之。弗可得見，聞其言，言與人音等。時去時來，來則風肅然。居室帷中。時晝言，然常以夜。天子祓，然後入。因巫爲主人。又：上欲治明堂奉高旁，未曉其制度。濟南人公玉帶上黄帝時明堂圖。明堂圖中有一殿，四面無壁，以茅蓋，通水，圜宫垣爲複道，上有樓，從西南入，命曰昆侖，天子從之入，以拜祠上帝焉。妖狐聲音共叫嘯，健鶻影勢同飛翻。甌脱故王大獵處，燕支廢磧黄沙樹。休屠收像接秦宫，于闐請騔開漢路。《前漢匈奴傳》：東胡與匈奴中間有棄地莫居千餘里，各居其邊爲甌脱。又：匈奴太子冒頓從其父單于頭曼獵，以鳴鏑射頭曼，其左右皆隨鳴鏑而射殺頭曼。《史記・匈奴傳》：霍去病將萬騎出隴西，過燕支山千餘里，擊匈奴，得胡首虜騎萬八千餘級，破得休屠王祭天金人。注：《括地志》云：燕支山一名刪丹山，在甘州刪丹縣東南。《西河故事》云匈奴失祁連、燕支二山，乃歌曰：『亡我祁連山，使我六畜不蕃息；失我焉支山，使我婦女無顔色。』又，《括地志》云：『徑路（祠神）［神祠］在雍州雲陽縣西北甘泉山下，本匈奴祭天處，秦奪其地，後徙休屠右地。』按：金人即金佛像，是其遺法，立以爲祭天主也。《舊唐書》：于闐國，西南帶葱嶺，與龜兹接，在京師西九千七百里。俗多機巧，好事祆神。燕支，或作焉耆。古今世事一渺茫，楚機越女幾災祥。是邪非邪降靈場，《前漢外戚傳》：孝武李夫人本以倡進，早卒，上思念不已，方士齊人少翁言能致其神。廼夜張燈燭，設帷帳，陳酒肉，而令上居他帳，遥望如李夫人之貌。不得就視，益悲感，作書曰：『是邪，非邪？立而望之，偏何姍姍其來遲。』揚子：靈場之威，宜夜矣乎。注：靈場，鬼神之壇，所以爲威，不宜白日。麒麟被髮跨地荒。韓愈詩：翩然下大荒，被髮騎麒麟。

校勘記

〔一〕『墐』，底本作『瑾』，據四部叢刊本、國圖本、存心堂本、豹文堂本改。

柳博士寄詩張如心朱仲山方壽父葢憫鄉枌之凋瘁而嘆友道之寂寥也借韻和呈

憶昔獻賦蓬萊宮，《唐杜甫傳》：天寶末，獻《三大禮賦》，玄宗奇之，召試文章。《唐會要》：大明宫，龍朔三年號曰蓬萊宮。杜甫詩：憶獻三賦蓬萊宮。蓬萊聖人日月容。《舊唐書》：太宗方四歲，有書生見之，曰：『龍鳳之姿，天日之表，年將二十必能濟世安民。』雖隨賢材集北闕，竟與隱逸歸東蒙。東蒙，山名，今山東濟南府蒙陰縣。朝耕暮耘但力穡，羹藿飯菽空戶饔。俗方同流見踽踽，《詩》：獨行踽踽。國有歷聘聞渢渢。《左傳》：季札觀樂，爲之歌《魏》，曰：『渢渢乎，大而婉。』遨遊自知喜俠行，學業何得親儒宗。多年僅守薜荔雨，昨夜寖感梧桐風。朱子詩：梧桐昨夜葉有聲。私嗟泮芹幸可采，《詩》：思樂泮水，薄采其芹。況復鄉梓宜吾恭。又：惟桑與梓，必恭敬止。斷然秖覺洙泗異，《史記》：甚矣魯道之衰也，洙泗之間齗齗如也。注：幼者患苦長者，長者忿愧自守，故齗齗争辭，所以爲道衰也。巋爾孰謂靈光同。《文選注》：靈光殿在曲阜縣，魯共王所建。及漢中微，宮殿皆毁，而靈光巋然獨存。略去皮毛馬埒貴，《列子》：伯樂(田)〔曰〕：『臣有所與九方皋，相馬最善。』穆公使行求馬，三月而反，報曰：『已得之，在沙丘。』公曰：『何馬？』對曰：『牝而黄。』使人往取之，牡而驪。公不悦，召伯樂曰：『敗矣，子之所使求馬者。』伯樂曰：『若皋之所觀，天機也。得其精而忘其麤，在其内而忘其外。』馬至，果天下之良馬也。馬埒，解見《憶寄方子清》。賈餘角距雞埸雄。《左傳》：齊高固入晋師，桀石以投人，禽之而乘其車，繫桑本焉，以狥齊壘，曰：『欲勇者賈余餘勇。』雞埸，解見《應仲章書至》。似公講明特造理，愧我篆刻真雕蟲。《前漢楊雄傳》：雕蟲篆刻，壯夫耻不爲耳。前修近曾數粤謝，《宋史》：謝枋得，字君直，信州弋陽人。寶祐中舉進士，元祐元年使知信州，信州不守，乃變姓名，入建寧，遂居閩中。至元二十三年，程文海薦宋臣二十二人，以枋得爲首，辭不赴，屢召不行。魏天佑急欲薦枋得爲己功，枋得見天佑不以禮，天佑怒，强之北行。至京師，不食而死。大耋遠或傳淮龔。解見《和陶淵明》。典胄終推道德富，《書》：帝曰：『夔，命汝典樂，教胄子。』銘功更許辭章豐。解見《柳博士訪宿山中》。惟其草玄志準易，草玄，解見《筆架歌》。肯以乞巧比送窮。按：柳宗元有《乞巧文》，韓愈有《送窮文》。孫康雪檠敢我廢，《孫氏世録》：孫康家貧無油，嘗於冬月映雪讀書。雷焕星劍須相從。解見《送鄭獻可》。當今耆英詎幾在，獨不教載繫吾逢。千里黄河屹砥柱，《水經注》：河水分流包山，見水中若柱然，故曰砥柱。一聲霹靂鞭群龍。

陳彦理昨以漢石經見遺今承寄詩索石鼓文答以此作

漢石經，解見《漢一字石經》。石鼓，解見《寄柳博士》。

横山先生多古玩，太學石經分我半。魏公世藏資州本，《學齋呫嗶》：資州掘地得漢碑，有『伏羲、倉頡，初造工業，畫卦結繩，以理海内』等語。金石録中還散亂。《宋史》：趙明誠同妻李易安善藏古，有《金石録》。當時愛奇巧收拾，筆畫昭回暎雲漢。《詩》：倬彼雲漢，昭回於天。流傳到我乃不遠，虬甲鳳毛真可惋。自從得此未有報，岐右石鼓天下觀。昔則敲火今斲〔一〕臼，駱駝載歸石盡爛。韓愈《石鼓歌》：牧童敲火牛礪角，誰復着手爲摩挲。又：十鼓祇載數駱駝。《宛陵集·石鼓歌》：傳至我朝一鼓亡，九鼓缺剥文失亡。近人偶見安碓床，云鼓作臼刳中央。按：第六鼓，民間窪以爲臼，其上漫漶。倉沮以後即史籀，倉頡，見《歲晚懷戴子》。《墨池編》：晋衛恒《四體書勢》云：『黄帝之史沮誦、倉頡眺彼鳥跡，始作書契。』先代遺寶列圭瓚。中郎變篆生八分，解見《漢一字石經》。二者不敵何足算。先生嗜書出法帖，青銅〔二〕堊壁手脱擘。漆書科斗不通俗，蛇蚓蟠結强塗竄。《晋束晳傳》：太康二年，汲郡民盗發魏安釐王塚，得竹書漆字，皆科斗之文，乃周時古文也。蛇蚓，解見《題姚文公草書》。李義山詩：點竄堯典舜典字，塗改清廟生民詩。先生博學抱聖經，焚膏繼晷目眈翫。句解見《送宋樓二生歸里》。韋編鐵擿只紙傳，鄒魯精髓合淹貫。《史記》：孔子晚而喜《易》，韋編三絶。國子門開塵没城，國子，解見

《送俞子琦》。蓬萊閣廢草堆岸。漢秘書：東觀經籍多蓬萊海中神山仙府幽經秘録，故稱蓬觀，即秘書省。春秋徒聞璧可假，道德詎信鵝能换。《圖書薈粹》：王羲之性好鵝，山陰道士有群鵝，羲之往看之，甚樂。道士言若能書《道德》各兩章，便合群以奉。羲之停半日，爲寫畢，籠鵝而歸。古今所重在周典，周史面目極嵅敹。音炭幔。《説文》：縵，繒無文也。聖心不死不在石，日月行天旦復旦。《尚書大傳》：於時俊乂百工相和而歌《卿雲》，帝乃倡之曰：『卿雲爛兮，糺縵縵兮。日月光華，旦復旦兮。』吾家故紙本不惜，驪頷有珠吾欲鍜。驪頷，解見《送鄭浚常》。向來見辱亦云然，焦尾之餘争免爨。《搜神記》：吴人有燒桐以爨者，蔡邕聞其爨聲，曰：『此良桐也。』因請之，削以爲琴，而燒不盡，因名焦尾琴，有殊聲焉。先生安坐幸勿躁，歲晚相逢笑拍案。屏除許事不須説，好與吾儒峙楨榦。《書》：峙乃楨榦。

校勘記

〔一〕『斲』，四部叢刊本、國圖本、存心堂本、豹文堂本作『斷』。

〔二〕『銅』，存心堂本、豹文堂本同，四部叢刊本、國圖本作『桐』。《考異》：『桐』作『銅』，非。

烈婦行

《台州府志》：王貞婦，浙江臨海人。宋德祐初，元兵入浙東，舅姑與夫被執，皆死。主將見婦質美，欲納之，婦欲自殺，而防守甚嚴。師還，挈至嵊縣青楓嶺，婦待守者少懈，嚙指出血，書字山石上，南望慟哭，投崖而死。後其血皆漬入石間，天陰雨即噴起如始書時。元至正中，旌曰貞婦。按：《輟耕録》載《血字詩》曰：『君王無道妾當災，棄女拋男逐馬來。夫面不知何日見，此身料得幾時回。兩行清淚偷頻滴，一片愁眉鎖未開。回首故鄉看漸遠，存亡兩字實哀哉。』

落日沉海雲壓城，官軍多載婦女行。大弓勁箭自山下，顔色如灰愁上馬。我生不慣生馬駒，存者吾子亡吾夫。毋寧完身吐玉雪，忍使餒肉當熊貙。青楓嶺頭望回浦，回浦，在浙江處州府麗水縣。血指畫巖心獨苦。老螭扣地救未及，芳草迷天淚零雨。卓哉一死可百年，此事已過永泰前。《舊唐書·烈女傳》：奉天縣竇氏二女伯娘、仲娘，雖長於村野，而幼有志操。住與邠州接界。永泰中，草賊數千人，持兵刃入其村落行剽劫，聞二女有容色，姊年十九，妹年十六，藏於巖窟間。賊徒儗爲逼辱，乃先曳伯娘出，行數十步，又曳仲娘出，賊相顧自慰。行臨深谷，伯娘曰：『我豈受賊污辱。』乃投之於谷。賊方驚駭，仲娘又投於谷。谷深數百尺，姊尋卒，仲娘脚折面破，血流被體，氣絶良久而蘇。賊義之而去。京兆尹第五琦感其貞烈，奏之，詔旌表門閭。黄沙野塞多降骨，忠義傳中收不得。

題韓蘄王湖上騎驢圖

《宋史》：韓世忠，字良臣，延安人，孝宗朝追封蘄王。

秋風泗水沉周鼎，解見《李鐵槍本末》。淚濕昊天荆棘冷。荆棘，解見《觀掖垣日記》。黄河北岸旌節回，《通鑑續編》：宋高宗建炎四年，韓世忠邀擊兀术於江中，接戰凡數十合。世忠妻梁氏親執桴鼓，自鎮江泝流而上。兀术循南岸，世忠循北岸，且戰且行，相持於黄天蕩。兀术窮蹙，乃募人獻破海舟之策。世忠師潰退，保鎮江。兀术遂濟，自是金人不敢復渡江。紹興四年，金兵入寇，詔世忠進屯揚州，世忠親提騎兵以當敵，擒其將撻不野等。六年，詔韓世忠屯楚州，世忠聞劉豫聚兵淮陽，即引軍渡淮搏戰，金人敗去。世忠復還楚州，淮陽之民從而歸者以萬計。岳飛收復河南州郡，擊走兀术於郾城，旌詔班師，河南州郡復陷於金。時世忠亦奉詔還鎮。十一年，爲樞密使。按：秦檜欲收諸將兵柄，故有是命。信誓如城打不開。又：宋高宗紹興十一年，和議成，割唐、鄧、商、秦之地以畀金，奉表稱臣。沿邊撤備無人守，又：宋高宗紹興六年，劉豫僉鄉兵三十萬，分三道入寇。劉麟率中路兵由壽春以犯合肥，劉猊率東路兵由紫荆山出渦口以犯定遠，孔彦舟率西路兵由光州以犯六安。是時張俊、劉光世、楊沂中、韓世忠、岳飛分屯諸州，而沿江上下無兵，趙鼎深以爲憂也。蟣蝨塵埃生甲胄。《前漢嚴安傳》：介胄生蟣蝨。蟣，音己，蝨子。蝨，音瑟。散盡千兵只童騎，《宋史》本傳：世忠屢抗疏言秦檜誤國之罪，檜諷言官論之。世忠連疏乞罷，遂罷爲醴泉觀使。世忠自是杜門謝客，絶口不言兵事，時跨驢攜酒，從一二奚童，縱遊西湖以自樂，澹然若未嘗有權位者。餐來斗飯空壺酒。《史記》：廉頗趙將，以讒奔魏。其後趙王使使者視頗尚可用否，頗爲之一飯斗米，肉十斤，被甲上馬，以示可用。西湖楊柳煙波寒，《名勝志》：西湖周繞三十里，三面環山，以其負郭而西，故稱西湖。湖中南北徑十餘里，爲長隄以通行人，西曰裏湖，東曰外湖。隄上夾植桃柳，隄開六橋通水。照見從前刀劍瘢。《宋史》本傳：世忠嘗中毒矢入骨，以彊弩括取之，十指僅全四，不能動，刀痕箭瘢如刻畫然。宫中孰與論頗牧，《唐書》：宣宗大中五年，党項擾邊，帝欲擇帥而難其人，從容與翰林畢諴論邊事。諴援古據今，具陳方略。帝悦，曰：『不意頗、牧近在禁庭，卿其爲朕行乎。』諴欣然奉命，招諭党項，降之。塞上寧知無范韓。《通鑑續編》：宋仁宗慶曆二年，以韓琦、范仲淹爲陝西安撫經略招討使。琦與仲淹名重一時，諸羌咸感恩畏威，不敢犯邊。邊上謡曰：『軍中有一韓，西賊聞之心膽寒。軍中有一范，西賊聞之驚破膽。』事去英雄甘老死，此手猶能爲公起。勸人莫問故將軍，《前漢書・李廣傳》：屏居藍田南山中射獵。嘗夜從一騎出，從人田間飲。還至亭，霸陵尉呵止廣，廣騎曰：『故李將軍。』尉曰：『今將軍尚不得夜行，何故也！』身是清涼一居士。《宋史》：世忠晚喜釋老，自號清涼居士。

觀唐昭陵六駿石像圖

《唐書》：京兆府醴泉縣有九嵕山，太宗昭陵在西北六十里。《唐會要》：上欲闡揚先帝徽烈，乃刻石爲常所乘破敵馬六匹於昭陵闕下。按：六駿，一拳毛騧、一特勒驃、一颯雲紫、一什伐赤、一青騅、一白蹄烏。

汾陽帝子天下雄，起乘六駿即六龍。《説文》：汾水出太原晋陽山，西南入河。《通鑑》：隋恭帝義寧元年五月，李淵起兵太原。世民聰明勇決，識量過人，見隋室方亂，陰有安天下之志。劉文静見而異之曰：『此非常人，豁達類漢高，神武同魏祖，年雖少，命世才也。』《易》：時乘六龍以御天。掃除關河玉腕雪，芟刈隴坂花鬣風。按《通鑑》：竇建德取饒陽，稱長樂王；李密取河南諸郡，稱魏公；劉武周、梁師都各據郡附突厥，突厥立爲定揚可汗；薛舉起兵隴西，稱西秦霸王；李軌起兵河西，稱凉王；蕭銑起兵巴陵，稱梁王。太宗以次削平，或降或滅。又擊定揚將宋金剛，破擒王世充，平楊文幹，討劉黑闥。杜甫詩：聞説荆南馬，尚書玉腕騮。又：赤汗微生白雪毛。又：蕭蕭千里馬，箇箇五花文。注：馬鬣剪爲五花或三花，象天文王良星也。長安渭水開前殿，梟摧獍殄聞酣戰。徐陵《勸進表》：梟獍虔劉。芻料登槽徹鼓鉦，陣瘢著體傳弓箭。人馬驍矜一代豪，治功底定聖躬勞。羽林旌旗曉色静，《前漢書》：武帝置羽林騎，言其爲國羽翌，如林之盛。沙苑監牧秋雲高。《唐六典》：沙苑監掌牧隴右諸牧牛馬。《元和郡縣志》：沙苑在同州馮翊縣南十二里，東西八十里，南北三十里，其處宜六畜，［置］沙苑監。磊魄拳毛騧，犇騰特勒驃，武周金剛驚走趙。《長安志》：太宗六駿刻石於昭陵北闕之下，五曰拳毛騧，平劉黑闥時所乘，有石真容自拔箭處，嘗中九箭也。騧，同騧。《通鑑》：唐武德二年，秦王世民擊宋金剛，破之，定揚可汗武周及金剛皆走死。元結詩：超阻絶兮凌趙。驃，音票。趙，音罩。熒煌颯雲紫，錯愕什伐赤，建德世充愁辟易。《通鑑》：唐武德三年，世民督諸軍伐鄭。夏王建德將兵救鄭，世民破建德軍，擒之。世充乃素服，率其太子群臣二千餘人詣軍門降。《前漢項羽傳》：楊喜追項羽，羽還騎叱之，喜人馬俱驚，辟易數里。最好青騅骨相殊，魁奇更得白蹄烏。千官盡堋山溝域，《左傳》：鄭簡公葬，司墓之室有當道者，毁之則朝而堋，不毁則日中而堋。堋，音彭，喪葬下土也。又：昭公之喪至自乾侯，季孫使役如闞公氏，將溝焉。榮駕鵝止之，乃葬公於墓道南。孔子之爲司寇也，溝而合諸墓。萬騎齊瘖石像圖。瘖，音因。九嵕寢園壓幽阻，《唐會要》：昭陵因九嵕層峰，鑿山南面，深七十五丈，爲玄宫。傍巖架梁爲棧道，懸絶百仞，繞回二百三十步，始達玄宫門。頂上亦起遊殿。《唐書》：李晟破朱泚，收復京師，露布上行在曰：『臣已肅清宫禁，祇謁寢園。』《名勝志》：九嵕，高六百餘尺，在陝西西安府醴泉縣。太子率更題贊語。形容迅奮銀甲鬬，汗雨沾濡鐵衣舉。《安禄山事蹟》：潼關之戰，我軍既敗，賊將崔乾祐領白旗引左右馳突，又見黄旗軍數百隊，官軍潛謂是賊，不敢逼之。須臾，見與乾祐鬬。黄旗軍不勝，退而又戰者不一，俄不知所在。後昭陵奏：『是日，靈宫前石人馬汗流。』周王八駿但周流，王母樂讌崑崙丘。解見《讀穆天子傳》。漢家九駿空逸軌，神駒遠産余吾水。《西京雜記》：文帝自代還，有良馬九匹，皆天下駿足，其名曰：浮雲、赤電、絶群、逸驃、紫燕［騮］、緑（耳青）［螭］驄、龍子、驎駒、絶塵，號爲九逸。《前漢書》：元狩二年，馬生余吾水中。壯哉六駿古今稀，金粟堆南又一時。後代子孫曾不鑒，詩人腸斷望雲騅。《舊唐書》：明皇見金粟山岡，有龍盤虎踞之勢，謂侍臣曰：『吾千秋萬歲後，葬於此。』暨升遐，群臣遵先旨葬焉。杜甫《觀曹將軍畫馬圖歌》：君不見金粟堆前松柏裏，龍媒去盡鳥呼風。

偶閲昌國志賦得補怛洛迦山圖 昌國，解見《泊道隆觀》。補怛洛迦，解見《夕泛海東》。

甬東東際控東荒，甬東，解見《還舍後》。蓬萊北界跨石梁。蓬萊，解見《泊道隆觀》。天風吹來黑水國，《穆天子傳》：至於黑水。注：水出崑崙山（甚）〔西〕北隅，而東南流。《五色線》：長水校尉關子陽以謂：『天去人尚遠，而黑風吹海。』海雨灑過青龍洋。寶陀山高此孤絶，善財洞近争巉裂。黄金沙土結香雲，白玉樹花飄瘴雪。四語俱解見《夕（乏）〔泛〕海東》。扶桑島上接鯷人，《前漢地理志》：會稽海外有東鯷人。鯷，音題。棋子灣頭望馬秦。解見《望馬秦桃花諸山》。安期先生脱赤舄，解見《泰山高》，羲和女子扶朱輪。《廣雅》：日御曰羲和。晨雞鳴聲日觀立，解見《泰山高》。老蜃樓臺潮候急。《漢書·天文志》：海旁蜃氣象樓臺。釋迦方域船船通，按先生《釋迦方域志後序》：終南山僧道宣嘗著《釋迦方域志》二卷，言西域諸國佛經行乞食，營建塔廟處，與其風土物産甚悉。娑竭世家宫殿濕。君不見海人稽首扣海磯，鮫鼉不動護仙衣。仙衣，即天衣，解見《藏髮甕子圖歌》。紫竹旃檀何處所，《名勝志》：補陀洛迦山有龍女洞，以龍女獻珠故。有太子塔，以元宣讓王所建故。又有紫竹林、白華嶺、旃檀嶺諸勝。毘陵頻伽獨飛舞。《楞嚴經》：伽陵仙音徧十方界。解：伽陵頻伽，仙禽也。其音和雅，佛音如之。

題錢君輔紫芝圖

我聞錢子古丈夫，早歲喪親伏墓廬。血淚迸空百草枯，神芝挺發黄土墟。一莖三秀燁以敷，圓釘寶蓋屹相扶。《埤雅廣要》：《本草》有青、黄、赤、白、黑、紫六色，今所見惟黄、紫二色，或如鹿角，或如繖蓋，皆堅實芳香，叩之有聲。醴泉灌注含膏腴，解見《和陶淵明》。紫雲覆護連根株。山靈地媪侈厥符，《前漢郊祀歌》：后土富媪，昭明三光。注：坤爲母，故稱媪。海内安定，富媪之功也。鳥啁獸躅助號呼。《北齊書》：蕭放，字希夷。居喪，廬前有慈烏各集一樹爲巢。每午前，馴庭飲啄；午後不下樹。舒翌悲鳴，全似哀泣。《禮》：鳥獸喪其群匹，越月踰時焉，則必反巡過其故鄉，翔回焉，鳴號焉，蹢躅焉，踟蹰焉，然後乃去之。小者至於燕雀，猶有啁噍之頃焉，然後乃去之。削杖苴絰麻布襦，毀容惡服絶復蘇。《禮》：父喪，苴杖，竹也；母喪，削杖，桐也。《儀禮》：斬衰裳，苴絰、杖、絞帶。疏：以一苴目此三事，謂苴麻爲首絰、要絰，又以苴竹爲杖，苴麻爲絞帶。《喪服小記》注：苴者，黯也。心如斬斫，貌若蒼苴，所以縗裳絰杖，俱備苴色。孝悌有主〔一〕貫斗樞，卉木榮華孝之餘。里閭耆長起嘆吁，痛心疾首矧可摹。夫孰非親堂上居，日嚴秖敬本一軀。《孝經》：聖人因嚴以致敬，因親以教愛。夫孰非子膝下娱，風樹悲撓弗待予。《韓詩外傳》：孔子聞臯魚哭聲甚哀，問其故，曰：『樹欲静而風不寧，子欲養而親不逮。往而不可返者，年也。逝而不可追者，親也。』立哭而死。於是孔子門人歸養其親者一十三人。愛生戚死自古初，德鉏辭帚俗易趨。賈誼《治安策》：借父耰鋤，慮有德色。姑取箕帚，立而誶語。刳分宧奥類向隅，刳，音枯。《説文》：判也。宧，音怡。《説文》：養也。室之東北隅，食所居。奥，室西南隅，人所安息也。《韓詩外傳》：衆或滿堂而飲酒，有人向隅悲泣，則一堂皆爲之不樂。較計絲粟遽異儲。被薪委壑餧鳶烏，餧，音委。《玉篇》：飼也。鳶烏，解見《病起讀列子》。酣酒嗜炙醖梧杅。杅，音于。《公羊傳》注：飲水器。衰雖在身孝已渝，天薦厥祉天亦諴。信哉純孝與世殊，《左傳》：潁考叔，純孝也。史筆值此合特書。韓愈《答元稹書》：足下嗣德有繼，將大書特書，不一書而已也。素冠所刺今不無，《詩序》：《素冠》，刺不能三年也。朱草有神錫爾孤。琅玕玉樹豈得如，《爾雅》：琅玕出崑崙山。《淮南子》：崑崙山層城九重，有珠樹、玉樹。岱衡恒華五嶽都。玄黄赤白擁趾顱，列仙山澤或瘵臞。句解見《聞胡汲仲没》。瑞不爲孝徒區區，天寒歲晚霜霰踈。慎終追遠在我儒，匪丹伊青繪此圖，後有過者尚式車。

校勘記

〔一〕『主』，四部叢刊本、國圖本、存心堂本、豹文堂本作『王』。按《太平廣記》卷十五《蘭公》：『忽有斗中真人下降蘭公之舍，自稱孝弟王。云：「居日中爲仙王，月中爲明王，斗中爲孝弟王。」』

衛將軍歌聞有得漢衛青玉印者賦之

昔聞衛將軍，起自衛子夫，姊爲皇后弟爲奴。《前漢書》：衛青，字仲卿，其父鄭季，以縣吏給事侯家。平陽侯曹壽尚武帝姊陽信長公主。季與主家僮衛媪通，生青。青有同母兄衛長君及姊子夫，子夫自平陽公主家得幸武帝，故青冒姓爲衛氏。青爲侯家人，少時歸其父，父使牧羊。民母之子皆奴畜。又：元朔元年春，衛夫人有男，立爲皇后。親提漢兵北擊胡，又：大將軍青凡七出擊匈奴，斬捕首虜五萬餘級。一與單于戰，收河南地，置朔方郡。再益封，凡萬六千三百户，封三子爲侯，侯千三百户，并之二萬二百户。其(稗)[裨]將及校尉侯者九人，爲特將者十五人。旌旗劍戟羅熊貔。指麾六郡良家子，《漢書》：六郡良家子選給羽林、期門。輸給三邊幕府租。三邊，解見《白翎鵲》。血流余吾斷斥堠〔一〕，又：公孫敖以因杅將軍再出擊匈奴，至余吾。注：余吾，水名，在朔方北。魂駭老上燒穹廬。《史記》：匈奴冒頓死，子稽粥立，號曰老上單于。又：匈奴父子同穹廬而卧。注：穹廬，旃帳。天子召見錫印符，鐃歌騎吹凱入都。句解見《夜觀古樂府》。椎牛釃酒啓鞠室，饗士論功縣箭箙。《集韻》：鞠，酒母也。本作鞠，或作麴。《書》：若作酒醴，爾惟麴糵。《廣韻》：箙，箭室。平陽故侯丈二殳，寡主忸怩膝走趨。《前漢書》：初，青既尊貴，而平陽侯曹壽有惡疾就國，長公主問：『列侯誰賢者？』左右皆言大將軍。主笑曰：『此出吾家，常騎從吾，奈何？』左右曰：『於今尊貴無比。』於是長公主風白皇后，皇后言之，上乃詔青尚平陽主。《詩》：伯也執殳，爲王前驅。兩兒佩綬光耀軀，外虓内煽絶代無。《詩》：進厥虎臣，闞如虓虎。荆玉寸方温且腴〔二〕，古文繆篆姓名俱。《尚書序》疏：繆篆，所以摹印。螭尾壓紐巧盤拏，楯鼻磨墨急檄書。句解見《觀張循王戰處》。史傳數紙丘山如，王侯螻蟻但須臾，土花苔葉空模糊。何人手曾秉鈞樞，何人身已返隸拏〔三〕。昔貧今富鼠作虎，昔富今貧鵲化梟。感時撫舊嘆以吁，淮陰鍾室彭越葅，良弓猛狗諺不誣。《前漢書》：吕后使武士縛韓信，斬之長樂鍾室。又：吕后令其舍人告彭越復謀反，廷尉奏請，遂夷越宗族。又：高祖令縛韓信，載後車。信曰：『果若人言，「狡兎死，良狗烹。」』良弓，解見《登卧龍山》。衛青玉印千載餘，珍重漢皇宏遠摹。

校勘記

〔一〕『堠』，存心堂本、豹文堂本同，四部叢刊本、國圖本作『候』。

〔二〕『腴』，底本作『腴』，據四部叢刊本、國圖本、存心堂本、豹文堂本改。

〔三〕『孥』，底本作『拏』，據四部叢刊本、國圖本、存心堂本、豹文堂本改。

聽客話熊野山徐市廟

大瀛海岸古紀州，山石萬仞插海流。徐市求仙乃得死，紫芝老盡令人愁。就中滿載童男女，南面稱王自民伍。解見《畫扇子歌》。蒼劍凌天化曉雲，鐵船赴壑沉秋雨。《杜陽雜編》：滄洲澄綠水，其泉闊一百步，雖投之金石，終不沉没，故洲人以瓦鋏爲船舫。琅琊臺上望欲空，《史記·秦本紀》：帝東巡，上鄒嶧山，立石頌功業。封泰山，下禪梁父，遂登琅琊。遣徐市入海求神仙。日出未出扶桑紅。扶桑，解見《早秋偶然作》。魂漂三神入夢幻，三神，解見《泰山高》。淚洒萬鬼争英雄。真人獨見阜鄉舄，阜鄉舄，解見《泰山高》。奉使遥傳鎬池璧。解見《大佛寺》。桃源草樹同一香，陶潛《桃花源記》：太康中，武陵人捕魚爲業。緣溪行，忽逢桃花林夾岸。林盡水源，便得一山，山有小口。捨舟從口入，豁然開朗。居舍儼然，黄髮垂髫並怡然自樂。自云先世避秦時亂，來此，遂與外人隔。問今是何世，乃不知有漢，無論晉魏。紵嶼蛟龍散無迹。古往今來亦可憐，世間何處有神仙。文成五利猶騰説，文成五利，解見《泰山高》。不惜秦年惜漢年。

從丞相花園入慶壽寺《春明夢餘録》：元慶壽寺在西長安街。《元世祖紀》：至元三年四月，敕僧道祈福於中都寺觀，詔以僧機爲中總統，居慶壽寺。《續文獻通考》：中統元年，賜慶壽寺、海雲寺地五百頃。

我來燕山遊俠場，燕山，解見《胡仲申至》。荀悦曰：立氣岸，作威福，結私交，以立强於世者，謂之遊俠。九衢飛沙白日黄。大車高馬紛騰驤，賓客追逐如風狂。丞相花園雕玉房，《西都賦》：雕玉瑱以居楹。杏枅粉橑相低昂。枅橑，解見《憶寄方子清》。司馬相如《長門賦》：飾文杏以爲梁。雪崖冰谷寒不僵，土脉瘴盈芒樹長。美人素手行瓊觴，《古詩》：娥娥紅粉粧，纖纖出素手。傅毅《舞賦》：陳茵席而設坐兮，溢金罍而列玉觴。清歌艷舞調絲簧〔一〕。鬪金蝶粉醉有香，《天寶遺事》：明皇於禁苑中見鶯，呼爲金衣公子。《埤雅》：蛺蝶粉翅，有鬚。燕丹遺俗今則常。《漢書》：燕俗愚悍少慮，輕薄無威，亦有所長，敢於急人，燕丹遺風也。倚城孤塔屹寶坊，《雞跖》：給孤長老以黄金布地，得祇陀太子園造精舍，故寺曰寶坊。天仙夕降飄鳴鐺。青旗絳節狻猊床，狻猊，解見《題温日觀蒲萄》。《大智度論》：佛爲人中獅子，凡佛所座，若床若地，皆名獅子座。凌冬翠柏列兩行。下引碧竇跨虹梁，《西京賦》：亘雄虹之長梁。誰歟造者完顔王。《金志》：女真酋長乃新羅人，號完顔氏。完顔，猶漢言王也。衰年上壽面生光，

第一齊僧無諫章。九州四海遂不康，寒煙蔓草吁可傷。蕭然極目捎平岡，燕南趙北天茫茫，燕南趙北，解見《書都城舊事》。快騎黄鵠歸故鄉。《前漢西域傳》：元封中，遣江都王建女細君爲公主，以妻烏孫。公主悲秋，自爲作歌曰：『吾家嫁我兮天一方，遠託異國兮烏孫王。穹廬爲室兮旃爲墻，以肉爲食兮酪爲漿。居常上思兮心内傷，願爲黄鵠兮歸故鄉。』

校勘記

〔一〕『簧』，底本作『黄』，據四部叢刊本、國圖本、存心堂本、豹文堂本改。

次韻傅適道虎陂閘舟中

少年解唱邯鄲曲，李白《邯鄲南亭觀妓》詩：把酒顧美人，請歌邯鄲詞。又《邯鄲才人嫁爲斯養卒婦》樂府注：《樂府遺聲》佳麗四十八曲，有《邯鄲才人嫁爲厮養卒婦》，蓋古有是事也。惟有垂楊夾堤緑。夜來誰弄焦尾琴，焦尾琴，解見《陳彦理以石經見遺》。彈作東風雉登木。《管子》：凡聽徵，如負豬豕覺而駭。凡聽羽，如鳴馬在野。凡聽宫，如牛鳴窌中。凡聽商，如離群羊。凡聽角，如雉登木。蘇軾詩：平生未識宫與角，但聞牛鳴盎中雉登木。虎陂閘裹水生煙，荆門山頭星照船。《地志》：荆門軍有山名荆門，蜀之諸山至此不復見矣。争似揚州春十里，解見《瓊花引》。一雙鸞信待君傳。《列仙傳》：簫史善吹簫，秦穆公女弄玉亦好吹簫，遂妻之。乃教弄玉作鳳鳴，有鳳凰來止其屋，公爲作鳳臺。一旦，夫妻皆隨鳳去。李白詩：焉得偶君子，共乘雙飛鸞。

方養心欲遊泰山用前韻作思仙詞復和之

浩歌起作游仙曲，《楚辭》：臨風怳兮浩歌。黃鶴無期瑶草緑。《九域志》：鄂州有黃鶴山。《齊諧志》：黃鶴山者，仙人子安乘黃鶴過此，上有黃鶴樓。崔灝詩：黃鶴一去不復返，白雲千載空悠悠。瑶草，解見《讀漢武內傳》。神人結屋泰山顛，手拂浮雲扳建木。建木，解見《去歲留杭》。一笑齊州九點烟，李賀詩：下視齊州九點烟，一泓海水杯中瀉。又，解見《病起讀列子》。天風吹斷蓬萊船。《抱朴子》：秦始皇遣使者徐市、盧生等入海，未至蓬萊山，輒逢風波而還。還上高丘看遠海，李白詩：登高丘，望遠海。有書莫遣麻姑傳。《神仙傳》：王遠，字方平，漢桓帝時棄官入山，嘗降蔡經家，遣人召麻姑至。一好女子年可十八九，於頂上作髻，手爪似鳥。李白詩：願寄一詩謝麻姑。

新開河口同方養心望東嶽

群山突兀來崑崙，緜亘萬里如兒孫。杜甫詩：西嶽崚嶒竦處尊，諸峰羅列似兒孫。云何泰山壓東魯，悄〔二〕立獨作群山尊。《詩》：泰山巖巖，魯邦所瞻。《史記·貨殖傳》：泰山之陽則魯，其陰則齊。《元和郡縣志》：泰山一曰岱宗，在兗州乾封縣西北三十里。高摩蒼穹幾千仞，倒入巨海相吐吞。風雲欲納制水旱，《公羊傳》：觸石而出，膚寸而合，不崇朝而雨徧乎天下者，惟泰山耳。日月隱見開晨昏。杜甫詩：陰陽割昏曉。嘗思一舉小天下，俯視人世爭諠諠。鄒嶧如錐掎遠翠，鄒嶧，解見《觀秦丞相碑》。黃河若帶澆餘渾。解見《觀張循王戰處》。自從無懷講封禪，金繩石𥗃半不存。《前漢郊祀志》：古之封禪者七十有二君，而管仲所記者十有二焉，無懷氏封泰山，禪云云。金繩石𥗃，解見《觀鹵簿圖》。文園草文亦已死，漢帝需禮終難論。解見《早秋偶然作》。朝馳蒲輪木石老，《史記·封禪書》：古者封禪爲蒲車，惡傷山之土石草木。注：蒲車謂蒲裹車輪也。夜弭玉節虬龍翻。世今極治四海謐，事有未舉群臣奔。伊予遠遊困畸旅，復此翹望愁攀援。偏憐靈芝太古色，不到上界勾陳垣。勾陳垣，解見《送鄭獻可》。浮雲微茫數尺樹，落日慘澹三家村。寧知東巡頌功德，但祝南面安黎元。之人素謝域中戀，誰遣巫陽招爾魂。宋玉《招魂》：帝告巫陽曰：『有人在下，我欲輔之。魂魄離散，汝筮與之。』平生空持赤玉舄，赤玉舄，解見《泰山高》。此去恐負青霞言。苦吟夢入太白雪，太白，山名，在陝西西安府武功縣。《名勝志》：武功山在縣西南百里，與太白山相連，皆極高，上恒積雪，望之皚然。諺云：『武功太白，去天三百。』長嘯衣帶扶桑暾。扶桑暾，解見《送鄭獻可》。居然飄零斷地脉，《史記》：蒙恬喟然太息曰：『我城塹萬餘里，此其中不能無絕地脉哉。』久矣惝怳談天根。《天官書》：氐爲天根。按《周官》：天星皆有州國分野，角、亢、氐，兖州。詳見《哭妙觀上人》。此言天根者，以東嶽在兖州也。我還呼酒酹蒼蘚，笑挾服閭驂羨門。服閭，解見《游金華山洞》。羨門，解見《泰山高》。醉中同駕六鼇去，《列子》：龍伯之國有大人，一釣而連六鼇。何用回首悲乾坤。

校勘記

〔一〕『悄』，存心堂本同，四部叢刊本、國圖本、豹文堂本作『峭』。

吳萊詩集卷第八

錫山王邦采貽六 繩曾武沂 箋

二月六日雨書都城舊事

燕南趙北吹黃塵，《後漢書》：公孫瓚時謡言曰：『燕南陲，趙北際，中央不合大如礪，惟有此中可避世。』徐陵《答東海太守書》：燕南趙北，地角天涯。　九天宫闕生紫雲。《吕氏春秋》：天有九野，東方蒼天，東南方陽天，南方炎天，西南方朱天，西方顥天，西北方幽天，北方玄天，東北方變天，中央鈞天。　十二門開衢路直，《大金國志》：都城四圍凡七十五里，城門十二，每一面分三門，其正門四傍又設兩門，正東曰『宣曜』『陽春』『施仁』，正西曰『灝華』『麗澤』『彰義』，正南曰『豐宜』『景風』『端禮』，正北曰『通元』『會城』『崇智』。内城門在外。《周禮注》：天子十二門，通十二子也。班固《西都賦》：立十二之通門。　畫輪驄馬多行客。歲寒殿外柳纔青，金水河邊冰尚白。　金水河，解見《送俞子琦》。　雞人傳漏放曉朝，《周禮》：雞人夜呼旦以嘂百官。《漢官儀》：宫中不得畜雞，衛士候於朱雀門外，傳雞唱。　唐制：率更掌漏刻，五五令相次，爲二十五點。　張衡渾天儀制：以銅爲器，實以清水，下各開孔，以玉虬吐漏水入兩壺。《南史》：陳文帝，每雞人伺漏傳籤於殿中者，令投籤於階石上，鎗然有聲，云：『吾雖得眠，亦令驚覺。』文石分斑押百僚。　文石，解見《觀張循王戰處》。　南陽近親最舞蹈，《後漢書》：光武詔州郡檢覈墾田户口，時州郡各遣使奏事，見陳留吏牘上有書云：『潁川、弘農可問，河南、南陽不可問。』帝詰吏繇。　時皇子東海公陽年十二，對曰：『河南帝城，多近臣，南陽帝鄉，多近親。田宅踰制，不可爲準。』京兆耆舊争歌謡。《前漢書》：武帝以右扶風、左馮翊、京兆尹爲三輔，治長安城中。按《志》：今陝西西安府。教坊供奉飾玉女，解見《樓彦珍北游》。鐘能鐘聲鼓能鼓。錦來西蜀被玄駞，《水經注》：夷里道西，故錦官也。言織工織錦則濯之江流，而錦至鮮明，濯以江沱，則色弱矣。《益州記》：錦城在益州南，笮橋東，流江南岸，昔蜀時故錦官也。《蜀都賦》：百室離房，機杼相和，貝錦斐成，濯色江波。杜甫詩：駞背錦模糊。注：言駞背負物，以錦帕蒙之。肉出大官飡[一]猛虎。《通典》：光禄領大官、珍羞、良醖、掌醢等四署。初日扶桑稍照人，内筵錫燕杏花春。沐犢騂牲泰畤祀，《記》：牲用騂，尚赤也。用犢，貴誠也。《漢書·武帝紀》：元鼎五年，立泰畤於甘泉，天子親郊見。鸞旗翠蓋驪山巡。《長安志》：開元後，玄宗每歲十月幸温湯，歲盡而歸。《寰宇記》：温湯在驪山下。《雍録》：驪山温泉，秦漢隋唐皆常游幸，惟玄宗特侈，宫殿包裹一山，而繚墻周徧其外。東風萬里飄寒雨，我昔所聞今不睹。快然呼酒擊酒壺，茂陵徐生曾上書。《前漢霍光傳》：初，霍氏奢侈，茂陵徐福上疏言宜以時抑制其權。及霍氏誅滅，而告霍氏者皆封。人爲福上書，帝廼賜福帛十疋，後以爲郎。

校勘記

[一]『飡』，四部叢刊本、國圖本、存心堂本、豹文堂本作『飧』。

送楊文仲典史歸餘姚 按《志》：餘姚屬浙江紹興府。

楊君東去山巃嵸，司馬相如《上林賦》：崇山矗矗，巃嵸崔巍。注：山高峻貌。巃，音聾。嵸，音竦。

白髮三年餘種種。《左傳》：齊盧蒲嫳曰：『余髮如此種種矣，余奚能爲？』子雅曰：『彼其髮短而心甚長，其或寢處我矣。』我來相送出江郊，飛絮撲舟煙霧重。回思始見色可挹，豈恨屢往門能踵。芙蓉映幕雲氣生，芙蓉幕，解見《登卧龍山》。苜蓿分盤日光動。《唐詩紀事》：薛令之，閩之長溪人，及第，遷右庶子。開元中，東宮官僚清淡，令之題詩自悼曰：『朝日上團團，照見先生盤。盤中何所有，苜蓿長闌干。飯澀匙難綰，羹稀筯易寬。無以謀朝夕，何由保歲寒。』上幸東宮，覽之，索筆題其傍曰：『啄木口觜長，鳳凰羽毛短。若嫌松桂寒，任逐桑榆煖。』令之遂謝病歸。信知邑舍頗清净，《前漢書》：曹公爲齊相，蓋公爲言『治道貴清净而民自定』。參乃避正堂以舍之，用其言，齊國安集。疇謂民廛極單覂。《唐書·宋務光傳》：公私覂竭，户口減耗。覂，方勇切。芳春有景僅桑麻，儉歲無秋徒秸總。《書》：若農服田力穡，乃亦有秋。又：百里賦納總，二百里納銍，三百里納秸，四百里粟，五百里米。注：禾本全曰總，半藁去皮曰秸。徵科得考寧敢問，《通鑑》：唐陽城爲道州刺史，治民如治家，賦税不登，觀察使數加誚讓，城自署其考曰：『撫字心勞，徵科政拙，考下下。』案牘持平終不壅。間因武具治敹鍛，敹，音聊，解見《應仲章書至》。恒啓刑書甦梏拲。《書》：明啓刑書，胥占。《周禮》：掌囚，上罪梏拲而桎。注：梏，手械。桎，足械也。《説文》：拲，兩手同械也，音拱。惟其巽入混瑕垢，《易》：巽，入也。《左傳》：瑾瑜匿瑕，國君含垢。直以優游傲榮寵。《詩》：優哉游哉。素鷴久蓄衣共潔，謝(靈運)[惠連]《雪賦》：白鷴失素。瘦馬多騎骨尤聳。杜甫《瘦馬行》：東郊瘦馬使我傷，骨骼硉兀如堵牆。絆之欲動轉欹側，此豈有意仍騰驤。香凝圖畫居自閑，味絶葷羶食非冗。且將厚本植根莖，何況推仁完毨氄。《書》：鳥獸毛毨。注：毛落更生，潤澤鮮好也，音選。又：鳥獸氄毛。注：生耎毳細毛以自温，音而隴反。嗟哉世事更變化，眼識兒郎盡珪珙。皋比擁座早私淑，《左傳》：蒙皋比而先犯之。注：皋比，虎皮也。筆墨專場乃真勇。劍馳梁宋或操鐔，《莊子》：莊子見趙文王，曰：『臣有三劍，有天子劍，有諸侯劍，有庶人劍。天子之劍以燕谿石城爲鋒，齊岱爲鍔，晉魏爲脊，周宋爲鐔，韓魏爲夾，此劍一用，天下服矣。』弦擊邳郯行繳鸗。《史記·楚世家》：秦魏燕趙者，鶀雁也；齊魯韓衛者，青首也；鄒費郯邳者，羅鸗也。外其餘則不足射。鸗，音壟，小鳥。《說文》：邳，奚仲之後，仲虺所封國。又：郯，少昊之後所封國。交游已定肯論心，學習相符須貫統。曩昔〔一〕大海泝空闊，聊擬翁洲覓鉛澒。翁洲，解見《還舍後》。《參同契》：胡粉投炭内，色壞還爲鉛。《說文》：青金也。《玉篇》：黑錫也。《淮南子》：弱土之氣御於白天，生白礜，白礜生白澒，五百歲生白金。澒，音汞。《說文》：丹砂所化爲水銀。蠟屐穿林草木愁，蠟屐，解見《去歲留杭》。蒲帆壓島鯨黿悚。每令故友役吟夢，猶笑青年伏畊隴。道途窅窅身更遠，勳業悠悠志仍鞏。送君便欲東過越，龍井泉頭看晴湧。山杯一釂復愴然，庾信詩：野爐燒樹葉，山杯捧竹根。按：竇子野以竹根爲飲器。古曲何能効羅嗊。《玉篇》：羅嗊，歌曲也。《通雅》：羅嗊，猶來羅。《雲溪友議》：元公《（嗊）〔贈〕劉（探）〔採〕春》曰：『選詞能唱望夫歌』，即羅嗊曲也。按：元公，謂元稹也。元稹廉問浙東，有妓女劉（探）〔採〕春自淮甸來，能歌此曲。閨婦、行人聞者莫不流涕。按：金陵有羅嗊樓，陳後主所建。

校勘記

〔一〕『昔』，四部叢刊本、國圖本、存心堂本、豹文堂本作『曾』。

觀唐薛調劉無雙傳戲作劉無雙歌

唐杜光庭《豪客傳》：王仙客者，建中中朝劉震之甥也。初，仙客父亡，與母同歸外氏。震有女曰無雙，端麗聰慧。一日，王氏姊疾，召震，以仙客爲托，無雙異日無令歸他族。姊竟不痊，仙客護喪歸葬。服闋，念身世孤孑，宜求婚娶，以廣後嗣，於是飾裝抵京師。時震爲尚書租庸使，舅甥之分，依然如故，但寂不聞選取之議。一日，震趨朝，至日初出，忽然走馬入宅，汗流氣促，唯言『鏁却大門，鏁却大門』，一家惶駭。良久，乃言：『涇原兵士反，姚令言領兵入含元殿，天子出苑北門，百官奔赴行在。』因召仙客：『與我勾當家事，我嫁與爾無雙。』乃裝金銀羅錦二十馱，令仙客：『易衣，押令出開遠門，覓一深隙店安下。我(以)[與]汝舅母及無雙出啓夏門，遶城續至。』仙客依所教。至店中，久待不至。因乘驄，秉燭遶城至啓夏門。見守門者，下馬徐問曰：『城中有何事如此？』又問：『今日有何人出此門？』門者曰：『朱太尉已作天子。午後有一人領婦人四五輩，欲出此門。識是劉尚書，不敢放出。近夜，追騎至，一時驅向北去也。』仙客失聲慟哭，歸店，三更向(書)[盡]，城門忽見火矩如晝。兵士皆持兵，傳呼出城搜城外朝官。仙客捨輜騎驚走，歸襄陽。三年後知尅復京闕，乃入京，訪舅氏消息。至新昌南街，遇其舅家舊蒼頭塞鴻，而震與夫人以受僞命官，皆處極刑，無雙已入掖庭矣。仙客哀冤號絶，問鴻舊家人，得無雙婢採蘋於金吾將軍王遂中宅，厚價以贖，曰：『無雙固無見期，得見採蘋，死亦足矣。』因税屋，與鴻、蘋居。久之，遂中薦見仙客於京兆尹李齊運。齊運以仙客前銜爲富平縣尹，知長樂驛。忽報有使押領內家三十人往園陵，以備洒掃，宿長樂驛，氊車子十乘下訖。仙客謂塞鴻曰：『我聞宮嬪選在掖庭，多衣冠子女，恐無雙在焉。』因令塞鴻假爲驛吏，烹茗於簾外。至夜深，忽聞簾下語曰：『塞鴻，塞鴻！汝爭得知我在此也？郎健否？』言訖，嗚咽。又曰：『明日我去後，汝於東北舍閣子中紫褥下取書送郎君。』言訖，便去。忽聞簾下極鬧，云：『内家中惡。』中使索湯藥甚急，乃無雙也。鴻疾告仙客。仙客驚曰：『我何得一見？』鴻曰：『今方修渭橋，郎君可假作理橋官，車子過橋時，近車子立。無雙若認得，必開簾子，當得瞥見耳。』仙客如其言。至第三車子，果開簾子，真無雙也，悲感不勝。鴻於褥下得書，花牋五幅，皆無雙真跡。詞理哀切，仙客覽之涕下，自此永訣矣。其書後云：『常見敕使説富平縣古押衙人間有心人，今能求之否？』仙客遂歸本官，尋訪，造謁古生。生所願，必力致之。一年未開口。秩滿，閑居於縣。古生忽來，謂仙客曰：『洪一武夫，年且老，何所用？察郎君之意，將有求於老夫。老夫乃一片有心人也，願以身效。』仙客泣拜，以實告。古生仰天，以手拍腦數四，曰：『此事大不易，然與郎君試求，不可朝夕便望。』自此半歲無消息。一日，扣門，乃古生送書。書云：『茅山使者廻，且來此。』仙客奔馬去，見古生，生乃無一言。又啓使者，復云：『殺却也。且喫茶。』夜深，謂仙客曰：『宅中有女家人識無雙否？』仙客以採蘋對。仙客取至，古生端相，且笑且喜云：『借留三五日。』後累日，忽傳説：『有高品過，處置園陵宮人。』仙客心甚異之。令塞鴻探所殺者，乃無雙也。仙客號哭，不能自已。是夜更深，聞扣門甚急。及開門，乃古生也。領一篼子入，謂仙客曰：『此無雙也。今死矣。心頭微暖，後日當活，微灌湯藥，切須静密！』言訖，仙客抱入閣子中，獨守之。至明，遍體有煖氣。救療至夜，方愈。古生又曰：『暫借塞鴻於後掘一坑。』坑稍深，抽刀斷鴻頭於坑中。古生曰：『莫怕，今日報郎君恩足矣。比聞茅山道士有藥術。其藥服之者立死，三日却活。某專求得一丸。昨令採蘋假作中使，以無雙逆黨，賜此藥，令自盡。至陵下，託以親故，百縑贖其屍。凡道路郵傳，皆厚賂矣。茅山使者(乃)［及］舁篼人，在野外處置訖。老夫爲郎亦自刎。郎君不得更居此。門外有擔子一十人、馬五匹、絹三百匹。五更挈無雙便發，變姓名浪迹以避禍。』言訖，舉刃。仙客救之，頭已落矣。遂并屍覆訖。挈家歸襄陽，與無雙偕老。

劉家無雙妙春華，潘尼詩：流聲馥秋蘭，摛藻艷春華。雙眉楊柳臉蓮花。唐人咏柳詩：眉同京兆秀，腰學楚宮纖。按：明皇《十眉圖》有『柳葉眉』。《唐書》：張昌宗以姿美見幸，楊再思每曰：『人言六郎似荷花，非也。正謂荷花似六郎耳。』父母衣裳惜不嫁，黄銀蹙繡鴛鴦紗。涇原軍動霜刃起，灞滻塵揚奔騎止。《通鑑》：唐德宗建中四年，朱泚反，據長安。上發涇原等道兵救襄城，十月，涇原節度使姚令言將兵五千至京師。軍士冒雨寒甚，多攜子弟而來，冀得厚賜遺其家。既至，一無所賜，發至滻水，詔京兆尹王翃犒師，惟糲食菜餤，衆怒，蹴而覆之。乃擐甲張旗鼓譟，還趨京師。入城，百姓駭走。司馬相如《上林賦》：終始霸産，出入涇渭。注：霸水出藍田谷，産水亦出藍田谷，涇水出安定涇陽。宫闕迴兵掃荆棘，掖庭數罪輸桃李。富平押衙老有心，句曲道士藥如金。氊車開幕望陵樹，綵筆襞牋聽苑禽。一時刎頸空來送，中路贖骸還掩慟。收魂召魄秦地愁，詭姓藏身楚鄉夢。古今俠者天下聞，當風灑血即功勲。手摽長劍重死許，薄命佳人淚零雨。

金華山游雙龍冰壺二洞欲往朝真洞晚不可到

謝翱《金華洞人物古蹟記》：金華洞去縣三十里，洞有三。道赤松東西鹿田上而下，遠望若建瓴水，及至，復平夷無他險。道北山由上下，氣喘喘不暇息，然亦不覺勞苦。下洞之右爲椒亭，亭上望洞口若鐵甕。石正青黑，洞内外分爲兩。由鐵甕入，可坐數百人。有穴如蟇頤，水出，自頤入地中下山，復不知何處。由頤入，卧小舟，僮僕篝火，傳舟進至岸，寥泬空廓，行颿颿有聲。由右轉左，復從頤出洞外。二百步至中洞口，自洞口束炬回旋入地底，一出。出良久有二里，至上洞。上洞分左右爲兩，變怪開闔，爲體各不同，而天地、山海、人物之類最多。歸而以其類識之，總六十有四，併十二而五，得五十七。爲仙人藏身處一，石黄色，亘地，在外洞右；爲道人比肩而立各一，在外洞上頂旁；爲大士垂珠纓絡箕踞而坐者一，在石之右。凡爲人之類四，而形影小大有不犯焉。爲碧桃，枝實纍纍垂下者一處，在於外洞頂右；爲石筍，拔地而玉立者一，斜上蒼紫而迸於地者一，在洞中水簾後。凡爲植物之類三，而苞萌蕡實有不犯焉。爲蒼龍首尾相應者一，在外洞左，左右對；爲龍頭角鬣尾及爪痕如玉者各一，在内洞右；爲蒼白兩龍，鱗鬣欲夾石梁飛度者一，在上洞左角；爲右黑龍而白蛇自背繞其脇者一；爲蟾蜍三足一，在石門限北；爲遊魚布影於石者一，在外洞頂西北；爲蝦蟆匝地者一，在蟇頤蓄水旁；爲石蜂窠房牖如綴者一，在蝦蟇石上頂；爲石獅子，爲石虎，而踞者各一，在雪山前；爲大小象，脚大二小一，在内右轉左。凡爲山海奇怪之物總十有四，離而爲二十有一，而鱗介羽毛飛走有不犯焉。前後雪山一，在上洞；爲雲霞五色二，在霜石上稍西及上洞右；爲仙人望月者一，在蟆頤受日處，正圓如三五夜；爲日影射石壁類月光在地者一處，在上洞石之左；爲北斗七星窠一，在外洞外之左。凡爲在天垂象之類九，不犯二三焉。爲天涯海角各一，在下洞内；石滑臺一，在内之左；爲石紋細湧如水波浪痕者二，在下右上左；爲仙人種玉田者一，在下左，丘畝步角可數。爲天池一，在上洞天扉下；石井一，在上右角下，皆深黑，莫測所窮。凡爲在地之類八，不犯一二焉。爲石門限、溜室、窗櫺各一，在石限内；爲石柱一，在大小象脚外；石室一，在水簾石筍後。水落，沙石盛之輒滲下不溢。簾後束炬可立，先出者視互出入者與束炬立簾後者若神人然。爲石梁一，在天池左，可數十丈；爲天扉中拆日光射其内者一，從洞背尋拆處復不可見。凡爲棟宇之類七，而求其犯者無一焉。爲石鐘鼓，自洞頂懸而虚其下，而聲各如其所名者一，在仙笠東；爲仙笠一，在鼓西；爲筆格而山立者一，爲硯滴石穿溜，若引蟻鑽珠，而洞頂滴泉正當其處一，與筆格自爲左右；爲懸鍾寶蓋，類雲氣結而天花雨者一，在鍾鼓南；爲天人掛衣痕蹙蹙如新者一，在石床右；石床一，在衣左；爲小掛衣一，在外洞黄石上側；爲水簾飛空而下，類珠碧綴成者一，在中洞旋石中；爲小懸鍾二，在中洞及上左。凡爲器玩之物十有二，而求其犯者無一焉。余嘗喜獨行山水間，遇古蹟奇玩見於外，有過此無不及者；至内觀若神犀寶鼎、燭影圖物、夔龍罔兩、天地山海之藏，皆莫得逃其狀，此爲尤絶。友人方君鳳既集爲行紀，志所變怪，先後有差。余嘗欲與善畫者日夜相對，盤礴其下，寫爲圖，分合數面，求書尾於山林畸人，静者傳之，後數百年以爲希世之寶，而力有未能，輒叙其槩而爲之記。凡以昔之得游而觀者數千百年，既不可知其人而往矣。後之欲圖而觀者數千百年，豈無有與我同志者，其於此庶乎其有考也。

金華三十六洞天，《金華山志》：山高一千餘丈，周三百六十餘里，山巔雙巒，曰『玉壺』，曰『金盆』。壺中有湖，名徐公湖，水分兩派而下。其瀉乎山之陽者，由山橋而達於溪。其注乎山之陰者，由鹿田而入於洞。盆中有飛瀑瀉出，若玉虹下垂，注爲赤松澗。山橋兩崖對峙，高數百仞，有石横跨其上。鹿田峰巒聳拔，上有沃野可耕。洞曰『金華洞』，即道經所稱三十六洞天也。高崖巨壑多風煙。老石斗甕寒鳴泉，蠻花鐵樹森戈鋋。鳥獸絶跡鬼魅矊，郭璞《江賦》：江妃含嚬而矊眇。矊，音綿。眇，視貌。清𢆶窅窱巢神仙。𢆶，音幽。《説文》：𢆶，微也。張衡《西京賦》：望窅窱以徑廷。窅，音叫。窱，音調，深遠貌。虛泓噣趾蓋頣然，怪鑿霹落闢屋櫋。櫋，音眠。《説文》：屋櫋聯也。作櫋。凉飆倒鞴噏欲穿，鞴，音伏，本作鞦。《廣韻》：車具。凍乳冰髓傴就船。熒光爝冥竹炬爇，《集韻》：爇，古作爇。陸倕《石闕銘》：刑酷爇炭。積蘚蹉屩跣却趯。蹉，音闔。《玉篇》：足趺也。屩，音脚。《説文》：履也。《增韻》：木曰屐，麻曰屩。趯，音權。《説文》：行趯趗也，一曰行曲脊貌。危棟結宇深扃鍵，曲房密閤極邃延。囷倉歛穧列町疃，《説文》：田踐處曰町。疃，同畽。《説文》：城下田也。椸架韣捲冠裳懸。韣，音讀。《玉篇》：弓衣也，韜也。鐘欒鼓簴屹不遷，欒，音鸞。《考工記》：鳧氏爲鐘，兩欒謂之銑。注：古應鐘之鐘不圜，狀如今之鈴，故有兩角也。彤霞寶蓋爛瑛鮮。蜚幢舞節恍後前，垂[一]龍夭矯角鬣全。穹龜絡蛇白以玄，狻頭象脚伏獮猭。狻，音酸，解見《題温日觀蒲萄》。獮，音連。猭，音傳。《集韻》：獸走貌。蟾蜍蝕月囚重澴，澴，音娟，水廻復之貌。霙霜霰雪凝真鉛。靈溪流潺截中邊，秘穴漆黑跼背肩。神閣峻拒亟我旋，暗井瞰腹抱豁圓。仰竅斷繘矚或顛，繘，音聿。《説文》：綆也。揚子《方言》：關東謂之綆，關西謂之繘。妖蛟産毈滑吐涎，《淮南子》：獸胎不贕，鳥卵不毈。注：胎不成獸曰贕，卵不成鳥曰毈。贕，音獨。毈，音段。冰簾洒空萬琲聯。琲，音痱。《説文》：珠五百枚也。《吳都賦》：珠琲闌干。注：琲，貫也。珠十貫爲一琲。馮夷海國瀦爲淵，馮夷，解見《泊道隆觀》。窺覘欲下手足拳。悔懼咋舌恐有愆，谽其奥室別據巔。張衡《思玄賦》：趨谽嘲之洞穴。注：深貌。谽，音岭。蔦蘿藤蔓亂糾纏，《詩》：蔦與女蘿。蝙蝠翅股掛復翾。翾，音喧。《説文》：小飛也。蜥蜴弄雹窟宅專，蜥蜴，解見《浦陽十景》。梵質蕃飾垂蹁躚。寶纓珠珞窮雕鐫，精英象物得氣先。上踞下伏總一甄，左思《魏都賦》：玄化所甄。齾磴陟絶愁攀緣。齾，音聒。《説文》：缺齒也。嗟予學道苦未堅，起搴昌陽望延年。韓愈《進學解》：昌陽引年。按：昌陽，菖蒲別名。乾堪坤輿自方圜〔二〕，禀生受有吾拘攣。羽毛鱗介正或偏，飛潛動植過百千。宮居竈食類螘蝝，《爾雅注》：蝝，蝗子未有翅者，音沿。酸醎淡澁朽臭羶。揭鑑照面益削朘，運劍剖腹猛滌湔。《五代史》：王仁裕少嘗夢剖其腸胃，以西江水滌之，文思益進。貪羸嗇厚務死權，《莊子》：貪財而取慰，貪權而取竭。息黥補劓吁誰賢。又：庸詎知夫造物者之不息我黥而補我劓，使我乘成以隨先生邪？我疑神仙住渺緜，黄庭鬱璘内景蜒〔三〕。黄庭，解見《去歲留杭》。芙蓉城闕麒麟軿，《括異志》：慶曆中，有朝士冒晨赴起居，通衢見美婦三十餘人，並馬而行，若前導者。俄見丁觀文度按轡繼之，有一人最後行，問之曰：『觀文將遊何處？』曰：『非也，諸女御迎芙蓉館主。』時丁巳在告，頃之，聞卒。蓬萊樓閣魚龍鞭。句解見《泰山高》。服閭賣瓜俗骨痊，《列仙傳》：服閭不知何所人也，往來海濱諸祠中，見三仙人博賭瓜，顧閭，使擔黄白瓜數千頭，教令瞑目，及覺，乃在方丈山。道華啖棗彭仇捐。《神仙傳》：永樂有無核棗，道士侯道華獨得之。蘇軾詩：驅攘三彭仇，已我心腹疾。注：三彭，三尸姓也。柳子厚曰：『有道士言：人皆有尸蟲三，處腹中，伺人隱微失誤，輒籍記。日庚申，幸其人之昏睡，出讒於帝，是以人多謫過、夭死。』白河炤燿踏斗躔，滄海攬碎觀桑田。句解見《望馬秦諸山》。盍獨閟此使世癲，我卜我筮還筳篿〔四〕。《離騷》：索瓊茅以筳篿，命靈氛爲余占之。注：瓊茅，靈草也。筳，小折竹也。楚人名結草折竹以卜曰篿。靈氛，古明占吉凶者。筳，音廷。篿，音專。喝開三〔五〕洞薄八埏，喝開三洞，用（碣）〔喝〕石巖事，解見《浦陽十景》。《淮南子》：九州之外有八埏。翩然直駕鶴與鳶。

校勘記

〔一〕『垂』，四部叢刊本、國圖本、存心堂本、豹文堂本作『乖』。

〔二〕『圜』，四部叢刊本、國圖本、存心堂本、豹文堂本作『寰』。

〔三〕『蜒』，存心堂本、豹文堂本同，四部叢刊本、國圖本作『烻』。

〔四〕『篿』，底本作『蓴』，據四部叢刊本、國圖本、存心堂本、豹文堂本改。

〔五〕『三』，四部叢刊本、國圖本、存心堂本、豹文堂本作『二』。

韓吉父座上觀漢陽大別山禹栢圖

《禹貢》：嶓冢導漾，東流爲漢，又東爲滄浪之水，過三澨，至于大別。《名勝志》：《三國志》云：『魏初定荆州，屯沔陽，以爲重鎮。』沔陽者，漢陽也，今隸湖廣。《寰宇記》：大別山在漢陽府漢陽縣東北。

大別名山如伏鼇，大別古栢如立猱。舊聞夏后手所植，直軋南國無蓬蒿。軋，音揠。洪水曾當洚洞極，聖躬乃此胼胝勞。乘舟荆衡地可盡，《禹貢》：荆及衡陽惟荆州。作貢雲夢天争高。雲夢，解見《夕泛海東》。一時栽構託所歷，千載摩撫緊其遭。本根盤拏屹屓贔，左思《吴都賦》：巨靈屓贔，首冠靈山。屓，音避。贔，音係，大龜蟕蠵之屬，好負重，今石碑下龜趺象其形。枝葉挺拔森旂旄。礙日吟風聳楚阻，欺霜傲雪鏖秦饕。夜行夏首影弄月，《名勝志》：武昌府，漢之江夏郡也，江夏縣有夏口，城在黄鵠山東北。吴孫權所築，一作夏首。曉艤鄂澨聲吹濤。又：秦鄂縣，漢武帝封姊爲鄂邑長公主於此。吴孫權徙都之，更名武昌，仍與鄂縣並置，隋唐省鄂入武昌。信哉冥靈欲等壽，材比杶榦終稱豪。《禹貢》：杶、榦、栝、栢。屏除甾翳虎豹泣，《詩》：作之屏之，其甾其翳。鎮斷夔魍蛟龍逃。解見《觀張循王戰處》。匠石徘徊却喪斧，篙工睥睨寧維舠。吾知嘉木辨爾雅，郭璞《爾雅序》：可以博物不惑，多識於鳥獸草木之名者，莫近於《爾雅》。但惜芳草遺離騷。平生環轍苦未到，幸此畫筆何從掾。豈非神明護正直，使在方漢雄城壕。《左傳》：楚國方城以爲城，漢水以爲池。樓桑出墻尚久特，《名勝志》：樓桑里，劉備之舊里也。《蜀志》云：『先主少孤，販履織席爲業，舍東南角籬上有桑樹生，高五丈，遥見童童如小車蓋，或謂當出貴人。先主戲言：「吾必當乘此羽葆蓋車。」』巨櫟蔽社猶堅牢。解見《得杭州書》。惟兹所重有聖德，坐見餘物真秋毫。自來劉李富宫室，命下荆蜀刮土毛。劉謂漢武帝，解見《題方景賢枯木竹石》。李謂唐太宗。按《通鑑》：太宗翠微、玉華二宫營繕相繼，所費巨億萬計。一榮一枯驗世道，勿翦勿伐臨江皋。《詩》：勿翦勿伐，召伯所茇。穆滿蒼茫黄竹詠，《穆天子傳》：天子周巡，至于黄竹，天子乃休，日中大寒，北風雨雪，天子作詩《我徂黄竹》三章以哀民。重華慘澹蒼梧號。《書》：曰若稽古，帝舜，重華，協于帝。蒼梧，解見《望會稽山》。逖然萬古萬萬古，西望嘆息同霑袍。

同吴正傳詠龔巖叟小兒高馬圖

北平爰臂久不侯，《前漢李廣傳》：上召拜廣爲右北平太守。又：爲人長爰臂，其善射亦天性。又：廣不得爵邑，官不過九卿，廣之軍吏及士卒或取封侯。伏波矍鑠空持矛。《後漢馬援傳》：援據鞍顧眄，以示可用，帝笑曰：『矍鑠哉，是翁也。』并州小兒十歲許，李白詩：經過燕太子，結託并州兒。雙足捷走真驊騮。《穆天子傳》：穆王欲使車轍馬跡遍行天下，乘八駿馬，奔戎爲右，造父爲御。注：驊騮、騄駬、赤驥、白兎、撓渠、黄騟、盗驪、山子。《淮南子》：驊騮、緑耳，一日而至千里，然使之搏兎，不如豺狼，伎能殊也。金鞍玉勒絲轡絡，肉鬣風鬉雪齗齶。郊衢一躍自矜驕，血氣未完先躝躒。躝，同藺。躒，音洛。漢皇神武駕英雄，西極飛來八尺龍。八尺龍，解見《送鄭浚常》。城東鬬雞爾尚可，解見《畫馬行》。磧外鳴劍吾無功。初陽却照長楸道，白髮奚官泣枯草。奚官，解見《畫馬行》。悠悠翠蓋與鸞旗，老矣驊騮那得知。揚雄《甘泉賦》：流星旄以電燭兮，咸翠蓋而鸞旗。

古俠客行 郭茂倩《樂府詩集》：戰國公子皆藉王公之勢，競爲遊俠，以取重諸侯，顯名天下，後世遂有《遊俠曲》。魏陳琳、晉張華又有《博陵王（公）［宫］俠曲》。李白詩注：樂府遊俠二十五曲，中有《俠客行》。

長安天闕制九州，《一統志》：晋元帝初作宫殿，王導指雙闕曰：『此天闕也。』《書》：九州攸同。河北列鎮類諸侯。《通鑑》：唐代宗廣德元年正月，以薛嵩爲相、衛、邢、洺、貝、磁六州節度使，田承嗣爲魏、博、德、滄、瀛五州都防禦使。四月，又分河北諸州節度，以幽、莫、嬀、檀、平、薊爲幽州管，恒、定、趙、深、易爲成德軍管，相、貝、邢、洺爲相州管，魏、博、德爲魏州管，滄、棣、冀、瀛爲青淄管，懷、衛、河陽爲澤潞管。按：貝州，今廣平府。磁，屬彰德府。魏，今大名府。博，今東昌府。德州，屬濟南府。滄、瀛，俱河間府。幽，今順天府。莫州故城在河間府任丘縣北。嬀，今延慶府。檀，今密雲縣。平，今永州府。薊，屬順天府。易，屬保定府。棣，省入滄州。冀，屬真定府。相，今彰德府。衛州，今衛輝府。洺，今廣平府。邢，今順德府。恒、趙、深、定、易皆真定府。私劍縱横常滿路，錦袍結束耀珠韝。《前漢東方朔傳》：董君緑幘傅韝。注：韋昭曰：韝，形如射韝，以縛左右手，於事便也。師古曰：即今之臂韝也。初月三更動千里，紅線女郎勝男子。金合書名斗柄高，繡幃被髮心神死。使臣單騎急叩城，脣齒兩河休用兵。帳前盜賊在隣道，陴外旌旗無硬營。浩歌置酒紅線去，夜叉飛天渺何處。昔日驕驄曉雨花，今朝脱兎秋風樹。當筵一笑却生塵，累賜千金豈顧身。段成式《劍俠傳》：唐潞州節度使薛嵩家青衣紅線者，善彈阮咸，又通經史。

嵩召俾掌牋表，號曰白記室。時朝廷命嵩嫁女魏博節度使田承嗣男，又遣嵩男娶滑臺節度使胡章女，三鎮交締爲姻婭，使蓋相接。田承嗣意欲移鎮山東，乃募軍中勇武十倍者，得三千人，號外宅男，而厚其廩給。常令三百人夜直宅中，卜良日，欲并潞州。嵩聞之，日夕憂悶，計無所出。夜漏方深，轅門已閉，策杖庭除，唯紅線從焉。紅線曰：『主公一月不遑寢息，意有所屬，豈非隣境乎？某誠賤品，亦能解主公之憂。某暫到魏境，觀其形勢，覘其有無。今一更首途，二更可復命。請先定一走馬，使具寒暄書，其他則待某却回也。』嵩難之。紅線曰：『此行無不濟也。』乃入房，飾行具。梳烏蠻髻，插金鳳釵，衣紫繡短袍，着青絲履，胸前掛龍文匕首，額上書太乙神名。再拜而行，倏忽不見。嵩乃返身閉户，背燭危坐。忽聞曉角吟風，一葉墜露，驚而起問，紅線回矣。嵩喜而慰勞，詢事諧否。紅線對曰：『幸不辱命。』又問：『無殺傷否？』曰：『不至是，但取床頭金合爲信耳。』又曰：『某子夜前三刻即達魏城，凡歷數門。遂及寢所。聞外宅兒正於房廊睡聲雷動。見中軍士卒步於庭下，傳叫風生。乃發其左扉，抵其寢帳。田親家止於帳内，鼓趺酣眠，頭枕文犀枕，枕前露七星劍，劍前仰開一金合，内書生身甲子與北斗神名，復以名香美珠壓鎮其上。時則蠟炬烟微，爐香燼委，侍人四布，兵仗森羅。某乃拔其簪珥，褰其裳衣，如病如醒，皆不能寤。遂持金合以歸。出魏城西門，將行二百里。晨鐘動野，斜月在林，夜漏三時，往返七百里。』嵩乃發使入魏，遺承嗣書曰：『昨來暮夜，有客自魏中來，云從元帥床頭獲一金合，不敢留駐，謹却封納。』專使星馳，夜半方達。正見搜捕金合，一軍驚疑。使者以馬棰撾門，非時請見。承嗣遽出，使者以金合授之。捧承之時，驚怛絶倒。明日，遣使賫馬幣珍異等，以獻於嵩，曰：『某之首領，繫在恩私。便宜知過自新，不復更貽伊戚。所置紀綱外宅兒者，本防他盗，亦非異圖，今並脱其甲裳，放歸田畝矣。』由是兩月之内，河北、河南，信使交至。忽一日，紅線辭去。嵩强留之，願以千金，爲居山之所。紅線不可。嵩乃廣爲餞别，悉集賓僚，夜宴中堂。嵩以謌送紅線酒，不勝其悲。紅線拜且泣，因僞醉離席，遂亡所在。又《夜叉傳》：唐進士薛綜遊河北衛州界，遇一病僧。僧爲言少年時好遊絶國，一日，遥見一女人，衣緋裙，跣足袒膊，被髮而走，其疾如風。又忽見有人乘甲馬，衣黄金衣，備弓劍，奔跳如電，至僧前問曰：『見緋裙人否？此非人，乃飛天夜叉也。』磨勒踏垣獒〔一〕犬伏，《劍俠傳》：唐一品家歌姬紅綃慕崔生，約十五日赴院。崔生家昆崙磨勒云：『一品宅有猛犬，守歌妓院門外，常人不得入，入必噬殺之。其警如神，其猛如虎，即曹孟海州之犬也。今夕當爲郎君撾殺之。』三更，攜鍊錐而往，食頃而回。曰：『犬已斃矣。』乃負生逾十重垣而入歌妓院内，又負生及姬而飛出峻垣十重。一品之家守禦無有警者。水精縋海蟄龍嗔。蘇軾詩：龍應抱寶眠。注：《傳奇》載，周邯有奴，善入水，名曰水精。相州八角井，夜常有光如虹。邯命水精入井，良久，出曰：『有一黄龍，極大，抱數顆明珠熟寐。』世上出没幾紅線，纖夫細兒徒股戰。不盡英雄草澤間，教人恨殺虬髯傳。杜光庭撰《豪客傳》：楊素家妓紅拂投奔李靖，靖挾之，將歸太原。於旅舍遇一人，赤髯如虬，與妓結爲兄妹。約靖先後同至太原，見文皇。又約靖與姬入京，同詣某坊曲小宅相訪，悉取藏寶貨泉貝相贈，曰：『太原李氏，真英主也，三五年内即當太平。持予之贈以輔真主，此後十年，東南數千里外有異事，是吾得事之秋也。汝二人可瀝酒，向東南相賀。』遂不復見。靖據其宅爲豪家，助文皇匡定天下。貞觀十年，南蠻奏扶餘國殺其主自立，國已定矣。靖以知虬髯得事也。

校勘記

〔一〕『獒』，四部叢刊本、存心堂本作『熬』。《札記》：『熬』疑『獒』之誤。

寄吳正傳

自昔攜手燕南門，長風洒雪衣不温。向來所見夢一覺，今縱欲語舌復吞。日斜慷慨與子別，班馬跳躍東西奔。《左傳》：有班馬之聲。齊師宵遁。色摩中州翠嶽聳，波濯列壤黄河渾。指麾齊秦擊快鶻，凌厲楚漢抽枯黿。彼雖失矣幸得此，英氣挾酒猶飛騫。常憶仲春大羽獵，九衢絃直歸乘轅。《後漢黨錮傳》：直如絃，死道邊。鮑照詩：直如朱絲絃。綵女分〔一〕行引樂伎，材官夾道羅弓鞬。《史記・周勃世家》：材官引彊。須臾紛騰一萬騎，足所未及塵爲昏。中使計功促筵秩，崑崙玄圃惟目存。屈原《天問》：崑崙縣圃，其尻安在。威鳳文章倏能集，祥麟郊藪將不諠。《記》：天不愛其道，地不愛其寶，人不愛其情，故麟鳳游郊藪，龜龍在宫沼。《尚書中候》：黄帝時，天氣休通，五行期化，鳳皇巢於阿閣，威麟在囿。信知天邑自壯麗，誰使游士爭扳援。悲哉小草有遠志，《世説》：謝公始有東山之志，後嚴命屢臻，勢不獲已，始就桓公司馬。於時人有餉桓公藥草，中有『遠志』。公取以問謝：『此藥又名「小草」，何一物而有二稱？』謝未即答。時郝隆在坐，應聲答曰：『此甚易解：處則爲遠志，出則爲小草。』謝甚有愧色。桓公目謝而笑曰：『郝參軍此過乃不惡，亦極有會。』隨即大挫栖丘樊。白居易詩：大隱在朝市，小隱在丘樊。恢奇俊偉莫子若，便可上拂勾陳垣。勾陳，解見《送鄭獻可》。來乘東楚又一載，此地聞舊稱雄藩。居民雜作他郡劇，治道小試平生言。秋行荒壖翠稻實，《晋書》：郭翻欲墾荒田，先立表(田)[題]，經年無主，乃作稻。將熟，有認之者，悉推與之。壖，音輭，平聲。夜巘巨濼明珠燉。

謝承《後漢書》：孟嘗爲合浦太守，郡俗舊採珠以易米。先時二千石貪穢，使人採珠，積以自入，珠忽徙去。合浦無珠，飢死者盈路。孟嘗化行，一年之間，去珠復還。濼，音鹿。燉，音豚。定應矯首謂予懶，青桂無花能返魂。句解見《巖南老人》。幽屐穿林鸞鵠唳，解見《去歲留杭》。大瓢挹海魚龍掀。解見《妙觀上人》。達須出仕窮且隱，肯以一腐終乾坤。杜甫詩：江漢思歸客，乾坤一腐儒。

校勘記

〔一〕『分』，四部叢刊本、國圖本、存心堂本作『紛』。

婁約禪師玻瓈瓶子歌秋晚寄一公

《金華仙釋志》：惠約俗姓樓氏，義烏人，母夢吞金像而生。約膚體瓈然，因名靈瓈，字德素。叔父好射獵，獲禽獸，約獨不窺。家人問之，約曰：『麞鹿於草間求活，逐而殺之，不忍窺也。』又悲桑蠶纏縛而死，遂不衣絺纊。年十七，落髮於上虞東山寺，始更今名。後居山陰天柱寺。周顒爲剡令，去官，攜之入都，居草堂寺。沈約一見，以爲道安、惠遠無以尚也。約守東陽，同歸葬親。墓成，遊金華，住赤松澗，餌藥斷穀，所進麻棗而已。約代，隨還草堂。梁天監十八年，武帝延約於等覺殿，受菩薩戒，頂禮而請曰：『弟子頂禮，勿使外人知之。』約遂合掌，入澡瓶中，結跏（趺）〔趺〕坐，見五色雲臺頂出，謂帝曰：『貧道化身入瓶中，陛下亦無令外人知之。』帝遂北面受戒，親執弟子之禮，稱曰『智者國師』。普通七年，奏以金華故庵建智者寺。大同元年九月十六日示寂，年八十四，詔葬獨龍山。《前漢西域傳》：罽賓國出珠璣、珊瑚、虎魄、璧流離。注：《魏略》云：大秦國出赤、白、黑、黄、青、緑、縹、紺、紅、紫十種流離。此蓋自然之物，采澤光潤，踰於衆玉。其色不恒，今俗所用皆消治石汁，加以衆藥，灌而爲之，尤虚脆不貞，實非真物。《梁四公子記》：扶南人來賣碧頗黎鏡，廣一尺半，内外瑩潔，向明視之，不見其質，重四十觔。

玻瓈瓶子西國來，顔色紺碧量容杯。老妻禪師澡身處，秋水浸空菱葉開。大身無邊小無礙，天地山河等塵壒。《法華經》：如來知見，廣大深遠，無量無礙，力無所畏，禪定解脱三昧，深入無際，成就一切未曾有法。《西都賦》：軼埃壒之混濁。壒，音藹，塵合也。收藏霹靂歸泬寥，《楞嚴經》：如來色目怨謗，同名讒虎，菩薩見枉，如遭霹靂。《頭陀寺碑》：智炬雖滅，法雷猶響。《楚辭·九辨》：泬寥兮天高而氣清。束縛蛟龍作澎湃。浮屠善幻本犛軒，《後漢楚王英傳》：英晚節喜黄老，學爲浮屠齋戒祭祀。袁宏《漢紀》：浮屠，佛也。《前漢張騫傳》：益發使抵安息、奄蔡、犛軒、條支、身毒國。注：自安息以下五國，皆西域胡也。犛軒，即大秦國也。《典林》：大秦國，一名犛軒。有幻人，額上爲炎燼，手中作江湖，舉足則珠玉自墮，開口則旗旄湧出。犛，音釐。軒，音軒。同泰佞佛多衣冠。《南史》：梁主幸同泰寺，設四部無遮大會。釋御服，持法衣，行清净大捨，素床瓦器，親爲四衆講《涅槃經》。群臣以錢億萬奉贖，表請還宫。徐陵《東陽雙林寺碑》：黑貂朱黻，王侯滿筵。國華民秀，公卿連席。佞佛，解見《雲門紀行》。壺公樓宇猶魂夢，《後漢書》：費長房，汝南人，爲市掾，有老翁賣藥於市，懸一壺於肆頭，及市罷，輒跳入壺中。長房於樓上見之，異焉。

因往再拜，翁乃與俱入壺中。但見重門閣道，左右侍者數十人。翁語房曰：『我仙人也。昔處天曹，以公事不勤，暫謫人間耳。』戒勿與人言。長房乃得相從學道。媚兒綱運絶胝瘢。《太平廣記》：唐貞元中，市坊有丐者，自稱媚兒，姓胡。懷中出琉璃瓶，可受半升，表裏通明，如不隔物。曰：『施滿此聖瓶子則足矣。』瓶頂如葦管，人與之百錢，投之，琤然有聲。見瓶間大如粟粒，衆異之。復與千錢，亦如此。以至萬錢亦然。好事者以驢與之，入瓶如蠅大，動行如故。俄有度支綱至，數十(事)[車]，綱人駐車觀之，綱主戲曰：『爾能令諸車入瓶中乎？』媚兒曰：『可。』乃微側瓶口，令車悉入，歷歷如行蟻然。有傾，漸不見。媚兒即跳入瓶中。綱官大驚，以挺扑瓶破，一無所有，從此失媚兒所在。後月餘，有人於清河北逢媚兒，部領車乘，趨東平而去。北山杉槽定湢室，梁皇肉眼徒屈膝。《禮》：外内不共湢浴。湢，音逼。浴室謂之湢。松花玉露洗還香，栢子金煙熏欲漆。靈瓈閣前逢一師，吴師道《北山遊記》：出金華城西六十五里，號芙蓉峰，其下爲智者寺，梁靈瓈師澡瓶在，今實名刹。西偏遊覽最勝處，亭榭錯峙，有曰『上方境界』者，予所最愛也。手親傳玩到今疑。尚箴膏肓起廢疾，《左傳》：晋侯病，求醫於秦，秦伯使醫緩爲之。未至，晋侯夢二竪子曰：『彼良醫也，懼傷我，焉逃之？』其一曰：『居肓之上，膏之下，若我何？』緩至，曰：『疾不可爲也。在肓之上，膏之下，攻之不可，達之不及，藥不至焉，不可爲也。』公曰：『良醫也。』稽首乞師楊柳枝。《傳燈録》：泗洲僧伽大師者，世謂觀音大士應化也。自西國來唐，高宗時至長安、洛陽行化，歷吴楚間，手執楊枝，混於淄流。《華嚴净行品》：手執楊枝，嘗願衆生皆得妙法，究竟清净。

題方景賢護法寺壁枯木竹石

山從崑崙西北來，崑崙，解見《題海上人槎畫軸》。北經黄河積石到碣石，《書》：導河積石。黄河，解見《石門貪泉》。碣石，解見《觀秦丞相碑》。南亘青城峨嵋萬里壓南嶽天台。《一統志》：峨嵋山在眉州城南二百里，來自岷山，連岡疊嶂，延袤三百餘里。至此突起三峰，其二峰對峙，宛若蛾眉。《長沙記》：衡山軒翔聳拔九千餘丈，尊卑差次七十二峰，最大者五：芙蓉、紫蓋、石廩、天柱、祝融。祝融爲最高，在湖廣衡州府衡山縣。《真誥》：天台高一萬八千丈，周廻八百里，山有八重，四面如一，當斗牛之分，上應台星，故曰天台。按《志》：屬浙江台州府。南嶽山頭夜見日，天台絶頂下視東海如一杯。仙奕壇開纖篁掃雨嫋嫋碧，《永嘉記》：小江緣岸有仙石壇，有竹嬋娟青翠。風來枝動拂石，壇上無塵也。神丹鼎冷老檜拔出號風叱雷。《爾雅》：檜，栢葉松身。《書》：天大雷電以風，禾盡偃，大木斯拔。就中一片頑皮凍骨老石塊，勢若千百歲後突兀偃蹇角起相磓。木華《海賦》：岑嶺飛騰而反覆，五岳鼓舞而相磓。磓，音堆，聚也。又，以石投下也。山人前身本在南嶽祝融峰下住，按《志》：祝融峰乃衡岳七十二峰最高者。《記》云：『位直離宮，以配火德。乃祝融君遊息之所。』踏上天台石橋看瀑布。《天台縣志》：石橋兩崖門立，橋横亘其上，廣不盈咫，而山北左右肩有雙泉飛流，至橋始伏，仍瀉爲瀑，可百餘尺，掛巖石間。《天台記》：橋長七丈，北闊二尺，南闊七尺，龍形龜背，中有尖起丈餘，莓苔甚滑，難度。東峰月上學寫影，山精野魅哀號涕泣。愛惜枯樹帛〔二〕道猷，拄杖拄開蛇口起不得。《避暑録話》：道猷本姓（馬）〔馮〕，學於帛（尺）〔尸〕梨密，为帛。張存《遊赤城記》：晋僧曇猷至卧佛巖，側有五百大神廟，甚靈。乃白蟒爲孽，將欲降之。遇一老嫗，問途，嫗畏神，不敢言。師强之，嫗既語師，若陰被神投諸淵。師即飛錫救之，水立涸，因名其淵曰『乾溪』。及師至巖晏坐次，神化猛虎向師，不能害，又現白蟒真形噬師，師即飛錫入蟒口，拄其齦齶不得合。神降伏懺罪，自此人免蟒患。蛟子龍孫，盤旋糾結，塞滿行路。硯泓一滴淡墨水，漲作玄雲黑雨歸無處。槎槎牙牙，蒙蒙茸茸，蜻蜓翼薄但如縠，《埤雅》：蜻蜓飲露，六足四翼，其翅輕薄如蟬。螳蜋臂硬欲張弓。又：螳蜋，其臂如斧，奮之當轍不避。盤根錯節，蝕倒千尋樗櫟。《爾雅注》：樹（不）［木］叢生，根枝節目盤結磈磊。《莊子》：吾有大樹，人謂之樗，其大本擁腫而不中繩墨，小枝卷曲而不中規矩。又：匠石之齊，至于曲轅，見櫟（杜）［社］樹。其大蔽牛，絜之百圍，其高臨山，十仞而後有枝。匠伯不顧，曰散木也。麤枝大葉，蔽殺三尺蒿蓬。《詩》：食野之蒿。又：彼茁者蓬。《爾雅翼》：蒿，今之青蒿。《埤雅》：蓬，蒿屬。崑崙山前，回龍顧祖有此勝絶景。覩史天上，天光照著下土境界。缺缺齾齾，不辨西東。《西域記》：阿踰陀國城西南有故伽藍，是阿僧伽菩薩諸益導凡之處。無著菩薩夜昇覩史天宮，於慈氏菩薩所受《瑜伽師地》等論，晝則下天爲大衆講受妙理。東海花〔二〕仙笑上面，桑田海水，海水桑田，翻翻覆覆，眼曾親見。解見《望馬秦諸山》。秦皇漢武修宮廣室，盡寫巴蜀材，大如梁柱，小似薪槱，何嘗識遍。《史記》：始皇三十五年，作阿房宮，或作麗山。發北山石椁，乃寫蜀、荆地材皆至。關中計宮三百，關外四百餘。又：武帝作建章宮，度爲千門萬户。前殿度高未央。其東則鳳闕，高二十餘丈。其西則唐中，數十里虎圈。其北治大池，漸臺高二十餘丈，名曰『太液池』，中有蓬萊、方丈、瀛洲、壺梁，象海中神山龜魚之屬。其南有玉堂、璧門、大鳥之屬，乃立神明（壺）［臺］、井幹樓，度五十丈，輦道相屬。帝令混沌七日死，解見《泰山高》。天下盲聾見草悦，見豺戰。解見《胡仲申至》。未問神龍有力時，飛入長安城中戴〔三〕宮殿。

校勘記

〔一〕『帛』，豹文堂本同，四部叢刊本、國圖本、存心堂本作『白』。按，『帛道猷』也作『白道猷』。《池北偶談》：『帛、白姓同。』

〔二〕『花』，四部叢刊本、國圖本、存心堂本、豹文堂本作『老』。

〔三〕『戴』，四部叢刊本、國圖本、存心堂本、豹文堂本作『載』。

雙林寺觀傅大士頂相舍利及耕具故物

按《志》：寺在義烏縣南二十五里雲黄山下。梁普通元年，傅大士依雙檮木結菴。大同六年，即其地建寺，因名雙林。今屬浙江金華府。又《金華府仙釋志》：傅大士名翕，字玄風，義烏人。因取魚，會嵩頭陀曰：『試自照水。』廼見圓光寶蓋，即悟前因。因問修道之地，頭陀指山下雙檮木曰：『此可矣。』因結菴，苦行七年。忽三佛來自東方，有金色自天而下，集於其身。從是身常出妙香，聞空中聲偈。武帝詔赴闕，入重雲殿，不拜，竟登寶榻，與帝問答。詔還山。

古稠大山趨古原，古寺突兀倚山根。小溪前流未及渡，白塔岋起高蹲蹲。傅公故宅奉香火，厦屋萬間周四垣。梁朝到今數百載，兜率説法天中尊。《太平廣記》：唐則天時，有女人稱聖菩薩。人心所在，悉知之。請入宫，言皆驗。大安和尚曰：『我心安在？』曰：『在塔頂頭輪相邊。』復問，曰：『在兜率天彌勒宫中聽法。』世曾出世役妻子，家或漁扈隨犂犍。道冠儒履忽一變，胡膜梵唄争駿犇。蕭衍老公坐玉殿，捨身建刹開祇園。《梁書》：高祖武帝姓蕭，名衍，齊踈族也。捨身，解見《玻瓈瓶子歌》。花幡亂飛欲滿席，拍板歌唱聞搥門。雲光靈異竟何有，仉胥怪神寧復言。解見《觀梁四公記》。藕絲袈裟上所賜，《廣韻》：袈裟，胡衣也。《通鑑》：武后賜僧法朗等紫袈裟。奇錦照耀扶桑暾。扶桑暾，解見《送鄭獻可》。龍宮四萬八千卷，寶藏一轉百鬼掀。唄〔一〕多遺文白氎像，經律論疏洪其源。《法苑》：西方之有唄，猶東國之有讚。讚者，從文以結章。唄者，短偈以流頌。比其事義，名異實同。白氎，解見《題温日觀蒲萄》。黄羅繡褥裹頂骨，舍利五色摩尼燉。《西域記》：摩訶菩提僧伽藍中有如來舍利，每歲至如來大神變月滿之日，出示衆人。《圓覺經》：清净摩尼寶珠，映於五色，隨方各現。一牛眠雲已化石，雙鶴覆雨仍軒騫。劫風吹地日漸壞，樓閣樹林無半存。青檮並聳碧宇上，落葉散到人家村。浮屠仁祠始自漢，《後漢楚王英傳》：誦黄老之微言，尚浮屠之仁祠。文罽華蓋何翻翻。《前漢東方朔傳》：狗馬被繢罽。注：罽，織毛也，氍毹之屬。《古今注》：華蓋，黄帝所作也，與蚩尤戰于涿鹿之上，常有五色雲氣，金枝玉葉，止于帝上，因作華蓋。梁時佞佛特太甚，宗祀斷血徒饗飱。《通鑑》：天監十六年四月詔：宗廟用牲牢，有累冥道，皆以麪爲之。於是朝夜諠譁，以宗廟去牲，乃是不復血食。梁主竟不從。父兄子弟且學佛，絶滅恩愛生讐冤。《通鑑》：梁中大同元年，以岳陽王詧都督雍、梁、益、秦、郢、隨諸軍事，雍州刺史。詧好學善文，初，昭明之卒，梁王舍詧兄弟而立綱爲太子。内常愧之，寵亞諸子。詧以兄弟不得爲嗣，常不平，又以梁主衰老，秕政，有敗亡之漸，遂蓄財交客，折節下之。俠勇多附，至數千人。臺城轟天或死守，《通鑑》：梁太清三年三月，侯景陷臺城，自稱大都督，録尚書事。梁主聞城已陷，安卧不動，嘆曰：『自我得之，自我失之。亦復何恨。』俄而景入，見於太極東堂，以甲士五百人自衛。景稽顙殿下，不敢仰視，汗流被面。退謂王僧貴曰：『吾嘗跨鞍對陳，矢刃交下，而意氣安緩，了無怖心。今見蕭公，使人自慴，豈非天威難犯！吾不可以再見之。』是後梁主所求，多不遂志，飲食亦爲所裁節。憂憤成疾，五月丙辰，梁主卧净居殿，口苦索蜜，不得，再曰：『荷！荷！』遂殂。虜騎乘釁真游魂。幸災樂禍却圜視，入室操戈攻嚙吞。蠟鵝厭埋冢雖遠，《通鑑》：梁中大通三年，太子統卒。統天性孝謹，在東宫，坐起恒西向。後宫監鮑邈之告厭禱事，太子終身慙憤，不能自明。至是，年三十一卒，謚曰昭明。初，太子葬母丁貴嬪，有道士云：『此地不利長子，請厭之。』乃爲蠟鵝及諸物埋于葬側。邈之有寵，晚而見踈，乃密啓梁主，掘得鵝物。大驚，將窮其事。徐勉固諫而止，但誅道士。烏幔囚辱兵氛昏。《通鑑》：梁元帝承聖三年十月，魏遣柱國于謹帥師會梁王詧，伐梁。十一月入江陵，梁主退保金城，遂白馬素衣出降。後梁王詧使鐵騎擁之入宫，囚于烏幔之下。十二月，魏人殺梁主及愍懷太子元良等。人天小果豈不有，《傳燈録》：達摩謂梁武帝曰：『寫經度世，此但人天小果，有漏之因。』宇宙缺釁〔二〕疇能藩。一朝佛出救不得，滄海攪作黄河渾。傅公家居自天屬，時復耕耨不憚煩。朝廷聰明願〔三〕不及，塔廟湧出如雲屯。長干空迎佛爪髮，滿國欲飽民膏腱。群僧無功併仰食，我佛獨不憂黎元。惜哉後王永不寤，前後喪亂同一轅。後民皈嚮復未已，拱手禮跪駢肩跟。咒口波瀾豈祝蟒，《高僧傳》：安清，安息國王太子，出家修道，有神通。同學〔分衛〕值施主不稱（太子），輒懟恨，清與訣云：『命過當受惡形，我得道，必相度。』靈帝末，振錫江南，達䢿亭湖廟。廟神降以告清曰：『昔吾以瞋恚故，墮此神報。此身滅後，恐墮地獄。吾有絹千匹并雜寶物，可以立法營塔，使生善處。』清曰：『故來相度，何不出形？』神從床後出頭，乃是大蟒。清向之梵語，蟒悲淚如雨。乃取廟物，達豫章，爲造東寺，後暮有少年跪清受咒，清曰：『廟神得離惡形矣。』禪心寂寞〔四〕猶拘猿。終然百欺幾一遇，世俗瑣瑣吾何論。

校勘記

〔一〕『唄』，四部叢刊本、國圖本、存心堂本、豹文堂本作『貝』。
〔二〕『[illegible]』，豹文堂本同，四部叢刊本、國圖本、存心堂本作『醫』。
〔三〕『願』，四部叢刊本、國圖本、存心堂本、豹文堂本作『顧』。
〔四〕『寞』，四部叢刊本、國圖本、存心堂本、豹文堂本作『默』。

五洩東源有地度可十數畝後負山前則石河如帶幽敻深窈蓋隱居學道者可築室偶賦一詩屬陳彥正

越中五洩古名山，東源峻嶺空雲間。五洩，解見《遇仙記》。東源，解見《宋景濂鄭仲舒同遊五洩》。老石崚嶒欲見骨，天河瀉破莓苔灣。蛟龍縮身似蜥蜴，魑魅出没司神姦。雷公一聲忽下擊，鳥跡不到猶重關。青華仙真舊治所，碧落侍從登清班。《神仙傳》：沈羲將飛昇，忽有白鹿青龍車，羽衣持節，以青玉界丹玉版，拜爲碧落侍郎。穴疑綵狻據一柱，户想銅獸銜雙鐶。鳳馭鸞鞭白羽瓘，瓘，音貫。《說文》：玉名也。芝樓菌閣朱莖殷。張衡《南都賦》：芝房菌蠢生其限。注：菌蠢，芝貌。《說文》：菌，地蕈也，音窘。《九歌》：秋蘭兮青青，緑葉兮紫莖。《論衡》：朱草之莖如鍼。莖，音娙。《說文》：草木幹也。殷，音煙。解見《新得南海志》。梯梁未絶或可值，洞府寖遠多愁顔。嚮曾褰衣得揭涉，别擬鑿徑通茅菅。寛弘頗占十數畝，敻静粗覺非人寰。澗流帶綰玉繚繞，巒翠髻擁花斕斒。截斷塵埃與世隔，構成棟宇寧吾慳。陳君尋常有道力，况此跬步臨幽潺。虚室光明白不動，《莊子》：

虚室生白。寶爐温養丹將還。丈夫出處我已定，馳字早寄孤飛鶤。休拘崑崙併漲海，遇有勝處同躋攀。

讀穆天子傳

我聞昔日穆天子，身騎八駿走萬里。左驂右服疾風起，參伯〔一〕𦱤㠯〔二〕爲之使。本傳：穆天子命駕八駿之乘，右服驊騮而左緑耳，右驂𩥉而左白儀。天子主車，造父爲御，𦱤㠯爲右。次車之乘，右服渠黄而左踰輪，右盜驪而左山子。栢夭主車，參伯爲御，奔戎爲右。𦱤，音泰。㠯，音丙。巨蒐鵠血飲至齒，又：至于巨蒐之人𡙧，乃獻白鵠之血以飲天子。王母戴勝被奇詭，解見《讀漢武内傳》。春山㸌銀爛光煅。又：南司赤水，而北守春山之寶。赤水瑶池望盈咫，白雲歌謡樂忘死。又：宿於崑崙之阿，赤水之陽。又：天子觴西王母於瑶池之上，西王母爲天子謡曰：『白雲在天，山陵自出。道里悠遠，山川間之。將子無死，尚能復來。』西極化人形慮徙，清都帝居騰迺止。解見《病起讀列子》。日月河海眩遠邇，變幻疾徐過一指。積蘇累塊慌下峙，室宫狐鳥饌螻蟻。解見《射的山》。夢虛覺實知者幾，解見《病起讀列子》。跼天蹐地焉可恃。《詩》：謂天蓋高，不敢不跼。謂地蓋厚，不敢不蹐。嗟哉穆滿造厥理，詩人祈招著本紀。《左傳》：周穆王欲肆其志，周行天下，將皆必有車轍馬迹焉。祭公謀父作《祈招》之詩以正王心，曰：『祈招之愔愔，式昭德音。思我王度，式如玉，式如金。淫民之力，而無醉飽之心。』秦皇漢徹希〔三〕逸軌，燕齊術士從風靡。《史記·封禪書》：欒大數月佩六印，貴震天下。而海上燕、齊之間，莫不搤捥而自言有禁方，能神仙矣。目熒耳聹狡[四]聽視，聹，音寧。解見《聞胡汲仲先生没》。攻齧皮膚遺骨髓。蟠桃花開照海水，生不諧樂死空誅。本傳：盛栢之子，天子賜之上姬之長。東狃於澤中，逢寒疾。姬告病，天子憐之。西至於崇璧之臺，盛姬告病死，天子哀之。稟生受質鼻口耳，插牙戴髮肩股趾。纖毛緝纑鬻芊枲。鬻，同煮。馳騁快意恣游履。明瓊擒魚發笑喜，擒，音吸。彈箏酌酒鏗角徵，天真自然絶增毁。上摩青冥蕩若砥，剛風倒景列星晷。剛風，解見《泰山高》。倒景，解見《觀星君像圖》。下臨厚壤疊若壘，桑麻冠帶際龍鬼。一身煢孑等菓[五]秕，四維上下劇池邐。《淮南子》：帝張四維，運之以斗。圜居縶處囚虜比，束貧縛病動牽掎。蜚揚恨不鳥兩翅，跐蹈恨不百足豸。《列子》：若躇步跐蹈，終日在地上行止。《爾雅》：有足謂之蟲，無足謂之豸。跐，音此。浮湛里閈曷時已，顧瞻形骸吁可鄙。我披我書我欲褫，思爲穆滿執鞭弭。《左傳》：晋侯曰：『左執鞭弭，右屬櫜鞬。以與君周旋。』泰山滄海步我跬，歲月邁矣我搏髀。游俠者非仙者是，流蕩忘返獨不耻。長笻化龍几化麂，化龍，解見《觀景拄杖歌》。《神仙傳》：葛仙翁憑桐木几，於女凡山學數十年，登仙，化爲白麂，三足，時出於山上。麂，音几。芝草琅玕森茷藿。芝草琅玕，解見《題紫芝圖》。柳宗元《記》：斫榛莽，焚茅茷。茷，音吠。左思《吴都賦》：草則藿納豆蔻。《説文》：藿，藿本字，音霍，又音髓。我來丹臺述仙史，丹臺，解見《泰山高》。泛觀八極從此始，八極，解見《黑海青歌》。滿天白月無塵滓。

校勘記

〔一〕『参伯』，四部叢刊本、國圖本、存心堂本、豹文堂本作『参百』。
〔二〕『𣇈𣇈』，四部叢刊本、國圖本、存心堂本、豹文堂本作『𣇈𣇈』。
〔三〕『希』，四部叢刊本、存心堂本、豹文堂本作『睎』，國圖本誤作『睎』。
〔四〕『狡』，四部叢刊本、國圖本、存心堂本、豹文堂本作『狹』。
〔五〕『菓』，四部叢刊本、國圖本、存心堂本、豹文堂本作『粟』。

烏震古錢

烏震何年自鑄錢，偏爐發冶光燭天。方圜肉好本不變，《前漢食貨志》：錢圜函方，輕重以銖。註：外圜而内孔方也。肉好，解見《題承氏家藏古錢》。百萬戍卒横戈鋋。鎮州城南塵霧起，鎮州，今直隸真定府。雖有忠臣無孝子。殘虜毁鼻遣還軍，老母孱妻傾淚水。一時富貴千載兇，募〔一〕爲騎將空英雄。天子真傳内藏竭，小臣别賜銅山銅。《史記》：漢文帝賜鄧通蜀嚴道銅山，自鑄錢。鄧氏錢布天下。似此頗期邦國活，却因貨利專生殺。但能擲地作金聲，九府終存太公法。九府，解見《題承氏家藏古錢》。

校勘記

〔一〕『募』，四部叢刊本、國圖本、存心堂本、豹文堂本作『摹』。

吳萊詩集卷第九

錫山王　邦采貽六　箋
　　　　繩曾武沂

歲初喜大人回自嶺南遂攜男〔一〕謌北行送之二首

一

乍喜吾親返，還攜稚子行。風沙千里道，雨露九重城。九重，解見《觀星君像圖》。杜審言詩：還將萬億壽，更謁九重城。舊帆江潮遠，新裝嶺瘴清。《番禺雜編》：嶺外二三月爲青草瘴，四五月爲黄梅瘴，六七月爲新木瘴，八九月爲黄茅瘴。長秋官屬盛，長秋，解見《早秋偶作》。去可接簪纓。

二

此去知何處，飄然惜爾年。塵飛馳馬埒，雪擁讀書氈。日觀躋攀外，日觀，解見《泰山高》。雲臺獻納邊。《後漢馬援傳》：顯宗圖畫建武中名臣、列將於雲臺，以椒房故，獨不及援。文園寧久病，《史記》：司馬相如拜爲孝文園令。又：相如口吃而善著書，常有消渴疾。要奏上林篇。又：蜀人楊得意爲狗監侍上，上讀《子虚賦》而善之曰：『朕獨不得與此人同時哉！』得意曰：『臣邑人司馬相如自言爲此賦。』上驚，乃召問相如，相如曰：『有是，然此乃諸侯之事，未足觀也，請爲天子遊獵賦。』賦成奏之，其辭云(云)：『亡是公聽然而笑曰：「楚則失矣，齊亦未爲得也。且夫齊、楚之事又烏足道乎？君未覩夫巨麗也，獨不聞天子之上林乎？」』

校勘記

〔一〕『男』，四部叢刊本、國圖本、存心堂本、豹文堂本作『兒』。

吉祥寺

一昔逢寒食，《荆楚歲時記》：去冬節一百五日有疾風甚雨，謂之寒食，禁火三日。按曆合在清明前二日，亦有去冬至一百六日者。元稹詩：初過寒食一百六，店舍無煙宫樹緑。行吟探〔一〕物華。《滕王閣賦》：物華天寶。王維詩：爲乘陽氣行時令，不是宸遊玩物華。風生敲檻竹，雨濕墮船花。曲塢青龍樹，《洞冥記》：元光元年，起壽福靈壇，闊百步。四周起銅梁銀隄，水上列種垂龍之木。木似青梧，有朱露，色如丹汁，灑其葉，落地皆成珠。其株似龍體倒垂，亦曰『傾虹樹』，亦曰『珠株樹』。長灘白鷺沙。《埤雅》：鷺步於淺水，好自低昂。李白《送宋少府入三峽》詩：白鷺拳一足，月明秋水寒。人驚遠飛去，直向使君灘。回看江上水，直去到吾家。

校勘記

〔一〕『探』，四部叢刊本、國圖本、存心堂本、豹文堂本作『採』。

秋夜效梁簡文宮體二首

一

無奈涼夜永，起登樓上頭。鵲翻金殿宿，螢近玉階流。梧桐老葉恨，古樂府：梧宮秋，吴王愁。按：吴王别舘，有梧楸成林。芙蓉新蕊愁。《楚辭》：采薜荔兮水中，搴芙蓉兮木末。心不同兮媒勞，恩不甚兮輕絶。婕妤團扇上，那得不驚秋。《前漢外戚傳》：班婕妤《扇詩》曰：『常恐秋節至，涼飆奪炎熱。棄捐篋笥中，恩情中斷絶。』

二

曾是昔年寵，如今誰與同。秋獵長楊苑，《三輔黄圖》：長楊宮在盩厔縣，本秦舊宮，漢修飾以備行幸。宮中有垂楊數畝，因爲宮名。秦漢遊獵之所，揚雄有《長楊賦》。夜幸猗蘭宮。《漢武故事》：武帝以乙酉年七月七日誕生於猗蘭殿，景帝坐榮芳閣，見喜氣如林，來蔽户牖，乃改閣爲猗蘭殿。瓊杯香泫露，曹植《魏德論》：玄德洞幽，飛花上烝。甘露以降，蜜淳冰凝。覩陽弗晞，瓊爵是承。獻之帝朝，以明聖徵。翠袖薄禁風。杜甫詩：天寒翠袖薄，日暮倚修竹。將心與明月，流入君帷中。

一笑

一笑長竿折，徒憐大海魚。解見《夕泛海東》。文章猶醬瓿，《前漢揚雄傳》：雄著《太玄經》，劉歆曰：『乃空自苦，恐後人用覆醬瓿也。』塵土只鹽車。《戰國策》：汗明見春申君曰：『夫驥之齒至矣，服鹽車而上太行，漉汚灑地，白汗交流，中坂遷延，負轅不能上。伯樂遭之，下車攀而哭之，解紵衣而冪之。驥於是俛而噴，仰而鳴，聲造於天，仰見伯樂之知己也。』白日燕臺劍，解見《次韻姚思得》。清風禹穴書。《吴越春秋》：禹傷父功不成，乃案《黄帝中經》，見聖人所記曰：『在於九山東南曰天承，山號委宛。其巖之巔，承以文玉，覆以盤石。其書金簡，青玉爲字，編以白銀，皆瑑其文。』禹乃東巡，登衡山，血白馬而祭之。夢赤繡衣男子自稱玄夷蒼水使者，謂禹曰：『欲得我山書者，齋於黄帝之宫。』禹乃退齋三日，登委宛，發石得金簡玉字之書。言治水之要，周行天下，伯益記之爲《山海經》。上林誰獻賦，愁絶馬相如。解見《歲初喜大人回》。

新得南海志觀宋季崖山事蹟

《廣州志》：南海在府城南百里，自古斗村出口，即浩淼無際。東通閩浙，南接島夷。潮源於東南大洋，地名佛堂門，入惠州界虎頭、甲子二門，以達東莞之斜西海，其南則入於厓山，其支分旁流則會於府城南。《新會縣志》：厓門山在大海中，潮汐之所出入也，高四十二丈，周八十一里，與奇山相對，中有港門，可以藏舟。

故國今安在，新營忽此山。《宋史》：祥興元年，帝舟遷於新會之厓山。初，張世傑以硇州不可居而厓山在海中，勢頗寬廣，中有一港，其口如門，可以藏舟，乃形勝之地，因奉帝移駐焉。藩王收末燼，按《宋史》：端宗昰爲度宗之長子，恭宗之庶兄，初封益王。恭帝既北行，陳宜中、張世傑等奉帝即位，改元景炎。封母弟廣王昺爲衛王。三年，崩於硇州，群臣多散去。陸秀夫曰：『度宗皇帝一子尚在，將焉置之？古人有以一旅一成中興者，今百官有司皆具，士卒數萬。天若未欲絶宋，此不可爲國耶？』乃與衆共立衛王昺爲帝。義將扞邊關。《宋史》：祥興二年，元張弘範襲厓山，張世傑力戰禦之。世傑有甥韓，在元師中，弘範三使韓招世傑，世傑不可，曰：『吾知降，生且富貴，但義不可移耳。』因歷數古忠臣以答之。典禮存周法，威儀復漢班。《續通鑑》：時播越海濱，庶事踈略。每朝會，獨左丞相陸秀夫儼然正笏，立如治朝。或在行中，悽然泣下。與張世傑共秉政，外籌軍旅，内調工役。凡有述作，皆出其手。雖急遽流離中，猶日書《大學章句》以勸講。開衙旗幟動，結寨舳艫環。郭璞賦：舳艫相屬，萬里連檣。注：舳，船後持舵處。艫，船頭刺櫂處。節制通江邏，《史記》：戍邏之卒。注：遮也，廵也。槍牌集洞蠻。按《續通鑑》：德祐元年，勤王詔至贛，文天祥捧之涕泣，乃發郡中豪傑，并結溪洞山蠻萬人入衛。瀧濤多擊礮，嶺嶠半榛菅。置陣移官港，惟宫泊女灣。《續通鑑》：張世傑奉帝移駐厓山，遣人入山伐木，造軍屋千間，行宫三十間。正殿曰『慈元』，以奉楊太妃。時官民兵二十餘萬，多居於舟。資粮取辦於廣右諸郡。按先生《南海記》：仙女灣在香山南海中，宋益王昰南遷，泊仙女灣。狗流疑尾掃，按先生《南海山水人物古蹟記》：衛王昺南遷，結營厓山，天狗墮海，聲隆隆如雷。龍殞莫髯攀。解見《泊道隆觀》。《填海録》：景炎三年，端宗避元，舟次於硇州而崩。陸秀夫與張世傑復立帝昺。是日午登壇畢，還宫，御輦所向，有龍拏空而上，身首角目俱全。暨入室，雲陰不見。奠殯須求繼，馳驅獨任艱。搶攘殘戍屋，殺僇罄居闤。玳瑁洲仍隔，《本草》：玳瑁，生嶺南海畔山水間，大如扇，似龜甲，中有文。《瓊州府志》：崖州東南五十里有玳瑁欄，海邊有巨石數十丈，如屋。宋時陳明甫鑿石爲欄，以養玳瑁。珊瑚島併跧。按《志》：廣州東莞縣有珊瑚洲，嘗有漁者網得珊瑚樹。乾餮烓竈滅，烓，音威。《説文》：行竈。《爾雅》疏：無釜竈。鹵飲轆轤慳。《宋史》：祥興二年，元張弘範以舟師據海口，宋師樵汲道絶，兵士大困。張世傑帥衆旦夕大戰，弘範四分其軍，宋師南北受敵，諸軍大潰。會日暮，風雨，昏霧四塞，咫尺不辨。世傑乃斷維，以十六舟奪港而去。陸秀夫走帝舟，舟大，且諸舟環結，度不得走，乃先驅其妻子入海，即負帝同溺，後宫、諸臣從死者甚衆。太妃楊氏撫膺大慟曰：『我忍死間關至此者，正爲趙氏一塊肉耳，今無望矣。』遂赴海死。世傑將趨安南，至平章山下，遇颶風大作，舟人欲艤向岸。世傑曰：『無以爲也，爲我取瓣香來。』至則仰天呼曰：『我爲趙氏，亦已至矣。一君亡，復立一君。今又亡。我未死者，庶幾敵兵退，立趙氏以存祀耳。今若此，豈天意耶？若天不欲我復存趙祀，則覆我舟。』舟遂覆，世傑溺死焉。道斷無前援，民哀有老鰥。颸掀雲赤暈，《左傳》：楚有雲如衆赤鳥，夾日以飛三日。楚子使問周太史，曰：『其當王身，若禜之，可移於令尹、司馬。』王曰：『移腹心之疾置之股肱，何益？』弗禜而死。孔子聞之，曰：『昭王之不失國也，宜哉！』鯨鬬黿朱殷。《左傳》：晉郤克傷於矢，流血及屨，未絶鼓音，曰：『余病矣。』張侯曰：『自始合，而矢貫余手及肘，余折以御，左輪朱殷，豈敢言病？吾子忍之。』注：朱，血色，久則殷，赤黑色也。殷，音煙。大業從舟盡，元戎棄仗閑。炎丘朝服襲，貝闕御弓彎。《楚詞》：紫貝闕兮朱宫。注：河伯所居，以紫貝作闕。贅僕隨冠冕，嬌孆泣劍鐶。駃騠銜柵象，《前漢書》：匈奴奇畜有駃騠。注：師古曰：生七日而超其母。《廣志》作『決蹄』。精衛避籠鸝。《山海經》：發鳩之山有鳥，名曰精衛。炎帝之女，往遊於東海，溺而不返。常取西山之木石以填東海。敗氣徒延喘，英飆欲起孱。一沉知有決，再縛懼何顏。按《續通鑑》：先是德祐二年三月，元伯顔入臨安，以帝及皇太后全氏、福王與芮等北去。去矣曾青蓋，解見《題侍女汲井圖》。行哉彼翠鬟。城危嗟唄鬧，《江南野録》：李後主酷信浮圖，王師尅池州，令僧俗兵士念『救苦觀世音菩薩』。井辱痛脂斑。《南史》：隋軍克臺城，貴妃與後主俱入井，隋軍出之。晋王廣命斬於青溪中。《南畿志》：景陽井在臺城内，陳後主與張麗華、孔貴嬪投其中，以避隋兵。舊傳：闌有石脉，以帛拭之，作臙脂痕，名『臙脂井』，一名『辱井』，在法華寺。出督空懸令，《宋史紀事本末》：開慶元年，蒙古兵圍鄂州，即拜賈似道右丞相兼樞密使，軍漢陽以援鄂。蒙古攻城益急，似道大懼，乃密遣宋京詣蒙古營，請稱臣納幣。會蒙古主訃聞，而阿里不哥欲襲尊號，乃許之。似道遂匿議和諸事，奏諸路大捷。召入朝，賞賜甚厚。廻軍却算鍰。又：賈似道忌諸將，欲污衊置之罪，乃行打算法於諸路，以軍興時支取官物爲贓私，於是趙葵、史巖之、杜庶皆坐侵盜掩匿罷，而向士璧、曹世雄下獄死。鍰，音還。《書》：其罰百鍰。注：孔安國曰：六兩曰鍰。鍰，黄鐵也。蜀瀘家失奥，襄漢國忘欀。《宋史紀事本末》：劉整爲潼川安撫使，以邊費爲蜀帥俞興所持。整素與興有隙，自遣使訴于朝，不得達，心益疑懼。遂籍瀘州十五郡户三十萬降於蒙古。整驍將也，蒙古既得整，由是盡知國事虚實。南伐之謀益決。賂鄂守吕文德，求置榷場於樊城。文德許之，遂開榷場，外通互市，内築堡壁。由是敵有所守，以遏南北之援，出兵哨掠襄樊，城外兵勢益盛。咸淳七年五月，蒙古詔諸道兵圍襄陽，水陸並進。鄭鼎出嘉定，汪良臣出重慶，北刺不花出瀘州。所至順流縱筏，斷浮橋，獲將卒戰艦甚衆。九年正月，進攻樊城，破外郭。張弘範見阿术曰：『襄在江南，樊在江北，我陸攻樊，則襄出舟師來救，終不可取。若截江道，斷援兵，水陸夾攻，則樊破而襄亦下矣。』阿术從之。初，襄樊兩城，漢水出其間，吕文焕植一木江中，鏁以鐵絙，造浮橋以通援兵。樊亦恃此以爲固。至是阿术以機鋸斷木，以斧斷絙，燔其橋，襄兵不能救。乃以兵截江，而出鋭師薄樊城，城遂破。呂文焕以襄陽叛降元。櫰，疏官切，刷，平聲，閉門機也。《古法帖譜系》：淳化帖有銀錠櫰痕。月照丹心苦，風揚白骨頑。謏儒輕戰勇，《宋史紀事本末》：建炎四年，張浚經略關陝，聞兀朮將至，檄召熙河劉錫、秦鳳孫偓、涇原劉錡、環慶趙哲四經略及吳玠之兵，合四十萬人，馬七萬匹，以錫爲統帥，迎敵決戰。王彦諫曰：『陝西兵將上下之情未通，若不利，則五路俱失。不若且屯利閬興洋，以固根本。敵入境，則檄五路之兵來援，萬一不捷，未大失也。』浚不從，劉子羽亦力言未可。浚曰：『吾寧不知此？顧東南事方急，不得不爲是爾。』吳玠、郭浩皆曰：『敵鋒方鋭，宜各守要害，須其弊而乘之。』亦不從。遂次於富平縣。已而婁室引兵驟至，錫等與之力戰，劉錡身率將士薄敵陳，殺獲頗多。勝負未分，而敵鐵騎出不意，直擊趙哲軍。哲部驚遁，諸軍皆潰。關陝大震，浚退保秦州，自是關陝不可復。論者咎浚之輕師失律。《禮》：發慮憲，求善良，足以謏聞，未足以動衆。注：言可以小致聲譽。穢史進降奸。《宋史紀事本末》：元伯顔令程鵬飛取太皇太后手詔，及三省樞密院吳堅、賈餘慶等檄，諭天下州郡降附。執政皆署，家鉉翁獨不署。鵬飛命縛之，鉉翁曰：『中書省無縛執政之理，歸私第以待命，可也。』《北齊魏收傳》：收修《魏書》以得陽休之助，謝曰：『當爲卿作嘉傳。』又納朱榮子金，故減其惡，增其善。人號『穢史』。世遠神終在，天高淚或潸。綺羅歸北府，疆理混南寰。毒浪悲潺内，煙氛蒼莽間。一時磨石處，萬里凱歌還。《名勝志》：厓門海旁有奇石，舊題云『元鎮國大將軍張弘範滅宋於此』。明成化二十二年，御史徐瑁削而改書曰『宋丞相陸秀夫死於此』。

嚴陵應仲章自杭寄書至賦此答之

故舊何懸絶，閑居欲反招。《文選》：王康琚《反招隱詩》：小隱隱陵藪，大隱隱朝市。幽并風雪緊，《禹貢》：冀州。《晉書·地理志》：冀州其地有險有易，帝王所都，亂則冀安，弱則冀强，荒則冀豐。舜以南北闊大，分衛以西爲并州，燕以北爲幽州。楚越水雲遥。《前漢高帝紀》：項羽自立爲西楚霸王。注：孟康曰：舊名，江陵爲南楚，吴爲東楚，彭城爲西楚。《通雅》：東楚、西楚、南楚皆非宋之楚州。東楚，今蘇州。西楚，今徐州。南楚，即今荆州府。《吴越春秋》：禹周行天下，還歸大越。按《志》：今浙江紹興府地，凡浙以東皆越境。短褐緇塵破，《史記》：孟嘗君曰：『君後宮蹈綺縠，而士不得短褐。』陸機詩：京洛多風塵，布衣化爲緇。長鐔寶氣銷。《莊子》：天子之劍，周宋爲鐔，韓魏爲夾；諸侯之劍，以忠聖士爲鐔，以豪傑士爲夾。杜甫詩：却假蘇張舌，高誇周宋鐔。鐔，音尋。《説文》：劍鼻。又音潭。《博物志》：吴斗牛間常有紫氣，張華以問豫章人雷焕，焕曰：『寶劍之氣，上達於天。』門垣成隱逸，筆牘到畊樵。逆旅呼燈夕，《左傳》：虢爲不道，保於逆旅。注：逆旅，客舍也。修闈徹棘朝。《五代史·和凝傳》：凝知貢舉，是時進士多浮薄，喜爲諠譁，以動主司。每放榜，則圍之以棘，絶人出入以爲常。凝徹棘開門，士皆肅然無譁，所取皆一時之秀。囊書題薈蕞，《嬾真子録》：唐史載，鄭虔集當世事，著書八十餘篇，目其書爲會粹。老杜《哀故著作郎台州司户（榮）[滎]陽鄭公虔》詩云：『薈蕞何技癢。』今按《韻略》：薈，馬外切。如『薈兮蔚兮』之『薈』。蕞，徂外切，小也，『蕞爾國』之『蕞』。虔自謂其書雖多，而皆碎小之事，後人乃誤呼爲『會粹』，意謂會取其純粹也，失之遠矣。發論獻蒭蕘。《詩》：詢于蒭蕘。舌熖真熏灼，胸兵劇鍜敹。胸兵，解見《送宣彦昭》。《書》：善敹乃甲胄。注：敹謂縫完之，勿使斷毁也，音聊。乘軒南國鶴，《左傳》：狄人伐衛，懿公好鶴，鶴有乘軒者。將戰，國人受甲者皆曰：『使鶴，鶴實有禄位，予焉能戰？』解鏇朔庭鷳。《鷹賦》：結璇璣之金環。注：環，即鏇也，以絛繫鷹足，而繫之於鏇也。《玉篇》：鏇，轉軸。《爾雅翼》：鷳者，鶚之類，土黄色，健飛，擊沙漠中，空中盤旋，無細不覩。《北史》：符秦權翼曰：『譬如緣鷹聞飈起，常有凌霄之志。』斡運天垂斗，蘭鶱〔一〕海作潮。荃蘭騷地變，《澧州志》：蘭江在州城東，其地多蘭蕙。《楚詞》：沅有芷兮澧有蘭。故稱『蘭浦』。又云：捐予佩兮澧浦。亦稱『佩浦』。今屬湖廣岳州府。橘柚貢年凋。《書》：揚州：厥包橘（相）〔柚〕，錫貢。色采黄朱黻，《莊子》：瞽者無以與乎青黄黼黻之觀。音聲徵角韶。潛身甘蟄蠖，《爾雅》：蠖，尺蠖。注：今蝍蝛，或曰蟲屈伸而行者，形小多足，生桑上，其長至尺。行則屈腰，使首尾相就。陸佃云：『一名步屈。』《易》：尺蠖之屈，以求信也。賦命類苕鷯。《説苑》：鷦鷯巢於葦苕，繫之以髮。取茅秀爲巢，以麻紩之如刺韈然。筮仕龜無兆，《周禮》：大卜掌三兆之法，一玉兆，二瓦兆，三原兆。注：灼龜而占之，象也。玉兆鏬瑩如玉，屬陽。瓦兆暴裂如瓦，屬陰。原兆折裂如原田，陰陽雜也。又：卜師掌開龜之四兆，一方兆，二功兆，三義兆，四弓兆。注：卜師佐大卜者，開龜者。開龜之下體，去其外甲，存其下甲中有横直之文者，以卜也。下甲中有直文者，所以分左右陰陽也。横有五文，以分十二位者，象五行也。去其上下，不可以爲兆，可開鑿而燋以爲兆者，上下各四也，故曰四兆。一説：方者，卜其行事之方；功者，卜其可成之功；義者，卜其當爲之事；弓者，取其張弛之象。又：吉也，卜者以求吉爲主，故以兆言吉。攻經教有條。秦灰完竹帛，《前漢藝文志》：昔仲尼没而微言絶，七十子喪而大義乖。故《春秋》分爲五，《詩》分爲四，《易》有數家之傳，戰國從衡，真僞分爭，諸子之言紛然殽亂。至秦患之，乃燔滅文章，以愚黔首。漢興，改秦之敗，大收篇籍，廣開獻書之路。竹帛，解見《樓彦珍北游》。漢粕味簞瓢。《漢書·武帝贊》：帝能表章六經。《世説》：荀粲談尚玄遠。注：粲别傳曰：粲常以子貢稱『夫子之言性與天道，不可得而聞』，然則六籍雖存，固聖人之糟粕。能言者不能屈。畫品翎毛貴，《畫譜》：唐崔白工畫，雖以敗荷鳧雁得名，然尤精花竹翎毛。雞塲爪距驕。《左傳》：

季郈之雞鬬，季氏介其雞，郈氏爲之金距。文章通政理，道義勝官僚。歲月嗟悠久，湖江耐寂寥。花濃攜酒榼，柳霽賣餳簫。《夢華録》：寒食日，都城賣稠餳麥糕。《詩》：簫管備舉。箋：簫，編小竹管，如今賣餳者所吹。宋祁詩：簫聲吹暖賣餳天。餳，音唐，又音尋。制虎摇金錯〔二〕，《西京雜記》：東海黄公能幻術，制蛇虎，佩赤金刀。及衰，飲酒過度，遇白虎，以赤金刀厭之，遂爲虎所食。古詩：何以報之金錯刀。注：金錯云者，乃錯文於器皿之上，而塗之金也。按先生《甬東記》：有黄公墓，黄公赤刀厭虎，厭不行，爲虎所食者也。驅鼉駕赭橋。解見《次定海候濤山》。流連光景賞，播蕩别離謡。世笑烏非鵲，《爾雅》：烏鵲醜，其掌縮。注：飛，縮脚腹下。《埤雅》：今人聞鵲噪則喜，聞烏噪則唾。吾憐狗續貂。《晋書》：趙王倫篡位，奴卒亦加爵位。每朝，貂蟬盈坐，語曰：『貂不足，狗尾續。』《漢官儀注》：金取堅剛，蟬取居高飲潔，貂取内勁悍外温潤。呼號三跀璞，解見《得杭州書》。跀，同刖。慷慨五陵鑣。《前漢原涉傳》注：高帝長陵，惠帝安陵，景帝陽陵，武帝茂陵，昭帝平陵。杜甫詩：同學少年多不賤，五陵裘馬自輕肥。落落山中柱，叢叢澗底苗。左思詩：鬱鬱澗底松，離離山上苗。以彼徑寸莖，蔭此百尺條。世胄躡高位，英俊沈下僚。地勢使之然，由來非一朝。金張籍舊業，七葉珥漢貂。馮公豈不偉，白首不見招。依然百將略，付與霍嫖姚。《前漢書》：霍去病爲嫖姚校尉，後拜驃騎大將軍。

校勘記

〔一〕『蘭鶱』，四部叢刊本、國圖本、存心堂本、豹文堂本作『蜚騰』。按『鶱』與『騰』通。

〔二〕『錯』，四部叢刊本、國圖本、存心堂本、豹文堂本作『鍚』。

憶寄方子清時子清久留吴中

一别嗟何處，相思撫舊蹊。月明施瀨北，《寰宇記》：勾踐索美女獻吴王，得諸暨賣薪女鄭旦、西施。先習禮於土城山，山邊有石，是西施浣紗石。按《志》：今浙江紹興府諸暨縣有浣江，在縣南五十步，亦曰浣浦。雲起蠡巖西。《名勝志》：長山一名陶朱山，在諸暨縣西一里。南北長十餘里，高五十餘丈。其頂平博，有石室，可坐百人。北有戚家嶺，亦曰七崗，以范蠡居山之南，有范蠡巖、鴟夷井。跋涉舟車動，過從笈篋攜。隣光因借燭，《前漢書》：匡衡勤學，隣舍有燭，穿壁引其光讀書。道味肯吹虀。《唐書》：傅奕曰：『懲沸羹者吹冷虀，傷弓之鳥驚曲木。』好學螢分照，《晉書》：車胤家貧，以紗囊盛螢照書。論交雁擇栖。丘園心薜荔，海國氣鯨鯢。卷帙籤翻蠹，謳吟硯發黳。《前漢郊祀志》：隕石二，黑如黳。黳，音衣。《説文》：小黑子。經筌參老易，樂府録鐃鼙。鐃鼙，解見《夜觀古樂府》。治法推周稼，《周禮注》：種穀如嫁女，以有所生也。淳風仰漢綈。《前漢文帝紀》：身衣弋綈。注：弋，黑色也。綈，厚繒。談玄知野馬，《晉書》：陸雲夜迷路，至一家寄宿，一年少美丰姿，共談《老子》，音致深遠。向曉辭去，後乃知王弼塚，自此談玄殊進。《莊子》：野馬也，塵埃也，生物之以息相吹也。注：野馬，日中遊氣。考字守家雞。解見《戒珠寺》。土域標褆象，解見《大食餅》。天圖辨煇鑴。《周禮·春官》：眡祲，掌十煇之法，以觀妖祥，辨吉凶。三曰鑴。注：日旁四面反向，如煇狀。煇，與暈通，日光氣。鑴，音奚。遺文多廢墜，妙契極端倪。獨樹盤桓久，平蕪眺望低。霜林紅玳瑁，霧雨碧玻璃。屏跡依狐兎，銷愁對鷺鷖。塵書投梵夾，《唐書》：懿宗於禁中設講席，自唱經，手録梵夾。美餉挈童觿。《詩》：童子佩觿。槲葉時遮峒，槲，音斛。許渾詩：古木高生槲。藤梢或罥〔一〕谿。罥，羂本字。《説文》：网也。一曰綰也。涓，上聲。龍居睍雪瀑，睍，規，去聲。《博雅》：視也。《埤蒼》：眇視貌。虎路躡霞梯。出入恒聯袂，追隨幾杖藜。竹山香嶺嶠，花島繡湖隄。尚義開黌始，延儒振席齊。生徒修束脯，祭品授菹臡。《周禮》：醢人，掌四豆之實。朝事之豆，其實韭菹、醓醢、昌本、麋臡、菁菹、鹿臡、茆菹、麇臡。注：有骨爲臡，無骨爲醢。臡，讀若泥。錦石看還數，蒼松倚却題。吾伊朝屢集，黄庭堅歌：南窻讀書聲吾伊，北山見月歌竹枝。渾灝夜同稽。揚子：虞夏之書渾渾爾，商書灝灝爾，周書噩噩爾。《禮》：儒有今人與居，古人與稽。自謂菖爲歜，《左傳》：王使周公閱來聘，享有昌歜。注：昌蒲菹也。菖，通作昌。《吕氏春秋》：文王好昌歜菹，孔子聞之，蹙頞而食之，三年，然後美之。歜，音蠶，上聲。人疑縠似稊。中悁真抑鬱，《詩》：中心悁悁。外物總筌蹄。《莊子·外物篇》：筌者所以在魚，得魚而忘筌；蹄者所以在兎，得兎而忘蹄；言者所以在意，得意而忘言。歲序空流邁，濤波益慘悽。故袍寒擘繭，《史記》：須賈譖范睢於魏齊，齊怒，笞擊睢。睢佯死，變姓名曰張禄。入秦，秦王拜爲相。後賈使秦，睢微行敝衣見賈，賈驚曰：『范叔一寒如此哉！』取綈袍以賜之。後知見賣，肉袒謝罪。睢曰：『汝得無死者，以綈袍戀戀有故人之意耳。』雄劍滑膏鵜。雄劍，解見《早秋偶作》。《爾雅注》：鷉鵜，似鳧而小，膏中瑩刀。緑暎牽帆水，紅黏曳屧泥。娃宮釵鈿拾，《吴郡志》：靈巖山在平江府城西，吴王之别苑在焉，有舘娃宮。《唐書》：明皇幸華清，貴妃兄錡、國忠及三姊皆從，别爲一隊。五隊合，爛若萬花，遺鈿墮舄，狼籍於道，香聞數里。甫里筆牀齋。又：陸龜蒙，字魯望，寓居松江甫里，每升舟，賫束書、茶竈、筆牀、釣具，自號天隨子、江湖散人、甫里先生。以高士召，不至。《樹萱録》：南朝呼筆管爲牀。又四管爲一牀。鶴市歌喉引，《吴越春秋》：闔閭葬女，令鶴舞於市，萬人傳觀，謂之鶴市。按《志》：在閶門外。鱸鄉鱠手撓。解見《早秋偶作》。撓，音鈋，擊也，通作批。吴趨誇粉黛，越産購珠犀。《後漢書》：馬援征交趾，載薏苡歸，人以爲明珠文犀。富業連橙圃，菑霖潰稻畦。占歸仍浩渺，結客重酸嘶。彼此身如寄，參商夢欲迷。《左傳》：高辛氏有二子，閼伯、實沈，不相能也，日相征討。后帝遷閼伯於商丘，主辰。商人是因，故辰爲商星。遷實沈於大夏，主參，唐人是因，以服事商。故參爲晉星。杜甫詩：人生不相見，動如參與商。蓬飛甘掃軌，《後漢杜密傳》：劉勝閉門掃軌，無所干及。注：軌，車迹也，言絶人事。桂落得通閨。《南部新書》：杭州靈隱山多桂，寺僧云是月中種也。至今中秋夜，往往有子墜。謝朓詩：既通金閨籍。《前漢書》：詔令從官給事宮中者，得爲大父母、父母、兄弟通籍。注：籍者，爲二尺竹牒，記其年紀、名字、物色，懸之宮門，案省相應，然後乃得入也。俠眼收丹電，仙襟化素霓。傅毅賦：體如游龍，神如素霓。貧期金埒騁，《晉書》：王濟買地爲馬埒，編錢滿之，時人謂爲金溝。賤許玉階躋。《西京賦》：金戺玉階。病矣長憂痼，閑哉敢恨睽。揃除須爾鑷，《雲仙雜記》：王僧虔晚年惡白髮，一日對客，左右進銅鑷，僧虔曰：『却老先生至矣，庶幾乎。』磨刮更予篦。《涅槃經》：如盲目人爲治盲，故遺詣良醫，即以金篦刮其眼膜。本欲希〔二〕王貢，《前漢書》：王吉與貢禹爲友，世稱『王陽在位，貢公彈冠』，言其取舍同也。兹猶慕阮嵇。《世説》：嵇康、阮籍、阮咸等七人常集於竹林之下，世謂之『竹林七賢』。猖狂疏奏牘，輭弱謝畊犂。習静求神悟，超群畏俗擠。清琴乘有鯉，《九域志》：宣州琴溪即琴高控鯉之地，詳見《參寥泉》。鉅弩蹠非鼷。《三國・魏・杜襲傳》：千鈞之弩，不爲鼷鼠發機。《史記》：蹠勁弩。蹠，同跖，音職，踐也。教駕傳㘅轡，觀隅識橑枅。《楚辭》：桂棟兮蘭橑。橑，音老，椽端横木。枅，音雞。《説文》：屋櫨也。徐鉉曰：柱上横木承棟者。耡芝纔受謫，《抱朴子》：蔡誕好道，入山，不堪其苦而還。誑其家曰：『吾爲地仙，位卑，爲老君牧龍。因群仙博戲，輸五色斑龍。緣此被謫崑崙山下耡芝草。』抱璞跀聞啼。解見《嚴陵應仲章書至》。性命緣窮鬼，功名屬嬖奚。悠悠鸞與鳳，泯泯鹿將麑。《宣驗記》：吴唐將兒出獵，射麑死，母驚悲鳴，又射殺之。又逢一鹿，將射，忽箭發，反激其子。唐抱兒，撫膺而哭，聞空中呼曰：『吴唐之愛子，與鹿何異？』唐驚聽，不知所在。白谷今安駟，青霄古執珪。毋寧枉隱逸，辛苦等黔黎。

校勘記

〔一〕『羂』，四部叢刊本、國圖本、存心堂本、豹文堂本作『罥』。

〔二〕『希』，四部叢刊本、國圖本、存心堂本、豹文堂本作『晞』。

去歲留杭德興傅子建夢得句云鼋鼍滄海賦龍馬赤文書問以語予及其鄉人董與幾山空歲晚恍然有懷爲續此詩却寄董

觸目懷招隱，解見《早秋偶然作》。興歌託遂初。《晉書・孫綽傳》：表曰：『中宗飛龍，實賴長江，不然江東爲豺狼之場矣。』因賦《遂初》，陳止足之道。俗塵多汩没，天籟幾吹噓。《莊子》：汝聞人籟而未聞地籟，汝聞地籟而未聞天籟夫。注：聲所從出曰籟。地籟有形而受，天籟無形而生。師氏曰：風聲爲天籟，水聲爲地籟，笙竽爲人籟。晚景翻濛汜，秋潮洩尾閭。解見《拄杖歌》。祥雲旗鳳鳥，陸機《浮雲賦》：若層臺高觀，重樓疊閣。或如鐘首之鬱律，乍似塞門之寥廓。龍逸蛟起，熊厲虎戰。鸞翔鳳翥，鴻驚鶴奮。李斯《諫逐客書》：建翠鳳之旗。《墨子》：天賜武王黄鳥之旗。瘴雨弩鯨魚。解見《泰山高》。洒淚鮫人室，解見《夕泛海東》。漂魂建木墟。《山海經》郭璞《建木贊》：爰有建木，黄實紫柯。皮如蛇纓，葉有素羅。絶蔭弱水，異人則過。注：木直上百仞，無枝。黿鼉滄海賦，龍馬赤文書。龍馬，解見《送鄭獻可》。《淮南子》：黄帝遊於洛，見鯉魚長三丈，青身無鱗，赤文成字。上谷空豪舉，《史記》：趙攻燕，得上谷三十城。按《志》：今順天、保定、河間等郡。又：平原君之游，徒豪舉耳，不求士也。西河久索居。《檀弓》：子夏喪其子而喪其明，曾子弔之。子夏曰：『天乎！余之無罪也。』曾子怒曰：『商，女何無罪也？吾與女事夫子於洙泗之間，退而老於西河之上，使西河之民疑女於夫子，爾罪一也；喪爾親，使民未有聞焉，爾罪二也；喪爾子，喪爾明，爾罪三也。而曰爾何無罪歟？』子夏投其杖而拜曰：『吾過矣！吾過矣！吾離群而索居亦已久矣。』蠻琛遺翡翠，《詩》：憬彼淮夷，來獻其琛。魯價掩璠璵。《逸論語》：璠璵，魯之寶也。詳見《送鄭獻可》。遠矣鳴髇箭，《前漢匈奴傳》：冒頓作鳴鏑。注：髇箭也。悠哉薄笨車。《世説》：李膺與郭林宗共載薄笨車，上(人)[大]槐板，觀者數百人，引領望之，眇若松喬之在雲漢。影摇青薜荔，光璨白芙蕖。自昔攻佔畢，《學記》：今之教者，呻其佔畢。注：佔，視也。畢，簡也。于今載耒耡。彈冠身有待，句解見《送宣彦昭》。鑄硯志非虚。解見《送鄭浚常》。蘇子從衡術，《史記》：蘇秦者，雒陽人也，東事師於齊，而習之於鬼谷先生。注：《風俗通義》曰：鬼谷先生，六國時從横家。韓生内外儲。又：韓非者，韓諸公子也，喜刑名法術之學，數以書諫韓王，韓王不能用，作《孤憤》《五蠹》《内外儲》《説林》《説難》十餘萬言。乾坤瞻魏闕，《莊子》：中山公子牟謂瞻子曰：『身在江湖之上，心存乎魏闕之下。』《説文》：闕，門觀也。《爾雅》：觀謂之闕。注：宮門雙闕。《釋名》：闕在門兩旁，中央闕然爲道也。以其懸法象，謂之象魏。象，治象也。魏者，狀巍然高大。令民觀之，故謂之觀。兩觀雙植，中不爲門爾。《爾雅》疏：觀與象魏[、闕]，一物而三名也。《南史·何胤傳》：闕謂之象魏。象者，法也。魏者，當塗而高大也。日月夢周廬。張衡《西京賦》：徼道外周，千廬内附。衛尉八屯，警夜巡晝。《元史·世祖紀》：至元二十八年二月，建宮城南面周廬，以居宿衛之士。炫燿螭雕珮，蔡邕《獨斷》：天子璽以玉螭虎紐。《玉藻》：古之君子必佩玉，右徵角，左宫羽。佩，或從玉。蹁躚隼建旟。《周禮》：鳥隼爲旟。注：旗畫鳥隼，取摯捷也。裂衣騰朔漠，《晏子》：女子而男其飾者，裂其衣，斷其帶。膠棹入黄淤。《前編》：周昭王巡狩返濟漢，漢濱人以膠膠船載之，至中流膠液，王及祭公皆溺。趙女絃鴻鵠，古詩：燕趙多佳人，美者顔如玉。被服羅裳衣，當户理清曲。《前漢楊惲傳》：婦趙女也，雅善鼓瑟。奚兒駕駏驉。唐《李賀傳》：從奚奴，騎駏驉。注：似鸁而小。駏，渠上聲。驉，音虚。詞林應聘汝，蕭嵩《修國史制》：自非鈎深學海，囊括詞林，盛周公之典謨，(志)[懸]仲尼之日月，何以纂(取)[叙]鴻業？俠窟肯愁予。解見《秋日雜詩》。結騎幽并窄，掄交楚越踈。解見《應仲章寄書》。山簡詩：舉鞭問葛彊，何似幽并兒。奇功生鼎鼐，《鼎録》：蕭何爲丞相，鑄一鼎，大如三石甕，自表己功，其文曰『紀功鼎』。又：王商爲單于(長)[所畏]，帝令鑄鼎，刻其功以勸忠臣。《詩》：鼐鼎及鼒。猛氣死籧篨。《詩》：籧篨不鮮。注：籧篨，本竹席之名，人或編以爲囷，其狀如人之擁腫而不能俯者，因以名疾也。《晉語》：籧篨不能使俯，戚施不能使仰。藥物金鵝採，李白詩：時餐金鵝蘂，屢讀古苔篇。兵鈐赤鯉漁。《列仙傳》：吕尚釣於磻溪，三年不得魚，已而獲大鯉，得兵鈐於魚腹中。中條分雍豫，《禹貢》：荆河惟豫州。又：黑水、西河惟雍州。按《志》：豫，今河南省。雍，今陝西省。又按：吴澄云：崑崙爲西極之祖，分派三幹以入中國。蓋以長江與南海夾南條大幹，盡於東南海；黄河與大江夾中條大幹，盡於東海；（黄河）黄河與鴨緑江夾北條大幹，盡於遼東。爲三條。四序出堪輿。《九辯》：皇天平分四時兮。《漢藝文志》：《堪輿金匱》十四卷。注：堪天道，輿地道。小榻琴心展，《黄庭内景玉篇》：琴心三疊舞胎仙。注：琴，和也。疊，積也。一唱三和，琴心以三疊，言之三丹田之炁也。胎仙者，有炁無質。舞，亦和樂也。梁丘子曰：『存三丹田，使和樂如一，則胎仙可致也。』長纓劍膽舒。《前漢終軍傳》：軍自請，願受長纓，必覊南越王而致之闕下。按圖稽獬豸，《説文》：獬廌，獸，一角，古者決訟，令觸不直。《唐書》：侯思正求爲御史，武后曰：『卿不識字，豈堪御史？』對曰：『獬豸何嘗識字，但能觸邪耳。』觴酒笑鶢鶋。《莊子》：昔者有鳥，止於魯郊，魯侯説之，爲具太牢以饗之，奏《九韶》以樂之，鳥乃始憂悲眩視，不敢飲食。按《國語》：海鳥曰『爰居』，止於魯東門之外三日。野屐偏求蠟，《晉書·阮籍傳》：或有詣阮孚，見孚正自蠟屐，因自嘆曰：『未知一生當着幾緉屐。』山巾尚著練。《晉書·王導傳》：時帑藏空竭，庫中惟有練數千端，鬻之不售而國用不給，導患之，乃與朝賢俱制練布單衣，於是士人翕然競服之，練遂踊貴。《類篇》：練，綌屬。《玉篇》：紡麤絲。按：《韻瑞》《韻略》等書皆引『襧衡著練巾』，而《後漢書》『練』作『踈』，或是傳寫之誤，不可考耳。貧猶思禄士[一]，老不廢耕畬。《易》：不耕獲，不菑畬。卓踔才終用，《韓文序》：汗瀾卓踔，奫泫澄深。猖狂習未除。文章同一默，《荀子》：言不如默。《黄庭堅集》：萬言萬當，不如一默。歲月或三餘。《魏略》：董遇言學者當以三餘，或問三餘之義，遇曰：『冬者歲之餘，夜者日之餘，陰雨月之餘。』策竹登玄圃，玄圃，解見《望馬秦桃花諸山》。然藜問石渠。然藜，解見《太一真人畫軸》。《三輔黃圖》：石渠閣，蕭何造。其下礲石爲渠以導水，因名。以藏入關以來所得秦之圖籍。至於成帝，又於此藏秘書焉。定須追樂毅，《史記》：樂毅，趙人，去趙適魏，使於燕。燕昭王以爲亞卿。將兵伐齊報仇，封昌國君。昭王死，惠王得齊反間，疑之。樂毅畏誅，遂西降趙，號望諸君，卒於趙。端爲謝曹蜍。《世説》：庾道季云：『廉頗、藺相如雖千載上死人，懔懔恒如有生氣。曹蜍、李志雖見在，厭厭如九泉下人。人皆如此，便可結繩而治。但恐狐狸猯貉噉盡。』

校勘記

〔一〕『士』，四部叢刊本、國圖本、存心堂本、豹文堂本作『仕』。

寄張子長

世豈無推挽，《左傳》：衛獻公出奔。子展、子鮮見臧紇，臧紇謂其人曰：『衛君必入，夫二子者，或推之，或挽之，欲無入，得乎？』人誰有典刑。《詩》：雖無老成人，尚有典刑。稍懷南國彦，《後漢書》：黄瓊卒，徐穉往弔，進酹哀哭，置生芻墓前而去。諸名士曰：『此必南州高士徐孺子也。』恒愧北山靈。按：南齊周顒嘗隱於北山，應詔出爲海鹽令，後更欲適北山。孔稚圭乃假山靈之意作《北山移文》以譏之，其文曰：『鍾山之英，草堂之靈。馳烟驛路，勒移山庭。』云云，然稚圭後亦爲顯宦。萬里麻衣敝，解見《得杭州書》。千年竹簡青。《後漢吴祐傳》：殺青簡以寫書。羲文先索象，《易本義》：索，求也，謂揲蓍以求爻也。魯頌或歌駉。《詩》：駉駉牡馬，在坰之野。杞梓儒林挺，杞梓，解見《送鄭彦貞叔姪》。《北史》：高允謂常爽曰：『文翁柔立，先生剛克，立教雖殊，成人一也。』時號爲儒林先生。魚龍俠窟鮏。俠窟，解見《秋日雜詩》。鮏，音星。《説文》：魚臭也。塵埃完結緑，《史記》：范睢曰：『臣聞周有砥砨，宋有結緑，梁有縣藜，楚有和朴，此四寶者，土之所生，良工之所失也，而爲天下名器。』粉黛飾娉婷。韓愈文：粉白黛緑者，列屋而閒居。陳無己詩：當年不嫁惜娉婷，傅粉施朱學後生。不惜捲簾通一顧，怕君著眼未分明。脱略蘇張弈，《史記》：魏人張儀與蘇秦俱事鬼谷先生學術。漸摩管樂硎。《蜀志》：諸葛亮自比於管仲、樂毅。道途餘雪屩，巖穴但雲扃。本擬陳三策，《前漢書》：詔舉賢良方正直言極諫之士。董仲舒應詔，陳《天人三策》。吁嗟守一經。《前漢韋賢傳》：遺子黄金滿籯，不如教子一經。地〔一〕卑淪燕雀，《前漢陳涉傳》：燕雀安知鴻鵠之志哉。跡〔二〕遠及猱㹐。左思《吴都賦》：彈鸞京，射猱㹐。猱，音鐃。㹐，音亭，猨屬。種菊行荒埒〔三〕，看松俯絶陘。陶潛辭：三徑就荒，松菊猶存。仙棋閑度日，《述異記》：信安郡石室山，晋時樵者王質伐木入山，見二童子圍棋。與質一物，如棗核，食之不覺饑。以所持斧置坐而觀棋局。未終，童子指謂之曰：『汝斧柯爛矣。』質歸鄉里，無復當時之人。許渾詩：世間甲子須臾事，逢着仙人莫看棋。旅劍懶占星。解見《送鄭獻可》。故里青桐巷，雙溪白鷺汀。交游多握手，歲月此忘形。志氣需來哲，才華壓妙齡。秦坑收末燼，《史記》：秦始皇惡諸生或爲訞言以亂黔首，使御史按問之，諸生傳相告引乃自除，犯禁者四百六十餘人，皆阬之咸陽。末燼，解見《觀秦丞相碑》。漢粕浸奇馨。漢粕，解見《應仲章書至》。正器陳籩豆，專門識鼎鉶。《周禮》：祭祀，共大羹、鉶羹。注：羹加五味，盛以鉶器，故曰鉶羹。犇騰鞭用駿，解見《送俞子琦》。祖裼割分腥。《禮》：食三老五更於太學，天子袒而割牲，執醬而饋，執爵而酳。卓立撐喬嶽，孤流混濁涇。《詩》：涇以渭濁。注：涇濁渭清。鵲飛持或布，《臨海記》：郡西有白鵠山，相傳此山有鵠飛入會稽郡雷門鼓中，打鼓聲聞洛陽。後逆賊孫恩斫破此鼓，見一白鵠飛出。鵠或作鶴，此作鵲。《前漢書》：王尊曰：『毋持布鼓過雷門。』鯨吼扣非莛。《東都賦》：發鯨魚，鏗華鐘。注：海島有大獸，名蒲牢。蒲牢畏鯨魚，鯨魚一擊，蒲牢輒大吼。凡鐘欲令聲大，故作蒲牢於上，所擊者爲鯨魚之狀。莛，解見《觀致日經》。別袂逢秋怯，隣燈入夜熒。句解見《憶寄方子清》。沉沉猶在野，憲憲欲揚廷。《易》：揚于王廷。舜殿瞻儀鳳，《書》：簫韶九成，鳳凰來儀。堯階數曆蓂。解見《觀致日經》。螭坳文錦褥，《會要》：漢栢梁殿災，越巫言海中有魚，虬尾似螭，激浪則降雨。遂作像於屋，以厭火災。螭或作鴟。《百官志》：起居郎舍人分侍左右，夾香案分立殿下，直第二螭首。和墨濡筆，皆即(拗)[坳]處，時號螭頭。《攬轡録》：入嘉會門，至幕次，黑布拂廬，侍班有頃，入宣明門，至仁政殿下，團鳳大花氈可半庭。獸闥紫金釘。獸闥，解見《送宣彥昭》。《大金國志》：宮城四圍，凡九里三十步。自天津橋之北曰宣陽門，内城之南門也。中門繪龍，兩偏繪鳳，用金釘釘之。上有重樓，制度宏大。三門並立，中門惟車駕出入乃開，兩邊分雙隻日開一門。列徼環霄漢，《前漢百官表》：中尉，秦官，掌循徼京師。注：徼，謂遮繞也。按：王宮之邊曰徼。《西京賦》：徼道外周，千廬内附。游車發震霆。司馬相如賦：前皮軒，後道游。注：天子出，道車五乘，游車九乘，在乘輿之前。紬書官命史，《前漢書》：司馬遷，龍門人，爲太史，紬金匱石室之書。紬，音抽。吹律樂求伶。解見《昭華琯歌》。迅奮君須競，栖遲我未寧。簷風欹警枕，《范祖禹集》：司馬温公以圓木爲警枕，少睡則枕轉而覺，乃起讀書。井雨泣羸缾[四]。《易》：汔至，亦未繘井，羸其瓶，凶。古陌垂楊柳，空山老茯苓。句解見《夜讀參同契》。只今馳尺楮，《史記》：廣武君曰：『奉一介咫尺之書。』何所問南溟。《莊子》：南冥者，天池也。溟通作冥。

校勘記

〔一〕『地』，四部叢刊本、國圖本、存心堂本、豹文堂本作『跡』。

〔二〕『跡』，四部叢刊本、國圖本、存心堂本同，豹文堂本作『踪』。

〔三〕『埒』，四部叢刊本、國圖本、存心堂本、豹文堂本作『援』。

〔四〕『鉼』，底本作『缻』，據四部叢刊本、國圖本、存心堂本、豹文堂本改。

哭妙觀上人

試續高僧傳，《文獻通考》：《高僧傳》六卷，蕭梁會稽嘉祥沙門惠敏撰。分譯經、義解兩門。又《高僧傳》十四卷，蕭梁僧釋惠皎以劉義宣《靈驗記》、陶潛《搜神録》等數十家並書諸僧殊疏略，乃博采諸書，咨訪故老，起於永平，終於天監，分爲十科。之人又寂寥。降婁星野近，《初學記》：《周官》：天星皆有州國分野。角、亢、氐，兖州；房、心，豫州；尾、箕，幽州；斗、牽牛、婺女，揚州；虚、危，青州；營室、東璧，并州；奎、婁、胃，徐州；昴、畢，冀州；觜觿、參，益州；東井、鬼，雍州；柳、七星、張，三河；翌、軫，荆州。《爾雅》：降婁，奎婁也。印度雪山遥。按先生《釋迦方域志後序》云：印度，天竺之梵言，猶捐毒也。《廣志》：西域有白山，通歲有雪，亦名雪山。頗憶連牀夜，韋應物詩：寧知風雨夜，復此對牀眠。相逢補衲朝。《智度論》：五比丘曰：『佛當着何等衣？』佛言：『應著衲衣。』《廣韻》：補衲，紩也。名詮披梵庋，梵，解見《憶寄方子清》。庋，音詭，閣也。妙趣挹詩瓢。《詩話》：唐求好吟咏，撚藁爲丸，貯大瓢中，臨卒投瓢江中。自言：『苟不沈没，得之者方知苦心耳。』流至新渠，有識者取之，曰：『唐山人詩瓢也。』詩遂傳。鹿苑千年振，《白帖》：鹿苑，佛成道處。龍宫一念超。龍宫，解見《江南曲》。舐齗看上界，舐，音士。《説文》：以舌取物也。齗，音垠。又：齒本也。《維摩經》：汝往上方界，分度四十二恒河沙佛土。收涕隱南條。南條，解見《去歲留杭》。玉麈懸青壁，《世説》：王夷甫執玉柄麈尾，與手都無分別。《晋書》：宋纖少有遠操，太守馬岌造焉，纖拒不見。岌銘詩石壁曰：『丹崖百丈，青壁萬尋。奇木蓊鬱，蔚若鄧林。其人如玉，維國之琛。室邇人遐，實勞我心。』金環攬素潮。《初學記》：梁景泰禪師居忠州寶積寺，無水，師卓錫於地，泉湧數尺。按：錫杖有金環，振之，作錫錫聲。松花香雨熟，栢子縷烟消。入觀占流注，持齋洗血膋。《詩》：取其血膋。慧刀中寶劍，《金光明經》：以智慧劍破除煩惱城。禪樂裏雲韶。《因果經》：無量諸天作諸技樂，燒衆名香，散天妙華，隨菩薩滿虚空中，放大光明，普照十方。日月蓮珠轉，《蓮社高賢傳》：釋惠安患山中無漏，乃於水上立十二葉芙蓉，因波隨轉，分定晝夜，以爲行道之節，謂之蓮漏。《前漢律曆志》：日月如合璧，五星如連珠。塵埃氈像飄。解見《題温日觀蒲萄》。文參秦嶺屐，《史記》：秦嶺，天下之大阻也。《三秦記》：秦嶺東起商洛，西盡汧隴，東西八百里。夢壓楚江橈。徐鉉注：江出岷山，至楚都，名南江。策竹曾幽石，煎茶或墮樵。蘇軾詩：雪中拾墮樵。病從天海窄，愁向歲寒凋。古澗猶泉水，荒園但藥苗。黔婁衾不足，《魯史》：黔婁死，曾子與門人往弔之，被覆尸，手足不盡斂。曾子曰：『斜引其被則斂矣。』妻曰：『斜而有餘，不若正而不足也。』靈運笠空挑。《世説》：謝靈運好戴曲柄笠。土净隨心得，《高僧傳》：惠遠居廬山東林寺，與劉遺民等十八賢同修净土。中有蓮池，因名蓮社。以書招陶淵明，淵明曰：『若許飲酒，即往。』師許之，遂造焉。既而無酒，陶攢眉而去。謝靈運求入社，師以其心雜，止之。詩云：『陶令醉多招不得，謝公心亂去還來。』池灰付劫燒。《志怪》：漢武鑿昆明池，見灰墨無復土，舉朝不解，以問東方朔，朔曰：『可試問西域胡。』至後漢明帝時，外國道人入洛陽。有憶朔言者以問之，胡曰：『天地大劫將盡，則劫燒，此劫燒之餘也。』斷磚開士塔，《法苑珠林》：開士應真，導揚末教。陸游曰：予以事至(松)[犀]浦，過松林甚茂，問馭卒何處，答曰：『師塔也。』葢謂僧所葬之塔。飛瀑應真橋。《廬山記》：南北有瀑布無慮十餘處，香爐峰與雙劍峰在瀑布之旁，水源在山頂。或曰：西爲康王谷水簾，東爲開元禪院之瀑布。孫綽《天台賦》：應真飛錫以躡虚。注：應真謂羅漢也。已矣成長往，悲哉擬大招。《楚辭注》：《大招》(文)[不]知何人所作，或曰屈原，或曰景差。按：《大招》與宋玉《招魂》詞意略同。向來吟息處，秋氣日蕭蕭。

寄柳博士

試讀[一]儒林傳，南州定幾人。南州，解見《寄張子長》。按《志》：今江西南昌府。清標騰鳳翼，素手截鯨鱗。卓犖初觀國，《易》：觀國之光，利用賓于王。軒騰早致身。燕秦争騁俠，鄒魯共稱醇。《史記》：鄒魯之間，其文學亦天性也。旅劍渾如淬，解見《夕泛海東》。家氊在一振。解見《至杭聞胡汲仲没》。於焉徵有道，《續漢書》：郭泰，字林宗，初以有道徵，泰曰：『吾觀乾象、人事，天之所廢，不可支也。』遂辭以疾。自此教成均。解見《寒夜憶吴伯雍》。學術諸生識，才名六館親。《吴澄集》：至元二十四年，設國子監。前以公聚，後以燕處。旁有東西夾，夾之東西各一堂，以居博士。東堂之東，西堂之西有庫。庫之前爲六館，東西向，以居弟子員。土牀然燭夜，茸帳結餐晨。上下笙鏞間，《書》：笙鏞以間。縱横俎豆陳。岐原周鼓老，《集古録》：岐陽石鼓，初不見稱於前世。至唐人始盛稱之，而韋應物以爲周文王之鼓，至宣王刻詩，韓退之直以爲宣王之鼓，在今鳳翔孔子廟中。鼓有十，先時散棄於野，鄭餘慶始置於廟，而亡其一。皇祐四年，向傅師求於民間，得之乃足。其文可見者四百六十五，磨滅者過半。《元和郡縣志》：石鼓文在天興縣南二十里許，石形如鼓，其數有十，蓋記周宣王畋獵之事。其文即史籀之迹。《春明夢餘録》：靖康之亂，金人取石鼓及《蘭亭叙》，重氊輦致燕。石鼓在國學，而《蘭亭》不知所在矣。《元史》：皇慶元年二月朔，徙大都路學所置周宣王石鼓於國子監。闕里魏碑真。《集古録》：孔廟碑，隋唐已來不可勝記。今有漢魏碑各一，及唐張季珪八分書碑。漢碑爲中郎將蔡邕撰，魏碑爲陳思王曹植撰，唐碑爲李邕撰，餘皆殘缺。白日需前席，《前漢賈誼傳》：上因感鬼神事，而問鬼神之本。誼具道所以然之故，至夜半，文帝前席。青雲仰後塵。山林稽猛駮，駮，解見《送鄭彦貞叔姪》。文字到祥麟。《左傳》：哀公十四年春，西狩于大野，叔孫氏之車子鉏商獲麟，以爲不祥，以賜虞人。仲尼觀之，曰：『麟也。』然後取之。又詳見《送鄭獻可》。豈獨呻佔畢，解見《去歲留杭》。猶應逐縉紳。《前漢司馬相如傳》：耆老大夫縉紳先生之徒。討論抽秘典，扈從得良臣。絶漠幽州暗，《北邊備對》：大漠，漢趙信降匈奴，與之畫謀，令遠度幕北以要疲漢軍，故武帝必欲越漠征之，而大漠之名始通中國。幕者，漠也，言沙磧廣莫，望之漠漠然也。幽州，解見《嚴陵應仲章》。滄波碣石隣。解見《觀秦丞相碑》。鸞旗飛旖旎，《詩》：其旂茷茷，鸞聲噦噦。革路壓輪困。《周禮》：

巾車，掌王之五路。玉路以祀；金路以賓，同姓以封；象路以朝，異姓以封；革路以即戎，以封四衛；木路以田，以封蕃國。又詳見《觀鹵簿圖》。御苑材官集，《前漢周勃傳》：材官引强。離宫突騎巡。又《枚乘傳》：修治上林，雜以離宫。突騎，解見《畫馬行》。赤狐翻遠譯，《詩》：莫赤匪狐。黄鼠割時珍。《霏雪録》：北方黄鼠味極肥美，元朝恒爲玉食之獻。《古今詩話》：刁約使契丹詩：『押燕移離畢，看房賀跋支。醆行三匹製，密賜十貔狸。』移離畢，官名，如中國執政官。賀跋支，如執房閣。匹製，小木罌，以色棱木爲之，如黄漆。貔狸，如鼠而大，契丹以爲珍膳。《齊東野語》：契丹國産大鼠曰『毗狸』，極肥，其國以爲殊味，穴地取之，以供國王之膳。自公相以下皆不得嘗。法酒蒲萄熟，解見《荔枝行》。天花芍藥春。《維摩經》：會中有一天女以天花散諸菩薩。《開元天寶遺事》：開元中，禁中初重木芍藥，即今牡丹也。得四本，紅、紫、淺紅、通白者，上因移植於興慶池東沈香亭前。會花方繁開，上乘月夜賞玩，宣取翰林學士李白進《清平調》三章。遡風沙鶻健，衝雪野駞馴。北海誰求隱，東都或對賓。班固《西都賦》：有西都賓問於東都主人曰：『蓋聞皇漢之初經營也，嘗有意於都河洛矣。輟而弗康，實用西遷，作我上都。主人聞其故而睹其制乎？』《東都賦》：東都主人喟然而嘆曰：『痛乎風俗之移人也。子秦人，烏睹大漢之云爲乎？』三關寧設險，《元志》：燕有三關，曰『松亭關』，曰『古北口』，曰『居庸關』。周世宗一日下三關，則益津關、瓦橋關、淤口關。八極總歸仁。八極，解見《黑海青》。悵望懷今古，賡歌邁等倫。《書》：乃賡載歌曰：『元首明哉，股肱良哉，庶事康哉。』短衣曾見寵，《前漢貢禹傳》：裋褐不完。裋，音短。長鋏每忘貧。《史記》：馮驩彈其劍而謌曰：『長鋏歸來乎。』共往仍聯駟，《家語》：子貢結駟聯騎。同吟更接茵。《晋書》：夏侯湛與潘岳交善，每行止同輿接茵，人謂之『連璧』。玉山森巨石，《南濠集》：玉泉山，金章宗建行宫。今廢山之北麓，鑿石爲螭頭，泉從螭口出，瀦而爲池。在京城西四十里。金水濯芳津。金水，解見《送俞子琦》。本擬追枚乘，解見《樓彥珍北游》。終然愧郤詵。《晉書》：郤詵字廣基，博學多才，瓌瑋倜儻。泰始中，以對策上第，拜議郎。對武帝曰：『臣舉賢良對策第一，猶桂林之一枝，崑山之片玉。』鹿鳴來已再，《左傳》：《鹿鳴》，天子所以享嘉賓也。韓愈文：君之始冠，舉於其鄉，歌《鹿鳴》而來也。鵬擊去何因。《莊子》：鵬之徙於南冥也，水擊三千里，摶扶搖而上者九萬里，去以六月息者也。色挺淮王桂，解見《雲門紀行》。香生楚客蘋。解見《秋日雜詩》。聖朝初薦士，江漢有垂綸。《後漢書》：嚴光，字子陵，會稽餘姚人。少與光武同遊學，及光武即位，光乃變姓名，隱身不見。帝令物色訪之。後齊國上言有一男子，披羊裘，釣澤中。乃遣使聘之，三返而後至。

校勘記

〔一〕『讀』，四部叢刊本、國圖本、存心堂本、豹文堂本作『續』。

吴萊詩集卷第十

錫山王邦采貽六　繩曾武沂　箋

方景賢宋景濂夜坐觀吴中雜詩遂及宣和博古圖爲賦此

壯歲何心老一儒，東游飽食有江鱸。蘇軾賦：狀如松江之鱸。詩宗鶴膝蜂腰體，《詩苑類格》：沈約曰：詩有八病，三曰蜂腰，謂第二字不得與第五字同聲，如『聞君愛我甘』『切欲自修飾』，『君』『甘』皆平聲，『切』『飾』皆入聲也。四曰鶴膝，謂第五字不得與第十五字同聲，如『客從遠方來，遺我一書札。上言長相思，下言久離別。』『來』『思』皆平聲。禮象龍頭豕腹圖。《禮》：夏后氏以龍勺。注：龍頭也。用挹六彝之鬱以注圭瓚。韓愈《石鼎聯句詩》：龍頭縮菌蠢，豕腹漲彭亨。三士操琴知爾達，《琴操》：《三士窮操》者，其思革子之所作也，其思革子、石文子、叔愆子三人相與爲友，聞楚王之賢而好士，俱往見之。至於嶔巖之間、空柳之下，衣寒乏粮，自度不得俱活。二人俱以其思革子爲賢，推衣粮與之，遂凍餓而死。其思革子往見楚王，楚王旨酒嘉殽，設鐘鼓以樂之。革子愴然有憂悲之意，援琴而鼓之，作相與別散之志。王聞曰：『琴何悲哉？』革子推琴離席，長跪流涕而對。楚王曰：『嗟乎！乃如是耶！』於是賜革子黄金百斤，命左右棺斂收二子而葬之，以革子爲相。八公遺藥忍吾臞。《神仙傳》：漢淮南王劉安者，高帝之孫也，篤好儒學，兼占候方術，作《内書》言神仙黄白之事，名爲『鴻寶』。愛道術之士，有八公詣門，皆鬢眉皓白，閽人不敢通。八公曰：『王薄吾老，今則少矣。』言未竟，皆變爲童子。門吏大驚，走以報王。王跣而迎之，登思仙之臺，張錦帳，燒百和之香，進金玉之几，執弟子之禮，朝夕朝拜。遂授王《玉丹經》三十六卷。於是雷被、伍被獲罪恐誅，乃誣告安謀反。八公謂安曰：『可以去矣。』乃使安登山大祭，埋金地中，即白日昇天。臨去時，餘藥器置在中庭，雞犬舐啄之，盡得昇天。故雞鳴天上，犬吠雲中。吳中勝處多朋故，話盡寒宵燎葉爐。

溪行望故友黄明遠槐塘新墓

往代衣冠日已睽，故山棺槨此爲家。《莊子》：莊子將死，曰：『吾以天地爲棺槨。』經荃義闢中州魯，按先生本集《黄隱君哀頌辭》云：巖南公嘗一再攜予詣隱君質《春秋》。已而予授其孫迪學，且盡發其《春秋公穀舉傳論》及三代用正、日夜食之辨。樂調辭譏下里巴。又：隱君嘗考古今諸家所賦詩，上起漢魏，下迄於六代陳隋而止。唐以來，古體之作一變今體，不盡録也。間則致書巖南公，有古、今體樂府之辨。宋玉《對楚王問》：客有歌於郢中者，其始曰『下里巴人』，國中屬而和者數千人。涕淚無從餘宿草，《禮》：朋友之墓，有宿草而不哭焉。文章可惜等風花。嗟兹便欲酬雞絮，《後漢徐穉傳》注：謝承書曰：『穉，諸公所辟雖不就，有死喪，負笈赴弔。常於家豫炙雞一隻，以一兩綿絮漬酒中，暴乾以裹雞。徑到所起冢隧外，以水漬綿，使有酒氣，斗米飯，白茅爲藉，以雞置前，醊酒畢，留謁則去，不見喪主。』目駐前溪有落霞。

浦陽十景

《寰宇記》：唐天寶十三載，析義烏縣北鄙及蘭溪縣東二鄉、富陽縣二里置浦陽縣，以縣南界有浦陽汭爲名。《水經注》：浦陽江導源烏傷縣，東逕諸暨，與泄溪合。是也。至五代時，錢鏐與楊行密爲仇，凡屬地與楊同音者，悉奏改之，而浦陽稱浦江。按

《志》：今屬浙江金華府。

仙華巖雪按《志》：仙華山在縣東八里，一名仙姑山，又名少女峰。相傳軒轅少女於此上昇，故名。高一百五十丈，上有五峰，東溪之源出焉。

手倚晨扃一渺漫，山神擁出玉巑岏。光侵道者祠星室，《東陽志》：軒轅少女於此上昇，故名少女峰。舊有壇宇在其下。跡破樵家斵藥壇。石笋撐空穿宿暝〔一〕，鄭東白《游仙華山記》：巨石林立，其最高峭者五峰，如指狀，聳削插天。天機織素掛餘寒。又：第一峰最高，頂方三五丈，有異草如絲縷狀，生峭壁上，舊傳爲仙姑麻苧之遺，土人每攀爲績紡之祥。俄然喚醒西南夢，怕作松州徼外看。《元和郡國志》：松州嘉城縣東八十里有雪山，春夏常有積雪。按《志》：松州今屬四川，置松潘指揮使司，領土司。

校勘記

〔一〕『暝』，四部叢刊本、國圖本、存心堂本、豹文堂本作『暝』。

白石湫雲

獨上南山最上頭，朝隮一點便成湫。《詩》：薈兮蔚兮，南山朝隮。巖腰動石風初起，海眼輸泉雨欲流。《成都記》：石笋之下是海眼，泉從石中出。蜥蜴含珠光照夜，《爾雅翼》：蜥蜴似蛇而四足，其狀如龍，禱雨用之。古法求雨，坊巷各以大甕貯水，插柳枝，泛蜥蜴，使青衣小兒環繞，呼曰：『蜥蜴蜥蜴，興雲吐霧。降雨滂沱，放汝歸去。』霮䨴捲鐵黑沈秋。《淮南子》：季春三月，霮䨴乃出，以將其雨。注：雷神也。明當去挾騎龍叟，解見《夢巖南老人》。直到扶桑第幾洲。扶桑，解見《送鄭獻可》。

龍峰孤塔

按《志》：龍峰山在縣東一里，高三十丈，上有三峰相屬，環顧縣左。

老眼前頭尺五天，《西安志》：樊川有韋安石別業，名『韋曲』。韋曲之東有杜岐公別墅。語曰：『城南韋杜，去天尺五。』杜甫詩：爾家最近魁三象，時論同歸尺五天。真龍角上正攀緣。規橅白馬馱經過，《魏書》：漢明帝遣蔡愔、秦景等使於天竺，寫浮屠遺範。愔之還也，以白馬負經而至漢，因立白馬寺。想像玄鰻護塔眠。吕祖謙《入越録》：報恩光孝寺後飛來山，其顛有塔，采絢甚華。塔下有鰻井，乃小石竅。自唐以來神之，謂鰻能時出祆祥，近世不復見矣。按：《別行》云：有四種龍，一天龍，守天宮殿，持令不落者；二神龍，興雲致雨，益人間者；三地龍，決江開瀆者；四伏藏龍，守輪王大福人藏者。梵唄將回知磬絶，《法苑珠林》：陳思王曹植每讀佛經，輒流連嗟賞，以爲至道之宗。嘗游香山，忽聞空中梵天之响，清雅哀婉。竊聽良久，乃摹其聲節，寫爲梵唄，撰文製音，傳爲後式。梵音顯世始於此。神珠欲隕見燈懸。《莊子》：千金之珠必在九重之淵，而驪龍頷下。能得之者，必遭其睡也。何妨宴坐初禪界，宴坐，解見《嶺南六祖藏髮圖》。《法苑珠林》：彼初禪，内有覺觀，火擾(辭)[亂]故，外爲火災燒。蠛蠓紛飛即大千。宋玉《小言賦》：憑蚋眥以顧盼，附蠛蠓以遨遊。《爾雅注》：蠛蠓，小蟲，似蚋，喜亂飛。《法華經》：佛以恒河沙等三千大千世界爲一佛土。

寶掌泠泉 按《志》：寶掌山在縣北八里，與仙華山相近。山前雙峰列峙，沿澗奇石若虎豹狻猊、鐘鼎刀戟，上下錯列。復有懸巖湧出，類翩躚飛舞之狀，亦名飛來峰。峰下有泉甘洌。唐貞觀中，寶掌和尚，西域人，生於周末，來遊東土，至此巖下誦偈，有『行盡支那四百州，此中偏稱道人遊』之句。遂結茅爲庵，晏坐十七年。一日屈指，已一千七百三歲。語其徒惠雲曰：『吾將謝世矣。』端坐而化。

乍撥山亭木葉堆，老僧千歲喝巖開。《徑山事狀》：大師諱法欽，吴郡崑山人，姓朱氏，挂錫徑山。永泰中，師坐北峰石屏下，見白衣儒士拜於前，自言中子山人，長安佛法有難，聞師道行高邈，願度爲沙彌往救。師曰：『汝有何術？』對曰：『我誦俱胝觀音咒，其功無比。』師曰：『吾坐後石屏，汝能咒令破否？』曰：『可。』遂叱之，石屏裂爲三片，今謂之『喝石巖』。師知神異，爲去髮給衣，賜名惠崇。至京師，與術士競，惠崇告勝云。天從白石雲根出，張協詩：雲根臨八極。注：雲根，石也，雲觸石而生，故曰雲根。地帶青泥雪髓來。解見《觀沈玢續仙傳》。竹影自深斜暎月，魚腥不到半凝苔。世間夢渴知多少，可待金莖露一杯。金莖，解見《嶺南宜濛子》。

月泉春誦 謝翶《月泉遊記》：月泉在浦江縣西北二里，故老云：『其消長視月之盈虧。』按《志》：宋政和三年，縣令浚泉構亭。咸淳間，知縣王霖龍建月泉書堂，立朱、吕二先生祠於泉亭西北，齋序、直舍、祭器、廩米、公廚、井堰咸具。元置書院山長。

古木叢中息世諠，老生力學掩溪門。危絃未絶人須聽，蠹簡多忘我欲温。白兔流光分石色，蒼龍擁沫驗沙痕。從今更浚源頭水，《荀子》：君子養源，源清則流清。莫待投膠與救渾。投膠，解見《送鄭獻可》。

潮溪夜漁

昨夜寒潮與此通，荒溪尚趂百川東。行依柏樹林頭月，釣拂蘆花嶼畔風。插竹侵沙魚扈短，篝燈暎草蟹碕空。太公遠矣吾將隱，赤鯉何書在腹中。二句解見《傅子建夢得句》。

南江夕照

偶出官橋倚落曛，詩家觸景謾紛紛。彈琴在峽驚聞瀑，《類函》：順天府居庸關，水流石罅，聲若彈琴。袁桷詩：寒泉飛玉峽，誰彈使成聲。罨畫爲溪喜得雲。竹篠晚深樵弛擔，莎根秋短牧歸群。道旁更有枌榆社，《西京雜記》：高祖小時，常祭枌榆之社，及移新豐，亦還立焉。欲脱簑衣藉酒醺。

東嶺秋陰

幾點晴雲著樹梢，寒山蒼莽類城壕。雞豚日落聲相接，鸛鶴風凉勢自高。小徑殘榛分嶺脊，平疇净緑帶溪毛。朝來雨足多秋意，井上無人事桔槔。《莊子》：不見桔槔乎？引之則俯，舍之則仰。故俯仰而不得罪於人。《説文》：桔槔，汲水器。

深褰江源按《志》：深褰山在縣西南五十里，重峰複嶺，峭拔千仞。其下溪流清澈，即浦陽深褰所出也。

半遶山根但一窪，真源鑿破杳無涯。清澄灌或於陵圃，句解見《和陶淵明》。窈窕尋猶博望槎。《前漢書》：張騫封博望侯。《癸辛雜識》：乘槎之事，自唐諸詩人以來皆以爲張騫，雖老杜用事不苟，亦不免，有『乘槎消息近，無處問張騫』之句。按騫本傳，止曰漢使窮河源而已，及梁宗懔作《荆楚歲時記》，乃言武帝使張騫使大夏，尋河源，乘槎見所謂織女、牽牛。不知懔何所據而云。積雨衝隄蝸自國，《莊子》：有國於蝸之左角者，曰觸氏；有國於蝸之右角者，曰蠻氏。時相與争地而戰，伏尸數萬，逐北旬有五日而後反。微煙羃渚鷺專沙。欲行復坐皆雲水，只屬騷人與釣家。王維詩：行到水窮處，坐看雲起時。

昭靈〔二〕仙跡

一掌嵯峨是玉京，《魏書·釋老志》：老子上處玉京，爲神王之宗；下在紫微，爲飛仙之主。連峰欲向鼎湖傾。鼎湖，解見《泊道隆觀》。高張黼座龍隨下，静擁珠軿虎獨行。白雪松扉雙立影，清風藥井倒吹聲。《焦氏類林》：葛仙翁於西峰石壁臼中擣藥，遺一粟許，有飛禽食之，遂不死。至今夜静，月白風清，其禽作丁當杵臼之聲，名曰『擣藥鳥』。長歌爲問西王母，却把荷花與送迎。《拾遺記》：西王母進穆王崑流素蓮，一房百子，凌冬而茂。

校勘記

〔一〕『靈』，四部叢刊本、國圖本、存心堂本、豹文堂本作『陵』。

宋景濂鄭仲舒同遊龍湫五洩予病不能往爲賦此 龍湫，解見《題清節處士卷》。五洩，解見《覯遇仙記》。

知爾能攜一短筇，寺前突屼定何峰。九天管籥來飛鶴，九天，解見《二月六日雨》。三島樓臺守蟄龍。解見《揚子江頭》，又互見《浦陽十景》之《龍峰孤塔》。閑欲嘯歌先目往，病嫌登陟轉身慵。西源山石東源水，宋濂《五洩山志》：由遇龍橋北行二十步，入西潭。潭前横一溪，水甚寒。由唐靈默禪師道場北深入百餘步，至東潭。潭上飛瀑可二十丈。宋刁約詩：東源西盡到東源〔一〕，直注懸崖五磴泉。豈但渠家有赤松。《列仙傳》：赤松子，神農時雨師也，服水玉，教神農，能入水不濡，入火不燒。至崑崙山西王母石室中，隨風雨上下。炎帝少女追之，亦得仙去。又：晋皇初平亦號赤松子。

校勘記

〔一〕此句似誤，按刁約《遊五洩山》詩作『西源窮盡到東源』。

滄州 按《志》：後魏置，今屬直隸河間府。

荒亭貰酒壯心違，目極東州霧雨微。百里齊封滄海接，千年禹跡濁河非。暗塵掉馬呈金轡，衰草看羊着錦衣。猶記上元鳴鼓夜，滿船燈火越歌歸。

次韻吳正傳觀柳林罷獵

《方輿紀要》：柳林在漷縣西。元至元十八年，如漷州，又如柳林。是後以柳林爲遊畋之地。

又見天星動羽林，《星經》：羽林軍四十五星，三三而聚，散在營室之南。天軍也，主軍騎，又主翌王也。星衆而明則安寧。《天皇會通》：羽林軍，鄉遂之兵，較閲而不調用。東風罷獵總駸駸。麒麟剪罽雕鞍密，《漢書注》：罽，織毛，若今毼及氍毹之屬。麒麟，罽所織。《唐書》：代宗詔曰：『所織盤龍、對鳳、麒麟、獅子等錦綺並宜禁。』翡翠翻裙彩仗深。《説文》：翡、翠，青羽雀，出鬱林。《禽經注》：其羽直千金。三月宜春多別館，《漢宮闕名》：長安有宜春館。庾信《春賦》：宜春苑中春已歸。百年正始自遺音。《晉書·衛玠傳》：何晏好莊老，作《道德論》及文賦。王洵好論儒道，文詞不如晏。天下翕然宗之，名理盛行。後晉衛玠與王敦相見，敦謂謝鯤曰：『昔王輔嗣吐金聲於中朝，此子復玉振於江表，微言之緒，絶而復續正始之音。』相如縱有千金賦，未必君王肯幸臨。司馬相如《長門賦序》：武帝陳皇后時得幸，頗妬，別在長門宮，愁悶悲思。聞相如工爲文，奉黃金百觔，爲相如、文君取酒。以悟主上，復得親幸。

次韻吳正傳都城寒食

寒食，解見《吉祥寺》。

悠然獨酌舞春衫，陰鏗詩：鶯啼歌扇後，花落舞衫前。手障黃塵客未諳。鐵騎引駝沙草北，《後漢書》：公孫瓚與子書曰：『屬五千鐵騎於北隰之中。』按：鐵騎，馬之帶甲者。《廣志》：天竺以北多駱駝。《前漢匈奴傳》：胡地沙鹵多。雕弧驚雁塞雲南。《淮南子》：雁銜蘆而翔，以避弋繳。《山海經》：雁門山在高柳北。注：山有大(地)[池]，雁集其中，曰『雁塞』。南不過衡山，衡山旁有峰曰『回雁』，蓋雁水鳥，衡山多山故也。太平天子回中望，《史記》：始皇巡隴西、北地，出雞頭山，過回中。注：應劭曰：『在安定高平。』孟康曰：『回中在北地。』《括地志》：回中在雍州西四十里，漢武帝元封間因至雍通回中。齊國先生稷下談。《魯連子》：齊之辨者曰田巴，辨於徂丘而議於稷下。毀五帝，罪三王，服五伯，離堅白，合同異，一旦而服千人。《七略》：齊有稷，城門也。齊談説之士期會於稷下者甚衆。猶有七香車幾兩，魏武《與楊彪書》：今贈足下四望通憲七香車二乘，青牸牛二頭。曉來風雨定誰驂。

柳博士自太常出提舉江西儒學來訪宿山中二首

一

一掃空山鹿豕蹤，《孔叢子》：子高遊趙，趙有鄒文、李節爲友。及別，文、節流涕交頤。子高惟握手而已。分袂就路，其徒問之，子高曰：『人生有四方志，豈鹿豕哉，而常群聚乎？』車如流水馬如龍。《後漢書》：明德后詔曰：『吾前過濯龍門上，見外家問起居者，車如流水，馬如游龍。』黃麾法仗知宸輦，解見《畫馬行》。青史勳名問景鍾。江淹書：並圖青史。《國語》：晉魏顆以其身退秦師於輔氏，其勳銘於景鍾。唐韓愈詩：不使勳名上景鍾。宣室受釐端有召，《前漢賈誼傳》：帝召誼入見，方受釐，坐宣室。因問鬼神之本，誼具道其故。至夜半，帝前席。既罷，曰：『吾久不見賈生，自以爲過之，今不及也。』曲臺傳禮尚爲容。解見《歲晚懷戴子》。少年作賦將投獻，東北孤雲是岱宗。《書》：歲二月，東巡狩，至于岱宗。《韓愈集序》：學者仰之，如泰山北斗。杜甫詩：西北有孤雲。

二

尚有歐曾舊典刑，《宋史》：歐陽修，字永叔，廬陵人。曾鞏，字子固，南豐人。俱屬江西。《詩》：雖無老成人，尚有典型。森然人物照青冥。身從北闕攀燕桂，《古今詩話》：竇禹鈞有子五人，儀、儼、偁、侃、仁，俱登第。馮道贈之詩曰：『燕山竇十郎，教子以義方。靈椿一枝老，丹桂五枝芳。』夢壓西江食楚萍。《家語》：楚昭王渡江，江中有物，舟人取之，群臣莫之能識。王使使問於孔子，孔子曰：『此所謂萍實者也。』昔童謠曰：『楚王渡江得萍實，大如斗，赤如日，剖而食之甜如蜜。』萬里毳袍春值雪，《詩》：毳衣如菼。注：天子大夫服毳冕以巡行。千年龍劍夜占星。解見《送鄭獻可》。此身恨不輕簦笈，《史記》：虞卿躡蹻擔簦。又：蘇秦負笈從師。的的根源在一經。

得大人書喜聞秋末自散不剌復回大都賦寄宣彥高《元地理志》：大都路，唐幽州范陽郡。遼改燕京。金遷都，爲大興府。元太祖克燕，初爲燕京路，總管大興府。世祖至元元年，中書省臣言：『開平府闕庭所在，加號上都，燕京分立省部，亦乞正名。』

遂改中都，其大興府仍舊。四年，始於中都之東北置今城，而遷都焉。九年，改大都。

一紙江南到屋扉，高秋漠北奉宮闈。金微駐蹕踰唐塞，《後漢紀》：竇憲遣左校尉耿夔出居延塞，圍北單于於金微山。《唐地理志》：羈縻州有金微都督府，隸安北都護府。鐵勒鳴弰接漢畿。鐵勒，即敕勒，解見《漷州》。《僕固懷恩傳》：貞觀十二年，鐵勒九姓大酋領率衆降。分置瀚海、燕然、金微、幽陵等九都督府。繇纛行朝因贄玉，繇纛，解見《柳博士出示》。《書》：五玉、三帛、二生、一死贄。蹛林望祭類游衣。蹛林，地名。《前漢匈奴傳》注：服虔曰：『匈奴秋社八月中會祭處。』師古曰：『蹛者，繞林而祭也。』音帶。《通鑑》：漢惠帝以朝長樂宮，數蹕煩民，乃築複道武庫南。叔孫通諫曰：『此高帝月出游衣冠之道也，子孫奈何乘宗廟道上行哉！』注：高寢在高廟西，高帝衣冠藏焉，每月一出之，游於高廟。明年草賦呈親去，想像汾陰扈從歸。《通鑑》：漢文帝治汾陰廟。《西京雜記》：漢朝輿駕祠甘泉、汾陰，備千乘萬騎，太僕執轡，大將軍陪乘。汾陰，今山西汾州府。

次韻柳博士五洩山紀遊四首 五洩山，見《觀齊謝玄卿遇仙記》。

一

首路東崗幾屈蟠，青天東峽望來慳。林多鹿豕山爲國，瀑有蛟龍海共寰。客子杖藜依樹石，神仙樓閣幻茅菅。吾知此處宜招隱，詎減淮南大小山。解見《早秋偶然作》。

二

日曉行呼野鶴群，山溪五級洗巖氛。虹霓射壁從空現，霹靂搜潭到地聞。《爾雅注》：雷之急激者爲霹(霹)[靂]。《易》：雷出地奮。桑苧茶鐺遺凍雪，《高士傳》：唐陸羽，字鴻漸，隱居苕溪，自號桑苧，撰《茶經》三卷。其論煮有云：『如菊英墮於樽俎之中。餑者，以滓煮之，及沸，則重華累沫，皤皤然如積雪耳。《荈賦》所謂「焕如積雪，燁若春藪」，有之。』偓佺藥杵落晴雲。解見《山中人》。飄然早已同仙術，老我曾探嶽瀆文。《漢武内傳》：帝見王母巾笈中有一卷書，盛以紫錦之囊。帝問：『此書是仙靈方邪？不審得瞻盼否？』王母曰：『此《五嶽真形圖》也，昨青城諸仙就吾請求，今當過以付之。豈汝穢質所宜佩乎？』帝固請不已。王母曰：『昔上皇清虛元年，三天太上道君下觀六合。因山源之規矩，覩河嶽之盤曲。陵迴阜轉，山高隴長，周旋逶迤，形似書字。諸仙佩之，皆如傳章。道士執之，經行山川，百神群靈，尊奉親近。汝雖不正，然數訪仙澤，欣子有心，今以相與。當深奉慎，如事君父，泄示凡夫，必禍及也。』

三

一點剛風削玉蓉，剛風，解見《泰山高》。仙山肺腑閟重重。眼穿上界成官府，句解見《星君像圖》。舌捲西江得祖宗。《傳燈録》：龐居士蘊參馬祖云：『不與萬法爲侶者是什麽人？』祖曰：『待汝一口吸盡西江水，即向汝道。』又：六祖謂南嶽曰：『向去佛法從汝邊去，馬駒踏殺天下人。』厥後江西遂傳法廣布於天下，時號『馬祖』。鷲嶺雞峰渾未到，《水經注》：靈鷲山，胡語云『耆闍窟山』，是山青石，遠望如鷲鳥形，因名。《法華經》：耆闍窟山中，山形如鷲，佛嘗居此中，故號『鷲嶺』。《釋典》：世尊曾在野鹿苑中，爲鹿王教主，群鹿無擾。王造伽藍，名『雞園』。昔有野火燒林，林中有雉入水漬羽以救其火，即雞頭摩寺。龍湫雁蕩豈多逢。解見《題清節處士卷》。年來卧病吾環堵，《莊子》：原思居魯，環堵之室，茨以生草，蓬户不完，桑以爲樞，而甕牖二室，褐以爲塞。上漏下濕，匡坐而絃。負却詩家九節笻。《真誥》：楊羲夢蓬萊仙翁拄赤九節杖而視白龍。

四

古越名山最阻修，遥空縛下紫金虬。孫生隱在聞長嘯，解見《夕泛海東》。屈子騷成賦遠遊。《楚辭注》：《離騷經》者，屈原之所作也，原與楚同姓，仕於懷王，被讒，憂心煩亂，不知所訴，乃作《離騷》。《遠遊》者，原既放，悲嘆之餘，眇觀宇宙，作爲此篇。魚鳥從容還自得，《晋書·嵇康傳》：山濤將去選官，舉康自代，康與書曰：『遊山澤，觀魚鳥，心甚樂之。一行作吏，此事便廢。安能舍其所樂而從其所懼哉？』龍蛇混雜不同流。自今便欲鑴嵓石，俗駕能來尚掩羞。

范蠡宅 解見《憶寄方子清》。

淡淡寒雲鶴影邊，荒山故宅忽千年。大夫已賜平吳劍，《文種傳》：種，字子禽，勾踐平吳，乃賜種劍，遂自殺。西子還隨去越船。《越絶書》：西施亡吳國後，復歸范蠡，同泛五湖而去。白日〔一〕撐空留罔象，罔象，解見《觀張循王戰處》。青松落井化蜿蜒。徒憐此地無章甫，只解區區學計然。《禮》：

孔子衣縫掖之衣，冠章甫之冠。《前漢貨殖傳》：越王困於會稽之上，用范蠡、計然。十年國富，厚賂戰士，遂報强吴，刷會稽之耻。范蠡嘆曰：『計然之策，十用其五而得意，既以施國，吾欲施之家。』廼乘扁舟，浮江湖，變名姓，適齊爲鴟夷子皮，之陶爲朱公。治産積居，與時逐。十九年之間三致千金，而再分散於貧友昆弟。

校勘記

〔一〕『日』，四部叢刊本、國圖本、存心堂本、豹文堂本作『石』。

寄吴正傳

日晚天寒攬敝裘，西南目盡瀫江流。養生有論空成嬾，《晋書·嵇康傳》：康恬静寡慾，長好莊老。修養性服食之事，彈琴咏詩，自足於懷。以爲神仙禀之自然，非積學所得。至於導養得理，則安期、彭祖之倫可及，乃著《養生論》。招隱無騷却好遊。解見《早秋偶然作》。雁鵠吟風燈照機〔一〕，蛟龍躍雪劍鳴鞲。平生自笑飛騰暮，幸矣心猶與道謀。

校勘記

〔一〕『機』，四部叢刊本、國圖本作『机』，存心堂本、豹文堂本作『几』。

觀唐沈玢續仙傳

手展仙書向此朝，起予俗病對芭蕉。室間半夜雲璈動，《真仙通鑑》：漢武帝好長生之道，清齋百日，焚香宫中，夜二唱後，白雲起於西南，鬱鬱而至。王母乘紫雲之輦，駕九色斑龍，天姿奄靄，真靈人也。下車，二女扶侍登牀，東向而坐。帝拜跪，問寒温。侍立良久，呼帝賜坐，設以天廚。命王子登彈八琅之璈，董雙成吹雲和之笙，石公子擊昆廷之玉，許飛瓊鼓震靈之簧，婉凌華拊五靈之石，范成擊湘陰之磬，段安香作九天之鈞，法嬰歌玄靈之曲。嵓縫千年雪髓消。《神仙傳》：王烈入太行山，忽見山坡石裂，青泥流出如髓。烈取食之，如飴。餘半，欲與嵇康，凝而爲石。烈嘆曰：『叔夜志趣非常，而輒不遇，命也。』閑説茅龍騎太白，騰聞木鶴降仁嬌。秦車漢輦窮天下，望斷蓬萊併寂寥。《史記·封禪書》：始皇東遊海上，求仙人羨門之屬。方士徐市等上書，請得與童男女入海，求三神山不死藥。許之，乃入海。船交海中，皆以風爲解，曰：『未能至，望見之焉。』後五年，始皇南至湘山，遂登會稽，並海上，冀遇海中三神山之奇藥，不得，還至沙丘崩。又：漢武帝既封太山，方士或言蓬萊諸神若將可得，上乃東至海上。遣方士求神仙采芝藥以千數。迨封禪遍於五岳、四瀆，而方士之候祠神人，入海求蓬萊，終無有驗。而天子益怠厭方士之迂怪語矣。

寄喻輔國張宜之

手挾殘編只蠹塵，山林着我最閑身。槁梧可據瞑須熟，《莊子》：據槁梧而瞑。華黍雖亡補欲真。《晉書》：束晳，字廣微，陽平人也。嘗覽周成王詩有其義亡其辭，惜其不備，故作辭以補之。乃《南陔》《白華》《華黍》《由庚》《崇丘》《由儀》六篇。危坐但看燈作暈，遠游還覺劍生鱗。相思正是多風雨，按《詩序》：《風雨》，思君子也。滄海無涯可問津。

吴萊詩集卷第十一

錫山王　邦采貽六
　　　　繩曾武沂　箋

題畫墨梅

北風吹倒人，古木化爲鐵。一花天下春，萬里江南雪。《荆州記》：陸凱自江南遣使寄梅一枝，詣長安，與范蔚宗，併詩一絶云：『折梅逢驛使，寄與隴頭人。江南無所有，聊贈一枝春。』

讀諸子二十四首

鬻子　按：鬻子，名熊，楚人，周文王之師也。年九十見文王，王曰：『老矣。』鬻子曰：『使臣捕獸逐麋，已老矣；使臣坐策國事，尚少也。』文王師焉。著書二十篇，名曰《鬻子》，遭秦火，故多殘缺。

嗟嗟父后師，下及周公政。豈待戰無爲，戎衣天下定。

老子　按：老子，姓李名耳，字伯陽，謚曰聃，周守藏室之史也。孔子嘗問禮焉。周衰，西遊，遇關令尹喜於散關，强爲著書。乃著書上下篇，言道德之意五千餘言而去。

何年守藏吏，默默與道居。玄牝儻不死，《道德經》：谷神不死，是謂玄牝。注：谷謂虚而能受。

神謂無所不應。玄，妙也。牝，有所受而能生物。言至妙之理有生生之意。青牛空著書。

文子　按：文子，姓辛名研，葵丘濮上人，號曰計然，范蠡師事之。本受業於老子。録其遺言爲十二篇。

大道終自然，王家始多難。益人不在賢，卜鼎年已半。

亢倉子　按：亢倉子，姓庚桑，名楚，周靈王時人，得老聃之道。秦景王將示强兵於天下，聘亢倉子，賓於上館，與談兵事。

不仁爲人害，仁反愁我身。《莊子・庚桑楚》：南榮趎曰：『不知乎，人謂我趎愚；知乎，反愁我軀。不仁則害人；仁則反愁我身；不義則傷彼，義則反愁我己。我安逃此而可？此三言者，趎之所患也。』毋爲小堯舜，有愧猖狂民。又：大亂之本，必生於堯舜之間，其末存乎千世之後。

管子　按：管仲，夷吾，潁上人也，事齊公子糾，及小白立，糾死，管仲囚焉。鮑叔薦之桓公，遂以爲相。

不忘中帶鈎，解縛堂阜下。徒知領一鄉，解見《觀管子內業》。劍戟試狗馬。

慎子　按：慎子，名到，趙人，學黄老道德之術，因發明序其指意，著十二論，劉向所定有四十一篇。

徒聞處士議，未有救時功。爲賢倘不尚，淪没草萊中。

公孫龍子　按：公孫，姓，龍，名，字子石。孔子門人，平原君之客，六國時辯士也。

同異既莫辯，堅白何由分。徒將臧三耳，驚倒平原君。《通鑑前編》：公孫龍善爲堅白同異之辨，平原君客之。孔子之玄孫穿自魯適趙，與龍論臧三耳。龍甚辨折，穿弗應。平原君問之，穿曰：『幾能令臧三耳矣。然謂三耳甚難而實非也，謂兩耳甚易而實是也。』平原君謂龍曰：『公無復與孔子高辨事也。其人理勝於辭，公辭勝於理。辭勝於理，終必受屈。』

列子　按：列子，名禦寇，周時鄭人，先莊子生。唐天寶初册爲冲虚真人，宋加敕，加『至德』二字，書名《冲虚真經》。

真夢本非夢，萬事蕉下鹿。力命每相持，解見《病起讀列子》。御風身乃足。解見《泊道隆觀》。

莊子　按：莊子，蒙人也，名周，嘗爲漆園吏，著書十餘萬言。

其書雖瓌瑋，其言乃參差。自齒百家學，仲尼何可欺。

孫子　按：孫子武者，齊人也，以兵法見吴王闔廬，有《孫子》十三篇。

用兵捷如神，四國莫予侮。宫中斬愛姬，《史記》：吴王出宫中美女，得百八十人。孫子分爲二隊，以王之寵姬二人各爲隊長，皆令持戟。約束既布，即三令五申之。於是鼓之右，婦人大笑。復三令五申之，鼓之左，婦人復大笑。乃遂斬隊長二人以狥。用其次爲隊長，皆中規矩。取勝在栢舉。《左傳》：師陳於栢舉，吴大敗楚師，遂入郢。

尉繚子　按：尉繚子，魏人司馬錯也。鬼谷高弟，隱於夷山，魏惠王聘，陳兵法二十四篇。

勒兵既有令，處戰豈無權。《制談篇》：民非樂生而惡死也，號令明，法制審，故能使之前。明賞于前，(次)[決]罰於後，是以發能中利，動則有功。《攻權篇》：凡將能畏其道，吏畏其將也；吏畏其將者，民畏其吏也；民畏其吏者，敵畏其民也。故知勝敗之道者，必先知畏侮之權。事功不見世，徒説尉秦年。

吴子　按：吴起者，衛人也，好用兵，嘗學於曾子，所著書皆兵制。

儒服説兵機，愛兵如愛子。《史記》：起爲將，卧不設席，行不騎乘，親裹贏粮，與士卒分勞苦。卒有病疽者，起爲吮之。能勸魏侯德，終隨楚王死。又：魏武侯浮西河而下，中流，顧謂起曰：『美哉山河之固，此魏國之寶也。』起對曰：『在德不在險。』又：起奔楚，悼王任以爲相。楚貴戚盡欲害吴起，及悼王死，攻起，殺之。

尹文子 按：尹文子，出於周之尹氏，齊宣王時，居稷下，與宋鈃、田駢、彭蒙同學於公孫龍。

人仁國無功，人勇國無法。名實兩俱存，何從操賞罰。

墨子 按：墨子，名翟，周平王時人。以兼愛名家，著書多古奇字。

節用禮益奢，非攻戰愈多。《史記》：墨翟，宋大夫，善守禦，爲節用。堯舜病博施，其如兼愛何。

鄧析子按：鄧析子，鄭人。好刑名，撰《竹刑》之書，數難子産之法，因受戮。著書四篇，漢劉歆復校爲二篇。

陰陽或爲菑，天地豈無厚。身殺道不行，竹刑果何有。

荀子 按：荀卿，趙人，名況，仕齊，三爲祭酒。適楚，春申君以爲蘭陵令，著數萬言而卒。

稷下三祭酒，蘭陵陳詭詩。剛道人性惡，坑儒將自兹。《史記》：始皇使御史案問諸生，皆阬之咸陽。

商子 按：商君，姓公孫，名鞅，衛庶孽公子也。使於秦，因景監以仕孝公，封於商，著書二十九篇，名《商子》。

小夫太多端，秦法日已變。咄哉文武都，在德不在戰。

韓非子　按：韓非者，韓諸公子也，與李斯事荀卿，喜刑名法術之學。見韓削弱，數以書諫王，王不用，於是著書十餘萬言。後秦攻韓，得非，因李斯之毁下獄，令自殺。

覊臣用密策，身死不得保。意將取邯鄲，宗國已如掃。

孔叢子　按：孔叢子，名鮒，字子魚，孔子九世孫，魏相子順之子。秦并六國，拜爲少傅。李斯議焚書，鮒懼遺典之滅亡，乃與弟子藏書壁中，隱居嵩山之陽。無何，陳涉起楚，聘爲博士。鮒退而著書，謂之《連叢》上下篇，曰《孔叢子》，蓋言有善而叢聚之也。

子思言仁義，不愧素王孫。《莊子》：虚静恬淡，寂寞無爲者，萬物之本也。明此以南鄉，堯之爲君也；明此以北面，舜之爲臣也；以此處上，帝王天子之德也；以此處下，玄聖素王之道也。王風委戰國，賴有壁書存。

淮南子　按：淮南子劉安，淮南厲王長子也，襲封。招諸儒方士講論道德，著書二十一篇，號曰《鴻烈》。

淮南招九流，按《漢書·藝文志》：儒家者流，出於司徒之官；道家者流，出於史官；陰陽家者流，出於羲和之官；法家者流，出於理官；名家者流，出於禮官；墨家者流，出於清廟之官；縱横家者流，出於行人之官；雜家者流，出於議官；農家者流，出於農稷之官。此九流之大旨也。好道不能一。空讀方士書，寧知左官律。程大昌《演繁露》：古人得罪下遷者，皆曰『左遷』。漢法，仕諸侯者名爲左官。

揚子 按：揚子，名雄，成都人。著《法言》以象《論語》，學《太玄》以擬《易經》，詞賦無所不通。仕莽爲大夫，作《劇秦美新》。及莽誅，時雄校書天禄閣，懼而投死。史稱莽大夫云。

法言準論語，三世不徙官。解見《和陶淵明》。草玄固自好，美新良獨難。

劉子

三光正分裂，世事〔二〕有不遇。雖通百家言，尚著六合賦。

文中子 按：文中子王通，字仲淹。隋文帝朝陳十二策，不用。退而教授河汾，從遊者千人。

續書不到秦，元經猶數魏。徒操虞氏琴，孰識河汾意。

聱隅子

瑣微論之妙，欷歔哀之深。五代干戈際，千年鄒魯心。

校勘記

〔一〕『事』，四部叢刊本、國圖本、存心堂本、豹文堂本作『士』。

吴萊詩集卷第十二

錫山王　邦采貽六
　　　　繩曾武沂　箋

灤州二首

《元史》：元初爲大興府屬縣。至元十三年，陞灤州。今屬順天府。

一

四月一日尚縣衣，知是故鄉花片飛。白頭慈母倚門久，《史記》：湣王從者王孫賈失王處而歸，其母曰：『汝朝出而不歸，則吾倚門而望；暮出而不歸，則吾倚閭而望。汝今事王，王走，汝不知其處，汝尚何歸焉？』目斷天南無雁歸。

二

數株楊柳弄輕煙，舟泊灤州河水邊。牛羊散野春草短，敕勒老公方醉眠。《北齊書》：斛律金《敕勒歌》曰：『敕勒川，陰山下，天似穹廬蓋四野。天蒼蒼，野茫茫，風吹草低見牛羊。』《通鑑》：唐太宗如靈州，遣李世勣擊薛延陀，討平之。敕勒諸部遣使請吏，詔以爲州縣。按：敕勒，元魏時號高車部，後別爲十五部，總號敕勒，又號鐵勒。

題趙大年林塘秋晚圖《圖繪寶鑑》：趙令穰，字大年，宋宗室，游心經史，戲弄翰墨，尤得於丹青之妙。所作甚清麗，雪景類王維筆，汀渚水鳥有江湖意，又學東坡作小山叢(作)[竹]，思致殊佳。

老景青黄筆底收，晴鳬泠雁共汀洲。王孫畫學空花竹，不到銅駝陌上秋。《晋書》：索靖指宫門銅駝曰：『會見汝在荆棘中爾。』

題李西臺真蹟

去矣昭陵瘞帖空，《購蘭亭序》：貞觀二十三年，太宗不豫。臨崩，謂高宗曰：『吾欲從汝求一物，汝誠孝也，豈能違吾心耶？』高宗哽咽流涕，引耳而聽受制命。太宗曰：『吾所欲得《蘭亭》，可與我將去。』後用玉匣貯之，藏於昭陵。西臺筆力到江東。知渠尚賴毛錐子，氣壓長槍大劍中。《五代史・史弘肇傳》：安朝廷，定禍亂，直須長槍大劍，毛錐子安足用哉？

題米元暉青山白雲圖《圖繪寶鑑》：米友仁字元暉，元章之子。能傳家學，作山水清致可掬，略變其父所爲，成一家法。煙雲變滅，林泉點綴，草草而成，不失天真。意在筆先，正是古人作畫妙處。每自題其畫曰『墨戲』，晚年多於紙上作之。

一簇空濛杳靄間，嵓花穴葉鬬斕斑。若爲看盡雲生滅，還我青然萬古山。

浙江文化研究工程成果文庫

浙江文獻集成

浙江文叢

吴萊集

〔下册〕

〔元〕吴萊 著
党月瑶 點校

浙江古籍出版社

淵潁吳先生集

〔元〕吴萊 著
〔明〕宋濂 編

淵潁吴先生文集序

胡翰

太上有立德，其次有立功，其次有立言。三者不同，苟有一焉，皆足以立乎天地之間而無愧於爲人矣。自世之言者陋文章之習而高德行之士，伸一人於千萬人之上，其意將以懲夫末流之敝云爾，非所以顯道神德行也。古之聖人，德脩於身矣，而又欲天下皆如吾身之脩也。豈惟天下皆如吾身之脩哉，而又欲後世皆如吾身之脩也。天下盡乎人矣，吾身可以及之；後世非止乎今也，吾身烏得而及之？是則吾德之所被，而吾功之所樹者亦斬矣。然聖人必欲使天下後世皆有以及焉，則立言其可少哉？六經，聖人之文也。所以爲天地立心，爲生民立命，爲萬世開太平者，非細故矣。由是以降，苟非申、韓之刑名，管、商之功利，儀、秦之捭闔，孫、吴之陰謀，楊朱、墨翟、老、莊、釋氏之淫辭邪説，則〔一〕凡是非不詭於聖人者，其於人心世教豈盡無所裨益哉？翰嘗讀賈誼、董仲舒之文，而恨當世不能盡用。及觀揚雄之《太玄》《法言》，又歎時人少有知者，以爲豪傑之不遇大率如斯。故不待論其言之傳否，而深爲有國者惜之。

今南北混一以來，朝廷太平之治垂及百年，仁恩福澤，結在人心，而紀綱法度寖不能無弛。先生當延祐、天曆之間，嘗慨然有志當世之務矣。其《擬諭日本書》蓋其十八時所作也，人謂其有終軍、王褒之風。其論守令、鹽筴、楮幣〔二〕事，逮今十有餘年，執政者釐而正之，往往多如其說。先生析辭指事，援筆頃刻數百言，馳騁上下，要不失乎正。雖處山林，未嘗忘情天下。使其在官守言責之列，推明古者所以立極成化之道，爲吾君吾相言之，當不止是也。而先生命不與時偶，器不求人售，素又羸弱多疾，未中歲而蚤卒。今之著于篇者，殆猶未盡其緼也。初，浦江有宋儒者曰方韶父先生，師法爲學者所宗，知名之士如侍講黄公、待制柳公皆出其門。晚得先生，尤奇其才，而以斯文望焉。先生貌寢陋，言語若不出諸口，而敏悟過人，得於天性。少嘗從族父幼敏家竊取書觀之，族父知而叩之，靡不成誦。博聞强記，與之游者皆自以爲不及。會有司舉進士，遂以《春秋》中鄉試。北至燕，東浮于海，好爲瓌奇雄偉之觀。見人固守章句，意頗陋之。然則先生之所負抱者爲何如哉？惜其學不見於用，而世之知者鮮也。門人宋濂懼其泯而不傳，廼彙次其詩文，爲集若干卷，俾翰爲之序。烏乎！翰昔受教於先生，竊觀先生之所以用其心者，期以立乎天地之間，無愧於爲人焉耳，烏暇較一世之短長哉？故論而序之，信是集之不可不傳也。先生諱萊，字立夫。

至正十有二年〔三〕秋八月二十六日，門人金華胡翰謹序。

校勘記

〔一〕存心堂本、豹文堂本、王邦采本無『則』字。

〔二〕『幣』，國圖本同，存心堂本、豹文堂本、王邦采本作『弊』。
〔三〕『十有二年』，國圖本同，存心堂本、豹文堂本作『十有一年』。

淵穎吴先生集序

劉　基

人之所以成名者三，曰道德、文章、技藝，皆不可以無師。道德以爲之根榦，文章、技藝以爲之葩華、枝葉。生而知之者，間世或出，人不能皆也。苟無師焉，如矢之無弓，如汲之無綆，如醫之無方，如車之無御，如越人之燕而無爲之導。矢無弓，雖見而不能造；汲無綆，雖欲而不能得；醫無方，雖知病而不能療。車無御，雖有馬而不能用〔一〕；越人之燕而無爲之導，則不阻於江河，必迷於岐路，雖抗其心神，羸其筋骨，終不能以徑達。故器備矣，必諧之以律吕，然後可以成聲音；物有矣，必將之以禮樂，然後可以致鬼神；兵足矣，必律之以曲制，然後可以平邦國。是故摶土爲尊而畫之，與犧象不異，而不可以盛酒，未嘗由乎鈞陶也；削木爲弓而漆之，與彤玈〔二〕不異，而不可以穿革，未嘗由乎檃括也。人之欲成名而無師焉，亦是之類矣。

予嘗悲今之爲文章者，皆不如古，及見宋君景濂而心服之。嘗爲叙其文集，以命後進。又每慨歎輿圖之廣，生養休息非一二世，何太平遺老就盡，漠乎無有繼者，而天獨私於宋君也。及今年，宋君以其師吴先生之遺文若干卷示予。予一讀而駭，再讀而敬，三讀而不知神與之接，融融瀁瀁，不知其旨之、樂之、詠之、歎之也。於是乎乃知宋君之所以過人者，有自來也。

昔者孟子謂離婁之明、公輸子之巧，不以規矩，不能成方圓；師曠之聰，不以六律，不能正五音〔一〕；堯舜之道，不以仁政，不能平治天下。唐柳子謂今之世，不聞有師。予雖與吳先生同爲浙東人，而各里其里，無事不相來往，不及見吳先生。今得偶宋君於羇旅，且因宋君而得見吳先生之文，乃知浙河之東，以文章鳴於世者，無時而乏。故竊自慶而爲之序，具陳其不可無師之説，庶有裨於後來者哉。

文林郎、江浙等處行樞密院都事、前進士青田劉基序。

校勘記

〔一〕『用』，底本、國圖本作『同』。據存心堂本、豹文堂本、王邦采本改。

〔二〕『羇』，國圖本、存心堂本、豹文堂本同。王邦采本作『旅』。

序

浦陽仙華諸峰蒼翠萬仞，其嶄絶峻拔之形，瑰詭雄特〔一〕之狀，金華北山不能過也。故其氣之清淑靈秀，蜿蟺〔二〕磅薄，而鍾爲名世文儒者，固宜有之。若存雅先生方公、翰林待制柳公，則其人也，最後深裒先生吴君立夫出焉。立夫氣禀尤異，負絶倫之才。自其少時讀書，日記數千百言，下筆爲文，如雲興水湧。二先生深所畏愛者也。故方公以孫女妻之，而且盡傳其學焉。凡天文地理、井田兵術、禮樂刑政、陰陽律曆，下至氏族方技、釋老異端之書，靡不窮考。含其英，咀其華。於經史之學，益研精究其指歸，故發爲議論文章，滔滔汩汩，一瀉千里，如長川大山之宗夫海嶽也，如千兵萬馬嘶枚疾馳而不聞其聲也。嗚呼，壯哉！他人恒苦其淺陋，立夫獨患其宏博者也。庸詎非仙華神秀之所鍾而能若是耶？惜其蚤世，莫得少見于時，僅嘗一用《春秋》薦，不第〔三〕，遂隱居講學。從遊甚衆，凡經指授，悉有可觀。於是大肆其力於學問文章，而卓乎不可及矣。嗟夫！彼其僥倖一官，乘時射利，而無片言隻字可傳于世者，其視吾立夫雄文偉論，馳騁于司馬子長、劉向、揚雄之間者，是果孰爲失得哉？必有能辨之者。

今門人高弟宋君景濂不忘其師，子雲之侯芭，昌黎之李漢也。收拾遺文若干卷，徵予序引。夫文豈待序而傳者哉？然玉韞石輝，珠藏川媚，異時僊華山下有光燭天者，必遺文所在也，尚何患其不傳哉？

承事郎、太常博士致仕東陽胡助謹序。

校勘記

〔一〕『特』，存心堂本、豹文堂本、王邦采本作『峙』。

〔二〕『蟺』，國圖本同，存心堂本、豹文堂本、王邦采本作『蜒』。

〔三〕『第』，底本、國圖本作『弟』，據存心堂本、豹文堂本、王邦采本改。

跋〔一〕

右先公遺稾，以卷而計者，賦一、詩三、文則八，總爲一十有二，而目録、附録別又各爲卷。先公平生鋭意立言，雖疾病纏緜，而未嘗一日廢其業。故其簡編日盈而月繁。先公之歿，至是蓋二十六年矣。中更兵燹之變，士諤恒負之以竄山谷間，然幸靈物撝訶，單牘片削皆無霣墜。今干戈稍定，士諤與弟士謐年皆半百，筋力日衰，恐一旦即死，思或致泯没。輒謀思有以刻諸梓。先公之門人唯金華胡翰仲申、宋濂景濂從游爲最久。仲申遠寓太末〔二〕，莫克致之。適景濂抱疢家居，因稾其稾以屬焉。景濂遂摘其有關學術論議之大者，以所作先後爲序，備勒如上。餘未刻者其〔三〕多不啻三之二。物力單微而不能俱也。復繕謄之，以藏于家。

嗚呼！先公之文可謂至矣。語其深厚則海涵而地負，語其變化則風霆行而蛟龍升，語其雅且古也，則商敦在庭而竹書出冢。四方之士類能言之，有非末學之所能盡贊。唯刊騭次第，不可不知也。因僭陳諸篇首，以諗夫後之人焉。男前婺州路金華縣儒學教諭士諤再拜謹識。

校勘記

〔一〕此文原附於底本目録之後，無標題。

〔二〕『末』，國圖本同，存心堂本、豹文堂本作『學』。
〔三〕『其』，國圖本同，存心堂本、豹文堂本作『甚』。

金華後學宋璲謄寫

門人金華宋濂編

淵潁吳先生集卷之一

大游賦 并序

毗陵道士盛允升東游會稽。予聞其風神潁異，被服蕭爽，盖將自是而汗漫六合者也。張君子長約同送之，賦用是作。遂題曰《大游》。

夫何一高士兮，獨曠視乎八區。朝吾車之夙駕兮，夕予至於清都。仰天路之迢遞兮，挾陵陽而與俱。遡剛風而頫倒景兮，浮沆瀣而噏青霞。蜚廉起而前導兮，轂豐隆使後驅。素蜺夭矯而爲纓茀兮，神鳳離褷以揭旟。恍大游之所歷兮，撫四海其無家。唶塵濁之不可以止息兮，吾將抵乎崐崘之遺墟。嗟東轅之我蹎兮，探宛委之嵌穴。帝禹告予以所藏兮，發濤江之漲雪。登桐柏之嶄巖兮，瞰赤城之巀嶭[二]。飆蓬嶠而我欲徑到兮，恐蜃樓之明滅。欻南轉而弭節兮，過灊霍之層峰。放盛唐之滙怒兮，梁魚鼈而躡蛟龍。掎巫峽之臺觀兮，莽峨嵋之雲松。泝丹丘予定不死兮，躋羽國以從容。曶浩歌而西邁兮，適金天之沃野。遵黃河而踄石室兮，王母被髮以嘯處。尋泰一與九嵕兮，貫華陰之幽岨。招韓衆而許度世兮，固肉人之弗遑遽覯。廼北折而亟去兮，出雁門之嚴寒。恒嶽緜亘乎不絕兮，縋碣石於瀰漫。搜赤舄於遺榛兮，簸樓船乎狂瀾。候鷄鳴而直上日觀兮，吾特痛夫僊學之艱難。伊天地之晦冥兮，倏陵谷之遷徙。遭女媧之隆阜兮，顧嵩少之崛起。經陽都之酒家兮，嚌王屋之石髓。披河上之靈筌兮，擿漆園之奥指。惟小别而千齡兮，復一瞬以萬里。劃狐烏之丘垤兮，洞蟪蛄之年紀。心委蛇而自神兮，形曠蕩其離滓。信吹萬之不同兮，恒抱一以終始。胡久居乎寰内兮，欲絶出於大荒。扳建木而與爲陟降兮，絙鐵鏁於無傍。瞻帝車之中運兮，闖閶闔以上征。屈軒轅之踡伏兮，耿招摇之燿鋩。引弧井之壘落兮，炫奎壁〔二〕之圖章。繙龍漢之寶曆兮，徹鬱繿之神鄉，幸寘身於一氣兮，卒齊壽於三光。宜凡夫之穢濁兮，又孰契夫大道而翱翔。自放懷於天外兮，眇累塊於千億。惕世途之嶮巇兮，戹鼇螘之營役。豈躭名而嗜利兮，或酣酒而溺色。諒金石之銷泐兮，竟丘壠之堆積。唉吉雲之鉅藪兮，緤步景而我服。歎甘露之靈蘳兮，和水玉以爲食。彼筞精之有書兮，吾尚懼夫骨籙之弗得。將蘂珠之不遠兮，盍蝌蚪而莫識。懿周流而至此兮，聿笑傲以言旋。樂自然之日月兮，攬無鞅之風煙。壓洞庭之浩渺兮，屣林屋之聯緜。龍威蚴蟉而跱踞兮，寶鎮晃焩〔三〕而瑛鮮。廼霄峥之欲栟兮，覺鼎竈之猶燃。爥大還而蟾〔四〕蜕兮，擊小有以鶴翮。躬虚無而不宅兮，味澹泊以爲淵。等古今於一軌兮，混生死其同鄽。儼坐在而立蜕兮，蘊執袂與拍肩。真山澤之一臞兮，夫豈論乎三墨〔五〕暨九仙。固道術之所致兮，曷曲謏而究旃。馳箋語而往訣兮，却永存於上玄。

校勘記

〔一〕『嶱嶫』，國圖本、存心堂本同，豹文堂本作『嵑嶭』。
〔二〕『壁』，底本、國圖本均作『璧』，據存心堂本、豹文堂本改。
〔三〕『烺』，國圖本、存心堂本同，豹文堂本作『朗』。
〔四〕『蟾』，國圖本、存心堂本同，豹文堂本作『蟬』。
〔五〕『墨』，國圖本同，存心堂本、豹文堂本作『𡐦』。

海東洲磐陀石上觀日賦

粤東游乎海徼兮，得偉觀於陽阿。登盤陀之疊石兮，路嵔嵺以巍峩。天雞號而夜半兮，暾欲出於重波。恍玄幕之沉黑兮，熠火輪之蕩摩。緬羲和之有御兮，扶木爗其將花。渺湯谷之不可以里兮，屆高舂其幾何。嗟世寰之安在兮，尚昧冥而未旦。睹帝車之邪迆兮，耿星宿於霄漢。漸島嶼之奝鮮兮，益淼茫而瀰漫。恐闤闠之猶爾夢寐兮，類蟄蟲之惛亂。胡乾極之牽掣兮，儼機軸之翕張。固陰泉之歙烱兮，焕熠燧之奮飇。煒踆烏之燿煟燦爛兮，渴喙解羽藐以迭碭。㑘爥龍之煅炳颯昱兮，熾頷煽目頒其方驤。縣燔鏡之熒灼炭熺兮，鮫人泉客剷濯有光。振赬鼓之焱熽炫煇兮，北落壁壘嵑〔一〕嶙前行。指綵虹之抱戴珥璚兮，璀錯爣烺繆綢遹〔二〕皇。想朱鳥之次舍軌度兮，豁達藺轢衕〔三〕問燿鉒。乘寒澇潮水之傎倒推盪兮，散曉赮霞氣之轇轕彩章。廼蜚騰於寥霩兮，竟瞑眩於混茫。緊高抗乎氛曀兮，僅啓明之獨爍。歘遠麾之贗爝兮，遽群動之盡躩。川后潛精而窟藏兮，海童覷曜以犇愕。鮫黿揚鬐撥鬣以悠漾兮，鴻鶴刷毛掞翅而陵薄。莽琅琊之躋臺兮，洒鯨山而晝其㸕也。閬羅浮之瞯井兮，滉蜃穴而夜其爚也。迅夸娥之杖策兮，懼追逐而莫之跳逴也。怒魯陽之揮戈兮，怪盤礴之弗吾規韄也。惟圭臬之可測兮，奈隙駒之焉託。恒鞠明而究曛兮，遂壯凋而老鑠。昔聖賢之有法兮，寔盖渾之同天。矧鍊石而凝質兮，復斷鼇而鎮淵。將渤澥之鑿竅兮，淪谷底而迭燃。抑崐崘之巇峙兮，繞巖腹而互旋。豈文身黑齒之俯邇所出兮，貫裸壤以相連。或崦嵫濛汜之遠壓所没兮，嚳氿國之窮壖。歎嚴〔四〕冰與嬲雪兮，曠古莽之鮮覺常眠。愓重蒸與疊爇兮，焮炎丘之毒瘴霾烟。諒衆人之懵陋兮，特蜂螘之撲緣。偉小兒之辯智兮，雖睿哲而勿宣。彼凡俗之多故兮，遇曙朝而即競。誠旦晝之梏亡兮，嚮晦昏而暫定。紛仕學之攘争兮，集農商之鬭迸。淫末作以相資兮，侈利心之百穽。儻桑榆之不復滅没兮，盡奪時而力政。願鬱儀之恒若溟涬兮，庶保躬而固命。岊曉籌而催鬮兮，警宵柝而告静。信舉筴而豫知兮，幸聞鐘而深省。何觀瞻之不足兮，重徙倚以盤桓。光已通於一躍兮，影奚候於三竿。逮層溟之畢露兮，屹東霍之巖峦。念列仙之獨往兮，扼羡門於波瀾。劃孤嘯而陟降兮，撤蒙蔀以忻歡。顧秦越之邈不相及兮，又焉論夫遠近於長安。

校勘記

〔一〕『蝦』，國圖本、存心堂本同，豹文堂本作『㠌』。

〔二〕『遹』，國圖本、存心堂本同，豹文堂本作『矞』。

〔三〕『⿰彳可』，國圖本、存心堂本同，豹文堂本作『甜』。

〔四〕『巖』，國圖本同，存心堂本、豹文堂本作『巗』。

羅浮鳳賦 并序

羅浮鳳者，海南小禽也。家君自嶺嶠回，挈之北上。予嘉其身負文采，拔去幽阻，而欲自售其羽儀也。是知士之抱道德，懷文章，無微不聞，無遠不達，豈肯久滯於天涯海角之墟而遂已乎？雖然，予愧多矣，乃爲賦曰：

惟海邦之異産，挺羽族之光華。育火德而有燿，控離垣以爲家。迆赤土之重漲，眇丹丘之僻遐。顧性命之淺薄，特般桓於烟霞。原夫自南自北，載蜚載止。蜚不妄集，棲必倒跱。青飾衣衿，紺流爪觜。信鳳藪之多奇，類龜臺之所使。吮夕秀於紫芝，嚼寒香於瓊蘤。雖斥鷃之同群，固鸞皇之等美。於是本山川之迢遞，羡體氣之自然。胡虞衡之弗及，隔瘴癘以能全。戒羅氏而弋舉，命鳥夷〔二〕以籠遷。望上林而奉進，跋神嶽以增妍。念安期之蓄養，受抱朴之矜憐。守一枝於嶺木，得數粒於嵓泉。畱獸圈之可近，任虵黴之長捐。尚蓬蒿之改觀，何鼎俎之容羶。當其緬南國之蒸爍，泝古龍之沉隘。宜稟賦之爾殊，渺⿰目荒之昏昧。裸黑質而無繒，甕鱗軀以弗黷。奈屋居之何有，望魚鼈而犇沛。胡鷓鴣之種族，獨黼黻以藻繪。矧鞦莎而臆蘭，匪距金與羽芥。獻麗容而自媒，炫靈表而罔〔二〕害。將尤物之移人，豈凡禽之一槩。若乃考黔嬴之所毓，鍾品彙而降祥。負英姱而可貴，閟草莽而愈彰。心恒馳於北闕，跡曷屏於東崗。蔫董賈之術業，熾淵雲之辭章。偉畎谷之文翟，諒備采而有光。逖炎洲之孔鷸，或聚冠以見戕。幸全生而特遇，肯處遠以回翔。儻遲延於歲月，恐滅沒於殊荒。然則偶時景之和暢，跛閶闔以凝竚。稽師曠之補經，驗治長之辨語。感軒閣之嗡圖，副舜庭之率舞。聲格磔而應絃，勢盤旋而列簴。祠爰居而眩惑，奏鷃雀以笑侮。卵條支而必致，毛拂菻而曷舉。彼尋常之猥陋，雖籬落其若阻。相盛德之休明，謂萬里而來覲。是故士當貴而自重，世何嫌於處卑。罄山谷之巢穴，奓朝廷之羽儀。仰天地之廣大，拔聖賢於窮羇。極英材之衒鬻，忍道德之擲遺。惻朔風以吹壄，慘寒雪以刮肌。屹碧梧而弗實，挺篁竹以無枝。鼓乘傳之壯志，藴棄繻之妙姿。奈負貳之久梏，窘侏儒之長飢。庶飛搏於鵬路，終飲啄於龍池。尚兹鳥之吐數，遂歷言而詠斯。

校勘記

〔一〕『夷』，國圖本、存心堂本同，豹文堂本作『彝』。

〔二〕『罔』，底本、國圖本、存心堂本、豹文堂本均作『罓』，據四庫本改。

歎疾賦

伊天地之常運兮，何我生之邅屯。罹終歲之奇蹇兮，斲一元之淑醇。莽門徑其委草兮，凄户牖以凝塵。寘冠衣而不理兮，念動履之艱辛。揆世寰之有植兮，本胎氣之稟育。粤褓抱而多疕兮，謂乳湩之不足。胡肌髓之朘削兮，僅側身而于陸。矧食飲之稀薄兮，略餔糜於鼎餗。顧廬伍之同處兮，雜悲歡與慘哭。啃寒暑之中人兮，逞菑淫而瘴毒。諒轇〔一〕轕之無已兮，竟沉痼而反覆。尚何藥之起予兮，幸我神之來復。惟聖人之所慎兮，儼前訓之蓍龜。信軀命之寔切兮，曷戰兢而自持。奈衰風之竊發兮，挾沴血以侵欺。漸黄槁而痿蹶〔二〕兮，致蔡泗以殿屎。高山崦〔三〕其傷陽兮，痛壞木之無枝。廣澤淤而積陰兮，懼窮魚之弗移。儻湔腸而浣胃兮，特湯齊之我遺。庶扶形而矯摩兮，固臾扁之可期。當田野之蕭索兮，習雪霜之交摯。彼蠢翹之有知兮，廼坯蟄而日閟。龍何潛而弗蜚兮，蠖何屈而弗肆。相昆蚑之各以其時兮，豈長羸之多懟。晝犇躩而亟思兮，夜睅鰥以忘寐。人痾攻蟄而戕賊兮，世恙灌熏而顛躋。煽狐狸之老姧兮，舞鬼蜮之遺智。恐病危之或然兮，臨淵谷而增惴，紛遂古之開物兮，實鉅靈之毓穌。精日月之照爥兮，竅風雷之嘘呀。寘頭顱而上峙兮，象山嶽之巍峩。縣肺臟以中居兮，通脉絡若江河。盖全軀而至貴兮，宜攝性以享遐。肯節宣之乖逆兮，恣榮衛之慝訛。摶羽苞而覓燧兮，殆燒〔四〕炳之見加。揚淩梧以攪沸兮，雖金石其謂何？彼衆人之豐碩兮，胡衰我而黴瘠。舉世競於塗隧兮，獨床衽以栖息。矧一旦之即安兮，置事功而弗獲。恐後日之併無此身兮，虚名實而罔〔五〕績。緬嵩少之有隱兮，曰烟霞之膏肓。指龜筴之可簪兮，懷椒醑而降祥。彭祖傴僂而下窺兮，尚援藤乎若鶩。接輿跰蹮以自鑒兮，窘霖雨而肆狂。漢史病而留滯兮，感封禪之從行。唐傑僊而悲憤兮，賦棠梨以惋傷。顧真材之豈不爾遇兮，恍景耀之弗彰。筊鸞翎而使飛兮，緤驥足以待驤。况我躬之蹭蹬兮，愈遲暮以潛藏。惜脩名之未立兮，笑髩髮之先霜。抗龍文之鼎鼐兮，擿虎首之鞶囊。吾尚擬夫列仙之可學兮，佩丹訣而不敢忘。

校勘記

〔一〕『轇』，底本、國圖本、存心堂本作『膠』，據豹文堂本改。
〔二〕『蹶』，國圖本、存心堂本同，豹文堂本作『瘚』。
〔三〕『崫』，國圖本同，存心堂本、豹文堂本作『崛』。
〔四〕『燒』，底本作『憢』，據國圖本、存心堂本、豹文堂本改。
〔五〕『罔』，底本、國圖本、存心堂本、豹文堂本均作『冈』，據四庫本改。

起病鶴賦 并序

予少多病，嘗作《病鶴賦》以自況。蓋言吶然如不出口，身退然如不勝衣。後雖稍自振，於時亦不克也。然其稟已不存矣。嗚呼！予病久且痼，其尚可以未起乎？起之在我而已。於是復作《起病鶴賦》，并以示知我者。

伊元造之播物，有九皋之靈禽。稟幽心於藻質，散縞翅與玄衿。掎嵩丘之石室，瞰蓬島之清潯。眇八紘於一舉，曠千里之遥臨。然而山多歲陰，野積冰雪。老松無柯，百草肅殺。圓吭塞喑，弱脛摧折。赤精眵昏，纖趾蹩躃。胡志向之殊卑，尚光儀之迴潔。匿平林而冪迷，壓巨壑之谺裂。是以前詹悦懺，後顧襂褷。投蹤灌木，弭影沙坻。静非馴擾，動若馽羈。徘徊蕭索，躑躅險巇。奈世氛之混濁，憶天路之孤危。望鴻鶴而不及，愍燕雀之陵欺。俯争枝於斥鷃，遠絶軌於長離。顧雲海之日隔，窘稻粱之恒飢。幸樊籠之匪觸，豈繒繳之來施。亦何恙之不已，廼歷年而留兹。至若高步自怡，嘯呼同侣。拉颯思奮，踉蹡起舞。風生則虚曠，露隕則淒楚。拊青田之故巢，睨華表之遺柱。夷采薇於嵩谷，憲含糗於環堵。駟蹇剥而罕逢，鴻激亢以多忤。唏胎化之尚然，睠帝鄉而延竚。抗衆彙而不群，懼終身之畸〔二〕旅。於是韜養既久，栖跱載寧。土木内蓄，火金外形。梳理碎玉，剞除殘腥。羡門許其彳亍，玄俗惜其跉跰。擿武丁之寓篆，發緱嶺之藏經。服仙人之上乘，擁太古之遐齡。故能一洗塵滓，直遡寥廓。仰拂紫宫，廻翔金閣。過夷羊於南維，窺壁壘於北落。濯長河之奔流，凌倒景之照爚。導素蜺之飄揚，攖鶉鳥以距攫。躔建木之絶標，嚌神芝之奇藥。然後希一真而永固，超無極而磅礴。曰復予之本初，竟誰辨其所至之垠鄂。惟天地之一指，忽古今之紛更。人何窮而不達，物何悴而不榮。將人物之多變，豈禽鳥之異情？苟相時而能動，雖處困而必亨。是故邦治身出，身顯道行。奉周廬於旦夕，視萬乘若友生。負文章之綺麗，馳論議之崇紘。一賜則明珠白璧，再寵則三事九卿。方解兹之舊縶，庶息我之前黥。可無心於禄位，終不日而蜚鳴。大舜來鳳於樂奏，宣尼致麟於文成。聊援毫而興起，又孰不仰德而聞聲。

校勘記

〔一〕『畸』，國圖本、存心堂本同，豹文堂本作『羈』。

狙　賦

我觀世間，何異厥狙。狙公執技，役我庭除。投瓜齕果，豢養飽腴。牽繩拽鏁，奮躑嘯呼。側身舑談〔一〕，恐慺足跗。頫項矐矆，變幻首顱。動因頤指，静類橜株。悦惚錯愕，滿堂盧胡。粵自童幼，被彩弄雛。長跳短躩，嬉戲有餘。忽然壯强，精幹猛軀。急操襲取，智慮畢輸。亦復病苦，顛頷困臞。徉顛詐死，靈藥在壺。豈或老衰，涕泗垢洿。曲顒傴膑，鳩杖給扶。相彼仕達，綽有時譽。巧張鄉評，雄跨宦衢。文馳觚櫝〔二〕，武執戟殳。横施爪距，憤磔牙鬚。高門縣薄，伺候趑趄。豪戚勢卿，語話囁嚅。白虎獻議，銅龍握樞。摸稜唐手，霹靂漢符。升堂踞坐，呵喝擁驅。棄律舞法，鞭梏刻刳。神姧出没，拉彘扼貙。頑貪隽戾，盜鹿攘羭。貴與利期，貨貝其儲。寵則驕至，跛躓同塗。膠目塞耳，褫冠裂裾。行遭僇辱，泣赴刑辜。載觀富盛，擅爾里閭。經營家室，粉飾體膚。連檣白粲，負郭黄淤。沼池魚鼈，塒檻鴨豬。業可必得，事在必圖。姱奢服履，湎液杯杅。窮聲絲竹，極色麗姝。弗農崇儈，匪賈積帑。自晨及暮，鴻弋兎罦。分房割奥，誶帚德耡。齒霜嚬齾，舌電噆〔三〕嘘。侵貧併弱，欺懵侮愚。春花秋葉，更菀遞枯。先笑後號，去車就辻。胡然比附，竟作睽孤。餒哉氣力，孰不丘墟。當其爲人，尚有以娛。殘骸斷齒，螻螘鳶烏。或者爲鬼，抑又可歔。鱗肌角鬣，魑魅夔魖。一時之頃，幸不汝拘。衆人盡然，殆不我誣。周公之衣，勉强曳婁。吴王之矢，巧捷速殂。身何置網，手且捋荼。疇云智譎，有是勤劬。假靈木客，通怪山都。雖則多幻，盍忘爾初？呼啍〔四〕兹世，莽矣一區。視其有作，意在覬覦。悲驩交禪，福禍並趍。小苛可略，山嶽弗殊。治安何玩，兵亂卒瘏。暴秦殄楚，勁越戕吴。三國鼎立，材勇與俱。龍虎鳥蛇，陽陣陰謀。五胡雲擾，羌羯相屠。弓弩甲旗，北騎南艫。椎擊敲批，刦窾骨軱。攻戰圍嗉，形勢亢虛。塞關在前，慎不可踰。衺〔五〕孽在後，淪胥以鋪。時風哀樂，史筆賞誅。醫國無術，鑄人曷模。天開地闢，四海蘧廬。人消物盡，萬世斯臾。惟狙拔己，盤踞自如。昔非刻狗，今豈乘狐。我思世故，何計有無。緝之成賦，用戒薄夫。

校勘記

〔一〕『談』，國圖本、存心堂本同，豹文堂本作『譫』。

〔二〕『櫝』，國圖本、存心堂本、豹文堂本同，四庫本作『牘』。

〔三〕『噫』，國圖本、存心堂本同，豹文堂本作『暋』。

〔四〕『啍』，國圖本同，存心堂本、豹文堂本作『嘘』。

〔五〕『衺』，國圖本同，存心堂本、豹文堂本作『衰』。

定命賦

昔岐周之懿哲兮，垂末躅於勾吴。延州來之閎博兮，秉世德以作摹。予既禀此美質兮，參兩間而與俱。日礲礪以頡頏兮，違陋巷而適通都。膺文華之被體兮，結儁逸以先驅。翩黄鵠之千里兮，炯驪龍之吐珠。掎山丘其峻峭兮，汩河海之盤盓。奇材未得以自致兮，恐〔一〕薄俗之淪胥。叱玄夫爲予枚卜兮，徵吉繇以弗渝。曰心遠而跡滯兮，何時命之獨拘。怊怊其曠懷兮，惕惕以深省。收群囂於一默兮，守不動於真静。規豪舉於鴻冥兮，混牧芻乎鹿町。胡魁梧之數奇兮，彼樸鈍則猶天幸。遵大路豈不可兮，莽荆棘使吾騁。亦欲逃於空虚兮，走赤日將焉避影。聿軒騫以有行兮，仍轗軻甘〔二〕所屏。離當世之紛紜兮，合自然於溟涬。羌造化之無象兮，妙機關之翕張。叢生植之各異兮，肖智愚以何常。役中心之閧雜兮，煽六鑿之披猖。朝奔騰靡所止兮，夕偃息怳若有亡。洒屏翳之淋漓兮，吹招摇之耿光。曶而出於神奇兮，儵又臭腐不得當。邈自古之若兹兮，哀吾生之不淑。畸〔三〕汝形而益臞兮，怪汝志之彌蹴。言謇澀以少味兮，步跰蹮無所投足。奮骹〔四〕齣而衆嚬兮，割肯綮以旁觸。惟先儒之談王兮，固卓立以忤俗。環車轍而至老兮，陳詭詩以遭逐。問蘭陵悲芳草兮，登鄒嶧感喬木。慊素衷之陻戹兮，繇千祀其芬馥。彼瞢闇之弗思兮，行狹邪如平陸。託黄老而險盭兮，攻春秋以阿曲。亂梟鶴之短長兮，衝涇渭之清濁。不率循於中正兮，每僥倖以致夫顛覆。豈昔吾之自奮兮，今獨有此沉憂。託松柏之幽蔭兮，招鹿麋而與儔。俯環堵之湫隘兮，猶采椽之彫鎪。駕柴車之朴素兮，亦炫燿其華輈。等羹藜乎粱肉兮，齊衣敝於貂裘。窮匪通其不鄙兮，賤無貴以何羞。嗤予音之寡和兮，譬汝器之無不周。斯視聽之既狹[五]兮，曾不遇曠與婁。麒麟出而野死兮，鳴鸞鳳之啾啾。幸定分之有在兮，肯他歧之往謀。何艷陽之駘蕩兮，破寒谷之颼飀。諒勾萌之畢達兮，雖迍阨其無由。不吾用則亦已兮，況斗絕於荒陬。終越秣以燕刷兮，夫何足以自疑。

校勘記

〔一〕「恐」，國圖本同，存心堂本、豹文堂本作「起」。
〔二〕「甘」，國圖本同，存心堂本、豹文堂本作「其」。
〔三〕「畸」，國圖本、存心堂本同，豹文堂本作「踦」。
〔四〕「敔」，國圖本、存心堂本同，豹文堂本作「齬」。
〔五〕「狹」，國圖本、存心堂本同，豹文堂本作「陿」。按「陿」同「狹」。

尚志賦

惟太區之寥霩兮，紛庶物之馮生。藐予身之中處兮，鬱予志而不得逞。竊獨嗜此古學兮，指前哲以作程。味詩書之醇粹兮，獵道德之精英。悼世俗之馳騖兮，吾何有乎我行。將歲月之不我與兮，兀淹留而無所成。沉憂以氣索兮，却立而質疑。攻鑿躃而狹步兮，守町聹謂真瞶。窅瞭目以霧披兮，焱奇肱而風厲。隳泰華以施簪兮，縮長河約之帶。翔喬皇之晻藹兮，叱麒麟使承盖。神若唏而犇騰兮，劍黿鼉乎濤瀨。招屏翳予擗帷兮，斬蚩尤以褰旆。折建木以指麾兮，唉曜靈之西邁。將欲往彼鴻濛兮，授予筴乎霄漢。亦或悲此骯髒兮，發商歌於達旦。溘世氛之溷濁兮，嘘天籟乎崖竅。薄高丘以闖遠海兮，恒慠悅而不顧返。何儃佪以難進兮，曰嵗數而則然。顏子默而樂道兮，曾不滿夫一簞。原生澹其居貧兮，尚蓬蒿之没垣。彼豈不談王術兮，甘窮櫚之藐艱。秉中心之皦日兮，輕外物若浮雲。諒當時之謂儋兮，猶千載稱其賢。阽吾生之沉抑兮，將有繼乎古先。炳予室之虚白兮，纚予文於太玄。莽歙欻與時化兮，希噌泓而道存。棄騏驥而蹀躞兮，登蹇驝乎前軒。淫桑濮之嘈雜兮，九韶嘆焉無聞。固泰豆之不世出兮，又何見夫榮猨？彼何人哀時命兮，每嗟卑而嘆屈。曷不尚予之志兮，仰孟氏之遺則。緊老農之力田兮，且多種而鮮穫。矧奇士之環轍兮，雖凍餒其奚卹？增螢爝以日晶兮，積埃壒而山嶷。向汙泥求夜光兮，經刼火見垂棘。惟傅險之版築兮，扳南箕以興國。亦有漁厥磻溪兮，擢赤鯉以予翼。挺爾躬之豪崛兮，肯受人之羇勒。惇鄒魯之雅言兮，建燕趙之媿節。粿瓊靡而我餐兮，羅翡翠以爲服。秉刳劂而剸裁兮，鏘和鸞以游息。撫鴻荒其若今兮，觀六合爲予窄。齊窮達於一塗兮，與聖賢而同域。翩丹穴之蜚鳳兮，粲九苞之翕艴。將乘之以覲舜文兮，孰知予情之至極。

索居賦

粤吾生之寡好兮，恒孤陋以索居。步中庭以自念兮，心抑鬱而不舒。阽予身之兀處兮，撫萬化之殊塗。豈寰區之汝陿兮，杳不知其所趍。惟世氛之溷濁兮，尚蓬藋之藏匿。將奮迅而激昂兮，又邅迴以沉默。去衆人之佻巧兮，膺泰樸以堅飭。紛荆棘之梶行兮，謂卭崍其繩直。肩重任之迢遥兮，固邪軒之不力。儻泛駕之有求兮，策罷駑且焉止息。巡簷隙而詠歌兮，撼户櫳〔一〕以悲惻。何初日之成言兮，乃棄予而不我即。彼昔游之爲豪舉兮，曾同處乎險巇。羌結交以鼓勇兮，肯覊圉之遑安。抗沙塵而志得兮，巍弁冕之星攢。既文藹之炳燿兮，嗤薜蘿以爲寒。仰睇遠而弗及兮，莽浮雲之瀰漫。俯聽幽而若來兮，哀風激夫溪湍。汨寥廓〔二〕其無景兮，甘崛强以此蟠。徒離群以蕭颯兮，庶神氣之我完。折松枝而拂石兮，又植之以青蘭。宜道義之擩嚌兮，肯肥癯之異觀。董生之談王兮，且有稱於不遇。賈誼之明治兮，謫長沙而徑去。將屠販之汙下兮，恐紛紛而改度。逮曲學之肆行兮，使吾儒之愆素。古固有此渾肴兮，矧予今之馳騖。寧窮達之措懷兮，曰美人之遲暮。循自然之天運兮，芳草藹其發榮。倚巑岏之絶壁兮，臨萬仞之潭泓。欵淺渚以濸洿兮，樂儵〔三〕魚之不驚。構危巢其惴慄兮，恍若聞乎鼯鼪。非山林之忘反兮，奈世務之所嬰。手不得以竪指兮，目又何能以逃睛。因榑〔四〕散之乏用兮，託考槃之遺聲。永言抱此幽獨兮，庸詎釋夫我怦。

校勘記

〔一〕『櫰』，國圖本同，存心堂本、豹文堂本作『榭』。《考異》：存心『櫰』作『榭』，非。

〔二〕『峲』，國圖本、存心堂本同，豹文堂本作『峲』。

〔三〕『鯈』，國圖本、存心堂本同，豹文堂本作『鯈』。《札記》：『鯈』當作『鯈』。

〔四〕『榑』，國圖本、存心堂本、豹文堂本同，四庫本作『樗』。按『榑』同『樗』。

貧女賦 并序

予春秋二十有二，嘗偃蹇不得志，因讀《史記》，感甘茂『貧女分輝隣燭』之語，故作是賦以廣之。

伊太鈞之坱圠兮，敷動植於八紘。玆女蹇其居貧兮，乃困苦而不得生。惟室家之蕭索兮，屬多難之來并。空展轉其寤寐兮，魂惕惕如有驚。顧儋石之不儲兮，支墻屋之欹傾。印鼠跡於床塵兮，网蛛絲於門楹。胡藍縷而不完兮，又機杼之無聲。凛寒風之中人兮，感促織之宵鳴。拂敗奩之殘蠹兮，舊鏡黯以羞明。銅釵折其半股兮，亂鬢鬌之縱横。拈竹筐之素縷兮，箴欲澀而不行。亦何心於組紃兮，况鴛鴦之能成。挾故絮以假寐兮，耿寒焰於孤檠。誰哀吾之窈窕兮，幸自保其堅貞。嗟父母之鞠我兮，美裳衣而藏匿。矧櫛風而沐雨兮，身乃罹於荆棘。忍須臾於溝壑兮，豈敢休乎蠶織。欲一眩其盛年兮，縱粉黛而無色。羌鑽穴與踰垣兮，謂善淫之爲惑。庶容德之可全〔一〕兮，雖凍餒其奚卹？彼隣姬之纖巧兮，日靚粧以登樓。綴木難之充耳兮，揷翡翠之搔頭。騁兹心之娛冶兮，學趙舞與齊謳。佩堦蘭以求媚兮，衹怨曠之懷憂。信怙寵以取樂兮，盡夙夜於衾裯。飛瓊觴以嬌醉兮，秉銀燭而懽遊。恨兀兀以獨處兮，欲從汝以爲謀。細娛聿其可翫兮，重桑濮之貽羞。寫予心於溝水兮，恐年華之遲暮。甘蓬葆而不恥兮，豈蛾眉之見妬。且絶世而特立兮，逮傾城而弗寤。迺蕉萃之或棄兮，縱效顰而罔顧。紛采彼之柔桑兮，輕擲金於行路。苟力操乎井臼兮，微隱德吾誰慕。繄二南之發政兮，由夫婦之所推。化尚及於草木兮，獨不撫乎嫠嫠。利遺秉與滯穗兮，豈年登而啼飢。儻卒歲之無褐兮，何功裘之足爲。慨兹道之愈遠兮，指古人以自期。聊援瑟而一鼓兮，遂聲之以爲詩。詩曰：有美一人兮東鄰子，耀金珠兮列紈綺。弄姿飾髩兮匪桃伊李，朝爲春風兮暮則流水。曰妍曰醜兮云誰之使，見肘決踵兮我樂乎此。樂吾之樂兮勿傷吾貧，寵之一失兮金屋生塵。固榮艷之匪望兮，又何必怨夫陽春。

校勘記

〔一〕「全」，國圖本同，存心堂本作「塗」，豹文堂本作「圖」。

淵潁吳先生集卷之二

門人金華宋濂編

觀孫太古周天二十八宿星君像圖

大圜杳何極，鼇柱屹不傾。日月光最耀，衆星莽縱橫。周天二十八，錯粲各有名。荒哉審厥象，晃爛〔一〕奪目睛。東垣青龍崛，西圍白虎獰。翾飛鳥隼狀，偃伏龜蛇精。紫宮自然拱，銀漢無復聲。五行所經緯，甘石知性情。上界足官府，神人居穆清。韡曄逞幻怪，顤顟振鏗轟。跳踉鬼脚捷，舑舕〔二〕獸面頳。裳衣互躶襲，角鬣紛披鬡。豈其太白變，嬉戲類孲〔三〕孾。或者熒惑動，威怒流欃槍。照臨多芒角，躔次在縮贏。揣摩過人料，綵繪匪世程。伊誰篤一氣，得以導九坑。想像陵倒景，觀游撫層城。虛空何宮宇，蒼莽孰節旌。毋寧秉筆際，溘此埃風征。凡夫本狹見，四顧惟寰瀛。夜叉冰澁呀，羅刹炎徼瞠。鮫女賣綃出，狗夫嘶觔争。祇疑列宿質，却混殊方氓。山神對我博，刻石華山陘。海神靳我畫，浪捲滄海鯨。天神詎可識，萬古欺聾盲。星占世有職，畫史吾奚評。

校勘記

〔一〕『⿰火朗』，國圖本、存心堂本同，豹文堂本、王邦采本作『朗』。
〔二〕『⿰甘冉⿰甘炎』，存心堂本同，豹文堂本作『蚺⿰虫炎』，王邦采本作『⿰甘冉⿰酉詹』。
〔三〕『⿰石亞』，國圖本、豹文堂本、存心堂本同，王邦采本作『孩』。

病起讀列子冲虛至德真經雜題八首

太虛無停運，萬化總一區。機鈐妙出入，氣質敻然殊。春鳥春花艷，秋蟲秋草枯。榮華豈我有，變滅僅須臾。彭殤何壽夭，堯跖孰賢愚。生年〔二〕甘肉食，死骨委鳶烏。吾知形骸在，坐此力命拘。扢扢焉得已，悲哉天地爐。

世間豈有極，海外猶齊州。日月更出没，江河却同流。夸娥追即死，章亥步曷周。蠓蚋生不久，鯤鵬背吾游。神瀵湧滋穴，巨鼇戴蓬丘。想像或可到，徘徊獨懷憂。南方祝髮裸，北國鞨巾裘。逍遥特爾分，智者善自謀。

黄帝居大庭，華胥嘗默存。穆王望西極，肆意游崐崘。虚空乃不閡，夢覺絶無垠。感變互起滅，精神遽飛騫。魯儒久迷錯，周役恒囈昏。蕉鹿真未辯，爥龍妄相燉。古莽多睡眠，阜落但步犇。幻化自來往，至人寧汝論。

世人有至巧，何者能自然。作衮出技藝，行險弄機權。孔周神劍光，偃師舞倡妍。泰豆計木塗，甘蠅覩蝨懸。氣鈞但一範，物化匪吾鐫。洪纖各以正，動植悉根天。公輸制雲梯，墨翟獻飛鳶。微矣執規矩，彼夫惡得賢。

神巫善相人，壺子如濕灰。扁鵲巧發藥，季梁病弗治。一形苟脱落，純氣固委虵。隨火出石壁〔二〕，泳珠没淫隈。彼或蜩翼得，此猶漚〔三〕鳥疑。中心既怵殆，外物盡坑谿。幹殼即木葉，皮膚類嬰孩。遠矣列姑射，吾爲榮啓期。

古人合神物，螭魅悉將迎。蟲蛾亦麇至，鷹鵰即旗旌。介〔四〕盧通異類，禽獸解音聲。牧正得虎心，狙公識狙情。羲農狀牛蛇，聖德泊無名。廉來挾犀象，暴行恣狺争。淳澆日以散，物我兩相驚。後世自魚肉，傷兹横目氓。

大道無崛曲，多岐竟亡〔五〕羊。窮通偶然值，倚伏焉可防。枯梧元若險，白犢詎非祥。棄車儒著盜，墜鼠俠攻倡。情慾心不滅，宦婚迭相攘。君臣道未息，服食競犇亡〔六〕。日暄疑狐貉，芹枲勝肉粱。宜哉爰旌目〔七〕，喀喀死路傍。

此日忽過隙，居人恒鮮歡。毫毛悉爲我，體節欲求完。大盜竊名爵，小廉捨豆簞。熊魚徒兩得，利義肯兼安？馬醫自不辱，燕技毋庸干。時勢苟未至，事功良獨難。蕭條白麻屨，慘澹青蘚冠。長嘯答鳴鶴，北風江水寒。

校勘記

〔一〕『年』，國圖本、存心堂本、豹文堂本同，王邦采本作『平』。

〔二〕『壁』，底本、國圖本均作『璧』，據存心堂本、豹文堂本、王邦采本改。

〔三〕『漚』，國圖本、存心堂本、王邦采本同，豹文堂本作『鷗』。

〔四〕『介』，國圖本、王邦采本同，存心堂本、豹文堂本作『分』。

〔五〕『亡』，底本、國圖本作『忘』，據存心堂本、豹文堂本、王邦采本改。

〔六〕『亡』，國圖本、王邦采本同，存心堂本、豹文堂本作『忘』。

〔七〕『目』，底本、國圖本均作『日』，據存心堂本、豹文堂本、王邦采本改。

送鄭獻可南歸莆田寄周公甫

自昔道術本一原，後來雜沓乃異轅。粤從西漢始立傳，獨守章句稱專門。唐人疏義不改舊，宋代理學交相敦。吾知泉儒此間出，遂指濂洛爲雄藩。當時莆田有先達，信爾夾漈好弟昆。發揮聖賢本根殖，評駁遷固枝葉繁。典禮會通尚可志，儀章器數疇能言。居然韋編塞篋笥，旋用束帛徵丘園。惠施五車却陋隘，方朔千牘徒飛騫〔一〕。公車奏上欠大用，屋壁藏在傳諸孫。世家相承幾譜系，宗廟所重真璵璠。馬圖陰陽太極秘，麟史袞斧天王尊。文苑儒林各突〔二〕奥，父風祖德猶光燉。一朝便簉列宿次，何事夐隔勾陳垣。歲晚東游幸我接，江城極論餘空樽。海上山川恍可到，閩中耆舊嗟無存。考亭過從即闕里，麗澤講習或艾軒。至正須求汝墨斲，大和定許吾篪塤。微飆翾翻别橘蠹，積霰叫嘯招梅魂。别懷未盡苦竹雨，歸路亟趍扶桑暾。周君故人我同病，名郡重席特爾温。尺劍毋令紫氣隱，寸膠曷救黄流渾。子魚舟通牡蠣浦，丹荔樹暗桄榔村。摘箋送客復有憶，卓矣人物撑乾坤。

校勘記

〔一〕『鶱』，國圖本、存心堂本、豹文堂本同，王邦采本作『鶱』。

〔二〕『突』，底本、國圖本、存心堂本作『突』，王邦采本作『突』，據豹文堂本改。

新得南海志觀宋季崖山事蹟

故國今安在，新營忽此山。藩王收末燼，義將扞邊關。典禮存周法，威儀復漢班。開衙旗幟動，結寨舳艫環。節制通江邏，槍牌集洞蠻。瀧濤多擊硤，嶺嶠半榛菅。置陣移官港，惟宫泊女灣。狗流疑尾掃，龍殞莫髯攀。奠殯須求繼，驅馳獨任艱。搶攘殘戍屋，殺僇罄居闤。玳瑁洲仍隔，珊瑚島併跧。乾餐烓竈滅，鹵飲轆轤慳。道斷無前援，民哀有老鰥。颶掀雲赤暈，鯨鬬雹朱殷。大業從舟盡，元戎棄仗閑。炎丘朝服襲，貝闕御弓彎。賛僕隨冠冕，嬌孾泣劍鐶。駃騠銜栅象，精衛避籠鷴。敗氣徒延喘，英飆欲起孱。一沉知有決，再縛懼何顔。去矣曾青盖，行哉彼翠鬟。城危嗟唄鬧，井辱痛脂斑。出督空懸令，廻軍却算鍰。蜀瀘家失奥，襄漢國忘櫰。月照丹心苦，風揚白骨頑。謏儒輕戰勇，穢史進降奸。世遠神終在，天高淚或潸。綺羅歸北府，疆理混南寰。毒浪悲潯内，烟氛蒼莽間。一時磨石處，萬里凱歌還。

早秋偶然作寄宋景濂

我病三月久，問言此何時。山林日摇落，草木欲變衰。忽來臨青鏡，何故摘白髭。千里復萬里，遠哉鴻雁期。

去年憶吾父，羈客在廣州。今年憶吾父，官屬大長秋。漢宫戒服御，周典進膳羞。惜兹不得去，目斷五城樓。

西風吹梧桐，一葉兩葉積。故書翻有塵，雄劍掛在壁。時非合窮困，事到即輝赫。除却雙鹿行，門前少人跡。

故人三兩人，江北久羈旅。尋香古徑風，步屧脩廊雨。蓴鱸最有味，稻蟹紛難數。我欲往從之，鑾潮正掀舞。

悠悠秋夜長，夢覺秋月霽。有材寧及人，無學敢求蛻。揮來河水絃，削作泰山礪。吁嗟祁孔賓，得失毫髮際。

士欲知自重，今人猶古人。馬卿志封禪，揚子述美新。當時文字間，萬世寵辱伸。董京不可作，愁絶麟乎麟。

北山有古寺，脩竹炎天涼。蛟龍踞兩澗〔一〕，鸛鶴鳴層岡。心臺月照白，鼻觀烟通香。可思未可到，詠此招隱章。

陳生愛神仙，百日常病十。手攀琪樹枝，口誦蕊珠笈。山衣縱横披，石廪傴僂入。何如一尊酒，自解憂思集。

自來閑作詩，瘦島與窮郊。瘦將闕粱肉，窮或潛榛茅。水流苔間石，花亞竹外梢。聖愚總灰滅，何苦發笑嘲。

往者東入海，飄然任所如。大風戕波浪，飛雪洒舳艫。壯志昔尚少，狂游今併無。誓登盤陀石，重望扶桑墟。

校勘記

〔一〕『澗』，國圖本、王邦采本同，存心堂本、豹文堂本作『間』。

泰山高寄陳彦正

泰山一何高，高哉極青天。世人欲上不可上，層巖峭壁徒攀緣。望中絶頂路已斷。石穴上出，鐵鎖下絙，歷趢相鈎連。誰歟愛奇者，步步喜若癲。一心不顧死，隻手捩長烟。毛群驚廻少虎豹，羽族跕墮多烏鳶。浩氣剛風摶結虛空作世界，蜚龍捷鬼鑿開混沌巢神仙。道逢四五叟，含笑使來前。黃冠皓髮傲几〔一〕榻，野菜素粥鋪盤筵。自非爾願力，何計此留連。當知仰扣曖昧雲霄有頂處，得不俯慴巇巖箐棧無窮淵。嗟兹大凡夫，行尸走肉真腥羶。段翥思家最可惜，李紳戀俗終難鐫。舉頭告神人，苦乏風馬與雹鞭。藤蘿束縛即縋下，但見松柏檣椮數萬仞，石稜突屼〔二〕横戈鋋。古來秦漢東封不到此，惟問梁父併肅然。日觀嵯峨恍在下，蓬萊浩渺空樓船。彼云鯨可射，此謂狗能牽。安期羨門一往不復返，文成五利受寵驟貴祈長年。仙人自有真，至道何由傳。逖焉龍漢延康紀，去授金璫玉珮篇。

校勘記

〔一〕『几』，底本、國圖本作『凡』，據存心堂本、豹文堂本、王邦采本改。

〔二〕『屼』，國圖本、存心堂本、豹文堂本同，王邦采本作『兀』。

胡仲申至

自予與子別，三載不幾見。白雲日高飛，恍若覿子面。我病久不出，衡門寄幽夐。子來尚予思，嶺路踏蒼蒨。當軒坐甫定，笑語起我倦。新文十餘篇，筆墨擅百鍊。口傳發秦壁，竹簡鑿晋竈。考論無差爽，風雅有正變。世儒弄俗學，雅曲極熒衒。群羊雖冒虎，草悦豺則戰。誰其制横潰，或者瘳瞑眩。牛毛獨不多，麟角時一現。朝廷方太平，炎海忽馳箭。人材需更急，巖谷遽乘傳。終然務涵蓄，可以待推薦。問子古丈夫，何人久貧賤。首峨遠遊冠，雙眼爛如電。西上石頭城，大江流一綫。袖中羽獵賦，雲氣擁宫殿。燕山去子咫，萬里障冰霰。壯哉子此志，我喜手脚旋。撫劍爲子歌，張燈趣予宴。俄其送子歸，贈子端溪硯。行行恐自今，宛轉異鄉縣。天霜被四野，老馬困蒿蔌。聖人猶待時，中道匪狂狷。蠹魚不負子，籤架三萬卷。我豈犇競徒，東勞復西鷰。

觀陳彦正觀景拄杖歌

山人拄杖手自攜，滿杖刻畫類土圭。春秋星辰本不錯，彼啓我閉疇能齊。日出扶桑照濛汜，南北廣輪定幾里。老羲奉駕何太速，三足神烏爲之使。旦朝舉杖向天移，插表測景少參差。騏驥過隙不踰晷，蟾蜍吐波同報時。世間惜把天機洩，杖底强稱量日月。蛟螭變去甲鱗生，霹靂搜來光彩滅。自從宣夜無法傳，紛然周髀與渾天。嵩高窺候尚一律，二極隱見仍分躔。日南交愛通海陸，海中諸星却未矚。雁門寰蔚絶龍沙，鐵勒須臾羊胛熟。天高地遠渺八紘，章亥豎亥脚力争。出入安穹足議論，經營鮮洛空璣衡。我朝〔一〕華戎早一統，山梯海航萬國共。火嶠〔二〕尾閭侵暑熱，骨橋〔三〕魑魅壓冰凍。古今陽城一岳臺，三十六度增减來。郭公新製十五表，天下日影無纖埃。吾知渾天爲中國，東南海際殊傾側。周髀本因勾股得，崐崘當中標四極。茫茫堪輿一氣浮，鄒衍九州復九州。蚍蜉蟻子託大樹，大樹所託終難求。嗟哉周渾說未定，拄杖在手與日競。一行曆術久成書，康節算學知何如。

校勘記

〔一〕「我朝」，國圖本、王邦采本同，存心堂本、豹文堂本作「緊兹」。

〔二〕「嶠」，國圖本、存心堂本、王邦采本同，豹文堂本作「熇」。

〔三〕「橋」，國圖本、存心堂本、王邦采本同，豹文堂本作「槁」。

觀秦丞相斯鄒嶧山刻石墨本碑

鄒嶧之山在何處，始皇立石改名號。史籀古文相斯變，蛟龍盤崛獨精到。自都咸陽制六合，曰救黔首烹强暴。盭深擅更秦新法，繁縟盡剗周末造。掃除井田設斗角〔一〕，盪滅封建廢圭瑁。收兵鑄鐻銷凶器，斥塞築城斮梟鷔。當時大開阿房殿，萬世永戴黄屋纛。胡亥矜慢不改轍，趙高指麾豈謂孝。四極巡游何功德，群臣刻頌直羿奡。金虎淪亡竟不守，白蛇劍死徒驚譟。荀卿著書本性惡，弟子承學愈言耄。古今聖賢使閣束，五三載籍〔二〕遭煨爆。越人鳥駭汝苦兵，蕲卒狐呼汝召盜。宜哉東市得具刑，矧痛吾儒有名教。太平真君一拽倒，枯篁野莽火就燥。篆家法妙尚鈎勒，棗木字肥略顔貌。陽冰石經欲轂乳，楚金蠾〔三〕匾猶躇蹈。文章諛佞合鐫削，筆墨壞絶强則傚。小齋客至無寒具，明窗净几急洒掃。後代續刊縱膚淺，先秦遺跡信堂奥。鵝鼻峰頭不可上，魑魅晝泣駭熊豹。會尋碣石探之罘，乘興去浮滄海櫂。

校勘記

〔一〕『角』，國圖本、存心堂本同，豹文堂本、王邦采本作『甬』。

〔二〕『籍』，底本、國圖本、存心堂本均作『藉』，據豹文堂本、王邦采本改。

〔三〕『蠾』，國圖本、存心堂本、豹文堂本同，王邦采本作『⿰立屬』。

觀齊謝玄卿五洩山遇僊記寄題五洩山寺

曩聞一奇士，深入五洩行。五洩何處所，長溪遶崇岡。微風生天籟，急瀑洒石梁。金磬夐欲響，縞衣爛廻光。綺妓開朱閣，靈仙坐玉堂。傴僂即進謁，裹裒遽鳴璫。幸汝得大藥，於兹赴玄鄉。玄鄉且留宴，穢臟勿發狂。高坐瓊煇施，碧幃琳華張。芝英雜桂腦，螭髓間鳳漿。太容揮四弦，王母彈八琅。羽旗素蜺騫，黼轂騰蛇驤。眼珠便爽朗，肌骨遂馨香。日星恍在下，海嶽極渺茫。嗟予頗探勝，古路但縱横。青童邈不見，寶刹屹相望。山峰插烟霧，潭級跳冰霜。螻螘小窟穴，蜉蝣亂飛揚。終然雲錦箋，照以虎鞶囊。千年或頃刻，萬里忽扶桑。謝卿自獨往，矯首盍回翔。笑採金明草，浮顔安可常。

送鄭彦貞仲舒叔姪北游京師

鄭君系本自義門，門首植表孝義敦。祖孫九世類一日，聚族千指通晨昏。酒食卮匜口共飫，衣裳椸架身同温。家宜富饒積粟布，里或饑寠資饔飧。大宗小宗寖以邈，東眷西眷疇尋源。復除曷下省府令，延譽靡間鄉閭言。禮俗興衰顧不重，風聲勸慕猶兹存。袖中懷文扣所部，行矣望闕期軒騫。燕然〔一〕何許水陸隔，越驛踰月舟車犇。鄒嶧邳山岱嶽竦，蜀江邗〔二〕瀆河流渾。榆關崇墉峙虎駮，碣石漲海澆蛟鼉。北州塵沙遽萬里，天邑氣象雄微垣。昇平多年正黼扆，郡國麇至駢肩跟。五柞長楊劍戟接，控弦突騎旌旗翻。鴻雁飛鳴羽未肅，魚龍變化光相燉。世塗人事豈可測，儒術政理須攀援。嗟予昔者忝俊造，翹足到今勞夢魂。乘時一去欲迅奮，抱病日劇徒丘園。阮郎竹林夕並秀，韋氏花樹春仍繁。榮親顯己在此舉，惜不往〔三〕餞空罍樽。

校勘記

〔一〕『燕然』，國圖本、存心堂本、豹文堂本同，王邦采本作『燕山』。

〔二〕『邗』，底本、存心堂本作『邦』，據國圖本、豹文堂本、王邦采本改。

〔三〕『往』，國圖本、王邦采本同，存心堂本作『德』，豹文堂本作『得』。

嚴陵應仲章自杭寄書至賦此答之

故舊何懸絶，閑居欲反招。幽并風雪緊，楚越水雲遥。短褐緇塵破，長鐔寶氣銷。門垣成隱逸，筆檟〔一〕到畊樵。逆旅呼燈夕，脩闈徹棘朝。囊書題薈蕞，發論獻芻蕘。舌焰真熏灼，胸兵劇鍜敹。乘軒南國鶴，解鏇朔庭鵰。斡運天垂〔二〕斗，蜚騰海作潮。荃蘭騷地變，橘柚貢年凋。色采黄朱黻，音聲徵角韶。潛身甘蟄蠖，賦命類茗鷦。筮仕龜無兆，攻經教有條。秦灰完竹帛，漢粕味簞瓢。畫品翎毛貴，雞塲爪距驕。文章通政理，道義勝官僚。歲月嗟悠久，湖江耐寂寥。花濃攜酒榼，柳霽賣餳簫。制虎揺金鍚〔三〕，驅黿駕赭橋。流連光景賞，播蕩别離謡。世笑烏非鵲，吾憐狗續貂。呼號三跀璞〔四〕，忼慨五陵鏕。落落山中桂，叢叢澗底苗。依然百將略，付與霍嫖姚。

校勘記

〔一〕『檟』，國圖本、存心堂本、豹文堂本同，王邦采本作『牘』。

〔二〕『垂』，國圖本、王邦采本同，存心堂本、豹文堂本作『乘』。

〔三〕『鍚』，國圖本、存心堂本、豹文堂本同，王邦采本作『錯』。

〔四〕『璞』，國圖本、存心堂本作『磼』，王邦采本作『璞』。

富春新創關將軍廟成吴子中攜卷索題

吴生病起有怪聞，夢中識得髯將軍。香火乞靈自此揭，廟門釃酒棲槅雲。我曾久讀名將傳，紫金熖眼赬玉面。漢鼎瓜離强分割，楚鋒剽狡輕攻戰。天荒地老路不通，魂升魄降骴秋蓬。神仙負劍乃兵解，巫覡傳芭真鬼雄。壯夫本合荆州死，嚴祀何哉富春里。只今江左四祠無狄公，髯乎髯乎，獨不恨見孫江東。

題錢舜舉張麗華侍女汲井圖

景陽宫中景陽井，手出銀盤牽素綆。鉛華不御面生光，寶帳垂綃花妬影。臨春結綺屹層空，璧〔一〕月瓊枝狎客同。鴛鴦戲水池塘雨，蛺蝶尋香殿閣風。日高歡宴驕若訴，牀脚表章昏不寤。吴兒白袍戰鼓死，洛土青蓋降船渡。井泥無波井欄缺，半點胭脂汙緋雪。蕙心蘭質吹作塵，目斷寒江鎖江鐵。

校勘記

〔一〕『璧』，底本、國圖本作『壁』，據存心堂本、豹文堂本、王邦采本改。

題李伯時寶津騎士校馬射圖

東都天子幸寶津，左右突騎多近臣。少年據鞍即齊足，青柳絳綃不遺鏃。前手引弰如附枝，後手放箭箭不知。羽林劍客塵霧瀰，蘭筋蕙腕雹聲馳。先朝射技兵恨弱，舊柵毬門馬驚躍。軍書到夏風噴河，使節通遼雪跑幕。南宮試士親見來，筆下俊逸真龍媒。澄心一紙依稀在，畫家六法猶神彩。誰歟醇駟誰牛車，收盡騏驥策蹇驢。男兒虛用懸門弧，嗚呼壯哉彼武夫。

題姚文公草書杜少陵詩手軸崔仲德所藏

彭蠡東流白泱泱，匡廬五老青開張。我公宴坐展詩史，燈下搦管草數行。目瞭手熟快掣電，筆銛紙擣明含霜。鸞鳳盤廻恣舞躍，蛟龍崛强高騰驤。當知所貴務道德，况復不朽傳文章。中州故家胄子出，累代耆壽真儒光。搢挺端紳尚色正，操觚〔一〕染櫝〔二〕仍謀長。藉令鍾王可退讓，勢與董賈同翱翔。大兵昔者潰漢鄂，南士何處潛茅篁。北風被髮亟死水，明月跨馬勞追亡。程朱學術此萌蘖，姚許論次極審詳。立舘過庭竟兩得，蒐經摭傳疇殫量。聖〔三〕朝混一闢海嶽，勲武雜遝銘旂常。麟閣鐫詞照百世，雞林定價驚殊方。紺宇琳宮鼎負力，豐碑鉅碣戈垂鋩。英華熛發永不滅，翰墨游戲聊徜徉。崔君妙年幸侍坐，安陸遺藁曾取將。半披丹繪久舒卷，滿幅縈綰苦襲藏。吾觀河汾數來往，敢愧藉〔四〕湜或汗僵。脩宗短桷未收拾，已矣我公今棟梁。

校勘記

〔一〕『觚』，底本、國圖本、存心堂本均作『瓢』，據豹文堂本、王邦采本改。

〔二〕『櫝』，國圖本、存心堂本、豹文堂本同，王邦采本作『牘』。

〔三〕『聖』，國圖本、王邦采本同，存心堂本、豹文堂本作『當』。

〔四〕『藉』，國圖本、存心堂本、豹文堂本同，王邦采本作『籍』。

問五臟

我問昔生我，繫胎果何神。上顱下負趾，五臟交錯陳。胎經已不足，乳湩復不勻。黔雷不我職，粉飾强爲人。自宜多菑害，無以保命真。元氣日呰敗，客邪作艱屯。彼何瓠而肥，言貌勇若震。此何黴而瘠，肢骨弱不伸。嗟夫賦命間，豈不汝由因。我誠不汝慊，贏嗇胡不均。五精被我惱，訴我蒼蒼旻。恍然欲我答，天道汝當遵。粤自汝有生，躔次逆星辰。矧從汝生後，戕賊逯〔二〕汝身。心兮本中居，與汝相主賓。汝何不祗敬，狂役類風輪。坎離漸違行，龍虎起戰嗔。一元竟不守，散入萬微塵。惟脾制水穀，四體承華津。肴胾噤汝口，酒漿絶沾脣。司禄不上計，畀汝藜藿貧。飢腸常九回，苦吻添荆榛。何天不汝錫，服用無箱囷。抑汝弗事天，寢食失鼎茵。天本不病汝，汝實使病臻。汝仍不耐病，虛躁復善顰。内虧但外養，衆藥聚毒芬。金石草木蟲，亂投劇斧殣。五精恒不寧，乖沴積相熏。寒增熱或壯，頃刻異冰薪。當知汝五臟，獨不與汝親。何庸汝反詰，鬬我似越秦。吁哉一臟損，五臟遽不醇。齒牙漸凋蠹，膚肉還削皴。汝徒職汝職，軀殼有君臣。天曾盡賦汝，造化匪不仁。我聞五精言，鑿鑿總有倫。曰人本之天，辟若泥在鈞。一時巧相值，萬物混無垠。聖愚且同嬴，毛介與角鱗。我惟有心肝，是號横目民。心肝既屬我，榮衛畜絪縕。偏歷燥濕滑，備嘗酸鹹辛。虐汝重役汝，汝得我緇磷。蚯蚓尚無臟，静夜解唱呻。蝴蝶亦復然，翾飛媚陽春。彼寧心肝具，物性各有循。謬納或土化，死生僅昏晨。自今我即安，無往不寵珍。忍令百歲後，銷變爲烟燐。曲肱便莞簟，就口取膮臐。五精速歸臟，大宅彙靈氛。張毅喜犇走，熱中果如焚。單豹好容顏，饑虎特汝隣。二者乃天道，我將何所云。作詩示同黨，聊以博笑忻。

校勘記

〔一〕『逯』，國圖本、存心堂本同，豹文堂本、王邦采本作『逮』。

題永嘉唐氏清節處士卷

永嘉古郡控海隈，東望萬里連蓬萊。龍湫噴天作雪下，雁蕩拔地穿雲開。自宜逸人此遁跡，表以清節無留埃。吾知出處本一軌，肯使物我長相猜。昔人可仕最解隱，圭竇不掃藏崔嵬。醉閬騎驢或市過，吟逋放鶴終船廻。今人可隱獨願仕，駑馬並駕驅喧豗。蘭臺文章與世變，梓澤賓客隨塵來。就中好高欲遠引，否則希進將難媒。路途九折足險惡，巖壑千疊多風雷。直從黄流屹砥柱，净洗黑月收炲煤。道義榮華果異趣，夷齊跖蹻徒鶩鎚。於焉冥心混標鹿，況復曠眼窮紘垓。春秋栽花色擁砌，伏臘釀黍香浮杯。何山樵蘇採莜蒨，某水釣泳航灣洄。平居苟求食飲遂，至樂奚問容顏摧。伊予頗讀隱逸傳，恨不徑躡烟霞堆。素行傳家即政令，虛名掩實須根荄。晴牕撫卷盡達者，禿筆落紙誰詩材。人生大節要礌礌，慎勿枉築懷清臺。

白髮辭寄答陳時父

昔予頭燥髮未茁，今我頭枯髮先折。童心尚在顔貌改，滿鬢蒼華點霜雪。朝來抱鏡看未真，鏡裏相逢類兩人。東都貧孟嘆孤劍，西邸〔一〕老康悲故茵。烏髭每怕不得素，素櫛何庸問衰暮。楓林葉底變風烟，藥草莖邊虛雨露。自非神仙劉阮儔，世間容有幾春秋。情知鸛鶴長朱頂，得見鴛鴦會白頭。

校勘記

〔一〕『邸』，底本、國圖本、存心堂本均作『邱』，據豹文堂本、王邦采本改。

黑海青歌

越山山有黑海青，長拳快眼健羽翎。三年籠養未得飽，萬里驍俊猶飛星。黄蘆老葦日摧折，白鷺文鵠看磔裂。腥沾石磧吹遠風，髓擊寒岡散輕雪。伊人脱手本凡禽，歲晚連條到上林。鉗奴素賤多侯骨，騎士虚豪即俠心。晋宫邱廢身欲死，燕國雲銷草如砥。嗟非鸞鳳高杳冥，望盡狐狸衆披靡。當時奉使探遠巢，兩徼馳兵聞勇鏖。南土誰知此鷙猛，北州驟見争驚號。天鵝薄天垂爾翼，海青雖黑打可得。太平八極無不通，函谷何問關西東。

小至日觀三山林霆致日經作

昔在江左國，閩人有林霆。白衣召上殿，口誦致日經。卦爻遽可驗，聲樂洞吾冥。爕調久不職，民物將何寧。前朝百喪亂，四鄙長羶腥。辟王真贅旒，兵釁劇建瓴。蓍龜强占決，福極矧兆形。一元不汝體，萬蟄安能醒。自今發孔壁[一]，兹欲論漢廷。春秋紀菑害，河洛推奥靈。日星本照耀，川嶽恒流停。犇騰狗吠野，播盪鯨翻溟。於世或間有，匪天誰所令。天功巧旋斡，聖造務德刑。勾萌草荄甲，氄毨鳥羽翎。和風足氣運，化景多年齡。私疑彼磬錯，否者此鐘莛。徵冬即花綻，羽夏因雪零。陰陽特揮霍，律吕暫聽熒。毋庸緹室琯，便叶茅堦蓂。嗟予偶撫卷，默坐但空廳。亞歲肇曆數，祥雲滿郊坰。羲和不可作，蠹簡猶餘青。董生尚爾溺，霆也吾鐫銘。

校勘記

〔一〕『壁』，底本作『璧』，據存心堂本、豹文堂本、王邦采本改。

大食餅

西南有大食，國自波斯傳。兹人最解寶，厥土善陶埏。素餅一二尺，金碧燦相鮮。晶熒龍宫獻，錯落鬼斧鐫。粟紋起點綴，花毯蟠蜿蜒。定州讓巧薄，邛邑闘清堅。脱指滑欲墮，凝瞳冷將穿。逖哉賈胡力，直致鮫鰐淵。常嗟古器物，頗爲世所捐。襆衫易冠衮〔一〕，盤盎改豆籩。禮圖日以變，戎索豈其然。在時苟適用，重譯悉來前。大寰幸混一，四海際幅員。縣度縛繩組，娑夷航革船。鑿空發使節，隨俗混民編。漢玉堆櫝笥，蕃羅塞鞍韉。城池信不隔，服食奈渠遷。輪囷即上據，鼎釜疇能肩。插葩奪艷冶，盛酪添馨羶。當筵特見異，博識無庸詮。藏之或論價，裹此猶吾氈。珊瑚尚可擊，磧路徒飛烟。彼還彼互市，我且我栖圈。角貓獨不出，記取征西年。

校勘記

〔一〕『衮』，國圖本、存心堂本、豹文堂本同，王邦采本作『冕』。

時儺

古人重儺疫，時俗事禬〔一〕禳。歲陽欲改律，輿鬼寖耀鋩。厲神乃恣肆，魃蜮併猖狂。侲僮幸成列，巫覡陳禁方。虎頭眩金目，玄製炳赤裳。桃弧敺菑沴，豆礫斃癉剛。八靈悉震慴，六合高褰張。清寧信不害，動静維吾常。世塗頗險盭，人魅更跳梁。狐鼠戴介幘，夔魖竊香囊。煎熬到膏髓，擊剥成疕〔二〕瘍。乘風作國蠹，抵隙爲民殃。自從九鼎没，誰使百怪藏。瘃寒服褫帛，饑窶食鬥糧。蘆花敝汝體，橡栗饞吾腸。地虜竟捲去，天孽俱凋傷。神荼欲呀啖，蟠木蔓不長。蒙倛强顔貌，枯竹無耿光。聖言謂近戲，五祀徒驚惶。惜哉六典廢，述此時儺章。

校勘記

〔一〕『禬』，底本作『繪』，據國圖本、存心堂本、豹文堂本、王邦采本改。

〔二〕『疕』，國圖本、存心堂本、豹文堂本同，王邦采本作『痻』。

歲初喜大人回自嶺南遂攜兒〔一〕謁北行送之

乍喜吾親返，還攜稚子行。風沙千里道，雨露九重城。舊帆江潮遠，新裝嶺瘴清。長秋官屬盛，去可接簪纓。

此去知何處，飄然惜爾年。塵飛馳馬埒，雪擁讀書氊。日觀躋攀外，雲臺獻納邊。文園寧久病，要奏上林篇。

校勘記

〔一〕『兒』，國圖本、存心堂本、豹文堂本同，王邦采本作『男』。

溪行望故友黄明遠槐塘新墓

往代衣冠日已賒，故山棺槨此爲家。經荃義闢中州魯，樂調辭譏下里巴。涕淚無從餘宿草，文章可惜等風花。嗟茲便欲酬〔一〕雞絮，目駐前溪有落霞。

校勘記

〔一〕『酬』，國圖本、存心堂本、王邦采本同，豹文堂本作『酹』。

嶺南宜濛子解渴水歌

廣州園官進渴水，天風夏熟宜濛子。百花醖作甘露漿，南國烹成赤龍髓。棕櫚亭高内擻餐，梧桐井壓滄江乾。柏觀金莖擎未濕，藍橋玉臼擣空寒。小甆封出香覆錦，古鼎貢餘聲撼寝〔一〕。酒客心情辟酒兵，茶僧手段侵茶品。阿瞞口酸那得梅，茂陵肺消誰賜栢。液奪胡酥有氣味，波凝海椹無塵埃。向來暑殿評湯物，沈木紫蘇聞弟一。

校勘記

〔一〕『寝』，國圖本、存心堂本同，豹文堂本、王邦采本作『寢』。

嶺南六祖禪師菩提樹下藏髮甕子圖歌

蘄州黄梅峙佛塲，新州獦獠識水香。菩提樹間好宴坐，五色頭髮騰毫光。金刀剔落受法戒，瓦甕瘞藏傳不壞。捩廻萬夫矗梁棟，陶冶千聖掀爐韝〔一〕。南海標來刹十圍，北宗望斷六銖衣。塵鏡本空空即本，風幡非動動還非。山僧禮拜山鬼護，一花五葉開如故。寶縷青懸雪嶺烟，神珠紺結丹丘露。世人長物合剃除，謝公枉矣施髭鬚。唐年畫筆石未泐，大鑒壇經誰讀得。

校勘記

〔一〕『韝』，國圖本、王邦采本同，存心堂本、豹文堂本作『鞲』。

夜聽李仲宏説廣州石門貪泉

大粵控南海，茫然天地陬。石門屹有限，巖瀑蓄爲湫。何哉清潔名，坐與貪濁侔。使軺一杯飲，蠻賄即繭抽。金珠混寶蛤，孔翠爛相繆。烏文暎呿陀，器物窮雕鏤。劌髻蛟龍悚，纖毳虎豹愁。島嶼刮欲竭，民夷起争仇。聖王不忘遠，奸暴合汝郵。靈若尚嗇貨，惡風無時休。嚱波半栝杓，渴沫萬戟矛。氣機乃日變，掊克非人謀。私疑勢至極，實爾釁所由。妖巫挾左道，峒獠稱豪酋。支祁妄解鏁，蝘蜓怒翻舟。人鮓或併命，吏商豈良籌。逝將尋泉源，纖滓忽不留。復思漱泉瀨，麄穢悉以瘳。洗除崐崘窟，疏瀹渤澥流。一塵了不動，六合嚴如秋。嗟吾此身小，幸獨爲國憂。從兹斥聚斂，矧彼畜羊牛。馬援空薏苡，王陽但衣裘。百世不易操，嗚呼我賢侯。

北方巫者降神歌

天深洞房月漆黑，巫女擊鼓唱歌發。高粱鐵鐙懸半空，塞向墐户跡不通。酒肉滂沱静几席，箏琶朋揹〔一〕凄霜風。暗中鏗然那敢觸，塞外祅神唤來速。隴坻水草肥馬群，門巷光輝燿狼纛。舉家側耳聽語言，出無入有凌崐崘。妖狐聲音共叫嘯，健鶻影勢同飛翻。甌脱故王大獵處，燕支廢磧黄沙樹。休屠收像接秦宫，于闐請騎開漢路。古今世事一渺茫，楚機〔二〕越女幾災祥。是邪非邪降靈場，麒麟被髮跨地荒。

校勘記

〔一〕『揹』，國圖本、存心堂本、王邦采本同，豹文堂本作『撥』。

〔二〕『機』，國圖本、存心堂本、王邦采本同，豹文堂本作『機』。

天台山花蕊石筆架歌

天台高山屹蒼空，山神染石填青紅。良工琢之手運風，閣我綵筆虚玲瓏。勾芒香動土〔一〕膏發，蓬萊髓流花作骨。一雙粉蝶迷宿魂，五色斑龍蜕幽窟。古硯南披黯淡灘，摩挲鴝眼映豬肝。低窺墨池渤瀣碧，仰倚書鎮嵩峰寒。滿案層巒何處所，宛陵老兎論功緒。錦繡心腸吐有雲，莓苔面貌凝爲雨。翰林學士花生筆，京洛新來花樣出。浮花浪蕊一掃閒，嘆息揚雄白我玄。

校勘記

〔一〕『土』，底本作『上』。據國圖本、存心堂本、豹文堂本，王邦采本改。

題南平王鍾傳醉搏虎圖

南平酒行山險巇，日暮猛虎相抱持。僕夫辟易不敢近，雙手現出十狻猊。口乾大喊眼光爍，腰無寸鐵起徒搏。沙飛石走風爪牙，草折林摧雪齟齬。人强獸勇盡力争，形格勢禁過用兵。英雄變化動霹靂，富貴倔拶收欃槍。老羆當路叱貉子，指揮六州稱刺史。摩挲虎鬚淮甸鬬，啖嚼虎膽閩城靡。少年本是貧少年，狂卒成功等醉癲。盜應有道幸竊柄，王竟不死還横鋋。一時豪特誰與畫，千古畫圖專足戒。投弓棄箭浪紛紛，馬上愧殺裴將軍。

題袁子仁所藏巴船出峽圖

巴山一帶高崔嵬，巴江萬里從天來。前夫疾挽後夫摧〔一〕，黄牛白狗遽船開。曉風東回水西上，淫澒堆頭伏如象。盤旋鳥道怕張帆，汩没龍淵驚掉〔二〕槳。世人性命重濤波，吴鹽蜀麻得利多。怪石急流須勇退，貪夫險魄謾悲歌。神禹釃江江更惡，五丁鑿路空巖崿。舟船可坐尚髮危，棧閣能行終淚落。嗟兹舉目無不然，直愁平地即山川。至喜亭邊聊酹酒，長年三老好攤錢。

校勘記

〔一〕『摧』，國圖本、存心堂本、王邦采本同，豹文堂本作『催』。

〔二〕「掉」，國圖本同，存心堂本、豹文堂本、王邦采本作「棹」。

觀〔一〕唐明皇羯鼓録後賦歌

上皇天寶全盛年，花奴抱鼓踏御筵。頭如青山屹不動，手似白雨敲圓棬。大聲嘈嘈忽放肆，都曇答臘矧敢前。小聲籠籠復嘌殺，耶婆色雞最可憐。風吹宮墻欲罷笛，月照邏逤徒揮絃。纖蘿不起見秋爽，萬杏争發催春妍。雅琴清商却爾叱，蕃部坐伎還相宣。招來燕薊有巨盜，打破河渭無人烟。古先聖人本淡薄，堂上堂下俱宿縣。音和氣順遽感召，鳥獸率舞殊蹁躚。後世辟王寖靡靡，朝歌北里因師延。迷魂淫思苦宛轉，鐘磬散亂終沉淵。吁嗟西京正宸極，騁望兩海際幅員。金甌一缺遂不補，寶鼎大震幾於遷。心貪音技日蝕甚，坐剷藩限空茫然。一時戎夷共衽席，滿耳鼓樂皆戈鋋。宋公守正好宰相，魯山花甆聞獻⿰足桑〔二〕。百年治亂總由天，羯鼓遺聲傳不傳。

校勘記

〔一〕「觀」，國圖本、存心堂本、豹文堂本同，王邦采本作「題」。

〔二〕「⿰足桑」，國圖本同，存心堂本、豹文堂本作「⿰足桑」，王邦采本作「磉」。

觀隋王度古鏡記後題〔一〕

王家有古鏡，軒氏昔鑄成。太一來護治，玄冥與儲精。日月鍾璀璨，龜蛇助威獰。萬靈吐真水，全體洞泰清。綵奩出未半，冰片弄光晶。寶匣收不動，玉鱗聞呴聲。有身尚變化，無翼欲飛行。恍然百世後，流落汾陰城。高士觀即賞，胡僧識還驚。金鉛拭膏澤，絳碧穿屋楹。墻垣照可徹，臟腑燭能縈。涕泣念鸚鵡，悲酸逢豹生。一朝忽屏跡，六幕黯不明。狐狸遞隱現，魑魅莽縱横。皮膚峻刮削，骨髓窮敲榜〔二〕。雷風儻有作，厲虐敢紛更。嗟吾幸居山，猿鹿與我争。嗟吾願渡海，鮫鰐恐並迎。楊氏雀環在，張公龍劍并。因兹訪洞穴，得不振冠纓。

校勘記

〔一〕國圖本、豹文堂本同，王邦采本無「後題」二字。

〔二〕「榜」，國圖本、存心堂本、王邦采本同，豹文堂本作「搒」。

葉天師松陽卯山石螺子歌

松陽卯山屹嵯峨，滿山靈蜯攢蜂窠。化生形模但土石，融結渾沌空江河。天高地老忽古色，海漲桑淪千載黑。蝸兒舍窄雨含漿，螺女泉枯風隕翼。岷峨劫灰本島涓，上黨亂殼寧流澌。依俙巖妖弄伎倆，想像洞乳堆蛟螭。元造出生還入死，百萬羸蟲那得似。神仙道術徒銷解，螻螘烏鳶盡殘骴。嗚呼靈蜂定終天，葉師法筵尚幾傳。問何不種丹丘不死草，人世食之無死槁。

觀淮陰龔翠巖所脩古棋經

淮陰老人古棋經，廣陵大幕青油廳。一江對壘静晝日，三楚結陣鏗流星。東南賓客少馳檄，白黑紋楸即强敵。坐隱縈迴建旌旆，手談劈礪藏矛戟。世間風雨長百變，身佩安危知幾戰。崐河割破半藩籬，漲海掃空全局面。樂矣軍中有此娱，攻城掠野類兵書。宫殿寢園終草莽，冕旒章服到鮫魚。君不見驪山婦姑三十六，破屋數間昏不燭。夜來教得王積薪，滿眼長安胡馬塵。

觀唐薛調劉無雙傳戲作劉無雙歌

劉家無雙妙春華，雙眉楊柳臉蓮花。父母衣裳惜不嫁，黄銀蹙繡鴛鴦紗。涇原軍動霜刃起，灞滻塵揚奔騎止。宫闕迴兵掃荆棘，掖庭數罪輸桃李。富平押衙老有心，句曲道士藥如金。氈車開幕望陵樹，綵筆璧牋聽苑禽。一時刎頸空來送，中路贖骸還掩慟。收魂召魄秦地愁，詭姓藏身楚鄉夢。古今俠者天下聞，當風瀝血即功勳。手摽長劍重死許，薄命佳人淚零雨。

東夷倭人小摺疊畫扇子歌

東夷小扇來東溟，粉箋摺疊類鳳翎。微飇出入揮不停，素繪巧艷含光熒。銀泥蚌淚移杳冥，錦〔一〕屏罨畫散紅青。皓月半割蟾蜍靈，紫雲暗惹鮫魚腥。徐市子孫附飛舲，奮然家世雜梵經。文身戴弁舊儀形，對馬絶景兩浮萍。殊方異物須陳廷，富賈巨舶窺天星。祝融噓火時所丁，島濱賣箑送清泠。白龍浸皮暑欲醒，玉階涵水夜撲螢。蓬萊僊人降輜軿，扶桑繭絲結綵綖。祖洲芝草釀緑醽，穹龜巨黿動遭刑，海神惜寶轟雷霆。鄙夫卧病臨虚扃，蒲葵百柄稱使令。冰〔二〕漿蔗液但滿缾，石榻被髮氣自寧。新羅一念終飄零，塗脩雉尾吾何銘。

校勘記

〔一〕『錦』，底本、國圖本、存心堂本均作『綿』，據豹文堂本、王邦采本改。

〔二〕『冰』，國圖本、王邦采本同，存心堂本、豹文堂本作『水』。

題晉劉琨雞鳴舞劍圖

我行洛陽大道邊，一雙蒼鵝飛上天。惜哉春水御溝去，化作胡兒飲馬泉。前山雞鳴夜欲半，古劍隨身舞凌亂。白光虎躍騰雪霜，神氣龍蟠貫星漢。望中沙漠衣正寒，舉手傎倒髮衝冠。鹿盧蹻動即千里，藺子戲成徒七盤。人生豈無志？事往僅有淚。疲兵獨困守，劇虜翻强鷙。孔融才疎不足多，袁紹衆盛空黄河。代公土地仍同患，段國風塵謾助戈。世間壯士但老死，湅鐵沉埋〔一〕何處使？千秋萬歲青金虯，恨不鑄得劉并州。

校勘記

〔一〕『埋』，底本、國圖本作『理』，據存心堂本、豹文堂本、王邦采本改。

讀　書

我病久不出，滿牀攤我書。困仍枕書臥，醒即味道腴。上下千百載，纍然猶貫珠。夏商既相因，秦漢漸不如。辭華日已勝，理義幾精麄。但要務真實，何心成蠹魚。古人有精力，常欲開廣塗。聖文尚埃滅，鉛槧寧復餘。誰歟志氣鋭，或者事功趍。數行史家紙，隨作黄土墟。吾誠不及此，矯首歎以歔。撥書寘牀上，所愧爲世儒。

飲　酒

昔我不解飲，病來持一觥。一觥亦已醉，二豎敢相攖。忽然秋毫大，況乃泰華輕。豈其陰陽足，妄使龍虎争。冰蠶冰爲山，火鼠火烘城。一元本同氣，萬物却異情。機關有大運，禀受

試通群氓。轉移苟不定，顛倒尚何營。百年定幾時，愁賦空餘聲。跰𨇤起自鑒，面目吁可驚。攀松樹枝，復攬芝草莖。但當盡此酒，不在學長生。

黄布幬歌

吴中女兒工治莎，織成黄布輕綺羅。裁爲黄幬四角起，覆我病體清凉多。平生受用白木椀〔一〕，人參草席團花錦。長吟或似閑攻戰，大隱全勝好官品。上天下地我中央，崐崘海水瀉四傍。南通炎丘日色熾，北委寒壑凝冰霜。彼哉寒凍此炎燬，穿透皮膚蒸骨髓。招徠獨鶴風有聲，掃退群蚊月如水。流金爍石況可逃，磨牙吮血尚呶呶。心煩欲待竹奴熨，背痒詎得麻姑抓。我曾無術蔭天下，天如穹廬蓋四野。困來一覺少行人，夢過十洲猶走馬。君不見黄布幬，昨日夏去今日秋。珍重少陵詩語在，微軀此外更何求。

校勘記

〔一〕『椀』，國圖本、存心堂本同，豹文堂本、王邦采本作『枕』。

夜觀古樂府詞憶故友黄明遠明遠曾作樂府考録漢魏晋宋以來樂歌古詞

憶昔黄君美如玉，老屋青燈雨間宿。起翻案上奇佹詞，前後千年樂家曲。予方弱冠學謳歌，去問詩騷法若何。偉兹欲繼三百五，佗盡蝦蟹此蛟鼉。就中齊代及秦楚，巾拂鞞鐸争傳譜。清商雅部粲然文，騎吹簫鐃雄者武。心力涵泳到，手力抄撮來。口力有白醭，目力無纖埃。時時弄筆便著句，花木禽魚古今趣。北岸垂綸楊柳枝，東隣著屐櫻桃樹。自此相逢二十春，一朝門巷閬生塵。淺殯蓬虆凍螘嘬，荒廬寂寞妖狐嚬。人世本無金石壽，簡編零落安能久。藝文著録數百家，一二僅存誰不朽？一二不朽終峥嶸，歲遠寖恐山淵平。嗟君尚愛古樂府，夜半松風知此聲。

觀唐沈玢續仙傳

手展仙書向此朝，起予俗病對芭蕉。室間半夜雲璈動，嵓縫千年雪髓消。閑説茅龍騎太白，賸聞木鶴降仁嬌。秦車漢輦窮天下，望斷蓬萊併寂寥。

華山仙子紫絲盛露囊歌

華山西望屹蒼空，甘露曉降栢葉中。紅繡絲囊挹在手，赤松鶴馭翩長風。太平天子千秋節，花萼樓前百觴撤。鱉珀含光映凍酒，紫霜結液涵甜雪。問囊經緯何所成，桑洲蠶繭五色明。問囊噓吸何所似，栢觀銅掌抗高莖。誰歟獻螢弄煇爟，或者貢雲合溟漠。神仙可學僅沾濡，壽禄無期還笑樂。古來服食乃若兹，一掃穢濁餘肝脾。啖蛤踞龜何處覓，伐毛洗髓到今疑。秋月泓泓露泚泚，華山玉漿起人死。彼哉醉胡彼渴羌，朱顏緑髮安得常。

諸暨張敬仲家有太一真人蓮葉舟及海上人槎二畫軸胡允文題予亦效作二首寄之

華山青蓮搖上清，白玉巨藕浸碧泓。太一真人來降精，黄鬚紺葉浮滄瀛。手拔素書悄無聲，坐喝明月逆雲行。蓬萊駕羽飆風輕，宛渠乘螺島雪縈。芰荷裳衣挾仙瓊，魚鼈膢〔一〕御神媧迎。大游小游按層城，君棊臣棊〔二〕鎮威獰。九宫五福莽縱横，祠官脩俎靈爽呈。閟殿留鏁光嶽争，欃槍遁芒天路平。蛟龍捧跌溘上征，卯金校讎鬱萬嶸。藜杖吹焌奪目睛，扶桑暘谷曉曜頳。黿臺石室暮飛霙，東公西母擁廻旌。望中滅没曶若驚，海祇稽首西南傾，曷不從之學長生？

瑯琊臺上望海門，西厭頑洞尋河源。神濤八月吐復呑，靈槎萬里擁蛟鼉。風號雨蝕硬輪囷，苔葑枝節蟲蟻根。海人愛奇踏飛掀，瓊纓玉弁秋繽繙。乾精熟脯歲饔飧，黄龍叱作蝘蜓犇。天吴拔首懼却蹲，前窺〔三〕倒景放光燉，高攀鐵鎖拓藩垣。彼牽者牛孰烏犍，彼織有女孰嬋媛。箕斗黿鼈蕩若噋〔四〕，雷公霹靂慘無魂。老石支機類瑶琨，客星犯漢極怪惛。周伯蓬芮歷劫存，剛飆浩氣蕩爾痕。上帝馮怒罪厥閽，叱下直瞰扶桑暾〔五〕。蜀莊大笑手欲捫，及早來歸到崐崘。

校勘記

〔一〕『腰』，國圖本、存心堂本、豹文堂本同，王邦采本作『膢』。

〔二〕『君基臣基』，國圖本、存心堂本、豹文堂本同，王邦采本作『君綦臣綦』。

〔三〕『窺』，國圖本、存心堂本、王邦采本同，豹文堂本作『窺』。

〔四〕『歗』，國圖本、存心堂本同，豹文堂本、王邦采本作『歎』。

〔五〕『瞰』，底本、國圖本、存心堂本作『瞰』，據豹文堂本、王邦采本改。

憶寄方子清時子清久留吴中

一别嗟何處，相思撫舊蹊。月明施瀨北，雲起蠡巖西。跋涉舟車動，過從笈篋攜。隣光因借燭，道味肯吹虀。好學螢分照，論交雁擇栖。丘園心薜荔，海國氣鯨鯢。卷帙籤翻蠹，謳吟硯發鱉。經筌參老易，樂府録鐃鼙。治法推周稼，淳風仰漢綈。談玄知野馬，考字守家雞。土域標鞮象，天圖辨煇鑴。遺文多廢墜，妙契極端倪。獨樹盤桓久，平蕪眺望低。霜林紅玳瑁，霧雨碧玻瓈。屏跡依狐兎，銷愁對鷺鷖。塵書投梵夾，美餉挈童觿。槲葉時遮峒，藤梢或罥〔一〕谿。龍居覦雪瀑，虎路躡霞梯。出入恒聯袂，追隨幾杖藜。竹山香嶺嶠，花島繡湖隄。尚義開黌始，延儒振席齊。生徒脩棗脯，祭品授葅虀。錦石看還數，蒼松倚却題。吾伊朝屢集，渾灝夜同稽。自謂菖爲歜，人疑縠似稊。中悁真抑鬱，外物總筌蹄。歲序空流邁，濤波益慘悽。故袍寒擘繭，雄劍滑膏鷄。綠暎牽帆水，紅黏曳屧泥。娃宮釵鈿拾，甫里筆牀齎。鶴市歌喉引，鱸鄉鱠手揑。吳趨誇粉黛，越産購珠犀。富業連橙圃，菑霖潰稻畦。占歸仍浩渺，結客重酸嘶。彼此身如寄，參商夢欲迷。蓬飛甘掃軌，桂落得通閨。俠眼收丹竈，仙襟化素霓。貧期金埒騁，賤許玉階躋。病矣長憂痗，閑哉敢恨暌。揃除須爾鑷，磨刮更予篦。本欲睎〔二〕王貢，茲猶慕阮嵇。猖狂疏奏櫝〔三〕，輭弱謝畊犂。習静求神悟，超群畏俗擠。清琴乘〔四〕有鯉，鉅弩蹠非鼷。教駕傳啣轡，觀隅識橑枅。耡芝黧受謫，抱璞刖聞蹄。性命緣窮鬼，功名屬嬖奚。悠悠鸞與鳳，泯泯鹿將麑。白谷今安駟，青霄古執珪。毋寧枉隱逸，辛苦等黔黎。

校勘記

〔一〕『罥』，國圖本、存心堂本、豹文堂本同，王邦采本作『羂』。

〔二〕『睎』，國圖本、存心堂本、豹文堂本同，王邦采本作『希』。

〔三〕『櫝』，國圖本、存心堂本、豹文堂本同，王邦采本作『牘』。

〔四〕『乘』，國圖本、王邦采本同，存心堂本、豹文堂本作『桑』。

椀珠伎

椀珠聞自宮掖來，長竿寶椀手中迴。日光正高竿影直，風力旋空珠勢側。當時想像鼻生葱，宛轉向額栽芙蓉。筯頭交筯忽神駭，矛葉舞矛憂技〔一〕窮。昔人因戲存戒懼，後人忘戒但戲豫。漢朝索撞險還愁，晋世栝桙危不痞。徘徘徊徊奪目睛，欷欷傾傾獻玉瓔。滑涎器從龍堂出，熚爆命與鬼骨争。君不見王家大娘材藝絶，勤政樓前戴竿折。市人讙笑便喧城，驚動金吾白挺聲。

校勘記

〔一〕『技』，國圖本、存心堂本、豹文堂本同，王邦采本作『伎』。

宋度宗御書福王慶壽宫扇

漢家諸侯奉大統，會稽故邸王封重。歲周甲子壽筵開，賓客滿堂宫扇來。掖庭嬪御侍圖史，聖筆逡巡鸞鳳似。清風外撲龍阜花，明月中涵鏡湖水。南國爲家日已微，禮官考禮是邪非。前殿君臣朝玉笏，後宫父子曳珠衣。火德盛時尚有扇，金商振處無兵戰。兵頭老鐵化降雲，扇底生綃沾淚霰。自從一葬息婦原，恨身不見孝崇園。越州司户眉勝雪，舊篋淒凉那忍説。

方景賢宋景濂夜坐觀吴中雜詩遂及宣和博古圖爲賦此

壯歲何心老一儒，東游飽食有江鱸。詩宗鶴膝蜂腰體，禮象龍頭豕腹圖。三士操琴知爾達，八公遺藥忍吾臛。吳中勝處多朋故，話盡寒宵燎葉爐。

寒夜憶吳伯雍摘阮寄歌

錢唐吳肅善四絃，始平太守舊曲傳。晋人風流百世後，鏗我手指抱膝前。鄒嶧孤桐斲美玉，神螭拔首蟾嵌腹。檿桑繭韌冰色絲，孔翠翎敷錦香褥。一摘再摘秋風微，三摘四摘秋月嶺頭輝。五摘徘徊南國，泣楚女歎湘妃。六摘揄揚〔一〕古調，韶咸象箾聽來稀。七摘八摘復九摘，乾旋坤回，群龍百怪盡屏跡。高如海門潮水飛劈歷，遠似天河瀉出大荒零數滴。驟如昆陽戰鬭，犀象虎豹股栗亂投檝〔二〕，緩似句曲燕飲，雲璈洞簫宛轉降瑶席。恍兮清角惚流徵，騶虞伐檀鏘以起。悽兮號〔三〕鐘憀韻泉，折楊黄花〔四〕空嗑然。信哉阮咸出入琴琶造此法，豈用蓬萊海上艤棹萬里求成連，妙得伶倫律吕玄中玄。粤從東都官大予，洛陽焚燒到鐘簴。杜夔柴玉各有主，宋識擊節餘歌舞。西朝荀勗親校來，杜夔舊律多不諧。阮咸却趨太樂論新律，樂節高厲民風哀〔五〕。當時謂咸神解勗暗解，土中玉尺短一米。古來成均雅樂竟沉沉，幸爾故塚阮琴傳到今。嗚呼今樂與古樂，辟雍老儒悲絶學。桑濮巴渝日已繁，翕純皦繹俱緜邈。南風久不生，鳳皇〔六〕久不鳴。歛君四絃我耳清，天下耳根無正聲。

校勘記

〔一〕『揄揚』，國圖本、王邦采本同，存心堂本、豹文堂本作『榆楊』。

〔二〕『投櫬』，國圖本同，存心堂本作『安櫬』，豹文堂本作『安搣』，王邦采本作『鞍戟』。

〔三〕『號』，底本、國圖本、存心堂本均作『蹏』，據豹文堂本、王邦采本改。

〔四〕『花』，國圖本、存心堂本、豹文堂本同，王邦采本作『荂』。

〔五〕『哀』，國圖本、存心堂本、豹文堂本、王邦采本作『衰』。

〔六〕『皇』，國圖本、存心堂本、豹文堂本同，王邦采本作『鳥』。

淵潁吴先生集卷之三

門人金華宋濂編

蜂分

白日照我牖，群蜂亂飛颺。胡然立國邑，意各擅侯王。細腰峙窟宅，脩股負糇糧。搜尋百花叢，吮飲靈露漿。長雄據要劇，孫子孕蕃昌。班茅寧建社，娖隊欲殊疆。秦年賤親戚，强壯遽分張。唐朝富丁口，寬狹或徙鄉。嗟兹大寰内，壹是争鬩場。物生豈不微，翾擾廼其常。龍伯數千丈，巨軀果何藏。鵠人僅三尺，么麽具冠裳。肖翹本殊異，性命可比方。中心苦見役，外患復難防。當時一割裂，在處幾披猖。栖圈寘酖毒，突奥發刀槍。龍號聲殷雷，虎鬭齒嚙霜。紛紜彼楚漢，彷彿此燕凉。螻螘尚有知，槐檀互相攘。蜾蠃祝它蟲，啣泥〔一〕穴枯桑。天機久已洩，世網孰爲綱。委形混衆萬，觀物詎能詳。歲寒野草死，寒菊弄餘芳。群蜂我爾恤，矯首慨以慷。

校勘記

〔一〕『泥』，底本作『涅』，據國圖本、存心堂本、豹文堂本、王邦采本改。《札記》：『涅』當作『泥』。

客夜聞琵琶彈白翎鵲

白翎鵲，東海來，十里五里何摧頹。一飛飛上青霄際，再飛飛墮黄沙堆。少年臂名鷹，齊出跨駿馬。放鷹一馳躍，與鵲相上下。身佩木弓，射必命中中疊雙。蹀血芟毛天欲雪，摩雲壓草地多風。衝突三邊有意氣，指揮八極無英雄。白翎鵲，西海去，千里萬里何軒翥。一飛飛上賀蘭山，再飛飛過鐵門關。少年領强兵，乘勝即轉戰。戟頭吹火光，旗幟舞秋練。手持生鐵刀，空城鳥雀盡死鏖。麋鹿瘡痍無處避，角貒躑躅向人號。收拾廣輪奠郡邑，肅清星嶽静波濤。白翎鵲，東海西海都驅霩。太常召見日月山，治定禮行，功成樂作。大雅清商久寂寥，鵾雞邏迆多弦索。上林花開早浮艷，榆塞葉落終廻薄。一聲高，一聲低，一聲懾懦百虎豹，一聲東縛千鯨鯢。白頭漢士聞先拍，青眼胡兒聽却啼。君不見康崐崘、羅黑黑，開元絶藝傾一國。若還睹我白翎辭，二〔一〕十四絃彈不得。

校勘記

〔一〕『二』，國圖本、存心堂本、豹文堂本同，王邦采本作『五』。

陳彥理昨以漢石經見遺今〔一〕承寄詩索石鼓文答以此作

横山先生多古玩，太學石經分我半。魏公世藏資州本，金石録中還散亂。當時愛奇巧收拾，筆畫昭回暎雲漢。流傳到我乃不遠，虬甲鳳毛真可惋。自從得此未有報，岐〔二〕右石鼓天下觀。昔則敲火今斷〔三〕臼，駱駝載歸石盡爛。倉沮以後即史籀，先代遺寶列圭瓚。中郎變篆生八分，二者不敵何足算。先生嗜書出法帖，青桐堊壁〔四〕手脱腕。漆書科斗不通俗，蛇蚓蟠結强塗竄。先生博學抱聖經，焚膏繼晷目眈翫。韋編鐵擿只紙傳，鄒魯精髓合淹貫。國子門開塵没城，蓬萊閣廢草堆岸。春秋徒聞璧〔五〕可假，道德詎信鵝能换。古今所重在周典，周史面目極歲斁。聖心不死不在石，日月行天旦復旦。吾家故紙本不惜，驪頷有珠吾欲鍛。向來見辱亦云然，焦尾之餘争免爨。先生安坐幸勿躁，歲晚相逢笑拍案。屏除許事不須説，好與吾儒峙楨榦。

校勘記

〔一〕『今』，底本、國圖本、存心堂本作『令』，據豹文堂本、王邦采本改。《札記》：『令』疑『今』之誤。

〔二〕『岐』，底本、國圖本作『歧』，據存心堂本、豹文堂本、王邦采本改。《札記》：『歧』當作『岐』。

〔三〕『斷』，國圖本、存心堂本、豹文堂本同，王邦采本作『斲』。

〔四〕『青桐堊壁』，國圖本同，存心堂本、豹文堂本作『青銅堊璧』，王邦采本作『青銅堊壁』。《考異》：存心『桐』作『銅』，『壁』作『璧』，非。

〔五〕『璧』，底本、國圖本作『壁』，據存心堂本、豹文堂本、王邦采本改。《札記》：『壁』當作『璧』。

小園見園丁縛花

我嗟衆草木，高出陵雲端。叢生或滿地，品彙可不完。山園我栽蒔，作此小屈蟠。龍頭何其蠢，鳳翼乃若干。胡然贊化育，任意騁雕剜。勾萌欲旁達，節目終液樠。縈廻挾烟彩，刻剥獻雨瘢。立身既不直，生理寢〔一〕凋殘。春陽彼一時，花發黄白丹。歌謳雜舞吹，酒炙飫桮柈。歲晚忽焉至，北風吹汝寒。皮膚早蝎蝕，骨髓愳枯乾。聖人治天下，萬國無不讙。視民本如傷，動植總相安。刑名威雪雹，劍戟血波瀾。廟堂苟失策，閭里轉窮殫。彼哉彼園子，此况儒爾冠。人生但心勦，若處得體胖。我方即移汝，前有蒼蘚壇。世非郭槖駞，何以垂鑒觀。

校勘記

〔一〕『寢』，國圖本、存心堂本同，豹文堂本、王邦采本作『寖』。

題錢君輔紫芝圖

我聞錢子古丈夫，早歲喪親伏墓廬。血淚迸空百草枯，神芝挺發黄土壚。一莖三秀燁以敷，圓釘寶盖屹相扶。醴泉灌注含膏腴，紫雲覆護連根株。山靈地媪侈厥苻，鳥啁獸躅助號呼。削杖苴絰麻布襦，毁容惡服絶復蘇。孝悌有王貫斗樞，卉木榮華孝之餘。里閭耆長起嘆吁，痛心疾首矧可摹。夫孰非親堂上居，日嚴秖敬本一軀。夫孰非子膝下娛，風樹悲撓弗待予。愛生戚死自古初，德鉏誶帚俗易趨。剞分宧奥類向隅，較計絲粟遽異儲。被薪委壑餧鳶烏，酣酒嗜炙酗栝杅。衰雖在身孝已渝，天薦厥祉天亦誣。信哉純孝與世殊，史筆值此合特書。素冠所刺今不無，朱草有神錫爾孤。琅玕玉樹豈得如，岱衡恒華五嶽都。玄黄赤白擁趾髗，列仙山澤或瘠臞。瑞不爲孝徒區區，天寒歲晚霜霰疎。慎終追遠在我儒，匪丹伊青繪此圖，後有過者尚式車。

題天台山張節婦卷

古人重首教，夫婦係民彝。自從初御輪，禮有親結縭。百年主家室，中饋務倡[一]隨。溘先苟不待，從一幸無虧。世途日趨下，貞節誰肯持。於焉見萱蒯，早歲哭繐帷。荼毒守几席，惡笄毀容儀。旦夕執酳奠，春秋動悲思。病姑坐堂上，躬養我巵匜。稚孩倚床側，慈訓我書詩。奉老當以終，撫孤敢如遺。白頭誓不爽，黄土詎有知。我生何惻惻，我死廼吾期。惜哉歡娱際，捐我少艾時。鸞鏡塵已蝕，錦衾淚還緇。史管獨不煒，春裳忍爲私。因之念三季，似此實女師。谷風或棄背，行露且陵欺。詠歌可勸諷，開卷益嗟咨。從來桑濮地，不廢柏舟辭。

校勘記

〔一〕『倡』，國圖本、存心堂本、豹文堂本同，王邦采本作『唱』。

題彭雲溪南安軍新建東坡載酒堂

南粤故墟篁竹鄉，東坡舊遊海渺茫。蠻山蜑水環爲疆，生黎熟獠共翱翔。良辰勝日噏栝觴，踐虵茹蠱監〔一〕腥薌。前列荔丹與蕉黄，峨嵋英氣壓四方。自來金馬與玉堂，豪邁絶俗觚櫝〔二〕將。雄跨九州若毫芒，睡視一世孰雁行。顔駟蹇剥白首郎，趙壹坎壈抱剛腸。天欲勞爾使望洋，一身去國不得藏。山川烟霧與耿光，詩名道價極焜煌。有美一人婉清揚，俛仰陳跡闢新堂。歲時桂酒酳〔三〕椒漿，飆輪羽蓋顧蒸嘗。和丘鳳鳥翼方驤，汪野龍魚負磐囊。嗚呼使君漢循良，嗚呼使君唐辭章。高山景行屹相望，一時短矣千載長，超然被髮下大荒。

校勘記

〔一〕『監』，國圖本、存心堂本同，豹文堂同，王邦采本作『醢』。

〔二〕『櫝』，國圖本、存心堂本、豹文堂本同，王邦采本作『牘』。

〔三〕『酳』，國圖本、存心堂本、王邦采本同，豹文堂本作『酹』。

貞女引記予所聞於蘭溪錢彦明者

北方有達者，官守託闆壖。一笑侍盥櫛，千金得嬋娟。晨歌雲母幌，夜舞茘枝筵。春桃獨不艷，秋柳遽無年。於焉榛笄毁，遂以櫝櫬遷。音容詎可睹，涕泣空餘漣。墓埏但未殉，床笫更誰妍。越鸞悲掩鏡，齊雉痛鳴弦。人子當盡道，妾生敢移天。手澤尚不忍，家風豈其愆。吾何惜吾軀，汝懼辱爾先。郡庭給過所，江驛遞歸船。郵兵即前防，纜卒復後牽。時時數釵珥，處處閲橐𩏄〔一〕。心堅務玉白，鼻截愧瓦全。指波著重誓，抗節脱饑涎。世故日已下，民彝孰能然。狹邪情比絮，桑濮步安蓮。闕氏弄琵琶，青塚俗曷鐫。昭儀出感業，椒壁孽多𩏄。况兹大丈夫，自許古聖賢。百行偶一敗，反經欲稱權。疇知生死間，便見粲與淵。吁嗟此貞女，儻或繼史編。

校勘記

〔一〕「𩏄」，國圖本、存心堂本、王邦采本同，豹文堂本作「饘」。

得大人書喜聞秋末自散不刺復回大都賦寄宣彦高

一紙江南到屋扉，高秋漠北奉宫闈。金微駐蹕踰唐塞，鐵勒鳴梢接漢畿。緜蕞行朝因贊玉，躋林望祭類游衣。明年草賦呈親去，想像汾陰扈從歸。

次韻柳博士五洩山紀遊

首路東崗幾屈蟠，青天東峽望來慳。林多鹿豕山爲國，瀑有蛟龍海共寰。客子杖藜依樹石，神仙樓閣幻茅菅。吾知此處宜招隱，詎減淮南大小山。

日曉行呼野鶴群，山溪五級洗巖氛。虹霓射壁從空現，霹靂搜潭到地聞。桑苧茶鐺遺凍雪，偓佺藥杵落晴雲。飄然早已同仙術，老我曾探嶽瀆文。

一點剛風削玉蓉，仙山肺腑閟重重。眼穿上界成官府，舌捲西江得祖宗。鷲嶺雞峰渾未到，龍湫雁蕩豈多逢。年來卧病吾環堵，負却詩家九節筇。

古越名山最阻脩，遥空縛下紫金虯。孫生隱在聞長嘯，屈子騷成賦遠遊。魚鳥從容還自得，龍蛇混雜不同流。自今便欲鐫崖石，俗駕能來尚掩羞。

方景賢回聞吴中水澇甚戲效方子清儂言

客來自吴土，示我吴儂言。吴儂歲苦水，謂是太湖翻。太湖四萬頃，三江下流洩。疏瀹久無人，淤汙與海絶。東風一鼓盪，暴雪〔一〕如頹城。屋扉蚌蛤上，畦畎魚龍争。嘉種不得入，種亦悉爛死。民事何所成，食天俱在水。富豪僅藏蓄，官府更急糧。貧窶徒餬餒，妻子易徙鄉。散行向淮壖，隨處拾稆粟。雖然遠鄉土，恐可完骨肉。東吴本富盛，數歲偶凋殘。世非欲繭絲，官曷任虎冠。國家自充實，財賦有淵藪。給復當我及，安寧到雞狗。何人講平準，何人議河渠。荒政固有典，水利復有書。龍蛇方未歐，鴻雁尚在澤。縱令可還定，何計免溝壑。何時水幸退，我得刈稻禾。水退泥盡出，草屩更撈蝦。我思告朝廷，來歲不可待。毋庸水争地，便放江達海。客今聽我言，我欲解儂憂。所争但一水，民氣庶今瘳。自從唐季來，吴越無兵械。至于宋南徙，淮蜀此都會。大田連阡陌，居第擬侯王。錦衣照車騎，玉食溢酒漿。居然甲東南，遂以侈濟侈。掊克自此多，凋瘵亦以起。天寧不汝恤，有此水潦淫。要令沃土瘠，民得生善心。豈惟生善心，且用戒掊克。采〔二〕詩觀民風，願踵太史職。

校勘記

〔一〕『雪』，國圖本、存心堂本、豹文堂本同，王邦采本作『雷』。

〔二〕『采』，國圖本、王邦采本同，存心堂本、豹文堂本作『悉』。

題毘陵承氏家藏古錢

我觀泉志頗識錢，古今錢品不一傳。歷山鑄金史靡紀，泉府職幣開其前。五銖半兩日以變，揄莢鵝眼争相緣。重輕子母信有制，周郭肉好俱完全。吾知聖人利世用，要在百貨得懋遷。農夫紅女寘不易，尺布斗粟儲爲淵。嗟哉後王弊自此，竟使匹庶握利權。剪皮鑿鍱僞莫禁，執籤障篚慳稱賢。國儲何當調度足，民食矧是虀鹽先。潛交鬼神欲著論，臭銜富貴仍開鄽。治卒銅工各鼓鞴，偏爐〔一〕盜鑄多煙烻。一朝變通别改幣，餘盡沉朽徒埋船。承君好古此收拾，寶玩有若編埒然。大貝南金特嗇厚，元圭博璧〔二〕同瑛鮮。漢官受一潔篚篋，晋士掛百酣栝棬。白水真人笑有識，上清童子猜非僊。古錢勿用幸久聚，古貨難賣空精甄。時能撫摩却穢夢，坐與饕濁收饞涎。世間萬楮裹可盡，床脚一甕踏欲癲。試看營室鑠星處，何似揚州騎鶴年。

校勘記

〔一〕「爐」，國圖本、王邦采本同，存心堂本、豹文堂本作「壚」。

〔二〕「璧」，底本、國圖本作「壁」，據存心堂本、豹文堂本、王邦采本改。

送宣彦昭北赴京師

去年春風來，我已送子兄。今年春風來，我復送子行。大江多波浪，雨雪塞路程。老河貫梁楚，汴泗割濁清。梁山匯爲濼，荷藕欲抽莖。漳流直達海，葭菼莽縱横。飲饌去鄉異，市逢寒食餳。游從到處闊，騎聽上林鶯。帝都示四方，賓客聚百城。白獸耀戟戭，紅鸞擁旗旌。乍見須璧馬，再談遽公卿。終然鳳鵷集，恥作鰕蟹并。况子昔我學，自期可俊英。平時撫硯匣，盡夜對燈檠。古今更成敗，舉舌即深評。北南幾水陸，肆意勿遐征。子兄特精幹，胸次有甲兵。被服抗俠窟，躋攀接侯鯖。笑披鷹鶻論，絛鏇〔一〕手所擎。錯金琵琶槽，絃索發奇聲。二難苟若此，何地不鏗轟。貢生彈冠待，王粲倒屣迎。上書合自衒〔二〕，趣召使衆驚。尚期施展閒，歸作閭巷榮。嗟吾久抱疢〔三〕，望子但目瞠。因之念吾兒，遲子謁國黌。吾兒早失學，所至類孩嬰。幸令得好友，庶免謚愚氓。前園川海棠〔四〕，紫蔓亂垂瓔〔五〕。起揮雙玉壺，暢此孤劍情。當知子願欲，本不慕肥輕。行哉自此遠，谷口吾躬耕。

校勘記

〔一〕『鏇』，國圖本、存心堂本、王邦采本同，豹文堂本作『鏇』。
〔二〕『合自衒』，國圖本同，存心堂本、豹文堂本作『合自珍』，王邦采本作『令自衒』。
〔三〕『疢』，國圖本、王邦采本同，存心堂本、豹文堂本『疾』。
〔四〕『棠』，國圖本、王邦采本同，存心堂本、豹文堂本作『堂』。
〔五〕『瓔』，國圖本、存心堂本、王邦采本同，豹文堂本作『纓』。

白鼻騧

白鼻騧，白鼻騧，當軒迥立噴風沙。名驥留良定北土，蹇驝索價猶東家。青松縛柳曉安阜，紅錦裁韉春暎草。支遁心機愛神駿，伏波骨力輕衰老。去年禁馬無馬騎，天下括馬數馬皮。浮湛鄉閭萬里足，笑傲品秩千金羈。幸哉漢武重脩政，往矣劉聰真覆鏡。立防戰備要馬稀，藏富民寰須馬盛。向來河隴色爲群，目極川原亂若雲。庶人徒行未足恤，世間醇駟何由得。

宋景濂鄭仲舒同游龍湫五洩予病不能往爲賦此

知爾能攜一短笻，寺前突屼定何峰。九天管籥來飛鶴，三島樓臺守蟄龍。閑欲嘯歌先目往，病嫌登陟轉身慵。西源山石東源水，豈但渠家有赤松。

諸暨北郭潘節婦卷後題

天地昔立極，聖人本有防。辟之制洪水，瀦蓄以爲常。不然遽氾溢，隨處恣披猖。終將大節撓，寢〔一〕我彝倫傷。南州彼何人，北郭得新孀。盛年喪所天，臨鏡毀舊粧。春秋奉饋祀，暇乃治蠶桑。豈惟育稚幼，抑且禮尊嫜。尊嫜日已老，稚幼儼成行。託孤生當盡，從一死則臧。乘時或棄背，促嫁更衣裳。疇悲膏沐容，畢命松栢崗。世人如輕塵，風至即飄揚。我身類完玉，火烈愈燿光。自來菅蒯姿，曾不異姬姜。毋寧窈窕化，孝敬著一鄉。一鄉尚謂狹，千載顧不長。吾其撫野草，可但感嚴霜。起操膝間瑟，彈作雙鳳凰。鳳凰不再下，寒月照屋梁。

校勘記

〔一〕『寢』，國圖本、存心堂本同，豹文堂本、王邦采本作『寑』。

送鄭浚常北游京師

浚常，浦江人，其家自沖素處士綺至今九世同居，人以一家三代稱焉。

治世日少事，朝廷正求賢。信哉男兒志，觀此萬里天。一行本不易，當路即翩翩。親朋送糗糒，傔從戒舟船。自裁適時服，年貌逞餘妍。起吟俠游傳，賓客務相先。功名抗雲表，氣槩貫斗躔。心馳上谷塞，望極黃河壖。向來全燕地，碣石遠相連。只今帝王都，閶闔儼在前。嵯峨廣寒殿，嶕嶢神嶽巔。金陂水流雪，翠嶼花滿烟。楊柳十二街，人家競鞦韆。騏驥八尺龍，官曹燿鞍韉。熒煌許霍勢，燦爛春嘗權。傾身漸風動，炙手遽電烶。奏書善衒鬻，希寵巧攀緣。匪文説禮律，伊武學兵鋋。牛毛豈不多，麟角獨爾專。屠狗或隱市，探驪盍沉淵。世方重孝義，瓜瓞況綿延。家規既建立，門榜復旌蠲。族居且百口，僮指亦及千。跡茲乃政令，得不貴貂蟬。吾知魯儒生，文物但炳然。美哉萬石君，惇樸最可傳。須令便繻棄，勿直待硯穿。歸乘使者傳，踏却別時筵。嗟予日以倦，一夕三四遷。病餘兩足弱，無異夔憐蚿。治田徒欲疏，服賈特肇牽。里閭不過此，磨滅疇能鐫。

喻東泉學道止酒自書止酒詩座右戲寄

何故欲止酒，自吟止酒詞。酒何負於人，杯杓遽不持。我雖不解飲，見飲輒喜之。何疑酒亂性，屏去無醇醨。乃言執道要，危坐息犇馳。行思駕羽輪，久矣夢肉芝。鳳鸞守爐鼎，龍虎擅崛奇。狂酲不我毒，痛飲非吾師。終然彼先酒，昔者祀狄儀。笑揮金叵羅，倒著白接䍦。常人溺妄境，世慮動棼絲。争如醉酩酊，得以混希夷。神仙矧多幻，狡獪無不爲。遨遊市舍長，調謔酒家姬。唱歌便爛熳〔一〕，冠珮任傾攲。吾知麻姑過，解與陽都期。愓哉學仙侣，身若槁木枝。云胡千瓢量，政類斷乳兒。歡伯却恨訴，麴生亦嗟咨。丹室尚恍惚，醉鄉終棄遺。萬一君上天，酒星恐君疑。抑且君得封，酒泉併須移。竹溪清風處〔二〕，栗里落照時。二子豈不飲，千秋長若斯。

校勘記

〔一〕『熳』，國圖本、存心堂本、王邦采本同，豹文堂本作『縵』。

〔二〕『處』，國圖本、存心堂本、豹文堂本同，王邦采本作『裏』。

柳博士寄詩張如心朱仲山方壽父盖憫鄉枌之凋瘁而嘆友道之寂寥也借韻和呈

憶昔獻賦蓬萊宫，蓬萊聖人日月容。雖隨賢材集北闕，竟與隱逸歸東蒙。朝耕暮耘但力穡，羹藿飯菽空尸饔。俗方同流見踽踽，國有歷騁聞渢渢。遨遊自知喜俠行，學業何得親儒宗。多年僅守薜荔雨，昨夜寢感梧桐風。私嗟泮芹幸可采，況復鄉梓宜吾恭。斷然秖覺洙泗異，歸爾孰謂靈光同。略去皮毛馬埒貴，賈餘角距雞塲雄。似公講明特造理，愧我篆刻真雕蟲。前脩近曾數粵謝，大耋遠或傳淮龔。典冑終推道德富，銘功更許辭章豐。惟其草玄志準易，肯以乞巧比送窮。孫康雪檠敢我廢，雷煥星劍須相從。當今〔一〕耆英詎幾在，獨不教〔二〕載繫吾逢。千里黃河屹砥柱，一聲霹靂鞭群龍。

校勘記

〔一〕『今』，底本、國圖本作『令』，據王邦采本改。《札記》：『令』當作『今』。

〔二〕《札記》：『教』當作『數』。

韓吉父座上觀漢陽大别山禹柏圖

大别名山如伏黿，大别古柏如立猱。舊聞夏后手所植，直軋南國無蓬蒿。洪水曾當洚洞極，聖躬乃此胼胝勞。乘舟荆衡地可盡，作貢雲夢天爭高。一時栽樹託所歷，千載摩撫繫其遭。本根盤拏屹屓贔，枝葉挺拔森旌旄。礙日吟風聳楚阻，欺霜傲雪鏖秦饕。夜行夏首影弄月，曉艤鄂澨聲吹濤。信哉冥靈欲等壽，材比杶榦終稱豪。屏除榣〔一〕翳虎豹泣，鎮斷夔魍蛟龍逃。匠石徘徊却喪斧，篙工睥睨寧維舠。吾知嘉木辨爾雅，但惜芳草遺離騷。平生環轍苦未到，幸此晝筆何從操。豈非神明護正直，使在方漢雄城壕。樓桑出墻尚久特，巨櫟蔽社猶堅牢。惟兹所重有聖德，坐見餘物真秋毫。自來劉李富宫室，命下荆蜀刮土毛。一榮一枯驗世道，勿翦勿伐臨江皋。穆滿蒼茫黄竹詠，重華慘澹蒼梧號。逖然萬古萬萬古，西望嘆息同霑袍。

校勘記

〔一〕『檑』，國圖本、存心堂本、豹文堂本同，王邦采本作『畱』。

寄吴正傳

日晚天寒攬敝裘，西南目盡瀫江流。養生有論空成嬾，招隱無騷却好游。雁鵠吟風燈照机〔一〕，蛟龍躍雪劍鳴韝。平生自笑飛騰暮，幸矣心猶與道謀。

校勘記

〔一〕『机』，國圖本同，存心堂本、豹文堂本作『几』，王邦采本作『機』。

觀莆田劉公掖垣日記後題

炎正昔中潰，王者遂南服。四明有史氏，三世秉國軸。人君恩稠疊，祖父勢熏熇。傾家幾攀附，快意即誅戮。幸〔一〕兹遭大變，何苦圖起復。雖然承天寵，得不覆公餗。諫官奏疏上，胄子伏闕哭。所當終衰絰，弗許覲黄屋。時惟我劉公，草制方傫宿。掖垣備日記，宸聽煩再瀆。相門恒出相，耕釣亦可卜。國事非家事，孝忠同一躅。北風吹天地，滄海翻岳瀆。浩也議不戰，長江境彌蹙。彼嵩乃弦張，名闖將鹿逐。夾攻既通使，恢算豈遺鏃。指麾及燕晋，洗蕩到瀍轂。兵威偶小振，相業竟難續。宴安爾江沱，顓擅我姑孰。人材遽如此，王氣合終籙。從來論國是，獨不懼國覆。盖棺久自定，荆棘忽蔽目。望斷八公山，功高九州督。回首百年間，遠哉遷固録。

校勘記

〔一〕『幸』，國圖本、存心堂本、王邦采本同，豹文堂本作『哀』。

樓彦珍北游京師予病不及往餞歲晚有懷并寄彦昭浚常

日晚北風起，少年方遠游。徘徊上谷塞，眺望黄河流。峥嶸十月冰，朔色壓九州。熒煌大明殿，御道接龍樓。時廵向灣〔一〕水，臘雪擁薊丘。前驅鸞鳳旗，後乘貂鼠裘。尚食豐宴飫，教坊樂箜篌。百官散城邑，駝馬盡歸休。自今帝王都，想爾觀覽周。却疑書傳間，不謂秦漢優。何家非許史，無客不枚鄒。投輪即雨集，揮袂遽雲浮。東航扶桑陰，西笮崐崙陬。變化指顧異，芻蕘立言收。文物彼洛禊，土音吾越謳。私將竊禄志，勇赴隨陽謀。隨陽即澤雁，竊禄豈粱鶩。美玉獻劍璏，精金鏤帣韝。出門亟裝束，行路肯滯留。布韋謾老耋，鄉里惟田疇。功名幸一遇，螻螘尚公侯。學問敢强飾，黍稷待耡耰。當令竹帛上，直與先達侔。毋使螢爝光，肅然寸草秋。嗟予久抱疢，餞酒弗及蒭。念爾忽萬里，征夢或見求。宣生頗俊逸，鄭子復綢繆。趾高有捷步，胸正無昏眸。早看拜家慶，共許動宸旒。傳車定不礙，關鑰便若抽。杏花開如錦，楊柳滿陌頭。去時小兒女，來詫真騂騮。

校勘記

〔一〕『灣』，國圖本、存心堂本、王邦采本同，豹文堂本作『灤』。《札記》：『灣』疑『灤』之誤。

偶閲昌國志賦得補怛洛迦山圖

甬東東際控東荒，蓬萊北界跨石梁。天風吹來黑水國，海雨灑過青龍洋。寶陀山高此孤絶，善財洞近爭巉裂。黄金沙土結香雲，白玉樹花飄瘴雪。扶桑島上接鯷人，棋子灣頭望馬秦。安期先生脱赤舃，羲和女子扶朱輪。晨雞鳴聲日觀立，老蜃樓臺潮候急。釋迦方域舶船通，娑竭世家宫殿濕。君不見海人稽首扣海磯，鮫鼉不動護仙衣。紫竹旃檀何處所，毘陵頻伽獨飛舞。

送俞觀光學正赴調京師

崑崙東南禹九州，山高海闊峙以流。齊秦相襲一分丘，梁魏何有真浮漚。天邑當中控四陬，先生去矣不可留。二十起家今白頭，獨騎麒麟誦春秋。我無糧食無車舟，出門笑看雙吳鈎。神氣化作青金虯，大江有路通淮洲。汴河急下蛟鼉愁，吕梁犇衹壓黄樓。故墟荒草項與劉，澤蛇臺馬一戰收。東連鉅野荷花稠，泰山鳧澤〔一〕倚魯鄒。北泝〔二〕衡漳冰凌浮，滹沱碣石帶白溝。田光荆軻尚夷猶，擲黿屠狗何煩求。天門蕩蕩開長楸，日暮道遠吾驊騮，誰歟遇者多公侯。眼中勞苦問所由，南士有客非常儔。百年文獻尚汝優，公車奏櫝〔三〕幸早投。孔姬禮樂正傍搜，齊楚辨智虚前籌。祖朝肉藿豈異謀，庾信詩〔四〕賦俱雕鎪。朔風吹塵織卉裘，炕床煤炭手足柔。韭虀豆粥却滿甌，真珠滴槽酒或篘。伐狐焬兎進庶羞，妖歌慢舞陳箜篌。老當益壯在此游，選曹已似執券酬，皂鵰一飛即掣韝。先生去矣聽我謳，悠然獨酌更馬周，長安索米毋庸憂。

校勘記

〔一〕「澤」，國圖本、存心堂本同，豹文堂本、王邦采本作「繹」。

〔二〕「泝」，國圖本、存心堂本、豹文堂本同，王邦采本作「沂」。

〔三〕『櫝』，國圖本、存心堂本、豹文堂本同，王邦采本作『牘』。

〔四〕『詩』，國圖本、存心堂本、豹文堂本同，王邦采本作『時』。

送宋景濂樓彦珍二生歸里

我生本孤陋，偶到越江頭。如何彼二子，直泝越江流。子來我欲去，子去我仍留。留子子不住，送子使人愁。我且與子酒，西風吹子裘。問子何所學，將通魯春秋。聖心久不白，聖髓空旁搜。聖經但至正，賢傳相戈矛。晋臣忠如預，漢士讖有休。發揮一王法，褒絀五等侯。經筌未可棄，墨守或爲讎。我今豈謂能，子幸與經謀。嗟哉我何學，半世成倦游。焚膏政自苦，奏櫝〔一〕不見收〔二〕。我迂世所誚，我病我難瘳。子何不即遠，説我東家丘。我寧不及子，請子更歸求。毋徒挺岩嶢，亦莫變浮漚。山雞伏鵠㲉，我尚與此侔。勗哉敢不力，前路無停騶。

校勘記

〔一〕『櫝』，國圖本、存心堂本、豹文堂本同，王邦采本作『牘』。

〔二〕『見收』，國圖本、王邦采本同，存心堂本、豹文堂本作『克投』。

同陳櫪壽登卧龍山望海亭却觀賈相故宅或云越大夫種墓在山上

昨日新雨已，行登卧龍岡。征衣忽我薄，絶頂極寒凉。鑑湖水自涸，蓬島屹相望。神鴉弄落景，海蜃連扶桑。前朝尚未遠，列甸或稱疆。王孫只草緑，相府空蓮香。高明豈有瞰，土木竟爲殃。興衰一以變，貴富何能常。山靈司霸轍，古隧閟兵防。毋寧甲楯棲，卒使良弓藏。哀哉大夫種，直不脱劍鋩。荒雲但墓穴，烏喙却悲傷。功成偶不退，苦膽不思嘗。炙手既可熱，重奎果何光。史文幸明白，忠死斯不亡〔一〕。蕭然北風樹，爲攬鐵石腸。

校勘記

〔一〕『亡』，國圖本、存心堂本、豹文堂本同，王邦采本作『忘』。

脉望

天地常育物，爾何爲蠹魚。魚形不在澤，蠹我萬卷書。於兹亥豕間，偶值神仙字。咀穿以百餘，變化何容易。多應直如髮，亦或圜中規。天星必降氣，仰望固不移。惟人萬物靈，耳目鼻口具。曾不如彼蟲，政由不學故。童年便有習，白矣〔二〕尚難精。人書兩無涉，物我每相争。誰其希聖賢，竟自雜奴虜。聖人不汝藥，使作聾與瞽。太虚但一理，元造豈停機。竹蜩因雨蜕，橘蠹得風飛。神仙非凡人，物化乃罔測。何哉我瀛蓬，獨不插羽翼。張郎不解事，强欲學神仙。醉生且不悟，夢死更茫然。起看蠹魚瓶，明月秋滿机。汝毋聽我歌，笑倒抱朴子。

校勘記

〔一〕『矣』，國圖本、存心堂本同，豹文堂本作『首』，王邦采本作『髮』。《札記》：『矣』疑『首』之誤。

同吴正傳詠龔巖〔一〕叟小兒高馬圖

北平爰臂久不侯，伏波矍鑠空持矛。并州小兒十歲許，雙足捷走真驊騮。金鞍玉勒絲繮絡，肉鬣風鬉雪齗齶。郊衢一躍自矜驕，血氣未完先躪躒。漢皇神武駕英雄，西極飛來八尺龍。城東鬬雞爾尚可，磧外鳴劍吾無功。初陽却照長楸道，白髮奚官泣枯草。悠悠翠盖與鸞旗，老矣驊騮那得知。

校勘記

〔一〕『巖』，國圖本、王邦采本同，存心堂本、豹文堂本作『嚴』。

浦陽十景

仙華巖雪

手倚晨扃一渺漫，山神擁出玉巑岏。光侵道者祠星室，跡破樵家斸藥壇。石笋撐空穿宿暝〔一〕，天機織素掛餘寒。俄然喚醒西南夢，怕作松州徼外看。

白石湫雲

獨上南山最上頭，朝隮一點便成湫。巖腰動石風初起，海眼輸泉雨欲流。蜥蜴含珠光照夜，霻靎捲鐵黑沈秋。明當去挾騎龍叟，直到扶桑第幾洲。

龍峰孤塔

老眼前頭尺五天，真龍角上正攀緣。規橅白馬馱經過，想像玄鰻護塔眠。梵唄將回知磬絶，神珠欲隕見燈懸。何妨宴坐初禪界，蠛蠓紛飛即大千。

寶掌冷泉

乍撥山亭木葉堆，老僧千歲喝巖開。天從白石雲根出，地帶青泥雪髓來。竹影自深斜暎月，魚腥不到半凝苔。世間夢渴知多少，可待金莖露一杯。

月泉春誦

古木叢中息世諠，老生力學掩溪門。危絃未絶人須聽，蠹簡多忘我欲温。白兎流光分石色，蒼龍擁沫驗沙痕。從今更浚源頭水，莫待投膠與救渾。

潮溪夜漁

昨夜〔二〕寒潮與此通，荒溪尚趂百川東。行依柏樹林頭月，釣拂蘆花嶼畔風。插竹侵沙魚扈短，篝燈暎草蟹碕空。太公遠矣吾將隱，赤鯉何書在腹中。

南江夕照

偶出官橋倚落曛，詩家觸景謾紛紛。彈琴在峽驚聞瀑，罨畫爲溪喜得雲。竹篠晚深樵弛擔，莎根秋短牧歸群。道旁更有枌榆社，欲脱簑衣藉酒醺。

東嶺秋陰

幾點晴雲著樹梢，寒山蒼莽類城壕。雞豚日落聲相接，鸛鶴風涼勢自高。小徑殘榛分嶺脊，平疇净緑帶溪毛。朝來雨足多秋意，井上無人事桔槔。

深裹江源

半遶山根但一窪，真源鑿破杳無涯。清澄灌或於陵圃，窈窕尋猶博望槎。積雨衝隄蝸自國，微煙羃渚鷺專沙。欲行復坐皆雲水，只屬騷人與釣家。

昭陵〔三〕仙跡

一掌嵯峨是玉京，連峰欲向鼎湖傾。高張黼座龍隨下，静擁珠輧虎獨行。白雪松扉雙立影，清風藥井倒吹聲。長歌爲問西王母，却把荷花與送迎。

校勘記

〔一〕『瞑』，國圖本、存心堂本、豹文堂本同，王邦采本作『瞑』。

〔二〕『夜』，國圖本、王邦采本同，存心堂本、豹文堂本作『日』。

〔三〕『陵』，國圖本、存心堂本、豹文堂本同，王邦采本作『靈』。

雨晴

久雨雨不絶，長嗟春暮時。梨花一片雪，楊柳但青枝。日出散我步，閒雲結幽姿。山嵐撲小牖，澗水激中坻。對景且歡樂，逢年須軫饑。蕭條併日食，嘆息東門麋。捄菑幸亟捄，移粟將疇移。吏商自有計，錢虜渠何私。物情正懔懔，淫潦乃見欺。空甑本汝舊，美麥尚今兹。我生頗好古，當務獨不知。毋寧坐復起，得誦書與詩〔二〕。古人不我待，去矣安能追。我不識古人，陳言果爲誰。撥書既自笑，撫席更深思。逖逖千載後，此心誰我期。

校勘記

〔一〕『書與詩』，底本作『詩與書』，據國圖本、存心堂本、豹文堂本、王邦采本改。

盜發亞父塚

楚王昔尊楚亞父，楚人今發亞父墓。南山鑿石下懸棺，寶氣燭天知劍處。當年奉劍重瞳〔一〕光，左右膝走諸侯王。劍鋒掃秦柄奪漢，梁楚鬮作馳兵塲。起撞玉斗唉豎子，戰肉烏鳶骨螻蟻。烏江得死不得葬，憤膽冤腸終不死。東陵老盜曾膾肝，丞相摸金仍置官。大儒揮椎小儒唱，奇寶拔窆蛟龍寒。君不見秦皇一死驪山改，亞父猶能數千載。我今豈識亞父誰，梟雁秋風散銀海。

校勘記

〔一〕『瞳』，底本、國圖本、存心堂本、豹文堂本作『朣』，據王邦采本改。

劉龍子歌

劉龍子，龍子出山龍母死。一雙赤鯉滕來多，玄黿獨戰翻天河。山頭種楓高不得，楓葉落波秋正黑。潛游蟹斷島無人，飽啖蝦鬚汊作國。巢湖鼉眼看欲紅，邛都魚頭鬮爲宫。絶磴懸

硯中墨水吾乞汝，梁但一勺，雲綃霧縠餘長風。劉龍子，龍子爲龍猶念母，梧江沼海歸何所？昨夜虵醫送飛雨。

劉仲卿上昇歌

金華山，金華山有古洞天。遥問射聲何校尉，憶從脩煉得神仙。神仙之人本英傑，老弱移家家洞穴。乘軿曉結芝草雲，擊節秋飛鶴翎雪。溪間白石齒齒，嶺畔赤松無枝。呼鹿不逢玉女，牧羊乃見小兒。嗟洞高兮高若崖，嗟洞深兮深若井。中心一念能滅情，夾脊雙關遽朝頂。七月十五神仙來，天樂自響石廪開。風伯吹塵萬萬里，月光幻出瓊瑶臺。玄霜寶露瀉一杯，麒麟鳳皇兩徘徊。上壽等天地，下壽直到耇與台，翩然被髮游蓬萊。

簷下曝背聽客話吕安撫夏貴雜事

老翁曝日坐，頭髮亂如絲。歷言前朝事，恍似震業時。東南立國久，天子重西陲。長江一户限，鉅敵千熊羆。吕家好兄弟，身擁襄漢危。圍深救不至，望絶但孤師。戈兵空鶴郄，部伍尚魚麗。居民併習戰，結束類鮮卑。砲車燒樓櫓，斤斧遽已施。榷場謾互市，軍壘竟登陴。夏貴本小校，戎行早驅馳。當街苦醉酒，袒跣受鞭笞。雙瞳夜照路，面刺鬬鋒旗。積功到大閫，綾誥疊若坻。沐熏乃得見，感激有涕洟。英雄頗用術，血死矧敢辭。上流忽以潰，淮楚屹〔一〕

不枝。終同祖約走，恨比劉琨雌。蕪湖十三萬，鉦鼓且棄之。人力不至此，百年知者誰。

校勘記

〔一〕『屹』，國圖本、存心堂本、王邦采本同，豹文堂本作『汔』。

衛將軍歌聞有得漢衛青玉印者賦之

昔聞衛將軍，起自衛子夫。姊爲皇后弟爲奴，親提漢兵北擊胡。旌旗劍戟羅熊貔，指麾六郡良家子，輸給三邊幕府租。血流余吾斷斥候〔一〕，魂駭老上燒穹廬。天子召見錫印符，鐃歌騎吹凱入都。椎牛釃酒啓鞠室，饗士論功懸箭箙。平陽故侯丈二殳，寡主忸怩膝走趨。兩兒佩綬光耀軀，外墟内煽絶代無。荆玉寸方温且腴，古文繆篆姓名俱。螭尾壓紐巧盤拏，楯鼻磨墨急檄書。史傳數紙丘山如，王侯螻蟻但須臾，土花苔葉空糢糊。何人手曾秉鈞樞，何人身已返隸拏。昔貧今富鼠作虎，昔富今貧鵠化梟。感時撫舊嘆以吁，淮陰鍾室彭越葅，良弓猛狗諺不誣。衛青玉印千載餘，珍重漢皇宏遠謩。

校勘記

〔一〕『候』，國圖本同，存心堂本、豹文堂本、王邦采本作『堠』。

五洩東源有地度可十數畝後負山前則石河如帶幽敻深窈盖隱居學道者可築室偶賦一詩屬陳彥正

越中五洩古名山，東源峻嶺空雲間。老石崚嶒欲見骨，天河瀉破莓苔灣。蛟龍縮身似蜥蜴，魑魅出没司神姦。雷公一聲忽下擊，鳥跡不到猶重關。青華仙真舊治所，碧落侍從登清班。穴疑綵狻據一柱，户想銅獸銜雙鐶。鳳馭鸞鞭白羽翟，芝樓菌閣朱莖殷。梯梁未絶或可值，洞府寖遠多愁顔。嚮曾褰衣得揭涉，别擬鑿徑通茅菅。寬弘頗占十數畝，敻静粗覺非人寰。澗流帶綰玉繚繞，巒翠髻擁花斕斒。截斷塵埃與世隔，構成棟宇寧吾慳。陳君尋常有道力，况此跬步臨幽潺。虚室光明白不動，寶爐温養丹將還。丈夫出處我已定，馳字早寄孤飛鵬。休拘崑崙併漲海，遇有勝處同躋攀。

樓光遠家觀宋綏景德鹵簿圖

東朝盛文物，四海極豐富。粉飾郊祀間，馳驅漢唐舊。奉常夙有掌，鹵簿列前後。車輅麾飛黄，戟盾服錯繡。啓胠龍虎動，扈衛鴛鷺簉。嵯峨屹丘岳，灼爚羅星宿。陳兵吉利隊，擇馬騊駼廐。嚴須呵八[二]神，喜欲抃百獸。祖宗所繼承，宇宙徧包覆。上公敬執籩，天子親獻酎。靈光旂旗林，縟典禮樂囿。威儀一以整，瑣碎無不究。時惟正垂拱，國幸息戰鬬。玉策恐人聞，帛書疑鬼授。紛紜務欺阿，制作窮刻鏤。老幼咸駿奔，穹示揔歆臭。中誠廼根本，外貌特膚腠。封寧重礲繩，饗或貴型餾。居安昧危機，致治啓亂竇。文華終耗財，武弱益招寇。雖然喧一朝，孰得燕末胄。五輅忽已没，三京杳難救。惜其初討論，盍不返朴陋。臨風披此圖，歎息我以綬。

校勘記

〔一〕『八』，底本作『人』，據國圖本、存心堂本、豹文堂本、王邦采本改。

雙林寺觀傅大士頂相舍利及耕具故物

古稠大山趨古原，古寺突兀倚山根。小溪前流未及〔一〕渡，白塔岋起高蹲蹲。傅公故宅奉香火，厦屋萬間周四垣。梁朝到今數百載，兜率説法天中尊。世曾出世役妻子，家或漁扈隨犂犍。道冠儒履忽一變，胡膜梵唄争駿奔。蕭衍老公坐玉殿，捨身建刹開祇園。花幡亂飛欲滿席，拍板歌唱聞槌門。雲光靈異竟何有，仉脊怪神寧復言。藕絲袈裟上所賜，奇錦照耀扶桑暾。龍宫四萬八千卷，寶藏一轉百鬼掀。貝多遺文白氎像，經律論疏洪其源。黄羅繡褥裹頂骨，舍利五色摩尼燉。一牛眠雲已化石，雙鶴覆雨仍軒騫。劫風吹地日漸壞，樓閣樹林無半存。青檮並聳碧宇上，落葉散到人家村。浮屠仁祠始自漢，文闕華盖何翻翻。梁時佞佛特太甚，宗祀斷血徒〔二〕饔飧。父兄子弟且學佛，絶滅恩愛生讐冤。臺城矗天或死守，虜騎乘釁〔三〕真游魂。幸災樂禍却圜視，入室操戈攻嗑吞。蠟鵝厭埋冢難遠，烏幔囚辱兵氛昏。人天小果豈不有，宇宙缺醫〔四〕疇能藩。一朝佛出救不得，滄海攪作黄河渾。傅公家居自天屬，時復耕耨不憚煩。朝廷聰明顧〔五〕不及，塔廟湧出如雲屯。長干空迎佛爪髮，滿國〔六〕欲飽民膏腱。群僧無功併仰食，我佛獨不憂黎元。惜哉後王永不寤，前後喪亂同一轅。後民皈嚮復未已，拱手禮跪駢肩跟。咒口波瀾豈祝蟒，禪心寂默〔七〕猶拘猿。終然百欺幾一遇，世俗瑣瑣吾何論。

校勘記

〔一〕『及』，國圖本、王邦采本同，存心堂本、豹文堂本作『得』。

〔二〕『徒』，國圖本、王邦采本同，存心堂本、豹文堂本作『從』。

〔三〕『釁』，國圖本、王邦采本同，存心堂本、豹文堂本作『舋』。

〔四〕『醫』，國圖本、存心堂本同，豹文堂本、王邦采本作『毉』。

〔五〕『顧』，國圖本、存心堂本、豹文堂本同，王邦采本作『願』。

〔六〕『國』，國圖本、王邦采本同，存心堂本、豹文堂本作『園』。

〔七〕『默』，國圖本、存心堂本、豹文堂本同，王邦采本作『寞』。

題方景賢護法寺壁枯木竹石

山從崐崘西北來，北經黄河積石到碣石，南亘青城峨嵋萬里壓南嶽天台。南嶽山頭夜見日，天台絶頂下視東海如一杯。仙奕壇開纖篁掃雨娟娟碧，神丹鼎冷老檜拔出號風叱雷。就中一片頑皮凍骨老石塊，勢若千百歲後突兀偃蹇角起相磓。山人前身本在南嶽祝融峰下住，踏上天台石橋看瀑布。東峰月上學寫影，山精野魅哀號涕泣。愛惜枯樹白〔一〕道猷，拄杖拄開蛇口起不得。蛟子龍孫盤旋糾結塞滿行路，硯泓一滴淡墨水，漲作玄雲黑雨歸無處。槎槎牙牙蒙蒙茸茸，蜻蜓翼薄但如縠，螳蜋臂硬欲張弓。盤根錯節蝕倒千尋樗櫟，矗枝大葉蔽殺三尺蒿蓬。崐崘山前，回龍顧祖有此勝絶景。覩史天上，天光照著下土境界。缺缺齾齾，不辨西東。東海老〔二〕仙笑上面，桑田海水，海水桑田，翻翻覆覆，眼曾親見。秦皇漢武脩宮廣室，盡寫巴蜀材，大如梁柱，小似薪櫄，何嘗識遍。帝令混沌七日死，天下盲聾見草悦，見豺戰。未問神龍有力時，飛入長安城中載〔三〕宫殿。

校勘記

〔一〕『白』，國圖本、存心堂本同，豹文堂本、王邦采本作『帛』。按『帛道猷』也作『白道猷』，《池北偶談》：『帛、白姓同。』

〔二〕『老』，國圖本、存心堂本、豹文堂本同，王邦采本作『花』。

〔三〕『載』，國圖本、存心堂本、豹文堂本同，王邦采本作『戴』。

金華山游雙龍冰壺二洞欲往朝真洞晚不可到

金華三十六洞天，高崖巨壑多風烟。老石斗甕寒鳴泉，巒花鐵樹森戈鋋。鳥獸絶跡鬼魅聯，清幽窈窱巢神仙。虚泓嚙趾蓋頤然，怪鑿霏落闢屋櫋。凉飆倒鞴噏欲穿，凍乳冰髓傴就船。熒光爥冥竹炬爣，積蘚蹝屩跣却趯。危棟結宇深扃鍵，曲房密閣極邃延。囷倉歛穧列町畦，椸架鬫捲冠裳懸。鐘欒鼓簴屹不遷，彤霞寶盖爛瑛鮮。翣幢舞節恍後前，乖〔一〕龍夭矯角鬣全。穹龜絡蛇白以玄，猨頭象脚伏獮猭。蟾蜍蝕月囚重瀿，霙霜霰雪凝真鉛。靈溪流潺截中邊，秘穴漆黑踽背肩。神閽峻拒亟我旋，暗井瞰腹抱豁圓。仰竅斷繘矚或顛，妖蛟産蝦滑吐涎，冰簾洒空萬琲聯。馮夷海國瀦爲淵，窺覘欲下手足拳。悔懼咋舌恐有愆，谽其奥室别據巔。蔦蘿藤蔓亂糾纏，蝙蝠翅股掛復〔二〕翾。蜥蜴弄雹窟宅專，梵質蕃飾垂蹁躚。寶纓珠珞窮雕鐫，精英象物得氣先。上踞下伏總一甄，鬣磴陟絶愁攀緣。嗟予學道苦未堅，起搴昌陽望延年。乾堪坤輿自方寰〔三〕，禀生受有吾拘攣。羽毛鱗介正或偏，飛潛動植過百千。宫居竈食類螘蝝，酸鹹淡澁朽臭羶。揭鑑照面益削朘，運劍剖腹猛滌湔。貪羸嗇厚務死權，息黥補劓吁誰賢。我疑神仙住渺緜，黄庭鬱璘内景烻。芙蓉城闕麒麟軿，蓬萊樓閣魚龍鞭。服閒賣瓜俗骨痊，道華啖棗彭仇捐。白河炤燿踏斗躔，滄海攬碎覩桑田。盍獨閟此使世癲，我卜我筮還筳篿。喝開二洞薄八埏，翩然直駕鶴與鳶。

校勘記

〔一〕『乖』，國圖本、存心堂本、豹文堂本同，王邦采本作『垂』。

〔二〕『復』，國圖本、王邦采本同，存心堂本、豹文堂本作『腹』。

〔三〕『寰』，國圖本、存心堂本、豹文堂本同，王邦采本作『圜』。

景陽宫登初陽臺謁抱朴子墓

人生擾擾間，頗覺天地窄。我憶抱朴子，高臺睨空碧。初陽出山上，照破萬古石。丹光動鼎鐺，霧氣浮冠舃。遺書上下卷，道妙或黄白。老衰及病瘦，辛苦爲形役。豈伊鳳鸞姿，終以狐兎宅。尸解本無形，肉飛寧復跡。鄭君曾有傳，勾漏恍所歷。桻〔一〕子倘可問，稚川特未隔。幽林來魍魎，缺井守蜥蜴。神仙果何人，海岳長戲劇。世傳老聃死，吾謂方朔謫。虚墳誰所爲，怪樹獨悲激。滿前湖與山，秋色落几席。因兹些爾魂，目送雲邊翮。

校勘記

〔一〕『桻』，底本作『降』，據國圖本、存心堂本、豹文堂本、王邦采本改。

大佛寺問秦皇繫纜石

手撫一片石，昔爲滄海漘。始皇或繫纜，萬里浩無津。世間本妖妄，何處有仙真。蓬萊不可到，弱水空颿輪。徐生忽以去，方士先避秦。童男繼童女，五穀雜貨珍。島嶼止不返，蛟龍化其民。非惟長年藥〔一〕，永隔戰馬塵。人君却未悟，望望轉東巡。山鬼覺將死，海魚祠作神。侯生奉圖籙，譏諫極所陳。驪山閟帍雁，金椁竟沉淪。惜兹鑒不遠，遺跡留千春。經營大屋覆，刻斲青蓮身。漢唐幾英主，覆轍猶爾遵。我恐石有語，神仙多誤人。

校勘記

〔一〕『藥』，國圖本、王邦采本同，存心堂本、豹文堂本作『樂』。

湖北岸小寺問參寥泉

古寺湖水上，寺門但菰蒲。一泉湛如玉，巖骨旱不枯。粤從參寥鑿，得與盖壤俱。東坡或茗宴，西嶺猶松竽。人誰問詩侶，世頗笑酪奴。瓦甃縱然在，木瓢知已無。汲古宜汲深，塵心非轆轤。别禪勝别味，俗舌空醍醐。老僧久不識，香炧冷宿盂。卓哉郡太守，遺像擁眉鬚。閑來試我酌，霧雨變須臾。尚持金芙蓉，便踏赤鯶魚。

戒珠寺後登蕺山謁王右軍遺像

小立天地窄，前登萬山阻。越王採蕺處，秋緑空榛莽。古祠復何人，遺像寄梵宇。柳老題扇橋，荷香弄鵝浦。典午當衰亂，神州渺淮楚。經略欲馳兵，保障期按堵。姦温多大志，誕浩却浪許。護軍曾參綜，牋疏極心膂。廟謀不可勝，野戰徒争武。内外未協和，英雄豈豪舉。泗口聊進屯，譙城遽犇沮。事勢日趨異，朝廷孰撐拄〔一〕。去官寧忤違，誓墓獨酸苦。父子但法書，功勲總塵土。青緗每收拾，綵筆餘圖譜。草隸俱入妙，雲龍競掀舞。崔蔡須抗行，羊殷特奴虜。一鬠或有識，野鶩紛難數。平生破布被，謾以指畫肚。起扣故墨池，長鯤戰風雨。

校勘記

〔一〕『拄』，國圖本、存心堂本、豹文堂本同，王邦采本作『柱』。

射的山龍瑞宫問陽明洞天洞盖是禹穴

意行得古洞，忽到陽明天。人傳是禹穴，愧我匪史遷。上摩青冥出，湧作芙蓉巔。下開巨石窟，鬱以藤蘿纏。自昔乘四載，於兹理百川。岳瀆通脉絡，蛟螭被拘攣。真長或可待，宛委空風烟。衣冠竟一窆，簡札猶遺編。世間後百世，龍鬼巧相挻。安能洗滌盡，却見鴻荒前。惜哉不可及，恐此復偶然。黄庭或秘景，絳府尚靈仙。精英倚怪木，狡獪戲神泉。無論鳳文舄，肯降狐鳥筵。長嘯望天末，白雲年復年。

次韻胡仲申雲門紀行

會稽多名山，乘興我欲去。忽攜一日糧，便踏青蘿路。前峰如鴻騫，後嶺類鵠舉。吾知杖藜間，肯負鞋韈句。有湖但一曲，天影餘秋宇。有逕〔一〕曾載樵，石齒亂巉午。紺花吹澹香，琪樹動幽慕。何哉廓落洞，得不精靈聚。長吟空人我，曠視渺今古。候神軒轅久，藏簡宛委暮。老簷雲倚龍，丹甃雪凝乳。詩亭了如初，筆塚將化土。閑挑苔窟泉，靜爇柏爐霧。荒凉相劍客，錯寞賣扇姥。紛其塵跡改，恍爾烟霏護。起追千載懷，高縱太遐步。私嗟勾踐世，保國深且阻。膽薪苦或嘗，犀練勇如赴。復疑始皇時，刻頌岑絶處。鮑臭尚求僊，蛇妖徒泣嫗。沉埋九寶鼎，笑傲兩芒屩。交予支道林，侶我許玄度。興亡鳥呼風，富貴鬼嘯雨。穢墟幸有遺，盤谷誰争所。行從篔簹徑，坐泊菡萏浦。白鶴杳未攀，紫騮驕可伍。搜奇本自兹，濟勝吾已屢。秦崦或西枝，郢江猶北渚。鏡虛忘往來，輪轉繫成住。平生幾心期，終夜真夢語。桂榛〔二〕方招隱，芝蕋不藥痼。身尤出處難，地以窮通悟。一目須見羅，四鍭竟如樹。推材宜鄉里，選德固庠序。脩名實之賓，慎動静有主。人思佛可佞，我謂儒非腐。山岳何屹然，事功急先務。執輿且周流，沮溺却問渡。信兹我孔孟，直不老鄒魯。遠游吾爾俱，滄海極東泝。

校勘記

〔一〕『溼』，存心堂本、豹文堂本同，國圖本、王邦采本作『徑』。

〔二〕『榛』，國圖本、存心堂本、豹文堂本、王邦采本作『樛』。

韓蘄王花園老卒歌

蘄王手種紅錦花，十載不掛鐵鋞鍜。花園老卒守花樹，睡着花磚聞曙鴉。白頭白盡身無事，古塞沙塵戰餘騎。多士如雲足健兒，一奇在腹終憔悴。青銅萬緡滿地光，寶函矯節賜夷王。宮粧粉〔一〕艷去酣酒，海貨珠睬歸壓檣。王家舍兒驚吐舌，御府珊瑚碎飛雪。口猶乳臭却帳前，矍鑠一翁嗟棄捐。君不見天下英雄本奴虜，左鼻成龍右鼻虎。頸血淋漓思釁鼓，史傳沉埋誰比數，花落花開幾風雨。

校勘記

〔一〕『粉』，國圖本、王邦采本同，存心堂本、豹文堂本作『扮』。

觀姚文公集記趙江漢舊事

江左一丸國，北兵臨鄂城。鄂城小不敵，圍塹泣孤娉。趙公本儒士，皓首困欃槍。老身念未死，勢肯舉降旌？坐隨清野民，虜入驃騎營。凄其盡忠義，憤使釁鼓鉦。長揖上堂階，五弦偶鏗鍧。黄鬚何鮮卑，指下尚正聲。中原真有人，大將世豪英。幕府喜致汝，軍師豈徒驚。終然類脱兎，夜即葬儵鯨。兩目嗔欲裂，汨羅我同貞。和門遽出令，邏卒復縱横。扶持返舊路，慰勞賜冠纓。古今多分潰，光嶽極戰爭。干戈自有責，黼尋合裸京。演疇庶不憚，經瀆孰重輕。從知道在己，詎用死易生。汴士久不守，金源遂交撑。紛紛戎馬間，務以儒術鳴。遺經益南徙，義理却後瞠。繁章僅北往，禮樂要抗衡。平陽賣瓜叟，立教繪國黌。詩書得箋疏，江漢畀律程。當時乃世運，何士非我楨。楚材仍與晉，漢學特逃嬴。藏劍或徵氣，鼓筐〔一〕須播精。熒煌一王〔二〕事，卓犖千載成。陸機但辨語，庾信空哀情。我且用我法，吁嗟我仁卿。

校勘記

〔一〕《札記》：『筐』疑『篋』之誤。

〔二〕『王』，底本作『工』，據國圖本、存心堂本、豹文堂本、王邦采本改。

讀穆天子傳

我聞昔日穆天子，身騎八駿走萬里。左驂右服疾風起，參百〔一〕裔冏〔二〕爲之使，巨蒐鵠血飲至齒。王母戴勝被奇詭，春山爥銀爛光燬。赤水瑤池望盈咫，白雲歌謡樂忘死。西極化人形慮徙，清都帝居騰迺止。日月河海眩遠邇，變幻疾徐過一指。積蘇累塊慌下峙，室宮狐鳥饌螻蟻。夢虛覺實知者幾，跼天蹐地焉可恃。嗟哉穆滿造厥理，詩人祈招著本紀。秦皇漢徹睎〔三〕逸軌，燕齊術士從風靡。目熒耳聹狹〔四〕聽視，攻鬙皮膚遺骨髓。蟠桃花開照海水，生不諧樂死空誄。稟生受質鼻口耳，插牙戴髮肩股趾。織毛緝纑鬻芹枲。馳騁快意恣游屨。明瓊擒魚發笑喜，彈箏酌酒鏗角徵，天真自然絶增毀。上摩青冥蕩若砥，剛風倒景列星晷。下臨厚壤疊若壘，桑麻冠帶際龍鬼。一身煢孑等粟〔五〕秕，四維上下劇迆邐。圜居縶處囚虜比，束貧縛病動牽掎。蜚揚恨不鳥兩翅，跐蹈恨不百足豸。浮湛里閈曷時已，顧瞻形骸吁可鄙。我披我書我欲褫，思爲穆滿執鞭弭。泰山滄海步我跬，歲月邁矣我搏髀。游俠者非仙者是，流蕩忘返獨不耻〔六〕。長笻化龍机化麂，芝草琅玕森茷虇。我來丹臺述仙史，泛觀八極從此始，滿天白月無塵滓。

校勘記

〔一〕「參百」，國圖本、存心堂本、豹文堂本同，王邦采本作「參伯」。

〔二〕「卣卣」，國圖本、存心堂本、豹文堂本同，王邦采本作「卣卣」。

〔三〕「睎」，存心堂本、豹文堂本同，國圖本誤作「晞」，王邦采本作「希」。

〔四〕「狹」，國圖本、存心堂本、豹文堂本同，王邦采本作「狹」。

〔五〕「粟」，國圖本、存心堂本、豹文堂本同，王邦采本作「粟」。

〔六〕『耻』，國圖本、王邦采本同，存心堂本、豹文堂本作『止』。

題畫墨梅

北風吹倒人，古木化爲鐵。一花天下春，萬里江南雪。

題趙大年林塘秋晚圖

老景青黄筆底收，晴臯冷雁共汀洲。王孫畫學空花竹，不到銅駞陌上秋。

淵穎吴先生集卷之四

門人金華宋濂編

古屏上宫人戲嬰圖

我愛古宫掖，岧嶤凌碧空。美人拂旦起，殘月愁簾櫳。小鬟捧香立，飄作烟霧濛。弄嬰偶一笑，舞鶴遽來同。新花正炫晝，側手碎繁紅。亦有雙蛺蝶，踉蹡撲深叢。豈其聖賢書，行墨曾未通。儼然袍笏具，意氣早稱雄。云胡歉汝内，但取華厥躬。塵凝孔鸞扇，繡蹙鸚鵡籠。紛紜争旗鼓，出入雜冠童。凡諸戲翫物，色色各論功。太平忽已久，天地迴春風。能群禮序雁，絶妒詩歌螽。常嗟汝齒壯，得不苦乃公。却令十六院，弗及少從戎。心知一以痼，鼻息徒長虹。世故多變易，家居果癡聾。惜哉歲月老，千里吹蒿蓬。爲撫腰下玦，烏啼洛城東。

粤山白鵲陳彦理同賦

粤山白鵲何毿毿，今所驟見古所談。滿地蓬蒿出復没，凡禽豈或同鳩鶴。如何天然有此潔，直以日浴無餘黔。金精煉成向月窟，縞夜飛過凌霜潭。靈須駕河恍若一，静欲繞樹驚能三。玉臼藍橋質已蜕，霓裳水殿神猶酣。休徵不使畢弋得，異羽未許樊籠諳。性耿終隨處士傳，音和盍趍彌陀龕。鴻雁寒〔一〕門但鄉北，鶡鴠裸〔二〕壤空思南。晋人禽經此或載，蕭氏瑞志吾將參。情知太古至德世，謂巢可俯鷇可探。投詩與君且一笑，幸勿緇涅令渠慙。

校勘記

〔一〕『寒』，國圖本、存心堂本同，豹文堂本、王邦采本作『塞』。

〔二〕『裸』，底本、國圖本、存心堂本作『裸』，據豹文堂本、王邦采本改。

夜聽楊元度説宣和内宴雜事

北風吹庭柯，秋士慘不悦。頗懷炎德衰，一旦幅員裂。當思付畀重，但孕驕淫蠥。中宮日沈湎，内伎增舞列。聖人自鳴箏，丞相齊按節。奇花入綱運，法酒從流歠。畫圖恍有見，帷薄知其褻。辭寧廻波奏，賦豈好色設。君心既已蕩，國步驚欲蹶。妖狐空獻顰，倖鼠不塞穴。坐令汴河冰，變作燕塞雪。玉鉉乃一震，金甌可無缺。由來治亂間，一是興亡轍。豐侯早著戒，褒姒竟爲厲。乾坤獨不大，甕盎相起滅。於兹聞十愆，得不仰前哲。

寄喻國輔張宜之

手挾殘編只蠹塵，山林著我最閑身。槁梧可據瞑〔一〕須熟，華黍雖亡補欲真。危坐但看燈作暈，遠游還覺劍生鱗。相思正是多風雨，滄海無涯可問津。

校勘記

〔一〕『瞑』，底本、國圖本、存心堂本、豹文堂本作『暝』，據王邦采本改。《札記》：『暝』疑『瞑』之誤。

檢故庋得故洪貴叔所書李鐵槍本末寄洪德器

天〔一〕地昔未一，朔南遂分疆。中原久喪亂，白刃皎如霜。李全本崛强，手挾但鐵槍。山東數十城，叱作古戰塲。茫然即斷指，設誓如刲〔二〕羊。一朝與旌節，正面將假王。云何引盜賊，遽爾升堂隍。豈其弱能立，當彼驕則亡。日落山海暗，群龍血玄黄。陳安偶從晉，侯景徒禍梁。於人欲使詐，在國須謀長。大福豈無妄，佳兵終不祥。誰令送死處，竟以抱甲僵。漢盤忽已折，周鼎那能常。吁兹撫舊墨，我涕徒爲滂。俛仰千古意，悲風嘯枯桑。

校勘記

〔一〕『天』，國圖本、存心堂本、王邦采本同，豹文堂本作『大』。

〔二〕『刲』，國圖本、存心堂本、豹文堂本同，王邦采本作『刲』。

讀漢武内傳寄戴仲游

我問學仙子，神仙何所求。翩然王母使，特降五城樓。白雲起復滅，丹掖戒凉秋。黄麟雜赤虎，旌幟鬱蚴蟉。上元三角髻，聞命亦來游。玉女列左右，容眸眄〔一〕如流。神光乃上燭，衆樂發空謳。益易尚可化，奢淫直難抽。從知扶廣受，或用柏梁收。五嶽形已秘，靈飛籙仍幽。毋將刳爾命，但欲返諸柔。一洗狐鳥俎，長辭蟪蛄丘。向時恍有見，方士殊悠悠。平準暴海内，發兵困遐陬。琪花栖倒景，瑶草隔玄洲。終成泄道要，寖使增愆尤。鄙夫忽自笑，頹俗奚其媮。機關出鬼蜮，利欲生螟蟊。崐崘一萬里，得去那能留。爲爾遺此什，塵簪早須投。

校勘記

〔一〕『眄』，國圖本、存心堂本、豹文堂本同，王邦采本作『盻』。

同喻國輔題人温日觀蒲萄

佛者本西域，蒲萄亦來西。奈何此善畫，無或渠所攜。我曾考其故，初與漢使偕。上林乃有館，葱嶺何須梯。天時自不同，地氣忽以迷。結子且磊磊，懸藤更高低。先幾日已露，薄德不及稽。終令白氎像，遠從雙狻猊。從兹故國木，伴爾禪家栖。幽心恍有得，爛墨研爲泥。宜哉一揮灑，遽若無町畦。依稀可少辨，變作天投蜺。萬古空朔色，南山竟朝隮。畫工尚逸品，游戲徒筌蹄。豈伊吾無人，何往非耄倪。豈伊吾無物，桃李總成蹊。此皆外所産，敢與中州齊。爲爾撫此卷，長歌欲鶩嘶。

歲晚懷戴子壽就寄翁君授

東南大海吹長波，亂山幾疊堆嵯峨。我所思兮欲如何，戴子謂我不我過。四明學官列象犧，書則稽古詩猗那。六經聖髓工漸摩，倉頡字林考隸科。青燈掛壁豈有他，黄虀苦澁餘鹹鹺。平湖沉漭足芰荷，目力可及發詠歌。慈溪先生雙鬢皤，小出乃爲禮所羅。曲臺淹中却不頗，擩嚌道真得者多。先生昔曾舉漢科，我亦同往超江河。仰窺天門光可劘，豁〔一〕然叱落千丈坡。就中乖龍卧爲梭，掀雲噴雹輸蛟鼉。呂梁懸水無盤渦，况肯遽數蟹與蠃。彼哉貧女凝〔二〕秋蛾，地窄袖短空傞傞。郯鐘毁釜不必和，靈談鬼嘯衆所呵。北行何有塵没靴，南歸詎可夢駱駞。一朝竟撤碼碯珂，獨立吾今衣薜蘿。芝飡竹飲皆沉痾，十載未復仍委蛇。先生一再來揮戈，坐將挾筴嘗其膰。大松偃蹇徒高歌，小草樂育尚菁莪。清廟梁柱可堊磨，萬世學術從丘軻。文風自振祛煩苛，士論况辨佗與番。分正句讀嗟吾訛，丘園歲暮猶婆娑。明當沐髮陽之阿，從公共飽天山禾，更不去理墻頭莎。

校勘記

〔一〕『豁』，國圖本、王邦采本同，存心堂本作『割』，豹文堂本作『剨』。

〔二〕『凝』，國圖本、王邦采本同，存心堂本、豹文堂本作『癡』。

浦陽舊有明月泉久而不應今乃疏道其源似頗與弦望晦朔之間相爲消長者遂作是詩

大區何渾淪，元氣乃濳洩。忽然爲山水，無往不融結。遥天偶一照，厚地空餘洌。盈將光共生，涸與魄同滅。玄機自消長，至理誰圓缺。發揮雖有在，窺測尚未決。枯查曾幾棲，斷湫濾中裂。半倚嵐翠雲，微通海潮雪。昔人來推求，於此得表蕝。虚亭奚其敞，静甃獨不齧。歲年竟悠遠，沙石漸填咽。寧加疏瀹功，肯使見聞褻。恍疑合圖經，環坐到稚耋。倘非蟹投碕，幾類鮒處轍。纖纖浮晶彩，湛湛浸寥泬。舊觀方爾還，真源可吾鬰。争言彼月行，豈爲兹泉設。蕭丘胡長寒，漢井或再熱。逝〔一〕尋白兎公，直探神龍穴。狂歌水仙祠，擊碎如意鐵。

校勘記

〔一〕『逝』，國圖本、存心堂本、豹文堂本同，王邦采本作『誓』。

吉祥寺

一昔逢寒食，行吟採〔一〕物華。風生敲檻竹，雨濕墮船花。曲塢青龍樹，長灘白鷺沙。回看江上水，直去到吾家。

校勘記

〔一〕『採』，國圖本、存心堂本、豹文堂本同，王邦采本作『探』。

病齒

我生本多病，一瘦恒踽踽。試問玉隴君，何爲忍吾苦。自其初齔時，排次已不伍。每聞編貝如，方朔僅虛語。信哉骨之餘，所託車與輔。舌神乃中居，猶賴汝疆圉。有身竟攻殘，元氣徒呰窳。毋庸蠹斯蝕，尚謂剛可吐。尋常薄滋味，勢不勞吞咀。麄骰及硬餅，錯列空匕俎。豈伊類門榅，不動固先腐。軟糜幸能飡，梨栗稀復睹。我思天地間，民物揔胞與。爾自本屬吾，安能遽秦楚。齟齬或更生，華池仍發乳。常〔二〕樅真我師，爲說養生主。今年吾壯强，三十逾六五。更後三十年，零落何足數。起呼白鱸公，堇酒且酌取。誰歟劉師服，高詠聊戲侮。

校勘記

〔一〕『常』，底本、國圖本、存心堂本、豹文堂本作『當』，據王邦采本改。

王滹南太山石室

我將呼巨鰲，滄海欲掀播。於兹玉鼎淪，遽使金甌破。兵氛〔一〕塞中原，卦氣協大過。誰封函谷關，便掃太微座。長矛左右盤，勁矢五十箇。歌鳳幾能來，跨騾吾得坐。當其一手麾，豈止千夫和。力須坼老拳，事且居奇貨。真儒雖有材，用武竟無佐。青雲飛遐心，白羽洒寶唾。撫時乃紛綸，結客仍轗軻。人生足窮通，世故更弔賀。熒然涷霧中，仰見明星大。宜哉泰階平，返汝雲壑卧。專門尚吾醇，致幣徒爾蔞。既爲梁鴻逃，復戹〔二〕龔勝餓。從知大耋嗟，肯以淫威挫。抆淚且泣歧，聞風猶起懦。滹河自波濤，石室今堀〔三〕堁。寥寥紓我哀，苦語不成些。

校勘記

〔一〕『氛』，國圖本、王邦采本同，存心堂本、豹文堂本作『氣』。

〔二〕『戹』，國圖本、王邦采本同，存心堂本、豹文堂本作『尼』。

〔三〕『堀』，國圖本、王邦采本同，存心堂本、豹文堂本作『崛』。

樓光遠出示先賢圖像及漢季石本雜碑

世人不好古，我獨思古先。居然圖像間，得見古聖賢。遠之或千載，近亦數百年。精神果何在，面貌猶爾妍。凡民一其生，覆幬乃同天。紛紜日就滅，委棄隨烏鳶。矧兹丹青筆，巧類造化甄。惟心却不死，匪繪尚能專〔一〕。豈伊祝畏壘，仍似畫凌烟。衣冠從代改，俎豆與周旋。前人後所哀，後者復爲前。展轉哀未盡，蒼茫但長川。我今已後古，古碣空餘鐫。水〔二〕石久欲泐，蛟虬起相纏。當風遽墮淚，詎減峴山巔。庶以名德在，終爲日星懸。

校勘記

〔一〕『專』，國圖本、存心堂本、豹文堂本同，王邦采本作『傳』。

〔二〕『水』，國圖本、王邦采本同，存心堂本、豹文堂本作『木』。

寄陳生

落日未落山谽谺，我所思兮抗嶄巖。豈其徒行固不可，亦有健馬可着銜。胡然獨處不我即，坐以魯史攻詁諵。更疑弄筆發古帖，先漢廢碣求鑱劖。於兹孰不我傾倒，但或嗜好殊酸醎。結交似子乃有得，肯使繫屬非斿縿。今年一出本浪戰，滿地插棘疇能監。鹿盧大劍區冶鑄，靈鬼夜泣蛟龍函。早是鉛銛不我辨，彎弧底用窺熒攙。縱爾奇文聚怪鷸，政如絶力鞭神瓶。邯鄲道上尚故步，我要我𧝐空餘攕。毋寧容刀與墨水，枉〔一〕使衆口相爲讒。秋風吹江晚正急，薄暮徑去懸蒲帆。自期共作制勝策，酷類田父收盧獮。杏花一色直不遠，繡線巧蹙行春衫。黄精苗枯不足惜，白木敢負吾長鑱。嗟哉鹵莽又滅裂，但有荑稗無人芟。待教將投乃壺哨，猶恐未陳即鼓儳。參乎賜也必貫一，曰啖曰陸俱通凡。尋常可力自不力，不畏天顯兼民嵒。子來不來我亦别，深裹深處多松楷。臨篇草草遽報我，愁思滿臆〔二〕何庸緘。

校勘記

〔一〕『枉』，底本作『柱』，據國圖本、存心堂本、豹文堂本、王邦采本改。

〔二〕『臆』，國圖本、存心堂本、豹文堂本同，王邦采本作『憶』。

寄相仲積求觀鄭北山雪竹賦并畫卷

古人不可作，雪竹有奇思。鄭公詠騷詞，或者攻繪事。向來拈筆間，才士巧相值。誰從歲寒窺，便得瑚璉器。東國正擾攘，靖康更元二。上天忽同雲，大地惟朔吹。玄陰知已凝，積羽忍不墜。狂曾鶵炙求，困及蟻漿饋。離明乃煌煌，勁節特一致。秦關收甲兵，蜀闠擁旗幟。每疑一寸心，長挺千畝翠。學行尚吾時，窮達等墨戲。相君本彌甥，年耄常拭眥。自應守遺文，重襲在篋笥。滿山蒼竹林，凡木總顛頹。因之寄君詩，爲洒懷古淚。

西域種羊皮書褥歌寄李仲羽

波斯谷中神夜語，波斯牧羊供〔一〕雜虜。當道剸刀羊可食，土城留種羊脛骨。四圍築垣聞杵聲，羊子還從脛骨生。青草叢抽臍未斷，馬蹄踣鐵繞垣行。羊子跳踉却在草，鼠王如拳不同老。飫肉筵開塞饌肥，裁皮褥作書林寶。南州俠客遇西人，昔得手褥今無倫。君不見冰蠶之錦欲盈尺，康洽年來貧不貧。

校勘記

〔一〕『供』，國圖本、存心堂本、豹文堂本同，王邦采本作『俱』。

同方子清觀管子内業

之人東隣居，爲發架上篋。吁嗟管夷吾，遺我以内業。古書本少見，古道終不踏。遺文久灰燼，瑣語特枝葉。爲儒每更端，務學多涉獵。遠馳盍求心，近眩將失睫。紛綸諸子間，變亂聖王法。百家各爲主，一理寧〔二〕足攝。彼哉所施教，何得不我協。士鄉自宜然，伯政吾甚捷。當其解而囚，豈謂射中脇。利源魚鹽開，兵武劍戟接。私疑聃莊言，或混孔孟牒。鬼神通幽奥，詩禮借光曄。操存性情常，食飲精氣浹。於焉覈天人，不獨滕齒頰。楊朱説力命，列子亦已雜。管氏役權謀，聖門詎容躐。茫茫大江流，可望不可楫。朝來有微雲，却倚青岌嶪。

校勘記

〔一〕『寧』，國圖本、存心堂本、豹文堂本同，王邦采本作『能』。

陳彥理有漢一字石經云是王魏公家故物予得其六紙盖石文剥落者太〔一〕半紙尾猶存蔡邕馬日磾字

先聖去已久，世傳惟六籍。後儒各專門，穿鑿多變易。蔡邕在季漢，章句攻指擿。八分自爲書，刊定乃勒石。太學諸老生，講論頗充斥。遠方競來觀，摹倣無不獲。東京忽喪亂，盜賊恣跳躑。古碑四十六，兵火空餘迹。熹平歷正始，洛土重求索。衛侯師邯鄲，三體精筆畫。煌然立其西，學者常嘖嘖。史書竟差舛，一字幾不覿。北都如遷鼎，西國類藏璧〔二〕。砥柱或淪亡，隋宫猶作碣。於兹特隸科，早已等瓦礫。寧知一字遺，不與中郎隔。唐人試書學，小學發光賾。魏公蓄紙本，六紙忍捐釋。糢糊千莓苔，糾結萬蜥蜴。聖文空往燼，聖髓尚餘瀝。粤從秦以來，儒術經五厄。到今厄者幾，日月愈輝赫。甚哉石爲經，争似經在壁。此石不獨存，吾心竟誰惕。

校勘記

〔一〕『太』，國圖本、存心堂本同，豹文堂本、王邦采本作『大』。
〔二〕『璧』，國圖本、存心堂本、豹文堂本同，王邦采本作『璧』。

和陶淵明詠貧士

長吟望天地，宛轉無所依。豈不有達者，窮櫩少光輝。此心未能信，何力求奮飛。生雖百夫特，死共一貉歸。行尋靈芝草，不救歲晚饑。去矣甑石竭，焉知溝壑悲。

大道忽已喪，翻然念義軒。今我去之久，十年躬灌園。存者耿日月，餘如飄風烟。身名易汩没，文字勤磨研。磨研何所事，先覺有遺言。楊朱談力命，列子亦稱賢。

山日淒以夕，起彈緑綺琴。清哉積雪曲，自昔無知音。世間紛且擾，貧與憊相尋。春江變作酒，野鳥令人斟。敝衣時所棄，華駟衆争欽。不有丈夫氣，徒爲行路心。

上天無停曜，日月會降婁。山林少過轍，二鳥鳴相酬。亦有五采鳳，飛來爲岐周。姬公世不作，白屋多懷憂。逢時倘一用，華士非吾儔。函谷空逐客，傅巖乃旁求。

人生自沉静，豈得非意干。宜哉揚執戟，三世不徙官。窮冬無完褐，盡日止一餐。美芹終不獻，晨曝尚餘寒。手種老松樹，蒼然霜雪顔。政爾有佳思，清風吾掩關。

舉世尚馳騖，飄如風中蓬。上書争眩鬻，言語自稱工。誰歟持清節，乃見楚兩龔。黄塵隨手掃，白月與心同。有榮方覺辱，無屈豈求通。誓追遼海鶴，插翅以相從。

少小負奇志，常思觀九州。垂成捨冠冕，去結巢許儔。朝餐秋栢實，夕漱醴泉流。長貧士之常，獨往非我憂。求馬但得骨，尚能千金酬。日望芳草長，毋煩怨靈脩。

望會稽山

自我行至越，因之成越吟。會稽乃巨鎮，雄拔天東南。東南誰開闢，大禹世所欽。外夷島嶼接，文子祧廟臨。磬鞀或聲諫，欙橇惟力任。收功黄能〔一〕化，畫道應龍深。衣冠千年窆，玉帛萬國沉。荒烟專車骨，落日望狩心。盛德蔑以過，遺祠尚茲歆。渤澥歛餘漲，蒼梧分遠陰。前迎蓮花渚，後擁竹箭林。猶廻剡曲棹，肯鼓王門琴。秦皇舊時〔二〕輦，散亂何可尋。欲去不忍去，追遊更來今。

校勘記

〔一〕「能」，國圖本同，存心堂本、豹文堂本、王邦采本作「熊」。按《左傳·昭公七年》：「夢黄熊入於寢門。」《釋文》謂「熊」亦作「能」，並云「作『能』者勝」，王引之《經義述聞》駁之。《爾雅·釋魚》：「鼈三足，能。」

〔二〕『時』，國圖本、王邦采本同，存心堂本、豹文堂本作『持』。

次定海候濤山

悲歌忽無奈，天海何渺茫。放舟桃花渡，回首不可量。南條山斷脉，北界水畫疆。居然清泠淵，枕彼黄芽〔一〕岡。朝滲日星黑，夜淒金碧光。蹲虎巖倚伏，鬭雞石乖張。磨礱越湛盧，盪汩〔二〕吴餘皇。幽波視若畝，巨鼇深扶桑。招徠或外域，貿易叢兹鄉。嗢咿燕國語，傎倒龍文裳。方物抽所寶，水犀警非常。軀鰌作旗幟，駕鼇爲橋梁。似予萬里眼，徒倚千尺檣。稍疑性命輕，終覺意氣强。寄言漆國〔三〕叟，此去真望洋。便攜學仙子，被髮窮大荒。

校勘記

〔一〕『芽』，國圖本、存心堂本同，豹文堂本、王邦采本作『茅』。
〔二〕『汩』，存心堂本、豹文堂本同，國圖本、王邦采本作『泊』。
〔三〕『國』，國圖本、存心堂本、王邦采本同，豹文堂本作『園』。

登岸泊道隆觀觀有金人闖海時斫柱刀跡因聽客話蓬萊山紫霞洞

我舟半夜發，舉目流滔滔。倏然風萬里，誰謂水一篙。幽島不可辨，亂嶕出如鼇。侵晨始登岸，身静心實勞。小徑連沮洳，玄扃閟蓬蒿。彈塗争走穴，傑步擁朱膂。怪花絡璀璨，陰木森蕭騷。東都昔奔潰，南海紛戰艘。簷楹偶潛伏，部伍争遁逃。將施攻城火，尚見斫柱刀。黄屋祛曉祲，翠華濕秋濤。運往龍蜕久，人來鶴飛高。曲巒〔一〕迷丹鼎，清沼燭髩毛。毋煩〔二〕踞龜殼，自此辭盧敖。

起行海東洲，重險忽已渡。由來産神奇，政爲孤絶故。幽芳岩峇搜，脩鼇高嶅赴。荒烟凄暗潮，旭日照晴樹。似聞蓬萊山，去此特跬步。蟠根屹〔三〕中立，發乳森外護。紫氛蒸作霞，玄浪激爲霧。古穴通若輿，靈文讀不句。赤玉舄者誰，黄金闕何處。常疑方士説，未省仙子遇。芝草空漢廷，鯨魚壓秦路。彼猶莫能得，今我獨何據。馮夷開水宫，禦寇控風馭。從渠指虚無，此計恐遲暮。

校勘記

〔一〕『巒』，原作『戀』，據豹文堂本、王邦采本改。

〔二〕『煩』，國圖本、存心堂本、豹文堂本同，王邦采本作『須』。

〔三〕『屹』，底本、國圖本、存心堂本作『迄』，據豹文堂本、王邦采本改。《札記》：『迄』疑『屹』之誤。

次韻姚思得

日予北渡黄河淵，春秋大法孰敢奸。讀書未成復學劍，徑去有若脱兎然。少年結束多紈綺，酒酣擊筑忘宮徵。浩歌揮淚望諸墳，千載玉龍吟不死。中州小立交游絶，夢落蓬萊天海闊。乖螭倚石氣猶雲，老蚌凌波光亦月。逢人浪説文字場，久矣相馬悲驪黄。薜荔〔一〕紉衣白谷裏，蒹葭拂棹滄洲旁。荒塵滿眼誰知己，子獨來看能蹤倚。試裁五色絺繪紋，機杼無聲幾寒女。涼風鵰鶚高復高，力掃培塿增岧嶤。仙槎一往劃河漢，肯踏人間金背鼇。

校勘記

〔一〕『薜荔』，底本、國圖本、存心堂本作『薜茘』，據豹文堂本、王邦采本改。

夕泛海東尋梅岑山觀音大士洞遂登盤陀石望日出處及東霍山回過翁浦問徐偃王舊城

山月出天末，水風生晚寒。扁舟劃然往，萬頃相渺漫。星河白搖撼，島嶼青屈盤。遠應壺嶠接，深已雲夢吞。蟠木繫予纜，扶桑纓我冠。寸心役兩目，少試鯨魚竿。

起尋千步沙，穹石塞行路。怒濤所摐擊，徒以頑險故。卓哉梅子真，與世良不遇。上書空雪衣，燒藥迺烟樹。玄螭時側行，縞鶴一迴顧。從之招羨門，滄海晝多霧。

茫茫瀛海間，海岸此孤絶。飛泉亂垂纓，險峒森削鐵。天香固遥聞，梵相俄一瞥。魚龍互圍繞，仙鬼驚變滅。舟航來旅游，鐘磬聚禪悦。笑撚小白花，秋潮落如雪。

長嘯山石裂，我今在東溟。游目出重徼，搴衣窮絶陘。奇氛抱珥赤，遠影摩空青。想像暘谷水，徘徊燭龍形。晨昏相經絡，稚耋不得寧。豈若柯斧爛，看棊了千齡。

遥觀杳無極，宛與東霍隣。悲夫童男女，去作魚鼈民。紵嶼尚餘聚，蓬山寧爾神。古棹苔駐跡，仙枰竹袪塵。短褐徒爲拂，飛槎邈難親。好攜支機石，去躍織女津。

笑揮百川流，東赴無底壑。青天分極邊，白浪屹爲郭。卉裳或時來，椎髻亦不惡。投珠鮫人泣，淬劍龍子愕。海宫眩鱗纕〔一〕，商舶豐貝錯。盍不呼巨鵬，因風泝寥廓。

老篙廻我舟，沙墺晚烟起。蒼茫魚鹽場，寂歷鼓吹里。人民悲舊王，歲月祀遺趾〔二〕。終損〔三〕玉几研，不捄朱弓矢。東西八駿馬，今古萬螻螘。此事如或然，須湔會稽水。

我行半天下，始到東海隅。水落嶕石出，中飛兩鵜鶘。情知瓌奇産，勢與險阻俱。在夷豈必陋，雖聖猶乘桴。吭風丹穴鳳，尾雨青丘狐。幸隨任公子，不愧七尺軀。

校勘記

〔一〕『纕』，國圖本、存心堂本、王邦采本同，豹文堂本作『綃』。

〔二〕《札記》：『趾』疑『址』之誤。

〔三〕『損』，國圖本、存心堂本、豹文堂本、王邦采本作『捐』。

初海食

乍秋冒重險，增我愁恨端。故人喜我來，爲我具杯盤。盤中何所有，海族紛攢攢。盲風吹衣慘，蜑雨洒席寒。春魚白如刀，小棹凌碧湍。淡菜類山結，巨鑊就石剜。水母或潮捲，蝤蛑乃泥蟠。蛟鼉惜不得，況問〔一〕鼊與鼉。其餘亦瑣碎，充此一日歡。洗濯烟瘴氣，磨礱沙淤瘢。非歟嗜土炭，否則殊鹹酸。珍須壓豝鸞，異且輕馬肝。褻味分罩網，腥涎雜瓢簞。奈何齊魯邦，徒設郲莒餐。對之輒棄置，誰謂吾腹寬。川澤禮當爾，勿云行路難。

校勘記

〔一〕『問』，國圖本、王邦采本同，存心堂本、豹文堂本作『問』。

望馬秦桃花諸山問安期生隱處

此去何可極，中心忽傷悲。亂山插滄海，千疊壯且奇。信哉神仙宅，而養雲霧姿。鐧鍑鬼斧觖，刮濯龍湫移。坎窞森立劍，槎牙割靈旗。微涵赤岸水，暗産瓊田芝。老生今安在，方士不我欺。經過燕齊靡，出没楚漢危。挾山作書鎮，分海爲硯池。殘花錦石爛，淡墨珠巖披。東溟地涵蓄，北極天斡維。玉舄投已遠，桑田變難期。誓追凌波步，行折拂日枝。羽丘杳如夢，玄圃深更疑。豈無抱朴子，去我迺若遺。空餘煉藥鼎，尚有樵人知。

次高橋觀張循王戰處

日落見烟火，江流秋漸清。高橋足舟楫，小浦連茭菁。尚聞父老語，前此盜縱横。悲心北嶽狩，洒淚南海征。疲民挈衣避，義士嚼血争。叫囂無人境，隳突七十城。磨楯掃急檄，擊銅持短兵。病廵魚麗陣，窮涓伏弩營。水犀怒且武，風鶴遥傳聲。發揮鐃鼓曲，申畫帶礪盟。文石班不紊，黄金鼎重撐。漢儀整以暇，唐室尤光晶。搜箭已林薙，泊帆仍陸行。舊廟凋細柳，新田滿香秔。豺狼久息鬭，罔兩空餘驚。奇哉第一戰，永激萬古情。

還舍後人來問海上事詩以答之

去家纔五旬，恍若度一歲。豈不道路艱，周流東海濟。故人喜我返，來問海何如。所經何城邑，相去幾里餘。我言始戒塗，尚在越西鄙。隨波到勾章，滿目但積水。人云古翁洲，遥隔水中央。一夜三百里，猛風吹倒檣。初從蛟門入，極是險與惡。白浪高於山，神龍畱以躍。似雪復非雪，倚檣欲上看。舟子禁不可，使入舟中蟠。尋常重性命，今特類兒戲。信哉昌黎言，有海無天地。掀掀終達岸，鹽鹵間黄蘆。人烟寄島嶼，官府猶村墟。水族紛異嗜，魚蟹及螊蠘。我寧不忍餐，捄爾相吐沫。荒壥栖予髪，旭日照我身。似聞六國港，東壓扶桑津。或稱列仙居，去此亦不遠。蟠木秋更花，蓬萊闢真館。我非不願往，此險何可當。天吴布牙爪，出没黑水洋。於奇豈易得，似足直一死。方去徒自驚，既歸亦云喜。珍重故人言，勿以險爲奇。兹行已僥倖，慎勿疾平夷。雖然此異鄉，固是難久客。聖出風且恬，時清海如席。我猶愛其然，恨不少淹留。爾毋爲我懼，遭此千丈虬。試看塵世間，甚彼大瀛海。衣裳日沉溺，篙艣相奔潰。奔潰孰能救，沉溺將奈何。口呿舌不下，聊爲故人歌。

夜讀魏伯陽參同契

大道如大鏄，人誰撞寸莛。奇音一以振，俗耳焉能聆。伯陽崛且異，真契垂光熒。文詞信博贍，緯候兼通靈。收功水火鼎，泄秘龍虎經。元象既自育，化機那得停。金砂漸合質，玉液初流形。鴻濛鑿巨竅，太一臨玄扃。易繫本覆謬，關雎仍丁寧。孔子或尸假，文王猶夢齡。庶聖雖不語，神仙豈徒冥。下愚[一]等蠕動，塵骨多羶腥。彼殊不我即，異學遂蝗螟。夜寐恍一接，晝思轉拘囹。八石搜燥烈，胡麻擷芳馨。漢祀窮五時，秦游俯滄溟。非麟尚絆足，類鳳甘鎩翎。似此期不死，哀哉幾時醒。鄙夫亦素隱，妙語思黃庭。勿爲兩高第，傎倒迷日星。徘徊化鶴柱，想像屠牛硎。茯苓儻可煮，笑倚長松青。

校勘記

〔一〕『愚』，國圖本、存心堂本、豹文堂本同，王邦采本作『學』。

去歲留杭德興傅子建夢得句云鼊鼉滄海賦龍馬赤文書問以語予及其鄉人董與幾山空歲晚恍然有懷爲續此詩却寄董

觸目懷招隱，興歌託遂初。俗塵多汩没，天籟幾吹噓。晚景翻濛汜，秋潮洩尾閭。祥雲旗鳳鳥，瘴雨弩鯨魚。洒淚鮫人室，漂魂建木墟。鼊鼉滄海賦，龍馬赤文書。上谷空豪舉，西河久索居。鑾琛遺翡翠，魯價掩璠璵。遠矣鳴髇箭，悠哉薄笨車。影摇青薜荔，光璨白芙蕖。自昔攻佔畢，于今載耒耡。彈冠身有待，鑄硯志非虚。蘇子從横術，韓生内外儲。乾坤瞻魏闕，日月夢周廬。炫燿螭雕珮，蹁躚隼建旟。裂衣騰朔漠，膠棹入黄淤。趙女絃鴻鵠，奚兒駕駏驉。詞林應聘汝，俠窟肯愁予。結騎幽并窄，掄交楚越踈。奇功生鼎鼐，猛氣死蘧除〔一〕。藥物金鵝採，兵鈐赤鯉漁。中條分雍豫，四序出堪輿。小榻琴心展，長纓劍膽舒。按圖稽獬豸，觴酒笑鵷鶵。野屐偏求蠟，山巾尚著綀。貧猶思禄仕〔二〕，老不廢耕畬。卓踔才終用，猖狂習未除。文章同一默，歲月或三餘。策竹登玄圃，然藜問石渠。定須追樂毅，端爲謝曹蜍。

校勘記

〔一〕『蘧除』，國圖本、存心堂本、豹文堂本同，王邦采本作『籧篨』。

〔二〕『仕』，國圖本、存心堂本、豹文堂本同，王邦采本作『士』。

得杭州書聞虞紹宗新爲文學掾歸建安

起紓千里懷，雲物轉寥邈。想像閩橋〔一〕間，虞生實超卓。自云後雍公，光彩動南朔。昔曾郎孝廉，今乃掾文學。私悲窘時命，念欲從先覺。詞章竟韜晦，意氣終堅確。栽培信梁柱，剪截徒楹桷。準繩縱不頗，斤斧虛加斲。大將比伊周，小或希管樂。毋然櫟社散，亦勿牛山濯。猶思浪奔走，豈料俱屯剥。搜林拔鳳毛，掠野刜麟角。春撞航大河，犖确〔二〕屐喬嶽。麻衣半塵土，綵筆紛雹雹。駿馬恒苦饑，蛾眉復謡諑。心迷燕士金，淚盡楚臣璞。彼賢猶簞瓢，雖聖且獵較。長疑返舊隱，稍見蒙新渥。泰壇禮尊彝，清廟歌籥箾。行乘德輝下，遽忍雞鶩啄。貧居予薜蘿，友道爾蘭葯。青燈供繆悠，白屋許敦朴。才踈世不用，達者譏數數。有暇姑治田，相看在帷幄。

校勘記

〔一〕『橋』，國圖本、存心堂本、王邦采本同，豹文堂本作『嶠』。《札記》：『橋』疑『嶠』之誤。

〔二〕『峬』，國圖本、存心堂本同，豹文堂本、王邦采本作『确』。

杜鵑行

南山北山啼杜鵑，杜鵑花發山欲然。千枝萬朵惜未得，中有一抹巴陵烟。休説銅梁并玉壘，摇蕩春光餘淚水。五丁鑿路少人行，石鏡生塵妖骨死。東風青鳥來何處，中宫〔一〕移植銷魂樹。不如歸去便歸家，誰其友者揚州花。

校勘記

〔一〕『宫』，國圖本、存心堂本、豹文堂本同，王邦采本作『官』。

題韓蘄王湖上騎驢圖

秋風泗水沉周鼎，淚灑吴天荆棘冷。黄河北岸旌節回，信誓如城打不開。沿邊撤備無人守，蟣蝨塵埃生甲冑。散盡千兵只童騎，餐來斗飯空壺酒。西湖楊柳烟波寒，照見從前刀劍瘢。宫中孰與論頗牧，塞上寧知無范韓。事去英雄甘老死，此手猶能爲公起。勸人莫問故將軍，身是清凉一居士。

夢巖南老人

文章餘耿光，耆舊日僵卧。晝思見其人，夜夢如識路。恍惚疑尚存，蒼茫杳難據。青山真隱淪，縞髮老韋素。脩名可千年，狹〔一〕世空旦暮。何哉白玉理〔二〕，肯有黄金鑄。從知蕭散姿，已是神仙具。閶闔摩日月，蓬萊拂雲霧。玄鶴來頡頏，赤虬下馳騖〔三〕。車輿清泠風，粻食沆瀣露。憐予此流落，愛我終游豫。云胡縈苦心，曷不縱遐步。巖香返梅魂，嶺物輸桂蠹。鏗其弄琴書，儼若陪杖屨。凄凉枳棘叢，寂歷芭蕉〔四〕樹。我淚無處傾，荒江自東注。

校勘記

〔一〕『狹』，國圖本、王邦采本同，存心堂本、豹文堂本作『俠』。

〔二〕『理』，國圖本、存心堂本同，豹文堂本、王邦采本作『埋』。

〔三〕『騖』，國圖本、存心堂本、豹文堂本同，王邦采本作『舞』。

〔四〕『蕉』，底本作『樵』，據國圖本、存心堂本、豹文堂本、王邦采本改。

山中人

白日出復没，胡獨勞我生。所務在卒歲，朝夕强營營。當春治農器，土脈亦癉盈。薄言藝黍稷，庶以覯其成。凉風一披拂，埸圃如坻京。凍户猶畝首，康衢或歌聲。於兹尚不給，野有菜色氓。毋寧拾橡栗，起視牀頭缾。

貧賤素所有，豈辭辛與勤。清晨腰我斧，往伐西山薪。高巖屹巨壑，蛇虎氣逼人。衣裳既不完，出入在荆榛。日日一接淅，釜甑恒生塵。白石幾時爛，青煙空滿隣。家徒四立壁，冬令方行春。亦有偓佺子，翛然爲世珍。

歲晚筋力倦，長歌守窮廬。塵函散縹帙，且復少囁嚅。文章信小技，世故交相驅。撥書置床上，我豈爲蠹魚。自從童習之，白首愈紛如。卓彼先聖人，欲開後世愚。文繡豈不佳，輿臺同一軀。但當樂道義，肯恤吾身癯。

去經十數里，霜露淒枯田。簑笠既挂壁，桔槔亦倚垣。相從盡隣曲，言笑仍喧喧。惟此老瓦盆，酒漿稍羅前。奈何不解飲，而喜鯨吸川。有如善泅人，觀者乃在船。寸心久已醉，雙眼方醒然。世俗正馳騖，悲哉東西阡。

仙華巖麓尋釋子若空不遇

仙華山高高岌峨，峭壁攢峰飛欲墮。之人辟世此結廬，林末蕭然見烟火。來穿綫路一何危，擁出蓮宮兹亦夥。青薜生堦本不芟，白雲著户元無鏁。麇鹿能游侶豈非，鵁鶄易足巢應可。泉經巨〔二〕石沼分聲，花亞脩篁簷映朵。屈伏心機入幽險，安排位置歸平妥。私隣海鶴相頡頏，竟類春蠶自纏裹。鄙夫多病每栖遲，奔走十年增坎坷。徒思一枕學吐納，甚似同川譏祖棐。紫芝舊曲歌尚憒，黄獨長鑱種仍惰。功名欲達擬烹鮮，道路雖遥寧跼跛。晚彩凝霞谷倚笻，朝光出日潮移柁。信哉神仙最踈曠，悲矣習俗真叢脞。當今大隱招已久，或者玄居到還頗。云胡虚室却栖塵，矧肯縱談能炙輠。糾結蛇蛟翠走根，熒煌火齊香懸果。假饒人境不相關，題破芭蕉知有我。

校勘記

〔一〕『巨』，底本、國圖本作『臣』，據存心堂本、豹文堂本、王邦采本改。《札記》：『臣』當作『巨』。

畫馬行

凉秋八月霜皓皓，白雁驚飛散蓬葆。川原蓄牧萬馬來，揚鬣攢蹄齕枯草。漁陽突騎自有真，奚官翦拭傾城闉。素絲結轡美無價，繡罽披韉驕向人。當塗奮擲森崛壯，一旦紛騰入天仗。父老東城接鬬雞，胡兒内苑隨調象。煌煌京洛鳴和鈴，犇走萬里如流星。筋力追風烏鵲厲，精神噴霧蛟龍冥。往年踴躍將一跨，寂寞而今空見畫。黄金鑄式猶峥嶸，多少地上騏驎行。

秋夜效梁簡文宫體

無奈凉夜永，起登樓上頭。鵲翻金殿宿，螢近玉階流。梧桐老葉恨，芙蓉新蕊愁。婕好團扇上，那得不驚秋。

曾是昔年寵，如今誰與同。秋獵長楊苑，夜幸猗蘭宫。瓊杯香泫露，翠袖薄禁風。將心與明月，流入君帷中。

柳博士自太常出提舉江西儒學來訪宿山中

一掃空山鹿豕蹤，車如流水馬如龍。黄麾法仗知宸輦，青史勳名問景鐘。宣室受釐端有召，曲臺傳禮尚爲容。少年作賦將投獻，東北孤雲是岱宗。

尚有歐曾舊典刑，森然人物照青冥。身從北闕攀燕桂，夢壓西江食楚萍。萬里毳袍春值雪，千年龍劍夜占星。此身恨不輕簦笈，的的根源在一經。

送俞子琦赴鄱陽却寄董與幾高駿良李仲羽

昔予泊京都，逆旅無所館。柳侯教國子，予實同里閈。洎君中外姻，辛苦託螢案。聊希邯鄲步，共洒臨淄汗。北風吹老榆，青莢落零亂。流來金水河，一派春波涣。上林始罷獵，萬姓方縱觀。畫車挾緹騎，衝突何可算。故人我董生，曾是秋闈冠。相攜高李徒，往往妙辭翰。當場許英俊，與國峙楨榦。雍容講都俞，潔凈稽象彖。心懷有道徵，跡逐交游散。豈非泛駕材，中路乃羈絆。去矣江上居，蒹葭渺無岸。幸君捧省檄，而此莅侯頖。尚應念爾祖，文采殊煥爛。儒科既褎然，閣職仍宣贊〔一〕。直將遠猶告，慎勿細娛翫。焉能尊瓦缶，反不用圭瓚。卓彼九皋鶴，長鳴知〔二〕夜半。毰毸吾羽毛，踴躍在雲漢。

校勘記

〔一〕『贊』，國圖本、王邦采本同，存心堂本、豹文堂本作『輦』。

〔二〕『知』，國圖本、王邦采本同，存心堂本、豹文堂本作『如』。

柳博士出示太原鬱金江陵三脊茅汝寧蓍草

柳侯往京國，十載却歸沐。自言守奉常，朝夕近黄屋。乾包暨坤涵，上下俱滲漉。從知敬神人，豈止蕃草木。鬱鬯本晉産，始祼已芬馥。菁茅楚所貢，既奠酒以縮。靈蓍上蔡來，五十備一束。九疇乃稽疑，初筮曾不瀆。恭惟當宁聖，永錫中國福。廟堂有垂紳，邊境無折鏃。禮經官並舉，宗祀物皆足。陟降儼如在，馨香薦惟肅。夏后列包匭，周家用圭玉。方脩四時祭，定取柔日卜。八佾陳羽籥，鸞刀割騂犢。郊丘遞云講，柴望隨可復。幸兹敦孝理，久則變風俗。似渠不世見，焜燿驚我目。旖〔一〕那特不墜，綿蕞何煩録。太平此其符，有暇發汝櫝。

校勘記

〔一〕『旖』，國圖本、存心堂本同，豹文堂本、王邦采本作『猗』。

江南曲寄周公甫

東風吹人千萬里，青蘋花發前湖水。江南女子木蘭舟，却採蘋花泛流水〔一〕。水流花發春光好，失時不採花應老。年少吴儂歌懊惱，白皙容顏半枯槁。倏然來矣雙彩鳧，化作汝舄穿雲衢，汝珮復解江妃珠。龍宫蛟室本不隔，相期更有瀟湘客。

校勘記

〔一〕『流水』，國圖本、存心堂本同，豹文堂本、王邦采本作『水流』。

鞦韆行寄趙季良時趙留京邑

京城寒食來沽酒，城北城南暎楊柳。人家歡笑踏鞦韆，杏板絲繩相對懸。宫錦翻衣真富貴，俗軀走肉盡神仙。徘徊宛轉當風立，春晚多風吹汝急。鞦韆已墜蹴踘空，華鏞翠鞁擁青驄。軒轅臺前日月近，無終國裏山川同。遠方羇旅紛馳逐，燕趙佳人美如玉。燕歌趙舞歡未足，去年芳草今年緑。

讀諸子

嗟嗟父后師，下及周公政。豈待戰無爲，戎衣天下定。鬻子

何年守藏吏，默默與道居。玄牝儻不死，青牛空著書。老子

大道終自然，王家始多難。益人不在賢，卜〔一〕鼎年已半。文子

不仁爲人害，仁反愁我身。毋爲小堯舜，有愧猖狂民。亢倉子

不忘中帶鉤，解縛堂阜下。徒知領一鄉，劍戟試狗馬。管子

徒聞處士議，未有救時功。爲賢倘不尚，淪没草萊中。慎子

同異既莫辯，堅白何由分。徒將臧三耳，驚倒平原君。公孫龍子

真夢本非夢，萬事蕉下鹿。力命每相持，御風身乃足。列子

其書雖瓌瑋，其言乃參差。自齒百家學，仲尼何可欺。莊子

用兵捷如神，四國莫予侮。宮中斬愛姬，取勝在柏舉。孫子

勒兵既有令，處〔二〕戰豈無權。事功不見世，徒説尉秦年。尉繚子

儒服説兵機，愛兵如愛子。能勸魏侯德，終隨楚王死。吴子

人仁國無功，人勇國無法。名實兩俱存，何從操賞罰。尹文子

節用禮益奢，非攻戰愈多。堯舜病博施，其如兼愛何。墨子

陰陽或爲菑，天地豈無厚。身殺道不行，竹刑果何有。鄧析子

稷下三祭酒，蘭陵陳詭詩。剛道人性惡，坑儒將自兹。荀子

小夫太多端，秦法日已變。咄哉文武都，在德不在戰。商子

羈臣用密策，身死不得保。意將取邯鄲，宗國已如掃。韓非子

子思言仁義，不愧素王孫。王風委戰國，賴有壁書存。孔叢子

淮南招九流，好道不能一。空讀方士書，寧知左官律。淮南子

法言準論語，三世不徙官。草玄固自好，美新良獨難。揚子

三光正分裂，世士〔三〕有不遇。雖通百家言，尚著六合賦。劉子續書不到秦，元經猶數魏。徒操虞氏琴，孰識河汾意。文中子瑣微論之妙，欷歔哀之深。五代干戈際，千年鄒魯心。聱隅子

校勘記

〔一〕『卜』，國圖本、王邦采本同，存心堂本、豹文堂本作『十』。
〔二〕『處』，國圖本、王邦采本同，存心堂本、豹文堂本作『號』。
〔三〕『士』，國圖本、存心堂本、豹文堂本同，王邦采本作『事』。

荔枝行寄王善父

炎雲六月光陸離，人在閩南餐荔枝。荔枝日餐三百顆，紅緑亞林欺衆果。絳羅繫樹蠟封蔕，尚食擎盤獻青瑣。涪州歲貢與此同，意欲移根來漢宮。天生尤物不用世，沾洒蜑雨吹蠻風。蠻風蜑雨振林藪，西域蒲萄秋壓酒。勸君莫近楊太真，傳説驪山塵汙人。

明月行寄傅嘉父

上天〔一〕有明月，來自滄海東，蠻潮夜捲馮夷宮。海門一線鷩欲射，江面樓臺聳千尺。冰

岸雪崖屹不動，水犀組練皆勍敵。越人善泅技已癢，明月光中吾得賞。飛來白鶴晉清角，跳出長魚漢踈網。北風吹起蘆花秋，笑撫錢王鐵箭頭。襆衣枕斧此何處，烏鵲無枝空繞樹。

校勘記

〔一〕『上天』，國圖本、存心堂本、豹文堂本同，王邦采本作『天上』。

寄張子長

世豈無推挽，人誰有典刑。稍懷南國彦，恒愧北山靈。萬里麻衣敝，千年竹簡青。羲文先索象，魯頌或歌駉。杞梓儒林挺，魚龍俠窟鯹。塵埃完結緑，粉黛飾娉婷。脱略蘇張弃，漸摩管樂硎。道途餘雪屩，巖穴但雲扃。本擬陳三策，吁嗟守一經。跡〔一〕卑淪燕雀，跡〔二〕遠及猱狿。種菊行荒援〔三〕，看松俯絶陘。仙棋閑度日，旅劍懶占星。故里青桐巷，雙溪白鷺汀。交游多握手，歲月此忘形。志氣需來哲，才華壓妙齡。秦坑收未燼，漢粕浸奇馨。正器陳籩豆，專門識鼎銒。犇騰鞭用駿，袒裼〔四〕割分腥。卓立撑喬嶽，孤流混濁涇。鵲飛持或布，鯨吼扣非莛。別袂逢秋怯，隣燈入夜熒。沉沉猶在野，憲憲欲揚廷。舜殿瞻儀鳳，堯階數曆蓂。螭坳文錦褥，獸闥紫金釘。列徼環霄漢，游車發震霆。紬〔五〕書官命史，吹律樂求伶。迅奮君須競，棲遲我未寧。簷風欹警枕，井雨泣嬴缾。古陌垂楊柳，空山老伏苓。只今馳尺楮，何所問南溟。

校勘記

〔一〕『跡』，國圖本、存心堂本、豹文堂本同，王邦采本作『地』。

〔二〕『跡』，國圖本、存心堂本、王邦采本同，豹文堂本作『踪』。

〔三〕『援』，國圖本、存心堂本、豹文堂本同，王邦采本作『埒』。

〔四〕『袒裼』，底本、國圖本、存心堂本作『袒裼』，據豹文堂本、王邦采本改。

〔五〕『紬』，國圖本、王邦采本同，存心堂本、豹文堂本作『細』。

二月六日雨書都城舊事

燕南趙北吹黄塵，九天宫闕生紫雲。十二門開衢路直，畫輪驄馬多行客。歲寒殿外柳纔青，金水河邊冰尚白。雞人傳漏放曉朝，文石分斑〔一〕押百僚。南陽近親最舞蹈，京兆耆舊争歌謡。教坊供奉飾玉女，鐘能鐘聲鼓能鼓。錦來西蜀被玄駝，肉出太官飧〔二〕猛虎。初日扶桑稍照人，内筵錫燕杏花春。沐〔三〕櫝騂牲泰畤祀，鸞旗翠盖驪山巡。東風萬里飄寒雨，我昔所聞今不睹。怏〔四〕然呼酒擊酒壺，茂陵徐生曾上書。

校勘記

〔一〕《札記》：『斑』疑『班』之誤。

〔二〕『飧』，國圖本、存心堂本、豹文堂本同，王邦采本作『湌』。

〔三〕『沐』，國圖本、存心堂本、王邦采本同，豹文堂本作『牧』。
〔四〕『怏』，國圖本、王邦采本同，存心堂本、豹文堂本作『快』。

姑蘇臺歌寄方養心

姑蘇臺南閶闔開，姑蘇臺北鴻雁來。春花秋月幾時好，步屧尋香去如掃。冤胥憤血空海潮，老濞妖粧又烟草。少年爲客誰我令，千里汝猶談一經。黄龍挾舟夜有雨，白虎司劍天無星。山中昌蒲十二節，未肯落盡青頭髮。姑蘇臺上愁殺人，身在勾吴望勾越。

遣兒謂初就學

起攀青桂枝，高蹈素所仰。嘗言天下事，歷歷指諸掌。滄海杳無波，泰堦真有象。辛勤餘十年，盍不愧吾黨。童髫尚予曾，稚齒已在襁。儒術云世傳，聖功要蒙養。豐芑務詒謀，宋苗寧揠長。遠游且今非，多學肯汝强。薜蘿衣相結，沙石劍可磢。於心苟深造，舉世獨不賞。薰風昨夜至，韶樂鏘遺響。邈然懷古人，我豈久榛莽。

觀梁四公記

奇士自古有，我聞梁四公。來從何處所，遂到大江東。舉朝無留難，當扆亦動容。胸襟狹海嶽，舌頰翻雷風。發揮衆女國，充拓扶桑宫。巨鷲産駿逸，靈貂披蒙茸。非歟沉淵鼎，或者射日弓。至人倘可遇，天地那能窮。孔姬著禮法，嬴漢流横縱。淫辭一以詖，幻術紛如鑫。齊人頗志怪，晋室餘談空。豈其羈狂猘，猶謂得象龍。洞冥久不作，神異將無同。咄哉衆耳目，千載多盲〔一〕聾。

校勘記

〔一〕『盲』，底本作『肓』，據國圖本、存心堂本、豹文堂本、王邦采本改。

書宗忠簡〔一〕公家傳及部曲記

勢極崇必圮，天方獵元元。兵甲暴草野，大河爲塞垣。猗歟我宗公，往作汴北門。蕃戎斜曳戟，盜賊望風犇。老羆尚當道，力攫氣欲吞。四顧萬騎集，中嚴一旗尊。吴越僻且遐，梁宋仍屋完。逝〔二〕廻龍頭憾〔三〕，身屬豹尾韃。周鼎没未獲，魯戈揮轉昏。居巢有死憤，駱谷無留屯。一二遺部曲，東南却軒鶱。猶撑半天下，少抹千丈渾。雞鳴夜舞劍，邈矣逖與琨。於兹讀公傳，義士古所敦。

校勘記

〔一〕『忠簡』，底本、國圖本、存心堂本作『簡忠』，據豹文堂本、王邦采本改。

〔二〕『逝』，國圖本、存心堂本、豹文堂本同，王邦采本作『誓』。

〔三〕「憾」，國圖本、存心堂本作「幭」，豹文堂本作「幰」，王邦采本作「幔」。

瓊花引重寄方養心

揚州瓊花天下無，揚州明月照江都。青鸞縞鳳何翅翅，神仙司花不委地。瑶宫玉色空彩侍，十里珠簾搵春淚。東風半夜吹城郭，梁宋山川一盤礴。冰懸雪積不改柯，二十四橋餘水波。揚州瓊花人不睹，揚州明月來無所。世上繁華我不知，揚州芍藥猶傳譜。

哭妙觀上人

試續高僧傳，之人又寂寥。降婁星野近，印度雪山遥。頗憶連牀夜，相逢補衲朝。名詮披梵皮，妙趣挹詩瓢。鹿苑千年振，龍宫一念超。舐斷看上界，收涕隱南條。玉麈懸青壁，金環攬素潮。松花香雨熟，栢子縷烟消。入觀占流注，持齋洗血膂〔一〕。慧刀中寶劍，禪樂裏雲韶。日月蓮珠轉，塵埃氈像飄。交參秦嶺屐，夢壓楚江橈。策竹曾幽石，煎茶或墮樵。病從天海窄，愁向歲寒凋。古澗猶泉水，荒園但藥苗。黔婁衾不足，靈運笠空挑。土浄隨心得，池灰付劫燒。斷磚開士塔，飛瀑應真橋。已矣成長往，悲哉擬大招。向來吟息處，秋氣日蕭蕭。

校勘記

〔一〕「膂」，底本作「縈」，據國圖本、存心堂本、豹文堂本、王邦采本改。

婁約禪師玻瓈瓶子歌秋晚寄一公

玻瓈瓶子西國來，顏色紺碧量容栝。老婁禪師澡身處，秋水浸空菱葉開。大身無邊小無礙，天地山河等塵壒。收藏霹靂歸沉寥，束縛蛟龍作澎湃。浮屠善幻本犂〔一〕軒，同泰佞佛多衣冠。壺公樓宇猶魂夢，媚兒綱運絶胝瘢。北山杉槽定漏室，梁皇肉眼徒屈膝。松花玉露洗還香，栢子金烟熏欲漆。靈璨閣前逢一師，手親傳玩到今疑。尚箴膏肓起廢疾，稽首乞師楊柳枝。

校勘記

〔一〕『犂』，底本、存心堂本、豹文堂本作同，王邦采本作『犛』。

昭華琯歌

咸陽宮，昭華琯，白玉琢成三尺短。美人南國遥輦來，齊謳趙瑟巧盤廻。洞房更衣待月上，音伎逐色穿雲開。天光摇，地勢動。山林冥，海水湧。犇騰萬騎壓城破，錯愕雙矛鏖敵悚。臨洮舉杵送役夫，碣石挾弩射鯨魚。泗亭夜行老嫗泣，蘄澤秋戍妖狐呼。一吹吹向樂中變，再吹吹作寰内戰。天教漢祖見還驚，可惜秦皇驚不見。豈伊伶倫嶰谷法鳳鳴，節節足足久無聲。豈伊後庭伴侣戒亡國，璧月瓊枝樂不得。自時厥後日淫荒，立部坐部陳絲簧。花奴羯鼓打漁陽，禄山舞馬登舞牀，昭華吹秦不吹唐。嗚呼昭華落何鄉，宋沇尚及萬寶常。何如聽風聽水奏伊凉，悔不去問龜兹王。

古俠客行

長安天闕制九州，河北列鎮類諸侯。私劍縱橫常滿路，錦袍結束耀珠韝。初月三更動千里，紅線女郎勝男子。金合書名斗柄高，繡幃被髮心神死。使臣單騎急叩城，脣齒兩河休用兵。帳前盜賊在隣道，陴外旌旗無硬營。浩歌置酒紅線去，夜叉飛天渺何處。昔日驕騭曉雨花，今朝脱兎秋風樹。當筵一笑却生塵，累賜千金豈顧身。磨勒踏垣獒〔一〕犬伏，水精縋海鰲龍嗔。世上出没幾紅線，纖夫細兒徒股戰。不盡英雄草澤間，教人恨殺虬鬚傳。

校勘記

〔一〕「獒」，存心堂本同，豹文堂本、王邦采本作「[埶+大]」。《札記》：「獒」疑「[埶+大]」之誤。

觀唐昭陵六駿石像圖

汾陽帝子天下雄，起乘六駿即六龍。掃除關河玉腕雪，芟刈隴坂花鬛風。長安渭水開前殿，梟摧猊殄聞酣戰。芻料登槽徹鼓鉦，陣瘢著體傳弓箭。人馬驍矜一代豪，治功底定聖躬勞。羽林旌旗曉色静，沙苑監牧秋雲高。磊磈拳毛騧，犇騰特勒驃，武周金剛驚走趠。熒煌颯雲紫，錯愕什伐赤，建德世充愁辟易。最好青騅骨相殊，魁奇更得白蹄烏。千官盡堋山溝域，萬騎齊瘖石像圖。九嵕寢園壓幽阻，太子率更題贊語。形容迅奮銀甲鬭，汗雨沾濡鐵衣舉。周王八駿但周流，王母樂讌崐崘丘。漢家九駿空逸軌，神駒遠産余吾水。壯哉六駿古今稀，金粟堆南又一時。後代子孫曾不鑒，詩人腸斷望雲騅。

東吴行

我懷天地開闢初，乾動坤静焉能踰。女媧斷鼇立四極，鼇足峙峙交相扶。窮山絶谷總一水，千里萬里澆歸墟。就中積陰不得洩，日劘月盪淫爲瀦。似聞東吴薄海際，天欲少畀蛟龍居。驚飈捲浪類鶻没，漲霧磢石疑鯨呿。大田黍稻一以盡，寧獨岸葦兼汀蘆。規撫西方失塔廟，想像北里移笙竽。甚哉善崩不可築，哀爾民物空號呼。碣石苞淪豈或有，淇園下楗渾如無。人言白圭過夏禹，歲晚多凍猶徵夫。爰居避風亦已久，精衛銜木徒區區。又聞杭睦二州境，前者淫潦忍見屠。祇憐吾嫗視黿眼，孰使汝頭真戴魚。洪範五行竟不講，春秋災異何其愚。從來妖德不相勝，幸爲泰階陳六符。

女殺虎行

山深日落猛虎行，長風振木威髬鬖。父樵未歸女在室，心已與虎同死生。揚睛掉尾腥滿地，狹路殘榛苦遭噬。豈非一氣通呼吸，徒以柔軀扼强鷙。君不見馮婦來下車，衆中無人尚負嵎。又不見裴將軍出鳴鏑，一時鞍馬俱辟易。丈夫英雄却不武，臨事趑趄汗流雨。關東賢女不足數，孝女千年傳殺虎。

揚子江頭遇仙行

晴沙獵獵吹林莽，日晚南犇命如縷。延秋門上烏更啼，揚子江頭暗風雨。就中五馬一馬龍，獨據滄海超河宗。塵侵犀筯不復飫，鬼瞰寶玦難爲容。蓬萊仙人按城堡，蕭國芎藭何足道。氏族無憑指素波，刀圭不用採靈草。萬里蒼茫豈所聞，須臾變滅但荒雲。東南王氣今溟漠，夢入三山見樓閣。

送楊文仲典史歸餘姚

楊君東去山巃嵸，白髮三年餘種種。我來相送出江郊，飛絮撲舟烟霧重。回思始見色可挹，豈恨屢往門能踵。芙蓉映幕雲氣生，苜蓿分盤日光動。信知邑舍頗清浄，疇謂民廛極單覂。芳春有景僅桑麻，儉歲無秋徒秸總。徵科得考寧敢問，案櫝〔一〕持平終不擁。間因武具治敹鍜，恒啓刑書甦梏拲。惟其巽入混瑕垢，直以優游傲榮寵。素鵰久蓄衣共潔，瘦馬多騎骨尤聳。香凝圖畫居自閑，味絶葷羶食非冗。且將厚本植根莖，何况推仁完毳氄。嗟哉世事更變化，眼識兒郎盡珪珙。皋比擁座早私淑，筆墨專場乃真勇。劍馳梁宋或操鐔，弦擊邳郯行繳鸗。交游已定肯論心，學習相符須貫統。曩曾〔二〕大海泝空闊，聊擬翁洲覓鉛澒。蠟屐穿林草木愁，蒲帆壓島鯨鼉悚。每令故友役吟夢，猶笑青年伏畊隴。道途窅窅身更遠，勳業悠悠志仍鞏。送君便欲東過越，龍井泉頭看晴湧。山杯〔三〕一醻復愴然，古曲何能效羅嗊。

校勘記

〔一〕『櫝』，國圖本、存心堂本、豹文堂本同，王邦采本作『牘』。

〔二〕『曾』，國圖本、存心堂本、豹文堂本同，王邦采本作『昔』。

〔三〕『山杯』，國圖本、王邦采本同，存心堂本作『山林』，豹文堂本作『三杯』。

烈婦行

落日沉海雲壓城，官軍多載婦女行。大弓勁箭自山下，顔色如灰愁上馬。我生不慣生馬駒，存者吾子亡吾夫。毋寧完身吐玉雪，忍使餒肉當熊貙。青楓嶺頭望回浦，血指畫巖心獨苦。老蟜扣地救未及，芳〔一〕草迷天淚零雨。卓哉一死可百年，此事已過永泰前。黃沙野塞多降骨，忠義傳中收不得。

校勘記

〔一〕『芳』，國圖本、王邦采本同，存心堂本、豹文堂本作『草』。

月出東林客窻上疑梅花影

朔風何處寒梅發，江水悠悠路超忽。逢花不語疑見人，對影非真却因月。縱使無花意自同，誰知有影色俱空。回頭不見東林樹，猶勝羅浮是夢中。

秋日雜詩六首和黃明遠

京露幾時白，朔風吹雁寒。游俠豈不樂，山林已摧殘。晶熒龍尾劍，錯落虎皮冠。寄謝五陵子，焉知行路難。

明月出東山，流光射牕牖。美人曼聲歌，翠袖拂南斗。別離終〔二〕不常，歡樂詎能久。笑折青桂枝，凉風吹我手。

黃塵滿天地，滄海悲鶻没。從來學仙人，不在豪俠窟。豹舄既飄颻，蜺旌何翕忽。因之把酒杯，坐嘯青山月。

西風披白蘋，楚客自枯槁。扳龍思上天，勳業苦不早。遐心隨落鴻，短髮等衰草。亦有夫容〔二〕花，嫣然爲誰好。

寂歷林下扉，莓苔日應積。少年非隱淪，南陌事行役。書劍稍猖狂，衣冠多烜赫。何用擊樹枝，空山歌白石。

代有遠游子，出門獨徘徊。自託羽林籍，誰傾鸚鵡杯。塵生走馬埒〔三〕，草上呼鷹臺。極目渺滄海，聊紓千里懷。

校勘記

〔一〕『終』，國圖本、王邦采本同，存心堂本作『落』，豹文堂本作『若』。

〔二〕『夫容』，國圖本同，豹文堂本作『芙蓉』。

〔三〕『埒』，底本作『捋』，據國圖本、存心堂本、豹文堂本、王邦采本改。

次韻吴正傳觀柳林罷獵

又見天星動羽林，東風罷獵總駸駸。麒麟剪罽雕鞍密，翡翠翻裙彩仗深。三月宜春多别館，百年正始自遺音。相如縱有千金賦，未必君王肯幸臨。

次韻吳正傳都城寒食

悠然獨酌舞春衫，手障黄塵客未諳。鐵騎引駝沙草北，雕弧驚雁塞雲南。太平天子回中望，齊國先生稷下談。猶有七香車幾兩，曉來風雨定誰驂。

從丞相花園入慶壽寺

我來燕山游俠場，九衢飛沙白日黄。大車高馬紛騰驤，賓客追逐如風狂。丞相花園雕玉房，杏枅〔一〕枌榛相低昂。雪崖冰谷寒不僵，土脉瘴盈芒樹長。美人素手行瓊觴，清歌艷舞調絲簧。鬭金蝶粉醉有香，燕丹遺俗今則常。倚城孤塔屹寶坊，天仙夕降飄鳴鐺。青旗絳節狻猊床，淩冬翠柏列兩行。下引碧寶跨虹梁，誰歟造者完顔王。衰年上壽面生光，第一齋僧無諫章。九州四海遂不康，寒煙蔓草吁可傷。蕭然極目捎平岡，燕南趙北天茫茫，快騎黄鵠歸故鄉。

校勘記

〔一〕「枅」，國圖本、王邦采本同，存心堂本、豹文堂本作「柳」。

潞州

四月一日尚緜衣，知是故鄉花片飛。白頭慈母倚門久，目斷天南無雁歸。數株楊柳弄輕烟，舟泊潞州河水邊。牛羊散野春草短，敕勒老公方醉眠。

滄州

荒亭貰〔一〕酒壯心違，目極東州霧雨微。百里齊封滄海接，千年禹跡濁河非。暗塵掉馬呈金轡，衰草看羊着錦衣。猶記上元鳴鼓夜，滿船燈火越歌歸。

校勘記

〔一〕『貰』，底本作『貫』，據國圖本、存心堂本、豹文堂本、王邦采本改。

次韻傅適道虎陂閘舟中

少年解唱邯鄲曲，惟有垂楊夾堤緑。夜來誰弄焦尾琴，彈作東風雉登木。虎陂閘裏水生烟，荆門山頭星照船。争似揚州春十里，一雙鸞信待君傳。

方養心欲游泰山用前韻作思仙詞復和之

浩歌起作游仙曲，黄鶴無期瑶草绿。神人結屋泰山顛，手拂浮雲扳建木。一笑齊州九點烟，天風吹斷蓬萊船。還上高丘看遠海，有書莫遣麻姑傳。

夕乘月渡荆門閘

初更渡荆門，觸眼舟楫亂。堤吏時一呼，舉篙類魚貫。野雞悄無聲，行子空扼腕。绿樹烟靄沉，清波月光爛。分凉短衣披，習静單幘岸。畸愁本難祛，美景聊此翫。荒荒東原平，泯泯魯濟斷。歲儉萑蒯繁，時康萑苻散。秋槎别星河，曉夢窺日觀。懸知平生奇，歷覽天下半。長衢紅塵腥，古調白石粲。徒聚幾州鐵，肯餐三斗炭。人生空自憐，歲序忽已换。出門更呼車，春淺冰未泮。

新開河口同方養心望東嶽

群山突兀來崑崙，緜亘萬里如兒孫。云何泰山壓東魯，峭〔一〕立獨作群山尊。高摩蒼穹幾千仞，倒入巨海相吐吞。風雲欲納制水旱，日月隱見開晨昏。嘗思一舉小天下，俯視人世争諠諠。鄒嶧如錐掎遠翠，黄河若帶澆餘渾。自從無懷講封禪，金繩石礁半不存。文園草文亦已死，漢帝需禮終難論。朝馳蒲輪木石老，夜弭玉節虬龍翻。世今極治四海謐，事有未舉群臣奔。伊予遠游困畸〔二〕旅，復此翹望愁攀援。偏憐靈芝太古色，不到上界勾陳垣。浮雲微茫數尺樹，落日慘澹三家村。寧知東巡頌功德，但祝南面安黎元。之人素謝域中戀，誰遣巫陽招爾魂。平生空持赤玉舃，此去恐負青霞言。苦吟夢入太白雪，長嘯衣帶扶桑暾〔三〕。居然飄零斷地脉，久矣惝怳談天根。我還呼酒酹蒼蘚，笑挾服閭驂羨門。醉中同駕六鰲去，何用回首悲乾坤。

校勘記

〔一〕「峭」，國圖本、豹文堂本同，存心堂本、王邦采本作「悄」。

〔二〕「畸」，國圖本、存心堂本、王邦采本同，豹文堂本作「羇」。

〔三〕「暾」，底本、國圖本作「瞰」，據存心堂本、豹文堂本、王邦采本改。《札記》：「瞰」當作「暾」。

皂角林觀劉錡戰處

東都何慘澹，南土劇蕭騷。往往隳戰鬭，於焉出英髦。爲君竟如寄，立國已不高。家供敵人賂，歲奉使客艘。乾坤忽掀簸，城郭皆動摇。狡兎手可攫，長蛇心更饕。精熒金鎖甲，翕絶橘紅袍。厲矛終抉〔一〕腕，投鞭遽填壕。云何大兵壓，尚謂和好牢。白波横〔二〕天險，清野捲地毛。將營皂林斫，軍艦采石鏖。大星遽崩殞，滄海争遁逃。向非斯人在，久矣凄煙蒿。龍虎空野競，狐狸遂寒嗥。信史猶未著，奇功果誰褒。因之懷舊跡，一弔楚江臯。

校勘記

〔一〕『抶』，國圖本、存心堂本、王邦采本同，豹文堂本作『扼』。
〔二〕『横』，國圖本、存心堂本、豹文堂本同，王邦采本作『播』。

風雨渡揚子江

大江西來自巴蜀，直下萬里澆吴楚。我從揚子指蒜山，舊讀水經今始睹。平生壯志此最奇，一葉輕舟傲煙雨。怒風鼓浪屹於城，滄海輸潮開水府。凄迷灔澦恍如見，漭滉扶桑杳何所。須臾草樹皆動摇，稍稍黿鼉欲掀舞。黑雲鯨漲頗心掉，明月貝宫終色侮。吟倚金山有暮鐘，望窮采石無朝艣。誰歟敲齒咒能神，或有傴身言莫吐。向來天塹如有限，日夜軍書費傳羽。三楚畸民類魚鱉，兩淮大將猶熊虎。錦帆十里徒映空，鐵鎖千尋竟然炬。桑麻夾岸收戰塵，蘆葦成林出漁户。寧知造物總兒戲，且攬長川入樽俎。悲哉險阻惟白波，往矣英雄幾黄土。獨思萬載疏鑿功，吾欲持觴酹神禹。

送方養心歸餘姚

切切復切切，行子慘不悅。嗟此四方志，出門彌激烈。孤蹤眇泗沂，遠眼窮恒碣。急吹半天來，曾冰千尺裂。高車少停輪，健馬空嚼雪。雄劍彈無聲，敝衣不得結。魯鄒誰學經，齊趙幾奇節。商歌敲樹枝，漢禮表茅蕝。向時曾買舟，一往脱羈紲。汴流入汪洋，廬阜陵嵽嵲。棄家洗塵埃，求道希耆耋。微煙錦囊鮮，宿露瑶草茁。故國尚遺雉，前王多覆轍。夷門迷戰區，艮嶽守狐孽。輕鞍小駟殘，勁矢天狼折。肯動箕子歌，虚貽晋人吷。從來識時務，往往在俊傑。神仙真繆悠，民物正騷屑。兹游固云佳，所學終不竭。縞髮寧恕人，寒燈遽明滅。歸尋赤城幽，坐視滄海洩。遥空飛胥濤，厚地坼禹穴。窮冬息山樊，長夏仍擱鱉。那能事輕舉，但可容踈拙。一笑同越吟，毋煩用燕説。爲君看白雲，還記此時别。

至杭聞胡汲仲先生没去秋奉柩葬建昌

我舟東至杭，直下追落鶻。悲風吹白蘋，胡子聞已卒。時〔一〕秋載柩去，素紼照揚粤。卜兹建昌城，無地可泣骨。上天果何心，耆舊半已没。英豪氣俱凋，盖壤名獨兀。斯文西漢來，大旨六朝歇。其間雖振之，與世每摩窣。紛拏曲學阿，磔裂淫辭淈。獰飈劍蒴緱，幻彩衣繡髗。聖經黮日〔二〕晶，賢傳顱烟焞。終無萌蘗生，就此斷菑蹷。嘻公追古先，曠視眇窮髮。陳言去如遺，至理昭若揭。遠唳翀沉嵙〔三〕，孤撑植摧杌。舜韶資搏拊，般斧賴剞劂。以茲白谷遺，而有金鑾謁。調琴空緇帷，掞賦止鍛甗。征塵恒碣濛，教雨淮海涬。守儒終勤剛，從仕類標發。漉鹽數泥銼，飛檄沼〔四〕島筏。幸焉櫛民垢，殊莫裨主闕。平時負韋素，晚節老佔畢。佳友將米醪，野僧獻衣襪。耵聹耳鶴泉，眼睆目鯨月。生爲列仙臞，立謝豪俠窟。似予本踈庸，爲士非詭崛。持衡乃藻鑑，泛駕略銜橜。同門溢江漢，共道耀參伐。將令異蚖肆，肯使增獸猰。于今我多慚，固已遭一刖。悁結餘舊氈，軒騫豈黔突。將來杳微茫，逝者真咄咄。宜哉貞耀謚，稱彼甘〔五〕棠笏。公往知我誰，翻然採蠊蠍。怊悵西北雲，從以泛溟渤。

校勘記

〔一〕「時」，國圖本、存心堂本、王邦采本同，豹文堂本作「昨」。
〔二〕「日」，國圖本、存心堂本、豹文堂本同，王邦采本作「目」。
〔三〕「沉嵙」，國圖本同，存心堂本作「沉嵙」，豹文堂本作「沉嵙」，王邦采本作「沉嵙」。
〔四〕「沼」，國圖本、王邦采本同，存心堂本、豹文堂本作「沿」。
〔五〕「甘」，國圖本、王邦采本同，存心堂本、豹文堂本作「十」。

寄柳博士

試續〔一〕儒林傳，南州定幾人。清標騰鳳翼，素手截鯨鱗。卓犖〔二〕初觀國，軒騰〔三〕早致身。燕秦争騁俠，鄒魯共稱醇。旅劍渾如淬，家氊在一振。於焉徵有道，自此教成均。學術諸生識，才名六館親。士牀然燭夜，茸帳結〔四〕餐晨。上下笙鏞間，縱横俎豆陳。岐原周鼓老，闕里魏碑真。白日需前席，青雲仰後塵。山林稽猛駮，文字到祥麟。豈獨呻佔畢，猶應逐縉紳。討論抽秘典，扈從得良臣。絶漠幽洲暗，滄波碣石隣。鸞旗飛旖旎，革輅壓輪囷。御苑材官集，離宫突騎巡。赤狐翻遠譯，黄鼠割時珍。法酒蒲萄熟，天花芍藥春。遡風沙鶻健，衝雪野驄馴。北海誰求隱，東都或對賓。三關寧設險，八極總歸仁。悵望懷今古，賡歌邁等倫。短衣曾見寵，長鋏每忘貧。共往仍聯駟，同吟更接茵。玉山森巨石〔五〕，金水濯芳津。本擬追枚乘，終然愧郤詵。鹿鳴來已再，鵬擊去何因。色挺淮王桂，香生楚客蘋。聖朝初〔六〕薦士，江漢有垂綸。

校勘記

〔一〕『續』，國圖本、存心堂本、豹文堂本同，王邦采本作『讀』。

〔二〕『舉』，國圖本、存心堂本、王邦采本同，豹文堂本作『踔』。

〔三〕『騰』，國圖本、存心堂本、王邦采本同，豹文堂本作『騫』。

〔四〕『結』，國圖本、存心堂本、王邦采本同，豹文堂本作『潔』。

〔五〕『石』，國圖本、存心堂本、王邦采本同，豹文堂本作『植』。

〔六〕『初』，國圖本、存心堂本、王邦采本同，豹文堂本作『如』。

寄吴正傳

自昔攜手燕南門，長風洒雪衣不温。向來所見夢一覺，今縱欲語舌復吞。日斜忼慨與子別，班馬跳躍東西奔。色摩中州翠嶽聳，波濯列壤黄河渾。指麾齊秦擊快鶻，凌厲楚漢抽枯黿。彼雖失矣幸得此，英氣挾酒猶飛騫。常憶仲春大羽獵，九衢絃直歸乘轅。綵女紛〔一〕行引樂伎，材官夾道羅弓鞬。須臾紛騰一萬騎，足所未及塵爲昏。中使計功促筵秩，崑崙玄圃惟目存。威鳳文章倏能集，祥麟郊藪將不諠。信知天邑自壯麗，誰使游士争扳援。悲哉小草有遠志，隨即大挫栖丘樊。恢奇俊偉莫子若，便可上拂勾陳垣。來乘東楚又一載，此地聞舊稱雄藩。居民雜作他郡劇，治道小試平生言。秋行荒壖翠稻實，夜艤巨濼明珠燉。定應矯首謂予懶，青桂無花能返魂。幽屐穿林鸞鵠唳，大瓢挹海魚龍掀。達須出仕窮且隱，肯以一腐終乾坤。

校勘記

〔一〕『紛』，國圖本、存心堂本同，王邦采本作『分』。

一笑

一笑長竿折，徒憐大海魚。文章猶醬瓿，塵土只鹽車。白日燕臺劍，清風禹穴書。上林誰獻賦，愁絶馬相如。

范蠡宅

淡淡寒雲鸛〔一〕影邊，荒山故宅忽千年。大夫已賜平吳劍，西子還隨去越船。白石〔二〕撑空留罔象，青松落井化蜿蜒。徒憐此地無章甫，只解區區學計然。

校勘記

〔一〕『鸛』，國圖本、王邦采本同，存心堂本、豹文堂本作『鶴』。

〔二〕『石』，國圖本、存心堂本、豹文堂本同，王邦采本作『日』。

烏震古錢

烏震何年自鑄錢，偏爐發冶光燭天。方圜肉好本不變，百萬戍卒橫戈鋋。鎮州城南塵霧起，雖有忠臣無孝子。殘虜毀鼻遺還軍，老母孱妻傾淚水。一時富貴千載兇，摹〔一〕爲騎將空英雄。天子真傳内藏竭，小臣别賜銅山銅。似此頗期邦國活，却因貨利專生殺。但能擲地作金聲，九府終存太公法。

校勘記

〔一〕『摹』，國圖本、存心堂本、豹文堂本同，王邦采本作『募』。

聽客話熊野山徐市廟

大瀛海岸古紀州，山石萬仞插海流。徐市求仙乃得死，紫芝老盡令人愁。就中滿載童男女，南面稱王自民伍。蒼劍凌天化曉雲，鐵船赴壑沉秋雨。琅琊臺上望欲空，日出未出扶桑紅。魂漂三神入夢幻，淚洒萬鬼争英雄。真人獨見阜鄉舄，奉使遥傳鎬池璧〔一〕。桃源草樹同一香，紵嶼蛟龍散無迹。古往今來亦可憐，世間何處有神仙。文成五利猶騰説，不惜秦年惜漢年。

校勘記

〔一〕『璧』，底本、國圖本、存心堂本作『壁』，據豹文堂本、王邦采本改。《札記》：『壁』當作『璧』。

題米元暉青山白雲圖

一簇空濛杳靄間，嵓花穴葉鬬斕斑。若爲看盡雲生滅，還我青然萬古山。

題李西臺真蹟

去矣昭陵瘞帖空，西臺筆力到江東。知渠尚賴毛錐子，氣壓長槍大劍中。

淵潁吳先生集卷之五

門人金華宋濂編

論倭〔一〕

臣愚不佞，揆今之世，提封萬里，東西止日所出入，南北皆底于海。邊徼無烽燧之警，士卒無矢鏃之費。外夷重譯，鄉風效順。梯山航海，莫不來獻方物，漢唐之盛所未有也。然以倭奴海東蕞爾之區，獨違朝化三十餘年，奉使無禮，恃險弄兵，當翦其鯨鯢，以爲誅首可也。而迄今未即誅，意者其有説乎？臣切即前事觀之，海東之地，爲國無慮百數。北起拘耶韓，南至耶馬臺而止，旁又有夷洲紵嶼，人莫非倭種，度皆與會稽臨海相望，大者户數萬，小者僅一二百里，無城郭以自固，無米粟以爲資，徒居山林，捕海錯以爲活。漢魏之際，已通中國。其人弱而易制。慕容廆〔二〕曾掠其男女數千，捕魚以給軍食。其後種類繁殖，稍知用兵。唐攻百濟，百濟借其兵，敗於白江口，乃逡巡斂甲而退。今之倭奴非昔之倭奴也。昔雖至弱，猶敢拒中國之兵，况今之恃險，且十此者乎？

鄉自慶元航海而來，艨艟數十，戈矛劍戟莫不畢具。銛鋒淬鍔，天下無利鐵。出其重貨，公然貿易。即不滿所欲，燔焫城郭，抄掠居民，海道之兵猝無以應。追至大洋，且戰且卻，戕風鼓濤，洶湧前後，失於指顧，相去不啻數十百里，遂無奈何。喪士氣，虧國體，莫大於此。然取其地不能以益國，掠其人不可以强兵，徒以中國之大，而使見侮於小夷，則四方何所觀仰哉？唐太宗擒頡利而靺鞨來朝，太宗曰：『靺鞨遠來，突厥既服也。』今倭奴不及於突厥遠甚，若其内屬，如靺鞨者又多，臣恐其有效尤於後也。以臣度之，倭奴之國去高麗、躭羅不遠。今戍高麗、躭羅者當不下數百萬，戍慶元海道者當亦不下數百萬。比歲水教，以作士卒之氣。大艦數百，薄海上下。然迄未能以兵服之者，地絶大海，險故之，以間往征之〔三〕，三軍之士，感激嗚咽，誓不再見父母妻子。颶風連晝夜，大魚跋扈，驚觸篙柂。勁弩不暇發，囓舌相視。不幸而有覆艦之虞，衣衿結聯，溺死枕藉。幸而一存，拔刀斫舷，手指可掬，雖親戚不相救援。生死尚未能保，何暇較勝負哉？昔者，隋人統五十二萬人伐高麗，高麗終拒守不下，所恃者，鴨緑一小江耳。今倭奴之强固不如高麗，而大海之險甚於鴨緑水者奚啻幾十倍。其人率多輕悍，其兵又多銛利，性習於水，若鳧雁然，又能以攻擊爲事。而吾海道之兵擐甲而重戍，無日不東面望洋而嘆。使其恃强不服，雖盡得而勦之，摧朽拉腐也。而彼乃肆然，未嘗一懼。非恃險也，何敢若是？

吴嘗浮海伐夷洲矣，獲其人三千，而兵不助强；隋嘗浮海伐留仇矣，拔其城數十，而國不加益。何也？人非同我嗜欲，弗能生也；地非接我疆土，弗能有也。爲今之計，果出兵以擊小小之倭奴，猶無益也。古之聖王，務脩其德，不敢勤兵於遠。當其不服，則有告命之詞而已。

今又往往遣使臣，奉朝旨，飛舶浮海，以與外夷互市。是有利於遠物也，遠人何能格哉？魏文帝謂辛毗曰：『昨張掖獻徑寸大珠。今欲求之，曷若？』辛毗對曰：『聖王惟德之務，四夷畢獻方物。求而得之，不足貴也。』今不若罷我互市，從彼貿易。中國免徼利之名，外夷知效順之實，計莫便於此。彼倭奴者，心嗜利甚，我苟不以利徼之，雖不煩兵，猶服也。何以知其然也？漢建安中，鮮卑軻比能稍寇遼東三郡。其後來朝，則詰之。曰：『我雖夷狄，亦人也。禽獸猶知擇美水草以居，況我人乎哉！前者守臣數徼我以利，使吾不得畜牧，吾故叛去。今反其法，吾故來。』又況倭奴之人，稍知文字，豈反不及軻比能耶？而獨不知效順者，此臣所以日夜扼腕切齒，爲朝廷惜也。

臣年長矣，每思傅介子、班超之所爲，慨然嘆息。使二子不自奮於絶域，未免爲田里之匹夫，功或不成於漢朝，至老死亦無聞於後世。臣自揆不能如二子之智，而欲有二子之功，罪不容於死。幸而朝廷假臣一命，奉其告辭，得往喻之，亦一奇也。議者必曰：鄉曾數遣使，猶不得要領。近自對馬、絶景等島渡大海，徑趍太宰府。高麗、躭羅沮撓百出，留使臣，不使遽見。中夜守護，排垣破户，喧呶詾號，兵燧交舉。後雖僅得其使介來廷，終至渝平而不服。意者一泛使之遣，未足以服之乎？自臣觀之，今則高麗、躭羅已服。所未服者，倭奴而已，然亦不勝其懼矣。故今遣使不可與鄉遣使並論也。臣必謂其王曰：

海東之地，曾不能當中國一大州，其兵衆之多寡，可料而知也。以今中國之盛，不即加誅於海東者，天子之德，不忍煩兵於遠，非有愛於海東也。鄉者，王之衆航海而來，驚我海道之兵，且戰且卻，王之輜重喪失者太半，而我曾不損一毫。三軍之士忿然含怒甚，唯寐忘之。當慶元海道者，莫不被堅甲，蹠勁弩，帶利劍，飛艦蔽海而東，超足距躍，輕風濤萬里之險，決死生以問罪於王。兼之高麗、躭羅之衆，其識海道、習水性與王國同，是王數面受敵也。然迄今未即加兵者，意王猶有人心，欲以禮義服之，又不忍煩兵以苦王，以故遣使臣來。今朝廷攻王之土地，非如伐夜郎、略朝鮮，可以置城守也。雖得之，越海弗能有也。寶珠、金帛積如丘山，不恃外夷之貢獻也。殊方異物來獻于廷，又不假王之重貨也。罷我之互市，從王之貿易，是吾土地之所産，王反得而用之也。然王之名物不譯於舌人也久。邊隙一開，市易且有禁，非王之利也。旦夕大兵且來，王必悔之。王若聽使臣，是得效順之美名，而免受敵之實患也。

此臣喻之之説也。

校勘記

〔一〕存心堂本、豹文堂本於題目下有小注『代友人作』四字。

〔二〕『魌』，底本、存心堂本、豹文堂本作『䰠』，據國圖本改。

〔三〕豹文堂本作『地絶大海之險，以故間往征之』。

形釋

客有問曰：生故倦游也，頗有聞於今之世乎？泰階既平，滄海不波。仁漸八荒，德被邇遐。東暆渺蟠木，西紀泝流沙。麒麟鳳凰，襂襹翕赩，徵瑞乎山谷；神芝朱草，勾萌甲坼，納祥于水涯。上又招賢良，選廉茂，訪遺逸，舉孝弟，開承明廣内之廷，設金馬石渠之署。高者登公卿大夫，次猶補文學掌故。遠方鄙人詹望歌詠，以需進用之日者久矣，又豈有卑污連蹇，局縮齷齪，不少遇乎？生嘗竊志於是，少始知學，長又益加。義理析秋毫，辭章掞春華。亦既絶江河，畧青徐，東掎齊魯之郊，北睨燕趙之都。英豪間出，俊造交驅，指南文苑，擩嚌道腴，盖將追蹤乎三五，而方駕乎羲蘧。然且名不躋仕版，身不離樵蘇，口不攻辨智，足不利走趍，誠不能與世之豐衍博碩、輕便侈汰者比，數乃若此之拘也。是何昔者元造肖形之過乎？

予則應曰：唯唯，否否。若客所謂知其一，未知其二者也。乾清坤濁，交錯紛絪。吹陰呴陽，坱圠無垠。洪纖高庳，肥瘠異倫。抽機掣鍵，斡化陶鈞。則且或入於堯、禹之聖，與夫桀、跖之不仁。轇轕氣運，雜遝形質。鳧短鶴長，烏黔鵠白，卒不可變已，尚能復逃其真乎？然則大有所不及，小有所不取。材有所不任，力有所不負。[illegible]曉眼[illegible]，傎倒鹵莽，明足以察錐末，或者泰山之不睹；魁壘卓犖，精悍壯武，勇足以敵千〔二〕鈞，或者蟬翼之不舉。王良扶輿，造父執轡，必將驂蜚黃，馭騕褭，犇騰追逐，過都歷國，然後知滇僮僰騎曾不得以供騶策；易牙調羹，屠蒯侍酒，必將截肥胾，湛清醥，淋淫醑醽，式歌且舞，然後知瓦缶褻味曾不得以厠鼎俎；鄭侯定律，稷嗣制禮，必將考圖籍，列茅蕝，奇瑋特達，危談抗論，然後知窮鄉曲學曾不得以施廊[二]廟。予猶以是病也。盍獨不觀夫世之務進而不已者乎？峨高弁，曳長珮，從容而遊豫，堯行而舜步；搜古文，摘奇字，穿鑿以附儷，周情而孔思。屈原宋玉，王揚司馬，支離輪囷，綺繢艷冶，言文辭者則或蜀而或楚；《詩》《書》《禮》《樂》，雕龍炙輠，公平正大，浮淫奓詡，言道術者則或齊而或魯。喑嗚則雷震，指顧則雲聚，立談則谷風發條，嵩怒則秋雨流潦。頎然而長，厖然而厚，博然其肩背，哆然其顴輔。出材於山野，升俊乎天府。窮足憫黎民，達足事聖主。猶欲發乎汪罔之封守，毆乎昭如之海濱。輅車尚有所不能載，三馬尚有所不能勝。若是乎恢梧倜儻，苞容庨豁，有異於恒人者，乃足爲國家之用，稱天下之珍。則予之不足也，知已甚矣！今夫予志氣不剛，筋力不强，容貌不通於世俗，衣冠不合於康莊。空洞坋塞而無統，繆悠迂誣而不得當。處闠闠則心勦形瘵，望山林則獸駭[三]鳥鵆。忼慨而長嘯，跰躃以自鑒。且謂夫元造肖形之過也，則客將閔宋人之苗而揠之使長乎？不然，世固有是者矣。竦肩而千技，攘臂而百變。拏棹則凌冰霜，膏車則犯雪霰。蓋已前鼓金、張之虛譽，後攀許、史之密援。王、貢彈冠而肯慶，蕭、朱結綬以互薦。是固先聲之所及，無論乎么麽眇小血肉之軀，而上不許之見也。

客乃逌然笑，惕然謝曰：古之人不云乎：『形之厖也類有德，聲之宏也類有能。』然卒以是致敗而不復振。予不敢復相天下士矣。是故鯨鯢蕩而失水，雖螻螘之細微，或爲之制；麋鹿介而離山，雖文豹之拳捷，或肆其噬。晏嬰短而臨菑安，趙武吶而故絳理。沈尹瘠而屈折白公，孟嘗眇而招徠多士。斯豈非其人乎？姑欲激生而使進於此也。生今上希道德，中效儒墨。巧匠之手無曲木，而惟其器之用；聖人之門無棄人，而惟其材之得。不究其學之是非，乃徒汝形之爲惑。是且輕詩人之忠厚，掩説士之噤吟，捨〔四〕茈葫桔梗於戰國之澤，而不收榛楛棫樸於成周之林也，不亦左乎？

校勘記

〔一〕『千』，底本作『十』，據國圖本存心堂本、豹文堂本改。

〔二〕『廓』，底本、存心堂本、豹文堂本作『廓』，國圖本不清。《札記》：『廓』當作『廊』。據四庫本改。

〔三〕『駭』，國圖本同，存心堂本、豹文堂本作『騎』。

〔四〕『捨』，國圖本同，存心堂本、豹文堂本作『拾』。

改元論上

先王之始得天下也，必明一代之好尚，以新斯民之耳目。聞改正朔矣，未嘗聞改元也。然則《商訓》稱『元祀』，《春秋》書『元年』者，何以哉？曰：是直史官紀述之常體耳。將以志人君之在位久近者也，非王者以是爲重事也。後之説《春秋》者，乃欲以改元爲重。《春秋》之初，周平王立四十有九年，而魯隱公又改稱元年。藉令重在改元，何不襲稱王者之年，傫數而明詔於人哉？抑魯以周公之裔，且僭改之也？苟或僭改，必宜誅絶於夫子之筆削，又反從而書之，獨非撥亂反正之道乎？蓋自古未嘗有改元，爲是説者特出於戰國、秦、漢之間。周之既衰，秦與列國争稱王。其初即位時，猶以諸侯之爵行國中，國人皆稱之曰公。及後，以王自稱，史官欲少異之，明其稱王之始，故曰某王改元。是豈班班然播告於其國者哉？徒以書之載籍而已耳。何則？秦惠文王，孝公之子也，立十三年矣，十四年乃稱王，而秦史改元。魏惠王，武侯之子也，立三十六年矣，三十七年乃稱王，而《汲冢竹書》亦改元，又十六年而後惠王卒。非改元也，明秦、魏之始稱王也。此殆爲史官者自志其國之事，猶《春秋》之於魯史也。求其説而弗得，又大惑焉。且謂西伯在商紂世亦嘗稱王，亦嘗改元，其兆特因戰國之秦、魏。秦、魏豈果以改元爲王者之重事哉？

説者恒曰：爲國君者，即位之明年，必告廟以臨群臣，然後改元。然以之言告廟則可，臨群臣則可，以之言改元則未可。國君嗣位，定於初喪。先君之終，即嗣君之始。若曰緣終始之義，一年不二君，特臣子之情不忍遽死君父，故居喪自稱曰子。國内民人之心繫之久矣。將爲史官者，以先君之薨年，不得便爲嗣君之始年，始〔二〕待其明年告廟之際，乃次第以書之。如太甲祗見厥祖，而元祀之文，著於《商訓》也。以事繫日，以日繫月，以月繫時，以時繫年。書之以年，則又繫於一國之君，是皆有不得不然者也。故曰：直史官紀述之常體耳。然則何以變一爲元？杜預曰：『人君即位，欲其體元而居正，故不言一年一月。』此説善也。而後之説《春秋》者自異焉，亦不合於《春秋》矣。

校勘記

〔一〕『始』，國圖本同，存心堂本、豹文堂本作『姑』。

改元論下

爲《春秋》者曰：『惟王者，然後改元。東周之遷，王政不行，諸侯亦皆改元。近而宋、魯，遠而晋、楚，下及邾、莒、滕、薛，雜〔一〕小國莫不皆然。魯或以是而改曆，晋或以是而改正朔，秦或以是而創閏月。』此又似是而實非者也。太史公三代《本紀》有三代《世表》，徵《尚書》，《尚書》無年，故年不可載，乃以世紀之。十二諸侯《世家》，有十二諸侯《年表》、六國《年表》，共和以下徵《春秋》左氏內、外《傳》，秦始皇以上，徵《戰國策》，皆有年，故既以世紀之，又以年實之。然或已失其世系，失其年代，失其名爵矣。且先王之世有小史、外史，以掌邦國四方之志。諸侯無私史也。晋之《乘》、楚之《檮杌》、魯之《春秋》，至東周而後有，是故十二諸侯之年，始可得譜，然不可得譜者亦多矣。燕至惠侯而始有君，秦至穆公而始有名，楚至若敖而始有年。滕、薛、騶雖文、武之褒大封，小不足齒。他大國當西周之盛，亦徒紀之以世而已。近者詳，遠者畧也，非必曰：『以周之衰而諸侯各自改元。』推《春秋》之義，此尚得爲大一統乎？

蓋古之王者無改元，惟用舊歲季冬，頒來歲十二月朔於諸侯。諸侯受而藏之祖廟，至則以特羊告廟，請而行之。東周既不頒曆，故魯亦作私曆，猶私史也。若諸侯固自有日御矣。秦以僻陋之國，邊在戎夷，於是始有史官，始創閏月，則猶魯曆也。然三王之正不同，而獨夏數得天。商、周革命，且改正朔，以示不相沿襲。巡狩承享、兵農田獵，猶自夏焉。故周官有正月，有正歲。正月，夏正。正歲，周正。三正之通于民俗，尚矣。《汲冢竹書》雖用夏正以紀晋事，抑何嘗有改元之説哉？若曰：東周諸侯皆改元。則此晋事，上起殤叔。殤叔，晋穆侯少子成師也，别封曲沃。是時，文侯、昭侯猶在，殤叔比晋一大夫耳，無緣改元。特武公卒併宗國，不數文侯，直推殤叔，以繼穆侯，徒志其始封與卒年也。太史公《漢興以來諸侯世表》《高祖功臣侯年表》類於每國書『某王元年』『某侯元年』。方天下大定，奉漢法度，行漢年號，固也。又况孝武新建元，而輒自改元，可乎？《淮南鴻烈》亦稱『淮南元年』。許慎註云：『淮南王安始封之年也。』特爲史官者欲著每國之名爵、年代、世系，故一以是書之，非改元也。考之於漢者如此，則可見東周諸侯之必不然矣。

校勘記

〔一〕『雜』，國圖本同，豹文堂本作『雖』。

秦誓論上

秦穆公因杞子之謀以伐鄭，鄭人知之。既還，而晋人又敗之于殽。内愧蹇叔，外爲諸侯所笑，咨嗟痛惜，發言自誓，且以咎其聽言之失而已，欲戰之心固自若也。修而車賦，儆而師徒，逞其憤怒，求以報復，非不欲詢老成、棄新進也。言猶未已，而兵遽出於晋郊。然則夫子何以獨列之書乎？將不取其悔過乎？曰：夫人誰無過？過而能悔，然後能改。改過，君子之心也。以君子之心行王者之事，將已亂，非生亂；將寡怨，非積怨。穆公有一於此乎？今徒信其區區自誓之言，不察其無道用兵之罪，雖説《春秋》者亦不敢少責於秦，反以深責於晋，是不知秦猶晋也。

且曰：晋人三敗秦師。秦之見報，人之常情也，未至如晋之甚。晋人又輒報之，則過矣。故《春秋》常情待晋襄，王事待秦穆。文之四年，穆公雖見伐而不報，然後可以實其悔過之言。是又非也。夫以秦之所謂悔過云者，吾知其心矣。必也追念既往之敗，引咎歸己，作爲言語，以自解於國人，使國人不徒忘其死傷暴骨之戚，且又作其迅奮欲戰之憤。封殽地之死骨，啓隴西之霸圖，蓋已盡在於自誓之一日。是則因敗爲勝，轉禍爲福，而鬭士自倍者也。若夫文之四年，穆公非不欲報伐也，兵出累年，民勞國敝。又復有事西戎，闢國十二，固少惕耳，未始一飯不在晋也。六年之夏，穆公卒矣。不然，晋不先動而秦輒加兵，非結怨亂之甚者乎？雖以康、靈、桓、景繼體之君出，事已隔世，讎猶未釋。自僖三十三年殽之戰，迄宣十五年輔氏之戰，凡幾戰矣。三四十年之間，和好未嘗協，兵釁未嘗解〔一〕，不顧義理之是非，而專以干戈爲報復，夷狄之道也。《春秋》且以是而狄之矣。穆公爲有以基之者也，烏在其能悔過乎？雖然，自其言而論，君子不以人廢言，此夫子所以獨列之書也。自其事而考，二帝三王以來，世變至此極矣，是未可以王事待之者也。齊宣王伐燕而敗，慚見孟子，而陳賈乃教之以文過。由是較之，則穆公之所以爲賢者，豈不遠矣〔二〕？

校勘記

〔一〕『解』，國圖本同，存心堂本、豹文堂本作『縱』。

〔二〕存心堂本、豹文堂本於『矣』字之後有『哉』字。

秦誓論下

方周之東遷，平王之命蓋與成、康太平之世無以異，於是哀痛慘惻之心亡矣，周道不幾於衰乎？雖然，聖人猶有望於魯。魯，周公之胄，秉禮之國也。魯不足望，則天下之勢，不併於秦而不止。是故帝王之末簡，而秦、魯之誓書附之。予嘗論其不然。當春秋之時，秦幾霸矣，殆無與於王室之盛衰。自殽之戰，大敗於晋，兵戈日尋，無有寧歲。東諸侯不復與盟會，又且南合於楚。晉、楚争衡，秦何有焉？晉人曰：『齊、秦、楚、狄方强。今三强服矣，敵楚而已。』楚人曰：『捨齊、秦，他國請相見也。』是秦不晉、楚若也。且秦之興，始於孝公之用商鞅，成於惠王之取巴蜀。地形便，兵力壯，蠶食六國，併吞二周，戰國之秦也，非春秋之秦也。此其去吾聖人之卒也亦久矣，雖吾聖人之答子張以『百世可知』，必曰：其所因者在乎禮，其所損益者在乎制度文爲小過、不及之間耳，非若後世讖緯、術數之學也。烏知周之必併於秦哉？

聖人不作，諸子雜説並起。左丘明《國語》載史伯之言，亦曰：『夫楚，重黎之後也。黎爲高辛氏火正。昭顯天地，以生柔嘉。姜嬴荆芈，實與諸姬代相干也。姜，伯夷之後。嬴，伯益之後也。伯夷能禮於神以佐堯，伯益能儀於物以佐舜。其後皆不失祠，而未有興者。周衰，將起矣。』又曰：『武王之子不在應、韓，必在於晉。』且使鄭桓公勿偪焉，而别寄帑於虢、檜。然亦何以異嚮所云哉？夫西周之末，王政舛錯。史伯知其必亂，則當矣。齊固大國也。雖晉文侯帥師以救周難，猶次國耳。楚亦蠻夷，蕞爾子男之邑。秦仲方入仕于周，尚未得岐豐地，未列於諸侯，豈特與諸姬代干也哉？必周之東遷，齊始霸，晉亦相繼而霸。秦則桀驁於西，楚則暴横於南，而鄭也適居四方之會，交南北之衝。彼四國者恒困之矣。丘明將與魯悼公同時，且推其所見而言，皆傅會無誠實。猶戰國之世，見秦之强，遂謂聖人叙書之際，已覩其勢之若此，而特以感傷之微意寓焉，非『行事之深切著明』者也。然則《書》何以列《費誓》《秦誓》？曰：伯禽初封，適有淮夷之寇，以修内備，以扞外侮，井井然各有條法。蓋聖人善之者也，非有望於魯也。若夫《秦誓》，則吾前論及之，亦《詩》之取《魯頌》《商頌》也，如是而已矣。

孔子不貶季札論

《春秋》：『吴子使札來聘。』吴，蠻夷之國也。君稱爵，大夫稱名而不氏。因其始通，禮蓋未同於中國也。是特楚椒、秦術一例而書耳。説者曰：『《春秋》責賢者備。吴子使札，《春秋》不稱其公子，是貶也。然則曷爲貶？札，賢者也。本其辭國以生亂，故聖人特託其來聘而貶之也。』是不然。夫吴子壽夢有子四人，長曰諸樊，次曰餘祭，次曰夷昧，季則札也。父知其賢，兄弟亦知其賢。嘗欲立以爲嗣矣，又且約以次傳而致國矣。然終不肯有其國。豈不曰立嫡者以長，傳國者以賢？苟不顧人道之大倫，以成其父兄之志，誠不若守匹夫之介節，而得其退耕于野之安也。何則？長幼之序不可紊，君臣之分不可奸。將已亂也，非生亂也。今則諸樊兄弟已死，夷昧之子僚乃立，吾將奉嗣君之命歷聘乎上國。豈料魚劍之變驟起於肘腋之間哉？聖人固不得以是而豫貶之也。闔廬之謀，王僚之弑，且知季札必不受成國於賊手，僅以先君傳授之次第，藉口於國人。雖常人之情猶得之矣，况聖人乎？

説者則曰：『太伯犇吴而不返，季歷嗣位而不辭，武王繼統而受命，亦不以配天之業讓伯邑考也。』是又不然。夫太伯之去，因古公之欲立其弟，季歷嗣位，非不辭也。端委治吴而不返，豈可殞周家已成之業哉？若伯邑考，則且爲御於商，見殺於文王之世矣。使太伯返，則季歷不肯承西伯之任；伯邑考在，則武王亦不肯任天下之責。太伯之德，雖在於讓；季歷之賢、武王之聖，非皆出於不讓也。父子世，常法也。兄弟及，則法之始變也。陽甲、盤庚之間，殷以是亂者九世，豈獨季子之辭國乃生亂哉？

說者則曰：『叔齊之德不越伯夷。孤竹舍長而立幼，私意也。諸樊兄弟無及季札之賢者，父兄眷眷焉欲立札，公心也。』是又不然。夫伯夷以父命爲尊，叔齊以天倫爲重。彼此交致其讓而各盡其心，以故聖人賢之。然季札又何以知其爲公心哉？諸樊兄弟欲承父兄之志，使有其國，盍不於吾魯隱、桓之際觀之乎？惠公欲以桓爲嫡，禮之所不得爲也。惠公縱其邪心而爲之，隱公又探其邪志而成之，秪以自禍而已。壽夢，其惠公也。諸樊兄弟，其隱公也。吾見其邪，尚何公心之足云哉？且謂季札生亂於辭國，殊不知使有其國，亂益甚矣。

說者則曰：『《春秋》多變例，聖筆有特書。荆楚無大夫，而屈完書族；王朝下士以人通，而子突書字；諸侯公子以名著，而季友書子；母弟之無列者不登其姓名，而叔肹書氏。皆以賢而特書也。若仲尼亦賢季札，必依此例而特書矣。』是又不然。夫齊桓召陵之師，楚人未有必盟之意也，而屈完請服。王人救衛之役，王室微矣，而又使子弟主兵，故子突不得有功。季子來歸，則我公請之於齊，而欲以靖魯國之亂。叔肹之卒，則又或以公弟之貴，而世遂爲卿。聖人之特書者，特因四子以立〔一〕義，豈得與季札例言之哉？然則《春秋》之旨，主於吳之來聘，不主於季札之讓國。季子之來聘可見也，讓國不可見也。吳之始通，禮未同於中國。吳子之使札，是猶楚子之使椒、秦伯之使術也。聖人一以是書之。至若楚之自州而國，自國之有君，有大夫，而後漸同於中國。後日，楚子之使薳罷，君以爵，大夫以名氏，楚殆盛矣。聖人果賢之乎？否也。今則《春秋》書之曰『札』而不稱『公子』者，吴之始通，猶未至於楚之寖盛故也。又況吴子之使聘者，一國之事；季札之讓國者，一家之事。《春秋》，魯史也，主於吴之聘我者耳。若季札之辭國生亂，非惟聖人不能於是貶之，雖聖人欲於是而稱其讓國之賢，亦所不能也。要之，爲此説者，《公羊》則曰：『賢季子。』《穀梁》則曰：『善使季子。』夫季子固賢者也，《春秋》亦不以其賢而不名也。《公羊》所謂『許夷狄者，不一而足』是也。若以吴子之使札爲善，札賢而名，所以成尊於上，楚椒、秦術名而非賢也，又將何以成其君乎？是蓋吴之始通，而後有聘。賢札、貶札，聖人不暇論也。今又反因二《傳》之説，强附他義，且貶爲非賢者，何哉？失聖人之本旨矣。

校勘記

〔一〕『立』，底本作『主』，國圖本不清，據存心堂本、豹文堂本改。

與黄明遠第一書論日夜食

頃見舉《穀梁春秋》違失，有日夜食之辨。及觀劉氏《權衡》，亦謂《春秋》據見而録，不應書日夜食。何休難之，得矣。鄭康成强爲文過耳。予嘗考之，日月之嬴〔一〕縮有常度，則日月之薄蝕者，候之亦且有常。聖人之作《春秋》，所以宣明曆數而示諸人者，固不能必日之不夜食也。莊之十有八年三月，日食，上不著日辰，下不稱晦朔。是則《穀梁》求所以解經，足以知日之有夜食。鄭君知所以驗日之有夜食，以故寧分《穀梁》之過而不辭。古者，天子有日官，諸侯有日御，世脩其業，以攻其術。孔子爲《春秋》之故，亦脩殷之故曆。夫曆，《春秋》之所重也。後之儒者，或造家術，或用黃帝以來諸曆，必先推考日食，以驗《春秋》。何則？日之行也有中道，月之行也有南北。凡〔二〕行當其晦朔之交，或食淺，或食深，或頻月迭食，或曠歲不食，是皆後世善算者所能及也。

何休難曰：『《春秋》書日食，不言月食。日者因其無形也，故闕其疑。』何緣以夜食書乎？予嘗推鄭君之説，知日之必有夜食，言乎前月之晦，日入久矣；言乎次月之朔，日出而已虧傷。蓋天之晝夜以日之出入爲分，人之晝夜以天之昏明爲節。此《傳》所謂因王者之朝日，而後見日之有虧傷也。今而曰一日一夜合爲一日，日始出而虧傷未完，是朔食也。如或不見其虧傷，則可謂夜食耳。夫自周天三百六十五度有畸者而論之，天平運而舒，日月則内轉而縮。日一日一夜一周天，而在天爲不及一度，若月已不及十三度有畸。以日之速，用月之遲退以及之，一月之間，積二十九日九百四十分。日之四百九十九，日月一會。是則二十九日少半日也。天運之參差不齊，日食之在晝在夜，不可以一定論也，必以日之始出，則爲晝食。日之既没，夜行地下，則將不得爲夜食乎？徐邈曰：『日夜食，衆星無光。』盖衆星託日以爲光者也。世之登泰山者，夜半觀海出日，人世之闇闇猶故也。於此而或食，謂之食朔可矣；晝食，未可也，又安得不曰夜食乎？予嘗遠徵前代。魏永安二年十月己酉日食地下，虧從西南角起。近據宋世淳熙十二年九月望，太史言：『月食在夜。』新曆楊忠輔言：『月食在晝。』慶元四年九月朔，太史言：『日食在晝。』草澤陳大猷言：『日食，且在夜。』月猶有晝食，又況《穀梁》已有日夜食之傳乎？

夫曆本《春秋》之所重者也。今而曰：『孔子從周，何嘗考殷曆？設考之矣，今《論語》《家語》《禮記》《中庸》皆不見也。』雖然，《論語》所載，《詩》《書》《禮》《樂》皆嘗討論，獨無一語及《春秋》。將謂《春秋》非孔子作，可乎？襄之二十有八年，書『春無冰』。哀之十有二年，書『冬十有二月，螽』。不宜有螽而有螽，可以有冰而無冰。是二者，仲尼或指以爲司曆之過。魯曆差矣，則殷曆庸有不考者乎？今而又曰：杜元凱嘗用劉歆《三統曆》，著《春秋長曆》，亦不曾因推《長曆》言日夜食。雖然，元凱《長曆》晦朔參差，甲乙舛錯，委曲從《傳》，反謂經必有誤。是雖未始明言日食之在夜，吾以天運考之，則必知日之有夜食，不敢謂聖經之必無也。抑《長曆》併考古今十曆，乃知《三統》最疎，固不肯因而用之，以著《長曆》。《長曆》大槩劉洪《乾象曆》耳。『《乾象》斗分細，故不可通於古；《殷曆》斗分粗，故可不通於今』，姜岌有是言也。庸詎知《春秋》不用《殷曆》乎？

今而又曰：『自堯以來，因日之出納爲晝夜。若日出而已虧傷，便是晝食，不必言夜。是故旦則驗日，初昏則驗星。』此説善矣。然聖人之作《春秋》，所以宣明曆數而示諸人者，將不復以日月薄蝕之故而後定也。不然，則固不能必日之不夜食也。嗚呼！天文曆數之學，不易言矣。聖人之占天也，有可以度數求者，有不可以度數求者，而其理固自行乎其間，又豈得以吾耳目之所及者而遽定也哉？然今曰：『日夜食，經本無明文，惟見於穀梁子。』穀梁子，魯學也。至漢，鄭君信之。晋范甯又信之。今之世，學者主胡氏，胡氏亦信之。予固不敢以不信也，然則吾明遠之所舉云者，《傳》之不信，而惟何休、劉敞之緒論是徵，故又敢始終辨之。

校勘記

〔一〕『羸』，國圖本同，存心堂本、豹文堂本作『羸』。

〔二〕『凡』，底本、國圖本、存心堂本 作『九』，據豹文堂本改。《札記》：『九』疑『凡』之誤。

淵穎吴先生集卷之六

門人金華宋濂編

與黄明遠第二書論左氏二事

承示《舉傳論》，《左氏》誠有可舉者。世言《春秋》者，必先定五霸之功罪。五霸之間，齊桓特盛，雖曰諸侯，實行天子之事。僖之二年，狄人滅衛，衛文徙都楚丘。齊也遂帥諸侯之師以城之。《春秋》不序也，止若魯自城然，其義蓋有不與齊侯之專封者。今而曰：『使諸侯而城之，將如城邢，書齊、宋、曹之師；或如城緣陵，書諸侯。楚丘之書〔一〕則否，豈非霸者命，魯獨任其責乎？《左氏》乃以魯會之後而不序，《左氏》非也。』自今考之，《左氏》誠非也。然欲謂爲『魯之自城』，則尤非矣。方〔二〕狄之伐邢，三師有聶北之救，邢亦自是遷于夷儀，然後三師因其所以救之者，往城之。杞，夏餘也，而即東夷，又爲徐、莒所脅。齊也且爲東略之謀。夏，既有會于鹹，次年之春，乃往城其所遷之緣陵。此二役也，邢、杞之遷，猶得其國家以往，雖使救而城之，未見其爲專封，故齊與諸侯可書也。若夫滎〔三〕澤之敗、漕邑之處，衛也國破君死，遺男女流散遷轉，莫之底止。於是而救之，於是而城之，豈非所謂專封者歟？故齊與諸侯不可書也。今而又曰：『楚丘在衛，小穀在齊，均之以魯自城書也。』蓋莊之三〔四〕十有二年城小穀，《左氏》則謂『魯之城也，爲管仲』。然魯亦未嘗有自城它國之邑者。杜預注：『小穀，管仲私邑。』今在濟北穀城。穀城别是齊之穀邑，魯與齊襄曾會其地，而蕭叔就朝之處，不曰小穀。小穀本魯邑也，曲阜西北有故小穀城。孫明復，魯人也，考此當矣。未可引以證楚丘也。且城楚丘之上年，齊、宋、魯、鄭、曹、邾爲會于朾，將此六國城之也。又况亡國之餘，豈魯一人所能獨任其責者哉？戍鄭虎牢，非魯之獨戍也；歸粟于蔡，非魯之獨歸也。皆霸者與諸侯爲之也。僖之三年，齊侯、宋公、江人、黄人陽穀之會，齊之霸者幾三十年。《左氏》則指陽穀爲伐楚之謀，近世儒者亦多從之。何則？楚之僭號稱王，凴陵中夏。齊之所當憂者，門庭之寇也。其欲聲罪而致討者，計已久矣。兵不正勝，師出不正反，不有以周詢於始，則何以善處其成功哉？

今而曰：『齊及八國侵蔡，蔡潰，遂伐楚。盖齊之伐楚，因侵蔡而遂爲之，又不用江人、黄人之師也。陽穀之會，果何所謀乎？』是不然。齊桓節制之兵也，兵有聚而爲正，亦有散而爲奇。先之以文告之詞而耀兵於陳者，齊及八國也。示之以犄〔五〕角之勢而按兵於境者，江人、黄人也。樂毅將伐齊，則先約韓、魏，以分其與國之援。諸葛孔明將擊魏，則申好江東，以定其鼎足之勢。盖楚今爲江陵，江、黄今在汝、蔡、光、黄之境，自江陵及於其國者不啻千里。然楚之與國也，熟諳楚事，而樂告於齊，此一會也。齊之所以敢致力於楚者，獨不以江、黄之謀乎？及召陵受盟，齊師老矣。陳轅濤〔六〕塗實誤軍道，使陷沛澤之中。討之誠是也。江、黄二國，全師守境，未曾出戰，故又使魯主之，而後用之於陳。不然，陳豈有獲罪於江、黄者哉？

今而又曰：『《左氏》叙蔡人之嫁蔡姬，故侵蔡。豈先以伐楚謀乎？以是知陽穀之必不然矣。』雖然，蔡姬未絶，蔡人嫁之。若曰齊以侵蔡之陋，不足以令諸侯〔七〕，而欲以伐楚召之，此近譎矣。孔子又謂之正者，何也？意者蔡自莘之敗，獻武見執。既而楚人復之，爲楚屬國。諸姬之陷於蠻夷者，自蔡而始。齊也因是而侵蔡，特以蔡姬而召釁，欲使楚人之不覺，一蔡之潰，乃移其事於楚，則夫齊及八國之威，已動於鄢郢之都矣。陽穀之會，其與江、黄謀此者至熟也。雖晉之霸，亦猶是也。楚之寖强，非東方崛起之吴，未有能制其死命者。始會于鍾離，又會于戚，又會于相，又會于向。屢會之矣，然未嘗與之合戰於楚。楚之歲有吴師，實晉使□〔八〕也，豈非晉之所以用吴者，亦得於齊桓之約江、黄者乎？

抑此二事又齊桓霸業之特盛者也。楚丘，封衛也；陽穀，伐楚也。《春秋》之大節目也。此而不辨，則無貴乎知經矣。它如郳儀父非字也，當與郳子克別是一人。近世黎氏亦有是説。然莊王之弟王子克實字子儀，又一證也。如單伯，魯大夫，《左氏》謂周大夫，則深致其辨。然魯邑有單父，單伯是魯命卿。周有單子，則姓苑，言成王少子臻封于單。或周别有單邑歟？未可定也。餘卷帙尚多，又當有待於面而後盡焉。

校勘記

〔一〕『書』，國圖本、存心堂本同，豹文堂本作『師』。

〔二〕『方』，國圖本同，存心堂本、豹文堂本作『考』。

〔三〕『滎』，底本、國圖本、存心堂本作『榮』，據豹文堂本改。

〔四〕『三』，底本、國圖本、存心堂本、豹文堂本均作『二』。按《春秋左傳》，『城小穀』事在莊公三十二年，據改。

〔五〕『猗』，國圖本、存心堂本、豹文堂本作『掎』。

〔六〕『濤』，底本、國圖本、存心堂本作『陶』，據豹文堂本改。

〔七〕『侯』，底本、國圖本作『俟』，據存心堂本、豹文堂本改。

〔八〕『□』，此處底本、國圖本空一字，豹文堂本不空。《札記》：『使』下疑是『之』字。四庫本亦作『之』。

與傅嘉父書論杞

春秋列國，惟杞最難考。足下確主左氏，謂杞本侯爵。或與足下辨者又謂杞爵爲伯。謂之伯者，公羊氏之説也。《公羊》釋經，桓二年來朝之杞侯爲紀，十二年曲池之盟而杞侯亦爲紀。其後止見杞伯耳，用此故也。是不然。杞之本爵，公也。當武王克商，未及下車，存舜之後於陳，則胡公滿也；存夏之後於杞，則東樓公也；存商之後，則微子之在宋也。地方百里，爵號公，皆使服其服，行其禮，奏其樂，稱先王客而朝，以備三恪。故《傳》曰：『王者之後稱公。』是則杞本公爵也。周之盛時，諸侯之封爵甚嚴也。微子、微仲雖用商之舊稱，至二世而爲宋公。胡公滿之後則有相公、孝公，而杞自東樓公、西樓公，十世至成公，皆稱公，無異稱也。是則杞之本爵公也。而又謂之爲侯、爲伯者，諸侯之封爵變亂，周道之缺也。自杞之入春秋，桓之二年稱侯，莊之二十七年稱伯，僖之二十三年稱子，文之十二年又稱伯，襄之二十九年又稱子，昭之六年又稱伯。自是終春秋，稱伯凡六變。《春秋》之書他國，未有如此者。後之儒者釋之，不曰『杞用夷禮，《春秋》貶焉』，則曰『其國削弱而自降』也；不曰『時王所黜』，則曰『霸主〔一〕擅爲之進退』也。由此觀之，則杞之爲公爵也明矣。安得主左氏曰侯爵，主公羊氏曰伯爵乎？

然予猶竊有疑焉。《春秋》之法，中國而夷禮則夷之，夷而中國則中國之。杞、宋，王者之後也。桑林之樂，公、侯合伯、子、男之禮，猶班班然僅見於宋，杞無有矣。信乎其用夷也。然《春秋》狄秦者有之，狄鄭者有之，狄晋者有之。夫以其行夷狄之道也，特以號舉，而未嘗一黜其爵。爵者，先王之所建也。今不能用先王之禮而用夷禮，狄之可也，聖人又豈以意升降諸侯之爵乎？若以杞之用夷，則已貶稱子矣，而又稱侯、稱伯，且曰『雜用夷禮則降一等，純用夷禮則降二等』，將以其偪近淮夷也。春秋之初，杞即淳于之杞也，而非雍丘之杞也，嘗以來朝不敬而致討矣。曷不於此時貶，而獨貶其卒乎？此一疑也。

春秋之世非先王之世也，諸侯恣行，淫亂不軌。衆陵寡，大侵小，信乎封疆之佩離也。杞之自降，則吾不知也。且當時之削弱不特一杞也，又何杞之屢降乎？然春秋之末，諸侯之賦嘗重矣。子産請之於晋，則曰：『鄭伯，男也，而使從公、侯之賦，懼弗堪也。』争之不已，卒以減賦。夫鄭固自降矣，《春秋》未嘗以男爵書之。若杞以其力之不足，禮之不講，僻陋在夷，不能自列，徒以削弱而貶號爲侯，貶號爲伯，貶號爲子，是戰國之衛也，而謂杞若是乎？又况先王之封爵，杞之世守也，曷爲無故貶爵，以自辱其先祖？苟又自降不已，則將爲周室不成子乎？此二疑也。

成周之盛，王室固能絀陟諸侯矣。其東遷也，王失其政，諸侯亦於是乎不廷，盖非特一杞之爲也。使時王而能貶其爵，削其地，誠足以振衰周而起之矣。《春秋》不必作也。不然，悖亂如鄭、衛，桀驁如吴、楚，天王不能一有所懲，而獨絀杞，奈何以夫王者之後，於周爲客，而以夷狄視之耶？州不若國，國不若氏，氏不若人，人不若〔二〕名，名不若字，字不若爵，爵不過子。使杞而可絀，是果何罪以至此乎？吾未聞時王之威令足行也，徒藉區區之禮以感動諸侯。至於魯桓篡弑之賊，猶且錫命以寵之，雖死不廢。其賞濫矣，其刑則未也，又安在其能絀杞乎？此三疑也。

時而春秋王道缺矣，諸侯力政，而後有霸，宜乎其取先王之典而紛更之也。然五等之封爵，則未之或變也。春秋之始年，大國雖有欲霸之心，而小邑未易以從霸。杞之爲杞，是時一與莒盟，未嘗自列於諸侯之會，齊桓之盛且不足以致杞。又百餘年，而始同盟于蟲牢。若之何而擅爲之進退乎？鄭大夫卒，晋人將治其室，鄭人不許，豈不曰以大夫之在鄭，而晋得以制之？是邊鄙鄭也，不可爲國。大夫且不可專癈置於鄰國，又况同爲天子之藩臣乎？若霸主之擅進退者，誠以甲兵之强弱、幣玉之厚薄也。而偕其等秩，則於載書之際，以莒子，則先薛伯；以曹伯，則次許男，或有之矣，而未始敢變其爵也。且杞之來盟也，晋人方帥諸侯以城之，固將尊顯之不暇，安得賤而絀之乎？此四疑也。

此四説者，必有所是，亦必有所非。其曰『杞本夷禮，而《春秋》貶之』，未盡其義也。則又曰『其國削弱而自降』也，又未盡其義也。則又曰『時王所絀，而霸主[三]擅爲之進退』也。是則杞本何爵乎？公爵也。夫既公爵矣，《春秋》曷爲若是而書之也？夫子之作《春秋》，必關於天下之大故而後書。盖文、武之褒大封，而杞爲首。東遷以來，彼且扶傷救死之不恤，爲天王者固宜發憤于上，而振我周家之法度，乃徒霸主僅假其大義，以專封弱國，以聳動天下。且禹之功及民也遠，人之見河、洛者猶思之，况其子孫乎？鄫不足道也，而杞爲稍大。夫子盖嘗惻然有感於心，而特予之以王爵之不正者，且以志其日就衰滅之漸。是心也，興滅國、繼絶世之心也。故曰：杞之本爵，公也。杞之公爵，吾於西周見之；杞之爲侯，爲伯，驟升驟降，吾則於春秋見之。見之於西周者，正也；見之於《春秋》者，夫子特示其變於天下。及變之既極，又以子稱之。當其卒也，淮夷嘗病杞矣。缘陵有城，而齊以不霸。當其來盟也，東夏嘗不寧矣。淳于有城，而晋亦以不霸。有霸非美事也，無霸非細故也。於是王道之不絶者如綫。人皆曰：

杞，先聖人之後也，今弱矣。而《春秋》屢變其爵，將使天下之諸侯少懼焉。則周室猶幸也。夫豈上絀夏，下存周，而果如公羊氏之説乎否耶？足下既主左氏，而學又孰。昔漢董仲舒與胡毋子都同業，故《春秋》之教大行。此不無望於足下也，亦惟有以折〔四〕衷焉。

校勘記

〔一〕『主』，國圖本同，存心堂本、豹文堂本本作『王』。

〔二〕『若』，底本、國圖本作『名』，據存心堂本、豹文堂本改。

〔三〕『主』，國圖本同，存心堂本、豹文堂本本作『王』。

〔四〕『折』，底本、國圖本作『析』，據存心堂本、豹文堂本改。

讀戰國策

春秋戰國之際，齊先霸，晋次之。惟南方之楚最大，與二霸相出入。秦則眇然一變於西戎，終之吞二周，併六國，類非昔之所謂彊者，乃今西望而悉輸之秦。豈果地形之便、兵力之武而致然乎？吾嘗求其故矣。春秋之時，齊、晋及楚既彊，地廣則主驕，兵勝則民疲。民疲主驕，自顧無能敵己者，亦不能以敵人。然後秦以戎狄辟陋之國，決起而驟勝之。又况山東之主，年未踰弱冠，材不逮〔一〕中人，一旦孽后貴弟位重權高，纖夫細兒專兵握政，欲以是當孝公、商鞅，則非秦之敵也。游談捭闔，託秦名以自決；盟約戰攻，挾秦勢以爲解。不然，上無以僅存其國，下無以私售其說。曾不旋踵，皆以爲秦築帝宮，比郡縣之民，未始有一寤者。惟夫山谷險惡，羮藿飯豆之人言之也切，慮之也詳，且有以深中齊、楚、三晋之病。燕人者曰：『秦之欲并天下而王之也，不與古同。事之如子之事父，猶將亡之也；行雖如伯夷，猶將亡之也；行雖如桀、紂，猶將亡之也。雖善事之，無益也，不可以爲存，適足以自令亟亡也。然則山東非能合而相堅如一者，必皆亡矣。』韓人者曰：『山東相合，之主者不卑名，之國者可長存。王而不能自恃，不惡卑名以事彊者，長久萬世之善計。事彊不可，則不如合弱。胡與越人言語不相知，志意不相通，同舟而凌波，至其相救助，如一也。秦之兵至，奈何合弱又不能相救助如一。此所以爲山東苦也。』其言云爾。太史公乃遺而不録，世亦莫知其爲誰之謀。齊、楚、三晋之人類曰：『我國大。』否則曰：『秦與我厚。』一國受攻，五國不救。韓最近，最先亡。燕頗遠，乃後亡。齊、楚、三晋之人不監秦之所以亡山東者，而競趍其所以亡，豈果地形之便、兵力之武而致然乎？

或曰：當周之初，本在岐、梁、沮、漆之間。商之中世，特置西鄙荒僻之地而不之有。故太王、王季、文王自其百里之國而興焉。秦猶周也。及武王克商，天下歸周，分紂之故都而立三監。太公望處齊，周公旦處魯，召公奭處燕。武王又自營洛邑居之，而濟之以德。秦則反是。郡縣一置而子弟爲匹夫，仁義不施而刑僇爲常行。是秦雖能得周之所以興，而獨不能得周之所以不亡。山東既平，六國爲一，陳勝、劉、項之徒大呼而起。函關百二之險，章邯百萬之衆，終不得首尾相救。又何秦之强弱爾殊也？由是觀之，山東散則秦勝，山東合則秦滅。死君之胤、亡將之家猶能使天下不爲秦有，況山東之完國乎？

夫天下之地，方千里者九，秦獨有其一。此正孟子所謂『鄒敵楚』者。秦又戎也。《公羊春秋》不云乎：『秦伯卒而不名，狄道也。』孝公、商鞅未遇之初，天下亦以夷狄擯秦。擯之是矣，而又事之，何哉？秦交之不絶，與國之不恤，縱横游説之不禁。非秦能亡之也，自亡之也。是故曹操爲國賊，而吴、蜀之不通；宇文爲鴟梟，而陳、齊之相擊。亦終於必亡而後已，豈獨戰國乎哉？

校勘記

〔一〕『逮』，國圖本同，存心堂本、豹文堂本作『遠』。

讀韓非子

予讀《韓非子》書，蓋法家也。至《顯學篇》乃言八儒、三墨皆足以蠹國而害政，必欲盡去乎是，而後能治。墨不足言也。儒者之學，通古今，徹上下，有國者無不賴之，而非獨不以爲然。是又荀卿子弟子也，一何迂誣怪盭若此耶？豈以荀卿子之學猶習於戰國之俗，而不純於堯、舜、周、孔之道，或有以召之故耶？昔者，孔子嘗謂子夏曰：『女爲君子儒，毋爲小人儒。』

荀卿子則曰：『大儒，天子三公。小儒，諸侯大夫、士。』猶嚮君子、小人之辨，然又非也。夫儒者，本學士之稱也。苟儒矣，雖其居一國大夫之職，而其爲天下平治之器舉在我。惟治有廣狹，則其德之所及者有遠邇。今也大儒之效，必以歸之周公；小儒之爲害，若子思、孟軻且譏之。或言王，或言霸，或言强國，務使世主擇焉以爲政，則又時變其道以曲從之。道可變乎？是徒苟冒而窳惰，繆學而飾説，既病乎人，且厲己也。仁義必堯、舜，征伐必湯、武。子思、孟軻之道將不粲然明白，爲後王法乎？奈何欲法後王而反譏之也？當周之衰也，孔子自其先代廢壞之餘，修衣冠，正禮樂，明文章，而以之教七十子也，未始曰：『吾儒者也。』猶曰：『是有君子，有小人。』所謂君子、小人，一義利之間耳，又豈有大儒、小儒云云者耶？然以戰國之世去聖日遠，而諸子之説紛起，私意揣摩，强辨相勝。荀卿子號爲儒者，而未純於聖人，及其弟子，又自叛去。夫然，故人視儒者之學輕，而非也亦陷於刑名法術之末，且曰『八儒、三墨皆足以蠹國而害政』，至欲絀儒生，去經籍，自以其刑名法術之學而施之於天下。此其罪誠不在李斯後矣。荀卿子豈或有以召之故耶？

雖然，先王之世，先王之道，無非儒也，所以爲儒之名者未見於天下也。粤無鎛，魯無削，秦無廬，胡無弓車。非無也，秦、魯、胡、粤之人類能之而不有其名也。夫既儒者之名立，而後百家異説歲聒日鬭，嘵嘵然矣。其昧者〔二〕私溺於一偏之見，浸淫蔓衍而不知返。其誣者且謂吾道爲無益，必欲煨燼滅裂以盡之，而自快其所欲爲。於是周公、孔子之法耗矣。故秦人之言曰：《詩》《書》不如律令，仁義不如刑罰。《詩》《書》仁義蕩焉無餘，卒至於危急敗亡，而曾不少寤也。嗚呼，荀卿子亦不爲無過也哉！

校勘記

〔一〕『者』，底本作『於』，據存心堂本、豹文堂本改。

讀公孫龍子

世所傳《公孫龍子》六篇。龍，盖趙人，當平原君時，曾與孔子高論臧三耳。至其著堅白同異，欲推之天下國家，使君臣上下徇名責實，而後能治者，可謂詳矣。自太史公、劉向、班固之徒，率稱其出古之禮官，及夫警者爲之，然後有敝。顔師古曰：『警者，訐也。』公孫龍豈所謂訐者哉？然獨不明立一定之説，而但虚設無窮之辭，亦徒爲紛更變亂而已，何其細也。孔子嘗有言曰：『觚不觚，觚哉！觚哉！』言觚而失其形制，則將有不得爲觚者。又況治天下國家，而不得其所以爲治者乎？此固吾聖人之所慎也。

春秋、戰國之際，士大夫咸昧於義理之中〔一〕，而專以利害爲説，文姦言，飾譎行，日馳騖於他岐，沈溺於外物，而卒至背畔於大道之統紀，敝敝焉名不統實。老子〔二〕亦曰：『名者，實之賓也。』公孫龍盖有審於是，而言之或過，是以頗滯於析辭，而反闇於大體。察焉而無用，辨焉而不急。鄧析之兩可、惠施之多方，皆是物也。不然，則吾聖人且以名正言順爲先矣。名位不同，節文異數，聖人嘗以義權其輕重，禮正其進退。是皆天造地設，亘古亘今，浹於人心，著於耳目，溢於禮官之篇籍。必曰：『道之所貴者中，中之所貴者權。』天下之事，雖未嘗出於一定，當其權，合其中，則固聖賢用心之所極，無俟乎辨士假物而取喻者也。今則彼爲堅而此爲白，此爲同而彼爲異。吾徒見其紛更變亂而已矣，何補於天下國家之治哉？雖然，世之本公孫龍之説，而欲求其爲徇名責實者少矣。

自今之言吏治者觀之，恒多文而少實。官具成式，吏抱成案，標注時日，指陳辭款，非深刻也，非巧詆也，非輕縱也，非失出也，則已補苴其訛闕，鉤擿其姦伏，類無有毫髮遺者。然而經制之不定而虚文之相蒙，風俗之不一而私心之相勝。是雖有百公孫龍之喙，且未足以處之者也。然惟漢之宣帝，自丞相以下，必欲其徇名責實爲治，諸生必守家法，文吏必課牋奏，至於文學、政事、法理之具，一切必務其職者，似矣。然以聖人之治天下國家，凡事惟執其大綱而不察其細，略其小疵而不受其欺。惜乎是時無以聖人大公之道告之，而徒用其漢家雜伯之術。王成或以是而得賞，楊惲、蓋寛饒等或以是而遭誅。此將何以致是也？與其名是而實非，則又何貴乎徇名責實之治哉？

嗚呼！白黑之紛糅，賢不肖之混殽，後世之治爲不及乎宣帝遠矣。此予所以猶有取於公孫龍之説也。言治道者可爲永嘅也哉！

校勘記

〔一〕『中』，國圖本同，存心堂本、豹文堂本作『由』。

〔二〕按『老子』當爲『莊子』。

讀孔子集語

自孔子歿，學者言人人殊。當戰國之時，遂有孟氏之學、荀卿之學，世子、宓[一]子賤、漆雕開、公孫尼子之學。蓋惟孟氏之學本於曾子、子思，而獨得其宗。至於荀卿，則知一返孟氏，而復以人性之善者爲惡，豈不遠吾聖人之道哉？然而周人世碩又謂人性有善有惡，而恒在乎所養，且作《養書》一篇。宓[二]子賤、漆雕開、公孫尼子之徒，寔出於吾聖人之門，一倡群和。而告子勝復持與孟軻爲辨，雖以漢世大儒董仲舒、劉向、揚雄，徒能反覆乎善與不善之間，而終無以究吾聖人之實然者。聖人之道，則已久爲天下裂矣。孔子在時，東郭子嘗問於子貢，頗疑聖人之門爲雜。子貢則曰：『夫子之設科也，以待天下之學者。檃栝之間多曲木，砥礪之旁多頑鈍，是以雜也。』然則聖人之門有以德行進，有以政事顯，有以言語行，有以文學著。門弟子各以其性之所近、學之所就，而往教於其國。聖人在時，固不至如東郭子之論其雜也。然而聖人歿而微言絶，異端起而大義乖。吾於是而後知東郭子之論蓋出於聖人既歿之後，而深慮夫戰國諸子之自相矛楯也。自相矛楯，非聖人教之若是其雜也，學者自雜之也。

嗚呼！一曲而邪説，百家而横議。曾不悟其厚誣聖人，而欲求暢其一己之私，納之於聖人之域。鑿空而無所繫著，傅會而徒爲蔓衍。聖人之道，豈其若是？聖人之遺言佚語則已參差四出，而不可致詰。是故名家苛嬈而煩碎，言聖人必先於正名；法家深礉而慘刻，言聖人可以殺而不殺。漁父、盜跖肆爲譏訕，讖圖卦緯過於妖譎。將其心自耻其文辭之淫妄、義理之膚淺：吾不託之聖人，則不足以信天下後世，天下後世又未必不以此而或疑聖人之門爲雜也。老聃言道德，世之清凈寡欲無爲者多託之老聃；蘇秦、張儀言縱横，世之游説熒蠱世主者多託之蘇秦、張儀。此其僞亦何所不有？宜學者反以是惑也。然而聖人之言，記諸《論語》，垂在六經。是其一體一用，妙道精義之發，昭然若揭日月而行諸天也，又豈戰國諸子所得而易雜者哉？

雖然，《孔子家語》初出魏王肅家。觀其言，具與大、小戴《禮》相出入，而王肅嘗持以難鄭玄。世之儒者猶或疑之而不盡信，盖慎之也。况今永嘉薛據所次《孔子集語》或本於戰國諸子，或載於西漢老儒，雖若聖人之遺言佚語，賴此而僅存，吾恐天下後世學者之滋惑也，書以識之。苟或謂吾如劉子玄之疑古者，吾知慎焉而已矣。

校勘記

〔一〕『宓』，底本、國圖本、存心堂本作『密』，據豹文堂本改。

〔二〕『宓』，底本、國圖本、存心堂本作『密』，據豹文堂本改。

書張良傳

或謂予曰：留侯之先，相韓者五世而韓滅，故留侯欲爲韓報仇咸陽，復建韓國之社稷。既項羽殺韓公子成，則又歸漢，爲漢畫策以圖楚。及漢王與酈食其謀撓楚權，欲復立六國後，韓將再封，而留侯乃借前箸，以籌其不可。爲漢計則善，獨不爲韓地乎？又當秦之初亡，姍笑三代，盪滅古法，焚棄先王之典籍。漢興，盍反是道？留侯才智明達，《素書》《兵法》僅託之圯上老父，豈無以三代帝王之道而一言之歟？此皆其可憾者也。

予曰：不然。方秦之亂，天下豪傑並起，非大家豪姓，即其宗室、父兄。日夜囓舌扼腕，攻一城，下一邑，以務立其故主，求以勝秦。秦既滅而楚霸，宰制天下，立十八王。又殺故韓王而改立他王，韓失職矣。豈不欲輔韓之故公子哉？留侯之力誠有所不及者，故仇楚而臣漢，非實委心於漢王也，又欲爲韓而報楚耳。撓楚權，立六國，三晋有生氣，而韓亦必有再封之望。然當楚、漢之未決，又立六國，以衆其敵，使天下游士各歸事其主，漢無與成功。漢之勝負未可知，又況項羽專制之餘，山東、河北、九江、昌邑猶有故王，有不可以紛更而變易之者。使韓復得而存，鄭昌之死非楚意也，韓其能久存乎？田儋、魏豹、張耳、陳餘之流，皆不足以復存故國，故寧寢酈生之謀而就漢之天下。天下既定，太原、馬邑固已屬韓襄王之孽孫矣，韓之再封又未必非留侯力也。若夫楚、漢用兵之後，高祖自謂以馬上得天下，而陸賈、叔孫通皆故秦之儒生，要之皆辨士，非真儒。留侯既以《兵法》決勝，而《素書》又明黄老。黄老之學簡而靖，且與漢初除苛解嬈之法同一意，何有於儒術也？孝文時，雖以賈誼之通達國體，精練時務，絳侯、灌嬰且沮爲洛陽少年，喜功生事。孝宣亦謂：『俗儒好是古非今，使人眩於名實，不知所守，何足委任？』當世果有儒者，亦將以是而受譏焉，又未可責之留侯者也。嗚呼！漢承百王之弊，而終不得以上繼三代帝王之隆者，實一時之將相大臣使然，是又何獨留侯也哉？

亡友喬生哀辭

自予少居山中，恒踽踽四顧，無一與交者。言語趍蹌，動輙見笑，以爲木訥人也。人亦未嘗樂與予交。東陽喬生光庭素善予。光庭，世醫也，性耿介，欲以文墨自奮拔。予每推户造之，從容文史間，且引琴以自娱。當得趣，墟市若無行人，神思悠邈，括宫納羽，驁飆入弦，聲在指外。嘗爲予製《山居》《騎氣引》等曲。騎氣者，盖曰『以是騎天地之正氣』云爾。人或謂生：『此與俗鮮好，盍已之？』君則曰：『此吾癖也。』今年夏，予北歸自燕，而君以久病不得見。病日劇，自度必死。比死，猶耿耿不亂。自世道降，中人以下一溺於異教而已。苟能充其力於緇黄，而顧不能盡其心於棺槨，亦獨何哉？賢者卓然有見於古，將曰：吾有先聖人之法在，毋崇異，必務於正，否則衮辭誕説之是徵，亦何所不有。以至羌胡不憂其死，惟恐不焚之俗得移於中國。蓋舉世莫之悟也，而生獨有可稱者焉。予，世之羈民也。進將不能有所用於世，退又無所藉以自治其身，交友於是乎益鮮，遂爲之辭以哀之。是歲至治元年也。辭曰：

嗟乎！我觀我人，均是庶物。或厚而豐，或佻而窒。垢氛作私，乖盭爲疾。囂智鑿心，嬈憂戕質。欺賢遻聖，神見鬼出。足蛇肆威，翼虎增慄。恒視力之可爲，至泯身而弗恤。生其已知之矣，莽兮以生，慌焉以死，錯寞之與居，汗漫之爲使。馳睒睥以絶塵，抗呃亂而離滓。通衢窮巷，黄耇殤子，百年同歸，天地曾不若一指也，而予又何激乎？或者持爾故藝，騖爾奇音。擁艦沆瀁，笮梯嶔崟。人跡罕到，鳥獸哀吟。豈成連伯牙之爾待，私有感於人琴。嗟乎，生自此遠矣！形潰散而不收，魂委蛇以何反？是將乘大區之寥廓，而與造化者游衍，奈之何而獨使我心惋也。悲夫！

亡友張生哀辭

曩予童稚間，予友張生始以贅來女氏，重以親戚故，甚狎。每歲時一會，必出所著詩，宛有二妙四靈風致，倡予和汝，且累數十不自止。至於言談舉動，尤缺〔一〕然不能與世俛仰，而獨好從博者游。祖跣馮陵，幾欲起晋宋時豪傑而與之交者。乃曰：『韓文公，世稱大儒，張籍且譏其挾博簺，規人財。公但答爲善戲不虐〔二〕，文武弛張之道。《李翱集》載《古樗蒲經》一卷。梟盧闟塹尚可覆也，是將何代無賢哉？』至治初，予自燕南還，而生乃遭女氏有鬱攸之孽，焚其妻子，蕩其室廬，筐篋殆盡。生朝夕哭，拾遺骨，混一函，葬之女氏塋〔三〕。朱書玄磚，識其墓曰：『幸歲遇寒食，沾杯酒盂飯，不餒已。』自言：『生時具子午卯酉衝也，多成敗。茲既敗乎我，則天必更成我乎？』未及十年，而今竟以戚戚死，豈古所謂秀而不實者乎？生諱鑫，字季長，於是年三十有六。續娶，卒無子。又行事不少概見。徒念其身死無後，以悲。會既窆，予日以事，不及哭。有宿草焉，故爲之辭，使就其墓而讀之，亦予之至情也。辭曰：

惟大塊兮禀我以精，復黔雷兮造我以形。藐予生兮中處，攖世變兮弗遑日寧。伊表表兮愈偉，行者辟易兮坐者竦跪。眸子兮摛光，蒔髮毛兮插牙齒。何衣冠兮弗帶，又旨味兮弗嘗。既藜羹兮不我足，葛屨之繚戾兮吾以履霜。豈予窮兮可達，恍昔壯兮今老。歲月欻兮如奔，山丘零落兮不自保。嗟妻孥兮託聚，指貨貝兮浮漚。雖茲身兮亦贅，矧外物兮將焉求。諒眇眇兮跳丸，曶隆隆兮倚杵。大海波兮塵飛，三山踣兮六鼇起舞。何人寰兮無覺，曰氣化兮則然。道能存兮常默，名可朽兮不以年。朝顏冶兮桃其華，暮骴殘兮烏鳶之食。古今兮同流，天地兮罔極。嗚呼悲哉兮白雲坳，林木沈沈兮野猨嗷嘈。遡夫人兮不可見，奈逝者之如斯兮滔滔。

校勘記

〔一〕『缺』，國圖本、存心堂本同，豹文堂本作『觖』。

〔二〕『虐』，底本、國圖本、存心堂本作『謔』，據豹文堂本改。按韓愈《重答張籍書》：昔者夫子猶有所戲，

《詩》不云乎：『善戲謔兮，不爲虐兮。』《記》曰：『張而不弛，文武不爲也。』

〔三〕『筌』，底本、國圖本、存心堂本作『本』，據豹文堂本改。

亡友趙生哀辭

趙生季良，家故宗姓也。予少與之交者若干年。自言妙推算星曆，所直星宿甚有力。又自奇其容貌壯偉，言語秀拔，且喟曰：『某生以布衣歘歷州縣，某生以刀筆起佐臺憲，某生以文學升進館閣。士無志則已，有志事竟成。吾北行決矣。』及行，予呼酒，與生別，又作序文一通，以壯其志，曰：蓋古之豪士多閎偉瑰桀，自異於常人，然固未易遇也。遭世急於用人，然後遇耳。任少卿、田仁，漢名士，嚮在扶風西界小邑時，自以無豪易高。及來長安，求爲衛將軍舍人，貧不能給絳衣玉具劍，或爲家監、騎奴所屈辱。當天子擇材衛將軍家，富兒賈豎妄庸僥倖，如木偶被文繡，外美矣，中則枵然無一有，卒無以易此兩人者。久困者必益伸，暫晦者必終顯。且世之嚚飢羸苦，窮戹無所控告，古何嘗無是人哉？今生日論天下士之賢否、時命之窮達，口不告宗黨，足不別僚友，北行慨然如必有所遇者。然本其平日所願欲，欲以措諸事業，且落落難合。及朝上書，夕則召見，一息肩弛擔〔二〕間，則華衣駟馬或隨之矣。夫又何愧於古人哉？此殆生之所自信者久矣，雖予亦幾生之必有遇也。

自生去二年，人從燕趙間來，言生英鋭之氣、窮窶之色，日鬬於胸中，猶澹然不爲之動，終以是而客死。豈世所謂豪桀有志之士，人方譏其爲狂爲妄，天又若是憖之者耶？曾祖某，某官。祖某，某官。父某，洪州司法參軍。生喜讀書，庶幾復振其家。及是乃以喪歸，三子傫然也。有足使予悲哀慘怛於心者，又從而爲之辭。辭曰：

嗚呼趙生！才非不足用，而命也數奇；學非不能博，而力又不得自進於時。奈之何哉？吹律本以徵蕢，操觚篇以畀瞽。斯奇材與劍客，日切齒扼腕而不可悉數。紛衆人之異嗜，莽時俗之披猖。争繁華於趙李，競翕豔乎金張。郊坰羅車騎，第宅溢酒漿。此生之所欲見於帝鄉也，或者窮櫩下俚，槁項黄馘。生未嘗睹城郭，死不殊於土礫。上猿猱兮下蛙黽，僅耕鑿之是力。烏能窺出日乎泰華之頂，固已快雨零於窻隙矣。不然，使彼生者孤妻嫠，弱子絰，有以抱終天之戚戚。爲何如也耶！

校勘記

〔一〕『擔』，底本、國圖本、存心堂本作『檐』，據豹文堂本改。

李仲舉岑尚周哀誄辭

初，溧陽李士良仲舉、餘姚岑士貴尚周，盖延祐間，予同薦于鄉。至杭，見尚周舟中。年二十餘，美風儀，善言論，潔士也。及來燕邸，乃與仲舉相見。其年不後尚周，貌加尫，言若不出諸口，雅士也。李本故家，仲舉幼病，母愛之甚。及上禮部，欲行，乃閉諸户，使不得出。泣目盡腫，且曰：『我家左江右湖，魚稻豐給。子故多病，又忍以風霜冰雪錮吾子！雖不仕進，無損吾事。』宗黨親戚，力勉使去，猶屢遣介致佳米善藥，不絶于道。仲舉歸，將之官餘姚，竟以丁母艱毁死。岑自設科以來，兄弟數人，鄞黄彦實授之以學。彦實，故儒家子，材高而學邃，嘗夜夢坐岑廳上，氍毹四設。尚周年最少，前拜跪，乃脱身所被緑衣之。覺而尚周至，拜跪如夢。彦實驚問，尚周對曰：『士貴幸不墜先生所教。』彦實遂浩然不樂，自撰《悲誦》一篇，縱酒自恣，卒不起。尚周既任官黄巖，大姓李肩輿甬道入。尚周誰之，曰：『是家隸鹽亭，恒執持州縣短長。』後頗廉得其私煎盜販、過賕鬻獄等罪，丹書之。李憾，復以鹽法陰中尚周家。會尚周出巡鄉部，遽以食遇毒死。

嗚呼！自始至終，未及十年。哭吾友二人，蓋幼而學，壯或不及行。或既行，又且死，不及究其所學。予方幸此二人者，能有所卓立，乃没没焉若是。枯筆硯，費燈燭，劬簡編，欲少覬榮寵於當世，爲何如也？夫誄者，哀死而累行者也。我之哀矣，又豈能自已於辭也哉？辭曰：

惟理之賦，人禀其全。惟氣之運，人遭其偏。誰謂我人，不關於天？孩提之聲，雖胡越之不間。壽殀之數，奈彭殤有不得而齊焉。昔也昭佩清潔，鋪張華繡，將似窮而實達，聿致汝於顯覯。今也收斂精彩，沈埋槁壤。抑似通而實塞，終睽我之素奬。嗚呼！使多汝之材，淑汝之貌，膺銀艾而大耀，仰黄鯢而難老，吾何敢爲此二人者慼？不然，使汝貌不揚，汝材不良。毋馳心於魏闕，僅屏跡於東岡。吾恐太冥之間，亦不得而汝啬也。秦淮之水、赤城之山，豈復有如昔之往還者乎？赤城之山、秦淮之水，亦既忘其所以爲生死者矣！尚何言哉？嗚呼！

餘杭史生哀辭

諸暨方釣子清每言餘杭史生之賢。生名坦，字履仲。自童齓時，性敏而氣温，遇書即善誦，知義理。及長，學爲文，則又中充而外若不足，必欲求其至焉。然生今其死矣。生本世家子，當其先自敬思、弘肇父子間，三世有汗馬之勞，用異姓疏王爵。至近世，猶前後絡繹爲王公者數人。及故家喬木一壞於朔風澒洞之餘，故生自爲撑植門户計，不得不力。當其與子清友也，居常矜以自持，不妄言笑。處衆侃侃，有得則相告，有過則相規，信乎其有益者也。然生今其死矣。盖予索居者久，嘗欲就今求其人，薄紛華，嗜道義，與之友，則庶幾乎古之絶學可復也。若彼生者未死，尚可得耶？夫天之生物也不常，是既滋而息之矣，遽反而散焉，故雖僅見其勾萌甲坼，而不究其實。此固子清言之未已，而悲輒隨之者也。予因子清之所友，又得其所未友者，可不悲乎？乃從而著其辭：

茫茫兮堪輿，静者誰噏兮動則或嘘。神媧立極兮老鼇斷趺，黄土肖靈兮壤蟲與俱。清濁雜揉兮孰賢孰愚，出生入死兮孰斡其樞？嗟史生兮美且都，三十未有兮二十餘。汝目光炯兮汝頷欲鬚，汝衣汝冠兮張拱而趍。古之世禄兮今則無，汝守伊何兮家有其書。王綱之正兮聖髓則腴，擩嚌渾灝兮發揚芬敷。中則已殖兮外不我誣，苗而不秀兮汝非童烏。天門開兮雲龍躍躍，朝陽之孎兮鳳翽于梧。文則記笏兮武或記殳，學當其用兮不汝少須。用違其學兮謂鼎拄車，前歌後哭兮淪胥以鋪。世之人兮我其睽孤，黎丘所呼兮我亦忘吾。狂〔一〕泉既歃兮偏〔二〕走而驅，彼黄不稷兮匪歠曷茹。夸毗是利兮嵬瑣相扶，擿珠毁璧兮孰我瑕瑜。嗟史生兮皦不汙，世之悦兮我則吁。雖曼爾脅兮不易我臞，一朝之短兮古人與徒。超然以往兮溟涬之初，堯桀是非兮孰毁孰譽？天荒地裂兮莽爲丘墟，烏鳶螻螘兮孰得而踰？北風吹人兮積霰羃塗，誰歟户〔三〕者兮我索其居。汝友所悲兮我聞其粗，我摛我辭兮曷奠其芻？華盖之山兮列仙有儒，望之不見兮從以虎貙。嗚呼惜哉兮獨踟躕！

校勘記

〔一〕『狂』，國圖本同，存心堂本、豹文堂本作『正』。

〔二〕『偏』，國圖本同，存心堂本、豹文堂本作『偏』。

〔三〕『户』，國圖本同，存心堂本、豹文堂本作『尸』。

亡友趙生哀辭

予友趙生良佐，字子有，宋安康郡王六世孫。予少子有六歲，嘗兄事之。子有喜讀書，善行草及鼓琴、畫竹石。爲人不類其貌。與人交，必盡其情。當酒酣，或登山遠望，慨然將有四海之志焉，他人不識也。子有未病，弟良傅病已革，遂爲文以祭癘曰：『吾父老，吾弟病。若不救，是遺老父憂。幸避我乎！』祭已，體痒痒欲病。既病而弟死。後五日，子有亦死。且屬其父：『歛我鶴氅衣，髽角跣足，道書一卷殉。』於是年二十有八矣，尚未娶。此皆其可哀者也。爲之辭曰：

伊索居之侘傺兮，出郭路乎何之。飄風曶其折木兮，挾澗水以增悲。自童丱之相得兮，謂吾子之瓌奇。短衣襜其掩骭兮，耿長剑之參差。諒先民之是若兮，曾流俗之不汝知。何舉世之無似兮，復降年之若兹。嗚呼哀哉兮，行道爲之悽惻。淚雨下以霑纓兮，面死灰而失色。矧載形之如贅兮，將反真而爲息。疑有日之來歸兮，邈窮天而可得。紛後生之輩出兮，務華藻而脩飾。嗤沐猴之文繡兮，負小兒之岐嶷。争從俗以售名兮，遂違古而非則。何縱彼之不恚兮，反奪君之甚力。信造物之不仁兮，汝父得以爲仇。夭汝弟其亦已兮，又使汝之不瘳。唶夫人之有生兮，惟賢智之是求。何賢智之不慭兮，不愚魯之能侔。烱天星之易曙兮，肅野莽之將秋。殆自古之皆死兮，等遺骸於山丘。恐爾化之有怛兮，忍吾私而不哭。逢陌上之花開兮，見城南之草緑。知異物之終歸兮，恨千觴之不足。庸救汝於匍匐兮，復呑聲而躑躅。於是歌而弔之曰：未始有物，何委蛇兮？爾生爾死，逢百罹兮。修短隨化，天何私兮。彭鏗殤子，世所疑兮。羽衣髽跣，黠且癡兮。決癰潰疣，仙可期兮。睠言往昔，我心之哀兮。臨文嗟悼，孰喻汝懷兮。

新安朱氏新注黃帝陰符經後序

予聞隴西李筌嘗得《黃帝陰符經》，讀之數千偏，竟不能略通。後遇驪山姥，始章句解釋，蓋甚怪矣。自言神農氏衰，蚩尤暴橫，黃帝三年百戰而未及有功。天命玄女教以兵機，賜以九天六甲兵信之符，皆出自天機，合乎神智者。筌又別著《太白陰經》《閫外春秋》，以輔行其說。强兵勝敵，豈必務貫於此經而後能然耶？廣漢鄭山古曾語蜀黃承真：『蜀宫大火，甲申、乙酉，則殺人無數。我授汝秘術，庶幾少減於殺伐。幸汝詣朝堂陳之，陳而不受，汝當死，泄天秘也。』已而蜀王不聽，而承真死。孫光憲竊窺其書，題曰『黃帝陰符』，然與今經本寔不同，不知此又何書也？若乃筌務用兵，而山古又欲務禁兵，此果何耶？夫老聃本道家之祖，而其書多寓於術。自其一心之静，天旋地轉，陽噓陰噏，而世故之萬變者縱横錯暨，惘疑禁格，悉出於其彀，而莫能逃乎是也。是故世之言兵者，考諸道術，流於讖記，洞乎飛伏孤虚，察夫龍虎鳥蛇。此殆孫、吴、韓、白韜略機謀之所尚者，然非儒者之正論也。

新安朱安國當光堯南渡之際，每咎當世用兵講武之失，故注是經。雖然，天下之時勢日殊，而兵難喻度。苟取古人之糟粕而强謂我知兵，是即趙括之不知變也。自太祖始得天下，太宗即懲五代藩鎮跋扈之亂，急於偃武而脩文。降及數世，搢紳逢掖之士寖恥言兵，兵日弱矣，遂至故都淪喪，三鎮隳没，君臣將相跳犇潰散，夷夏盜賊蟠踞糾結，卒使王業偏安於山海崎嶇之間，不復自振。此誠有可憾者。然而撫摩疲民，收合遺燼，猶足以守此三百餘年之命脉，而不遽至於泯滅者，豈在兵耶？是故承桑氏以文事而衰，有扈氏以武功而敗。文、武二途，要皆可以亡國踣家，而天下時勢之所在，不以兵强而存，不以兵寡而亡者，抑可睹矣。

凡吾儒者之言兵，本以仁義言兵，而深不欲以孫、吴、韓、白韜略機權而言兵。孟子請罷秦楚之兵，則曰：『去利而懷仁義。』荀卿論兵於趙孝成王前，則亦曰：『魏氏之技擊、秦人之武力、桓文之節制，咸不敵湯、武之仁義。』是盖仁義云者，實當世用兵講武之本也。雖使黄帝、玄女誠有所謂《陰符》，則上篇演道，中篇演法，下篇演術，千變萬化，出無入有，要之亦不能有外乎此者。又况李筌、鄭山古，道家狡獪之流耶？惜乎安國儒者，自有正論，何獨用是而後爲言兵者耶？

淵穎吴先生集卷之七

門人金華宋濂編

與黄明遠第三書論樂府雜説

昨出《古詩考録》，自漢魏以下，迄于陳、隋，上下千有餘年，正聲微茫，雅韻廢絶，未有慨然致力于古學者。但所言樂家所採者爲樂府，不爲樂家所採者爲古詩，遂合樂府、古詩爲一通，以定作詩之法，不無疑焉。竊意古者樂府之説，樂家未必專取其辭，特以其聲爲主。聲之徐者爲本，疾者爲解。解者何？樂之將徹，聲必疾，猶今所謂闋也。《漢書》云：『樂家有制氏，以雅樂世世在大樂官，第能識其鏜鼓鏗鏘而已，不能言其義。』此則豈無其辭乎？辭者，特聲之寓耳，故雖不究其義，獨存其聲也。漢初，因秦雅人以制樂，《韶》爲《文始》，《武》爲《五行》，《房中》有《壽人》。《壽人》後易名《安世》。其辭十有九章，乃出於唐山夫人之手。《文始》《五行》，有聲無辭。後世又皆變名易服，以示不相沿襲，其聲實不全殊也。及武帝定郊祀，立樂府，舉司馬相如等數十人作爲詩賦，又採秦、楚、燕、代之謳，使李延年稍協律吕，以合八音之調。如以辭而已矣，何待協哉？必其聲與樂家牴牾者多。然孝惠二年，夏侯寬已爲樂府令，則樂府之立，又未必始於武帝也。豈武帝之世特爲新聲，不用舊樂耶？

自漢世古辭號爲樂府，沈約《樂志》、王僧虔《技録》則具載其辭，後世已不能悉得其聲矣。漢、魏以降，大樂官一皆賤隷爲之。魏三祖所作，及夫歌章古調，率在江左，雖若淫哇綺靡，猶或從容閒雅，有士君子之風。隋文聽之，以爲華夏正聲。當時所有者六十四曲，及《鞞》《鐸》《巾》《拂》等四舞皆存。唐長安中，工技漸缺，其能合于管絃，去吴音浸遠。議者謂宜取之吴人，使之傳習。開元以後，北方歌工僅能歌其一曲耳。時俗所知，多西涼、龜兹樂。倘其辭之淪缺，未必止存一曲。豈其聲之散漫已久，不可復知耶？奈何後世擬古之作，曾不能倚其聲以造辭，而徒欲以其辭勝。齊、梁之際，一切見之新辭，無復古意。至於唐世，又以古體爲今體。宫中樂《河滿子》，特五言而四句耳，豈果論其聲耶？他若《朱鷺》《雉子斑》等曲，古者以爲標題，下則皆述別事。今返形容二禽之美以爲辭，果論其聲，則已不及乎漢世兒童巷陌之相和者矣，尚何以樂府爲哉？《傳》有之：『興於詩，立於禮，成於樂。』盖詩之與樂固爲二事。詩以其辭言者也，樂府以其聲言者也。今則欲毁樂府而盡爲古詩，以謂既不能歌，徒與古詩均耳，殆不可令樂府從此而遂廢也。

又聞學琴者言：琴操多出乎楚漢，或有聲無辭，其意輒高遠可喜，而有辭者反不逮。是則樂家未必專取其辭，而特以其聲爲主者，又明矣。嘻！今之言樂府者，得無類越人之歌而楚人之説乎？昔者，鄂君子晳之泛舟新波之中也，榜枻越人歌之曰：『濫兮抃草濫予，昌枑澤予昌州州，𩜱州焉乎秦胥胥，縵予乎昭，澶秦踰〔一〕慘，惿〔二〕隨河湖。』鄂君子晳曰：『吾不知越歌,子試爲我楚説之。』乃召越譯而楚説之曰:『今夕何夕兮,搴中洲流〔三〕。今日何日兮,得與王子同舟。蒙羞被好兮,不訾詬耻。心幾頑而不絶兮,知得王子。山有木兮木有枝,心説君兮君不知。』其聲則越,其辭則楚。楚越之相去也不遠,猶不能辨,又况自今距古千有餘年,而欲究其孰非孰是,不亦難乎?

昔唐史臣吴兢有《樂府解題》,近世莆田鄭樵又爲《樂府正聲》《遺聲》,然性愛奇,卒無所去取。兢則列叙古樂,而復引吴均輩新曲,均豈可與漢魏比倫哉? 若樵又以天時、人事、鳥獸、草木各附其類,無時世先後,而欲以當聖人所删之逸詩,是亦無異乎文中子之續《詩》也。今欲一定作詩之法,且以考古自名,古樂府之名不可以不存。存之,則其辭是也;擬之,則其聲非也。不然,吾願以李、杜爲法。太白有樂府,又必摹擬古人已成之辭。要之,或其聲之有似者。少陵則不聞有樂府矣。幸悉以教我,毋多讓焉。

校勘記

〔一〕『踰』,底本作『喻』,據國圖本、存心堂本、豹文堂本改。

〔二〕『慘悽』,國圖本同,存心堂本、豹文堂本作『慘悽』。

〔三〕『搴中洲流』,國圖本、存心堂本同,豹文堂本作『搴舟中流』。

三墳辨

《三墳書》，近出僞書也，世或傳。大抵言伏羲本《山墳》而作《連山》，神農本《氣墳》而作《歸藏》，黄帝本《形墳》而作《坤乾》。無卦爻，有卦象，文鄙而義陋，與《周官》『太卜所掌三《易》』異焉。三《易》者，一曰《連山》，二曰《歸藏》，三曰《周易》。《周易》古矣，『天地定位，山澤通氣，雷風相薄，水火不相射』，此先天之《易》，伏羲之所畫者也，文王修之。伏羲豈以《連山》爲《易》，又首艮乎？夫連山，盖列山也。列山本神農之舊國，首艮又有重山之象。《連山》非屬之神農而誰乎？歸藏，本黄帝之别號。初坤、初乾、初離、初坎、初兑、初艮、初震、初巽乃《歸藏》之初經。《歸藏》非他，《易》也，《坤乾》是已，又何析而爲二〔二〕乎？《唐藝文志》：《連山》十卷。唐始出，今亡。《歸藏》三卷，晋薛貞注。今或雜見他書，頗類焦贛《易林》，非古《易》也。世之説曰：《易》占以變，故其數但用九、六而尚老。《連山》《歸藏》占以不變，故其數但用七，或用八而尚少。乾一、兑二、離三、震四、巽五、坎六、艮七、坤八，是先天之《易》也。《連山》七而首艮，《歸藏》八而初坤，亦不過踵吾伏羲之舊。及推其所用之策，《連山》三十有六，《歸藏》四十有五，《易》則四十有九，又若不相爲用者，而今《三墳書》獨不聞焉。方孔子未删書之先，《周官》『外史掌三皇五帝之書』，楚左史倚相又能讀《三墳》《五典》矣。太史公所謂『搢紳先生難言之』者也。孔安國《尚書序》始以伏羲、神農、黄帝之書謂之《三墳》。

墳者，大也，言大道也。苟言大道，孔子不删。孔子删之，此其文誠不雅馴矣。東漢以來，説者所指三皇之號又不一。劉恕乃謂古無三皇五帝，而《周官》特出於漢儒之手耳。此其書果何賴乎？

嗚呼！《三墳》自《三墳》，三《易》自三《易》，亦無緣合而爲一也。外有紀姓者，叙上古帝王之世，襄陽羅泌頗加采用，以著《路史》。泌乃據《丹壺》《名山記》《吕梁碑》及《輶軒使者方言》，却疑《三墳》書膚淺不可徵，亦但差錯其世次，改易其名號而已。紀者何？非括提、合雒、連通、叙命之類乎？姓者何？非三姓、六姓、四姓、二十一姓之類乎？大率與《路史》合也。泌又雜引《春秋河洛圖緯》及《山海經》等書，亦已博矣，然亦何異《三墳》之膚淺乎？莆田鄭樵且謂東漢諸儒尚喜讖。《三墳書》雖近出，庸不猶愈於讖乎？乃引柴霖之《傳》而上寘諸古《易經》之列，以爲非後世所可及，終亦不能掩其僞也。

嗚呼！孔子殁，天下言人人殊。荀卿子激焉，至言性出於聖人之僞，卒併《詩》《書》六藝之正者，一畀秦火而雜燒之，又豈不以其僞之勝乎？古人嘗有言曰：『食肉不食馬肝，未爲不知味。』是則稽古而不究鴻荒摽鹿之世，亦未爲不知學也哉！

校勘記

〔一〕『二』，底本、國圖本作『一』，據存心堂本、豹文堂本改。

伯夷辨

予讀《吕氏春秋》，伯夷自北海而歸周，至岐陽，文王已卒，武王即位，使召公奭盟微子，使周公旦盟膠鬲。由是伯夷去之以自潔，隱焉而餓死。豈其然乎？當紂之世，天下紛亂。伯夷之欲爲聖人氓〔一〕者久矣，聞善養老，而往就養岐梁之間，固不在文王將卒之秋也。且武王初政，又豈果有勝殷殺紂之心哉？膠鬲，紂賢臣也，嘗與之約戰矣。雖天甚雨，猶不欲失期，往救其死。况先使周公要之以加富就官之盟乎？將已有篡弑一定之謀，必陷賢臣於死地乎？不然，膠鬲非賢者乎？又微子遭時之變，猶念念不忘宗國。雖不得已而去，未肯自通於周，以爲己他日利，世爲長侯，守殷祭祀。召公亦何以有是盟乎？武王克殷，復立武庚。不幸三監之流言，共爲王室之不靖，成王、周公然後起而殺之也。不然，則請後七廟，世守天子之禮樂，豈有待於東夏之别封乎？夫如是，微子、膠鬲二盟皆非也。二盟既非，則伯夷嘗至周而就養矣。

孟子曰：『天下之大老歸之文王。』盖未卒也。藉令武王繼之，紂而改行，將先天下率諸侯修朝事，未嘗欲推亂而易暴也。殺牲埋書而煩褻鬼神，行貨要利而離間天子左右。伯夷嘗聞其風，不入其境，豈暇到岐陽而後去哉？去之以自潔，隱焉而餓死，扣馬諫伐之後也。然則雖受文王之養，亦且必受武王之養矣。太史公迷於文王受命改元，作《伯夷列傳》，有曰：『父死不葬，爰及干戈。』此又以爲不見文王而遽去，胥失之矣。

校勘記

〔一〕『氓』，國圖本同，存心堂本、豹文堂本作『民』。

樂正子徵鼎辨

齊伐魯，魯平，齊索岑鼎，魯以其贋往。齊人曰：『贋也。盍使樂正子徵之？』使樂正子。樂正子曰：『必以岑鼎往。』魯君曰：『吾愛吾鼎。』樂正子曰：『臣亦愛臣之信。』予謂樂正子未知信者也。夫信者，本一夫之私行，而欲以應天下之變。天下之變萬不同，且使其拘一曲、執小諒者以應之，鮮不自賊者矣。蓋此有所謂權焉。權者何？義是也。行苟合義，雖言不徵，不害爲信。義一不合，徒務徑情以直行，是則尾生之抱柱也。今夫齊、魯相攻擊，危急旦暮耳，一鼎豈敵一國家哉？然而宗廟之重器，不敢輕以與人也。彼方以不義徵吾信，吾則以贋奪真，亦兩相當者，何必若是憖憖〔一〕然哉？設或求鼎不已，又求割地，與求斬大將首，與求太子爲質，而後退師，於是使樂正子徵之，且一一徇之乎？抑違之也？夫不能裁度事理以適於義，而欲徒以執一行之。是則用吾拘滯膠固之見，而徵夫無所稽考之器且不可，又況欲以聖人體道之大權而維持天下之變故？失之跬步，則憂在千里之外矣。故曰：『大人者，言不必信，行不必果，惟義所在。』此孟子之言也。彼樂正子非孟子之徒歟？其相魯也，孟子喜而不寐，人問之，則曰：『善人也！信人也！』嗚呼！是亦信之小者耳。今也不信一國之信〔二〕，而惟信樂正子之信，則樂正子見重於齊、魯也久。夫既自〔三〕信其信，而君又愛鼎，不若以實告齊曰：『鼎固贋也。然是鼎，吾先君之分器，將以是奉犧牲，供祭祀，而周公、太公實與享之。不然，則二公之盟不云乎：後世子孫毋相害也。吾先大夫展禽嘗以是言却君師矣。夫吾國不能下人以禮，而至用其世守之器；君亦不能以禮服人，而欲奪人之所有，皆君之所惡者也。』爲此計者，内不失鼎，而我之信義加於鄰國，彼必悦服而去之，信之大者也。夫又何取乎一夫之私行爲哉？然樂正子儒者，其爲人也好善，且善改過。惟他書載徵鼎一事不類，故深辨之。否則，戰國傾危險詐之士踵相接也。孰謂樂正子者非賢哉？

校勘記

〔一〕『慦慦』，國圖本、存心堂本同，豹文堂本作『愗愗』。
〔二〕『信』，國圖本闕，存心堂本、豹文堂本作『君』。
〔三〕『自』，國圖本闕，存心堂本、豹文堂本作『以』。

甬東山水古蹟記

昌國，古會稽海東洲也。東控三韓、日本，北抵登、萊、海、泗，南到今慶元城三百五里。泰定元年夏六月，自慶元桃華〔一〕渡覓舟而東。海際山童無草木，或小僅如笏，輒刈以鬻鹽。東偪海，有招寶山。或云他處見山有異氣，疑下有寶。或云東夷以海貨來互市，必泊此山。山故有砲臺，曾就臺蹠弩射夷人，矢洞船，猶入地尺。又別作大筒，曳鐵鏁江水，夷舟猝不得入。前至浹口，怪石嵌險離立，南曰金雞，北曰虎蹲，又前則爲蛟門。峽束浪激，或大如五石斗甕，躍入空中，却墮下，碎爲雰雨。或遠如雪山冰岸，挾風力作聲，勢崩擁，舟蕩蕩與上下。一僧云：『此特其小小者耳。秋風一作，海水又壯。排空觸岸，杳不辨舟楫所在，獨帆檣上指。潮東上，風西來，水相鬭，舟不能尺咫，一撞礁石，且靡解，不可支持。』又前則爲三山大洋。山多磁石，舟板釘鐵，或近山則膠制不動，昌國境也。昌國中多大山，四面皆海。人家頗居篁竹、蘆葦間，或散在沙墺，非舟不相往來。田種少，類入海中捕魚、蝤蛑蛇母、彈塗傑步，腥涎褻味逆人鼻口，歲或仰穀他郡。

東從舟山過赤嶼，轉入外洋，望岝〔二〕峉山。山出白艾，地多蛇。東到梅岑山，梅子真煉藥處山，梵書所謂補怛洛迦山也，唐言小白花山。自山東行，西折爲觀音洞。洞瞰海，外巉中裂，大石壁紫黑，旁罅而兩岐。亂石如斷圭，積伏蟠結。怒潮撥擊，晝夜作魚龍嘯吼聲。又西則爲善財洞。峭石嚙足，泉流滲滴，懸纓不斷。前入海數百步有礁。土人云：曾有老僧秉燭行洞穴，且半里，山石合。一竅有光，大如盤盂。側首睨之，寬弘潔白，非水非土，遠不辨涯際。又〔三〕自山北轉，得盤陀石山，巃怪益高，壘石如垤。東望窅窅，想像高麗、日本界，如在雲霧蒼莽中。日初出，大如米筵，海盡赤，跳踊出天末，六合奭〔四〕然鮮明。及日光照海，薄雲掩蔽，空水弄影，恍類鋪僧伽黎衣，或現或滅。南望桃花、馬秦諸山，嵌空刻露，屹立巨浸，如世疊太湖靈壁，不著寸土尺樹，天然可愛。東南望東霍山，山多大樹，徐市盖駐舟此。土人云：自東霍轉而北行，盡昌國北界，有蓬萊山。衆山四圍，峙立旋繞，小嶼屹如千尺樓臺而中處。又有紫霞洞，與山爲鄰。中畔通明，方如大車之輿。潮水一退，人可入，或云人不可到。隱隱有神仙題墨，漫不能辨。又有沙山，細沙所積，海日照之有芒，手攫則霏屑下漸成窪穴，潮過又補，終不少損。旁有石龍蒼白，角爪鱗鬣具，蜿蜒跨空，亘三十里。舟徑其下，西轉別爲洋山，中多大魚。又北，則爲朐山、岱山、石蘭山，魚鹽者所聚。又自北而南，則爲徐偃王戰洋。世言偃王既敗，不之彭城而之越，棄玉几硯會稽之水。又南，則爲黃公墓。黃公赤刀厭虎，厭不行，爲虎所食者也。

夫昌國本《禹貢》島夷，後乃屬越，曰甬句東。越王句踐欲使故吴王夫差居之，然不至也。海中三山，安期、羨門之屬，或避秦亂至此。方士特未始深入。或云三山在水底，或云山近則風引舟去，盖妄説也。東晋人士每愛會稽山水，故稱入會稽者爲入東。抱朴子亦云『古仙者之藥，登名山爲上。海中大島嶼，如會稽之東翁洲者次之』，今昌國也。是年秋八月，自昌國回，姑疏山海奇絶處，明晋人之不妄。時一展翫，宗少文卧遊不是過矣。

校勘記

〔一〕『華』，底本作『葉』，據國圖本、存心堂本、豹文堂本改。

〔二〕『岩』，底本作『岸』，據國圖本、存心堂本、豹文堂本改。

〔三〕『又』，底本作『凡』，據國圖本、存心堂本、豹文堂本改。

〔四〕『奝』，國圖本、存心堂本同，豹文堂本作『奝』。

周正如傳考序

予每觀《左氏春秋》『王周正月』，釋者曰：『言周，以別夏、殷也。』及尋《公羊》《穀梁》二傳，又雜引諸經讖緯。孔子初無明説。後之儒者頗用黄帝以來七曆求春秋時曆，卒不盡合。杜征南《長曆》反謂經必有誤。經未嘗有誤也，是豈夏正、周正之果異哉？蓋曰王者受命，受之於天，不受之於人，故徙居處，易服色，殊徽號，變犧牲，異器械，而改正朔，其一也。此固然也。董仲舒曰：『道之大原出於天，天不變，道亦不變。』堯、舜、禹本一揆也，何獨至於湯、武而遽革之哉？世之説者嘗謂當周之世，《春秋》必用周正。《春秋》，尊王之書也。隱公元年之正月，是即平王四十九年之正月也。然而前徵乎商，則元祀爲十二月，而月不改；後據乎秦，則元年爲冬十月，而時不易。春王正月似乎冬十有一月也，而聖人易之，以證其行夏之言。程子所謂『正月非春，假天時以立義也』。自程子之意，則曰夏正寅，春也。周正子，非春也。是改正者必改月也，故曰假天時而已。自今説者之説，則改正者又不改月，不獨假天時也，雖王月亦假矣，當又自異於程子也。至其所自爲説，且謂夏數得天，百王所同。商、周革命，特示不相沿襲，巡守烝〔一〕享、兵農田獵，猶自夏焉。果是，則〔二〕聖人又何必以是爲顔淵告哉？

或者又謂：古之改正者必改月，商、周之正月非春也。《伊訓》元祀，《太甲》三祀，下不紀時。《泰誓》一月，《召誥》二月，上亦不係時。將以時自天時，月自王〔三〕月故也。然而秦漢之際，每年之首，必以『冬』書十月之上。顔師古《漢書注》且以爲孝武時改《太初曆》後，乃追正前代正月爲冬十月者，抑難信矣。至若孔安國之於《書》，鄭康成之於《詩》《禮》，且言古之改正、改月者，年首必係之以『正』，正月必係之於春。天開於子，地闢於丑，人生於寅。三代盖迭建之，皆可以爲正，則皆可以爲春矣。豈不以子、丑二月陽氣萌動，雖謂之爲春也亦可矣。魏景初時，楊偉造新曆，請復用商正，且以是年十二月爲孟春，次年三月爲孟夏，本鄭説也。然則奉若天道，敬授民時，又不常有一月、二月之參差哉？今之説《書》者蔡氏父子亦謂：如孔、鄭之説，則四時改易尤爲無藝，三代之改正者必不改月，商、周之革命者特不過用其子、丑之月以爲歲首耳。《周官》正歲，周正建子，歲首也；正月，夏正建寅，月數也。《春秋》之正，雖用周正，而月數不改。每年之首，截前兩月以屬之上年之尾。誠若是，則隱公之元年，魯史必書之曰『冬十有一月』，而聖人自削之也。蔡氏父子以之言《書》，則或可從；以之言《春秋》，則猶未可從也。

或者又謂：三代之世，三正之通于民俗，尚矣。魯用周正，吾於《春秋》魯史見之；曲沃用夏正，吾於《汲冢竹書》見之。是故左氏雜採諸國之史以爲《傳》，或用夏正，或用周正，互有不同。昭公之三十三年十月，晋人會諸侯之大夫于狄泉。定公之元年正月，又曰會于狄泉，是重出也。魯太史辨火出之候，亦曰：『於夏爲三月，於商爲四月，於周爲五月。』又一證也。雖然，王者之大政必叶時月而正日，是豈容以一代之間而三正之並用者哉？世之説者或曰：《易》有之：『帝出乎震。』自伏羲、神農之世，盖異建矣。次而數之，堯建子，舜建丑，夏建寅，而《甘誓》且載其怠棄三正之文者，本此也。然自顓頊以來，始以民事命官，而歲月自當以人爲紀。先王爲是推筴迎日，治曆明時。民之析因夷隩、鳥獸之孳革毨氄，無一不得其居之宜與其氣之順者。堯、舜、禹三聖輒因之而不敢變也。意者，秦、漢之際，鄒衍、張蒼五德相生相勝之緒論歟？或又曰：天、地、人三統，子、丑、寅三正，古無有，聖人所不道。三代之改正，特改人君即位之初年爲元而已。雖然，此謂改元，非改正也。而改元者又非《春秋》之重事也。將是數説，吾亦孰信而孰從之哉？

番陽董生始出《夏時考正》二卷，云：『此巴川陽恪先生作也。』恪之先君從涪陵晏淵，而淵又受〔四〕業于朱子，盖嘗舉朱子之言曰：『三王之正不同。周用天正，《豳風》之詩又皆以人爲紀。是則改正者，改歲首也，未嘗改月數也。』上卷專論《春秋》，下卷雜論他經及傳，一切附著己説，最爲明了。《考正》之作，寔朱子意也。然而朱子《四書集註》《詩集傳》自用周正、周月。臨江張洽，朱門高第，《春秋集註》且謂『周正建子，即以爲春。聖人雖欲行夏之時，而《春秋》因史作經，方尊周而一天下，不可遽改之也。』朱子之意，豈果《考正》之意哉？予盖歸而質之黄君景昌，君則曰：『左氏，魯人也。使其不與孔子同時，亦當近在孔子後。左氏信矣。若夫《豳風》之詩，周公所作，是固追述公劉居豳之事。當夏世，用夏正者也，未可以説《春秋》。』乃作《周正如傳考》二卷，以辨《考正》之不然。今兩書具在〔五〕，予故并識異説者以復於董生，爲何如？

校勘記

〔一〕『烝』，底本、國圖本、存心堂本、豹文堂本作『承』，據四庫本改。
〔二〕『則』，國圖本同，存心堂本、豹文堂本作『與』，屬上讀。
〔三〕『王』，國圖本同，存心堂本、豹文堂本作『正』。
〔四〕『受』，底本、國圖本、存心堂本、豹文堂本作『授』，據四庫本改。《札記》：『授』疑『受』之誤。
〔五〕『在』，國圖本同，存心堂本、豹文堂本作『存』。

古職方録序

鄉予嘗治《春秋左氏傳》及《太史公書》，稍觀黄帝以來王者都邑，及春秋諸國交争時分地，山川、城邑較之《禹貢》已多乖盭不可徵。自孔子作《春秋》，魯君子左丘明爲之傳。丘明，魯人也，尤識周、魯典故。莊、僖以前，特言齊、鄭；襄、昭之後，特舉晉、楚。餘大國頗及宋、衛、陳、蔡。若燕、秦，又以絶遠無赴告，甚略。太史公采《世本》《戰國策》作三代本紀、十二諸侯世家。其云舜、稷、契、皋陶、伯夷、栢翳之裔詳矣。垂、益、夔、龍，則曰其後不知所封。又曰滕、薛、騶，小不足齒。周武王時，侯邑尚千餘，江、黄、胡、沈之屬不可勝計，故弗采著。然則周制害己，諸侯悉去其籍，雖曰頒爵與禄，孟子猶不能詳，况他人乎？方堯遭洪水，使禹平治，州分爲九。及舜攝位，冀分爲三，青分爲二。至禹而後，合堯之舊。班固云：『黄帝方制萬里，畫野分州，得百里之國萬區。』然以《禹貢》九州計之，五服相距方五千里，僅得黄帝之半。説者且疑九州之外，黄帝亦嘗畫野分州。舜之十有二州，亦猶此也。然《周禮》自王畿而次之，别有九服，服别五百里。方而計者，則爲萬里。《漢地理志》亦云：『漢之境土，東西九千三百二里，南北一萬三千三百六十八里。』其所紀山川，大抵與《禹貢》不異，何其里數若是之縣絶哉？或曰：《尚書》據虚空寫路，方直而取之；《漢志》乃因著地人跡，屈曲而量之。或曰：禹之聲教所及，地盡四海。其疆理所治，制止五服。

若夫荒服之外，則又有區畫者存，非若周、漢，且盡其地之所及者而疆理之也。何以言之？《王制》：『四海之内，截長補短，方三千里。』是天子壤地之實也。故《周禮》雖稱九服，《周官》止曰『六服群辟』，又曰『六年，五服一朝』。是則侯、衛以降，聖人雖制之服，而不必其來。若職方氏掌天下之圖，辨其邦國都鄙，必兼夷衛之初封，人民氏族、土〔二〕田分器，至詳至悉，未有一言及附庸者。宋仲幾嘗言：『滕、薛、郳爲宋役，而薛宰竟不從焉。』况附庸者，朝從於衛，夕入於鄭，西通於秦，南屈於楚，盖有之矣。當世曷嘗以此爲疆界之佤離者哉？

然又有一說焉。夫冀，禹之所都。冀之北境，自雲中九原二〔二〕千五百里，且至于沙漠不毛之地。周之東遷，洛陽爲土中。曹去王城八百里，猶在甸服。鄭在河南密縣，百七十里，已爲男服。盖曹順流極便，而鄭則成皋虎牢之險。夫豈五服之制非若畫棋局然以定遠邇也？是故幽州邇於碣石而共工流，蒼梧遠於衡山而虞舜狩。若謂周之斥大土疆，又皆不出於蒼梧、碣〔三〕石之外。不然，夏后塗山之會，執玉帛者萬國，至周僅千八百國，毋乃夏后之盛猶愈於成周之盛乎？將此萬國者，特舉成數而言，非實至萬也。然鄉所言黄帝方制萬里，而得百里之國萬區者，夫苟一國而方百里矣，至於萬區，則不止方制萬里。以謂方制萬里，則萬區之國，每國以開方之法計，是亦不過每國四里而已，何有百里哉？且國猶邑也。鄭取十邑河南，即虢、檜等小國；楚敗四邑郯鄖，即隨、絞等小國。方里而井，井四爲邑，故小曰邑，大曰都。萬區，猶萬邑也。舉不及百里之數者，凡以一邑四里也。齊、魯之初封也，孟子亦稱儉於百里。儉者，不足也，不足於百里也。戰國時乃方百里者五，必曰當在所損，以復於先王之舊。若《明堂位》言魯七百里，出於成王之特賜。是徒漢儒習見戰國之魯，非成周之魯也。

漢儒所以言此者，由《周禮》『公地方五百里』之説誤之也。然周之西都僅四百里，東得洛陽六百里，乃合千里。三公，公爵也，采地將不方五百里乎？苟方五百里，則天子亦無地以自容。魯，一侯爵耳，藉令成王未賜，亦當得四百里。以一州千里計，僅封侯國二而有餘，三而不足，將以何地而給千八百國之君乎？是豈魯之侯爵百里而止，非七百里也？《周禮》又討論於漢儒之手，故以其封國之誤者攙入之，遂變而爲斥大土疆，廣爲封建之説。殊不知禹服猶周服也。黄帝之萬國、舜之十有二州，亦猶周服也。若謂盡其地之所及而疆畫之者，恐不可以論周，止可以論漢。漢之盛時，東置玄菟、樂浪，北度陰山，西盡西域，南窮交、廣、儋耳，且有非古九州之域者。故予每謂封國當從《王制》〔四〕，百里之國不加多也；州域當從《禹貢》，五服之地不加廣也。如是而已耳。

昔者，晋陳壽嘗撰《古國志》五十〔五〕篇，世遠，書無可徵，於是本《禹貢》，采周職方，用叙前古帝王、公侯名氏、都邑之不同者，餘及四夷，種類亦繁夥矣。合之以秦漢以來郡縣，且志其成敗興滅之端。知者詳之，否則或闕，使後之博古君子覽觀焉。

校勘記

〔一〕「土」，底本作「王」，據國圖本、存心堂本、豹文堂本改。

〔二〕「二」，國圖本同，存心堂本、豹文堂本作「三」。

〔三〕「碣」，底本、國圖本、存心堂本作「竭」，據豹文堂本改。

〔四〕底本、國圖本於「王制」後空兩格。

〔五〕「十」，國圖本同，存心堂本、豹文堂本作「千」。

後序

自古者帝王公侯都邑名氏興滅之故紛乎夥矣。予少時嘗疏其一二，曰《古職方録》，且序之，然猶有可疑者。蓋孔子之序書也，自唐虞始。荀卿曰：『五帝以前無傳人，其文野。』及孔安國《書序》又言古有三墳、五典、八索、九丘，徵楚左史倚相。吾誰信哉？信聖人而已矣。夏后氏承唐虞之盛，塗山之會，執玉帛者萬國。殷湯革命，存者三千。武王克殷，大封同姓，餘盖一千八百。是果何以驗其然耶？又曰：『湯資三千諸侯以紬夏，武王資八百諸侯以伐殷。』何不思之甚也！湯始征自葛，十一征而無敵於天下。及有事於桀，雖亳衆尚憚於征役，且諭之以弔伐之不得已，又况其他。文王三分天下有其二，猶率殷之叛國以事紂，武王豈得因六州之衆以往脅於君哉？及大會盟津，陳牧野，率用西人，不曰『西土有衆』，必曰『我西土君子』，下及庸、蜀八小國耳，他無見也。要之，是説又因《王制》《周禮》之異，妄言之耳。《王制》：『公、侯田方百里，伯七十里，子、男五十里。』《禮·大司徒》：公、侯之田，則以一男當之。推而極於五百里之廣，及總天子寰内與八州所建之國，無地可容。鄭康成云：『自周公攝政，致太平，斥大九州。』增加諸國之地，故《禮》與《王制》不合。《王制》又殷制也。春秋變周之文，從商之質，合伯、子、男爲一，公、侯、伯三等而已。至周，乃更立五等。然《禹貢》所設男爵小邦已在侯服之内，寔〔一〕有出於殷人之先者。《春秋》亦未嘗不書五等之爵也。孔穎達云：馬融依《周禮》，包咸依《王制》。各有所據，難以質其是非。雖然，《王制》豈殷制哉？《坊記》曰：『制國不過千乘。』《左氏傳》曰：『列國一同。』或攤算，或紐〔二〕算，自實其所載九州千八百國之數，比之《王制》，地又加倍者，説《禮》家紙上文耳。

近世説者知《禮》與《王制》不可合，言自夏、商以來，分土無過三等，班爵則必立五等，至周，而封疆少異，而實不異。公五百里，其所食者二百五〔三〕十里；侯四百里，其所食者百三十里有畸；伯三百里，其所食者一百里；子二百里，其所食者五十里；男一百里，其所食者二十五里。自其所食者求合《王制》，獨侯爵之百里、子爵之五十里，公則贏，而男則不足者半。又謂終周之世，此爵往往設而不封。公爵一，宋是已。男爵二，許、宿是已。虞、虢則三公之公也。驪戎，男，則夷狄之長也。雖然，陳，舜之後；杞，禹之後。周之初封，當與宋並爵爲公，胡公、東樓公猶班班然見於史。陳之爲侯，杞之爲伯，後世之自降也。任、宿、須句、顓臾，風姓，濟水上小國，微乎微者也。與盟于宋，來訃〔四〕於魯，亦得託於《春秋》。餘豈無類宿者，爵之以男乎？天子三公之田視公侯。雖虞、虢以外，諸侯入仕王朝，既曰公矣，未有不受公爵者。驪戎固夷狄也，推其地，必在西周畿內，豈自夏而變夷者耶？且姬姓也。《曲禮》曰：『其在東夷、北狄、西戎、南蠻。雖大曰子。』無稱男者。然又曰：『職方之制，邦國千里，封公則四，封男則百〔五〕。特建國之率也。予於是始有悟焉。《王制》九州千七百七十三國，亦總數也。意若曰：州方千里，建國若干，九州之內，則以之建若干國也。不然，天子之寰內，公卿大夫與王之子弟咸食采其中，所餘之地亦幾何哉？

春秋之初，王政廢壞，侯度放紛，非西周比也。公侯列國猶可見者一百一十七國，求其大者纔十一二，附庸小邑、夷狄雜種，悉充其數。齊負東海，楚據方城之南，晋雄其北，而秦又崛起於西，獨未至流沙之極。大抵自號曰霸，朝聘、盟會、侵伐之所及者，比之千八百國之數，十八分之一也。何大相遼絶如此耶？然則九州所建，未必實有千八百國，或封，或未封。封則實有是國，未封則虛是國，以待可封之人。如宣王之封申伯，封則曰申國，未封則猶曰謝邑。或即以其虛國爲諸國之加地，如宋、鄭之間有六邑不屬諸侯，則自掌於天子之吏。是故公爵自百里而加至五百里，男爵自五十里而加至百里，非盡然也，特以是而爲建國之率，不得過也。鄭康成不察於此，乃謂周實有千八百國，每國實有五百里至一百里之地。非斥大九州之界，則亦不能容是若干國也。此其失也。盖惟子朱子嘗謂孟子班爵禄之言已與《周禮》《王制》不合，而《王制》又自與《周禮》不合。近世説者乃曰：馬融之本《周禮》者，自其軍賦而言之也。包咸之依《王制》者，自其田賦而言之也。制田、制軍，縱横準算，必使《周禮》《王制》之不合者而必合於一也。然以孟子當赧王之際，《周禮》已不復存。《王制》之作，本出於漢之博士，而《周官》又出於劉歆，雖朱子亦固不能無疑矣，闕之可也。予故特附其臆説於是《録》之後，併以俟夫知者而就正焉。

校勘記

〔一〕『寔』，國圖本同，存心堂本、豹文堂本作『是』。

〔二〕『紐』，國圖本同，存心堂本、豹文堂本作『細』。

〔三〕『五』，國圖本同，存心堂本、豹文堂本作『二』。

〔四〕『訃』，國圖本同，存心堂本、豹文堂本作『計』。

〔五〕『百』，底本、國圖本、存心堂本、豹文堂本作『伯』，據四庫本改。按《周禮·職方氏》：凡邦國千里，封公以方五百里，則四公；方四百里，則六侯；方三百里，則十一伯；方二百里，則二十五子；方百里，則百男。

關子明易傳後序

予始讀文中子《中説》，頗載關朗子明事。後得天水趙蕤所注《關子易傳》十有一篇，大槩《易》上、下繫之義疏耳。首述其出處本末，次分卜〔一〕百年，數別爲一篇，似皆出之王氏。或曰：王氏《中説》本於阮逸，《關氏易傳》肇於戴師愈。師愈，江東老儒也。觀其傳，統言消息盈虛、爻象策數之類，獨與張彝相問答。彝嘗薦之魏孝文。而王氏之贊《易》，世傳關氏學也。是又豈盡假託而後成書歟？

夫《易》之道大矣。世之言《易》者，往往不求其道之一，卒使其學鑿焉而各不同。是故談理致者多溺於空虛，守象數者或流於讖緯。此豈聖人之意哉？蓋天地之初，未始有物也。聖人特因其自然之理，故推而爲七、八、九、六之數，非苟畫焉，將以著其未畫之妙而已。後之儒者苟造其理，而過爲其畫之求。《太玄》準《易》者也，《洞極》則又擬《玄》者也。《玄》之數起於三，而《洞極》之數亦起於三。生以配天，育以配地，資以配人，猶《易》所謂三極之道也。故凡三體九變，三九二十有七，始於萌，而實訖于幾，正且通焉。今其書，世見之者亦少。《中説》所載殆未嘗及此。然而王氏每尊其學之所自，且欲自當達者，以爲聖人復出，王道復行，而洙泗禮樂之教復明於斯世，毋乃徒託於此而侈言之歟？至於考之以典禮，稽之以龜策，即人事以申天命，懸曆數以示將來，關氏之學蓋深於《易》者也。

雖然，昔者子張嘗欲知來，聖人但〔二〕言其既往者以告之。是故三代常因其禮之大體，而或損益其制，非謂王者有是禮也，必過其所卜之數。夏以金王，得數之生；商以水王，周以木王，得數之成。聖人不敢知也。爲其説者尊周漢，廢介鄽，且以明真主正統之所歸，後世讖緯之流耳。楚靈欲併天下，既不得卜，則投龜而詬天。孫皓亦命尚廣卜焉，且曰：『庚子之歲，青蓋入洛。』彼二君者，曾不悟其己之不脩，而徒欲惟天之決也。故天命吉凶、命歷年，必以其類應，亦可見其槩耳。元魏以下，争奪擾攘，乃若灼然親睹其事，無有少差忒者。張彝之殺，亂端見矣。曾不告之以辟禍者，何也？其數也耶？銓削選格，排沮武人，不可謂之數也。果其理有以召之故耶？雖然，法自此立，命由此出。聖人，人而合天者也。關氏每拳拳於天人相與之際。今之言天者類曰是莫之爲而爲者，終至於廢人事而不之講。嗚呼！關氏之學殆孤矣。

吾故欲削其不合者而著其合者，且書此以質夫人焉。

校勘記

〔一〕『卜』，國圖本同，存心堂本、豹文堂本作『千』。

〔二〕『但』，底本、國圖本作『怛』，據存心堂本、豹文堂本改。

妄箴

我相我心，圜中竅外。一身之主，百骸之會。孰心弗真？乃以妄害。孰心弗正？不與妄對。倏而氣盈，忽以質聾。銜爲機張，湧作鼓鞴。貧將急富，粱肉牿糲。賤欲速貴，姬姜菅蒯。窮思何益？巧算何賴？本根不守，萌蘖徒汰。撅目出光，螢爝猶沫。塞耳有聲，暴若雷礚。一真尚迷，衆妄弗退。卒與妄居，毋俾正敗。我曰不然，職用自効。勗言敬兹，永佩妄戒。

躁箴

昔我先哲，有理無欲。後民多欲，理返不足。當其躁起，熾彼炎熇。不躁〔二〕則藏，積爲酖毒。豈心爾恬，念在奔逐。豈貌爾夷，陷若谿谷。狐狸啁呼，鰌鱔跳曲。匪飇薄天，匪浪滙陸。何能爾動？動則相觸。豈不或静，拯爾迷復。内省邪幾，童牛之牿。外惇正行，羸豕弗躅。

緊沈與寘，不自表襮。雖躁勿躁，敢不斂束。昭然陽明，窒爾陰濁。惟是躁心，我告匪瀆。

校勘記

〔一〕『躁』，底本、國圖本作『燥』，據存心堂本、豹文堂本改。

敖　箴

人可敖乎？敖不可長。孰使子敖？敖其焉往？惟昔孔孟，豈不或然。敖其所可，乃人之愆。既辭以疾，又鼓予瑟。留亦不止，兀〔一〕隱予几。哀今之人，欲一以敖。詆欺窮陋，矜説華好。狂歟黠歟？自謂過人。過猶不及，迄喪其身。毋謂人言，無足去取。吉人之辭，不在頰輔。毋謂人行，無足是非。守之以正，動與俗違。人寧敖予，予必自省。彼何人斯，敖焉是逞。

校勘記

〔一〕『兀』，底本、國圖本作『几』，據存心堂本、豹文堂本改。

惰　箴

惟我之惰，我何以生？我生之微，曷敢荒寧？莫健匪天，晝夜不息。繫之星辰，厥有贏縮。人之一身，從幼及老。疢疾憂患，惕焉以保。人寧幾何？開口笑言。曾不儆戒，日趨宴安。周公作書，是曰《無逸》。求其艱難，務在稼穡。糞墻朽木，嘗責宰我。聖人尚云，夫豈我可。念慮之萌，惰或弭之。事爲之著，惰或弛之。我告子惰，惰乃不改。習與性成，後慎毋悔。

鹽官箴

廓惟東南，瀛海之府。乾靈輸波，坤奥孕鹵。爞之炎上，瀉以潤下。五味之長，百殽之主。豈伊廣斥，禹服有貢。物因天産，利許民共。豈伊虎形，《周官》有職。禮存國容，鹹佐王食。時惟管生，乃始榷之。圖霸何急，奪民所資。秦益其侈，漢承其醨。將衆是濟，豈吾之私。舟車交載，水陸間道。牢盆斯給，漕輓斯考。口稽賽人，家具竈媪。苛碎已甚，惕焉不保。卓哉漢昭，亦或罷榷。云何可徵，議在文學。法如張弓，利若舐刃。刃銛則傷，弓滿則窘。貧以近寶，寶不可即。富以斂怨，怨何能克？吁今之人，汔可小息。敢告所司，敬之毋慝。

庸田箴

惟林其生，亦夥斯植。凡厥庶民，我藝黍稷。祗命農父，飭是稻〔一〕人。井田之畫，溝洫以均。均以其流，畫以其絡。仁施暵乾，利化磽埆。在山者激，過顙斯搏。寧順其行，勿私汝鑿。胡水之浲，微禹其魚。胡水之污，陸海以腴。曰漳曰涇，克釃汝渠。曰史曰白，史不絕書。胡可滅裂，胡可鹵莽。田畯之功，水庸與享。厥有墻屋，汝謂撤之。厥有田甽，汝謂割之。慎毋輕民，民乃邦本。生養必遂，務在蔗〔二〕蓑。慎毋去食，食乃民天。儲蓄必贏，否則瘠捐。自利利民，豈止川瀆。非汝之苛，我民之足。我民不足，其何能穀？世無召〔三〕父，誰踵其躅。

校勘記

〔一〕『稻』，底本、國圖本、存心堂本作『滔』，據豹文堂本改。

〔二〕『蔗』，底本、國圖本作『蔍』，據存心堂本、豹文堂本改。

〔三〕『召』，底本、國圖本闕，據存心堂本、豹文堂本補。

韶石銘

逖矣上古，帝在有虞。時巡于南，曰至蒼梧。有巉者石，岌彼海隅。我奏我《韶》，耆定爾區。或搏或拊，或戛或擊。從之則純，成也以繹。明哉惟人，幽哉惟神。我祖我考，我臣我隣。來汝之舞，我功之叙。勸汝之歌，我政之和。前瞻無前，後顧無後。出三代上，居百王首。孰强非嬴，式訛人心。孰淫非鄭，卒瞶古音。岭岭斯深，潏潏斯廣。魚龍不波，鳳鳥焉往。有巉者石，雙闕之峨。誰使洞庭，不張咸池。丘〔一〕曰盡善，札云蔑加。非帝之思，我銘謂何？

校勘記

〔一〕「丘」，國圖本、存心堂本同，豹文堂本作「孔」。

秦坑銘

惟嬴之虐，自任不儒。彼哉坑者，曰焚我書。書日以壞，嬴日以跌。竹帛煙起，干戈流血。邈矣上古，無書可徵。所徵者何？刻木結繩。神羲繼天，肇造書契。智如倉頡，文字轉熾。啓我混沌，闓陽闔陰。天愁鬼哭，喪厥人心。孰墳而三？孰典而五？素王不作，萬世一瞽。微言如綫，横議溢鄙。鈎鈲析亂，不撲益熾。出王入霸，儒墨相駁。徒兩業之，何有禮學？豈曰不焚，動相詆譏。收合遺燼，顛倒是非。汝塗汝塞，拘汝奔走。還我古初，匪愚黔首。有書無人，與無書同。激銘嬴氏，我將適從。

春秋臺銘

惟汶之東，古稱中都。其西匯如，鉅野所瀦。於昭魯侯，言出于狩。曾〔二〕不登厥聖，聖應在藪。彼芻者子，乃獲斯醜。繄聖是惻，愚者以走。嗟嗟宗周，岌岌業業。禮墜樂壞，兵戈日接。齊强而據，晋悍而讋。頑夷相陵，弱邑就壓。惟理與欲，夫既析之。惟亂與賊，不其戚而。其褒伊何？畀以絺繢。其貶伊何？齊斧弗貸。彼瞽左生，史編是徵。惟高及赤，口説相承。

一之弗協，式用沸騰。夸矛礜盾，執鼓以興。屹與者臺，繄聖是處。豈〔二〕圓蹄肉角，復出榛莽。徘徊顧瞻，逖矣中土。嗚呼吾銘，永鎮鄒魯。

校勘記

〔一〕存心堂本、豹文堂本無『曾』字。

〔二〕存心堂本、豹文堂本無『豈』字。

磻溪銘

有瀏斯溪，惟石之磻。誰歟漁者？伯夷之孫。自彼東海，曰徂周原。我志非魚，我人之完。天錫有周，君臣相懽。爰底于牧，爰取厥殘。我咨我謀，皇旅嘽嘽。既定周鼎，却開齊藩。方韜汝光，如龍之蜿。我獵我人，非畋之盤。既顯諸用，如鷹斯摶。發揚蹈厲，亦揔其干。惟古之道，孰測其端？勿謂伊人，漁鈞〔一〕是奸。我懷于今，不古是觀。己雖不能，民之艱難。有磻斯石，惟溪之湍。我勒我銘，昭示不刊。

校勘記

〔一〕『鈞』，國圖本同，存心堂本、豹文堂本作『鈎』。

試劍石銘 有序

吳，故吳墟也。自閶門東出十里許，有白虎之丘，王闔閭試劍石在焉。悼靈物之不可見，銘斯作。

惟崚之鑠，惟銛之斮。山靈奉鐔，白虎司鍔。神威剿剛，殺氣纏錯。攻堅瑕破，發邇遠略。汾洮乘軺，郊郢弛柝。風斯輕剽，志用驕虐。眡然兕駭，欻爾龍躍。我思古人，吁不可作。

蚩尤讚

元气肇開，鴻荒斯闢。凡茲庶民，詎有兵革？人禽攫齟，草木菑翳。奚靈不鑿，既躶罔衞。蚩尤者出，始搆禍端。雍狐是資，涿鹿相殘。掀鑪挾鞴，鎔精瀉液。舍我粗耰，行彼劍戟。惟聖制物，與天同符。君子慎術，小人改圖。豈伊樹兵，爰使絕輿〔一〕。匪嶄頭角，終殞肩髀。霸王迭起，仁義無稱。揣摩捭闔，拔〔二〕擊橫行。夫何攻戰，尚汝禱禡？九嬰乘城，窫窳在野。善師不陳，時靡有爭。曾不是戢，曷維其寧？天生五材，莫偃匪武。我贊蚩尤，敢違祈父。

校勘記

〔一〕『輿』，國圖本、存心堂本同，豹文堂本作『軏』。

〔二〕「拔」，國圖本同，存心堂本、豹文堂本作「技」。

盜跖讚

我觀古人，我讚惟跖。彼何人斯，去順效逆。盜本有道，殺人以矜。橫行魯國，按劍東陵。榛奥是栖，間巘是鑿。投骨起斷，見金思攫。世不予善，居恒有循。分均我義，後出吾仁。憯汝刀戟，機汝罟擭。汝曰不然，俾晝作夜。我盜何盜？取非我有。不盜之盜，人不汝咎。聖人不作，大盜日爭。所恃者力，相擒以兵。上行下效，僥倖邪侈。因之而攘，愍不畏死。人豈齊豹，地非萑苻。誰生禍首，卒化盜區？跖斯可讚，爲善者惕。於乎哀哉，尚謹罔極！

延州來季子觀周樂頌

我之懷矣，惟我季札。來從勾吴，歷聘上國。王綱隳壞，侯度傾側。日尋干戈，不德以力。大音椭〔二〕窳，二氣苛慝。禮樂不興，繄誰之則？我奉我幣，我車北東。懿彼諸姬，曰至魯邦。魯侯賓之，自郊徂宫。魯侯享之，式命瞽宗。首以二南，繼以國風。載雅載頌，商魯攸同。申以象箾，文德之容。亦有大武，允奏武功。淵乎蕩乎，泱泱渢渢。或秉以籥，或綴以崇。上際湯禹，虞舜之隆。曰濩曰夏，韶箾以終。嗚呼四代，一日備舉。參聲知政，閎覽博古。或登或降，踧踖傴僂。夫何自鄶，乃不及魯。公卑私彊，寖棄厥緒。或僭以佾，或雍或旅。襄磬武鼗，方叔之鼓。踰河蹈海，散亂無所。先王之盛，究彼始基。器之尚存，去道遠而。仲尼有云，周公其衰。豈獨郯子，學在四夷。邈矣千載，詩亡樂缺。設而不御，矇瞍失列。日趍淫哇，恒用鴂吶。宣榭既焚，本實先撥。我之懷矣，心焉孔怛。作此頌章，昭示來哲。

校勘記

〔一〕『椭』，國圖本、存心堂本、豹文堂本同，四庫本作『惰』。

漢武帝南巡射蛟頌

惟漢六世，大展巡狩於南服，自尋陽浮江而出，親射蛟江中，獲之。猗歟壯哉！蓋夫荆楊之域，水土墊隘，淫蠥虵行。風雨怒作，掀艫蕩繂。睒瞪㦬愕，莫之敢攖。上乃御黄間，挾剛挂，朱韎闓體而騰擲，白羽應弦以砰磃。霜批鱗頮，霧皺鬐鬣，肉淵髓硤，披角劙耳。於是海童闢路，川后清宫。神靈恪虔，耋老懽抃。信帝王之英略，天下之奇觀已。人莫不曰：齊臣駿擊，吕梁雷轟。楚士劍揮，江水血變。彼一材官，直制其死命，烏足以動萬乘也哉？夫豈區宇寧謐，四夷犇竄，掩沙漠之貪鷙，剕篁竹之炎鬱。强無有不弱，堅無有不瑕。拒之者如撓〔一〕沸，劘之者如拉朽。將信威乎鞮譯，又何獨快意於鱗介。

嗚呼！材之尚，氣之勁，邇之悦，遠之慴，雲鳥之散没，魚鱉之顗顗，殆有不必勞弓而挫鏑者。臣乘、臣朔、臣助、臣壽王，躬睹盛美，獨闕歌頌。千載之下，默默不文。予故特跡史氏之舊，作是頌。頌曰：

大漢之興兮，世繼其烈。言巡東南兮，略彼揚越。一江橫滙兮，陂障險隘。有蛟崛起兮，中路洶絶。驚拏〔二〕齚攫兮，渤潏作蠥。上之頩怒兮，發我獷厲。起施猛彀兮，鬐角盡皴。九嶷曉出兮，矯立巀嵲。舳艫暮拔兮，波濤疊雪。上神且武兮，蹭〔三〕仰桓撥。功負不世兮，威振有截。舟車所通兮，職貢用戾。龍沙不揚兮，瘴海枯竭。上飛無所逃兮，下走無所脱。嗚呼！漢之廣大兮，古未之制。

校勘記

〔一〕『撓』，國圖本同，存心堂本、豹文堂本作『投』。
〔二〕『拏』，國圖本同，存心堂本、豹文堂本作『弩』。
〔三〕『蹭』，國圖本、存心堂本同，豹文堂本作『瞻』。

百里奚讚

我思古人，惟百里子。自其知學，亦聿既仕。出干宋游，弗克離祉。移事周頹，復柅我軌。我告我蹇，我從于虞。蹇謂不可，我遄其驅。鄍門不啓，虢道是輸。孰云我智，我諫我愚。豈伊一身，終顯西土。我肥我牛，庸誒五羖。相業弘闢，霸圖超距。國中行游，童叟笑舞。勿曰我耄，耄無壯時。勿曰我賤，賤者貴基。勾萌甲坼，穉好之姿。干霄合抱，貴有宜施。嗟哉時命，萬世一阨。矧兹白徒，曾罔黄鉞。太公屠釣，何晚弗獲。緊我人斯，老死誰惕？

接輿讚

古有狂者，曰惟接輿。辟世不仕，裸身以趨。放言嵬行，神則内居。鳥驚獸駭，雖聖弗徒。聖人于行，荆楚是届。救時斯亟，從政者殆。矧麟未踐，何鳳之翽。曷違我真，迄受世害。緊聖所可，彼猶不然。曰父曰母，曰人曰天。執心既一，抱道弗權。視兹犬彘，獨不天淵。夫何山谷，卒遁名姓。蕪菁是食，駟鎰枉〔一〕聘。聿和其光，克性爾性。高飈不群，隱德之鏡。我友者扈，曾弗服裳。豈無污濁，譏我踽涼。既馳且騖，滿國若狂。古狂不作，俾也可忘。

校勘記

〔一〕「枉」，國圖本同，存心堂本、豹文堂本作「杜」。

古碣石辭

古碣石者，本《禹貢》冀州之域，盖今東南海運，自海而北達漳河，實出乎此。予喜其上符唐虞之舊制也，勒之以辭。

惟聖〔一〕建國，寔曰冀都。北極之運，萬邦作孚。宮廷彬赫，峙彼中居。士女和會，溢鄽塞郛。江檣白粲，淮秈黃淤。聿官有漕，竟海其艫。偉哉碣石，枕我海隅。表此水道，長爲委輸。上蟠乾奧，下結坤區。割流豯養，披秀醫閭。日月播盪，星辰盤迂。怪神罔象，鼉鰐龍魚。颿扶纜守，翼奮鱗驅。悉輦國用，來通帝家。自國有貢，或河而渠。或砥斯鑿，或絶或踰。繭絲紈帛，金寶象珠。搜毫竭縷，滿稛壓車。矧茲米粟，誠係藏儲。得一圭撮，懸萬命軀。漢乖轉輓，唐庀征需。於穆我后，仰承唐虞。按之圖籍，實以德符。普天率土，瞻戴罔渝。偉哉碣石，厥狀屹如。若柱斯植，若甬斯塗。溟漲如席，濁漳以趨。削巉勒辭，永代是模。

校勘記

〔一〕「聖」，國圖本同，存心堂本、豹文堂本作「皇」。

白雲先生許君哀頌辭

古之學者必有師。世之説者嘗曰：「經師易遇，人師難得。」嗚呼！經師豈易得哉？自嬴秦焚滅經籍之餘，漢以來，老師宿儒失其本經，不惟口以傳授，則或新〔二〕出於風雨壞屋之所藏。是以惟傳經久而不差者爲最難。至於人之所以爲人，示之以德義，道之以言語，則之以動作威儀，是將使人觀感興起，而易至於不自覺者，無非教也。雖然，捨經則又何以爲人師哉？然以古今經訓學術之變迭興，而師道之所自來者寖遠。蓋惟伊洛諸老先生寔始倡爲道統，而後知有所謂義理之學。已而考亭繼之，古今經訓學術之變，至此而遂定。必也誠明兩盡，知行並進，可以深造夫三代聖賢之閫域。不然，則經有傳之益久而愈差者矣。是故古之學者常得其師傳，每因經以明道。後之學者既失其師傳，苟非明道，則固不能以知經。經既明矣，吾則又知人之所以爲人之道不外乎此也。嗚呼！經師豈易得哉？

惟我許君，昔從蘭溪金君履祥學。金君本於王文憲公柏、何文定公基，而王、何二公則又本於黃文肅公榦，蓋此實朱學也。然君天資深厚，學力純至，手抄口誦，志行彌篤，而且樂與人爲善。家故貧，常僦屋以居。達人大官踵門候謁，交剡論薦，而曾不爲之少動。山東、兩河、江淮、閩海之間，賓客弟子擔簦負笈，執經請業，又必爲之搜擿明白，斟酌飽滿而後去，初未嘗見其有惰容。是以終日危坐，學徒環列，無憮無敖，無嬉笑，無呰謷。昏瞀者革心，浮躁者易貌，而日就於漸摩變化之歸。嗚呼！考其師友淵源之所自來，君信可謂得夫師道之重矣。此蓋世之所共見而無間言者也。君諱謙，字益之，世爲婺之金華人。家居教授凡若干年，年六十八以没。予適以事不及哭，而君平日遇予極厚。於是特疏哀頌一篇，以洩予情。此予所以深痛夫人師之難遇，而經師之尤不易得也。嗚呼，悲夫！頌曰：

夫天下之生也衆矣，其生如醉而未醒，其死若夢而弗蜕。何經籍之可聞，豈聖賢之能對。

倏焉蠛蠓之起滅，忽爾蠅蚋之攢嘬。將一歸於澌盡，卒無怪其厖昧。惟古之大儒君子，涵養省察，戰兢惕厲。道不遠人，則天理民彝之所存；經以載道，則王綱聖髓之攸賴。宜身名之並立，獨不與年壽而俱壞。嗚呼許君！博學無方，篤志不懈。上追洙泗之本原，前泝伊洛之宗派。昭日星之訓，則理全而無疵；闢荆棘之途，則辭達而罔〔二〕礙。矧肅容而正襟，恒睟面而盎背。學徒麇來，賓客滿座，咸曰吾見其人矣，吾聞其語矣。是其車轍之同、門户之正者，發之於難疑答問之頃，形之於動作威儀之際，實足使人心悟而神會。吾固知其人物之標表，經學之沾溉。誠亦可以閎其中，而肆其外矣。已而天不憖遺，曾不使之多有壽考，而奄然長逝。庭巷兮虚閴，書策兮塵壒。會稽先賢，失予砥柱；襄陽耆舊，奪我蓍蔡。宋屈穀之瓠，剖而無竅，則渡者日溺；鄭昭文之琴，彈而無聲，則聽者斯聵。此盖我許君之所以警新學、鎮末俗者，遼乎邈矣，自不可求之於一時，而欲罄〔三〕之於千載者也。嗚呼！青山如屏，流水如帶。惜哉遺烈，閟此幽隧。死而不朽，炯然若盡。死而可作，則已莽兮黄土白雲之蕪穢矣，奈之何哉？其亦有可悲也夫！其亦有可慨也夫！

校勘記

〔一〕『新』，國圖本同，存心堂本、豹文堂本作『雜』。

〔二〕『罔』，底本、國圖本作『罔』，據存心堂本、豹文堂本改。

〔三〕『罄』，國圖本同，存心堂本、豹文堂本作『聲』。

張定傳

張定者，諸暨人。初以武學優等賜第，從軍建康，歷清流、潛江令。端平間，史嵩之制置荆湖，孟珙帥軍夾攻蔡州，奉香朝謁八陵。定以受給錢糧從守鄧州。時河南始通，豪傑義士歲食官廩者僅萬人。及兩淮進兵，改湖北制置司計議官，出江陵，措置邊防，團結水寨。權守峽州，將羸卒萬餘對壘，生擒回紇頭目夷梓公，奪馬五十四騎，俘數千人，遂以功換閤門宣贊舍人，知泰州。累疏論清野利害，不報。去職。復江東總管，建康駐劄，兼沿江制置司計議官，召守融州。廣西經略司言左右江有警，融據其衝，欲調外軍。定曰：『本土自有峒丁、欸〔二〕丁，耳目便捷，器械鋭利。若能團糾調用，皆精兵也，可以應敵。外軍懸入，不諳水土惡弱，不熟谿洞險阻，無適於用，坐受罷弊。』乃大置酒教場亭上，鳴鼓一呼，萬甲蟻集。經略司聞而大驚，遂劾罷定。吴潛當國，起知通州，改守德安府。開慶間，賈似道開都督府，定往謁曰：『德安地小，不足展布四體，勢須假吾一命，圖得要領，歸報幕下。』會北兵十萬越閩嶺而東，別屯黄陂陽臺。定亟言：『德安城壁單陁，合盡徙居民保漢陽。』都統制劉炎遽引所部禦之陽臺，矢下如雨，兵猝不得進。似道命移德安，治吴王磯頭。定曰：『兵法，先發者制人，後發者制於人。今幕府無先發之兵，而德安移治。彼進我退，異日將無地投足。』遂單騎詣轉運使趙葵，禀議曰：『夫南人貴舟，北人貴騎。今聞北兵更用舟師，鄂漢兵單弱不敵，宜亟團捕魚湖舡，虛張旗幟。部令不測，使出没炫燿江北洲渚間，則大江徑渡之謀可少戢也。不然，一旦渡江，復以鐵騎蹂我，鄂漢必危。』葵怒曰：『長江天塹，北兵豈易渡哉！君郡守，知不離德安一步，言及鄂漢，何脅也？』定曰：『德安，小郡；鄂漢，荆閫要害。今則北兵破沙洋，泊陽羅洑，掠取漁舡，斵改鍬帮，且莫斧斤不絶，整兵練衆，意在渡江。萬一舉鞭徑渡，東南閧動，吾豈能獨受誤國罪哉？』葵怒愈厲，曰：『漁舟如葉，江濤渺然。我轉運使也，毋欺我！』定力争不已，曰：『事勢至此，謀議不信。嘻！吾死矣！』已而北兵渡滸潢洲，葵遂殺定。定死，鄂漢大抵陷没如定言。

爲説者曰：予嘗到諸暨，過定所居處，得墓隧間故碑，删爲傳。方史、孟之夾攻蔡州，蔡下，故所失地歸我，子女玉帛悉輦而趨北。朝廷持其議曰：『今幸得一空城，是徒有受地之名，而又無兵、無糧以實其地，終亦不守。』史與孟皆報罷。北兵復起，於是趙葵、許戡等出軍河南，大兵迎敵，我軍隨潰，遂割唐、鄧、海、泗以請和。當是時，定守鄧州，竟無與成功者。已而襄樊破，鄂漢有警。磨些、善闡之兵又擣貴象，奪辰沅，抵〔二〕長沙，取滸潢北渡，與鄂漢兵合。丞相賈懼，開督進戰，遣使乞解。而定復爲之用，且欲彷彿乎荆軻、秦武陽之遺風，非其道矣。自是，北兵南下，由郢之沙洋攻陽羅洑，直渡江至鄂南門。丞相賈統兵扼蕪湖，孫虎臣前鋒對陣，夏貴挾戰舡二千五百横亘江中。丞相賈將後軍殿，亂射北舡，執縛邏騎，且挑戰。北兵集，將樹砲擊其中堅，雷鼓大振，呼曰：『宋人敗矣！』丞相賈即倉皇失措，舳艫簸蕩，乍分乍合。北兵麾小旗，率輕鋭横擊深入，殺溺蔽江，圖籍、印符悉已遺失，軍資器仗狼藉不可勝計。丞相賈東走楊州，孫、夏並降。當是時，定言悉驗，然定死已久矣。或曰：葵與賈不協，故置定死地。或曰：定使間到北，欲翻漢陽城，誘覆其衆，失期一日，故棄城出奔，葵殺之也。或曰：賈至鄂，許納歲幣，而北兵退。復有陰謀，懼泄，故欲殺定，託之葵也。嗚呼！當滄海横流之際，人材、國勢一至於此，豈不重可哀憐也哉！

校勘記

〔一〕『欵』，國圖本同，存心堂本、豹文堂本作『疑』。

〔二〕存心堂本、豹文堂本無『抵』字。

淵潁吴先生文集卷之八

門人金華宋濂編

釋迦方域志後序

終南山僧道宣嘗著《釋迦方域志》二卷，言西域諸國佛經行乞食、營建塔廟處，與其風土物産甚悉，文又足以發之，《唐藝文志》載其目。予始從學佛者游，頗究其所爲志者。盖漢之初世，烏孫、大月氏本在敦煌、祁〔二〕連間。匈奴冒頓攻大月氏，大月氏西走，破塞王，奪居其地，而塞王南君罽賓。塞種分散，自疏勒以西，休循、捐毒之屬皆故塞種。顔師古曰：『塞，今釋種也。塞、釋聲相近。』大月氏既居故塞王地，烏孫昆莫又擊破之，而大月氏西徙大夏，故烏孫民有塞種、大月氏種。休循、捐毒國絶小，依葱嶺而居，民俗、衣服又多類烏孫。張騫云：『在大夏時，賈人往市身毒，得邛竹杖、蜀布。身毒居大夏東南，有蜀物，度去蜀不遠。』上乃令自蜀發間使，四道並出，指求身毒，率爲西南夷所閉，不得通。李奇曰：『身毒一名天篤，即今浮屠胡也。』按此身毒，塞種之捐毒也。捐毒治衍敦谷，西北至大宛九百二十里，西至大夏千有六百一十里。故大夏賈人云在其東南，虚稱里數，至於數千，欲以誇漢使爲遠，實一國也。《漢西域傳》止載捐毒，而《張騫傳》乃引身毒，特疑之也。要之，烏孫所治赤谷，本塞王故國，東去長安八千九百里。而近漢擊匈奴，收休屠王祭天金人。金人蓋今佛氏遺像。休屠王，漢張掖郡地，將近故塞國也，而身毒及東漢又稱天竺。

摩騰、竺法蘭之徒，始持白氎之像及所譯《四十二章》到洛。楚王英乃首盛齋戒之祀。范曄曰：『佛道神化，興自身毒，二漢方志，莫有稱者。』然則身毒本葱嶺間小國，後漸大，或爲他國所併，仍冒舊國之號。葱嶺以西，乃爲塞種；葱嶺以東，多是雜胡。亦不待辨而可知者也。及唐之盛，天竺有五方，制萬里，號爲大國。東天竺乃與雪山吐蕃分界。北天竺直接突厥塞王所君罽賓，隋唐之間別曰漕，或曰矩〔二〕吒，且在西天竺之列。東南海外，扶南、林邑，又南天竺之隣境也。今《方域志》殊不詳，始本塞種，獨稱中印度。印度，天竺之梵言，猶捐毒也。至謂其道，則已幾徧天地之所覆載，與夫貫古今而不可終窮者。吁！怪矣哉！

先王之世，道德同，風俗一，文爲制度悉已定。奇言蒐行、淫巧異技之人，卒不自容於執法之吏。去古日遠，民不見聖，甚則立枯抱石以爲行，髡首裸身以爲飾。或曰：是方外之士也。至於傷教害義，亂大倫，而猶不少顧，始基之矣。及漢而後，天竺浮屠之教熾然乘之，達賢君子反受其法。又文以老、莊、列子之旨，且曰：史蘇嘗紀其異矣，仲尼亦嘗許其聖矣，何不可者？吁！西極之多幻也。世之政教陵夷，民惟異物之是遷。宋何承天善天文星曆，而胡僧所論冬至日晷與天竺占異。周白蘇祇婆善胡琵琶，一均之中，間有七聲，則又得之西域。於是西涼龜兹之樂陳於立部，婆羅門九執之曆厠於大衍矣。甚者周、孔與釋迦並稱，亦毋慮乎書革旁行，而與韋編鐵擿之經混爲一録也。雖然，天地之一氣既眹，而萬形有變化，容者、羽者、毛者、鱗者、介者、根茇者、浮生者，而恒出入於一機，區已別矣，安在其精靈之起滅、因報之相尋哉？夫何造化之功用、陰陽之屈伸又與吾儒惑也？《傳》曰：『五帝以前無傳人。』又曰：『六合之外，聖人存而不議。』今浮屠氏乃索言之，始於無所始也，窮於無所窮也，殆有出於心志耳目之所不能及者。吁！怪矣哉！自漢宣、元以後，西域服從，於是土地山川、王侯户數、道里遠近，翔實可考。隋唐之世，裴矩、賈躭則又皆圖而志之。若夫道宣之作，本爲其徒設也，吾頗見其與前史有異，故特爲紀地理者述其槩焉。

校勘記

〔一〕『祁』，底本、國圖本、存心堂本作『祈』，據豹文堂本改。

〔二〕『矩』，底本作『短』，據國圖本、存心堂本、豹文堂本改。

春秋繁露後題

昔予自京師還，過樂陵，問董仲舒所居處無有，云：遺廟在河壖，廢者三十年。或云：茌〔二〕平有別廟，廟有元祐間碑。未知茌平何以得祠也。時會新御史上章，議揚雄不當列祀孔子廟廷。林宗起者，閩人，顧謂予：『是未能剌舉當世，乃剽竊先儒緒餘，欲絀死揚雄耶？』然漢儒獨仲舒未列從祀，不宜後雄，竟未有言者。仲舒所著書《玉杯》《繁露》《清明》《竹林》之屬，多説《春秋》事得失，《公羊》之義疏也。今具存，又總名《繁露》，而章第或標《玉杯》《竹林》，且雜取所對制策語。是豈對制策時徵諸所著之書歟？或後人附會之歟？《傳》稱朝廷每有大議，使使者及廷尉張湯就其家問，今猶載『湯問郊祀』一事。若夫求雨、止雨，推陰陽所以錯行者，類淫巫瞽史所爲，非純儒之道矣。

蓋《春秋》一經，書雩，書大雩，書大水，鼓、用牲于社、于門，是皆實事，非欲使後之説者因是以推災異之變，而且流於術數之學也。漢之諸儒乃相承言之，豈或求諸聖人之過歟？京房之於《易》，劉向之於《洪範》五行，亦猶此也。吁！仲舒有以發之矣！然而推明孔氏，罷紬百家，使學者有所統一，卓然漢承秦滅學之後，歷千載不可泯滅，又何待乎從祀與否耶？

校勘記

〔一〕《考異》：『茬』當作『荏』。

胡氏管見唐柳宗元封建論後題

予嘗觀柳宗元《封建論》言封建之法，更古聖王堯、舜、禹、湯、文、武，莫能去之。是非不能去也，勢不可也。故封建非聖人意也，勢也。胡氏《讀史管見》則曰：『封建之法，聖人所以順天理，承人心，而爲公天下之大端大本也。宗元説非是。』予盖因是而求之，則天下古今之變日趨於無窮，又不可以一槩論矣。

夫自夏后氏之衰〔二〕，有扈之戰，洛汭之畋，商丘之徙，斟尋、斟灌之依，禹祀之〔三〕不絶者如綫。昆吾之强，自衛遷許，又彰彰然自號於世曰霸。此一變也，而商周亦以是而得天下。及周之東，諸侯削弱，世室擅權。魯有三桓，晋有六卿，鄭有七穆，孫、甯在衛，崔、高在齊，滔滔者天下皆是。雞澤一會，溴梁一盟，君如贅旒於上，而大夫自相歃血於下。此又一變也，而三晋、田和亦以是而得國。孔子曰：『天下有道，禮樂征伐自天子出；天下無道，禮樂征伐自諸侯出。自諸侯出，十世希不失矣；自大夫出，五世希不失矣；陪臣執國命，三世希不失矣。』此盖通論天下之勢也。夫何戰國之世，兵力日用，游説肆行，申、韓以法術，商、李以耕戰，蘇、張、犀首以合從連衡，各以其能分適諸侯之國。始皇雖大索逐客，卒就其吞併六國之謀者，又客之功也。此天下之一變也，而卒歸於士。及天下既一，始皇自以爲前世莫能及，遂舉封建而廢之，郡縣自置。殺豪傑，銷鋒鏑，墮名城，欲盡屏天下之兵而不用。又且貪黷亡厭，科謫日發，民不堪命。陳勝、吴廣攘臂一呼，執農器以爲兵，而民之從亂，十室而七。項羽以亡楚故將之子，劉季以泗上亭長，分割天下，立十八王，又五歲而盡屬漢。此又天下之一變也，而卒歸於庶人。於乎！聖王不作，世道愈下，天下之變，則亦不知其所終者矣。是豈宗元之所謂勢者非耶？

抑又考之堯、舜、禹、湯遠矣，及周而始詳。商紂之亂，天下之歸周者三分之二。武王既以是而勝商，商之頑民雖遷于洛，猶且弗率。則又告之以商之自絶於天，與周之受有天命，勞來安集，無所不用其心，然猶不能已夫商奄四國之禍也。當是時，周幸不至於犇潰動摇者，豈無其故哉？蓋周都豐鎬，而文王之德化南被於汝墳、漢廣之域。自洛以東，冀、青、兖三州昔本屬紂，且大封同姓與異姓功臣以鎮之。魯，周公之國也；齊，太公之國也，表在東海，淮夷、徐、莒之屬有所畏焉而不敢動。燕，召公之國也。成王滅唐，而唐又以之封唐叔。介在北邊，北戎追貊之類，有所懼焉而不敢越。成王在豐，周公又自居洛以統之。商奄既滅，康叔以之國於衛，微子以之國於宋。雖曰治之以德，亦以示天下形勢也。始皇始一天下，據關中，廢封建，勿王子弟。及二世而關東盜起，郡縣吏或降或死，無一肯堅守者。漢興，鑑秦之弊，當項羽專制之餘，燕、趙、梁、楚、太原、淮南，多王異姓，故終高帝之世，用兵不息。韓王信，上所親幸。盧綰，又故人也，使當匈奴，卒亡入匈奴。吴芮乃以長沙卑濕之國，使當南越，則以國小僅存耳。故又大封同姓：荆以王賈，楚以王交，代以王喜，齊以王肥，吴以王濞。然非制也，是以卒有吴、楚七國之亂。何則？漢天子止有關中、巴蜀等十五郡，而諸侯王連城列邑，被于三邊，固不可與成周並論矣。《記》曰：『禮，時爲大，順次之。』三代封國，後世郡縣，時也。因時制宜以便其民，順也。是又豈宗元之所謂勢者非耶？

於乎！自予前説而觀之，則天下古今之變，至秦而勢爲已極。自予後説而觀之，則天下古今之變，至漢而勢有不同。《管見》之説，守儒之常論也。然而又曰：『欲行封建，先自井田始。』夫封建、井田二者，蓋同出於堯、舜、禹、湯、文、武之盛時，上之則分土列爵以建國，下之則分田畫野以居民。井田，小封建也；封建，大井田也。秦、漢以來，井田廢矣，則是封建之法雖欲不廢而爲郡縣也，尚可得哉？

校勘記

〔一〕『衰』，存心堂本作『不』，豹文堂本作『世』。

〔二〕『之』，存心堂本、豹文堂本作『衰』。

張氏大樂玄機賦論後題

鄉予北遊京師，聞太常所用樂，本大晟之遺法也。自東都不守，大樂氏奉其樂器北趍燕都。燕都喪亂，又徙汴蔡。汴蔡陷没，而東平嚴侯獨得其故樂部人。國初，有旨徵樂東平，太常徐公遂典樂，向日月山奏觀，乞增宮縣、登歌、文武二舞，令舊工教習，以備大祀。故今樂户子孫猶世籍河汴間，僅能肄其鐘鼓鏗鏘，不復能究其義矣。予因考求前代議樂，自和峴〔一〕以下，更六七鉅公，而議論莫之有定。前日之宿縣者本謂樂和，曾未幾時，倏已改鑄。或云樂失之清，或云樂過於濁。樂工、冶卒且深猒其爐鞴鼓鑄之勞，則或自取其樂之協時，加〔二〕銅齊以濟之。當軒臨試，雖以老師宿儒，終不能必悟其銅齊之輕重，而徒論其銅律之清濁也。迨夫崇寧之世，魏漢津乃以蜀一黥卒爲造大晟樂府，遂頒其樂書於天下。

蓋謂古之制樂者，惟黄帝、夏禹得樂之正。何則？聖主之稟賦，上與天地陰陽爲一體，聲則爲律，身則爲度，故夫黄帝、夏禹之制樂，實自其身而得之。臣今請以聖主中指三節三寸定黄鐘之律。中指之徑圍，又即據而定爲度量權衡。樂以是制，則臣將見其合天地之正，備陰陽之和，而得夫金石清濁之宜矣。當是時，惟丞相蔡京最神其説，先鑄帝鼐八鼎，復造金石鐘簴，雕幾刻鏤，蓋極後世之選已。然以崇寧之指尺既長，而樂律遂高，雖漢津亦自知之，嘗私謂其弟子任宗堯曰：『樂律高，北方玄鼎水又溢出。律高，則聲過哀而國亂。水溢出，則國有變而境土喪没。是不久矣！』嗚呼！漢津所制，豈復有加於和峴〔三〕以下諸人所論之樂哉？然且至今沿襲相承，未聞有所改作。樂殊不可以草創苟且而遽定也。雖然，崇寧之樂亦可變矣。

蓋古之論樂者，一曰古雅樂，二曰俗部樂，三曰胡部樂。古雅樂更秦〔四〕亂而廢，漢世惟采荆楚、燕代之謳，稍協律吕，以合八音之調，不復古矣。晉、宋六代以降，南朝之樂多用吴音，北國之樂僅襲夷虜。及隋平江左，魏三祖清商等樂存者什四，世謂爲華夏正聲，蓋俗樂也。至是，沛國公鄭譯復因龜兹人白蘇祇婆善胡琵琶，而翻七調，遂以制樂。故今樂家猶有大石、小石、大食、般涉等調。大石等國本在西域，而般涉即是般瞻，華言羽聲，隋人且以是爲太簇羽矣。由是觀之，漢世徒以俗樂定雅樂。隋氏以來，則復悉以胡樂定雅樂。唐至玄宗，胡部坐，俗部立。樂工肄樂，坐技不通，然後發爲立技。立技不精，然後使教雅樂。天下後世卒不復知有古雅樂之正聲矣。

自唐歷宋，大抵皆然。是猶未能究夫樂律之元，而僅拳拳於黍尺、指尺之同異。及乎大晟樂府之立，吾殆未知其尚有胡、俗之雜耶？抑果雅樂之正也？夫以雅樂平淡而聲緩，胡、俗繁碎而聲急。今大晟之樂律太高，樂聲急矣。當大晟樂書之行，教坊色〔五〕長張俣曾製《大樂玄機賦》，論七音、六十律、八十四調，本不脱乎龜兹白蘇祇婆之舊。正行四十大曲，常行小令四部絃管，猶或尚循乎大唐、五代黎園法曲之遺。此非胡、俗之雜行者乎？宜雅樂之未易遽復也。然吾就俣之所學，嘗謂樂工肄樂，先須通達强記，巧妙斡旋，復窮十載曉夜之思，而務諳前人格範之正，固不可以草茅無識而輕議樂。又况漢津，蜀一黠卒，稍窺范景仁、司馬君實之議論，而且得與夫黄帝、夏禹配食於樂成之廟，尚可至今沿襲而不變耶？於乎！誠以世之通音曉律者或少也！

夫何天下四方之所尚胡、俗伎樂，率多輕儇剽殺，嘄呶縱肆，前緩後驟，不中音節。它則倡優雜劇，類且青紅塗抹，子女雜獿〔六〕，導淫教媟，不得禁止。然以胡、俗之樂，音節不中，則聲氣淺浮而日趨於薄；倡優之伎，禁止不行，則風俗流蕩而不知所返。此雖小節，所繫甚大。漢諺有云：『宫中好高髻，城中高一尺。宫中好長袖，城中全匹帛。』意者朝廷合議，先正雅樂，然後天下四方悉更胡、俗二部之不正者，悉歸於正而後止，殆不可視是爲千古之絶學也。然古者律、曆二事，更相爲用。太史郭公一嘗定曆，誠曠世所未有。予謂宜依古法，緹室葭灰，隨月候氣。天地之中氣既應，則鐘律之中聲當無有不應者，要在久而後驗。樂殊不可以草創苟且而遽定也。嗚呼！崇寧之樂亦可變矣！吾又安得夫伶倫、榮援之徒而與之共論樂哉？

校勘記

〔一〕『峴』，底本、國圖本、存心堂本、豹文堂本均作『現』，據四庫本改。

〔二〕『加』，國圖本不清，存心堂本、豹文堂本作『和』。

〔三〕『峴』，底本、國圖本、存心堂本、豹文堂本均作『現』，據四庫本改。

〔四〕『秦』，底本作『春』，據國圖本、存心堂本、豹文堂本改。

〔五〕『色』，國圖本、存心堂本同，豹文堂本作『邑』。

〔六〕『獿』，國圖本、存心堂本、豹文堂本作『擾』。

續琴操哀江南

宋季有以善鼓琴見上者，出入宮掖間，汪姓，忘其名。臨安不守，太后、嬪御北，汪從之，宿〔一〕留薊門數年。而文丞相被執在獄，汪上謁，且勉丞相必以忠孝白天下，予將歸死江南。及歸，舊宮人會者十八人，釃酒城隅，與之别。援琴鼓再行，淚雨下，悲不自勝，後竟不知所在。嘻！汪盖死矣。客有感〔二〕之者，爲續琴操曰《哀江南》，凡四章。

我赴薊門四之一

我赴薊門，我心何苦。我本南人，我行北土。睎彼翼軫，客星光光。自陪輦轂，久涉〔三〕戎行。靡歲不戰，何兵不潰。偷生有慼〔四〕，就死無罪。莽莽黄沙，依依翠華。我皇何在？忍恤我家。

瞻彼江漢四之二

瞻彼江漢，截淮及楚。起兵海隈，亡命無所。枕戈待旦，憤不顧身。我睎王室，誰非國人。噫嘻昊天，使汝縲絏。姦黨心寒，健兒膽裂。黄河萬里，冰雪峨峨。爾死得死，我生謂何。

我操南音四之三

我操南音，爰酌〔五〕我酒。風摧我裳，冰裂我手。薄送于野，曷云同歸。自貽伊阻，不得奮飛。持此盈觴，化爲別淚。昔也姬姜，今焉憔悴。山高水遠，無相見時。各保玉體，將死爲期。

興言自古四之四

興言自古，使我速老。麋鹿是游，姑蘇荒草。起秣我馬，裴回舊鄉。江山不改，風景忘亡。

誰觸塵埃，不見日月。梨園雲散，羽林鳥没。吞聲躑躅，悲風四來。爾非遺民，何獨不哀？

右續琴操《哀江南》者四章，章四解。或傳粤人謝翶作。讀其辭甚悲，因其辭以推其心，則其所悲又有甚於此辭者，謂非翶作不可也。

當宋季年，大兵壓境，兩宫〔六〕且以琴酒自娱。故老言：『度宗在宫中，常〔七〕以壺觴自隨，盡日不醉。』權臣弄國，江上之師不暇一戰，反以捷聞，盖必有以壅塞其耳目，蠱惑其心志而然歟？否則慄慄危懼之不卹，而又何樂於酒？藉令長江天塹，北軍不能飛渡，安能坐守東南數郡，爲一龜兹國哉？梁蕭繹時，江陵戒嚴，百官戎〔八〕服，聽講《老子》。中既輟講，諜者言：『魏軍不出，四境帖然。』又復開講。一日以至力屈就擒，身困縲〔九〕幕，雖拔刀斫柱不得悔。嘻！宋季然矣。

夫人者乃能以善鼓琴見上，吾意其不爲鄒忌，必爲雍門周。縱不能一悟主聽，使之少有更張，亦能使之立若破國亡邑，至聞疾風飛鳥之聲，窮窮焉固無樂已。及大事已去，獨其心怏怏，犇走萬里，若不釋然者。嘻！亦晚矣！天寶盛時，歌者李龜年恩遇無比。禄山亂，龜年流落江南，每歌數闋，四座莫不嘆息泣下。又况天地黯然，山河頓異。使夫人者尚在，庸不有以泣龜年者泣之乎？

予謂琴操多出於憂愁窮苦之人而有所守者。翶之於辭適契焉，故録之。若曰：『南風不競。』則自古見之矣。尚何言哉！尚何言哉！

校勘記

〔一〕『宿』，國圖本、存心堂本同，豹文堂本作『行』，屬上讀。

〔二〕『慼』，國圖本同，存心堂本不清，豹文堂本作『悲』。

〔三〕『涉』，底本作『沙』，據國圖本、存心堂本、豹文堂本改。

〔四〕『慼』，國圖本同，存心堂本、豹文堂本作『感』。

〔五〕『䣑』，國圖本、存心堂本同，豹文堂本作『酌』。

〔六〕『宮』，底本、國圖本作『官』，據存心堂本、豹文堂本改。

〔七〕『常』，底本作『嘗』，據國圖本、存心堂本、豹文堂本改。

〔八〕『戎』，底本、國圖本作『戒』，據存心堂本、豹文堂本改。《札記》：『戒』當作『戎』。

〔九〕『縵』，國圖本、存心堂本同，豹文堂本作『緹』。

伊耆氏大蜡樂歌辭

大蜡之禮廢矣。記《禮》者曰：『伊耆氏始爲蜡。蜡也者，索也。歲十二月，合聚萬物索饗之也。』又曰：『天子大蜡八，八蜡以記四方。四方年不順成，八蜡不通。順成之方，其蜡乃通，以移民也。』蓋夫天地之大德曰生，發之而爲庶人、庶物。陽舒而陰歛，雲行而雨施。功加於歲，則報之以歲事之成；勞著於民，則饗之以國典之正。伊耆氏果何氏也？將始之教民以田者也。《三禮義宗》曰：『伊耆氏，神農之別號。』後之蜡者，先嗇祀神農，司嗇祀后稷，則固非伊耆氏之蜡也。烈山氏之子柱本爲稷，而周人更用棄，《禮》且有若是者。《明堂位》載魯有伊耆氏之樂，而《周官》『籥章，掌豳籥』者。鄭玄又析《豳風·七月》一詩以配之，或祈田祖，或樂田畯，或息老物。籥，豈伊耆氏之葦籥者乎？

自秦始置臘。漢、魏之間，二禮並行。魏高堂隆曰：『古之王者，各用其五行之運，盛者爲蜡，終者爲臘。』及隋開皇，乃停十月之蜡，而但行十二月之臘。唐貞觀初因之，前以寅蜡百神，卯祭社宫，辰然後臘宗廟。近世則蜡、臘又特通行於一日矣。夫以夏正十月，周正爲十二月。由周、夏之正所建不同，卒致蜡、臘之禮相襲無別。吕不韋《月令》：『孟冬之月，勞民休息，臘先祖五祀。』鄭玄注曰：『此周之蜡也。』然而蜡之爲蜡，未嘗及先祖。五祀，豈秦制已混之乎？

於乎！大蜡之禮廢矣！記《禮》者尚存其祝曰：『土反其宅，水歸其壑，昆蟲毋作，草木歸其澤。』樂則無可考者，欲補是無益也。雖然，《載芟》《良耜》，聖人之經已。吾猶後世之復古者，補焉，庸不有土鼓、葦籥寂寥之末音者乎？遂從而録其辭：

於穆泰鴻，俶降嘉穀。神莫帝隗，肖靈之鞠。經營標野，改薦腥熟。休[一]哉恤兹，億載蒙福！先嗇一

皇監下民，云胡其穡。篤生厥呱，克用封殖。協風鳴條，壚土癉發。嘉承天常，式保爾極。

司嗇二

倬彼田畯，人遭阻艱。茅蒲襏襫，銚鎒以完。率育稚耋，告成萬寶。越眀乃粒，我王之造。

農三

我田甫田，我行畷郵。翳桑之饁，童莠何秋。遯惟風后，井畫九丘。盍不古處，允兹民逑。

郵表畷四

大哉者川，疏寫中野。稻人瀦波，菑暵以雨。膏潤畢逮，畚鍤具舉。豐年穰穰，永得我所。

坊五

先王授民，兆濬兹洫。宿茇甹與，胼胝是力。從横川甽，經緯國都。自西徂東，慎不可踰。

水庸六

自古在昔，虔共粢盛。有函斯活，田穉乃榮。晝穴何竊，豶牙弗獰。莫贊匪武，用迪厥成。

猫虎七

玄冥盛陰，十月霜雪。草枯木凋，坏户咸閉。祛除妖蠚，剗滅蟲螘。暑生寒死，不瑕有害。

昆蟲八

校勘記

〔一〕『休』，原作『沐』，據豹文堂本改。

田居子黄隱君哀頌辭

始予弱冠時，從黄隱君游。隱君諱景昌，字明遠，世爲婺之浦江人。自幼敦樸而開悟，及長，益通五經、諸子、詩賦、百家之言。巖南公嘗一再攜予詣隱君質《春秋》。隱君則曰：『墨守是非，初不可以草草矣。』已而，予授其孫迪學，且盡發其《春秋公穀舉傳論》及三代用正、日夜食之辨。每言《春秋》一書，自公、穀氏口説相傳，至漢然後著之竹帛。是故經有脱編，有錯簡。學者上畏聖經，下避賢傳，訛舛誣〔一〕漏，不敢較也。辨用〔二〕正，曰：『三代正朔，改正者必改月數，而《春秋左氏》爲最明。大史推日食，則曰：「當夏四月。」是謂孟夏，而經且書日食爲六月。梓慎占星孛，則又曰：「火之出也，在夏爲三月，在商爲四月，在周爲五月。」而經且書宋、衛、陳、鄭之災爲五月。它如晋卜偃因童謡而驗晋人之滅虢，又極有以見夫夏、周數月之不同矣。蔡氏傳《書》，乃曰：「三代之建正不同，月數不改。凡朝覲、會同、巡狩、承享之事，必以所建之正，至於數月，皆起於寅。」嗚呼！蔡氏之爲是説，豈欲以嬴秦視三代耶？秦史所書冬十月以爲歲首，後九月以爲閏月。月建一差，閏法不合。後九非戌，而十月亦非亥矣。然而秦人自以端月爲正，史以十月書於元年之首者，《太初曆》行，漢世追改之也。孰謂三代類是，而《伊訓》必以十有二月而首歲者乎？』辨日夜食曰：『天之七政：日、月、五星，皆動物也，而日、月且有薄蝕之變。《春秋》據見而録，故言「日有食之」，不言所食，盖慎之也。《穀梁》言

「王者朝日」。日出而有虧傷，即是夜食，是以經不書日。日辰晦朔，言日夜食，不可以日定也。雖然，王者朝日，則已見爲晝食，非夜食矣。聖人豈能據所不見而即書之經耶？或曰：《春秋》之經無日夜食。曆家之算天度，必知有日夜食，是傳者因經以著曆數也。予謂：經書日食三十有六，後世善曆者推之，或有甲乙，或無晦朔，不聞言有日夜食。學聖人之學，豈不反爲巫史家所笑乎？或曰：世之登泰山者，夜半見海出日，當是而食。將夜食乎？抑晝食乎？予謂：古人之占天者，當晝則測日景，當初昏則驗中星。自帝堯之分命羲和者，此其職矣，又何敢以瑣聞雜説而輕議聖經者乎？』自予當時觀其辨日夜食，凜凜不可屈。後得巴川陽恪《春秋考正》一卷，言三代悉用夏時，不改月數，出入經史，無慮數百千言。隱君且明其不然，乃作《周正如傳考》，章分條析，文極多。此最其善持論者。

嘗又考古今諸家所賦詩，上起漢魏，下迄于六代、陳、隋而止。唐以來，古體之作一變今體，不盡録也。問則致書巖南公，有古、今體樂府之辨，曰：『夫古詩三百篇之外，後人所爲準者，惟漢魏爲古體之宗，而唐沈、宋則始爲今體之倡。然樂府辭乃具古、今體。何者？漢魏以還，言樂府者本是古體。及唐李太白《宫中行樂辭》，梨園之伎悉絃歌之，特是今體律詩。王摩詰《渭城歌》，世以「小秦王調」歌之，又謂之《陽關詞》，復是今體絶句。它如古挽歌辭，《左氏傳》所載歌虞殯者雖不可考，漢魏之間所歌《薤露》《蒿里》，則猶古也。自唐至今之爲挽歌者，必以今體五七言四韻爲之，何耶？又如古樂府題《胡無人》《釣竿》等篇，唐徐彦伯、沈雲卿方以五言今體爲之，《河滿子》一曲，司空文明又以五言二韻爲之，盡今日之所謂律詩、絶句者也。此果何耶？唐人詩集，每有標題古詩，律詩，古樂府、歌、引、吟、行者。杜少陵集中獨無樂府，舊嘗累讀而深疑之。蓋夫古人之詩，一章一句，動合律吕，被之金石筦絃，播之羽旄干戚，與夫唱嘆於工師瞽矇之口，皆是詩也。何有詩與樂府之別哉？或者不悟，且曰：此爲四言，此爲五言，此爲七言，此爲古詩，此爲歌行，此爲琴操。嗚呼，陋矣！此皆後世擬古者之一失也。昔者，曹孟德召李堅爲《鞞舞辭》，欲以聞西園鼓吹之舊。堅以亂離久廢，不悉古曲。子建乃不泥古曲之名，遂別搆之。何後世之言古曲者就題立意，若宋、齊、梁諸人之所爲者耶？宋、齊、梁諸人之所爲猶若是，則今體之拘拘者，吾可得而盡録耶？欲觀古、今體樂府之變，考吾之所自録者，槩可見矣。』隱君晚自號田居子，因作《田居古調辭》九章，一章曰《耕田》，二章曰《抱甕》，三章曰《濯淵》，四章曰《暴日》，五章曰《候樵》，六章曰《倚囱〔三〕》，七章曰《聯蓑》，八章曰《釀酒》，九章曰《開徑》。每一客至，霑醉，恒擊節高歌，超然自得。然頗自謂東都名士大夫，不欲以文士得名。及老，猶親自刪述不已，且曰：『吾耄矣，恐一旦即死，無以藉手見古人。吾又豈得與夫文士齒哉？』

於乎！揚雄《法言》書鄭子真、李仲元，王充《論衡》書谷子雲、吴君高。子真名動京師，子雲身爲五侯之客，仲元非不有隱德，君高非不有文翰，而終以不顯，奈之何哉！此殆當世逢遇之不同，初不可以士論賢否定也。隱君已矣，予故悉疏其文，且作哀頌一篇，就以祭之，使後人之讀是者知吾之所以哀隱君，與夫隱君之所以自哀者矣。於乎，悲夫！頌曰：

於乎！自古皆有死，今之死者已乎可哀。方來如秋濤之未息，既往類老樹之先摧。當其壯年卓落〔四〕，呻吟佔畢，聖賢合席；迨其晚節偃蹇，浮湛里閈，漁釣争隈。生而無爵，没而無謚，直隱居行義而止耳。心之所存，道之所統，則或前有千古，後有萬世，内有中國，外有九垓。予嘗觀其著書成篋，揮筆成甕，將以窮經而致用，猶恐一旦先狗〔五〕馬，填溝壑，無以自見於世。眼光流月，舌〔六〕音轉雷。倏焉榮華，兹固不能必料其播之簡牘，刻之琬琰；忽爾變滅，抑亦不得必禁其聚爲燐火，委諸塵埃。於乎！就君平日之所自論者，不待後世而悉驗。雖使投塚兮赴弼，冶銅兮鑄島，孰知其學？孰慕其材？幸而屬纊，幸而盖棺，幸而得塴，則終身之願已哀〔七〕，又何猜？有肴在俎，有酒在盃，歷上下四方，曾不可以復作，盍歸乎來！

校勘記

〔一〕『誣』，國圖本同，存心堂本、豹文堂本作『挂』。

〔二〕『用』，國圖本同，存心堂本、豹文堂本作『周』。

〔三〕『囱』，國圖本、存心堂本、豹文堂本同，四庫本作『窻』。

〔四〕『落』，國圖本、存心堂本同，豹文堂本作『犖』。

〔五〕『狗』，底本作『拘』，據國圖本、存心堂本、豹文堂本改。

〔六〕『舌』，底本作『古』，據國圖本、存心堂本、豹文堂本改。

〔七〕『哀』，國圖本、存心堂本同，豹文堂本作『竟』。

觀生堂銘

義烏樓君國禎善醫，自闢堂，扁曰『觀生』，請予銘。

夫天地之大德曰生，而我觀其生，雖以聖人對時而育物者，率不逃乎肖象與形聲。誠推其本，則民不夭札，物無疵癘，特在乎風雨之調、寒暑之平。遂充其技，則炎冷迭變，燥濕殊施，廼欲寄命乎蝱蟲之甲翅、草樹之根莖。上追苗父、皦貸季之神賾，下逮桑君、秦越人之智精。每能洞見乎心肝膽肺之系絡，實有以雜致乎鍼砭湯熨之重輕。我求我醫，何異操兵。視一身百骸之會，如國之有政。察山林海陸之産，則辛鹹苦滑，猶干楯矛戟，或宜野戰，或類防城。然則兵本所以活國，醫本所以活民，而特繫於我用之能否。彼不度地而浪戰，不診脉而試藥者，亦徒使夫天人之交戾，龍虎之妄争。是固未足以〔一〕究夫觀生之易，而盡彼衛生之經。猗歟樓君，幼通《難》《素》，長識運氣，遂以醫鳴，居藥在庋，蓄書塞楹。吾然後知夫周秦邯鄲之所貴者，悉踵於户而無遁其情矣。

校勘記

〔一〕底本、國圖本、存心堂本『以』字後衍一『以』字，據豹文堂本删。

義烏樓君玉汝墓碣銘 并序

義烏樓君玉汝既卒，予就其家求書，子光亨出《學童識字》一編，請予序，曰：『凡盈天地之兩間者，莫非物也。史皇、倉頡始制文字，而正名百物。天下之物舉之而無窮，故古今字書之學，亦與之變而無窮。形聲、事意、轉注、假借，音同字異、音異字同，雖自一起而成文，極其變，或至於什伯倍蓰而不止。兩漢之世，悉隸小學。學童習之，罔有遺者。晋魏以降，士不師古，而俗書僞學之日勝。造字偏傍點畫亂，讀字輕淺重濁盭。小學學童識字日少，涉事日踈，造理日窒。馮私臆決，傎倒錯逆。或以目前近事，幾不名六畜，幾不辨菽麥，況天下之物可舉者若是之無窮哉？嗚呼！弊也久矣。盖今玉汝頗以暇日輯古今字書，尤注意音義聲韻、訓詁同異，題曰《學童識字》。是雖未足以盡繼古小學，然皆精緻可傳。』予盖序是語已，復還其書。光亨泣且請曰：『書幸序已。墓上之碣獨未有表者，敢重賜以銘。』

按君樓氏，諱有成，字玉汝，世爲婺之義烏人。曾祖昺，祖琰〔二〕，父建中，咸業儒。君自宋季，早以善詞賦有聲。會江南内附，而君遂老，家居教授。江淮提舉司聞君名，就檄君無爲路儒學學録。君竟以不覬聞達卒家，寔至順元年冬十一月十八日，享年七十八。配童氏。子男四人：長曰則仁，次曰於義，次曰彌老，幼則光亨也。孫男十三人：曰慧，曰用，曰性，曰韶，曰祐，曰武，曰行，曰善，曰與，曰玓，曰瓅，曰珍，曰璉。曾孫男六人：致寧、致康、致愷、致中、致予和、致悌。光亨等即以卒月三十日，葬君于智者鄉梅口山之原，自墓去家不越百舉武而近。予觀宋季以來，東南學者多承故家文獻之遺，彬彬間出，而義烏何茂恭、喻叔奇兄弟最爲翹楚。曾未百年，文墨寂寥，簡編零落，可以使人長嘆而於邑者。光亨每言君輯古今字書，年已衰耄，然猶日夜發聖經賢傳、諸子雜書而誦之，隨得隨抄，遂成卷帙。嗚呼！其老且勤也若是，豈宜使之泯没無聞哉？是可銘已。銘曰：

有嚴斯栽，有濊斯瀦。誰歟窆者？曰老一儒。妥爾魂魄，仞爾室廬。爾嘗爾烝，子孫靡不承。

校勘記

〔一〕『琰』，國圖本、存心堂本同，豹文堂本作『掞』。

淵潁吴先生集卷之九

門人金華宋濂編

古琴操九引曲歌辭

始予少嘗學琴，學之數日，曾不能布指爪而辨徵角。甚矣哉，琴道之遠也！蓋予每思古人之去我者久，不可復見，徒欲想其遺聲遺韻，而庶幾或得其心術之所存、情緒之所託，終以不克而後止，是以常咏其辭。樂家諸書又或不載，或有載者，多非其舊，且至有聲而無辭。甚矣哉，琴道之遠也！古者，琴有五曲、十二操、九引。五曲者，《鹿鳴》《伐檀》《騶虞》《鵲巢》《白駒》，本《詩》也。漢魏以降，惟《鹿鳴》一調僅存。十二操者，《將歸》《猗[一]蘭》《龜山》《越裳》《拘幽》《岐山》《履霜》《雉朝飛》《别鵠》《殘形》《水仙》《襄陵》。古辭或存或亡，而存者類出後世之傅會。漢蔡中郎及唐韓吏部曾作『十操』，《水仙》《襄陵》且以其繫於樂工，琴師不復採用。故今特因琴操九引，復補其曲辭。是數曲者，頗本於婦人女子，仇讎羈旅、幽憂抑鬱之懷，君子猶得以少返於古。是則所謂琴道之遠者，誠有異於閭閻下俚、折揚黄華，聽之則嗑然而大笑者矣。夫何遠哉？遂從而具録其辭。

烈女引楚樊姬作

詹巫山兮崔嵬，又江水兮委夷。草木兮芬芳，鳥獸兮號悲。孟冬十月兮，森然樹羽。野火霓揚兮，袒裼暴虎。君王躭樂兮，妾心獨苦。妾心獨苦兮，無使罪予。嗟嗟兮國之無人，莽莽兮雲夢有洲。甘酒兮厲生，淫獸兮禍來。君王躭樂兮樂滂沛，妾處深宮兮焉知外。嗟鹿與女兮，自古戒之。君王亟歸兮，匪妾之私。

伯姬引魯紀伯姬作

北風兮喈喈，雨雪兮瀌瀌，我心兮殷憂。東海泱泱兮，大邦爲仇。平原何有兮，廣澤有樹。鴻雁哀鳴兮，麋鹿騰鶩。兵車轔轔兮，在彼行路。疆事弗靖兮，委儀章而謀去。我生而存兮，日蹴我國。我死不瞑兮，思不血食。父母既没兮，歸又不得。周公有鬼兮，曷徼予福？我泛兮柏舟，蕩蕩兮中河。時歲不與兮可奈何！遭此鞠訩兮奈若何！

貞女引魯漆室女作

春木兮含英，野花兮幽香。我何所嘆兮，我何所憶？主少國僂兮，使我悲惻。嗟彼女子兮，婉婉令姿。盛年不出兮，老將逮之。嗟彼女子兮，無非無儀。肉食者謀兮，汝何憂爲？我蓺我葵兮，我藩我圃。過客馬逸兮，莫之或禦。藩拔葵踐兮，飢哺無所。廟堂失策兮，婦女爲虜。悠悠蒼天兮，天道惡盈。知我謂我兮，秉心獨貞。陽和幾時兮，霰雪其零。懷貞見疑兮，曷其可懲。

思歸引齊衛女作

麥秀蔪兮〔二〕，禾黍油油。越有鳴雉兮，粥粥道〔三〕周。朝陽烜然兮，雲霧塞天。中道徘徊兮，喪我好逑。紅顔摧頽兮，欲飛復止。縞衣入吊兮，既悲且毁。禮有未答兮，不敢狗死。先王之懷兮，敢辱王〔四〕子。父母鞠我兮，胡然棄之。宫庭嚴邃兮，廼閟於斯。身微節大兮，涅不可緇。創巨痛仍兮，隕命爲期。我思古人兮，我敢失正？天命早寡兮，匪汝予聘。我歸之思兮，渺哉河梁。誰謂衛遠兮，歸我其航。

霹靂引楚商梁子作

步出郭門兮，一何蕭蕭。念彼古澤兮，興言來游。山長水濶兮，曠無儔侣。天地晦冥兮，霹靂儆予。玄雲兮沍凝，急雨兮滂沱。冰雹兮交加，蛟螭兮湧波。捷捷業業兮，天何我駴？軯輷騞虢〔五〕兮，道不可以尼。危顛疾歷兮，物無不靡。側身慎行兮，庶無罪悔。神龍之歸兮，肅然川坻。雷公上天兮，挾輈以馳。昔何囓嘘兮，今何怒爲？巫咸去我兮，誰其得知？

走馬引秦樗里牧子作

白楊刀兮宛魯矛，枕戈待旦兮思報父仇。父仇既報兮，義不共戴。亡命不出兮，遁我於隘。山高無人兮，上無日星。夜聞有馬兮，繞屋嘶聲。天不祐我兮，愬追我兵。橫屍都市兮，國有常刑。我徊以徨兮，莫履我發。沂澤瀰漫兮，道路超曶。我啼〔六〕斯漆兮，我軀斯厲。所處何危兮，命幾一髮。追兵既遠兮，孰知其然。馬跡在地兮，莫辨東西。父不可見兮，我志獲伸。我死得死兮，嗚呼終天。

箜篌引漢霍里子高妻麗玉作

浩浩兮洪河，有叟一人兮攜壺赴波。我急爾止兮，無檝迎汝。爾竟汝渡兮，爾何所苦。龍伯兮馮陵，鮫魚兮參差。戕風奔騰兮，霧雨渺瀰。磨牙吮血兮，制汝殭屍。爾死於渡兮，奈何乎我。我亟從汝兮，我死其可。毀容惡服兮，志不可回。埋〔七〕魂隕骨兮，委命黃泥。碣石嶄巖兮，望不可測。精衛銜石兮，曷海之塞。曷海之塞兮，恨與之平。知〔八〕我如此兮，不如無生。

琴引秦屠門子作

山嵯峨兮，我車之將。水泱漭兮，莫之或梁。世而溷濁兮，黑白不明。干戈日尋兮，武夫顔行。天寒而煥兮，厥有瓜瓞。士賤以拘兮，不敢容悦。黔首之愚兮，爾乃自愚。謂儒可僇兮，儒則何辜？長纓兮縵胡，瞋目兮語難。堯舜遠而兮，旦不復旦。豺虎咬人兮，潔身去亂。商雒有山兮，曄曄紫芝。嗟彼美人兮，跂予望之。何世之不偶兮，曰安其危而利其菑。天道至此兮，我命之衰。

龍丘引楚龍丘子作

春花兮亂開，秋葉兮滿堦。時不再來兮，我憂用老。久行懷思兮，我歸無所。鳥則有翼兮，魚則有鬐。瀟霍有岳兮，江漢斯波〔九〕。徘徊不進兮，戹彼路岐。僕夫告病兮，飢馬囓萁〔一〇〕。我夢之歸兮，吾鄉我里。門闕依稀兮，墟墓則邇。魂神惝怳兮，一夕九徙。父母何在兮，敢及妻子。天陰歲莫兮，北風之寒。曰我無衣兮，坐不能湌。我拊我膺兮，摧我肺肝。閔天嗟嗟兮，喟其增歎。

校勘記

〔一〕『猗』，底本、國圖本作『旖』，據存心堂本、豹文堂本改。
〔二〕『麥秀蔪兮』，國圖本、存心堂本同，豹文堂本作『麥秀蔪蔪兮』。
〔三〕『道』，存心堂本、豹文堂本同，國圖本作『者』。
〔四〕『王』，國圖本同，存心堂本、豹文堂本作『三』。

〔五〕「虢」，國圖本、存心堂本同，豹文堂本作「砉」。

〔六〕「啼」，國圖本、存心堂本作「啼」，豹文堂本作「唏」。按，「啼」通「唏」，「唏」即「啼」之意。

〔七〕「埋」，底本作「理」，據國圖本、存心堂本、豹文堂本改。

〔八〕「知」，底本、國圖本作「和」，據存心堂本、豹文堂本改。

〔九〕「波」，存心堂本、豹文堂本同，國圖本作「陂」。

〔一〇〕「其」，底本作「其」，據國圖本、存心堂本、豹文堂本改。

三彭傳

昔在天地未判之初，混混沌沌，玄玄黃黃，載清載濁，實陰實陽。水火交運，日星乃光。爰有神人，厥名曰突，寔生其間，吞吸元精，孕胚巨靈。上顱下趾，肩髀成形，口味鼻羶，目色耳聲，一機既闢，萬化則行。次有三子，受氏惟彭。孟琚仲質，季𫘤〔一〕是名。相其居處，託彼衆甿。私其喜樂，潛覷默争。吉凶糾纏〔二〕，禍福搶攘。無有唇齒，讒言其興。無有刀檝，積不相能。人類用殄，鬼怪爲朋。天下雜擾，而欲以聽直於明庭。

於是黃帝乃召天老而問曰：「朕治天下，嘗以爲天下已治矣。三光齊明，萬物順軌。教流民人，德洽遠邇。昆蟲喙息，草木蘼靡。華夏蠻貊，率我綱紀。彼獨童狡嚚昏，頑鈍椎鄙。機心日滋，嗜慾鋒〔三〕起，是何人情之大不美也！彼三子者，何以敢于亂始〔四〕歟？」天老對曰：「臣不識也，帝盍即是而詰焉？」孟琚率爾而前曰：「自臣之生，茫無識知。秉心多慾，觸事即思。揣靡傎倒，神去鬼來。佪翔無象，捩轉九垓。莫高匪山，隳若阜隨〔五〕。莫浚匪淵，規我沼池。貪贏務嗇，乘間抵巇。巧窮毫髮，枚數根荄。他人富利，視若己私。叢爲怨府，襲作禍媒。墨床注睛，舑談流漦。已苟可得，靡有匕〔六〕遺。』仲質慼乎其容，以次進曰：『自臣有行，獨我勞苦。頩然變色，萘爾𪗋怒。狹中淺量，揞臟鞣腑。言槍暴發，氣韛交鼓。霆砰雹轂，燀爞鑪午。草搖風動，淫毒齊弩。恌浮嚄唶，設唾喑噁。誚譏是非，傎錯橫竪。孰蛙睅眸，孰螳攘股。妄恃我强，一與時忤。千金解仇，睚眦爲虜。世不我容，胡寧可數。』季矯〔七〕後至，奮而稱曰：『嗟乎異哉，伯仲之言！臣殆不敢以默已。自臣之壯〔八〕，肆其殺殘。按膝危踞，瞋目語難。犀渠鶴郄，蛇矛筡穳。嚼肌洩憤，鍥骨求瘢。力可扼虎，雄狡弗完。射則命中，飛走欲殫。一言相加，六親無驩。兵在其頸，髮上衝冠。精神熛發，魂魄遁奔。積骸爲丘，流血成丹。戰聲未衂，敵膽已寒。志在我勝，疇測吾端。』於是黄帝窅若有聞，黯然不怡，起顧天老，復極其辭。

已而彼三子者，逡巡拱立，錯愕失次，同辭而進曰：『惟帝清問下民，鰥寡無益。臣雖不言，帝之視聽可盡蔽歟？蓋臣聞之：人生一世，本自化樞。孰不百年？我謂斯須。倏其童幼，馴至老枯。何頭不禿？何體不臞？貴榮賤辱，利害爭驅。死喪病瘦，悲嘆囚拏。開口笑言，能得幾娛？縱情恣欲，豈我過踰？方其賦形我有，軀幹日忲。美目清揚，雄髯佼大。肩背豐厚，手足輕快。語音如簧，容止若畫。市童輿嗟，隣嫕竊睞。是皆自然，罔有過害。至若疲癃連蹇，痀瘻盲聵。步趍如縶，顔面弗頮。視臣之全生而抱形者，百不逢一，孰可倚賴？飢贏危窘，菲惡困殆。褐裘不充，藜藿弗嘬。視臣之順適而愜體者，千不遭一，復何怨悔？古人嘗有言曰：天生時而地生財，人則用之。山丘之高，川澤之卑，肖翹蠉蠕，華實葉枝。時至氣來，各有所宜。是以人爲萬物之靈，而寔用夫萬物，豈我之私？然則世之所有，天之所樂。但知性情，何有規矱。名車駿乘，鞍韉轡絡。芳醪美饌，鼎飪羃杓。奇聲異伎，絃箏紛澤。任口醲鮮，隨身煜爚。此殆臣兄弟之所喜聞，而時俗之所謂憂譃者也。嗟乎！人不可以無權，權高則廓，權降則矱；人不可以無勢，勢盛則爍，勢傾則縛。惟泉濫觴而必達，惟火燎原而必灼。順臣者得志而相矜，闕臣者逆天而自蠚。是故思之不得而至怒，怒之不已而成僇。臣猶恐其未足以竭平生之志，騁一己之欲，徒大期俛仰而向盡，此所以終歲犇跳而藺轢者歟？雖然，彼兇而暴，世之下愚。罹法受戮，殘辱狗豬。當其生存，恣意所如。此通而睿，聖人之徒。黄馘槁項，飢餓體膚。及其没身，併盡丘墟。是蓋天下之雜擾者，或脩或短，或黔或晳，或壽或殀，或遭病患，或遇禍謫。各有天命，弗勞人力。恒自困於昏睡，反謂臣之讒賊。而彼衆人方欲以是而聽直於帝庭也。孰爲直歟？』

於是黄帝乃召天老而告曰：『自朕之治天下，帝榆無道，侵欲諸侯。蚩尤暴起，兵亂冀州。太一奉符，天一獻謀。一戰而勝，涿鹿是都。橧巢營窟，風雨漂搖。果蓏蚌蛤，臭穢腥臊。民人告病，我是用憂。制彼藥餌，務爲民逑。彼三子者，叫囂雜遝。兵之不可，藥之不及。雖欲本其致亂之故，用以變之，毋乃天下終未能盡治歟？』天老對曰：『臣聞上古開物之時，天高地下，風氣漸張。醴泉瀵注，地膚馨香。上飛下行，身有光芒。歲久念食，嘉穟穰穰。民有争心，變生穭穅。争之不已，殊厥井疆。天人既離，善惡乃彰。彼三子者，始得以自肆其姦而莫之或攘。然臣嘗稔其言矣。琚也多思，宜於長顧而却慮〔九〕。質也多怒，宜於憤世而嫉邪。矯〔一〇〕也多殺，宜於徑情而直行。是誠有害於聖人大公至正之道者。臣則請帝杜其宴安之毒，斂其蹷痿之機，浣其腐腸之食，斷其伐性之媒，則彼三子者之致亂猶可及止已。何謂天下之未能盡治歟？』於是黄帝乃即齋宫，累月不親政事，經年不邇聲色，悗兮惚兮，而或與方寓、謵朋等問道具茨，合符釜山，且又神游於華胥氏之國，天下大治。由是，三彭不振，遂至於亡。

爲説者曰：予聞祝融之子厥有大彭，寔居彭城，是爲彭姓。至周，有彭人，別居庸、蜀、微、盧之間，非其後也。盖今三彭氏本在於黄帝之世，則又異矣。雖然，大彭之後有彭祖，曾以雉羹享帝，帝錫之壽考至八百歲。而彼三子者，乃幸人之有過，出讒于帝以求享，而人用是，禍患妖札者相繼。此則又與彭祖者果異歟？悲夫！

校勘記

〔一〕『矯』，國圖本、存心堂本同，豹文堂本作『𤩝』。

〔二〕『纒』，國圖本同，存心堂本、豹文堂本作『纆』。

〔三〕『鋒』，國圖本同，存心堂本、豹文堂本作『蜂』。

〔四〕『始』，國圖本、存心堂本同，豹文堂本作『治』。

〔五〕『隨』，國圖本不清，存心堂本同，豹文堂本作『埴』。《考異》：『埴』即『堆』之俗字。

〔六〕『匕』，國圖本、存心堂本同，豹文堂本作『孑』，四庫本作『留』。

〔七〕『矯』，國圖本、存心堂本同，豹文堂本作『璚』。

〔八〕『壯』，底本作『北』，據國圖本、存心堂本、豹文堂本改。

〔九〕此句豹文堂本作『宜於却顧而長慮』。

〔一〇〕『矯』，國圖本、存心堂本同，豹文堂本作『璚』。

潘生傳

潘生者，富陽人，世業農。幼喪父，獨與兩弟奉母居，間出與人執埴甓，治筐筥，又爲善工。大德間，江南大饑，人民道墐者相望。自度無所得食，曰：『吾終無以給母，則母子俱死。等死，盍若用吾强壯，少延母旦夕活乎？』即以母屬兩弟，自傭回鶻人。乃告母曰：『兒當傭錢塘數月，得錢米活家，且自活，母勿憂。』既，回鶻人得轉賣遼東。遼東大家軍户，遣代戍虎北口。會上有詔：江淮子女流徙者衆，禁人毋得轉掠，饑民使悉還鄉土。遂從遼東給過所。道遇一女子，鵶鬟，尾行。問之，則曰：『淮産也。昨因饑，父母棄我，轉徙數家。今主家使我歸。君南人，儻挾我得同歸乎？』於是日即操瓢道乞，夜泊茅葦中。雖顛沛流落，親暱日久，曾無一語少及亂。渡淮，曰：『我家通州，今近矣。君盍送我到莊乎？』及女子上堂，見父母，攬涕泣，起相抱持，詰門外同來者何人。即引生更衣，具酒炙樂飲。酒半，執醆跪曰：『吾女幸完骨肉，歸見鄉里，免罹霜露盜賊，君力也。今吾女猶處子，君誼聲暴淮楚間，且君去家久，母不知在亡。歲丁荐饑，鄉閈必離析，廬舍必墟莽。雖有兄弟，亦恐不能自存活。吾家尚薄有園田，給饔粥。吾女實君箕帚妾也，君必無歸。』生則毅然謝曰：『吾何敢以若女爲利哉！吾雖賤，不讀書，且義不敢取。況吾母固衰耄，度尚可活。萬一母死，兩弟儻或有一存，今遂不歸，是吾遽死吾母也。吾又何忍即安此土乎？』遂告歸。母死者盖三載，兩弟亦死。生〔一〕追制服，復食其故技於鄉以終。

爲説者曰：凡人自立天地間，夫妻、子母，天屬也。人子事親，候顔色，具甘膬，鞠躬盡力，雖生死不暫違去。今生自棄其身饑莩中，規奉其母，母幸粗延數日命，猶念〔二〕母終身，可不謂孝乎？世衰民散，獿〔三〕雜男女，或强暴侵陵，或謡詠善淫，鮮能自合於禮法者。今生偶以塗路相遇，皦皦不污，卒辭其婚，可不謂義乎？嗚呼！世之不及此者衆矣。一恒人乃凛然類古獨行君子，尚可謂世爲無人邪？然生終以老死没，視彼妄夸姦佼，反以義俠特聞。嗚呼！此又何爲者耶？

校勘記

〔一〕『生』，國圖本同，存心堂本、豹文堂本作『以』。

〔二〕『念』，國圖本、存心堂本缺，豹文堂本作『奉』。

〔三〕『獿』，底本作『懮』，國圖本不清，據存心堂本、豹文堂本改。按《禮記·樂記》：『獶雜子女。』盧文弨云：『獶』當作『獿』。

韓蒙傳

韓蒙者，永豐人。家本江東大姓，善賈。至蒙，益蓄善田，踰數萬畝計。性樹惇，常低首下氣，類懦夫、女子，未嘗敢出纖芥語鉗制人。視歲貧寠鶉餒，給鹽、米、炭；死，或給棺。蒙鄉里待〔二〕蒙舉火者或數十家。蒙每售田，田必過直與錢，且追舊券。自算曰：『某售某田，彼欲速我貨。今我入穀，田實上腴。我欲久有我業，又乘人之時詘，悉贏於己，毋乃爲過貪已乎？』復召，與錢。蒙既老，謀卜山以葬。鄉人有山最吉，即獻山，蒙不可。蒙諸子遽割園田，與山多寡埒，蒙又不可，曰：『我死，歸我骨，免烏鳶，免螻蟻，山泉樹木悉爲我有。且彼豈或不能自爲竁，顧藏我乎？』復估山所直，與錢。鄉人不肯受，召與飲，强授錢乃已。自是，鄉里童耋見蒙出，必讙曰：『吾長者。』凡在東阡西隧，田芃然茂，園菀然蕃，池孳鉅魚，山養嘉木。蒙曾不待防護程督，利日歸蒙。然蒙頗以財自衛，無有妬蒙而思欲撓奪之者，故蒙卒以富饒終其身。

嗚呼！世所謂大富家者，豈盡蒙比耶？自其乘時射利，血牙腊毒，不至於谿壑屬厭不肯已，終不免自陷其身，爲刑僇之民。自蒙處之，誠不肯頃刻安寢食。彼方亟肆其術，肥家而瘠鄉，恫疑噤喝，持鄉社輕重，摇脣鼓筆，挾州縣短長。徒以争强競得於一時，不卹其後。或一世、二世、三世，子孫既已凋喪，廬舍既已摧落，田園易主，丘木斬伐，罔有遺蘖〔二〕。至使鄉里衆人追數其既往之愆尤，曰：『天定者勝人！』視蒙獨不可愧耶？

嗚呼！吾每觀數十年來，世衰俗下，田力頓耗，泉脉寖竭〔三〕，歲無美禾，山恒蒿然，池多胥巇，不得孳鯤鰤。是豈天時、人事相爲上下，本其人一以貪殘剽礫之行自戾於天，不有天菑，必有人殃，而天特有以默勝之耶？然而天下多故，閭里益騷。糠籺不充口，裋褐不掩脰，悲憤姦悍，而欲競洩其毒以逞，莫之底止。是果世無富民長者耶？嗚呼！幸使吾鄉里知有蒙也，可以勸。

爲説者曰：予聞潁川白晋言如是。晋嘗宦游其鄉，至蒙家。蒙具水陸鱻薨、時新蔬蓏，醯醬葱湶，烹瀹調齊。執酒漿獻酳，拜跪恒中禮。一發言必及於善，毋蹇，遇它過客盡然。此殆富而好禮者乎？晋，北産，悙樸不妄人也，故蒙之行事實可傳。

校勘記

〔一〕『待』，底本、國圖本、存心堂本作『時』，據豹文堂本改。《札記》：『時』當作『待』。

〔二〕『蘖』，國圖本同，存心堂本、豹文堂本作『孽』。

〔三〕『竭』，國圖本同，存心堂本、豹文堂本作『渴』。

會稽傅氏夏小正注後序

《夏小正》本古書，殘缺。近會稽傅崧卿頗就《大戴禮》校讎刊注，刻在會稽學宫。蓋昔孔子嘗曰：『我欲觀夏道，是故之杞。杞不足徵也，吾得夏時焉。』説者則謂：夏時，《夏小正》也。聖人當春秋之世，每告顔淵以王者百世通行之道，首曰『行夏之時』，殆取其歲時之正、政事之善也。此豈果謂《夏小正》之一書哉？周公之《時訓》、吕不韋之《月令》，類若一本於《夏小正》而又加詳。漢魏以降，嘗建讀時令之官，凡以夏禹、周公之典，世宜守之而不敢有逸故也。後世儒者乃欲舉《時訓》《月令》而盡黜之，且曰：天時之運行有常，而王政之設施者無常。起居號令、慶賞刑威，惟其所值而即行之，誠不可以非時而暫廢。苟不即行而蹔廢，則天下多滯事矣。予試論之。天之與人，一理與氣而已。蓋惟理常爲主，而氣之所運，一屈一伸、一開一闔，暑焉而土山焦爍，寒焉而川澤凝沍。天下肖翹蠉蠕、根茇浮生之物，無不熏蒸融液，周流交灌，而舉不得逃焉，理固在是也。聖人之所以爲人，每全其理之所賦，而又順其氣以行之，不敢少逆。因時制法，按月布政。春夏陽舒而賞慶行，秋冬陰慘而刑威作。是皆悉本乎天之一屈一伸、一開一闔，而固非我有作爲於其間。萬一有逆乎此，而天道遽爲之變。一言之發，與某休協；一事之動，與某咎應。《春秋》《洪範》家類能言之，而後儒或譏其泥者。此猶嚮謂《時訓》《月令》之可盡黜者也。

嗚呼！夏禹、周公之典不幾於遽逸矣乎？夫夏后氏之政典嘗曰：『先時者殺無赦，不及時者殺無赦。』然所謂先時、不及時者，豈有它哉？春養孤〔一〕子，秋食耆老〔二〕，每事不敢有違其時者，是謂經制。盛夏非行師之期而出師，窮冬非肆眚之日而肆赦。則是一時之所值，有不容不舉其事者，是謂權術。自天道而觀雷霆霜雪，一切各以時至者，則理之常。不以其時至者，則氣或有以激之，而理則非常。聖人之典，亦道其常者而已矣。今而曰：天時之運行有常，而王政之設施者無常。起居號令、慶賞刑威，惟其所值而即行之，誠不可以非時而暫廢。是徒苟用乎一時之權術，而終不得乎王者之經制。且夏禹、周公之世，因時制法，按月布政，天下亦何嘗多滯事哉？爲此説者，殆〔三〕不究乎天人之一致，而務欲裂而二之者也。然而古者聖人之道，每與天地之化相爲流通，汩然而神明内居，窅然而氣化外變。是故冬而振雷，夏而造冰，宜若或違於天，而天固不能違之，此不可以一槩論也。自惟聖人知其理之若是，而必道其常以垂世立教。陽氣一通，則鑽燧出火；陰氣一歛〔四〕，則築室藏冰。觀其所以彌綸匡贊，節宣調燮〔五〕於天地陰陽之間者，豈爲無所用其心哉？達賢君子治其一身，且順天地四時之變，調其居處，節其飲食，禁其嗜欲，適其志意。一國之政，辟之治身，則又大矣。《傳》不云乎：『周歲多燠，秦年多寒。』是特昧乎夏禹、周公之典，或流於舒縱遲緩，或陷於嚴酷刻深，而不自覺焉者也。由此觀之，孔子嘗有取於夏時者，天時與王政相參，王政得則天道自應。後世儒者乃欲舉《時訓》《月令》而盡黜之，則先聖人不謂其歲時之不正，不謂其政令〔六〕之善哉？

嗚呼！此亦不得其説矣。

校勘記

〔一〕『孤』，底本、國圖本作『狐』，據存心堂本、豹文堂本改。《札記》：『狐』當作『孤』。

〔二〕『老』，底本、國圖本作『先』，據存心堂本、豹文堂本改。《札記》：『先』當作『老』。

〔三〕『殆』，底本作『始』，國圖本不清，據存心堂本、豹文堂本改。

〔四〕『歛』，國圖本同，存心堂本、豹文堂本作『斂』。

〔五〕『爕』，底本、國圖本作『変』，據存心堂本、豹文堂本改。

〔六〕『令』，底本、國圖本作『今』，據存心堂本、豹文堂本改。

南海山水人物古蹟記

南海，盖《禹貢》揚州之南境。春秋戰國時，地本百越，至秦始通，而尉佗王者五世。漢元鼎中，南越平，立南海等郡，屬交州，治蒼梧。建安中，徙治南海。吴孫權初割交州，立廣州，而南海郡屬廣。晋因之。宋以後，江左州郡析置不一。至唐即以南海郡立廣州。永徽後，嶺南五管悉隷廣府。咸通中，復分嶺南爲東、西道，廣爲東道。唐末迄五代，南漢劉氏據之，及宋初而後平。今廣州上路，領縣七：番禺，秦縣；南海、增城，漢縣；新會、清遠，隋縣；東莞，唐縣；香山，宋縣。廣，大府也。山水、人物、古蹟之灼然可紀者夥矣，粗載其大略于篇。

番禺山，在番禺東，近城。兩山相屬，高丈餘。《山海經》：黄帝生禺號，禺號生禺京，處南海。一曰二禺山。或云：黄帝二庶子善音律，南採崑崙竹，制黄鍾宫，遂隱此山。

五仙觀山，在子城内。楚高固時，有五仙人，人持穀穗，一莖六出，乘羊衣羊，具五方色，遺穗州人。羊化石，仙人騰空去。

南海廣利王廟，在番禺南。廟有唐韓文公碑，玉簡、玉硯、象鞭精緻。鄭絪出鎮時，林靄守高州，獻銅鼓，面濶五尺，臍隱起，海魚、蝦蟆周匝，今藏廟中。宋真宗賜南海玉帶，蕃國刻金書表，龍牙、火浣布並存。

浮丘山，在南海西，本羅山，朱明之門户。浮在水中，篙痕宛然。今去海四里，有葛洪珊瑚井。洪煉丹，海神獻珊瑚。

中宿峽，一曰峽山，在清遠東，山對峙江中。秦趙胡曾釣〔二〕得金鯉，可重百斤，貢之秦王，有釣鯉臺。東有尉佗萬人城，南有標幡嶺。唐大曆間，哥舒晃叛，廣州討晃，夢神人謂曰：『見幡即回。』及晃平，回師，山頂有掛幡。

白雲山，在番禺東，山高無泉，有龍化爲九童子，泉遽涌。時有五色小蛇蜿蜒。下爲大小水簾洞，秦安期生隱處。始皇嘗遣人訪安期生。或云：子城東有安期生蒲磵溪。磵中産菖蒲，一寸九節，食之仙。

任囂墓山，在西城内。囂，秦二世時南海尉，病，召龍川令趙佗，使行尉事。囂死，秦亂，佗竟自王。

越王臺，在大城北，尉佗築。西有越王朝漢臺，歲時望漢拜。兩臺踞山巔屹然。山有達磨泉，達磨自天竺航海至，指其地曰：『地有黄金萬餘兩。』貪者力鑿得泉。達磨曰：『是可銖兩計哉？』今海水鹵鹹，泉最洌。

越王趙佗墓山，在南海南，自鷄籠岡北至天井，連岡接嶺。佗葬，輀車四出，棺塴無定處。吴黄武中，交州從事吴瑜訪佗墓，莫能得，獨得王嬰齊墓。珠襦、玉匣、玉璽〔二〕、金印三十六、銅劍三，爛若龍文，悉璃〔三〕玉押金飾。後瑜攜劍，經贛上，飛上〔四〕江水。

南越王弟建德故宅，在西城内。吴虞翻移交州時，有園池。唐六祖慧能剃髮受戒寺，有壇，壇有菩提樹。房相國融譯《楞嚴經》，有筆授軒，大硯，融自刻：『大唐神龍改元七月七日，天竺僧般剌蜜諦自廣譯經，出此硯，堅潤可愛。』藏殿内，有屈眴布，西天衣繡，内相大如兩指。

越井崗，在南海南，一曰趙佗井，一曰鮑姑井。鮑姑，葛稚川妻，嘗行灸南海，善灸贅疣。唐崔煒遇姑，得越井岡艾。南漢劉龑號玉龍泉，禁民不得汲。

石門，在南海北。山夾江對峙如門。漢樓舡將軍楊僕討南越，先將精卒陷尋峽，破石門。東有貪泉，晉吴隱之刺廣州，酌泉賦詩處。隱之北歸，家人攜沈香一斤。覺，投香江中。

漢徵士董正墓山，在番禺東。正，州人，清白不群。晉隆和中，太守袁彦伯求其後，旌之。

馬鞍山，在番禺北。秦時望氣者言：『南海有王氣。』發卒千人鑿山，狀如馬鞍。漢伏波將軍馬援嘗駐兵山岡，每風雨晦冥，聽之若有軍聲殷然。

盧循故城，在番禺南。城南小洲狀如方壺，盖循故居處。今盧亭夷人，男女椎髻，俗採魚蠣藤竹。又有龍户，一曰蜑户。舊傳：循字元龍。此恐循遺種。五月一日禁水，蜑户不設網罟。

石鼓山，在東莞南。山有石如鼓。鼓鳴，世亂兵起。盧循東寇，隱隱有聲。

金牛潭，在增城南，本增江水。潭有金牛，晋羅公釣得金綍，牛從綍出，見人復没，斷其綍，得一尺。義熙中，周靈甫勇掣得三尺。唐韓文公宿增江口，有詩示姪湘。

甘溪，在南海東。晋廣州刺史陸自西北百餘里築堤瀦水給城[五]。南漢劉氏闢甘泉苑、汎杯池。南有陸公亭故基。夾溪種刺桐、木綿，花開殷艷如畫。

博大山，在番禺東。山有盧循母檀氏墓。東南有盧堠，循浮海與吴隱之戰，立烽堠處。山下溪有神鼎。唐劉道錫刺廣州，遣人係鼎耳出鼎，耳斷鼎没，執係[六]者耳盡痛。

馮盎墓山，在新會北。盎世爲南越首領。祖父寳守高涼，聘譙國夫人冼氏。寳死，冼懷集百越，斬歐陽紇。陳給[七]冼鼓吹麾幢，至盎三世。武德中，盎將南越衆附唐。

赤石岡，在番禺西南，山色赤如火然。唐有扶南人，請以黄金萬鎰市山發寳藏。刺史韋明曰：『南州鎮山也。』弗許。

景泰山，在番禺東北。山巍然聳拔，下爲越溪，唐景泰禪師卓錫處。古有七仙人守山，後發得石履二、古鏡一。紹興間，風雨，山裂，又得唐天寶時銅鐘，並藏寺中。

黄雲山，在新會北。唐一行禪師來游此山，黄雲自山出，如金輝映衣袖。遂卓菴山巔，弟子至者餘五百人。

寶莊嚴舍利塔，在西城内。梁大同間，曇俗法師奉武帝命求釋迦舍利，創千佛塔。唐高宗時，廣州都督李重建，王勃《記》，有古井九繞。塔内有古鼎，藏劍一、鏡一，銛瑩。下發，得佛牙舍利，似是梁代故物。

金芝巖，在清遠北。唐天寶間，望氣者言：『南海東南内有靈山，發金草。』遣使，得金芝二十四莖，鏦然作金鐵聲。

黄巢磯，在清遠南。黄巢寇廣州，殺李佋〔八〕，覆舟處。

西樵岩，在南海西南。岩有石室、石珠，飛瀑如瀉，下爲玉女淘沙灘、漉梨泉、龍泓、九真洞，歲時恒禱龍泓，占風雨雲氣。南漢時有烏利仙迹。

鎮象塔，在東莞西。南漢禹餘宮使邵廷琄造。廷琄，劉氏愛將，嘗告劉鋹曰：『漢承唐亂，幸天下有故，干戈弗及，漢寖驕。今諸國悉珍寶奉中國，漢不可後，否則宜斂兵自守。』已而宋師至，廷琄將舟師出洸〔九〕口。鋹疑廷琄必叛，殺廷琄。禹餘宫，漢離宫。

九曜石，在西城内。城有湖，長百餘丈，水凝緑。列石嵌奇突兀，類太湖靈壁者九，南漢劉氏集方士煉丹處。

蘇文忠公古舍利塔，在東莞西資福寺羅漢閣。狀若覆盂，文理類巴焦，五色備具，蓋古佛腦骨也。比丘祖堂夜夢赤蛇吐珠白壁上，旦果得舍利。建塔，公自作銘以實之。

東坡泉，在西城内天慶觀。蘇文忠公初鑿，得一石，狀如龜。泉涌出，號龜泉，清洌亞達磨泉。淳祐間，經略使方大琮浚泉，護以定林廢寺鐵井欄。大琮有《鐵井欄銘》。

仙女灣，在香山南海中。宋益王昰南遷，泊仙女灣。丞相陳宜中欲奉昰犇占城。颶作，昰殂，葬香山。宜中遁，殿帥蘇劉義追宜中不及。夜有火燒仙女灣，舟艫幾盡。

崖山，在新會南，山有兩崖對峙，海潮出入。宋紹興間，嘗置戍〔一〇〕。衛王昺南遷，結營崖山海中。海水鹹，汲〔一一〕道斷。天狗墮海，聲隆隆如雷。丞相陸秀夫朝服抱衛王沈海，文武、嬪御從死者萬數。

大奚山，在東莞南大海中，一曰碙州山，有三十六嶼。山民業魚鹽，不農。宋紹興間，招其少壯，置水軍，嘯聚，遂墟其地。今有數百家徙來，種藷芋，射麞鹿，時載所有至城，易醯米去。

爲説者曰：東陽李生自海上回，爲言南越事，山川風土，悉有可考者。夫南越本一州地，自秦漢以來始通。尉佗之自王，劉龔之專制，亦嘗自同中州，崛强數代，至於天下盡一而後能有定，豈不以其山海之險遠故哉？

當今廣爲大府，自江嶺而上，經大庾關隘之高峻；自閩徼而入，過潮陽嵐路之稀遠；自牂牁而下，則又將歷灕江、湟水瀧石之嵓崿。黄茅青草，炎瘴襲人。毒蛇猛虎，山谷盤踞。是故世之仕者，恒未嘗願至，至則常數期日，而或不足以償其苟且塞責之心。然而晴天勝景，山霾開而海氣伏，珍禽嚶鳴，異草叢生。花有素馨、朱槿，果有荔支、龍眼、檳榔、蒟醬之屬，芬香艶冶，鮮甜爽脆。魚鷄蜆菜，堆積於市，酒支數年。苟能順其風氣，時其調適，宜若無間於中州。至於控制山獠，壓服海外大蠻夷，歲時蕃舶，金珠、犀象、香藥，雜産之富，充溢耳目。抽賦帑藏，盖不下鉅萬計，又必賴夫涕泣還金之吏，而後有以愧夫輕生好貨之俗。厥任至重，故常劇於他郡，而必欲其稱職。是又豈得以其險遠之故，毒瘴乘之，而或略於民事者哉？然則世之仕者勿以其險遠可忘，必圖其政。山海之氓勿以其險遠自恃，必奉其法度。此則天子堂陛之間即爲廣府，誠不可以不慎也。雖然，自秦漢通路以還，南越幅員數千里，莫不自歸於經理撫綏之中。至唐而後，列爲五府，廣府寔大。山深峒惡，民頑俗獷，草摇風動，常必德懷而威懾之，然後自已。間者，一時山峒顒顒無所覺知之氓弄兵潢池，假息湯釜，至使父兄子弟脩城柵，繕壕塹，晝夜鉦鼓，凜焉若鉅敵之壓境，訛言相驚。繼之，朝廷以是而厲法令，儆盜賊，修馬政，禁兵器。是雖一指疥瘍之微，而徧身猶或爲之不寧者，盖久而後克有定。此豈可以輕視南越一區之地，而不深戒其山海之險遠者哉？

嗚呼！今之所紀者，山川故在，人物則悉已往而不可復追矣。遂因及其風土、政事之槩者，著于末簡。苟有觀者，曾可謂爲晉宗〔二二〕少文之卧游云爾哉！予故得以具論之。

校勘記

〔一〕『鈞』，底本、國圖本作『鈞』，據存心堂本、豹文堂本改。
〔二〕『璽』，底本、國圖本、存心堂本作『璽』，據豹文堂本改。《札記》：『璽』當作『璽』。
〔三〕『璃』，國圖本、存心堂本同，豹文堂本作『螭』。
〔四〕『上』，國圖本、存心堂本同，豹文堂本作『下』。
〔五〕豹文堂本『城』後有『中』字。
〔六〕『係』，底本、國圖本、存心堂本作『鄉』，四庫本作『紉』，據豹文堂本改。
〔七〕『給』，底本、國圖本、存心堂本作『給』，據豹文堂本改。
〔八〕『佋』，國圖本同，存心堂本、豹文堂本作『佔』。
〔九〕『洗』，底本作『洸』，據國圖本、豹文堂本改。
〔一〇〕『戍』，底本作『成』，據國圖本、存心堂本、豹文堂本改。
〔一一〕『汲』，底本、國圖本、存心堂本、豹文堂本均作『級』，據四庫本改。
〔一二〕『宗』，底本、國圖本、存心堂本作『宋』，據豹文堂本改。

淵潁吴先生集卷之十

門人金華宋濂編

讀唐太宗帝範

初唐太宗《帝範》一卷，十有二篇，太宗嘗手撰以教太子。五代喪亂，書有録而遂闕。暨今上征雲南，僰夷〔一〕始出以獻，而舊十有二篇復完。予聞古今欲治之主不世出，嘗必立爲治天下之法，使其後嗣子孫有以世守之而不敢失墜。不幸而一旦昏庸懦弱之君或繼其後，亦得有所扶持馮藉，不至於甚亂而僅存。此雖三代聖人制〔二〕基垂統，立經〔三〕陳紀，而務欲定爲法度典章者，然亦不過數傳則已自棄其先祖之訓，蹶國敗家，接踵而有。夏之太康，商之帝甲、武乙，周之幽、厲，宜若無異於漢唐之季世，然猶幸賴其法度典章之炳然，播於宗廟，布在有司。賢聖之君復有赫然而振起者，有此具也。

自是以來，漢承秦亂，而高祖立漢家之法；唐受隋亂，而太宗設唐室之制。嗚呼！漢法遠矣。蓋惟唐制，傳之未久，而天下多事，夷狄侵凌〔四〕，藩鎮跋扈，盜賊相挺〔五〕而起，莫之能救。此其故何哉？當隋氏大壞，太宗始鋭然盡舉天下於盜手，即議立國法，粉飾朝章，誠欲創其基業於前，而特垂其統緒於後，使後嗣子孫得以繼續而行，且將有恃於此，而不害於無所守者。是故職官之任，定以常員；師徒之備，設以府衛。用以授田，則口分、世業之法均；度以斂財役民，則田租、身庸、户調之制不紊。自古者聖賢之道不作，而一切霸强苟簡之術用。太宗乃能慨然，庶幾乎先王仁義之意，而務成貞觀二十餘年治平之功。自漢以來，可謂古今欲治不世出之主矣。然而太宗每知太子之仁孝慈懦，恐不足以任國，而僅述古昔聖賢之遺訓、帝王之常法，强而教之，謂爲《帝範》。及至太子即位，曾不幾時，内則惑於嬖后，外則斥逐賢相，則夫天下國家紛紜變故之迭至，曾不可以思患而預防者，卒至於易姓改號，殺僇宗姓〔六〕而後已。然猶幸其有所扶持憑藉，且不至於盡亂而僅存者，賴有法也。惜乎當時太宗立法之際，身教則從，言教則訟。每求其所以致然者，自其法度典章之中，或不能自免其瑕釁、間隙之可議。

《書》有之曰：『丕顯哉，文王謨！丕承哉，武王烈！佑啓我後人，咸以正罔缺。』太宗之爲治，無乃文謨、武烈，一本於正，又能無缺者，豈或猶有可憾者耶？何則？太宗親定寓内，蓋因隋氏高麗喪師之後而得之。自其即位，北滅突厥薛延陀，西制高昌，徙其種人，編置沿邊州郡，而蕩然無有蕃漢内外之防。及其晚年，又且東征高麗，瀕死而弗已。是雖高宗之慈懦，猶襲其故，深異乎漢孝元之議罷珠崖者。降及數世，而明皇繼之，君臣宴安，邊隙數動，至竭天下之兵，委之西北，付以藩臣。中國空虚，大盜承之而遽起。由是天下多故，藩鎮槃錯，奚契丹深入河北，吐蕃、回鶻連陷秦隴，震驚都邑。師徒撓敗，土境日蹙，而唐室之號令所及，曾不出淮、浙、巴、廣數十郡地而遂已。職官之任，師徒之備，授田之法，斂財役民之制，大抵悉改於其舊。此豈非當世邊境用兵之或過，遂致蔓延於中國而不少熄哉？然以唐之子孫，昏庸懦弱，或危或微，不絶若綫。是雖太宗之法守之有未盡替，得以扶持馮藉，不至於甚亂而僅存誠求其所以致是，亦由太宗平日貪勝好名之過，瑕釁間隙實有以先開其源，而漸熾其禍。是則太宗前者包括四海，指麾群夷，適足以爲當今屈己和親，敗軍却境之效，不可救已。夫然，故唐之一代，天下之致治，莫如太宗；天下之致亂，亦或自於太宗。而後世議者不之覺也。

嗚呼！予觀太宗之志，嘗欲法三代，欲行周禮，遂絀封德彝之説，而專用魏徵之仁義。貞觀之治，夫豈近世所可遽及。使其當時立法之際，而其身之所行者一本於正，無復可議，則雖三代聖人創基垂統，立經〔七〕陳紀之道，何異於是？然而太宗終以不能企及者，是亦貪勝好名之一過也，詎不信夫！

校勘記

〔一〕『夷』，國圖本、存心堂本同，豹文堂本作『彝』。

〔二〕『制』，國圖本同，存心堂本、豹文堂本作『創』。

〔三〕『經』，國圖本同，存心堂本、豹文堂本作『綱』。

〔四〕『凌』，國圖本同，存心堂本、豹文堂本作『陵』。

〔五〕『挺』，存心堂本、豹文堂本同，國圖本作『挺』。

〔六〕『姓』，國圖本同，存心堂本、豹文堂本作『姬』。

〔七〕『經』，國圖本、存心堂本同，豹文堂本作『綱』。

詰玉靈辭

予少嘗有四方志，既長而益病，且惜其志之或不我遂也，於是假爾泰龜，用以卜其出處行藏之決者，而玉靈無所徵。雖然，古之龜書則久而不傳於世矣。作《詰玉靈辭》。

予昔日之有事兮，曾端策乎元龜。虔揭我以吉〔一〕繇兮，曰遠行之不疑。志因循而弗立兮，年偃蹇以失時。祗自奮而復蹶兮，豈玉靈之獨吾欺。惟玉靈之神聖兮，諒天道之秉爲。練時日之臧否兮，佩國家之安危。何嘉林之養壽兮，撫芳苓以敖嬉。遽清江之授節兮，竟豫且之見羈。將靈繹其果獵兮，爰眂高乎卜師。矧粱〔二〕米及夫稊黃兮，幸鑽焌而無遺。真古今之至寶兮，寔誠敬以自持。曷玉〔三〕兆之罔信兮，匪巫咸其孰能詰斯。嗟童髫之我恪兮，展素書以延竚。歷壯志之未及少試兮，迄環堵之恒處。彼周路之砥平兮，喜掉鞭而騰翥。此嵒谷之險幽兮，闕蓬蒿以畸〔四〕旅。況卑污而蹇淺兮，久屈蟠於泥土。廼虛夸而誕慢兮，謂音節之協夫宮羽。言無徵而悉合兮，行無實而畢舉。用靜作之在人兮，何冥頑之不吾告語。緬天高而地下兮，聿〔五〕依附以相成。尚祁寒與暑雨兮，或怨咨以爲聲。當耘耨而務植兮，迨負擔則資贏。每詘號而衒鬻兮，競馳騖以交爭。紛燕南而越北兮，特踸躅而不行。顧〔六〕秦肥而楚瘠兮，恍肝膽之相攖。窮心思其恣横兮，罄利欲之搶攘。使太虛之日以百變兮，曾不足以應夫萬有之異情。粵陰陽之雜糅兮，肇品庶之馮生。宜洪纖動植之散殊兮，實豫定其翅足與根莖。何自知之不徹兮，却釁祓乎厥靈。苟厥靈之伊赫兮，僅枯骨之我鏗。胡文章之不鼓汝響兮，抑智慮之不竭〔七〕汝精。信乎不内而務外兮，故卒與俗而咸謚爲氓。自玉靈之有言兮，庸一泯於至默。雖吹葦而我瀆兮，恐告猶而弗食。孰方功而義弓兮，孰體色而墨坼。楚靈投詬而終不汝畀兮，闕朗豫占而任德。玆一息之尚存兮，幸五官之識職。諒用舍之無與於己兮，庶藏脩之是力。奈自治之不勇兮，敢罔稼而欲穡。毋謂龜策之不能以知事兮，極神靈之不可測。

校勘記

〔一〕『吉』，國圖本同，存心堂本、豹文堂本作『古』。
〔二〕『粱』，底本、國圖本、存心堂本作『梁』，據豹文堂本改。《札記》：『梁』當作『粱』。
〔三〕『玉』，國圖本同，存心堂本、豹文堂本作『五』。
〔四〕『畸』，國圖本、存心堂本同，豹文堂本作『踦』。
〔五〕『聿』，國圖本同，存心堂本、豹文堂本作『幸』。
〔六〕『顧』，國圖本同，存心堂本、豹文堂本作『願』。
〔七〕『竭』，底本作『渴』，據國圖本、存心堂本、豹文堂本改。

竄宜楙〔一〕辭

予自一二年來，病既久，而日以嗜睡，睡又多夢。或謂予：古有善睡者，其神名曰宜楙，盍竄之乎？予每怪夫病之亟矣，惟睡爲能〔二〕少息夫病也。然而晝之所思，夜夢見之，紛拏膠擾，不遑少止。是則甚非學道者之所宜有也，作《竄宜楙辭》。

伊我生之多病兮，廼獨處而向隅。爰有托於假寐兮，僅身心之舒愉。幸世紛之刊落兮，寄吾夢之宴如。等百年爲一指〔三〕兮，謂八極其蘧廬。昔宰予之在聖門兮，曾譏斥其不可雕杇。何儆戒之遽忘兮，恐宴安之或踰。豈宜楙之每爲我祟兮，竟淫荒昏其逃誅！予誠與汝而並世兮，敢自陷於非夫？惟枯瘠之若兹兮，卒戰兢而自勵。凛形骸之欽肅兮，召魂魄之迷潰。竦志矛而汝擊兮，充氣楯以爲衛。抗槁梧之不復瞑兮，麾狂藥而弗嚌。拔安華之根撥兮，斂邪壘之讖誡。尸蟲穢雜而不黨兮，病竪纏綿而何瘵。欻天地之一清兮，赫聖賢之吾對。湛靈扃之寂然兮，蘊妙賾之無外。精思慮其若一兮，致事爲之弗閡。信兹魔之黌逐以不返兮，吾益見其通明而罔害。嗟早歲之我痼兮，奈平居之鮮懽。固精神之耗蝕兮，漸榮衛之疲殘。迄旦爲之見梏兮，徒夜寢之能胖。曷畀我以窅嘆兮，思濟身之艱難。當日用之不遑少息兮，紛俗變之相干。顧嗒然而欲一隱其几兮，懼純素之弗完。文儒或弛其名譽兮，劍士寢喪其怒瞋。尚喧豗拏攫之盡去兮，寧呻吟喨嚶而增昏。信默默而時化兮，直緜緜而道存。吾何負而我遠兮，雖自訟其奚殫。彼陰陽之交會兮，特感變之所起。宜正噩之有占兮，實祲輝之相倚。緬古莽之睡矇兮，復阜落之跳觽。豈幻化之往來兮，孰夢覺之非是。欻吹爇乎死灰兮，恍撓淆於止水。雖形接而謂夫皮膚兮，竟神通於骨髓。何今魚而昔鳥兮，且我蝶而彼蟻。方雲霧之倏爲飛滅兮，又雷霆之鳴燬。貧何患而或盈倉庾兮，賤何辱而遽躋朱紫。信苦樂之相乘兮，罔動靜之可弭。謂靜定之可以自勝兮，卒勤勞而弗已。誠道真之不至兮，故徒與世妄而同軌。自我病而益病兮，匪宜楙其誰尤？肆操存而不舍兮，收視聽而與謀。儼聰明之不我壅蔽兮，愈泮奐而優游。要虛憒之盡黜兮，俾菑孽之日瘳。惟真人之無夢兮，在一默而何求？縱我夢之或可少徵兮，吾又何得乎黃帝與孔丘？盻晴牕而笑傲兮，發囊簡以歌謳。願宜楙之一竄以不復兮，用稽首于玄都。

校勘記

〔一〕『宜楙』，四庫本作『宜樧』，按《廣韻》：『宜樧，善夢神。』

〔二〕存心堂本、豹文堂本無『能』字。

〔三〕『指』，國圖本、存心堂本同，豹文堂本作『昔』。

葛天氏牛尾八闋樂歌辭

古者葛天氏之世，世道治矣，而人民康乂，樂是用作，始教人操牛尾，投足而歌之。是亦天地之間自然之至音也，然而樂辭不傳。後有博古閎覽者，惜古樂之日閟不顯，託而補其辭，凡八章。

載民一

於赫顥穹，降厥生民。生民如何？群物與倫〔一〕。俗無上下，親孰父子？爾騃爾狉，孰綱孰紀？泊乎無名，澹乎無聲。天地無作，聖人化成。我民自化，帝不汝得。是曰載民，我民之則。

玄鳥二

玄鳥來矣，我民其興。氣以陽發，質以陰凝。玄鳥歸矣，我民曰息。静安其性，動職是職。爾居爾巢，禽獸蟲蛇。爾食爾火，蚌蛤果蓏。我利我養，相時制宜。匪政匪教，尚安所施。

遂草木三

邈矣上古，元氣肇萌。彼浮斯茇，庶草彙生。孰闢我區，孰豐爾茁。樏山砅川，搴皮採實。火無爁炎，水無浩洋。狡蟲斯伏，鷙鳥弗翔。允哉樂兹，草木蕃廡。嗟吾何思，維聖之緒。

奮五穀四

孟春正月，我出于田。矧我勞勩，䏹我瘠捐。揉木耒之，剡鐵耜之。天雨澮之，時風耔之。

維穈〔二〕維芑，維稻維粱。弗爾穢莠，亦弗菑蝗。五穀告熟，民人率育。育焉熟焉，自古有年。

敬天常五

太元伊始，風氣日開。天有常道，生養死埋。犬雞巷中，麻麥畝首。貨財既來，什器孔有。臥則呿呿，食則吁吁。飢則求〔三〕食，飽則棄餘。於乎不顯，孰不念聽。日監在兹，奈何不敬！

建〔四〕帝功六

昔在泰皇，君臣道生。君有五期，輔有三名。上昭天光，鳥獸文章。下協地符，龜馬圖書。一人在位，萬邦順軌。無幽弗燭，無險弗砥。黎獻共臣，蚑蠕畢從。匪帝之功，伊誰之功？

依地德七

我望兩海，中有崐崘。天靈被跡，乾曜合元。孰來蜚龍，孰度七囿？人禽並擾，庶品蕃毓。乾以易知，坤以簡能。甲曆既正，機矩迭乘。帝予何言，天地之德。我民之依，俾民弗忒。

總萬物之極〔五〕

自有聖人，我革鴻荒。何毛何血，曷弁弗〔六〕裳。維聖人富，維聖人壽。聖人之厚，萬物之皐。熙熙乎和，皥皥乎大。道有自然，德無疆界。爰命樂師，投足握旄。欽兹念哉，天下攸歸。

右《葛天氏八闋樂歌辭》，凡八章，盖予嘗讀《吕氏春秋》，頗載葛天氏之樂名，而不聞其樂辭。予故本其樂名，特補其缺。樂則古矣，樂辭今也。古今之樂，殆不可以遽同者也。然今之天下，猶古之天下，是雖邈乎遠在數千百載之下，何獨不如葛天氏之世乎？古之説者，每稱上古之世代曆紀者尚矣。自皇雄以來，伯牛受禪，迄于葛天氏，十有餘傳。歷年之久近，都邑之建徙，要皆不能以必得其實者，况其樂哉？然以古之王者，道合乎上，德依乎下，恬澹而神明内顯，恭默而政教四達。煦焉而春發，凛焉而秋肅。陰陽之氣畜積而舒布，民物之俗優游而康樂。由是天地自然之音，出之於口而成歌；天地自然之節，動之於手足而成舞。舞必三人，歌必八闋，操之必以牛尾，播之必及於帝功、民事。吾知其節八音，行八風，屈伸綴兆，俯仰參錯，而具有其容矣。吾又知其沐浴膏澤，歌詠勤苦，聲文音律，安徐和緩，而務合乎法矣。皇雄之琴、女媧之笙、朱襄之瑟、伊耆之籥，前後相耀，彼此相襲，是盖近而《英》《咸》《韶》《濩》，遠而《巾》《拂》《鞞》《鐸》之所自出者也。

近古以降，大樂官失職，古樂日廢，然而五音、七音、六律、六十律、四清聲、八十四正調之法度，猶有賴乎西域龜兹之所傳。唐末五代之亂，又從而殘缺不備，訛謬失節。至使蜀一騥卒，而欲立一代之樂府，鎔金鏤石，崇牙列簴，足以極衆工之選。雖若名儒鉅子，學不聞古，樂無其師，竟無有一舉口議其可否，而請以更張者。於是古之所以吟咏其性情，動盪其血脉，消融其渣滓者，無復可見，而淫藝邪僻、驕慢輕剽之風，日競月增，diff不之恤。子女玃擾，舉聲號呶，杯盤狼籍，頓足跳踊，則已雜出於鄉邦聚會賓客讌飲〔七〕之間矣。

嗚呼！古今之樂，其信不可以遽同者耶？此予重有取乎葛天氏之樂名，而特補其樂辭者也。後有聞者得而歌之，且將惕然有感於古樂之不作矣，又何愧乎樂辭之今也哉？然以黄帝以下，六代之樂，與夫成周之九夏，唐元結、皮日休乃得而盡補其缺，鼚乎鼓之，軒乎舞之。或者當百王之末造，而猶可以得返太古之遺聲乎？嗚呼，遠矣！予是以特録其辭，而又論之，尚庶幾乎大樂官之採擇。

校勘記

〔一〕『倫』，底本、國圖本作『淪』，據豹文堂本改。

〔二〕『糜』，底本、國圖本、存心堂本作『麋』，據豹文堂本改。《詩經·生民》：『維糜維芑』。

〔三〕『求』，國圖本同，存心堂本、豹文堂本作『來』。

〔四〕『建』，國圖本、存心堂本、豹文堂本作『達』。

〔五〕豹文堂本於『極』後有『八』字。

〔六〕『弗』，國圖本同，存心堂本、豹文堂本作『曷』。

〔七〕『飲』，底本、國圖本、存心堂本作『飯』，據豹文堂本改。

嚴陵馬君仲珍父誄辭

維元統二年月日，嚴陵馬君仲珍父卒家，凡歷六朞，始克葬于新亭里先人墓側。我二三子追愍其遺行之不昭於時，乃作兹誄，用相其哀。誄曰：

於歎〔一〕馬君，厥姓維嬴。是曰造父，别封趙城。趙之既王，奢也善兵。爰邑馬服，開國秩卿。世降炎劉，北州籍名。援介戚里，融振儒聲。逖焉鉅唐，重績治經。孰揚天朝，燧握節旌。信兹苗胤，何代弗榮。播爾宗譜，百世一程。故汴之遷，視杭作京。靖念爾祖，策科騰英。歇歷州縣，執持憲刑。鴻蹌鳳翥，玉潔冰清。徑躋法從，領袖明廷。端紳搢珽〔二〕，實棟〔三〕國傾。維言維行，流風盛行。曰孫曰子，夥有簪纓。世禄日遠，家氊相承。如何君子，異我編氓。維君自幼，鍾厥豐偉。長而好學，耽翫書史。昭兹六經，卓有根柢。老儒後先，搜摘章指。孰王非綱？孰聖弗髓？發揮義殊，談論蠭起。恣觀百家，涉獵衆技。儒墨交檝〔四〕，德刑迭燬。鴻荒迄今，王霸臧否。薄海内外，華戎遐邇。孰詩孰賦，鏗合宫徵。或玄或竺，彪别邪詖。我常謂多，君謂道尼。泓涵浸潤，岋嵫峢嶬。君不自能，蔚爲秀士。立辭摛藻，聞者風靡。自君既壯，聿有時譽。矧學之紘，弗據要路。緬爾祖德，敢懵我故。熾爾學業，肯墮我素？名場大開，百郡充賦。匪闖伊楚，矜愯犇騖。彼晳此蘽，揮霍吞吐。聚焉風雨，散若雲霧。孰玉弗雕，孰金弗鑄，匠般何人，文梓弗遇。嗟哉數奇，得此遲暮。誰非退鷁？誓不脱兎。我擔我簦，爰告我渡。我吏其儒，律我章句。彼賢非賢，孰妬弗嫮。菰城甫里，雪浪煙樹。人皆儒顯，我獨儒誤。君何不淑？復奪君遽。豈無文學？尚寐無寤。千載一朝，畀彼丘墓。伊昔大化，乃形爾身。既具四體，孰儲爾神？何言何默，既笑既顰。何冠何履，被服襹襹。孰贏爾學，使爾有聞？孰嗇爾仕，忍不少延？維其生之，夭閼弗完。豈如無生，窅漠自然。我問元宰，孰司其權？紛綸變易，渺是天淵。愚蒙者壽，智勇則顛。卑污者寵，藻麗弗宣。顔駟蹇剥，至老乃遷。劉晝擯斥，厥有詆言。言念君子，過彼二賢。嗟嗟奄迫，命不可攀。盖予羈丱，曾奉顔色。爰受君詩，僅識繩墨。君不鄙夷，忘我年德。我心爾諧，略我儀飾。我來自東，我病殊極。君苦我留，撫兹衽席。陳薦酒肴，翻倒琴策。一年一集，歌咏忘食。云何遽離，久不我即？我邸于西，遇君逼側。大江作潮，我溝我洫。鸒鳩搶地，我覆我翼。曾是兹秋，嘉節是逼。奈以賞心，强欲登陟。滿天陰雨，被簑著屐。故交何有？獨不遑息。割然長嘯，嵓谷罔覿。慘〔五〕悽中人，展轉病極。君生窮窶，君死豪特。新亭之里，痛此窀穸。我今誄兹，玄石弗泐。嗚呼珍父！是用哀惻。

校勘記

〔一〕「歎」，國圖本、存心堂本同，豹文堂本作「戲」。

〔二〕「珽」，底本、國圖本、存心堂本作「挻」，據豹文堂本改。

〔三〕『楝』，國圖本、存心堂本同，豹文堂本作『董』。
〔四〕『櫼』，國圖本同，存心堂本、豹文堂本作『攕』。
〔五〕『慘』，底本、國圖本作『燦』，據存心堂本、豹文堂本改。按『燦』通『燥』。

春秋胡傳補説序

《春秋》之學，自近世本河南程氏。程氏曾有《春秋傳序》，而《傳》未完。武夷胡公安國盖又特出於程門之後，而私淑艾之，故今《胡傳》多與程説相爲出入。吾固知胡氏之傳《春秋》，本程氏學也，然而隱、桓之際，訓釋頗詳；襄、昭以降，遺漏甚衆。又况光堯南渡，而胡氏以經筵進講。至於王業偏安，父讎未報，則猶或未免乎矯枉而過正也。

宗人正傳問者嘗讀《胡傳》，乃因《傳》説之未備，從而補之。此仍有益於學者。曩余嘗論《春秋》之大凡，欲以發明《胡傳》之一二，而正傳先之，故敢私序其説於正傳所論次之後，曰：夫《春秋》者，魯史爾。自魯史而爲《春秋》，則《春秋》乃史外傳心之要典，而特爲聖人命德討罪之書矣。然自唐虞以來，典禮教化，有人心感發之妙；爵賞刑罰，有政事勸懲之嚴。伯夷之降典播刑、臯陶之明刑弼教，何莫而非此道也？惜乎春秋之世，文、武、周公之舊典禮經曾不復赫然振起於天下，而天下公侯五等之國亦莫能考禮正刑，一德以尊事天子。惟吾聖人，盖有聰明睿知之德而無其位，於是獨持其命德討罪之筆，而欲以定天下之邪正。正〔一〕也，吾賞焉而賞非私與；邪也，吾罰焉而罰非私怒。此其陽舒陰慘，舉直錯枉之間，先後有倫，衆體有要，是謂經制，持循準的，不容少紊。人情之輕重不同，世故之治亂亦異，是謂權義。洊〔二〕移前却，必得其宜。要之，堯、舜、文、武之治未墜於地，而吾聖人所以務盡其祖述憲章之道者至矣，實聖人時中之大法也。夫然，故《春秋》，聖人之法書。世之學者猶議法之吏，惟其知聖人之道揆而宅心忠恕，然後可以通聖人之法守而立説坦夷。雖然，學者徒以其一曲支離、淺中狹量之資求之，未易以及此也。

或曰：《春秋》新王，聖人因之粉飾太平而多褒。至治之世，曾無奸暴之俗，而惟以德化者也。或曰：春秋衰世，聖人且以爲舉國不可勝誅而多貶，始亂之俗，雖以微小之罪，而必舉其法者也。是故舒之而遂縱者陵遲廢弛，無法而益亂；操之而愈亟者煩苛刻戾，得不至於秦人恃法而寖濫乎？嗚呼！二或之論，誠非所以識吾聖人時中體道之大權者矣！又將何以窮經而致用哉？自王安石以丞相説經，《春秋》乃廢詆不用。世之學者往往多自爲説，至於意有穿鑿，巧爲傅會，分裂聖人大體，乖異先儒成説，漫有〔三〕精義至當之論。一説之外，不知其復有一説也。盖惟程氏爲能通乎制事之權衡、揆道之模範，又無完書，世之盛行，《胡傳》而已。《胡傳》本乎程氏之學，程氏之學又信乎聖人時中之大法也，然而猶有所未備者焉。今也正傳乃從而補之，誠是也。正傳其真議法之吏哉？雖然，前王之律昭然甚明，後王之令紛然雜出。宏綱大指，既無其統；微辭碎義，盖浩乎多。若參商矛盾〔四〕之不相合者。吾益懼焉，卒以待吾正傳而後定也。昔孟〔五〕氏使陽膚爲士師，問於曾子。曾子曰：『上失其道，民散久矣。如得其情，則哀矜而勿喜。』善哉言乎！學者又當自是而求之。此其必有合於《春秋》者矣。

校勘記

〔一〕底本、存心堂本闕一『正』字，國圖本於『邪正』之下有重文符號，據豹文堂本補。

〔二〕『洊』，國圖本、存心堂本同，豹文堂本作『游』。

〔三〕『有』，國圖本、存心堂本同，豹文堂本作『無』。

〔四〕『盾』，底本、國圖本、存心堂本作『循』，據豹文堂本改。

〔五〕『孟』，底本、國圖本、存心堂本作『季』，據豹文堂本改。

吴氏戰國策正誤序

《戰國策》十有一卷，凡言周、秦、六國、宋、衛、中山之事。古有高誘註，最爲疏略。近世縉雲鮑彪乃復分拆〔一〕章數，竄易字文，悉令可讀而不致有噤口嗽舌之虞。雖然，古意寖已失矣。要之，古今之字義曾不一同，南北之方言或隨以異，而彪欲以後世窮鄉曲學而盡通之，吾知其必至於穿鑿粉飾，而强其所不可通，則反不若誘之疏略也。宗人正傳嗜古書，嘗以《國策》之多誤，暇日則取太史公《史記》及戰國諸子所自著書，前後比較。既又考夫近世劉攽、錢藻、姚宏等本，參伍錯求，然後有以見其語言之殊異、傳寫之缺訛，而是正之。蓋頗貴乎誘之近古，而深惜乎彪之妄作也。於是，世之讀《國策》者，文從字順，不失其真，戰國君臣從横游説之事併可得而極論矣。

蓋夫古者先王之世，道德同，教化行，而風俗一。士之有賢材學業者脩之於身，著於其國，或以德舉，或以言敭，要皆可以考名覈實而趍事赴功，無或敢爲熒惑變亂，而懵乎是非黑白之混淆也。然而聖人當夫天下極治之世，每有慮焉，蓋曰：『朕堲讒説殄行，震驚朕師。』豈不以世之讒人傷絶善人之事，震駭衆人之聽，邪僻自此焉而進用，矯僞自此焉而假託。出入起居，發號施令，將無所往而不盭於道。苟謂世爲極治，而慮不及此，吾恐其漸爲始亂之基矣。是故聖人深以讒邪之説有未易化，而且有以教之，必使其遷善改過，而後承之庸之，否則威之。夫然後士之有德有言者各稱其任，而天下之欲趍事赴功者亦皆實有所稽而無慊矣。自戰國以來，先王之治日以遠甚，聖人之教若罔聞知。士之紛騰馳驟於天下者曾無常有之善心，而惟磨厲其舌，肆爲讒説，莫之能恤。析言則離於理，破律則壞於法，亂名則喪其實，改作則反其常。此固先聖王之所必誅而不以聽者，而戰國之世乃安然而行之。孱君弱將、纖兒佞妾，刼之以敗降殺戮之苦，誘之以聲色狗馬之好。情知非是，巧爲文飾。勢欲離合，强相傾陷，卒使上世元德顯功之胄日就淪亡而後已。嗚呼！讒邪之説有可畏哉！

蓋昔孔子曾用於魯，未幾而即有少正卯之誅，徒謂其言行之僞而不由於誠，學順之非而不由於是。雖吾孟子，亦甚惡夫處士之横議，異端之並起，詖、淫、邪、遁不可勝窮。惜乎孔孟之道久矣不明於世，戰國之士不復知有義理之當然，而惟以利害相勝。故今斷斷然悉以爲古之讒説可聖者也。然今誘也注之，彪也釋之，吾正傳乃從而是正其誤，又豈不以《國策》之言爲不可廢歟？雖然，正傳，學孔孟之學者也。自先王道德教化之治本諸人心，播於簡册，充衍洋溢，遠而未斬。是故春秋之世，鄭之賢大夫且能善於辭令，應對諸侯，鮮有敗事。聖門言語之學，達如子貢，亦〔二〕或一出於魯。而彼齊、晋、吴、越等國爲之有變。至於排難解紛，成彊〔三〕取霸而後定焉，前乎此矣。於是而後，公孫衍、張儀、陳軫、樓緩、蘇秦、秦弟〔四〕代厲之流揣摩捭闔，權謀術數，浩乎若江海之浸，恍乎若鬼神之不可端倪。雖其讒邪之説罔知義理而傎倒錯繆之，一時口頰之移人，固有非後世膚見謏聞者之所可遽及。

嗚呼！先聖王道德教化之澤一旦而遂至於此，言之可爲於邑矣。然自其文辭言語而觀之，惟楚漢戰争之世尚爲近焉，已不能盡及。它則曹魏鼎足而割據，李唐參布而分藩。交兵之際，奉使往來，權術相傾，議臣蠭起，曾無異於戰國楚漢紛紜之時者，竟未嘗有一言語之懺動、一文辭之譎勝。雖以當世史臣極力摹儗而爲之，亦且羞澀〔五〕畏懦，衰耗促數，無復有昔時辨士説客之遺風矣。是故世之讀《國策》者，卓然目〔六〕爲先秦之古書，不可廢也。必也本之以心術之公，約之以義理之正，謹之以辭令之發。戰國其文，而非欲戰國其學也。此則正傳之志也，又在乎世之學者善讀焉而已矣。

校勘記

〔一〕『拆』，國圖本、存心堂本同，豹文堂本作『析』。
〔二〕『亦』，國圖本同，存心堂本、豹文堂本作『而』。
〔三〕『疆』，國圖本、存心堂本同，豹文堂本作『彊』。
〔四〕『弟』，底本、國圖本作『第』，據存心堂本、豹文堂本改。
〔五〕『澀』，底本、國圖本、存心堂本作『濕』，據豹文堂本改。
〔六〕『目』，底本、國圖本、存心堂本作『自』，據豹文堂本改。

石陵先生倪氏雜著序〔一〕

自東都文獻之餘，天下士大夫之學日趍於南，或推皇帝王霸之略，或談道德性命之理，彬彬然一時人材學術之盛，不可勝紀。盖東萊吕公本其伊洛義理之學，且精於史。永康陳公同父方與之上下頡頏其議論，而獨貴於事功。夫以國家兵戈離析之久，王業偏安，人心不固，紀綱廢壞，風俗蕩焉而失防。意將自有酌古準今，知時識務之士雄豪智勇、闓爽穎茂而出於其間。或者猶慮其古方新病之不能以救亟也。當此之時，同父嘗陳征討大計。石陵倪先生朴，實先後同父，草書萬言，欲以兵戰自效，不下同父。然同父因其才力氣岸之豪，中陷於罪釁，至老纔得高第，終以不得馳騁於中原，而遂至淪没。先生方自以其學勝，亦且不能於鄉里，至以罪廢，徙〔二〕筠陽，故雖有志焉，而終以寒窶而老死。盖予每觀先生之書，則爲之沈吟痛惜而不能自已。先生嘗本其兵戰之所自出，備知天下山川險要、户口虚實，著爲《輿地會元》四十卷。又推古今華夷内外境土徼塞之遠近，繪以爲圖，張之屋壁，而預定其計策，逆料其戰守者，不一而足。是將願出爲當世有用之學，而不欲僅爲儒者陳腐無實之空言。當時之士惟同父爲能知之，先生亦惟寄示同父，而不遑以他及者也。然使先生之志且與同父獲用於世，天下之兵蜂集蟻聚，勝負雖未可知，必也人心、國論之既定于一，力守東南以爲保障，專意西北以謀進討，江淮、襄漢日以寧謐，秦鳳、陜虢之間，遺〔三〕民襁負，義士壺簞，尚不爲無補於萬一者。是則後世所以深有取乎樂毅之常生，而重恨曹蜍之淹淹待盡也。

夫自南北分裂，士之學者方守於一隅，而禹跡之所被者率不能以偏歷。黄河之源出於崐崘，黑水之流播於南海，而近世地理之家茫無據依，遠相億度。盖今海内混一，重譯萬里。黄河自星宿海發源，歷九渡河而後北會於臨洮積石之西，黑水復流其西界，而徑趨於滇越之外境，若可以燭照而數計者。譬如談天文者每以洛陽居天地之中，然而南至比景，北踰鐵勒，斗極出没，高下之度殊不可以常度凖，又豈得徒溺乎羲和渾天之器，而獨不少究乎《周髀》勾股之法哉？是故先生〔四〕《輿地會元》之書，兹既不能以復見，至於華夷内外境土徼塞之圖，則猶未免乎參差矛盾而未盡善者。此殆古今祖述編類之一疵也。雖然，先生之學誠可謂博而有用者矣。

當〔五〕吕公云亡，先生貽書同父，謂宜力學以紹吕公後，而同父咈然不悦，是其一時人材學術之盛，卒不肯俯首以隨人下，而欲自表表於世。自今觀之，前輩老成凋喪俱盡，新學小生鹵莽不學，是以一切墮於黄茅白葦而欲以爲同，竊其殘膏剩馥而不敢有異。至其立言，箝口結舌而無所發明，臨事則亦玩時愒日，偷儒憚事，而不足以赴其鼓舞作興之機者，此皆見棄於先生者也。藉令先生之學本之以伊洛之義理，而又無貴乎永康之事功，則其所就且將不止於此。雖然，今之學者尚可及耶？吾固未易以王道霸術之並行而遽少之也。

初，武夷謝翱臯羽嘗因先生之書選爲一編，今始得其全帙號曰『雜著』者觀之，又嘗過其所居，則山洞湮塞，棟宇傾蕩。蕘兒牧豎悲歌蹴踘，猶能示其故墟，而亦不能詳也，况其所著之書耶？嗚呼！士無當世之功業，而徒務於有言，不至于此不極也。是又古今文士著録藝文者之一歎也。悲夫！

校勘記

〔一〕豹文堂本於題目後有小字『浦江文集』。

〔二〕『徙』，底本、國圖本作『徒』，據存心堂本、豹文堂本改。

〔三〕『遺』，國圖本、存心堂本同，豹文堂本作『黎』。

〔四〕『生』，底本、國圖本作『王』，據存心堂本、豹文堂本改。

〔五〕『當』，底本、國圖本、存心堂本作『嘗』，據豹文堂本改。

淵穎吴先生集卷之十一

門人金華宋濂編

石塘先生胡氏文抄後序

鄉予嘗見永康先生胡公錢唐寓舍，每嘆古今道術之異。及今覽其所論著，則尤得其父兄淵源、師友講習、是非取舍之或不同者。盖自近世周、邵、二程始推聖賢理數之學，以淑諸人。然而學者秘之，則謂其學之所出者遠有端緒，不言師承。而今説者乃稱濂溪之所授受，寔本於壽崖佛者之徒。先生至爲論辨以著明之，曾不容喙。是殆當世士君子之所深感者也。夫以周、程理學之盛，而邵之數學且不能以並傳〔一〕。於是朱子乃以東都文獻之餘，一傳於閩之延平，而又兼講於楚之嶽麓，誠可謂集濂洛諸儒之大成矣。當是時也，二陸復自奮於撫之金溪，欲踵孟子，曾不以循序漸進爲階梯，而特以一超頓悟爲究竟。今則至謂朱爲支離，陸爲簡易，必使其直見人心之妙而義理自明，然後爲學。自謂爲陸，實即禪也。故曰：世之學者知禪不知學，知學不知禪。是豈深溺乎異端外學之故，而遂誣其祖，乃舉堯舜以來七聖相授，洙泗以降四子所傳道，而悉謂之禪耶？惜乎予年甚少，僅得一再見焉，而不得親扣其詳也。

雖然，春秋戰國之世，聖人不作，處士横議，天下之雜治方術者不爲不多。是故《老》與

《易》並稱，儒與墨並譽。世之學者或欲援儒而入於彼，推彼而附於儒，卒無益也，然亦用是而日雜矣。流及後世，秦謂方士儒，漢謂治黄老者儒。晋王弼遂用老氏之説以注《易》，唐韓愈至謂孔、墨之道同，道不同則不足以爲孔、墨。然而佛者徒以西方之傑戎暴入中國，言語之不達、被服之不合、趨向之不正，而今乃欲一混而大同之，不幾於蕩然而無辨矣哉？必也天下人心之義理無古今，無彼我，無華夷，無内外，雖欲一混而大同之，亦可也。此其道術之所在，苟或不契於古之聖賢，則其所以召夫後世之嘵辨讙咋者不能遽已。先生曾不此憚而直以此道爲己任，又著明之，予殆不可得而妄測者也。

夫自江左始平，上即遣使重選南士之賢者。士之一時幸脱兵燹擾攘，城郭墟莽之後，當天下大定，懷才抱藝，不肯一出而少試焉，是亦終於潔身亂倫而已矣。先生盖自宋季爲渝酒人，因得陪四川大幕府末議，號稱南中八士。及宋内附，或以先生姓名薦，遂召見，意謂先生且大用。復出而教授廣陵，凡歷數任，僅爾没没於州縣之下僚，不至甚顯。然觀其所至，教士也，必曰嚴恭寅畏；其教民也，必曰孝弟忠信。此其道術之正、仕處之合、文章之懿、政事之著，誠有大勝於今人，而且不後於古人。是豈苟然之故而遂已者哉？

當予初見先生時，先生嘗語予：『面膚黑而多鼾，唇齶掀而不閉。鼾則無澤，不閉將失氣。無澤而又失氣，匪壽徵也。爾曷不閉汝氣而後瞑？且爾獨不見爾家甕之盛酒者乎？夜甕或不覆，則酒旦失味而不中飲。汝之失氣，亦猶是也。』予固疑先生或得乎攝生養氣之道者。及予自燕南還，予又與鄱陽董仲可、會稽方九思、福唐高驥生、建安虞光祖及金谿傅斯正五六人者再見先生。先生則且指語予曰：『世之觀人者，自夫出處進退、用舍得喪之際有定論矣。爾等得無頗有怨尤者乎？』傅之曾祖父本學於陸，亦喜談陸者。自近年科舉行，朱學盛矣，而陸學殆絶。世之學者玩常襲故，尋行摘墨，益見其爲學術之弊。意者其幸發金谿之故櫝，而少濯其心耶？曾不數年，而先生竟以衣冠沐浴，端坐，嗒然而遽化。予方無以終事，則徒識其遺言，撫其墜藁，而且繼之以涕泣，不能自已。嗚呼！臨長川而後嘆逝者，尚可得耶？尚可得耶？

校勘記

〔一〕『且不能以並傳』，底本、國圖本、存心堂本均作『且不能能以並傳』，豹文堂本作『且不能不以並傳』。《考異》：『能』字冗。《札記》：衍一『能』字。據刪一『能』字。

范氏筳〔一〕篿卜法序

筳篿卜法者，本楚越間小術也，自楚屈原，始稱有筳篿之卜，越相范蠡頗有其書。然今特類後世術者所託，要之亦必古有此法矣。當卜時，自其所向得草木枝，初不計多寡，左右手一縱一橫，揲之以三，而數用其仂，然後一時之吉凶從違、休咎福⿰鬲旡立可見者。達賢君子或棄之而不道，或時有可采。是豈所謂楚人鬼而越人機者乎？蓋昔越相范蠡曾與大夫文種事濮上計然。計然，世所號文子者也。而蠡、種實爲楚人，而往仕越，悉通天地陰陽之紀，察日月星宿之會，明鬼神幽顯之理，達龜筮鈐決之奥。治國臨政、謀敵用武，莫不如其所願欲。越以霸强，何蠡、種之能有以盡乎其術也？予嘗考之，大抵本出於太一六壬、玄女遁甲、風鳥雲氣之道。越王勾踐宦吳，吳將赦越。蠡占，則曰：『王聞喜時，日加戊，時加卯。功曹爲螣蛇，青龍在勝先〔二〕。是謂時尅其日，用又助之，事不利而有傷。』已而子胥諫，不果赦。及越王勾踐歸國，越既沼吳而蠡去。種占，則曰：『王勿追蠡。蠡去時，陰畫六，陽畫三。後入天一，前翳神光。是謂玄武天空。無有止者，言則死，視則狂。』已而蠡去，勿〔三〕復追。《吳越春秋》具載其事，而《史記》特推蠡、種之術乃出於計然。然自越王勾踐之還臨明堂，悉練時日，又類後世五行、堪輿、叢辰等家。脱有不合，則指爲事犯玉門，初未審所謂玉門者果何術也。《吳越春秋》蓋輯於東漢趙曄。或時漢季頗以天文讖緯、九宫八卦、占候之書爲内學，而曄自以其説勸人之歟？不然《史記》之言陰陽，多忌諱而太詳者，蠡、種毋乃酷似之歟？是故世之學爲天目〔四〕計神、孤單閉杜、奄迫關格、制客主、别勝負之術者，每託於蠡而行之，筳篿之卜特其細也。

然則陽至而陰，陰至而陽。陽節剛强而力疾，陰節安徐而重固。又且游觀乎〔五〕天地四時、贏〔六〕縮進退以爲常。是豈但古之善用兵者爲然哉？雖一恒人之欲卜其動作云爲，亦不過此而已。夫然，故微而思慮之所形，著而言行之所發〔七〕，至以天地之靈變，鬼神之幽賾，而吉凶悔吝之來，若有應焉，誠有不容揜其僞者。雖微端龜正策、旋式布棊，人心之皎然，常足以先知而預定矣。又况達賢君子出入起居，浩乎與天同運；發號施令，窅乎與神俱化。然且不能不假是以示諸人也。筳篿之細，時有可采，豈謂其果足以盡乎天人之道者哉〔八〕？雖然，越王勾踐之陰謀譎術，苟他無所徵，纖毫瑣末，類出於陰陽時日之占，而後用事，吾猶恐其未必致霸。必也五穀蓄，金銀實，府庫滿，兵甲利，然後用是以定王心之疑，動越民之所欲報讎而威敵者，則庶幾焉。是故今一恒人之所卜，雖以民俗問小事，亦必天地之氣應與人事相參，乃可以見其成功。不然，則龜爲枯骨，蓍爲朽幹，猶不必泥，况筳篿之細者哉？予具録之，又足以通知古之多異術矣。

校勘記

〔一〕『筳』，底本、國圖本、存心堂本均作『莛』，據豹文堂本改。

〔二〕『先』，國圖本、存心堂本同，豹文堂本作『光』。

〔三〕『勿』，底本作『匆』，據國圖本、存心堂本、豹文堂本改。

〔四〕『目』，國圖本同，存心堂本、豹文堂本作『自』。

〔五〕『乎』，國圖本同，存心堂本、豹文堂本作『於』。

〔六〕『羸』，國圖本同，存心堂本、豹文堂本作『嬴』。

〔七〕『發』，底本、國圖本作『廢』，據存心堂本、豹文堂本改。《札記》：『廢』當作『發』。

〔八〕『盡乎天人之道者哉』，《考異》：存心、豹文『盡』下均有『蓋』字，『天』下均無『人』字，俱非。

唐律删要序

予嘗讀《唐律》，每患其繁賾難省，故頗删其要，且務觀乎古今立法之淺深、用刑之輕重，又從而序論之曰：夫古者，先王之治人也以德，而輔之以刑。後世之治人也，德則不足，而惟刑辟之是用，《春秋傳》所謂『三代之衰，然後制刑』者也。自戰國之世，魏李悝始造《法經》，商君受之以相秦。及漢，悉踵秦故。歷代相因，至唐則又承隋開皇之律。是蓋唐律本隋，漢律本秦，其實一出於戰國李悝，盜賊囚捕之緒餘而已，不復二帝三王忠厚哀怛、刑期無刑之本意矣。然以秦之爲秦，焚滅先代之典籍，坑僇儒生，猜鷙强暴，嚴戾刻深，而詔天下學法令而師吏，惟隋則亦庶幾近之而任法者也。蓋當秦之時，孔子没而異端起，處士横議，而説客妄售其所自爲術，是非矛盾，紛盭相勝。然秦方遺仁恩，尚首功，而儒者又不入，宜其一意任法用吏以爲治。若夫隋氏之初，江左齊梁貴淫靡，代北周齊習蕃夷。天下幸歸於一，而風俗未淳。朝廷議政之臣，類皆俗吏米鹽之徒，苛刻煩碎，未甚有紀。故隋且惡其連篇風雲，滿篋月露，華而不實者，而猶未嘗識夫儒者之真，亦宜其一意任法用吏以爲治。孟子蓋曰：『言非禮義，謂之自暴。吾身不能居仁由義，謂之自棄。』秦則不知儒而不用，非自暴歟？隋則不知真儒而不得用，非自棄歟？是殆秦之任法雖暴於隋，而隋之任律，則猶襲秦之故智而或過焉者也。

夫以秦、隋惟吏之是師，法之是徇，自謂其法律之密、督責之峻可以肆其鉗制束縛之術於朝廷之上，故嘗以一人狙詐猜忌之心而盡疑天下，至於衡石程書、衛士傳餐，而日有不給。及觀其所以爲效，秦則始皇東巡西狩，而郡縣之供調不聞不足；隋則文帝黎陽、洛口倉庾豐盈，而其後猶足以聚數百萬之盜賊而不盡，誠可謂極其盛者。雖然，關東之禍至有土崩瓦解之勢，而一切諉〔一〕爲鼠竊狗偷之盜而不欲聞。曾不旋踵，而二代之亡若出一轍。是何德化之不足而刑辟之是用者遂致然哉？然而漢以寬仁攟秦法，唐以仁義變隋律，盖欲一返乎秦、隋之所爲，是故漸仁摩義，淪肌浹髓，必也儒者爲能究之，誠有不在乎俗吏持簿書，急期會，務筐篋者之所能測識。此其創立國法，粉飾朝章，雖若有媿於二帝三王忠厚哀怛、刑期無刑之本意，至於後世杜、張之深刻，來、侯之羅織，戕勦民命，傷蹶國脉，無所不至，然猶幸其本根節目之正者，尚足以維持調護乎天下之故，而不極於亂。於是馬、鄭諸儒曾以文律而章句之，長孫無忌等十九人亦已因律文而作疏義，或從或革，或損或益，且酌其中，要非苟然而遂已者。故漢嘗引經以斷獄，而深得夫法律之本；唐則每以書判拔萃取士，則猶使之知有法律之實而不爲空言。此殆儒者用世之功、天下致治之效，將萬一乎先王明刑弼教之餘，而固非秦、隋任法用吏之世可遽及也。

嗚呼！古今立法之淺深、用刑之輕重悉已具見乎此。儒者何嘗不知吏，而吏則不可不通儒；尚德化者何嘗不任刑辟，任刑辟則不可不務乎德化者也。是盖漢、唐之所以得，秦、隋之所以失，誠可爲後世之龜鑑矣。

校勘記

〔一〕『諉』，國圖本、豹文堂本同，存心堂本作『諉』。

儉解

史有言：周高祖，儉者。高祖常服布袍，寢布被，詔天下庶民以上，惟聽衣綢、綿、絲布、圓綾、紗、絹、綃、葛、布九種，餘悉禁之。予謂高祖未嘗知儉，未嘗知禁者也。夫古之長民者欲齊其民，於是國有異服之禁，必使其衣服之不貳，而從容有常。然而齊王〔一〕之衣紫，鄒君之長纓，舉國皆從而效之。且至去衣紫，斷長纓而後止，高祖之意固是也，乃以人主之至尊至貴，布袍布被，自同於庶民而矯誣於當世乎？然自元魏、周、齊之際，兵戈日尋，民物虛耗，高祖且欲以一儉率先天下，使凡奢侈過度者皆有厲禁，則國家之經費、民庶之藏蓄可以日趨於富盛而無有不足，可謂善矣。誠求其如王者之政，是猶未得其本之説也。夫以天下九州之廣、生齒之衆，今之世去古遠甚，然而國家經費之務常若不給，民庶藏蓄之資亦或蕩然無所贏餘。上固不容不以儉化其民，而民亦當以儉而自化。雖然，未也。當國初時，始得河北，即議宣課銀絹之數。河南猶未下。及下河南，而江淮、吴楚實爲財賦貢輸之淵藪，猶未能隸度支。命將出師，運芻餽粟，宜若晝夜馳驅。民人困乏，不能供億，然亦未聞上下以是而不足。天下一統六十餘載，經費、藏蓄兩無其實，又何獨異乎國初之時哉？

夫漢自文景富庶之餘，孝武承之而益以侈大，東征西伐則有費，修郊祀、求神仙則有費，興土木、造宫室則有費，巡游般樂則有費，卒使言利用事之臣疲民蠹國，海内空虚。及其末年，始欲務農重穀以救之，亦幸而有此爾。當今之世，一遵祖宗之成法，邊境無矢鏃之警，宫庭無丹雘〔二〕之飾，歲時常祀，亦未始欲講封禪而虚務般游也。然而山林藪澤，土力之所産，茶鹽酒醋，民業之所資，一皆日增月羨，絲分縷析，而悉輸於上。西域之羊馬，雲南之氈罽，青齊之絲纊，江淮之粳稻，又皆畢入於天府而無所闕。夫何大家亡資，中户破産，小民砦砦，曾無衣食之所，國家上下終未得如文景之富庶，豈或猶有類夫孝武之空虚者乎？當是之時，上欲常服布袍，寢布被，以一儉而化之，且未能化，又從而務明上下服色之禁，自以爲高祖之良法善意復行於天下。孰禁之哉？譚大夫之詩曰：『西人之子，粲粲衣服。舟人之子，熊羆是裘。』是故奢侈不法，每形於上；杼柚其空，日困於下。人主不是之思，乃欲自苦其身而往敦天下之俗，且曰『吾以一儉率先天下』，是墨子之道也。墨子之道，是豈聖人君子之所得爲哉？吾故謂高祖未嘗知儉，未嘗知禁者，是猶未得其本之説也。世之議者每究其本，蓋曰：國家經費之務必在於抑横政而節用，民庶藏蓄之資必在於修農事而重穀。君民上下，貴賤一體，貧富相因，感之而民不徒於從化，制之而民不徒於知禁者，盍亦反其本矣。

昔者，齊宣王出獵於社山，父老十三人勞王。王曰：『父老苦矣。』謂左右賜父老田不租，賜父老無徭役。閭丘生獨不拜，宣王怪之。閭丘生曰：『臣聞大王來游，來勞大王，願得所欲於大王。今大王賜臣田不租，是倉廩空虛；賜臣無徭役，是官府無使；非臣所敢望也。臣願大王選良富家子有修行者以爲吏，平其法度，春秋冬夏振之以時，無煩擾百姓，則臣可以少得所欲焉。』嗚呼！自高祖之良法善意復行於天下，又必實之以閭丘生之一言，則天下郡縣之間，選廉絀貪，平法薄賦，且將以是爲抑横政、修農事之本焉。是謂知〔三〕本，是即孟子所謂『無仁政，不能平治天下』者也，是即吾所謂王者之政也。作《儉解》以通之。

校勘記

〔一〕『王』，國圖本、存心堂本同，豹文堂本作『桓』。

〔二〕『臒』，底本、國圖本、存心堂本均作『臒』，據豹文堂本改。

〔三〕『知』，國圖本同，存心堂本、豹文堂本作『之』。

春秋傳授譜序

《春秋》之道本於一，離爲三家之《傳》，又析而爲數十百家之學。學日夥，傳日鑿，道益散。天下後世，豈或不有全經乎？亦在其人而已矣。自孔子没，七十子言人人殊。公、穀自謂本之子夏，最先出；左氏又謂古學，宜立。諸老生從史文傳口説，遞相授受。彼此若矛盾然，自是學一變。主《公羊》者何休，主《穀梁》者范甯，主《左氏》服虔、杜元凱。或抒己意，或博采衆家，蓋累數十萬言。自是，學再變。《公》《穀》微，《左氏》乃孤行不絶，説者曾不求決於《傳》，遂專意於訓詁。江左則元凱，河洛則虔。自是，學三變。間有一二欲考三家之短長，列朱、墨之同異，力破前代專門之學，以求復於先聖人義理之極致，咸曰唐啖、趙氏。自是，學四變。嗚呼！言《春秋》者至於四變，可以少定矣。

予嘗觀漢初，傳《公羊》者先顯，自胡毋子都而下，得二十四人。次傳《穀梁》，自申培公而下，得十五人。《左氏》本於國師劉歆，未立博士，故傳之尚少，而東漢爲盛。東漢以降，學者分散，師説離析，非徒捨經而任傳，甚則背傳而從訓詁，嘵嘵讙咋，靡然趨下。夫學本非不同，本非不一，而末異乃若是。此其欲抱十二公之遺經，悲千古之絶學，發明三家之傳，而去取之者誰歟？然予悉得而譜是者，四變之極也。四變之極，必有能反其初者。唐啖、趙氏蓋嘗有是志矣，繼之者又誰歟？古之人不云乎：東海西海，有聖人出焉，此心同，此理同也；南海北海，有聖人出焉，此心同，此理同也。自其此心、此理而諗之，古之人有與予同者乎？不同者乎？同者然乎？不同者然乎？此其没世而無聞者多矣，顯焉者譜於此也。蓋昔唐韋表微曾著九經師授之譜，且以譏學者之無師。嗚呼！人師難逢，經師易遇。然今經師猶有不可得而遽見者矣，則吾是譜之作又豈徒在表微之後乎？

春秋世變圖序

古之言《春秋》者，自漢至今，亡慮數十百家。大道之行，天下爲公，一以理斷之而已，猶未足究當世盛衰離合之變而權之者也。雖然，孔子嘗論之矣：天下有道，禮樂征伐自天子出；天下無道，然後諸侯、大夫得以專而用焉。逆理愈甚，則其失之世數愈速。此非通論天下之勢也，《春秋》之勢也。然而欲論《春秋》之理者，不外此矣。公羊子盖深有得於理、勢之相須，且曰：『所見異辭，所聞異辭，所傳聞異辭。』而漢之學者特昧昧焉，乃設孔子高、曾、祖父之三世，以制所見、所聞、所傳聞之治亂。《春秋》非孔子家牒也，特以是究當世盛衰離合之變而權之者也。盖昔陳恒之弑君，孔子請討之。《左氏》記其言曰：『陳恒弑其君，民之不與者半。以魯之衆加齊之半，可克也。』程子非之，盖謂孔子之志必將正名其罪，上告天子，下告方伯，乃率與國以討之。至於所以勝齊者，孔子之餘事耳，豈計魯人之衆寡哉？夫以理言，魯爲齊弱久矣，孔子非不知魯之未必勝也，務明君臣之大義，以討天下弑逆之大惡，因是足以正之，周其復興乎？若以勢言，周室衰矣，晋霸微矣，魯又弱國也。陳氏世掌齊政，民私其德，必處人倫之大變，天理之所不容。於是，舉吾全魯以繼之，則齊之罪人斯得矣。是故弑君之賊，法所必討者，正也。專國之姦，勢亦有所未易討者，然必有以權之者矣。人孰不曰：事求可，功求成？是取必於智謀之末也，聖人不如是也。

嗚呼！自王政之不綱而後有霸，自霸圖之無統而後無霸。人情事變雖未嘗出於一定，惟理則無有不定。此古之學《春秋》者所以率論理而不論勢也。自今觀之，天下之勢在是，《春秋》之理則亦隨其勢之所在者而見之。春秋之初世去西周未遠，王室猶欲自用焉。下及中世，齊、晉二霸相繼而起，則霸主從而託之耳。至其末年，王不王，霸不霸，夷狄弄兵，大夫專政。是戰國之萌也，而世變亦於是乎極。公羊子『所見異辭，所聞異辭，所傳聞異辭』，蓋深有得於理、勢之相須者，此也。漢之學者且曰：隱、桓遠矣，孔子則立乎定、哀之間耳。遠者亂，近者治，聖人所以成一王之法也。此豈求其説不得，而强爲此論者哉？又幸因其有是，而後世得以推其當世盛衰離合之變與夫聖人之權者。先儒蓋曰：有隱、桓、莊、閔、僖之《春秋》，有文、宣、成之《春秋》，有襄、昭、定、哀之《春秋》。此三者豈非公羊子之遺説哉？然則予之所以圖是者，非私見也，非鑿説也，公羊子意也，孔子意也。

春秋舉傳論序

黄子讀《春秋》者四十年，老而不倦。嘗著《春秋舉傳論》一編，屏除專門，搜剔傳疏，使之一歸於是然後止。蓋昔者聖人之作《春秋》也，筆則筆，削則削，咸斷之於聖心。高第如游、夏，且不能以一辭贊焉。公羊、穀梁乃謂得之子夏，文多瑣碎，語又齟齬。要之二氏皆未成書，特相授受於一時講師之口。説者謂孔子當定、哀世，多微婉其辭，復秘不以教人，故諸弟子言人人殊異。然自孔子後，一廢於戰國，嬴秦之亂。漢初，學者區區收補，意其焚殘亡脱之餘，不藏之屋壁，必載之簡册，非徒出口入耳而已。又況《春秋》之文數萬，獨以口相授受，庸詎知不有訛謬者乎？濟南伏生治《尚書》，上使掌故晁錯往受之，僅一女子述其老耄之語，世謂『生齊語』。齊語多艱澁，故今書文亦難屬讀。然古人之作書者非齊人也，奈何若是。是則《公羊》，齊學；《穀梁》，魯學。非二氏誤也，學二氏者誤也。且孔子又何嘗當定、哀世多微辭哉？苟曰微辭以辟禍，《春秋》不必作矣，況定、哀又孔子所見之世也，自所聞、所傳聞之世，一切褒之、貶之，且及其父、祖，當世而輒微之。吾恐非聖人意也。聖人豈避嫌者哉？不然，亂臣賊子僅誅其既死，篡弒奪攘無懼於當世，是又豈吾聖人之意哉？必也《春秋》之作未始秘不以教人。西狩之二年，孔子卒矣。《論語》《禮記》，諸弟子之問答殆無一言以及之，得其義者蓋寡矣。然而左氏約經以作傳，下訖魯悼知伯之誅，在春秋後，孔子卒已久。或曰：左氏，魯人也。或曰：左氏，楚左史倚相後也。若其説晉王接則謂别是一書。意者，當西漢末，與《公》《穀》二家争立博士，故又雜立凡例，廣采它説以附於經。是豈左氏舊哉？今黄子舉之，皆是也。

昔者，晉劉兆嘗以《春秋》一經而三家殊塗，乃取《周官》調人之義，作《春秋調人》七萬餘言。夫調人之職，掌司萬民之讎而諧和之。爲《春秋》者亦欲令三家勿讎，將天下之理不協于克一，而後世之議且容其潛藏隱伏于胸中也，何以調人爲哉？故唐啖助、趙匡，近世劉敞於傳有所去取，咸自作書。而今黄子又嗣爲之，可謂聞風而興起者矣，非必曰此有所短、彼有所長，去其所短則見其所長者，固可取也。不然，盡去三家之傳而獨抱聖人之經，且自以爲必得聖人之心者，吾又不信也。此則黄子之意也。

孟子弟子列傳序

太史公《孟子列傳》首孟軻，繼鄒衍、奭、淳于髡、慎到、荀卿、墨翟、尸佼、長盧子，曰皆在孔子後。荀卿可言也，彼數子者不同道，奈何同傳？將以孟子寘諸戰國辨士之流乎？是又非不知孟子者也，一則曰述唐虞三代之德，二則曰述仲尼之意。彼數子者，亦有一於此乎？當戰國之時，士多以游説縱横、攻戰刑法之説行，而時君猶欲好儒自飾。吴起，戰士也，乃以儒服見魏武侯。武侯之子惠王與齊宣王皆卑辭厚幣以聘孟子。然徒切於事功，卒以迂緩不合，人且謂其好辯而已。儒、墨並稱，百家雜説，渾淆之矣。豈太史公狃見而溺聞若是乎？方其叙《孔子世家》，進之與十二諸侯同列。《周本紀》《十二諸侯世家》則又皆書曰：『孔丘卒。』尊之也至矣。及所載，多《左氏》《國語》雜事，欲以明聖人多能。聖人豈果以多能稱哉？又作《七十弟子列傳》，則徒分裂《論語》問答以實之。餘徵《家語・弟子解》，他悉無所徵。是亦《孟子列傳》類也。東漢趙岐始注《孟子》，其序曰『孟子幼被慈母三遷之教』，《史》不載，今猶見故《列女傳》。且言孟子將去齊，母老，擁楹而嘆，有憂色。母乃引《詩》《易》詔之，似與充虞路問時意同。岐又曰：『有《外書》四篇，文不能弘深。』今猶略見劉向《説苑》所謂『人知糞其田而不知糞其心』者，疑即《性善辨》中語。若他事之逸者，雖太史公不能具知，况後世乎？

盖戰國以儒自名者八家，而四家最顯：子游氏、子夏氏、荀氏、孟氏。孟子學出於曾子、子思，荀卿猶從而譏之曰：『世俗之溝愚瞀儒，嚾嚾然略法先王，案往舊造説而不知其統。我則異焉，治則法後王而已矣。』至於子游、子夏，亦曰：『是儒之賤者。』所重必仲尼、子弓。子弓，未審何人。韓子曰：『仲尼弟子有馯臂子弓。』《漢儒林傳》：『商瞿受〔一〕《易》仲尼。瞿傳魯橋庇〔二〕子庸。子庸傳江東馯臂子弓。』子弓與仲尼不同時，又行事無大卓卓，不足以配孔子。邢昺《論語疏》引王弼説：『逸民朱張，字子弓。』然弼説又不見有他據也。要之，孔子嘗稱冉雍可使南面，且在德行之科。雍字仲弓，盖與子弓同是一人，如季路又稱子路然也。將荀卿之學實出於子弓之門人，故尊其師之所自出，與聖人同列，亦已浸淫於異端矣。於是孟子之没者久，所謂『溝愚瞀儒』正指萬章、公孫丑之徒也。荀卿在戰國號稱大儒，猶同門異户者如此，又况鄒衍、奭、淳于髡、墨翟以下諸子，違離怪誕者甚矣，何可與同傳哉？荀卿既死，李斯用事，孟子之徒黨盡矣。悲夫！予故本太史公《孟子列傳》，删去諸子，且益以高第弟子萬章、公孫丑之徒凡十有九人云。

校勘記

〔一〕『受』，底本、國圖本、存心堂本作『授』，據豹文堂本改。

〔一〕『庇』，底本、國圖本、存心堂本作『疵』，據豹文堂本改。

宋鐃歌騎吹曲序

自宋之南遷，説者常欲復中原地，盖謂大江之南，東至滄海，西兼巴蜀，而北以淮河爲外屏。然而禹跡所及但自蜀江而下，文王之化亦且止行江漢汝墳之域，不及江南。春秋列國無慮百數，江南惟吴、越、楚三國。楚之始封，篳〔二〕路藍縷，以啓山林。吴、越亦斷髮文身，披草萊以立國。大江以南半爲山海險阻無人之地，此天地之氣化，所以極衰於古而併盛於今也。嗚呼！世之迂者果不諳國勢，達時務哉？春秋之世，吴最强，越乘其弊而蹙吴。越王勾踐乃能無事於霸，而自安於蠻夷，及王無彊方聽戰國游士之説而欲霸。楚遂擊越而走之，東盡吴故地，北接齊、韓、魏之邊，西壓巫、黔中，固大國也。曾不旋踵，又一折而盡輸於秦，子女玉帛、犀兕材木終不足以抗秦人天府陸海之饒矣。當漢氏盛時，江西一境，人民户口不滿六萬。唐之中世，江淮遂爲財賦之淵，歲奉朝廷，而度支經費猶不能給。自今觀之，魚鹽、米粟、漕運、牧養、灌溉之利過於古乎？抑不及也。謀不審，力不蓄，兵不練，財不阜，欲以空言復中原地，不亦難乎？

盖昔景德澶淵之變，上方以北兵深入，兩河震動，而不以歲幣講和爲虞。是固欲捐銀、絹數十萬匹、兩而棄之，苟安而已。宣和京城受圍，未暇一戰，已請和而納幣。紹興再造，不思其禍之已成，復踵而行之。馴至完顏氏之大壞，可以監矣。開慶鄂渚之虞，且欲遵其覆轍，卒以不及踐言而致滅宋之禍。自祖宗之世，兵弱而不修於內，財匱而復割於外，此其實已久敝矣。當完顏氏大壞，人孰不曰時可爲，機可乘。大河東北，彼已委而去之，關輔以西隨以陷没，山東十數郡奄爲盜有，宋之設施號令幾若可行於青齊。然彼以既衰就盡之國，猶能遣使來督歲幣，遣兵直窺江淮，且不得以必勝之也，況欲以是當西北方王之氣哉？當東都盛時，每以天下貢賦之全而憂不足。三司條例，青苗、保甲，害民蠹國，曾不之恤。紹興以後，國愈蹙，財愈匱，山林、原隰、陂澤之所出，一切毫計而縷數之，至不足自給，東南民物之凋弊者極矣。買公田，造關子，亦猶三司條例之遺也。雖然，亦何補哉？此蓋自守不能，難與言戰。宋亦不復知有中原地矣。故老云：理宗在宫中，嘗被酒上芙蓉閣，見淮上有黑祲，十有餘年不散，南偪江，淒然淚下，已而彗星竟天。災異若此，徒論春秋戰國時事以鼓其説，何世之迂也？是豈國勢之不諳、時務之不達者歟？非耶？

武夷謝翱臯羽，故廬陵文公客也。於是本其造基立極，親征遣將，東討西伐，作爲鐃歌、騎吹等曲，文句炫煌，音韻雄壯，如使人親在短簫鼓吹間，斯亦足以盡孤臣孽子之心已。嗚呼，尚何言哉！初，漢曲二十二篇，魏晋又更造新曲十二篇，但頌國家功德，不言別事。大樂氏失職，唐柳宗元崎嶇龍城山谷之間，亦擬魏晋，未及肄樂府。今翱又擬夫宗元者也。鐃歌自《日出》至《上之回》凡十二篇。騎吹曲自《親征》至《邸吏謁故主》凡十篇云。

校勘記

〔一〕『篳』，底本、存心堂本作『畢』，國圖本作『蓽』，據豹文堂本改。

淵潁吳先生集卷之十二

門人金華宋濂編

桑海遺録序

頃予嘗從鄉先生學，見福唐劉汝鈞貽書括蒼吴思齊子善，論文丞相宋瑞事，云：自江西初起時，崎嶇山谷，購募義徒、畊甿、洞丁，造轅門，請甲仗，不啻數萬，而尹玉實爲驍將，大衣冠指麾。衆皆詣闕感泣，求效死。已而當國二揆交沮用兵，帥無宣諭，卒無犒賞。盤桓月餘，僅令守姑蘇一路。張彦提重兵，居毗陵，且有叛志。尹玉竟以絶太湖梠橋，首尾不救而溺死。未幾，獨松告急。朝廷四詔，政府六書，趣棄聊攝，援根本。一日一夜，倉皇就道。及至行都，而獨松隨以破陷。復令駐兵餘杭，守獨松。朝議不一，衆心離散。會有尹京之命，餘慶遽奪其印不予。漢輔遁，德剛遁。北軍入城，與權又絶江遁。乃即日拜樞使，又拜右揆，補與權處，且令往軍前講解，毅然請行。及被囚以北，中道奔迸，收集亡散，無兵無粮，天下大勢去矣。帝霸交馳，正僞更作，是不一姓。當世之爲大臣元老者，視易姓如閱傳郵，況當滄海横流之際，而彼乃以異姓未深得朝廷事權，欲隻手障之，至死不屈，微、箕二子且有愧色於宗國矣。其書大略如此。予後又獲見淮陰龔開所作文宋瑞、陸秀夫二傳，盖益詳焉。

方唐末五代之季，藩鎮跋扈，武臣驕矜，君臣、父子之義不明，而土地、甲兵之强，類無不欲黄屋左纛自爲者。先宋知其然，一旦踐大位，即罷諸節度兵符，遽用儒臣以爲治，終不足以盡復乎石晋所割之境土。迨乎宣和衰亂，北兵南下，急若建瓴，曾不得乘一障，設一候，而遂至奔亡不守。後宋再造東南區區山海之間，内政不修，外猶恃夫江淮以爲固。久之，南北夾攻，而汴蔡之藩籬自撤其蔽。荆襄受圍，鄂渚有警。巴蜀侵陷，廣西之烽燧亦不絶。此其國勢垂盡，受兵處多，殆如囊中探丸，圜中逐鹿，無復有潛藏隱伏地矣。所可幸者，天下學士大夫，二三百年祖宗培養作成之澤薫蒸者久，忠臣義子或死節，或死事，盖無媿焉。卒之宋瑞、秀夫前後死國，精忠激烈，誠有在於天地而不在於古今者。嗚呼！吴、晋、陳、隋之變，豈復有一人若是哉？

龔開者，字聖予，少嘗與秀夫同居廣陵幕府，及世已改，多往來故京。家益貧，故人賓客候問日至，立則沮洳，坐無几席。一子名浚，每俯伏榻上〔一〕，就其背按紙作唐〔二〕馬圖，風騣霧鬣，豪骭蘭筋，備盡諸態。一持出，人輒以數十金易得之，藉是故不飢。然竟無所求於人而死，志節既峻，儀觀甚偉，文章議論愈高古。至爲此二傳，大率類司馬遷、班固所爲，陳壽以下不及也。此其人殆亦無負於秀夫者哉！予故私列二傳，以發其端，詢之故老，徵之雜記，題曰《桑海遺録》，且以待太史氏之采擇。

校勘記

〔一〕豹文堂本此處有『聽聖予』三字。

〔二〕『唐』，國圖本、存心堂本同，豹文堂本作『高』。

古詩考録後序

予嘗從黄子學詩，黄子集漢魏以來古詩凡數十百篇。詩之作尚矣，盖古今之言詩者異焉。古之言詩主於聲，今之言詩主於辭。辭者，聲之寓也。昔者孔子自衛反魯，乃與魯太師言樂。樂既正矣，而後雅、頌各得其所。史遷則曰：『古詩三千〔二〕餘篇，聖人特取其三百而被之弦歌。』所謂洋洋盈耳者，不獨主於聲也。或因其斷章取義而欲以導其言語之所發，或本其直指全體而務以約其性情之無邪，是又不以其辭哉。制氏世世在大樂官，盖頗識其鏗鏘，而不能言其義。《鹿鳴》《騶虞》《伐檀》《文王》四調猶得爲漢雅樂之所肄，且混於趙、燕、楚、代之謳者無幾。自其辭言，古今義理之極致一也。自其聲言，則樂師矇瞍之任未必能勝夫齊、魯、韓、毛四家之訓詁者也。雖然，古之安樂、怨怒、哀思之音盖將因其辭之所寓者而盡見之，故當時之聞《韶》者則從容和緩，觀《武》者則發揚蹈厲。是獨非以其聲、辭之俱備然哉？

自漢魏以來，誠不可以望古三百篇。至於上下千有餘載，作者間出。如以其聲，則沈休文之《樂志》、王僧虔之《技録》自能辨之。苟以其辭，則今無越乎黄子之所集者。吾猶恐古之言詩不專主於聲，而今之言詩亦不專主於辭也。何則？古之言詩本無定聲，亦無定韻。聲取其諧，韻取其協。平固未始嘗爲平，仄固未始嘗爲仄。清固未始不叶爲濁，濁固未始不叶爲清。自近世王元長、沈休文之徒始著四聲，定八病，無復古人深意。新安吴棫材老〔二〕乃用是而補音、補韻。先儒亦嘗取是而叶《詩》，叶《離騷》。盖古今之字文不同，南北之語言或異，而音韻隨之。是雖不待於叶而自能叶焉者也，故當觀其辭。然則古之言詩者辭，而言樂者則聲也。采詩之官不置，樂府之署不設，吾無以聲爲也。若夫今之言詩，既曰古、近二體，古體吾不敢知，而近體乃謂之爲律者，何也？又安得不求夫聲、辭之俱備，而後爲至哉？考乎古者，考此足矣。試以是而復之黄子，序于末編。

校勘記

〔一〕『千』，底本、國圖本、存心堂本均作『百』，據豹文堂本改。

〔二〕『老』，底本作『者』，據國圖本、存心堂本、豹文堂本改。

陳氏大衍易數後序

凡天下之物，必有理而後有象，有象而後有數。數始於一，有一而後有二。一者奇，二者耦，而後有陰陽、老少之變，七八九六之策。策三變而成爻，爻六變而成位。此聖人所以觀變而立卦，考象數而建卜筮者也。《易》曰：『大衍之數五十，其用四十有九。』自其大衍之五十者總之，則又合於太極之一。是皆天地自然之運，又豈待乎人力之强爲者哉？何則？一定者，理也，雖其體甚實，所該無形；未始有定者，事也，雖其跡本虛，因應乃有。理在是，數亦不外乎是。欲求其極，則天地之開闢、人物之消盡，且可以數莖之蓍，參兩而盡決之者。吾聖人固未肯輕爲之説也，是何世之喋喋者然哉？

自秦滅六經，《易》以卜筮故存。《漢儒林傳》：孔子六傳，至菑川田何，《易》道大興。魏郡太守京房則又受學外黄焦延壽，不與何同。漢初，河内女子始獻《易·説卦》，蓋與《老子》同藏於風雨屋牆之間。京房之説互相出入，故世之稽吉凶、刺休咎者徵焉。是果吾聖人之遺意哉？它則進退以幾，而爲一卦之主者爲世；對待以世，而爲其主之相者爲應；世之所位，而陰陽之所肆者爲飛；肇乎所配，而陰陽終不脱其本者爲伏。起乎世應，周乎内外，終終始始，而後動爻互體，五行納甲之變無不具者。人自以爲能探河洛圖書之賾，家自以爲能發周孔爻象之藴。餘則或入於淫瞽方技之流，與《易》大相遠矣。先正蓋有見焉，必以名理論《易》，而或不以象數論《易》。雖然，是又可得而盡廢者哉？

括蒼陳生嘗出《大衍易數》一卷，間爲予占。考其法，則曰：『聖人之立卦者八，故天下之物苟囿於數者亦不過八。吾則本其所值之數，輒以八乘除之。或以身之所處，定其坐作動静之殊；或以字之所畫，測其向背俯仰之異。八而已矣。自八而六十有四，自六十有四而四千九十有六，用此道也。』嗚呼！生之於《易》勤矣，要之特京房之法耳。生則又曰：『是固本之希夷氏者也。』豈彼生者，希夷氏之遺裔歟？先天四圖，吾聖人之學也。生盍歸而務求其要歟？一中造化，心上經綸，盡在是矣。

泰階六符經後序

《泰階六符經》者，本黄帝有熊氏，世不傳。當漢建元之間，東方朔始陳其說，欲以觀天表之變，定上心之侈者。應劭仲遠又疏其文，頗類甘石諸人所爲託之者也。蓋古昔聖人之論陰陽五行者尚矣，幽贊乎神道，發揮乎天理。是豈無其故乎？特未嘗膠於多忌之學，欲肆其一定之說也。苟曰乾坤開闔，莫非一造化亭毒之妙，某言必有某徵，某事必有某應，喜樂好惡出於人之情，饑華泄雹興於天之治，天、人兩間，似皆有以潛回其機，密運其軸而無難者，是亦管窺蠡測而已矣。自劉向言皇極之建不建，京房又推《易》卦直日用事，董仲舒、眭孟〔一〕之徒又分春秋二百四十二年災異之驗，或身遽以死，或國隨以蹶，迄不少救。然而天文月令、讖緯術數，百家雜起，不曰龜龍河洛，洞幽靈之府〔二〕，必曰鈐決冥奥，覈禍福之源。鑿談而角辯，啓穴而鑿牖，秖足以長姦僞而甚不足以祛邪惑者。大率漢世，世主以是論政，儒生以是論學，何其泥也？子不語怪力亂神，又曰『性與天道不可得而聞也』，庸詎有若是云云者乎？當東方朔陳是說時，上始爲微行，行暴肆侈，越制亡度，舉盩厔、鄠杜陸海之饒，廣上林苑，東征西伐，軍旅數起，黎民失業，父子相食。斯其爲人痡也酷矣。

天人一理也。吾知修吾事以畏天，可也。日蝕地震、冬雷夏霜、蒙氣還風、旱乾水溢，天之爲也，人何與焉？天豈若世之小丈夫然哉？涜然喜，頩然怒，人人而欲應之以吉凶妖孽之決也。一日之頃，雖千技百變而爲之，亦不足矣。要之，天爲天，人爲人，毋相瀆也。至其所以兼統而一貫之者，昭昭冥冥，理無變，氣有變也。然上初即位，天表已多變。關東大饑，風赤如血，齊、楚二十九山同日崩。考之人事，則猶未有可感者，變何自作哉？將人子未嘗有過，父母乃先作色以待其有過？固不可也。使朝廷多欲之心一窒，文景富庶之政未改，是且委之天運之適然者歟？抑亦君德之勝爲足以銷天變之迭至者歟？不然，未可知也。而今乃欲以膚學謏聞者盡之，則非矣。揚子雲曰：『通天、地、人曰儒。通天、地而不通人曰伎。』嗚呼！伎而止者，此非黄帝書也，甘石諸人所爲託之者也。雖然，觀是者又可無畏乎哉？

校勘記

〔一〕『睦孟』，國圖本、存心堂本同，文堂本作『陸孟』。

〔二〕『府』，國圖本同，存心堂本、豹文堂本作『所』。

王氏範圍要訣後序

天文、星曆、五行之説尚矣。黄帝、風后、漢河上公有三命一家，《藝文志》不著録也。梁陶弘景始述《三命抄略》。唐僧一行、桑道茂、劉孝恭咸精其術。韓退之言李虚中善用人年、月、日、時，知人命貴賤壽夭者是已。貞元初，李弼乾又推十一星行曆，後傳終南山人鮑該、曹士蔿世係之星曆。所謂十一星者，日、月、五星、四餘是也。然而天體至圓，二十八宿與之爲經；日、月、五星皆動物也，且相循環運轉乎三百六十五度有畸之内，與之爲緯。《尚書·堯典》考四仲中星各以時異。秦漢以來，諸儒又推十二次度數、十二國分野及所入州郡躔次，乃若有一定不可易之處。是何天運之常旋，地維之不動者，又若是參差不齊也哉？《晋天文志》：天東南有十二國星，其星有變，各以其國。將天之所覆至廣，華夏之所占特東南牛女二宿之下歟？此十二國星，又與前十二國之分野異矣。意者牛女二宿當十二次，則爲玄枵、星紀之交；當十二國，則爲齊、吴濱海之地。天運之常旋者，本不常居；地維之不動者，固有定屬也。雖然，北極居天之中，常在人北。北斗實爲帝車，運乎中央，亦處人北。盖嘗北至幽州碣石之野，斗極且當人上。北過居庸，西渡灤水，北斗已南迤而下，人且背之而馳矣。由是觀之，華夏之所占者豈直東南十二國星哉？未可以一槩論也。

日，君象也，行則有常。月、五星，臣象也，行則無常。盖日之常行也，則有中道，曆家所謂黄道是已。月、五星既無常行，乍南乍北，或嬴〔一〕或縮，且或不出於周天二十八宿黄道之度，而雜犯乎河漢内外諸星。此又豈可以區區算數少測之哉？它則紫氣以祥，彗孛以妖，羅睺〔二〕、計都以蝕神首尾，古未嘗與七政並列《春秋》之書。星孛〔三〕或入北斗，或在大辰，本是妖星爲異。老子之出函谷，紫氣臨關，亦是氛祲雜占。王朴《五代欽天曆》又謂蝕神首尾僅行於民間小曆而已。今其說一本之《都利聿斯經》。都利，盖都賴也，西域康居城當都賴水上。則今所謂『聿斯經』者，婆羅門術也。李弼乾實婆羅門伎士，而曹士蔿又作民間小曆者，此其爲術固異於甘石之舊矣。夫以天地、陰陽之合散，而庶人、庶物莫之能遺。氣賦之形，理賦之性，性之體本粹然至善者也。氣之運譬之草木，春而榮，秋而槁，倏而凝聚，忽而澌盡，亦其宜者。苟不推之以一理之同，而徒役之以多術之異，不亦末乎？

嚴陵王生乃以《範圍要訣》一卷示予，其法皆原於《易》，又有過於三命、十一星之外者。列之以千、百、十〔四〕、零，附之以氣、名〔五〕、體、性，尤與潛虚擬玄者合也。此其最近於理者歟？將其人之創爲是法者，亦且有得於河洛圖書之奥者歟？故予又特采别説以序之。

校勘記

〔一〕『嬴』，豹文堂本同，國圖本、存心堂本作『贏』。

〔二〕『睺』，國圖本、存心堂本同，豹文堂本作『睺』。

〔三〕『星孛』，國圖本、存心堂本同，豹文堂本作『彗孛』。

〔四〕『十』，國圖本同，存心堂本、豹文堂本作『餘』。

〔五〕『名』，國圖本、存心堂本同，豹文堂本作『運』。

司馬子微天隱子注後序

司馬子微《天隱子注》一卷八篇。天隱子，亡其姓族、邑里。或曰：子微託之者也。夫黃老之説始自黃帝、老子。太史公《老子列傳》則稱其『以自隱無名爲務』。至其道，乃曰『無爲自化，清净自正』，無它異也。當漢初，黃老盛行，至武帝又好神仙。文成五利之徒、迂誣怪譎之士，神光巨跡，千變百幻，雖嘗一致橋〔一〕山之祠，欲追黃帝之遺風者，獨不及老子。神仙方技豈又與道家戾歟？東漢以來，世之儒者方以天文卦候爲内學，而爲天子、公卿之所賓禮，甚則自陷於鬼道。左慈啓之，葛玄紹之。玄之後則有鄭君，鄭君之後則有葛洪，葛洪之後則有陶弘景。洪與弘景本儒者，當天下多故，欲自縱於方外逸民之間，一傳而王遠知，再傳而潘師正，三傳而吴筠、司馬子微。考其學，今天隱子之所述已盡之矣。予觀天隱子冲澹而閑曠，虚靚而寡欲，黃老之遺論耳，然而龍虎鉛汞〔二〕、抽添吐納之事，未之及也。豈或秘而不言歟？夫以老子之脩道養壽，雖太史公猶不盡信，又况後世之迂誣怪譎者，可必得而悉徵之歟？自今道家而言，彼謂性宗，儒者則曰此心也，必主於覺；彼謂命宗，儒者則曰此氣也，必保其純。一天人，達性命，因其血肉、口鼻之粗，而得與造化溟涬同入於無盡盡之妙，此古之人所以長生而不死者，豈或别有其術歟？不然，天隱子之學亦止於是而已歟？

或曰：孔子嘗師老子。吾聖人蓋尸假者也，特以語怪而不言，故曰：『述而不作，敏而好古，竊比於我老彭。』老則老聃，彭則彭祖也。雖然，老子，東周一柱下史耳。幽王時有伯陽父，顯王時有史儋，本是二人，且不與老子同時。老子固壽矣，太史公欲合伯陽父、史儋爲一人，且爲老子，則亦疑弗能定也。彭祖本大彭氏國陸終氏第三子，當堯時始封。又《國語》曰：大彭、豕韋，則商滅之。注謂在武丁時。自堯至武丁中興，上下且七八百年，亦無緣大彭之國自興至滅，止當彭祖一世。世之言彭祖壽者，吾又可得而必信之歟？蓋孔子所言老彭，自是商之賢大夫，不謂老聃、彭祖也。老子嘗問禮矣，彭祖者竟何爲耶？豈或果有養生之説耶？嗚呼！吾聖人未嘗言養生，然亦未嘗不養生。禮者所以節其動容周旋，樂者所以發於詠歌舞蹈，禮樂不可斯須去身，無非養也，固未嘗以養生言也。天地陰陽、闔闢、屈伸之變亦何所不有，夫又何謂乎尸假矣哉？嗚呼！天隱子遠矣，吾將東往海上廣桑而問焉，庶幾果有所遇而必得之者耶？

校勘記

〔一〕『檇』，底本、國圖本、存心堂本均作『槁』，據豹文堂本改。

〔一二〕「汞」，底本、國圖本作「蒹」，據存心堂本、豹文堂本改。

歐陽氏急就章解後序

歐陽子《急就章》一卷，蓋據《元豐九域志》作也。自唐失其御，天下分爲十數，至宋而復合，然猶不足以復唐世之土宇。曾未幾何，南北虎争，光岳氣裂，兵戈日尋，生靈塗炭。於是我朝興焉〔一〕，一麾而克有中原，再舉而底定江左。然當大軍百戰之後，閭里蕭條，荆榛滿目，户口凋瘵，流轉異鄉。雖以昔日大藩列府控制局面，今則徒類附庸。雄城壯縣顯著版籍，今則不聞建置。甚者至以東南財賦之贏，而往濟西北之不足。顧獨何哉？嘗聞古稱秦雍爲天府，齊地負海，亦號東秦。唐世頗稱『揚一益二』，而東、西秦寖爲不及。宋承唐季亂離之緒，内總二十三路，外制兩國。遼得燕雲三關之險，夏制靈武、河西之饒。太河〔二〕東北，陝西五路之民歲窘於兵，不暇自救。一旦而南遷，吴會、荊襄〔三〕、兩淮又爲邊面〔四〕而應敵。重以山東張林、李全之變，淮甸空虚。蜀本最險，平世金珠錦繡之美衣被中國。金房假道，徒示夾攻；黎嶲奇兵，竟成斡腹。由是兵燹相仍，創殘不振，則亦非復唐舊矣。然惟吴會近畿之境，自唐五代以來，吴越世奉正朔，保境息民。蓋至宋移蹕，江閩嶺海之所犇輳。及其既亡，又未嘗苦操尺寸之兵而拒敵。故今人物之所聚，土地之所産，猶足以爲天下最。雖若一城百里之縣，至或升爲散州上秩以治之。國家經費，度支資給，陸輦海運，動至百萬，豈民力之果裕哉？此猶富家萬金之産，田連阡陌，粟盈倉廥，要亦取之有窮，用之有竭，初不可以富强恃，而不惟安養之是務也。嗚呼！豈惟東南一隅，雖以西北休養生息之餘，亦不可以不深加其意矣。

是故當今之務，欲富國者必在於養民，欲養民者又必在於重郡縣之選，嚴守令之職。苟重其選，將任之以久而可成功；苟嚴其職，將權有所歸而易集事。今之世，每以三歲爲守令滿秩，曾未足以一新郡縣之耳目而已去，又況用人不得專辟，臨事不得專議，錢糧悉拘於官而不得專用，軍卒弗出於民而不得與聞。蓋古之治郡者自辟令丞，唐世之大藩亦多自辟幕府僚屬。是故守主一郡之事，或司金穀，或按刑獄，各有分職，守不煩而政自治。雖[五]令之主一邑，丞則贊治而但掌農田水利，主簿惟掌簿書，尉則惟督盜賊，令亦不勞，獨議其政之當否而已。今自一命而上皆出於吏部。遇一事，公堂官[六]署，甲是乙否，吏或因而爲姦，勾稽文墨，補苴罅漏，塗擦歲月，填塞辭欵，而益不能以盡民之情狀。至於唐世之賦，上供、送使、留州，自有定額，兵則郡有都試，而惟守之所調遣。宋之盛時，歲有常貢，官府所在，用度贏餘；過客往來，稟賜豐厚。故士皆樂於其職，而疾於赴功。兵雖不及於唐，義勇民丁，團結什伍，衣裝弓弩，坐作擊刺，各保鄉里，敵至即發，而郡縣固自兼領者也。今則官以錢糧爲重，不容盜臣。常俸至不能自給，或多贓吏。兵則自近戍遠，既爲客軍，尺籍伍符，各有統帥，但知坐食郡縣之租稅，然已不復繫守令事矣。

夫辟官、涖政、理財、治軍，郡縣之四權也，而今皆不得以專之。是故上下之體統雖若相維，而令不一，法令雖若可守，而議不一。爲守令者既不得其職，將欲議其法外之意，必且玩常習故，辟嫌礙例，而皆不足以有爲。又况三時耕稼，一時講武，不復古法之便易，而兵、農益分。遇歲一儉，郡縣之租稅悉不及額。軍無見食，東那西挾，倉廥空虚，而郡縣無復赢蓄以待用。或者水旱洊至，閭里蕭然，農民菜色，而郡縣且不能以賑救，而坐致流亡。是以言涖事而事權不在於郡縣，言興〔七〕利而利權不在於郡縣，言治兵而兵權不出於郡縣，尚何以復論其富國裕民之道哉？

嘗求其故：自我國家起自北土，經〔八〕理中原，中原豪傑擅動甲兵，保有鄉里，因而降附。已而使據其境土，如古諸侯大開幕府，辟置官屬，錢糧獄訟一皆專制於己，而不復有關乎上。山東猘子地富兵强，跳踉負固，卒貽征誅殲滅。而後天下郡縣一命之官，悉歸於吏部，錢粮獄訟類皆關白奏讞，而不敢少自專焉。由是，郡縣守令之職始輕，而不得自重矣。必也辟官、涖政、理財、治軍四者之權一歸於郡縣，則守令必稱其職，國可富，民可裕，而兵、農各得其業矣。此予所謂重郡縣之選，嚴守令之職者，盖視唐宋之故典爲然，實當今之急務也。於是本歐陽子之所集，爲疏其古今郡縣之沿革，與夫政令之設施不同者以序之。雖然，此固非歐陽子之意也，予亦過論矣哉。

校勘記

〔一〕『我朝興焉』，國圖本同，存心堂本、豹文堂本作『有今日焉』。

〔二〕『太河』，國圖本、存心堂本同，豹文堂本作『大河』。《札記》：『太』當作『大』。

〔三〕『襄』，國圖本同，存心堂本、豹文堂本作『雍』。

〔四〕『面』，國圖本同，存心堂本、豹文堂本作『西』。

〔五〕『雖』，國圖本、存心堂本同，豹文堂本作『惟』。

〔六〕『官』，底本、國圖本、存心堂本作『完』，據豹文堂本改。

〔七〕『興』，底本、國圖本均作『與』，據存心堂本、豹文堂本改。

〔八〕『經』，底本作『絲』，據國圖本、存心堂本、豹文堂本改。

樂府類編後序

初，太原郭茂倩次古今樂府，但取標題，無時世先後，紛亂嚨雜，摹擬盜襲，層見間出，厭人視聽。今故就茂倩所次，辨其時代，且選其所可學者，使各成家。又從而論之曰：古之言樂者必本於詩。詩者，樂之辭，而播於聲者也。太史采之，太師肄之。世道之盛衰、時政之治亂，蓋必於詩之正變者得之。詩殆難言矣乎！自秦變古，詩、樂失官，至漢而始欲脩之。燕代荆楚，稍協律吕；街衢巷陌，交相唱和。當世學者司馬相如之徒，徒以西蜀雕蟲篆刻之辭，而欲立漢家一代之樂府。傳及魏晋，流風寖盛，而其所謂樂者亦止於是。

嗚呼！今之去漢則又遠矣。故今或觀樂府之詩者，一切指爲古辭，雖其浮淫鄙倍，不敢芟夷，殘訛缺漏，不能附益。顧獨何哉？誠以古辭重也。魏晋以降，蓋惟唐人頗以詩自名家，而樂府至雜用古今體。當其初年，江左齊梁宫闈粉黛之尚存；及其中世，代北蕃夷風沙戰伐之或作。是則古之所謂亂世之怨怒、亡國之哀思者，而唐人之辭爲盡有之，欲求其如漢魏之古辭者少矣。雖然，漢承百王之敝，治不及古。唐之於漢，則又不及於漢者遠甚。是故秦、虢列第，國忠秉政，妖淫蠱惑，養成禍亂，而天下之俗日趨於弊。蕃戎搆難，隴右陷没，侵陵侮辱，蹴我埸疆〔一〕，而天下之勢卒以歲處〔二〕於邊，擐甲執兵，無有休息。唐之盛時，雖若未見其喪敗亂亡之戚，及其既衰而遂不能救。然則唐世之治固有以致之，而唐人之辭亦於是乎有以兆之者矣。

嗚呼！世道之盛衰，時政之治亂，蓋必於詩之正變者得之，豈不然哉？然而上自朝廷，下至閭閻委巷，苟觀其詩者，則又必因其言辭之所指，聲音之所發，而悉悟其心術之所形、氣數之所至。予聞唐有宋沇〔三〕者，開元宰相璟之曾孫。每太常樂工奏伎，即能揣其樂聲之休咎。遇有工善篳篥者，且曰：『彼將神遊墟墓。』伎雖善，至尊不宜近。』已而果然，衆工大驚。夫以春秋之世，鄭之七子嘗賦古詩，而趙孟欲以觀其志之所向。然今宋沇乃能以其善樂之故，察人死生貴賤，不遺毫髮，何其神哉！嗚呼！詩本所以爲樂也，詩殆難言矣乎！今之學者深沉之思不講，而講爲麄疎鹵莽之語；中和之節不諧，而益〔四〕爲寂寥簡短之音。此其心術之所形，氣數之所至。不惟趙孟知之，是皆見誚於宋沉者也。予故論之，使後之讀是編而欲學是詩者，可不慎哉！

校勘記

〔一〕『場疆』，國圖本、存心堂本同，豹文堂本作『疆場』。

〔二〕『處』，國圖本、存心堂本同，豹文堂本作『敝』。

〔三〕『沉』，豹文堂本作『沈』。按『沉』似爲『沇』字之譌，宋沇爲唐宰相宋璟之孫，曾任太常丞，善辨律呂之音，見《太平廣記》卷二〇三所載。

〔四〕『益』，國圖本、存心堂本同，豹文堂本作『協』。

春秋釋例後題

《春秋左氏》，漢初本無傳者。劉子駿始建明之，欲立學官，諸儒莫應，然傳之者亦已衆多。賈景伯、服子慎並爲訓解。及晉，而杜元凱又作《經傳集解》三十卷、《釋例》四十卷，且歷詆劉、賈之違，獨不言服氏，豈或不見服氏書乎？亦不應不見也。《世族譜》本之劉向《世本》，《地志》本之《泰始郡國圖》，《長曆》本之劉洪《乾象曆》。世多言其天文、星曆爲長，然說經多依違以就《傳》，似不得爲左氏忠臣者。南北分裂，館陶趙世業家有服氏《春秋》，是晉永嘉舊寫。華陰徐生往讀之，遂撰《春秋義章》以教學者。是永嘉時猶未尚杜氏。青州刺史杜坦及其弟驥世傳其業，故齊地亦多習之。坦，元凱之玄孫也。姚文安、秦道静初亦學服氏，後更兼講杜説。劉蘭、張吾貴之徒則又隳〔一〕括兩家同異，義例無窮。

嗚呼！漢初習經者專門，而今河洛習傳者宗服子慎，江左尚杜元凱矣。晋劉兆始取公、穀及左氏説，作《春秋調人》，而今蘭、吾貴又會服、杜之説矣。聖人之道不自是而愈散哉？自唐孔潁達《春秋正義》一用杜氏，非徒劉、賈之説不存，服義亦不盡見。固不若兩存之，以見服、杜之爲孰愈也。今《釋例》具在，有劉蕡《序》。蕡，太和中對賢良策，譏切人主，斥駡宦者，文極激，學一本《春秋》，與漢董生《天人三策》相爲上下。蕡亦自擬董生，且曰：『昔董仲舒爲漢武帝言之未盡者，今臣復爲陛下言之。』壯哉，蕡乎！至爲此《序》，獨不類。唐文之衰，至此極矣。

校勘記

〔一〕『隳』，底本、國圖本作『隱』，據豹文堂本改。

春秋纂例辨疑後題

自唐世言文者，一變而王、楊、盧、駱，再變而燕、許，三變而韓、柳。雖其文振八代之弊，及見當世經生攻訓詁，治義疏，則深敬之。太常殷侑新注《公羊》，退之欲爲之序，幸得掛名經端，以蘄不朽。及寄詩盧仝，又言其抱遺經，束三《傳》。然仝所著《春秋摘微》一卷，間見一二，亦未甚爲學者輕重。惟子厚《答元饒州書》，恒願掃於陸先生之門，執弟子禮。會先生病，子厚出邵州，竟不克卒業。先生蓋河東陸淳元冲也，與子厚同郡。且云先生師天水啖助及趙匡，知聖人之旨，兼用二帝三王法，至先生大備。《春秋集注》《纂例》《辨疑》《微指》等書苞羅旁魄，轇轕上下，一出於正。於是乎《春秋》有啖、趙、陸氏之學。

往予北游京師，始從國子學，見陸氏《纂例》十卷，是金泰和間禮部尚書趙秉文手本，太原板行。後又得陸氏《辨疑》七卷、《微指》二卷，而《集注》久闕。自唐世學者説經一本孔氏《正義》。及宋之盛，説者或不用《正義》，六經各有新注，争爲一己自見之論，而欲求勝於先儒已成之説。宋子京傳《唐書》，猶不滿於啖助者，豈啖助實有以開之故歟？雖然，啖、趙、陸氏未可毁也。後之學者自肆於藩籬閫域之外，口傳耳剽而不難於議經者，必引啖、趙、陸氏以自解。是或未之思也夫。

春秋折衷後題

自西漢學者專門之習勝，老儒經生世守訓詁，不敢少變。繼而舊説日以磨滅，新傳之後出者獨傳於今。《春秋》一經始立公羊氏學，又立穀梁氏學。東漢，左氏學又盛行。古傳後出者日勝，後儒注古傳，而世亦取後出者爲宗。公羊氏有胡毋生、嚴彭祖、顔安樂，而後何休獨有名。穀梁氏有江公、尹更始，而後范甯獨有名。左氏前有劉子駿、賈逵、服虔，後有杜預，故預亦獨有名。嗚呼！豈預必能爲左氏忠臣哉？休固陳蕃客也，自謂妙得公羊本意，故今有《公羊墨守》十四卷、《穀梁廢疾》三卷、《左氏膏肓》十卷。北海鄭康成獨反之，學者多篤信康成。今猶見甯所集《穀梁解》。又服虔自有《左氏釋痾》一卷，不見也。雖然，公、穀、左氏三家之説，後出者皆傳於今，殊不知胡毋生、江公、劉子駿諸人復云何也。藉令諸人所説不廢，至今並傳，孰能有以大公至正之道一正之哉？不然，猶治亂絲，益棼之也。訛日以訛，舛日以舛，不以聖人之經觀經而徵諸傳，不以賢者之傳解傳而又徵諸何氏、范氏、杜氏，獨何歟？幸今三家之説尚未泯，則唐陳岳之折衷，此也庶有得乎！

蓋昔漢儒嘗以《春秋》斷獄，予謂非徒經法可以斷獄，而獄法亦可以斷經。何者？兩造之辭具備，則偏聽之惑無自而至矣。揚子雲曰：『衆言淆亂，折諸聖。』讀《春秋》者曾不明漢晋諸儒之遺論，又何貴乎學者之知經也哉？

春秋權衡意林後題

劉子作《春秋權衡》，自言書成，世無有能讀者，至《意林》猶未脱藁，多遺闕。蓋昔左氏言孔子作經，從諸國赴告，故又博採他事以附經。今劉子乃據閔因叙，謂聖人悉徵百二十國寶書。傳者從之。將當時諸國所赴告者各有書也？抑此豈即墨子所稱『百二十國《春秋》』

乎？東遷以來，晉有《乘》，楚有《檮杌》，魯有《春秋》。《秦世家》：文公以後始『有史以紀事』。王道衰，諸侯力政。二百四十二年之間，凡經傳之可見者一百一十七國。《晉地理志》且引夏商時國二斟、豕韋、過戈之屬，非周舊也。齊桓、晉文之盛，朝聘盟會、侵伐敗亡者無慮數十，而附庸小邑、蠻夷雜種又豈悉有書可徵乎？

史稱魯君資孔子之周，因老聃觀書周室，且歷聘七十國。又云與魯君子左丘明觀史記，自隱公訖于獲麟。要之《春秋》固魯史也，因麟出而虛其應，故取而修之，非本書獲麟者。所書周室事，亦鮮無觀周史。《孔子世家》：孔子嘗往來齊、宋、衛、陳、蔡之郊。晉，故〔一〕霸國也，聞趙簡子殺竇犨鳴犢，至河而弗渡。楚亦欲以書社七百里地封之，子西靳不可，又輒反於魯。將所聘者又未必有七十國也，然亦何暇悉徵其書乎？墨子，戰國人，妄稱有百二十國《春秋》耳，非聖人之遺言也。何則？杞、宋，王者後，爵稱公，皆大國也。宋頗存王禮，而杞乃以辟陋而用夷。孔子曰：『文獻不足故也，足則吾能徵之矣。』唯古之官名得之郯子，它無見也。雖然，聖人作《春秋》，但因魯事，以寓王事。隱、桓之初，王政不行，而魯與齊、鄭、宋、衛交。齊桓肇伯，而魯事齊。晉文繼伯，而魯又事晉。襄、昭以降，伯統將絶，而魯又事吳、楚。故經之所載，類不出此數國事，然則《春秋》固魯史也。魯史所不載，聖人誠不得而筆削之，又何待悉徵百二十國之書乎？嗚呼！閔因之説是亦無徵而弗信者矣。

校勘記

〔一〕『故』，國圖本、存心堂本同，豹文堂本作『固』。

春秋通旨後題

自宋季德安之潰，有趙先生者北至燕。燕趙之間，學徒從者殆百人。嘗手出一二經傳及《春秋胡氏傳》，故今胡氏之説特盛行。《胡氏正傳》三十卷，《傳》外又有總貫、條例、證據、史傳之文二百餘章。子寧集之，名曰《春秋通旨》，輔《傳》而行。當胡氏傳《春秋》時，光堯南渡，父讎未報，國步日蹙。將相大臣去戰主和，寖忘東京宫闕、西京陵寢而不有者。是故特假《春秋》之説進之經筵，且見内夏外夷若是之嚴，主辱臣死若是之酷。冀一悟主聽，則長淮不至於自畫，江左不可以偏安。此固非後世學《春秋》之通論也。然而胡氏《傳》文大槩本諸程氏。程氏門人李參所集程説頗相出入，胡氏盖多取之。欲觀《正傳》，又必先求之《通旨》，故曰：史文如畫筆，經文如化工。若一以例觀，則化工與畫筆何異？惟其隨事而變化，則史外傳心之要典，聖人時中之大權也。世之讀《春秋》者自能知之，固〔二〕不可以昔者歆、向之學而異論矣。

趙先生者，諱復，字仁甫。國初南伐，攻德安，潰之。仁甫遭擄，遇姚文獻公軍中。文獻與言，信奇士。仁甫方以國破家殘，不欲北，且蕲死。會夜月出，即逃。乃亟被鞍躍馬，號積尸間，見其解髮脱屨，仰天呼泣，蓋欲求至水裔而未溺也。文獻曉以徒死無益，乃還。然後盡出程朱性理等書及諸經傳，故今文獻與許文正公遂爲當代儒宗，仁甫爲有以發之也。先正有云：『世之去聖日遠，故學者惟傳經最難。』仁甫當天下擾攘之際，乃能盡發先儒傳疏而傳之，不亦難乎！上在潛邸，嘗召見，曰：『我欲取宋，卿可導之乎？』對曰：『宋，父母國也。未有引他人之兵以伐父母者。』故仁甫雖在燕久，常有江漢之思。誠若是，則吾仁甫亦無愧乎《胡傳》之學矣。

校勘記

〔一〕『固』，底本作『同』，據國圖本、存心堂本、豹文堂本改。

辑佚

輯佚

宿嚴景暉書齋志别

自分平生賦遂初，青燈照夜笑談餘。雙龍有氣須尋劍，萬蠹如塵莫廢書。歲月堪驚人似雁，江湖最樂我非魚。白頭共守元經在，敢詫邛都駟馬車。（嘉慶五年刊本《蘭谿縣志》）

與宋景濂書

萊頓首，奉啓景濂賢契友足下：

承喻『《穀梁》説《春秋》，其義最精』，鄙意亦同此，蓋不易之論也。近來收拾《春秋》文字如何？此間亦有數家，欲採拾成一書，奈年來病勢愈迫，下筆復止。景濂明敏過人，且善記，何不爲之，却來此商略可否耶？蔡慶宗《質疑》一書若未見，可來取之。《游僊》等賦妙甚，自時文行而此學幾絶，蓋皆坐讀書不廣，故空疏無精采，懨懨如久病人。今吾景濂爲之，便自不凡耳。銘辭亦奇絶，讀至抑揚變態處，使人忘倦。大抵景濂之文，韻語爲最勝。近作《古隱者贊》十章及《古琴操》九引曲歌辭奉上，幸爲删定。《楚漢正聲》已著其目，望使人謄之，見在此改定序文。此書若成，可一洗俗學之陋。第恐召鬧取罵爾。

徐毅齋欲升《論》《孟》爲魯、鄒二經，此略聞之巖南公。景濂考究博，必知其詳，幸見示。他文字中欲及之意間要速。景賢不知今在何處，煩訪問爲佳，不宣。萊頓首奉啓。（《潛溪録》卷五，收録於《宋濂全集》，浙江古籍出版社二〇一四年版）

王子充字序

予友王君懷璞來，謂予曰：『吾子褘幸冠，而太常博士柳公字之曰子充，既教之矣，子尚有以重教之也。』予聞古之冠者既冠而出見於先生長者，先生長者必有以教之，不厭其言之複也。亦惟身體而力行之，然後爲至。蓋以人之自處於天地之間，各形其形，而且具有本然之天則，不但已也。夫豈欲其軀幹魁梧、志氣傑閑、表表愈偉，而僅異於鄉里之恒人哉？是故聖人君子之爲學，教之以踐形，教之以盡性。視聽言動悉中夫道，而後無忝乎圓首而方趾，被褐而食粟者，所謂充也。

今夫褘春秋方富，志力方鋭，道固無所不在，而學則不可以一曲求，學者之何時，皆道之所由充者也。雖然，自唐虞三代，聖人之經，漢以來儒者之傳，章分句析，遺枝墜葉，無慮數千萬言。太史之紀録，諸子百家之述作，陰陽律吕、兵謀術數、山經地志、字學族譜之雜出，抑誠有累世不能通其要，終年不能究其業者。是豈易得而盡求乎？前代學者爲能盡求乎此，然後爲能充夫道，是以世得而儒之。不然，則窮鄉曲學，謏聞寡見而已矣。蓋予嘗自先正君子而論之。顔孝子負土成塚，群烏感而助之，天下後世稱其極孝。宗大尹留守故都，請回鑾之疏至二十四上而不已，天下後世稱其極忠。夫忠孝古者君臣父子之常道，而今將以爲獨行奇節，不可多見，亦惟身軀而力行之者充之有不至耳。充之者何？踐形而已，盡性而已。嗚呼！是殆行可以無學者也。彼沾沾者，彼謭謭者，烏足以稱夫魁梧閑傑，表表愈偉，而靳以僅異於鄉里之恒人哉？

予既以是復懷璞，且重教禕也。書以贈之。（《王禕集·附録二》，浙江古籍出版社二〇一六年版）

鄭氏譜圖序

鄭氏出自姬姓，周厲王少子友，宣王母弟也。宣王二十二年，封友於鄭，在滎陽宛陵西南，密邇王畿，秦内史、漢京兆之鄭縣是也。幽王之難，友寄帑於虢、鄶之間，因取二國地，前華後河，而食溱洧，在濟西、洛東、河南、潁北四水間，謂之新鄭。友卒，謚桓公。友相幽王，其子武公掘突、孫莊公寤生皆相平王，爲司徒者三世。十三世孫幽公爲韓哀侯所滅，子孫播遷陳、宋之間，以國爲氏。幽公生公子魯，魯六世孫榮，號鄭君。鄭君嘗爲項籍將。籍死，已而屬漢。高祖令諸故項籍臣名籍，鄭君獨不奉詔。詔盡拜名籍者爲大夫，而逐鄭君。鄭君死孝文時。

子當時，字莊，以任俠自喜。脱張羽於戹，聲聞梁楚間。每五日洗沐，常置驛馬長安諸郊，請謝賓客，夜以繼日。至其明旦，常恐不徧。官至大司農，居滎陽、開封，生韜。韜生江都守仲。仲生房。房生趙相季。季生議郎奇。奇生稺，漢末自陳居河南開封。晋置滎陽郡，遂爲郡人。稺生御史中丞賓。賓生興，字贑，蓮勺令。興生衆，字仲師，大司農。衆生城門校尉安世。安世生騎都尉綝。綝生上計掾熙。熙二子：泰、渾。渾，魏少府大匠。渾生崇，晋荆州刺史。崇生遹。遹生隨，扶風太守。隨生趙侍中略。略六子：翳、豁、淵、静、悦、楚。豁字君明，燕太子少傅、濟南公，生温。温四子：濤、曄、簡、恬。濤居隴西。曄，後魏建威將軍、南陽公，爲北祖。簡爲南祖。恬爲中祖。曄生中書博士茂，一名小白。七子：白麟、胤伯、叔夜、洞林、歸藏、連山、幼麟，因號七房。白麟字嘉徵，生師慎。師慎生懷芬。懷芬生鄑。鄑生斌卿。斌卿生庶，唐青州刺史。庶生侍中徽。徽生大理卿鄘。鄘生鏞。鏞生給事中謨。謨生宣州觀察使回。回生弘。弘生垣。垣生倕。倕生子襲。子襲生扈。扈生凝道，字伯定，宋歙縣令，因家焉。凝道生殿中侍御史自牖，字孟納，復遷遂安。自牖十九子，其第十三子安仁，秘閣校理。安仁三子：渥、涚、淮，俱徙浦陽白麟溪。溪源出惠香院之旁，名曰香巖。淮尊之以今名，不忘其所自出也。事載遂安譜。淮三子：煦、熙、照，子孫甚盛。

蓋自鄭君至淮之九世孫鑑，凡歷五十一世，一千五百四十餘年。博士茂而上，其名咸見於史。白麟而下五世皆不仕，簿狀遺而不録，人遂謂其後不傳。唐禮部員外郎司空圖嘗重定其世次，言白麟後裔甚詳，文藏侍御史自牖家。自牖之孫燮生遂因之著遂安譜。武林夏應孫嘗爲遂安主簿，檢田至民家，民有鄭叡，年過九十，持世譜示應孫。譜載宋元符二年正月，淮與二兄遷浦陽之感德鄉。淮之子照及照子綺，皆列其名。綺之後始不書。應孫與鑑連姻，知其同自出也，録以遺之。鑑之家諜，雖云遷自遂安，至照之兄弟，述載方詳。其先類出於傳聞，謂宋政和年間來居及綺始遷者非。嘗疑其不足徵據，一旦見之，不翅拱璧之方獲也。命萊倣歐陽氏譜圖，著書以示子孫。萊，鄭氏里中子，鑑之諸弟銖，萊之從姑又歸焉。初何敢以不敏辭，因爲稽司空之所定，參燮生之所述，衍而申之，至鑑兄弟之名而止。復虚其左，方使來者續書焉。

鄉貢進士吴萊撰。（明鄭太和輯《麟溪集》卯卷，明成化十一年鄭珦鄭琥刻本）

鄭氏譜圖記〔一〕

譜圖之法莫詳於近代歐陽氏，歐陽氏采太史公《史記·年表》及鄭玄《詩譜》，依其上下、旁行，作爲譜圖。自高祖至玄孫，則别自爲世。恐其子孫之多，載於譜者不能勝其繁，使别爲世者各詳其親，各繫其所出。其法固云善也，施之分門而居者可也。鄭氏自綺即合族而居，異譜而記載之，不可也。故法歐陽氏譜例，自綺之前，旁支别有圖者，不復詳著；綺之後，各備録焉。不以文繁而遂略者，族之合譜之宜同也。烏乎！自鄭君以來，不爲不久，名氏得不没者，可不知其故哉？歐陽氏有言：『有其人，雖歷千載不絶，其人無所稱於世，輒没不見。』鄭氏子孫尚三復斯言而細思之。

重紀至元乙亥吴萊記。（明鄭太和輯《麟溪集》卯卷，明成化十一年鄭琊鄭琥刻本）

校勘記

〔一〕按，原文無題，此題名乃編者據文意自擬。

跋鄭氏存義齋所揭白鹿洞規後

右《白鹿洞規》一通，凡四百三十有一言，宋太師朱文公熹之所著也。淳熙五年戊戌秋八月，有旨，差公知南康軍。公方主管武夷冲佑觀，東萊吕公、南軒張公力勸起之，六年己亥春三月三十日，始至視事。冬十月，即請于朝，復建白鹿洞書院。又憫當世爲學之陋，取聖賢切要之言爲此規，以示學徒。公之設心何其盛也！使爲守牧者咸如公，教道其有不振耶？今去公雖久，誦公之規，儼若親承誨言於堂序之上。入道之務，莫先於此。鄭君大和揭以示子孫，其知所教哉！

前鄉貢進士吴萊敬題。（明鄭太和輯《麟溪集》巳卷，明成化十一年鄭琊鄭琥刻本）

義阡記

浦江鄭君順卿義居八世，縣上其事，而旌表、蠲復之令已報下。順卿乃言曰：『予自高曾祖考以來，每以孝友爲我一家之政。至是而子姓功緦之親同釜甑者，蓋二百口。然吾之所以爲善，猶未能推之於一鄉。故凡遇鄉鄰之貧者，生而無以爲養，歉則給穀食，死而無所歸，或以不能喪告，則與棺，又爲之擇家左平岡野莽之地，餘數十畝，規爲叢塚，以務斂其遺骸。庶乎鄉鄰之孤羸暴露者萬一可以少免矣。子幸爲我記之。』予聞古之君子，未嘗不尚乎義也。自天理民彝之既泯，而後天下始有不知所謂義者。是故一家同氣之間，宜若肝膽之相照，交契膠合而無有間。積之益久，則時或勝於胡越之相違，參差扞格而視之若邈不相及，此獨何耶？今也順卿乃能行古之道，且因先世之恩義並著於閨門，而又欲推其餘者以及其鄉鄰塗路之疏逖者，是則仁人君子之用心。而彼之生哀死感，蓋有不可終窮，而亦當世風俗之所賴以厚者也。

夫以上古喪期無數，值其親死，則舉而委之於壑，被之以薪。後世有孝子者，虆梩之掩，棺槨之堋，隨以世起其制度。三季以降，富雖得之爲有財，貧者至無卓錐之壤以自容，則其所以謀葬其親，固有所不得已者。自天地一氣之聚散，衆人倏然而生，久則化爲異物。水沉火爇，烏鳶螻蟻蠅蚋之所攢嘬。若已無所顧恤，自仁人君子之用心，則孟子所謂『睨而視之，其顙有泚』，有若不爲他人戚者。苟以『民吾同胞』而揆之，則猶我親受其哀痛，惻怛自然之真，而且不能不速斂其手足形也。雖然，西漢之時，天下富豪之民每專制於鄉里。其始也，嘗務賙人而濟其急；其終也，則徒希報己以便其私。太史公尚謂義俠，儒者不予其義也。今也順卿乃能植德於遠，而施恩於無所望報之鄉。雖以掩骼埋胔，著於政典，感鄰輟社，載諸史傳，亦不過此。誠可謂篤於爲義者矣。鄭氏之福未有艾也。故予特爲疏其所聞者如此。將使後世子孫觀祖宗之行義，而又睹墟墓以興哀。尤見其培養根本，惇厚風俗之無已。則吾之所以有望於鄭氏者，顧不益以遠耶？

前饒州路長薌書院山長吴萊記。（明鄭太和輯《麟溪集》申卷，明成化十一年鄭珊鄭琥刻本）

嘉禮庄記

夫禮以義起者也，義既行矣，則禮莫不備焉。蓋古者治家，莫重於議嫁娶。問名納幣，則繁其儀；逆女施鞶，則盛其飾。然而士君子禮文儀節之間，固當酌焉其中，而處之各得其所宜者矣。浦江鄭氏自先世以來，義居之久，至吾順卿而家益裕，族益衆。男女功緦曾不翅三百餘口，内外嫁娶歲恒有之，殆不可以不預計其資匳聘篚之節。於是始創嘉禮庄一區，用以經畫給辦，不求諸家而調度自足。蓋鄭氏自其舊時，持己以儉，處家以勤。因商賈往來之塗治邸肆，貨殖之贏，惟吾順卿之從子欽與其弟銖嘗使人營之數十餘年。懋遷者日愈厚，充闢者日愈廣。夫然後田以若干畝計，山園雜産又以若干畝計，咸具在籍。欽等一不有諸己，遂屋其邸肆之側，悉歛其歲入，别儲爲庄以待用。且命其子弟之廉幹者，掌其金穀倉箱出納奇朒之數，而家長歲會其籍。及觀其制禮，而議夫男女嫁娶之儀，嫁者度用緡錢三千有奇，娶則度用緡錢三千五百有奇。然凡平日機杼之所出，與夫畦畝之從奩者，不在此也。信乎士君子禮文儀節之間，固能酌焉其中，而處之各得其所宜者矣。

予聞古者世家宗法之行，當其父兄名分之相維，閨門恩義之並著，無不顧其一家合族之公，而寢忘其私，然後能久。今也吾順卿乃能提綱挈領而不紊，欽等又能竭其心思，畢其智慮而輔行之。誠以祖宗所遺之身，而欲振夫家世所已成之業，自宜闓廓饒裕、蕃衍豐碩而一本於義。圭撮之粟、絲縷之布，雖吾一身之富有，實祖宗之遺福，而吾不得以專之。男大則婚，女長則嫁，雖吾後世之服盡，實祖宗之遺胤，而吾之所以視之者則一也。此吾所謂禮以義起，蓋家道之所由正，家政之所由以舉，而鄉閭習俗之所由以厚。雖然，豈易及哉？自吾順卿家居，祖子孫前後數世，而上方旌表之、蠲復之矣。吉凶慶弔，冠笄喪祭，則固有家規者存此，殆皆其可記者也。予是用勉狥欽等之請，勒石于庄，且以示其後人，使無忒心焉。

具官吴萊謹記。（明鄭太和輯《麟溪集》申卷，明成化十一年鄭璵鄭琥刻本）

冲素處士真贊

鐵面生稜，屹立不動。孝通神明，雪消泉湧。

鄉貢進士吴萊敬贊。（明鄭太和輯《麟溪集》酉卷，明成化十一年鄭璵鄭琥刻本）

宋范忠宣手簡司馬温公史草短啓帖跋

司馬温公編《通鑑》，用范忠宣公手帖起草。方晉之東，海内多事，《晉書》多引小書世説論語之類，極叢冗。此載永昌之初，一年或加之以潤色之辭矣。公嘗自言，編閲舊史，旁采小説。豈果爲晉史故耶？此則未之見也。

至順二年秋八月朔，浦江吴萊謹跋。（明汪砢玉《珊瑚網》卷三，《景印文淵閣四庫全書》本）

附録

附録

傳記文獻

深褭先生吴公私謚貞文議

明宋濂

斯文，天地之元氣。得其正者，其文醇；得其偏者，其文駁。世之治也，正文行乎上，則治道修而政教行；世之亂也，正文鬱乎下，則學術顯而經義彰。斯文之正，非謂其富麗也，非謂其奇佹也，非謂其簡澁涣漫也。本乎道，輔乎倫理；據乎事，有益乎治。推之於千載之上而合，參之於四海之外而準，傳之乎百世之下而無弊。若是者，其惟文之正者乎！文苟得其正，則窮泰何足以累之？

浦陽深褭先生吴公，天賦絶人，精識邁古，咀嚌六經以求其道，饜飫百家以盡其用。貫穿該博，洞視當世；瑰瑋宏大，不愧前古。其陳理也明而嚴，其叙事也精而當，其道情也周而婉，其賦物也深而遒。年未弱冠，志意廓然。憤東夷之不恭，則欲蹈虜庭而陳説；覽時政之多僻，則欲告時君以仁義。以聖人之志莫顯於《春秋》也，則排異説而務得褒貶之中；以三代之政莫著於《書》《詩》也，則略傳注而務得理事之實；以亞聖莫盛於孟子也，則斥史遷之妄而傳之；以詞賦之祖莫忠於《離騷》也，則法而式之；以古樂府之作隨三代而升降也，則撰而次之。搜抉隱伏，擿糾訛謬。神行電逝，川流石止。傑乎雄哉！先生之於文，可謂貞而有則矣。先生既不喜仕，後用薦者爲長薌書院山長而終。史臣嘗附於元之列傳。門人私以『淵潁』易名。或竊病其未稱，於是更諡曰貞文先生，庶使來者知浦陽之文自先生始大盛而正，文之不遇，可爲當時惜也。門人宋濂等再謹識。

按舊刻附録止載淵潁諡議一首，孰知貞文之諡亦門人宋濂等所再議也。初議論其浩博，再議原其正氣，吴先生平生著作經濟學術，此二議揄揚盡矣。後學傅旭元識。（豹文堂刻本《吴淵潁集》附録）

元吴萊傳 録《人物記·文學篇·崇祀》

明宋濂

吴萊，字立夫。年四歲，其母盛氏口授《孝經》《論語》及《穀梁傳》，隨能成誦。七歲，能賦詩。族父幼敏，家素多書，立夫每私取讀之，幼敏從傍竊窺，乃班固《漢書》也，指《谷永杜鄴傳》，謂曰：『汝竊觀吾家書，能誦此，當貸汝罰。』立夫琅然誦之，至終篇不遺一字。幼敏以爲偶熟此爾，三易他編，皆如初。因盡出所有書使讀之。方鳳時寓幼敏家，見而歎曰：『明敏如吴萊，雖汝南應世叔不是過也！』悉以其學授焉。立夫自是該貫古今，無所不攷。年未冠，時朝廷有事於東夷，即自奮曰：『此小醜耳，何必上勤王師，使某持尺書諭之足矣。』因撰《論倭》千七百言，論議俊爽，識者謂有秦漢風。延祐七年，立夫年二十四，以《春秋》舉上禮部。尋以所言不合於有司，退歸松山中，益窮諸經之說。用功既深，所造愈精，間有論著，絶出於庸常數等。翻閲子書百餘家，辨其正邪，駁其真僞，援據皆的切可傳。四方學者一時多師之。重紀至元三年，監察御史許紹祖以茂材薦，調長薌書院山長，未上，卒，年四十四。時重紀至元六年夏四月也。

初，立夫好游，嘗東出齊魯，北抵燕趙。每遇中原奇絶處及昔人歌舞戰鬬之地，輒慷慨高歌，呼酒自慰，頗謂有司馬子長遺風。及還江南，復游海東洲，歷蛟門峽，過小白華山，登盤陀石，見曉日初出，海波盡紅，瞪然長視，思欲起安期、羨門而與之遊。由是襟懷益踈朗，文章益雄宕有奇氣。嘗謂人曰：『胸中無三萬卷書，眼中無天下奇山川，未必能文。縱能，亦兒女語耳。』立夫精識絶倫，自秦漢至於近代，但舉隻簡片削，必能别其爲何代人作。或怪而問之，曰：『辭氣音調，世有不同，人自不深察耳。』工詩賦，又善論文，嘗言：『作文如用兵，兵法有正有奇。正是法度，要部伍分明；奇是不爲法度所縛，舉眼之頃，千變萬化。坐作進退擊刺，一時俱起。及其欲止，什自歸什，伍自歸伍，元不曾亂。』聞者服之。晚自號曰『深裒山道人』，人因稱之曰『深裒先生』。所著書有《尚書標説》六卷、《春秋世變圖》二卷、《春秋傳授譜》一卷、《古職方録》八卷、《孟子弟子列傳》二卷、《楚漢正聲》二卷、《樂府類編》若干卷、《唐律删要》

若干卷、詩文六十卷，他如《詩傳科條》《春秋經説》《胡氏傳攷誤》未完。子士謂、士謐。士謂，金華縣學教諭。

潛溪宋濂曰：濂嘗受學於立夫，問其作文之法，則謂：『有篇聯，欲其脈絡貫通；有段聯，欲其奇偶迭生；有句聯，欲其長短合節；有字聯，欲其賓主對待。』又問其作賦之法，則謂：『有音法，欲其倡和闓闢；有韻法，欲其清濁諧協；有辭法，欲其呼吸相應；有章法，欲其布置謹嚴。總而言之，皆不越生承還三者而已。然而字有不齊，體亦不一，須必隨其類而附之，不使玉瓚與瓦缶並陳，斯爲得之。此又在乎三者之外，而非精擇不能到也。』顧言猶在耳，而恨學之未能。因誌諸傳末，以謹其傳焉。（豹文堂刻本《吴淵頴集》附録）

吴萊傳

萊字立夫，集賢大學士直方之子也，輩行稍後於貫、溍。天資絶人，七歲能屬文，凡書一經目，輒成誦，嘗往族父家，日易《漢書》一帙以去，族父迫扣之，萊琅然而誦，不遺一字，三易他編，皆如之，衆驚以爲神。

延祐七年，以《春秋》舉上禮部，不利，退居深裊山中，益窮諸書奥旨，著《尚書標説》六卷、《春秋世變圖》二卷、《春秋傳授譜》一卷，《古職方録》八卷、《孟子弟子列傳》二卷、《楚漢正聲》二卷、《樂府類編》一百卷、《唐律删要》三十卷、文集六十卷，他如《詩傳科條》《春秋經説》

《胡氏傳證誤》皆未脱稾。

萊尤喜論文，嘗云：『作文如用兵，兵法有正有奇。正是法度，要部伍分明；奇是不爲法度所縛，舉眼之頃，千變萬化。坐作進退擊刺，一時俱起，及其欲止，什伍各還其隊，元不曾亂。』聞者服之。

貫平生極慎許與，每稱萊爲絶世之才。溍晚年謂人曰：『萊之文，嶄絶雄深，類秦漢間人所作，實非今世之士也。吾縱操觚一世，又安敢及之哉！』其爲前輩所推許如此。萊以御史薦，調長薌書院山長，未上，卒，年僅四十有四，君子惜之。私謚曰淵潁先生。（《元史》卷一百八十一，中華書局一九七六年版）

吴先生哀頌辭 并序

元 戴良

先生婺浦江人，諱萊，字立夫，集賢大學士榮禄大夫吴公子也。至正元年十月某甲子以疾卒于家，得年四十有一。嘗一試于禮部，不中。二子謌、謐葬先生于某原，〔一〕葬後一年，命良爲辭以哀之。良雖不敏，然嘗承學於先生，誼不得辭，乃爲追述平生而爲其文曰：

檀車既堅兮，駟馬既良。出門折軸兮，竟斥棄乎康莊。嗟嗟夫子兮，胡實類之。天不可測兮，道不可常。昔夫子之有生兮，體孑孑其羸尫。雖求師與取友兮，曾不遠違乎故鄉。遂取則夫前脩兮，亦既蹈乎大方。入書林而馳騖兮，闖藝苑以翱翔。奈學業之已脩兮，尚名譽之未彰。豈不登名於一薦兮，曾不假翼於鸞鳳。乃娛憂以舒憤兮，寫鬱紆而成章。曰有俟乎千載之下兮，庶無掩乎斯文之耿光。人固有偃蹇於一時兮，終前困而後昌。何夫子之齎志以死兮，卒無以自副其所望。夫子之貌不可見兮，幸微言之在耳，尚炯乎其難忘。撫遺編以長喟兮，仰視天之茫茫。彼嚴霜之夏墜兮，胡獨瘁此衆芳。昔河東之挺生兮，年四十而云亡。今夫子之洵美兮，亦壽命之不長。已焉哉小人有得其年兮，君子有遘其殃。自古莫不然兮，我又奚傷。

門人戴良撰〔二〕。（《九靈山房集》卷七，明正統十年刻本）

校勘記

〔一〕『至正元年十月』至『二子謣、謐葬先生于某原』，豹文堂刻本《吴淵頴集》附録改作：『重紀至元六年夏四月九日，以疾卒于家，得年四十有四，嘗一試于禮部，不中，二子謣、謐，至正九年十有一月二十四日葬先生于盉塢之原。』並於文後按語云：『按舊刻《戴九靈集》載：「至正元年十月某甲子，先生以疾卒于家，得年四十有一，葬于某原。」實屬錯誤。因核《宋文憲集·吴淵頴碑》《浦陽人物記》《吴溪集》，稽其卒葬紀年月日與所得年數而改正焉。』

〔二〕『門人戴良撰』五字，《九靈山房集》無，據豹文堂本補。

吴萊傳

明　馮從吾

吴萊，字立夫，浦江人。父直方，元統間以薦，累官集賢大學士。萊天資絶人，七歲能屬文。延祐中，以《春秋》舉上禮部，不利，隱居深裒山中，益窮諸書奥旨，以著述爲務。著《尚書標説》六卷、《春秋世變圖》二卷、《春秋傳授譜》一卷，《古職方録》八卷、《孟子弟子列傳》二卷、《漢楚正聲》二卷、《樂府類編》一百卷、《唐律删要》三十卷、文集六十卷，他如《詩傳科條》《春秋經説》《胡氏傳證誤》皆未脱藁。萊尤喜論文，嘗云：『作文如用兵，兵法有正有奇。正是法度，要部伍分明；奇是不爲法度所縛，千變萬化。坐作擊刺一時俱起，及其欲止，部伍各還其隊，元不曾亂。』聞者服之。行輩稍後于柳貫、黄溍，而貫、溍咸深重之。以御史薦，爲長薌書院山長，未上，卒，年四十四。門人私謚曰淵潁先生。或病其未稱，更謚曰貞文。丁氏南湖謂元人之才以二吴爲重云。《元史》見《黄溍傳》。（《元儒考略》卷四，萬曆乙卯刻本）

淵潁先生吴萊傳

清顧嗣立

萊字立夫，浦江人，集賢學士直方之子。延祐間，貢舉法行，有司以《春秋》薦，下第歸。出游海東洲，歷蛟門峽，過小白華山，登盤陀石，著《觀日賦》以見志。還寓同縣陳士貞家，與龍湫五洩鄰，榛篁蒙密，似不類人世。日嘯詠其中，暢然自得。御史行部，以茂才薦，署饒州路長薌書院山長，未行而疾作，卒年四十四。門生學子金華宋濂等議曰：『先生經義玄深，非淵而何？文辭貞敏，非潁而何？』私謚曰淵潁先生。先生與黄侍講溍、柳待制貫同出方韶父之門。身羸弱如不勝衣，雙瞳碧色，爛爛如巖下電。人或以古文試之，察其辭氣，即知爲某代某人所作。一日於故人家見几上堆剡紙數十番，戲爲長歌，頃刻而盡，觀者驚以爲神。所著有《尚書標説》《春秋世變圖》《傳授譜》《古職方録》《孟子弟子列傳》《樂府類編》《楚漢正聲》等書，其子士謂哀次其遺文爲十二卷，門人胡翰爲之序，東陽胡助謂其『如千兵萬馬，銜枚疾馳而不聞其聲，他人恒苦其淺陋，而立夫獨患其宏博』。黄侍講嘗謂人曰：『立夫文嶄絶宏深，類秦漢間人所作。』皆確論也。（《元詩選初集·己集》，中華書局一九八七年版）

元故集賢大學士榮禄大夫致仕吴公行狀

明宋濂

曾祖諱聞，皇贈中奉大夫、福建道宣慰使、護軍，追封渤海郡公。妣盛氏，追封渤海郡夫人。

祖諱蕃，皇累贈資善大夫、太常禮儀院使、上護軍，追封渤海郡公。妣沈氏，追封渤海郡夫人。

父諱伯紹，皇累贈翰林學士承旨、榮禄大夫、柱國，追封渤國公。妣金氏，追封渤國夫人。

本貫：婺州路浦江縣德政鄉尊仁里。年八十二。

公諱直方，字行可，姓吴氏。初名佐孫，後避十世祖諱而更以今名。其先出自毘陵。毘陵，吴之延陵，乃季子之采〔一〕邑也。自時厥後，一遷於鄱陽，再遷於嚴陵，三遷於婺之浦陽。

浦陽北鄙有里曰新田，去今縣治二十餘里，吴氏之先祖家焉，其冢猶在大樓山之原。歷三傳，有一翁始生六子，其介子公養，唐乾寧初，又遷縣西吴溪上。公養生伯勝，伯勝生文昌，文昌生承倚，承倚生佐，佐生崇，崇生子挩，子挩生嗣明，嗣明生元禮，元禮生景行，景行生璣，璣生宣慰公聞。世隱於農，而能以誦詩讀書爲務，委祉垂休有自來矣。聞生太常公蕃，字衍之，以貿遷有無，稍出游梁、楚間。晚而無子，以三從兄迪功郎英之季子伯紹爲之後。伯紹實承旨公，一名寶，字伯玉，公之父也。

公生四歲而渤海郡夫人没，七歲而渤國夫人亡，十歲而太常公亦捐館舍，公獨與承旨公居。承旨公寬厚長者，强宗右姓時侵苦之，至奪其土田。承旨公莫能誰何，益衰削不振。公時雖在童孺，痛徹心髓，仰天自誓曰：『彼之陵轢我者，利其孤幼也。予稍長，不能揚眉出一語向〔二〕人，豈丈夫也哉？』遂自力於學。宗人幼敏家，多納名士大夫，鄉先生方公鳳、粤謝公翺、栝〔三〕吴公思齊，咸寓其處，或談名理及古今成敗治亂，或相與倡酬歌詩。公每出侍側，聞其言有會心處，輒記之，終身不忘。入坐書塾，凝然如癡，他生晚各散去，猶執卷呻吟弗輟。偶嬰蠱疾，諸醫不能療，數至困殆。如是者十年，人爲公危。有相者謂曰：『子貌當貴甚，疾且亡害，何不游學以暢其懷乎！能如吾言，病不藥而自已。』公然之。乃入郡城習吏事於〔四〕帥閫，不數月，其疾果瘳。聞錢塘爲東南都會，而行中書莅焉，一時人物之所萃。復謀往游，居數年而莫有用之者。公歎曰：『王侯將相，寧有種耶？吾殆俟時也！此而不遇，豈别無其地乎？』

於是不告戚姻交友，直走京師，日與貴公卿接，所見益恢弘，而所守益凝定。第困於在下，而峻登樞要者又諱問布衣，隻影翩翩於五千里外，惡衣菲食，或不能繼，凡歷三十有六年，而落魄益甚矣。其剛勁不屈之氣，初不肯少貶以徇流俗。或憫公，勸其南歸，公笑曰：『生爲寄，死爲棄，何分冀北與江南乎？』掉頭去不顧。大德中，會有旨，粉黄金爲泥，書《毘盧大藏經》，禮部選筆札端謹者充，公在選中。以勞當得一官，未幾罷。延祐初，明廟在潛邸，用大臣薦，入備説書。已而出幸北藩，又罷去。泰定元年，奉省檄爲上都儒學正，迨之官，已爲代者所先。時太師德王馬札兒台留守灤京，聞公氣宇恢廓，延而與之語，大悦，以爲南陽諸葛孔明亦不是過。因聘入賓館，使教其二子。長則中書右丞相脱脱，次則御史大夫也先帖木兒。公遂留德王家。後德王日益貴顯，事有難決者，必質問而後行，如卜蓍龜無少爽者。德王益敬之，遇休沐日，必與公對語終日。德王曰：『吾與他儒生語，輒欠伸思睡。今與君言，有若聆鈞天廣樂，終日而不知倦，君誠奇士哉！』語已，熟視公，連稱『賽銀』者再。『賽銀』，華言所謂好也。元統二年，丞相方執法中臺，以公在先朝有講説之勞，言於上，命爲江浙等處儒學提舉。與對品階，中書難之，擬授副提舉，階將仕佐郎。未及上。重紀至元二年，御史臺改授將仕郎、海北廣東道肅政廉訪司承發架閣兼照磨，而公年已六十二矣。三年，遷中政院架閣管勾。四年，至官，僅三月升本院長史。公盡心弗懈，出納惟允，中宫數有白金束帛之賜。遠國遣使欲獻群馬，以徼求厚價。同列以爲利，争言之。公揣其道塗所經，屢涉海洋，非二年不可到；縱到，馬亦病死，不能多，力却去之。

六年，丞相之從父秦王伯顔，方秉鈞軸，恃其有定策功，專權自恣，悉變亂舊章，出入擁重兵以自衛。中外危疑，上深患之。丞相時爲御史大夫，乃召之問計。丞相以謀於家爲對。公曰：『大夫失言，幾事不密，則害成矣！』丞相驚曰：『謀将安出？』公曰：『宜亟黜之，以謝天下。』丞相以親嫌辭。公曰：『《傳》有之，「大義滅親」，大夫知有朝廷耳，家固不宜恤。』丞相曰：『事不成，奈何？』公曰：『事不成，天也，一死復何惜。即死，亦不失爲忠義鬼〔五〕。』丞相頓足曰：『吾意決矣。』乃入奏。久之未敢動，適秦王侍皇太子出獵柳林，丞相欲發。公曰：『皇太子在軍中，脱挾之以生他變，何以處之？』丞相悟，急白太后傳旨趣以歸，閉京城自守。遣使持詔，散遣諸軍，出秦王爲河南行省。丞相一反舊政，民大説。上多公協贊功，召至便殿，慰諭甚至。會内臣以玉盌〔六〕進饌，輟以食公。特超一十餘階，授公集賢直學士、亞中大夫。七年，改本院侍講學士，進階中奉大夫，復召入龍光殿，錫以黄金束帶。丞相亦自是進位台司。國有大事，上命必定於公。公亦慨然以澤被斯民爲己任，有知無不言，言之，丞相無不行。天下翕然。比後至元之治於前至元，公之功居多。然公謙抑，未嘗與人言，故人不可知。所可知者，其與議中書時一二事而已。科舉廢已久，公力言丞相曰：『科舉之行，未必人人食禄，且緣此而家有讀書之人。人讀書，則自不敢爲非，其有繫於治道不小。』丞相因奏復之。二浙民食鹽，病民爲甚，其直漸增至數倍，民不堪命。公爲言之，減其額而下其估。他如楮幣銅錢相權之宜，有司公田多科之擾，官寺建設之冗繁，江南僱役之長利，公咸一一建白，多已見於行事。拜集賢學士階資善大夫。居亡何，以年久謝事，上章乞骸骨，遂以集賢大學士、榮禄大夫致仕，食俸賜終身。俄又賜田一千九百餘畝，尋謝不受。先是，御史言公躐進官階，奪其誥命，至是察官辨其誣，復之。

公生於宋德祐乙亥十一月二十四日庚寅，薨於今至正丙申七月十二日庚寅，享年八十有二。以薨後一月，葬於德政鄉後吴山徐塢承旨公之墓左，實八月十二日庚申也。公前娶盛氏，先十七年卒。後娶金、李二氏。金氏累封渤國夫人。子男二：長萊字立夫，七歲善屬文，博通經史百家衆流之言，蔚爲儒宗文師。延祐庚申，以《春秋》預鄉薦，後用御史察舉爲饒州路長薌書院山長，四方學者尊之，私謚曰淵潁先生。亦先十七年卒。次志道，崇文監丞、奉訓大夫。孫男三：長士諤，婺州路金華縣儒學教諭；次士謐；次存仁。曾孫男三：長中，次平，次弁。曾孫女一，申。

公讀書欲通大義，務在力行，不屑爲區區章句之學。其於《魯論》言忠信及『事君能致其身』之語，尤深有契悟，終身言必思踐。至於國家有急，輒欲忘軀狥之，而不以爲難。經史格言，可以斷大事決大疑者，皆謹記之。故其臨事未嘗少惑。善評文詞〔七〕，詞林宗工與公游者，以所草詔令示之，公爲指其瑕疵，極中事情，人皆嘆服。性尚風義，德王夫人薨，公年已八十，不憚鯨波之險，親往京師行弔祭之禮，尤人情之所難。公深沉有謀，絕不事表襮。人但見其堅凝醇篤，有若儒緩〔八〕，不知遇事快利若風鶻掠林，健飆挾舟以飛也。承旨公薨，墓碑未立，丞相欲爲奏勑詞臣撰文以遺之。公曰：『先君隱約田間，少見於事爲，若挾天子威命以彌文夸侈之，固無不可，是非以誠遇先君也。』卒辭之。乃自疊巨石十五成爲碑，大書所封官號，復列幼時辛苦艱難與其自誓之意，刻諸石陰。且謂人〔九〕曰：『此吾所以酬素志也！』公家食將十年，跬步不妄出。終日正衣冠危坐，或至夜分，未嘗有惰怠容。賓至，則相與劇談當世之務，玉貫珠聯，聞者解頤。方岳重臣，仰慕聲光，遣使執饋食之禮；州縣大夫俯伏迎拜，唯恐不恭；四海之内雖愚夫愚婦，亦皆能道公名字。而公初無自驕之色，遇鄉黨有如貧賤時，官府事一髮不相涉。傔從或以惡言加人，輒縛致有司杖之。生平不惑於堪輿家誑誕無驗之説，遺言隨地而葬，但毋使土親膚。又以無大功業，不必乞銘於人，以爲識者之所訕鄙。乃自序繫〔一〇〕官世第而繫之以辭，曰：『余生雖艱，非有所覬。漫游京華，旅食三紀。際時休明，偶膺禄仕。位躋極品，恩封三世。儒者之榮，於斯爲至。報上一誠，如水東注。樹碑自銘，以詔來裔。』人以爲實録云。

夫天之生材，欲振之張之以昌大其支，必抑之歛之以培植其本。譬之於物，其榮腴流鬯於發生之日者，皆出於嚴冰虐〔一一〕雪摧折之餘。蓋養之不厚，則發之不茂，其勢然也。公以惇厖宏碩之資，蘊康濟經綸之具，司造物者特晦之於少齡，而顯之於耄年，其意亦猶是爾。故公之施於用也，篤固而不摇，勇鷙而善斷，雖職居散地，實密贊化機。一反掌之頃，國勢奠〔一二〕安，權奸自是而屏跡，政治自是而康乂。古之所謂社稷臣者，於公殆庶幾矣。然自聖元混一，四海垂及百年，大江之南韋布之士，品登第一而以勞烈自見者，豫章程文憲公文海、吴興趙文敏公孟頫、長沙歐陽公玄，及公爲四人。或以文章顯融，或以政事著稱，事固有殊，道則一也。其没而不返者，既皆有所論述以表見於世，公其可獨少乎！公之子志道，及其孫士謂，恪奉先戒，不敢乞銘於人。以濂嘗受業淵潁先生之門，而志道又從濂學最久，因以事狀惓惓爲請。濂也不文，幸獲受知於公，雖契家子姓特容以賓禮見，義固不敢辭。謹采天下之人所嘗言者，爲文一通，附諸家乘之末，不敢抗之以爲高，按之以從卑，唯務稱其實而已。他時執史筆者，尚有攷於斯焉。

至正丙申八月，將仕郎翰林國史院編修官金華宋濂述。〔一三〕（《宋濂全集》之《潛溪後集》卷九，浙江古籍出版社二〇一四年版）

校勘記

〔一〕『采』，豹文堂本作『家』。
〔二〕『向』，豹文堂本作『白』。
〔三〕『栝』，豹文堂本作『括』。
〔四〕『於』，豹文堂本作『祝』。
〔五〕『鬼』，豹文堂本作『耳』。

〔六〕『盌』，豹文堂本作『盤』。
〔七〕『詞』，據豹文堂本補。
〔八〕『儒緩』，豹文堂本作『懦愞』。
〔九〕『人』，豹文堂本作『内』。
〔一〇〕『繫』，豹文堂本作『歷』。
〔一一〕『虐』，豹文堂本作『霜』。
〔一二〕『奠』，豹文堂本作『尊』。
〔一三〕該句《宋濂全集》無，據豹文堂本補。

故集賢大學士榮禄大夫致仕吴公壙記〔一〕代作

明 宋濂

先公諱直方，字行可，姓吴氏。其先毗陵人，一遷于鄱，再遷于睦，三遷浦陽之新田。唐乾寧初，有諱公養者又遷縣西尊仁里，至先公十五世。曾祖諱聞，贈中奉大夫、福建道宣慰使、護軍，追封渤海郡公。妣盛氏，追封渤海郡夫人。祖諱蕃，累贈資善大夫、太常禮儀院使、上護軍，追封渤海郡公。妣沈氏，追封渤海郡夫人。父諱伯紹，累贈翰林學士承旨、榮禄大夫、柱國，追封渤國公。妣金氏，追封渤國夫人。先公自幼有大志，篤意儒學，及壯，游京師，主留守馬扎兒台家，教其子脱脱及也先帖木兒。元統間，脱脱爲御史中丞，以先公嘗用説書事明宗于潛邸，奏除江浙等處儒學提舉。中書易爲副提舉，階將仕佐郎。先公年已六十一矣，未上。御史臺改授將仕郎、海北廣東道肅政廉訪司管勾承發架閣庫兼照磨。遷中政院管勾承發架閣庫。復陞長史，階咸如故。重紀至元末，廟堂用事者頗擅威福，上與大臣謀罷其政柄，先公實協贊之。上念其功，召至便殿，錫以黄金繫帶，超拜集賢直學士，就轉侍講學士。未幾，陞學士，歷亞中、中奉、資善三階大夫。會脱脱入相中書，國有大政令，多咨先公而後行。先公每引古義告之，言無不聽，民被其澤爲多。先公以年及致仕，上章乞骸骨，遂以集賢大學士、榮禄大夫食俸賜終身。俄又賜田一千九百餘畝，尋謝不受。

先公前娶盛氏，先十七年卒。後娶金、李二氏。金氏封渤國夫人。子男二：長萊，字立夫，延祐庚申以《春秋》經預鄉薦，後用御史察舉爲饒州路長薌書院山長。博學能文，爲世聞人，亦先十七年卒。次即志道，崇文監丞、奉訓大夫。孫男三：長士諤，婺州路金華縣儒學教諭；次士謐，次存仁。曾孫男三：長中，次平，次弁。曾孫女一，申。先公生于宋德祐乙亥十一月二十四日庚寅，薨于今至正丙申七月十二日庚寅，享年八十有二。卜以是年八月十二日庚申，葬德政鄉後吴山徐塢之原，距承旨公墓左五十步而近。

嗚呼！褒叙令德，是在世之立言君子，非不肖孤所敢僭。姑序世系及歷官次第，納諸玄堂，别録其副以藏于家，庶幾後人知所攷焉。嗚呼，痛哉！孤子志道泣血謹記。（《宋濂全集》之《潛溪前集》卷十，浙江古籍出版社二〇一四年版）

校勘記

〔一〕豹文堂本題作《元集賢大學士吴公記》。

集賢學士像贊

元王餘慶

稟德之厚兮，可大受而不盈。歲寒之質兮，年彌尊而愈貞。是以致位於崇高，而享期頤之壽。備五福而康寧，步履星辰，腰圍白玉，不自以爲榮；處蓋公之舍，而事無爲之説，不自以爲名。松山之左兮，有屋數楹。退休而老兮，無慮無營。吐故納新兮，餐芝茹苓。優哉游哉兮，可以長生。（豹文堂刻本《吴淵潁集》附録）

贈答題記

吴立夫正初訪予暮遊寶掌有詩見示明日扶病賦答

元劉汶

開歲越三日，吴子爲我留。其性好山水，聞有古寺幽。不論日將夕，振屐逐一遊。想當到寺時，寒翠蒙衣裘。飛來一峰高，孤撑若鰲頭。其下清泠泉，迸去疑龍湫。東西兩洞窈，圓龕旁覆甌。相傳寶掌公，閲世千春秋。閑雲故無定，宿此成歸休。鄰峰左溪朗，飛錫相與儔。左溪子已訪，此願今方酬。奇態千萬殊，乍到能窮樓。嗟予生也陋，半世空繆悠。行地恨不廣，讀書愧前修。迄今老且病，待盡守一丘。春燈竹窗雨，聊兹話綢繆。子有四方志，劍氣冲斗牛。而父客燕薊，待汝擅煙樓。子其聽耄言，自作遠大謀。不願空岩嶢，亦勿從浮漚。脚如蹈實地，行堪徧九州。鄉校此其始，勗矣遵先猷。（豹文堂刻本《吴淵潁集》附録）

今秋鄉貢立夫以年未及不敢行且援徐淑左雄語以自貺輒述其意俾爲後圖 元金蘭

録《吴溪集》

古桂飄香又貢英，急符纔下急登程。十知豈必皆顔子，一策誰云不董生。獨揣年齡猶未及，莫陪鄉黨與偕行。弗欺此始來期在，會見冲霄羽翮成。（豹文堂刻本《吴淵潁集》附録）

送吴立夫〔一〕 元方鳳

有人儲書塞中腸，不能奮發爲辭章。亦有英姿限時命，坎坷名不登文塲〔二〕。吴子妙年即秀潁〔三〕，隻字過〔四〕眼終無忘。文如翻水溢萬斛，晝夜不舍流湯湯。於今東南聚儁彦，爽然一發能穿楊〔五〕。二十脱潁客毛遂，名登十九能低昂。亦如列宿二十八，有捄天畢施之行。况子平生志遠遊，塊坐已能窮八荒。從兹北〔六〕上有歷覽，徑到洪河〔七〕經吕梁。青徐平野望不極，半萬里程趨冀〔八〕方。君不見龍門探奇氣益壯，文豪千載同翺翔。〔九〕（《方鳳集》，浙江古籍出版社一九九三年版）

校勘記

〔一〕豹文堂本作《送孫壻吴立夫會試》。

〔二〕此二句豹文堂本作『亦有能文生窮命，一生名不登科場』。

〔三〕『頴』，豹文堂本作『發』。

〔四〕『過』，豹文堂本作『入』。

〔五〕此二句豹文堂本作『只今東南聚鄉選，果然一發能穿楊』。

〔六〕『北』，豹文堂本作『直』。

〔七〕『洪河』，豹文堂本作『河洪』。

〔八〕『冀』，豹文堂本作『異』。

〔九〕豹文堂本無此二句，『半萬里程趨冀方』之後爲：『道傳留中欲補外，早以期子能騰驤。而翁客燕亦已久，賸喜佳兒來侍旁。便須躍躍榮晝錦，父齒隨行歸故鄉。道傳，柳待制貫也。』

寄吴立夫〔一〕

元　方梓

尋〔二〕師負笈頻〔三〕千里，授業登堂此一時。我比棲苴寧得已，爾如附贅亦何爲。家山〔四〕在望悠悠夢，舍館相逢疊疊詩。歸去尚須憐獨客，爲傳消息報南枝。（《方鳳集》，浙江古籍出版社一九九三年版）

校勘記

〔一〕豹文堂本題作《送吴立夫從邑寓還家》。

〔二〕『尋』，豹文堂本作『從』。

〔三〕『頻』，豹文堂本作『曾』。

〔四〕『山』，豹文堂本作『林』。

昔仙華方先生晚最嗜吟吾鄉詩道嘗一昌矣自公下地寂寥無聞余每深慨於斯閒居多暇方裒公手澤爲卷得公山中竹醉日感舊寄贈之作輒追次其韻寫寄其嗣子壽父孫壻吴立夫

元　柳貫

猗嗟巖南叟，久化冥漠君。巫陽不下招，宿草荒秋雲。篇章一二在，旖旎揚餘芬。誰昔開雅頌，世方疏典墳。重此窺製作，悵焉遠興群。道散五十載，於今歎彌文。亘窮積石原，但涉九河濆。不知黍離降，遂及東門枌。公誠後死者，幽明已中分。絃歌三百首，烈火豈俱焚。向余忝末至，於茲愴前聞。嘉穀雖屢歉，旱苗猶足耘。嗚呼召公臣，閔下如蒼旻。胡不扶雅道，廓然蕩埃氛。公詩載揚熙，與世析朝醺。（《柳貫詩文集》卷二，浙江古籍出版社二〇〇四年版）

次韻答鄉友吴立夫見寄之作感别懷歸情在其中矣

元 柳貫

宇宙方來事，江湖獨往人。扶摇遺短翮，濡沫到窮鱗。誤作軒裳夢，終慚稻錦身。迹雖侔燥濕，學豈混疵醇。跼步逢多躓，虚懷待一振。屈伸乘卦氣，消息候天鈞。喜際三雍〔一〕啓，還依六籍親。馬轥從幸日，螢案潔餐晨。滕口虞官謗，稽謀信卜陳。踐更非顯陟，遷秩遂爲真。清廟方惇禮，容臺忝末塵。卑卑論燕爵〔二〕，憲憲望麒麟。緬想閒居賦，猶存弟子紳。國鄉誰尚友，輿皂或稱臣。飛翰因來客，分光肯照鄰。之人芻有束，何物稼盈囷。矍圃初登射，驪山適罷巡。玉全遭刖足，淵静得藏珍。接席連芳晝，看花惜好春。言筌開窈窈，理窟至馴馴。蓄思文俱鋭，修名實與賓。逝將熙孔業，申此樂顔仁。淹泊思同社，羇孤若異倫。宜休寧俟斥，漸老最憂貧。夙願惟耕釣，浮榮〔三〕謝鼎茵。戒行無聽漏，觀涉即知津。狐首求吾正，螽斯詠爾詵。枌榆應不改，蘿蔦重相因。惜遠挼青菊，期歸睇緑蘋。題詩緘恨去，離緒極紛綸。（《柳貫詩文集》卷四，浙江古籍出版社二〇〇四年版）

校勘記

〔一〕『雍』，豹文堂本作『雄』。

〔二〕『爵』，豹文堂本作『雀』。

〔三〕『榮』，豹文堂本作『雲』。

鄉友立夫以治春秋舉禮部進士不中第賦二詩別余南還次韻

答贈　　元柳貫

長安花好合來遊，眼底高風一鶚秋。顧以微瑕傷白玉，終然褻味愧黄流。狂歌賴有千鍾酒，通蓋今無萬丈裘。同憶雲泉不同夢，空將兩耳與心謀。

芳草連天雁到稀，京華春盡杏花微。新知落落長門賦，故意悠悠白紵衣。兵法孤軍嘗小挫，聖經一字有公非。文章鋭發如朝氣，慎向尼山覓要歸。（《柳貫詩文集》卷五，浙江古籍出版社二〇〇四年版）

立夫見和五洩四詩復自次韻

元柳貫

下巖湫水有龍蟠，雲雨虚空尺地慳。九市塵埃渾拔俗，五天仙聖本同寰。毛群䴥狖棲篁竹，土怪夔魖伏草菅。不是深禪能伏猛，泉頭争得虎跑山。

象王不與鹿麇群，四合林巒限楚氛。天女散花三際滿，龍神執樂半空聞。巖霏咫尺生青靄，井氣尋常化白雲。盧老孫枝皆鈍漢，契經佛説固彌文。

龍仙招我集芙蓉，霧點烟霏隔數重。東土祖師曾授記，南條山水亦朝宗。自從控鯉波間去，直到看羊海上逢。探穴如將尋李白，孤生桃竹瘦宜笻。

梅花的的證圓修，挾以蒼松萬玉虯。天姥沃州圖上見，廬山瀑布夢中遊。雲開鐵壁浮空出，水落銀河伏地流。亦欲清齋來應供，恐煩龍伯致盤羞。（《柳貫詩文集》卷六，浙江古籍出版社二〇〇四年版）

京城寒食雨中呈柳道傳吴立夫

元吴師道

春深不見試輕衫，風土殊鄉客未諳。蠟燭青烟出天上，杏花疎雨似江南。松楸昨夜頻來夢，樽俎何人可與談。閉户不知佳節過，清泥徧道没征驂。（《吴禮部文集》卷七，民國十三年胡宗楙夢選樓刻《續金華叢書》本）

寄吴立夫録《田居子》集

元黄景昌

溪花春向好，吾此共誰看。風雨頻年約，江湖早歲歡。豈無青玉案，空遲紫金鞍。應爲高堂語，清羸慎犯寒。（豹文堂刻本《吴淵潁集》附録）

奉寄吴立夫初入寓塾訓蒙二首録《吴溪集》

元徐轜

陸機能賦早揚英，爾亦方過弱冠齡。指日功名拾芥紫，只今文采出藍青。豈云往教因阿堵，賸喜遊從是寧馨。小大範模均此始，根源的的在窮經。

從來山澤一儒臞，得似時流美且都。繡幙春風觀趙舞，瓊樓夜月聽吴歈。回頭忍説豪華事，攬涕堪嗟老病軀。尚有素心終不改，讀書林裡看鵷鶵。（豹文堂刻本《吴淵潁集》附録）

借韻呈吴立夫録《吴溪集》

元徐與之

妙年挾策向京華，歸訪東南故舊家。賸喜聲名分桂子，莫因踪跡嘆楊花。千金誰買長門賦，一笑猶乘下澤車。白社交游今潦倒，謾依耕釣説生涯。（豹文堂刻本《吴淵潁集》附録）

次翁德輿韻奉吴立夫録《吴溪集》

元陳堯道

聞道由來不計年，聲名久已愧盧前。神錐早脱囊中穎，淡墨行書榜上氈。經笥向曾嘲我懶，嫁衣今復爲誰妍。燕山萬里霜風悄，别後無煩問食眠。（豹文堂刻本《吴淵潁集》附録）

過吴淵潁先生墓録《青芝集》

明張德慶

落日凄其斷水痕，徒將孤憤破黄昏。悲風獨下羊曇淚，衰草空迷望帝魂。天上已知容處士，人間誰復問王孫。石碑古篆看明滅，悵望遺文酒一罇。（豹文堂刻本《吴淵潁集》附録）

深裹山尋吴淵潁先生故宅

清朱興悌

深裹留餘址，行行上翠微。一溪諸澗合，三徑萬峰圍。石瘦松根老，春深蕨葉肥。著書人不見，極目有斜暉。（朱興悌《西崖詩文鈔》卷二，《南開大學圖書館藏稀見清人别集叢刊》影印嘉慶十三年刻本，廣西師範大學出版社二〇一〇年版）

元日與吴行可照磨對酒行可自嶺南歸以桄榔杖爲貺〔一〕

元柳貫

膝下兒童調笑頻，楂楂簷鵲〔二〕報清晨。山堂宿火温來酒，嶺嶠歸人到日春。萍梗漂流心尚在，梅花錯莫〔三〕意尤真。手中新得扶衰杖，掛壁蒼龍看躍鱗。（《柳貫詩文集》卷六，浙江古籍出版社二〇〇四年版）

校勘記

〔一〕豹文堂本於題末有『乃作詩云』四字。

〔二〕『簷鵲』，豹文堂本作『喜鵲』。
〔三〕『錯莫』，豹文堂本作『錯落』。

謁大學士不遇題于望雲樓

元馬常

帝賚朝天老大臣，孤忠懸日照楓宸。眼空冀北幾萬馬，身是江南第一人。皇極九關新雨露，清風四海淨烟塵。一絲江上草鞋脚，此日無門拜縉紳。（豹文堂刻本《吴淵潁集》附録）

存心堂記

元歐陽玄

集賢大學士吴行可先生既治第于浦江，名其堂曰『存心』。他日與余會于京師，謂余曰：『世之人皆有所存以遺其子孫。吾無以爲遺，顧吾生平謹守孟氏之言，以仁以禮存諸此心耳。君爲我記之，使吾子孫知所以名堂之意，庶幾此心可以詔久遠也。』余乃復于先生曰：『夫心者，性之郛郭也。孟氏言以仁以禮存心，猶以人民而居郛郭也。仁者，人也。存仁于心，主人之道備矣。禮者，敬而已也。存禮于心，心主于一，自然無外適也。存諸中者確然，施諸外者沛然也。故孟氏曰：「仁者愛人，有禮者敬人。」此仁與禮之用也。又曰：「愛人者，人恒愛之；敬人者，人恒敬之。」此仁與禮之效也。今先生以仁禮存心，本非爲子孫地也，第吾以是心愛人，人亦以是心愛我，因推以愛我之子若孫。吾以是心敬人，人亦以是心敬我，因推以敬我之子若孫。吾子孫而賢焉，復能以吾心爲心，又以愛敬施諸人，人又以愛敬之道報之，則是心之存，所以福吾之子孫者有紀極乎？』先生曰：『富哉斯言，此吾名堂意也。幸爲我子孫志之。』先生起左浙，以布衣入京師。位致一品，初授館太師德王家，日以聖賢格言淑今丞相、御史大夫者二十餘年。丞相、大夫凡有推行惠及天下者，其原可知也。以是厚其子孫，賢于近代，所謂陰德不既多乎！先生不以是留諸心，所存者仁與禮焉。志趣之卓，其見于斯乎！請以是爲吴氏子孫勉云。

至正十二年壬辰夏四月，翰林學士承旨榮禄大夫知制誥兼修國史冀北歐陽玄記。（豹文堂刻本《吴淵穎集》附録）

識深褭山吴處士故址

按《一統志》曰：『深褭山在浦江縣西五十里，衆山之間，浦陽江水發源於此。』《浦江志略》曰：『西深褭山，去縣五十里。重峰複嶺，峭拔萬仞。其下滙爲壑，溪流清徹，瀅無泥滓，蓋浦陽江之源委也。』《浦陽勝概》曰：『一名無來。以其深邃而褭繞，曰「深褭」；以其窮谷高峻，人跡所罕至，曰「無來」。』《月山野俎》曰：元處士吴萊讀書處。山以處士名，曰『無來』者，意『吴萊』傳訛耳。由褭溪入，登和尚坪，坪故有吉祥寺。處士有『風生敲檻竹』之句，殆咏此也。緣澗而升，衆山密裹，中開一境，甚屬軒敞。處士搆廬焉，署曰『松山小隱』。蓋處士既出，遊齊魯燕趙，泛海東諸洲，歸隱是山，惟與宋濂、胡翰、鄭銘諸弟子講道著書。《人物記》《府志》所謂『歸松山中，研窮諸經』之説是也。《元史》稱萊既退歸深裒山，益窮諸書奥旨，著作若干，自稱深裒山道人，四方學者稱曰深裒先生。小隱旁裂一泉，清冽異常，名曰金井。吴士謌《記》：泉流冬夏不絶。即柳待制與處士所咏深裒江源，浦陽十景之一也。沿流下注，百折排山而出，二十里爲裒溪歷圭山，併爲吴溪，則處士族廬居焉。後小隱日就圮。洪武年間，捨址爲黄檗菴，仍祠處士其中。康熙戊子孟夏，督學彭公始搏科按金郡試士詩賦，有《深裒山訪吴淵穎先生故址》，并《和吴淵穎先生巴船山峽圖詩韻》兩題，其景仰吴處士，可謂至矣。因識深裒山云。（豹文堂刻本《吴淵頴集》附録）

序跋書信

題謝君植吴立夫詩詞後

元吴師道

延祐庚申冬，余北上過彭城黄樓故基，俯汴泗交流，四望青山逶迤，殘雪參差，孤城低黯。問戲馬臺何處，同行吴立夫喜爲詩弔古，相與誦蘇子由《黄樓賦》、文文山《彭城行》，爲凄然而罷。後三年，之淮東，泊舟京口，遇故人謝君植，飲酣，同上北固多景樓。時雲物晦冥，風起浪作，江中來去船千百，遠若凝立不動者。望維揚隱隱，凄凉滿目。君植善樂府，因舉辛稼軒、姜白石舊賦一二闋，悲壯頓挫，使人涕下不自禁。倏忽十年，思二友，未即見。一日閱故紙，得所寄他詩詞，聯綴成卷。念昔遊所欲賦，援筆記此。倘二友有作，必能道余所不能言，感慨激烈，與古人争雄，異時庶幾見之。（《吴禮部文集》卷十六，民國十三年永康胡氏夢選樓刻《續金華叢書》本）

上胡太常書

明　宋濂

濂頓首再拜，狀上太常相公尊先生侍前。濂近於麟溪之上獲聆偉誨，使頹惰之情奮然振起，慶幸何如！拜别以來，伏審尊候納福，深用慰懌。浦江吴立夫先生負絶倫之才，不少見於世以死，濂嘗受業其門，惡得不深傷之！所幸遺稿具在，雖死猶不死也。然非大人先生冠以序文，又惡能傳之於遠哉？是以忘其愚陋，專〔一〕望再拜以請，幸先生垂念焉。倘蒙揮灑，則感戴盛德，終身不忘。臨書不勝瞻戀之至，不備。濂頓首再拜上狀。（《宋濂全集》之《傅旭元刻宋文憲公全集輯補》，浙江古籍出版社二〇一四年版）

校勘記

〔一〕『專』，豹文堂本作『東』。

覆胡太常書

明宋濂

濂拜覆太常先生函丈尊座前，濂向者不自揣度，僭以先師文集叙上干鴻筆，殊竊悚懼。特蒙矜憫，慨然留諾，自非念鄉學之彫落、哀潛德之未白，不至是也，感刻無限！近來想已脱稿，若得示教，實拜先生之終賜也。末由趨拜牀下，伏紙重增依戀，不備。三月二十六日，里生宋濂拜覆。（《宋濂全集》之《傅旭元刻宋文憲公全集輯補》，浙江古籍出版社二〇一四年版）

右書二首，具見胡助《純白齋類稿》附載，前書乞《吴淵潁集》序文，後書望序脱稿。書末僅載三月二十六日，而不紀年。乃攷吴先生門人胡翰之序，書『至正十有一年秋八月二十六日』，則門人宋濂乞序月日其爲至正十有一年歟？且此二書，吴、宋兩集舊不見刻。康熙戊子，元曾募梓《宋文憲集》，已刻三十卷卒篇。今歲庚寅，淵潁先生十四世裔孫吴文、吴漣輩重梓淵潁全集，屬元校對。因録宋潛溪請序二書，具見吴、宋師弟情誼愈久而光云。後學傅旭元識。（豹文堂刻本《吴淵潁集》附録）

重刻淵潁先生集序

明祝鑾

金華古文獻之邦，耆儒碩士道德文章炳焕先後，何其盛哉！迄今顧有人弗知焉者，何也？蓋文爲道作，道以文明。文存則道存，而與其人俱存矣。文之繫詎細故哉？余至金華吊諸先賢，求其文而讀之，若學士宋公景濂，其甚著者也。遡其源流，則淵潁先生其受業師也。先生諱萊，字立夫，姓吴氏，元大學士直方之子。七歲能賦詩，族父家素多書，先生每私取而讀之。族父偶指一編，誦之不遺一字，試以他編，皆如之，遂盡出所藏書使讀。自是該貫古今，四方學者多師之。曰淵潁，門人私謚先生者也。先生平日著述最多，宋公擇其有關於學術論議之大者爲編。百六十餘年來，板既弗存，故人亦罕見。

今年夏，太常博士李君九臯至杭，示我以善本，且曰：『重刻此，俾淵潁之文與日月齊光者，吾子事也。』余曰：『唯唯。』越九月初吉，科場事竣，多善梓人，遂以授焉。十月，工告成。讀之卒葉，喟曰：古今文章士何限，而有著與否，傳與否者，無他，存乎其實而已矣。若先生者，以精深玄懿之學，發沉雄奇絶之文。如宋公所論，殆不誣矣。莫邪在地，光徹斗牛之間。精金渾玉，人人見而寶之。固也。雖欲弗著且傳，烏可得邪？刻不刻，若無繫也。雖然，孔壁之經不出，則世無全書。表章遺蹟，闡揚前哲，爲斯文之重，吾儕責也，烏可以或後邪？若夫尚論先生出處之詳，與凡所以造詣之深，則覽者當自得之，兹不贅矣。

嘉靖元年十月吉旦，後學當塗祝鑾序。（嘉靖元年祝鑾重刊元本《淵潁吴先生集》）

重校刻吴淵潁先生文集序〔一〕

明 莊起元

粤稽古化，邈鏡玄風。羲軒以前，繩契烏有；姚姒以後，簡册蝟繁。要惟易卦精微，冠冕六經之首；極圖奥渺，包羅百子之藏。開天闢地之文章，宣父《繫辭》傳世不朽；羽聖翼賢之宗旨，元公銘訓垂教無窮。雅道日淪，精言波蕩。半窺班豹，矜坐井而駭望洋；全識函牛，侈倅盤而迷買櫝。孰探玄於象罔，疇抉秘於繭絲？

淵潁先生勝國高賢，世家逸獻。低回往蹟，末繇揖遜於形容；掇拾遺編，猶可羹墻於誦讀。先生以精深玄懿之學，發沉雄奇絶之文，闔闢縱横，出入變化。凡天文地理、井田兵術、禮樂刑政之數，至陰陽律曆、氏族方技、釋老異端之書，莫不精覈以究指歸，細尋而挈要領。既無局小管蠡之陋，亦無窮大汗漫之非。譬之終南巀嶪嵯峨，而發脉甚長；星宿逶迤砰湃，而濬源自遠。斯真理學之大匠，而藝苑之宗工也。前輩如青田劉公基、金華胡公翰、東陽胡公助、浦陽宋公濂，先後師友之。所陶鑄序傳銘諡之所讚揚，亦足以罄其生平，表其述作，弔鴻徽於往昔，勒景爍於方來矣。不佞元又何必效貂尾之續，濫羔袖之贅乎哉？第過夷門而侯生若接，佩洪範而箕子如存。臨珠浦遠剖腹之譏，戒固嚴於嗜利；入寶山抱空手之恨，嫌何避於徼名。是以目鏡全編，心維妙理。嘗九鼎之一臠，玩吉光之片毛。不第以家靈蛇，户夜光，指先生爲文墨之儒；直須以攀月窟，躡天根，尊先生爲名教之祖。蓋其觀理，鳶魚活潑；其操筆，煙雲變態。庶幾爻象、圖書之遺，而宣父、元公之佐也。

不佞元學歉三餘，政無一異。鼎慮折於覆餗，艮思止於景山。所幸鷦棲十室，恒無車轍馬跡之衝；蠖伏半春，每有鳥篆蝸文之對。兹者先生後裔文學吴唤、吴曾、吴會、鳳德功研鉛槧，業纘箕裘。托契牙琴，已悉峩洋之奏；投知傅杵，終膺寤寐之求。跽請序言，勉爲譔述。才非玄晏，何足輕重於三都；名附青雲，並與浮湛於百世云爾。

萬曆四十年歲次壬子春日，毘陵後學莊起元書於浦陽公署。[二]（《存心堂遺集》，萬曆三十九年刻本）

校勘記

〔一〕豹文堂本題作《重刻淵潁先生集序》。

〔二〕豹文堂本於文末署「請序生員吴唤、吴曾、吴會、吴尚浩、吴尚信、吴鳳德」。

重刊存心堂遺集呈詞

明吴唤吴曾等

金華府學廩膳生員吴唤、浦江縣學廩膳生員吴曾等呈，爲懇賜序輯遺文，以崇先賢，以資後學事。念祖元處士吴萊，窮經衛道，受白雲許氏之傳；講學授徒，開學士宋公之脈。因舉進士不第，隱居深褭山中。資穎異，學淵宏，貫串百家諸子；核《春秋》，訂《詩》《易》，羽翼孔孟六經。著述何啻百千，笥篋僅存什一。辭賦詩文前後共一十二卷，箴銘記頌，反覆計十四萬言。始惟宋太史之手編，原板盡遭回禄，繼有祝少參之續刻，全簡業已攜歸。遺書之散佚何存，深慙燕去；後裔之窶貧失守，曷望珠還。幸今三尹惲侯，垂念先朝祖蹟。購求真槀，獲諸他姓之藏；編次卷文，悉準當年之序。善爲酌費，重與鳩工。奈因物力之寖微，欲覩成功而未足。

恭惟老父師大人臺下，金陵間氣，丹穴雙飛。筆底珠璣，光徹漢霄星斗；胸中機杼，織成地緯天經。甫下車而化雨潤郊原，纔吐論而仁聲振林谷。允矣萬民再造，誠哉千載遇奇。喚等蟲技未工，父書徒讀。睠維往祖，久嗟沉影而瘞光；遘此明時，特仰噓枯而潤朽。施恩於不酬不報之地，垂耿耀於無窮；課功於將成未成之時，快經營於不日。揮文壓卷首，俾蒲葵之價得因題品以增崇；姓氏列簡端，庶萎腐之餘復與桂蘭而並馥。板隨貯於宋集，師弟之美齊傳；名申達於院司，文獻之徵兩足。祖孫均戴，幽冥重光。上呈。

萬曆三十九年七月初吉，呈狀生員吴喚、吴曾、吴會、吴尚浩、吴尚信、吴鳳德等。（豹文堂刻本《吴淵頴集》附録）

吴淵頴集跋

清 葉樹廉

《吴淵頴集》十二卷，濂溪宋學士編録，古人於師弟之誼甚篤，於此可見。然淵頴之學，誠不媿乎一日之長，而《春秋》猶其長也。及門高弟有濂溪、烏傷。二公皆有集行世，余日思一覩焉，而無資置之，中惟悒悒，不知何時得遂斯志也。近以虞山太史教天下讀書，風尚漸以復古。故濂溪與李懷麓、歸震川文集，世頗宗之。今年太史已殁，主持文教者盖難乎其人，惟誦其遺言而流傳其教思而已矣。追溯淵源，淵頴之集不可不反復誦之也。

時康熙甲辰歲夏六月廿三日葉石君重裝于成軒并跋。（《四部叢刊初編》影印蕭山朱氏元刊本《淵頴吴先生集》書末跋）

重刻吴淵頴集序

清　查遴

從來論士者每謂士不幸而以文名，不知士正何幸而始得以文傳也。然使傳不久，板輙毁，毁而後之人無復有能新之者，則猶之不傳耳。文豈易言傳哉！淵頴吴先生，元處士也，嘗與人論文曰：『胸中無三萬卷書，眼中無天下奇山川，未必能文。縱能，亦兒女語耳。』旨哉斯言！非先生自爲寫照耶？宋景濂先生讀先生之文，又謂先生『以精深玄懿之學，發沉雄奇絶之文，闔陰闢陽，出神入鬼，縱横變化，其妙難名』。旨哉斯言！微先生不足以當此。微宋先生又烏能知之深而言之該若此耶？然則先生之文其傳也奚疑，其傳而且致不朽也又奚疑。而或竊有疑之者謂：『先生之文固足不朽，而以先生之才不少見于世，徒致以文傳，慮亦非先生之意。矧是集也，自至正以迄于今，板亦屢毁。得毋先生不欲其傳而故使之速毁也？又何兢兢重刻爲哉？』余曰：噫！是果何説哉？夫文以載道，道以文明。文傳則道傳，而其人亦與之俱傳。先生縱不欲以文傳，其忍使道亦不傳耶？且吾聞先生之集，令子士諤懼其泯而不傳，以其藁屬之及門景濂先生。景濂先生摘其有關學術議論之大者一十二卷刊行於世。傳其文并傳其道者，實宋先生功也。久之板毁，嘉靖改元，太常博士李九皋不忍文之不傳，道之失傳也，請付梨棗，因得不絶。惟板不存于浦，罕爲收藏，未幾亦毁。萬曆四十年，九世孫邦彦復慨然而重刊之，名曰《存心堂集》，即今海内外所家絃誦而人拱璧者也。

當戊子歲，督學彭公猶欲盡傳其文其道，購求未刻遺藁，會遺藁既失。而己丑秋，不戒于火，所謂《存心堂集》又屬秦灰矣。夫其成也如此，其毁也如彼，亦無怪乎世之議之者獨是先生之文可以不傳。先生並不欲其文之傳，則當日即未必有如宋氏能代爲之刊行者，又何况太常博士李九皋、九世孫邦彦能爲重刊而繼其絶哉？則知先生亦甚樂得其文之傳，而道之傳也審矣。今之毁，吾知即非，其子孫當必有能新之者。矧兹裔孫焕與其弟漣讀書自好，冀纘箕裘，肯坐視已傳之文任其毁而不之繼耶？焕與漣告余曰：『集梓于庚寅夏五月，成於秋九月。蓋深恐其失傳而故急爲之畢乃事也。』噫！吾於斯集之成，非惟見二子之孝思，實益見先生之文與日月齊光。故雖屢毁，亦復屢成。凡先生之命不與世偶，器不求人售者，皆天之欲有以成先生，使得鋭意立言以致必傳于後，如今無疑也。彼遇不遇，曾何足重輕，而謂先生肯介介于懷，後之人可不以重刊爲汲汲哉？吾故曰：士雖不幸而以文名，亦正惟幸而以文傳，今而後更可爲先生慶不朽矣，尚何疑焉？舊集名『存心堂』，今易『豹文堂』，夫亦不忘貲所自出之意云爾。

時康熙庚寅秋九月望，海昌後學查遴序。（豹文堂刻本《吴淵潁集》書前序）

重刊吴淵潁先生集跋

清 張德澧

嘗聞山川秀氣以毓偉人，故其發于翰墨者類關乎氣運，係乎道統，與日月争光，與河圖並瑞。宜其隱而不能藏，毁而不能没，爲古今不朽之絶業也。今讀《淵穎吴先生集》而益知其然。先生與柳文肅公文名並峙，柳則官遷待制，聲標四傑，而先生寂居深裒，不求聞達。然鴻章駿句，藏之名山，傳之其人，即理學文章如宋濳溪之卓卓千古者，皆本其指授。其著作之裔皇經久，更當何如耶？遺編自宋公輯後，重鍥不一。至萬曆辛亥，十一世孫鳳德等校梓。歷今百數十年間，字多磨滅，厥子至遵欲刊未果。

康熙己丑，棃棗俱遭煨燼。至遵之季子守偉恐家集無傳，謀諸仲兄守儁，思所以繼前志而壽梓之。其故兄守儒子德初、德祚亦唯唯惟命。爰不吝巨費，於庚寅仲夏授鐫。偉子文、儁子漣走叩邑侯馮仲焞夫子與學師查公遴，共爲鑒定，而蠹簡復爾焕然。此固先生之有後，亦以絶世珍奇自宜長留于天地間爾。文與漣俱從澧遊，於剞劂伊始，請澧訂譌并紀其事。乃不自揣，校魚魯，識梗概，以勉勷厥成。若先生爲人之瑰瑋，與夫辭章之古奥，前此名公巨卿言甚覼縷，

而非末學小子所能窺其涯岸矣，故不敢贅，而爲之筆其重刊之意云。同邑後學張德澧蘭生氏謹識。（豹文堂刻本《吴淵潁集》附録）

重刊吴淵潁先生集跋

清傅旭元

戊子初夏，文宗彭公科考金郡，命元募刻《宋文憲集》，又稱嘉興署中有《吴淵穎全集》可以付梓。秋七月，元爲具呈請集。批發萬曆辛亥九世孫邦彦重刻集，一部三本。且云：『此板尚存，則不必重爲刻也。如此板不存，當與其後裔相彙家藏未刻者，與此集重刻，可也。』次年己丑秋九月五日，存心堂不戒于火，而集板燬矣。今年庚寅，淵穎先生十四世孫吴文、吴漣昆季輩捐豹文堂蓄貲，重爲校梓，屬元訂誤正訛，辨字亥豕，釋義疑難。始于仲夏，以迄季秋，凡百有二十餘日。厥刻告竣，題曰『元處士吴淵潁先生集』，以異乎舊刻所稱『存心堂遺稿』也。集刻十二卷，計十四萬餘言，仍其舊也。至附録一萬五千零，另刊爲卷。若夫勷勷兹集，得付剞劂，重加焕燿者，吴家世親黄子懋雲力也。

時康熙四十九年庚寅秋九月五日，後學傅旭元晋初氏謹識于仙華書院之文昌閣下。（豹文堂刻本《吴淵潁集》附録）

重刊校正集跋

清吴漣

先貞文公集重刻于康熙庚寅，漣父叔遯跡隴畒，未能校理。漣甫遊庠，少不更事，僅與兄文于坊間覓得大小本各一。一惟傅旭元前輩是任，迨刊成而原本不復見還，校對無從，有懷耿耿。歲且星週，幸遇吾師繒闗先生，訓飭之暇，不憚辛勤，回環校勘。招漣山中，錫以題詞辨原。糾繆正訛，考駁精當。拜讀之下，如撥雲霧而覩青天。先祖有靈，寔式憑之。漣用毅然自任，那費刊成，以公海内。所恨誤在卷中者，前後難以更易。姑舉序目附録中之妄改謬誤者，還其舊。并排附録于編。漣更于繙閲之下，見難字紛紜，辭意沉奥，因取存心堂舊本及《篇海》《正韻》諸書，反覆參互，日夜校對者半載。然後有以管窺古今之字義不同，傳寫之缺訛不一。標疑舉誤，復以質之先生。先生于其不謬者，輙點首稱助予。至以所未喻者，請先生竄改，則瞿然曰：『是必明知其所出，萬萬無疑而後可易。詎可鑿空臆度，以來識者之譏哉？』蓋其虚懷而慎也又如是。漣也不文，有書而不能讀，刊成聊志顛末。語云：『校書如掃落葉，隨校隨多。』謹以俟夫博物之君子，且藏舊本于家，庶幾他日續刻先公之集者，亦知所慎焉。是則漣之志也。

時雍正元年季夏，十四世孫漣拜手謹識。（豹文堂刻本《吴淵頴集》附録）

淵穎集序

清　胡鳳丹

淵穎先生生有元之季，年不躋中壽，身未試一官，齎志以歿。後之論者罔弗痛悼，以謂造物忌才，自古然也。顧先生以天挺異稟，博極群書。生平著述閎深富贍，在元人中屹然，實爲大宗。惜全集世不多覯，無從購求。兹獲先生詩集十二卷，亟爲栞行，以廣其傳。竊嘗論先生之詩地負海涵，縱横排奡，允足方駕揭虞，並軌范楊，而漁洋山人論詩絶句則僅稱其歌行，意謂堪與鐵崖追配。實則先生之詩之𦕈固不盡乎此也。惟恃其逸足，往往以馳騁自豪，或未免士衡才多之患。要其鴻裁卓識，淩跨一代，後有作者莫之能先矣。先生姓吴，字立夫，集以『淵穎』名者，蓋從門人之私謚云。

光緒元年秋九月，永康後學胡鳳丹月樵甫序於鄂垣之紫藤僊館。（胡鳳丹《金華叢書》本《淵穎集》書前序）

淵穎吴先生集跋

胡宗楙

《淵穎吴先生集》十二卷，元至正十一年刻本，今久佚。余所見：一爲明嘉靖壬午十月祝鑾翻刻本，名『淵穎吴先生集』，以所作先後爲序，附録壙碑及謚議兩篇。一爲明萬曆四十年壬子春九世孫邦彦重刊本，名『存心堂集』。一爲清康熙庚寅秋九月裔孫㬇與其弟漣合刻，板心有『豹文堂』三字，卷數悉符，惟編次以文體分類，附録又多友朋酬酢之作，與明刻本異。康熙辛丑，錫山王邦采刊有《吴淵穎詩箋》，亦十二卷。退補齋《金華叢書》暨永康應氏所刊皆据此本。先君子晚歲得元至正本藏於家，未及上版，余蕲竟先志，鈔校一周，列入續刻中。季樵胡宗楙。（胡宗楙《續金華叢書》本《淵穎吴先生集》書末）

淵穎吴先生文集札記跋

林志烜

是書初印用明嘉靖祝鑾覆元刻本，戊辰重版，蕭山朱翼盦先生出其家藏宋璲寫刻本借印。璲字仲珩，文憲仲子。此集寫于元至元間，即祝氏覆刻之祖本也。祝刻文字每有臆改，如『三墨』改爲『三壥』，『黄能』改爲『黄熊』，不一而足。取對此本，方見真面。書貴舊刻，有誠然者。仲珩工篆隷，手寫此集，字多古體，迥異坊刻。其間字畫差池，誤在手民，落葉几塵，所不能免。因成此記，取便讀者。罣漏之誚，不敢辭也。

己巳夏日閩縣林志烜。（《四部叢刊初編》影印蕭山朱氏元刊本《淵穎吴先生集》書末）